PETER MOORE SMITH

Die vergessene Zeit

Buch

Pilot und Eric Airie sind zwei höchst ungleiche Brüder. Während der attraktive Eric ein erfolgreicher Gehirnchirurg ist, findet der jüngere Pilot keinen rechten Platz im Leben. Schuld daran ist ein schreckliches Ereignis, das auch die anderen Mitglieder der Familie Airie schwer belastet: Vor zwanzig Jahren verschwand die kleine Fiona, die Tochter der Airies, nach einer Gartenparty ihrer Eltern spurlos. Die Familie brach daraufhin auseinander. Der Vater flüchtete sich mit seinem Privatflugzeug immer wieder in die Wolken, und die Mutter hat den Verlust der kleinen Tochter nie verwunden. Auch Pilot hat den Kontakt zur Wirklichkeit größtenteils verloren, er hört Stimmen und hat Visionen. Als er nach einem längeren Aufenthalt in der Psychiatrie, wo er wegen Schizophrenie behandelt wurde, nach Hause zurückkehrt, ist er nur von einem Gedanken besessen: Er muss den Mörder seiner Schwester finden. Pilot ist überzeugt davon, dass die Lösung des Rätsels im Wald hinter dem Haus seiner Eltern zu finden ist. In dem Wald, in dem Fiona vor zwanzig Jahren verschwand ...

Autor

Peter Moore Smith lebt in New York. Seine Kurzgeschichten wurden für den *Pushcart Prize* nominiert und in die Sammlung »Best Mystery Stories« aufgenommen. »Die vergessene Zeit« ist sein erster Roman.

Peter Moore Smith

Die vergessene Zeit

Roman

Aus dem Amerikanischen
von Stephan Steeger

GOLDMANN

Die amerikanische Originalausgabe erschien 2000
unter dem Titel »Raveling«
bei Little Brown and Company, New York

Die Handlung dieses Romans und alle beschriebenen Personen sind frei erfunden. Jede Ähnlichkeit mit lebenden Personen ist völlig unbeabsichtigt.

Die Definitionen auf Seite 179f., 209 und 259f. stammen aus dem Buch *Diagnostisches und statistisches Manual Psychischer Störungen DSM-IV, 3. Auflage.*
Abdruck mit freundlicher Genehmigung des Hogrefe-Verlags.

Umwelthinweis:
Alle bedruckten Materialien dieses Taschenbuches sind chlorfrei und umweltschonend.

Deutsche Erstveröffentlichung April 2002

Umschlaggestaltung: Design Team München
Umschlagfoto: Zefa/Allofs u. Zefa/Masterfile
Satz: deutsch-türkischer fotosatz, Berlin
Druck: Elsnerdruck, Berlin
Verlagsnummer: 44635
Redaktion: Alexander Groß
AL · Herstellung: Sebastian Strohmaier
Made in Germany
ISBN 3-442-44635-X
www.goldmann-verlag.de

1 3 5 7 9 10 8 6 4 2

Für Brigette,
wie wahnsinnig

NORMALERWEISE WÜRDE MEIN Bruder Eric um diese Zeit an seinem Schreibtisch sitzen und sein Weizen-Baguette mit bayerischem Schinken und Brie essen, seine pürierte Kürbissuppe, nicht zu heiß, und eine braune, nicht ganz reife Birne, eher knackig als weich. Wie gesagt – normalerweise. Heute jedoch stand er zur Mittagszeit mit Hannah, unserer Mutter, im schimmernden Neonlicht seines keimfreien, weiß gekachelten Besprechungszimmers. Meine Mutter hatte Gespenster gesehen. »Ich sehe Gespenster«, klagte sie. Schon heute Morgen, als Eric vorbeigekommen war, um Frühstück mit Kaffee und Eiern – falls ich Eier wollte – zu machen, hatte sie dies gesagt. Eric tat dies seit mehreren Wochen beinahe täglich, um nach mir zu sehen und sich zu vergewissern, dass ich nicht selbstmordgefährdeter war als gewöhnlich. Eric hatte meine Mutter gebeten, zur Mittagszeit in seiner Praxis vorbeizukommen; er wolle sie sich dort einmal ansehen.

Eine Art Spiel zwischen ihnen, das auf einem unausgesprochenen Einverständnis beruhte: Sie ergab sich seiner Autorität, während er ihre Ergebenheit wie selbstverständlich entgegennahm. So versicherten sie sich ihrer Liebe.

»Okay«, sagte Eric lachend. »Mom hat 'nen Dachschaden.«

Sie strich über die knittrige Papierlage, mit der sein grüner kunstlederner Untersuchungstisch abgedeckt war, und zupfte daran mit ihren feingliedrigen, von blauen Äderchen durchzogenen Fingern. Sie merkte dies nicht einmal. Ihr Handeln hatte sich bereits vor geraumer Zeit von ihren Gedanken abgekoppelt. »Es ist wie im Fernsehen«, sagte sie. »Du weißt schon, wenn im Fernsehen manchmal ein Bild erscheint, wie … also wie Bugs Bunny oder so ähnlich, und gleich neben ihm steht eine Art Doppelgänger, ein ganz anderer Bugs Bunny …«

Sie war blass im Gesicht, blasser als gewöhnlich. Eine violettfarbene Vene durchzog ihre Schläfe wie herabrinnender Rotwein.

»Na klar«, sagte mein Bruder gedankenversunken.

»Und *das* sehe ich die ganze Zeit.« Die Vene an ihrer Schläfe fing beinahe unmerklich an zu pulsieren. Sie war in den letzten Jahren stärker hervorgetreten, wie Eric auffiel, und die Haut unserer Mutter war weißer, feiner und durchsichtiger geworden.

Sie hatte inzwischen selbst etwas von einem Gespenst.

»Du siehst doppelt«, sagte er. »In der Fernsehtechnik nennt man so etwas ein Doppelsignal.« Dies war als eine einfache, anschauliche Beschreibung gemeint, nicht als Diagnose.

Und es klang, als sei das Thema für ihn damit erledigt.

Unsere Mutter verschränkte die Arme. »Außer dass ich, mein junger Dr. Airie, ganz genau weiß, welches Bild echt ist und welches nicht.« Sie schien stolz darauf zu sein und kniff ihre dünnen Lippen fest zusammen.

»Bugs Bunny ist nicht echt, Mom.«

Sie kicherte und verdrehte die Augen. *»Eric.«*

»Siehst du jetzt ebenfalls doppelt?«

»Jetzt nicht«, sagte sie mit fester Stimme. »Nur manchmal.«

»Hmmm.« Eric, ein Arzt, mein großer Bruder, ein Scheiß-Gehirnchirurg, trug einen weißen Kittel. Das hellblaue Baumwollhemd darunter war mit seinem ERA-Monogramm bestickt – Eric Richard Airie, mit einem etwas größeren E. Dazu trug er eine dunkelblaue Krawatte – Seide, was sonst – mit einem eleganten, gold gewobenen Fleur-de-Lis-Muster. Hannah, seine Mutter, *unsere* Mutter, trug ein weiches, dunkelbraunes Samtjackett, einen beigefarbenen Leinenrock und italienische Lederstiefel. Draußen herrschte Pulloverwetter, Anfang Herbst. Wir hatten einen weiteren Labor Day hinter uns. »Das könnten die Augen sein«, sagte Eric, so als würde er zu einem

Kollegen im Zimmer sprechen, als würde irgendein Dritter zuhören. Er ging zur Wand, knipste das Licht aus und nahm eine kleine Stiftlampe aus seiner Kitteltasche. »Bist du mal bei diesem Augenarzt gewesen, bei, äh, Dr. Carewater – so heißt er doch, oder?« Er richtete das Licht direkt auf die Pupillen unserer Mutter, erst auf die eine, dann auf die andere, und sah, wie sie sich weiteten, und in seinem Gesicht lag eine gekonnte Miene ärztlicher Besorgnis.

Sie zwinkerte mit den Augen. »*Daran* habe ich natürlich ebenfalls gedacht.« Hannah, eine Physiotherapeutin, eine Hand-Spezialistin, hätte gewusst, wenn es an ihren Augen läge. »Meine Augen sind in Ordnung«, sagte sie hartnäckig. »Ein bisschen Kurzsichtigkeit hat noch nie derartige Störungen hervorgerufen. Außerdem kommt und geht es.« Sie wiederholte sich und sagte: *»Es kommt und geht, es kommt und geht, es kommt und geht«*, wobei sie die Worte leise vor sich hin sang.

»Okay.« Eric presste die Lippen zusammen. »Es könnte daran liegen, dass du aus irgendeinem Grund schielst.« Er ging zur Wand und schaltete das Licht wieder an. Auf seinem Schreibtisch wartete bereits sein Sandwich. Die Kürbissuppe – ob sie allmählich kalt wurde? »Weißt du denn, wann es passiert? Ich meine, passiert es, wenn du von einem dunklen in einen hellen Raum trittst? Passiert es, wenn du aufwachst, also nachdem deine Augen längere Zeit geschlossen waren?« Er suchte nach Anhaltspunkten, nach irgendwelchen Hinweisen, die zu einer Erklärung führen würden, Daten und Fakten, auf denen man eine Theorie aufbauen konnte. Er rieb sich die Hände. Er wurde mit jeder Sekunde hungriger und verlor langsam die Geduld.

»Lass mich überlegen.«

Sie überließen das Besprechungszimmer einen Moment lang wortlosem Schweigen. Eric blickte auf seine unbehaarten Hände.

Hannah zupfte weiter an der Papierlage auf dem Untersuchungstisch. Dann sagte sie: »Tagsüber. Wenn ich nachdenke, über irgendetwas, glaube ich, und dann *merke* ich plötzlich, dass ich gerade ein Gespenst sehe.«

»Es fällt dir also einfach auf.«

»Mir wird plötzlich klar, dass ich es die ganze Zeit gesehen habe.«

»Wenn du über was genau nachdenkst?«

Unsere Mutter verfiel wieder in Schweigen und blickte geistesabwesend umher. Dann sagte sie ihren typischen Satz. »Über alles und nichts, mein Junge, Gedanken über alles und nichts.« Sie hatte von dem Papier abgelassen und fuhr über ihr neues braunes Jackett, strich es zärtlich glatt. Wenn unsere Mutter ein neues Kleidungsstück trägt, strahlt sie übers ganze Gesicht – selig wie eine Klosternovizin. »Und dann ist da Pilot«, sagte sie leise, während ihre Züge plötzlich wieder in Traurigkeit versanken. »Ich habe in letzter Zeit viel über deinen Bruder nachgedacht.«

Ich bin Pilot.

Ich bin Pilot James Airie, Erics fünf Jahre jüngerer Bruder. Meinen Namen verdanke ich der Leidenschaft meines Vaters, der für Fluggesellschaften geflogen war – ein Beruf, den ich selbst nie auch nur in Erwägung gezogen habe.

Eric ging zum Waschbecken und krempelte die Ärmel hoch. Seit seiner Zeit als Medizinstudent wusch er sich ständig zwanghaft die Hände, sogar zu Hause. Seit seiner Zeit als Medizinstudent war er sich der Gefahr bewusst, die von Bakterien und Bazillen ausging, von den im Unsichtbaren wimmelnden Mikroben. »Tja, Pilot«, stimmte er zu.

Früher war da auch noch Fiona. Fiona May Airie, unsere Schwester.

Unsere Mutter summte vor sich hin. Es war ein Lied, das niemand kannte, das sie beim Summen jedes Mal neu erfand. Es war, glaube ich, ihre Art, Eric zu beruhigen. Sie schien immer nur kurz davor zu stehen, einer Sache ihre ungeteilte Aufmerksamkeit zu widmen, und war stets drauf und dran, mit ihren abwesenden graugrünen Augen in ihre Träumereien zu versinken. Das Summen unterstrich diese Eigenschaft, und es machte Eric verrückt. Es macht jeden verrückt.

Ich weiß das, weil ich ebenfalls dazu neige.

»Bist du durcheinander?«, fragte Eric in einem Tonfall, der sagen wollte: *Schau mich an, hör mir zu.*

»Jetzt gerade?«

Er seufzte. »Wenn du diese Gespenster siehst.«

»Durcheinander?«

»Ich meine«, lachte er leise, »mehr als sonst?«

Sie antwortete im Singsang: »Sei nicht so gemein.«

»Ich meine das ernst.«

»Durcheinander«, räumte meine Mutter ein. »Ja.«

»Müde?«

»Müde«, gab sie zu. »Ja, ja, das auch.«

»Bekommst du genügend Schlaf?«

»Nein, nicht wirklich.«

»Sprichst du – hast du mit Dad gesprochen?«

»Dein Vater ist verschwunden –«

»– im fernen Jenseits.« Eric kniff die Augen zusammen. Er hatte diesen Satz bereits eine Million Mal aus dem Mund unserer Mutter gehört. »Ich weiß«, sagte er. Wenn sie mit unserem Vater sprach, was nur selten vorkam, verging sie vor Liebeskummer. Sie verlor sich dann in Träumereien und verwandelte sich in ein junges Mädchen, das sich nach seinem Geliebten verzehrte.

Wieder summte sie vor sich hin, diesmal mit einem kleinen Lächeln auf den Lippen.

»Wie sieht es mit Koffein aus?«

»Ich trinke nur Tee, mein Lieber, das weißt du doch.«

»Keinen Kaffee?«

Eine dumme Frage, wie er an ihrer Miene erkannte. »Blödsinn.«

»Okay.« Eric trocknete sich die Hände ab und warf das Papiertaschentuch in den verchromten Abfalleimer in der Ecke.

Meiner Mutter fiel ihr Haar, das allmählich ergraute, das noch kürzlich kastanienfarben und so weich wie Nerz geschimmert hatte, in unregelmäßig geschwungenen Locken um ihr fein geschnittenes Gesicht. Sie hatte ein sehr weibliches Gesicht, das Gesicht einer Puppe, in dem die Spuren von Leid und Schmerz nur allzu leicht zu erkennen waren. Es ist auch mein Gesicht, das Gesicht eines Patienten, ein Wartezimmer-Gesicht, das jeden, der es anblickt, zum Arzt werden lässt. Wenn ich allein bin, verschwindet mein Gesicht, und ich bin praktisch gesichtslos. Wenn ich mich in Gesellschaft befinde, insbesondere in Gesellschaft von Eric oder meinem Vater, bin ich nur Gesicht, ohne Innenleben. Ich bin ein kompliziertes Gefüge aus winzigen Muskeln und porzellanfarbener, über Knorpel, Knochen und Zähne gespannter Haut. Sie wischte sich die Haare aus dem Gesicht.

»Kannst du zumindest *versuchen*, dir weniger Sorgen zu machen?«

Unsere Mutter lachte. »Über Pilot?«

»Über Pilot, über Dad.« Er trat auf sie zu. »Über alles.«

»Um dich mache ich mir keine Sorgen.« Sie legte ihre kühle Hand auf sein Gesicht. Es war immer wieder eine Enttäuschung für Eric, aber dies war nun einmal die Temperatur einer Frauenhand.

»Bitte?«

»Ich kann's versuchen.« Sie sang: *»Ich kann's versuchen, ich kann's versuchen, ich kann's versuchen.«*

»Wenn du das nächste Mal Gespenster siehst«, sagte er, »rufst du mich an und beschreibst sie mir.« Eric atmete tief durch. »Aber jetzt erwarte ich einen Patienten, und zwar einen echten.« Das Essen erwartete ihn – das Sandwich und die Suppe, die inzwischen zweifellos kalt geworden war. »Nicht, dass du nicht echt wärst, Mom.«

»Ich bin schon weg.« Unsere Mutter strich ihre Samtjacke glatt, liebkoste sie wie ein Kätzchen. »Danke, mein Schatz.« Sie gab meinem Bruder einen flüchtigen Kuss, nahm seine Hände und drückte sie auf mütterliche Art, die irgendein Festhalten, ein Nicht-Loslassen-Wollen und ein Bedauern signalisierte.

Nur Mütter sind dazu imstande, wie mir aufgefallen ist. Oder Ex-Freundinnen.

Eric sah ihr hinterher, sah, wie ihr weiter, beigefarbener Leinenrock die keimfreie Luft hinter ihr aufwirbelte. Bestimmt wusch er sich anschließend ein weiteres Mal die Hände, weil sie sie berührt hatte. Und dann blickte er auf, um sich sein Filmstar-Gesicht, seine Gehirnchirurgen-Visage im Spiegel über dem Waschbecken anzusehen.

AUCH ICH BLICKTE in den Spiegel, sah eine halbe Ewigkeit mit ausdruckslosen Augen in mein leeres Gesicht, bis ich entschied, dass meinem Bruder gar nichts anderes übrig blieb, als mich einfach umzubringen.

HINTER DEM HAUS, dem Haus in dem wir aufgewachsen sind – oder nicht, je nachdem, wie man's nimmt –, führte eine geflieste Terrasse zu einem alten nierenförmigen, in den Boden versenkten Swimmingpool. Vor vielen Jahren, bevor Fiona verschwand, benutzten wir den Pool ständig, und im Sommer verging praktisch kein Tag, an dem wir nicht darin schwammen. Und wenn mein Vater nicht im Cockpit irgendeines Flugzeugs unterwegs war, lag er mit hochgeschlagenen Füßen in einem Liegestuhl am Beckenrand, schnarchend und lächelnd, auf der Brust die aufgeschlagene *Times*. Unsere Mutter brachte dann ein Tablett mit Eistee hinaus, mit einer Zitronenscheibe dekoriert – hatte sie wahrscheinlich in *House Beautiful* gesehen –, und stellte es neben den Pool. Wir schwammen schnurstracks hinüber, wir Kinder, und holten uns unser Getränk. Das Glas meines Vaters war für gewöhnlich mit einem Schuss Whisky aufgegossen, und wenn ich manchmal verstohlen einen Schluck davon nahm, spürte ich das seltsame Brennen auf der Zunge und das köstliche betäubende Gefühl, das darauf folgte.

Später, nachdem Fiona verschwunden war, nachdem der

Garten sich selbst überlassen und das Schwimmbecken geleert worden war und sich durch Unkraut Risse in dem Beton gebildet hatten, hatte meine Mutter es mit Erde auffüllen lassen.

Eines Tages fuhr ein Lastwagen vor, und der Garten hinter unserem Haus verwandelte sich schlagartig.

Sie mähte, pflanzte, hegte und pflegte.

Nachdem das Schwimmbecken zugeschüttet worden war, hielt unsere Mutter sich dort einen Blumen- und Gemüsegarten. Sie pflanzte rund um das Becken gelbe und orangefarbene Ringelblumen an, um die Insekten fern zu halten. Sie züchtete Gemüse aus ihrer Kindheit in New England. Sie pflanzte Karotten und Kartoffeln, Rote Bete, Radieschen und Pastinak, grüne Bohnen und Steckrüben. Seit einigen Jahren züchtete sie sogar Rhabarber. Und jetzt, im Frühherbst dieses Jahres, sprossen grüne und rosafarbene Stangen aus dem Boden, und ihre breiten, purpurroten Blätter winkten im Wind dem Haus zu.

Ein Gruß aus der Vergangenheit.

Als unsere Mutter an jenem Tag aus Erics Praxis zurückkehrte, sah sie vermutlich keine Gespenster, denn sie machte sich daran, einen Rhabarberkuchen zu backen. Nicht, dass irgendjemand die Kuchen unserer Mutter aß. Ich fand immer, dass sie einen seltsamen, gummiartigen Beigeschmack hatten, wie ein gesüßter Fahrradreifen. Aber es erinnerte sie an ihre Zeit in Massachusetts, als sie noch klein war, Rhabarber pflückte und ihn zu unserer Großtante Jenny heimbrachte, die die Stangen säuberte und eine Zeitungsseite zu einer Tüte rollte. Dann schüttete sie Zucker in die Tüte, und die kleine Hannah steckte die Stangen hinein und hüpfte fröhlich in den Wald zurück. Ich stelle sie mir immer in einem Oktoberwind vor, mit ihren wilden, rötlichen Haaren, dem frischen geröteten Gesicht und den rosafarbenen Ohrläppchen. Wenn ich mir die Kindheit meiner Mutter vorstelle, ist es neunzehntes Jahrhundert, obwohl sie während des Zweiten Weltkriegs geboren wurde. Sie trägt dann immer einen Umhang wie Rotkäppchen.

Manchmal stelle ich mir auch Fiona so vor.

Die Vergangenheit verschwimmt zu einem einzigen Durcheinander.

Meine eigene Vergangenheit, Hannahs und die meines Bruders. Durch den Weichzeichner der Erinnerung.

ALS ICH KLEIN war, habe ich mich gern im Wald hinter unserem Haus in East Meadow versteckt und mir vorgestellt, ich sei ein Wolfsjunge. Allein, der englischen Sprache nicht mehr mächtig, habe ich geknurrt und bin durchs Laub gekrochen. Einmal – ungefähr ein Jahr bevor der Swimmingpool zugeschüttet wurde, ein Jahr nachdem Fiona verschwand – habe ich mich ins Haus geschlichen und ein Steak aus dem Kühlschrank genommen. Ich habe geknurrt und es auf dem Küchenboden mit den Zähnen zerrissen. Es fühlte sich schleimig an und schmeckte nach Blut. »Pilot«, sagte unsere Mutter. Sie stand hinter mir. Ich war elf, hockte auf allen vieren da, ein rohes Stück Fleisch im Mund, und wurde plötzlich auf meine wahre Identität hingewiesen – was mich natürlich enttäuschte. »Das war unser Abendessen.«

»Das geht schon noch«, sagte ich mit hochrotem Gesicht.

Eric tauchte neben ihr auf. »Mein Gott, Pilot, was zum Teufel treibst du da?«

Ich bin der Wolfsjunge, wollte ich sagen. *Ich reiße dir mit meinen Pfoten die Halsschlagader raus.*

»Er tut so, als wäre er ein Hund.«

Heute jedoch backte Hannah in derselben Küche einen Rhabarberkuchen, und als ich in meinem alten blauen Bademantel herunterkam, erfüllte sein süßer holziger Duft das Haus. »Hast du bei Eric vorbeigeschaut?«, fragte ich.

Sie summte nur.

»Was hat er gesagt?«

»Er hat gesagt, dass ich mir keine Sorgen machen soll – *keine Sorgen, keine Sorgen, keine Sorgen.*«

Während ich mich an den Küchentisch setzte, nahm sie den Kuchen aus dem Backofen.

»Ich habe einen Kuchen gebacken«, verkündete sie.

»Das sehe ich.« Ich war übrigens geisteskrank. Ich war mit neunundzwanzig nach Hause zurückgezogen. Genauer gesagt hatte Eric mich gerettet. Er hatte mich in Kalifornien am Strand aufgelesen, ohne einen Cent in der Tasche, selbstmordgefährdet, von sinnlosen Visionen und Offenbarungen geplagt.

»Man kann ihn aber noch nicht essen«, warnte meine Mutter. »Ist noch zu heiß.«

Dekoratives Leitmotiv ihrer Küche war die Teekanne, und die Tischdecke war mit einem fröhlichen Muster gelber dickbauchiger Kannen verziert. Ich zeichnete den Umriss einer dieser gelben Teekannen mit dem Finger nach und betrachtete den Kuchen, den sie vor mir auf den Tisch gestellt hatte. Die Kruste war nicht knusprig genug. Ich fragte sie: »Siehst du irgendwelche Gespenster?«

Sie konnte manchmal ziemlich gemein sein. Sie sagte: »Nur dich.«

IN LETZTER ZEIT fühlten sich meine Hände und Füße befremdlich leicht an, und ich hatte regelrecht Angst, davonzuschweben, ja in die Luft aufzusteigen, sobald ich irgendeine Bewegung tat, so wie ein Kind im Swimmingpool an die Wasseroberfläche treibt, wenn es so tut, als wäre es –

»Aber ich gebe mir Mühe«, sagte ich. »Wirklich.«

Hannah hielt sich die Hand vor den Mund und ging hinaus.

– so tut, als wäre es ertrunken.

MANCHMAL, WENN ICH als Wolfsjunge im Wald gerade auf allen vieren einem Hasen, einer Maus oder einem Eichhörnchen nachstellte, *so tat als ob*, hielt ich an und musste mir plötzlich in aller Verlegenheit eingestehen, dass ich nicht mehr wusste, wer ich war – Pilot oder Eric. Genauer gesagt wusste ich nicht mehr, wer ich sein sollte. Ich wusste, dass ich nicht wirklich ein Wolfsjunge war. Ich wusste, dass ich nur ein Junge war, ein menschliches Wesen, das zu dem Haus mit den weißen Ziegelsteinen jenseits der Bäume gehörte, an dem zaunlosen, wild wuchernden Rasen vorbei, hinter dem leeren, unbenutzten, von Rissen übersäten Pool und den sich lösenden Fliesen.

Ich bin ein Wolfsjunge, wollte ich sagen. *Ich reiße dir mit meinen Pfoten die Halsschlagader raus.*

AN JENEM TAG, als die Luft in der Küche von dem Geruch des Rhabarberkuchens meiner Mutter geschwängert war, der nicht durchgebacken und dessen Kruste noch ganz schleimig war, knallten Vergesslichkeit und Erinnerung wie bei einem Frontalunfall aufeinander. Und plötzlich sah ich die Dinge wieder mit den Augen des Wolfsjungen. Wie lang war das her?

An jenem Tag sah unsere Mutter doppelt, aber ich sah nur eines.

EINEN EINZIGEN MOMENT, vor zwanzig Jahren, den Bruchteil einer Sekunde lang, kristallklar.

SPÄTER TELEFONIERTE ICH mit meinem Bruder.

»Fehlt ihr was?«, wollte ich wissen.

»Kann ich noch nicht sagen«, antwortete Eric. »Ich bin mir nicht sicher.«

Mir wurde plötzlich klar, dass ich im Wohnzimmer stand. Ich sagte: »Du bist doch hier der Gehirnexperte. Ich dachte, du kennst dich mit solchen Dingen aus.«

Er klang abweisend, wie immer. »Es könnte alles Mögliche sein«, sagte er. »Ist wahrscheinlich nur der Stress.«

»Stress.«

»Bestimmte Dinge lassen ihr keine Ruhe.«

Das Wohnzimmer unserer Mutter war ein einziges, voll gestopftes Durcheinander. Kissen, die nicht mit den dazugehörigen Wolldecken harmonierten, bunt miteinander vermischte Deko-Stilrichtungen – Paisley-Muster neben karierten Dessins, gestreift neben geblümt. »Das stimmt wohl.« Ich wusste nicht mehr, wie ich ins Wohnzimmer gelangt war. Ich erinnerte mich daran, wie geschmackvoll es früher eingerichtet war, eine Seite aus einer Zeitschrift.

»Und was ist mit dir?«

»Was ist mit mir?« Ich sah den Telefonapparat an. Er war plötzlich schwarz. Mir war noch nie aufgefallen, dass dieses Telefon schwarz war. Und es hatte eine Wählscheibe. Ich konnte mich nicht daran erinnern, eine Nummer gewählt zu haben. Ich sah meinen Zeigefinger an. Welches Jahr hatten wir eigentlich, Scheiße noch mal?

»Pilot«, sagte mein Bruder. »Lass dieses Summen.«

»Weiß ich echt nicht, Eric. Ist alles ein bisschen komisch. Ich will dir die Wahrheit sagen«, erklärte ich, »und die Dinge sind nicht, wie sie sein sollten.«

»Okay«, sagte er. »Okay.«

»Und davon abgesehen, wir reden gerade über Hannah.«

Er stieß einen Seufzer aus. »Ich hasse es, wenn du sie so nennst.«

»Es ist ihr *Name.*«

»Sie ist unsere *Mutter.*«

»Wie dem auch sei«, sagte ich, »was ist jetzt mit ihr?«

»Ich weiß es nicht, Pilot. Es ist wahrscheinlich gar nichts.«

Hannah hatte sich unterdessen von dem höhlenartigen Discountmarkt für Haushaltswaren, der den alten Kmart am Sky Highway ersetzt hatte, auf den Heimweg gemacht. Der Laden hieß Bed, Bath, and Beyond. Immer wenn sie von Bed, Bath, and Beyond heimkehrte, sprach sie mit gedämpfter, ehrfürchtiger Stimme davon und staunte über die große Auswahl an Toastern und Badehandtüchern. Sie lehnte sich vor, um eine alte Joan-Baez-Kassette aufzuheben, die auf dem Boden ihres cremefarbenen Mercedes lag, einem Sportcoupé aus den frühen Siebzigern, und als sie wieder aufblickte, sah sie zwei völlig unterschiedliche Sky Highways. Ich wusste das, weil ich in jenem Moment, in genau jener Sekunde, ein leises Piepsen in der Leitung hörte.

»Da klopft gerade jemand an«, sagte ich Eric. »Warte einen

Moment.« Ich drückte auf die Plastikgabel dieses alten, schwarzen Wählscheibentelefons, das ich noch nie im Leben gesehen hatte, und sagte: »Hallo?«

»Pilot.« Es war Hannah auf ihrem Mobiltelefon. Mir war sofort klar, dass irgendetwas nicht stimmte.

»Was ist los?«

»Ich bin an den Straßenrand gefahren und habe angehalten.«

»Wo bist du?«

»Direkt vor der Autobahnauffahrt.«

»Stimmt mit dem Auto irgendetwas nicht?« Eine verlogene Frage. Ich wusste, dass es nicht am Wagen lag.

»Mit mir stimmt irgendwas nicht«, sagte meine Mutter. »Ich sehe Gespenster. Ich sehe den ganzen Sky Highway doppelt. Ich sehe die Mobil-Tankstelle an der Straßenecke doppelt. Direkt vor mir sind zwei Armaturenbretter, zwei Lenkräder – ich sehe alles doppelt. Ich glaube, es ist besser, wenn ich nicht nach Hause fahre.«

»Ich komm dich holen.«

»Pilot«, sagte unsere Mutter. »Nein.« Ich wusste bereits, was sie jetzt sagen würde. »Pilot, ich habe Eric eine Nachricht hinterlassen. Er kann ...«

»Ich hab ihn gerade auf der anderen Leitung. Deshalb ist er nicht rangegangen.« Und deshalb hast du mich doch noch angerufen, dachte ich. »Aber Mom, ich schaffe das schon.«

»Pilot, wenn du doch nur –«

Ich unterbrach die Verbindung. »Eric?«, sagte ich. »Ich habe Hannah auf der anderen Leitung. Ich muss weg.«

»Ist mit ihr alles in Ordnung?«

»Wird schon wieder werden«, antwortete ich. »Ich muss los.«

Plötzlich kam mir alles ganz fremd vor. Ich fragte mich, ob Versagen in Wahnsinn münden konnte. Aus irgendeinem Grund hörte ich, wie oben ein paar Leute eine Unterhaltung führten, obwohl ich wusste, dass niemand im Haus war. Sie nannten meinen Namen. Ich zog ein paar alte Turnschuhe an, die ich im Schrank im Korridor gefunden hatte. Es waren flache Sneakers von Converse, die ich seit High-School-Zeiten nicht mehr getragen hatte, also seit über zehn Jahren nicht mehr. Einer der Schnürsenkel löste sich und glitt durch die Metallöse in meine Hand. Es war nur ein alter Schnürsenkel – zerschlissen, mit schwarzer Patina, an einem Ende zerfranst. In dem Moment schossen mir jedoch Millionen von Gedanken durch den Kopf und kreisten umher wie Motten um eine Verandalampe. Ein Schnürsenkel. Ich hatte keine Zeit, diesen blöden Schuh zuzubinden. Ich musste los, um unsere Mutter zu retten, Hannah, die hilflos in ihrem Mercedes am Straßenrand saß und Gespenster sah.

ERIC MACHTE DIE Tür zu seinem Büro auf und fragte seine Sekretärin: »Diane, hat meine Mutter angerufen?«

»Sie ist auf Leitung zwei«, sagte Diane. »Sie wartet.«

Er kehrte zu seinem Schreibtisch zurück und drückte eine Taste seines Telefons, die rot blinkte. »Mom?«

Unsere Mutter war immer noch in der Leitung. »Was hat Pilot dir gesagt?« Sie saß in der Dämmerung in ihrem Mercedes und sah alles doppelt.

»Nichts«, antwortete Eric. »Nur, dass er wegmüsse, und dann hat er aufgelegt.«

»Ich sehe Gespenster, deshalb hab ich angehalten.« Sie seufzte. »Ich habe versucht dich anzurufen, du warst gerade mit einem Patienten zugange oder so was. Also habe ich Pilot angerufen, und er hat gesagt, dass er mich holen kommt, aber –«

»Aber er ist doch ohne Auto. Der Junge ist so was von dumm, verdammt noch mal. Wie will er denn –«

»Ich nehme an, zu Fuß, wie sonst, und nenn ihn nicht dumm.«

»Himmel noch mal, Mom«, sagte Eric. »Er *ist* dumm. Wo zum Teufel bist du überhaupt?«

»Direkt vor der Autobahnauffahrt, gegenüber der Mobil-Tankstelle.«

»Dann wird er wohl durch den Wald gehen.«

Ihre Stimme klang resigniert. »Das nehme ich an.«

Sie mussten sich beide vorstellen, wie ich durch die Küchentür das Haus verließ. Sie sahen, wie sich der Schlamm unter meine schwarzen Converse All Stars heftete, als ich von der Terrasse in den Garten trat. Ob sie sich wohl dieses irrsinnige Gefühl unter meinen Füßen vorstellen konnten, wie der Planet Erde sich von einem Teil seiner Oberfläche trennte, wie seine tektonischen Erdkrusten sich tief unter dem Waldboden verschoben und sich unter den Laub-, Schlamm- und Kalksteinschichten wieder zusammenfügten? Wie die Bäume sich an mich heranschlichen, um mich zu verschlingen, so wie ein Pantoffeltierchen das andere verschlang?

»Kommst du mich holen, Eric?«, fragte unsere Mutter. »Bitte.«

Ob die beiden wohl wussten, dass plötzlich alles wieder einfach und verständlich war, so klar wie ein blauer Himmel, betrachtet durch einen blauen See? Dass ich förmlich *sehen* konnte, wie der Krebs sich wie eine Tulpenzwiebel an der Wurzel des Sehnervs meiner Mutter bildete? Ich konnte durch die Bäume bis zu dem Highway sehen, durch ihren Wagen hindurch, durch ihr Haar, ihre Haut, ihre Knorpel und Knochen, bis zu den Gewebefalten rund um ihre Augen. Die Muskeln dehnten sich, Nerven verwoben sich mit den Blutgefäßen zu einem Knäuel, und die radikalen Zellen teilten sich in einem fort. Ich sah einen Tumor von der Größe eines i-Tüpfelchens. Eric hatte seinen Kittel ausgezogen und schlüpfte in seine dunkelgraue Anzugjacke, während er den Telefonhörer mühevoll zwischen Schulter und Nacken geklemmt hielt. »Keine Sorge«, sagte er, und dann wiederholte er einen Satz, den unsere Mutter einige Zeit zuvor bereits gesagt hatte. »Ich bin schon weg.«

DER WALD HINTER dem Haus unserer Eltern war groß, und mit seinen hohen Bäumen erstreckte er sich bis zum Highway. Unser Garten war von Laubbäumen gesäumt – Eiche, Ahorn und

Birke –, deren herabfallende Blätter im Herbst einen braungoldenen Teppich bildeten, durch den ich in meiner Kindheit gekrochen bin, um den trockenen bitteren, köstlichen Geruch einzusaugen. Richtung Sky Highway mehrten sich jedoch die Pinienbäume, deren Nadeln grün blieben – und mit fortschreitendem Winter sogar noch grüner zu werden schienen. Einige der Lichtungen waren mir so vertraut wie mein Kinderzimmer. Manche Bäume hatte ich so oft erklommen, dass sie für mich wie Möbelstücke waren. Ich konnte mich an einzelne junge Bäume erinnern, die sich inzwischen zu voller Größe entfaltet hatten. Ich konnte in dem Wald meiner Erinnerung exakt die Stelle lokalisieren, wo sich bestimmte Sträucher ausgebreitet hatten, wo braun gefederte Drosseln ihr Nest gebaut hatten, wo ein Bienenvolk auf einem hohen Ast gesummt und geschwirrt hatte.

Ich ging Richtung Highway.

Immer wieder wickelte ich den Schnürsenkel, der sich in meiner Hand gelöst hatte, um meinen Mittelfinger.

Der Winter nahte bereits.

Im Winter war der Wald kalt und leer. Der Schnee bedeckte den Boden wie ein Blatt weißes Papier, und die Schatten der Bäume durchkreuzten den Schnee wie schwarze Tintenstriche. Ich ging über die dicke knirschende Eisschicht hinweg und blieb stehen, am ganzen Leib zitternd. Stets war der in der Ferne dröhnende Highway zu hören, ebenso wie der in den Bäumen rauschende Wind. Ich wusste, dass ich nach einer gewissen Zeit unempfindlich gegenüber der Kälte und anderen Dingen werden würde, wenn ich lange genug hier draußen blieb. Ich saß eine Zeit lang auf diesem alten zerbrochenen Betonrohr in der Lichtung und lauschte den Autos auf dem Highway, dem schrillen Pfeifen des Windes in den Wipfeln und dem von den Ästen herunterfallenden, dumpf aufprallenden Schnee. Ich spürte nichts, wurde zum Wolfsjungen, und meine Gefühle waren zu einfach, um sie in Worte fassen oder im Gedächtnis behalten zu können.

Oben auf den Ästen glänzten ein paar Raben im schwarzen Federkleid und krähten sich an wie lärmende Teenager.

Der Wolfsjunge – Pilot, Eric, wer auch immer.

Im Frühjahr taute es hier rasch, und alles verwandelte sich in ein wild wucherndes Chaos. Der Boden wurde zu schwarzem Schlamm, und durch die Schneeschmelze entstand triefender schwarzer Morast, insbesondere entlang des Pfades, der zur Thomas Edison führte, der Junior High School, auf die Eric und ich gegangen sind. Die Baumwipfel grünten natürlich zuerst, und wenn die warmen Strahlen den Boden erreichten, kamen bald Millionen von Farnen hervorgesprossen und wiegten sich verführerisch im Wind.

Im Sommer war der Wald von Käfern, surrenden Fliegen und Stechmücken bevölkert, die auf meine Ohren zuschwirrten. Kriechende Viecher trippelten unter Steinen und gruben sich durch Erde und Kot. Eichhörnchen, so dick wie die Teekannen meiner Mutter, jagten sich gegenseitig auf Baumstämmen und schlugen sich den Bauch mit Eicheln voll. Wenn ich im Sommer aus dem Wald kam, war ich übersät mit kleinen roten Striemen, Bissstellen jeder erdenklichen Art, Bienenstichen und Kratzspuren.

Einmal entdeckte ich im Sommer unter einem umgekippten Felsen ein Nest winziger grüner Schlangen, die so grell leuchteten wie Neonröhren in einer Bierwerbung. Sie wanden und schlängelten sich grotesk, und jede Einzelne war wie eine Miniatur ihrer späteren, voll ausgewachsenen Zukunft.

Sie veränderten sich nicht, außer dass sie größer wurden.

Ich hatte mich nicht verändert, fiel mir nun auf, außer, dass ich größer geworden war.

Im Laufe der nächsten ein, zwei Wochen warf ich immer wieder mal Grillen und andere Insekten in dieses Schlangennest und sah dann den kleinen grünen Vipern, oder was immer sie waren, dabei zu, wie sie die Insekten verschlangen, wie ihre zischelnden kleinen Zungen aus ihren Mäulern schnellten.

Ich hielt einen Moment inne und lauschte dem Highway in der Ferne.

Als unser Vater noch klein war, stellte er Nerzen und Bisamratten Fallen und verkaufte ihre Felle an Sears and Roebuck. Er hatte seine Fallen in einer alten Kiste in der Garage aufbewahrt. In demselben Sommer, in dem ich auf die Schlangen gestoßen war, entdeckte Eric die alten Falleisen meines Vaters und legte sie im ganzen Wald verstreut aus. Er fing Hasen, Eichhörnchen, einen jungen Waschbären und – so behauptete er zumindest – Halley the Comet, unsere Hauskatze.

Das war ein Jahr vor Fionas Verschwinden.

Und dann kam das Jahr, in dem wir sie verloren.

Und dann das Jahr danach.

In jenem Jahr war ich der Wolfsjunge, und eines Tages näherte ich mich einer leeren Falle und sah den Fetzen Fleisch, roh und blutverklebt, den Eric hineingelegt hatte. Ich bewegte mich behutsam mit dem Kopf darauf zu, genau wie ein Tier – ein echter Wolf – es wohl tun würde.

Doch dann wich ich argwöhnisch zurück.

Im Herbst erfreute ich mich an den Pyrotechniken des Todes, die dieser Wald so virtuos beherrschte. Die vielen Rot- und Goldtöne, die Blätterexplosionen, bei denen das Laub wie Feuerwerksfunken in Zeitlupe herabfiel. In diesem Wald feiert der Tod sich selbst. Er schwelgt in hinreißend schöner Farbenpracht. Bei Menschen wäscht der Tod einfach die Farben aus, und wir werden ganz blau und grau.

Eric hatte jedoch gelogen, was Halley the Comet anging. Er hatte unserer Katze mit einem Jagdmesser das Bein abgeschnitten –

Heute war Herbst. Ich machte mich wieder auf den Weg

– ein Messer, das unser Vater ihm geschenkt hatte. Es war glatt, mit Lederscheide und einem silbernen Nashorn, das in den Griff eingelegt war, und es war so scharf wie eine Rasierklinge.

WÄHREND HANNAH AM Highway wartete, schob ich mich durch ein Dickicht aus steifen, drahtigen Ästen, die an meiner Windjacke zerrten und mir immer wieder ins Gesicht schlugen. Als Wolfsjunge hatte ich mich in diesen Wäldern wie in meiner Westentasche ausgekannt. Ich war durchs Unterholz geschlichen und hatte mich unter trockenem, braunem Laub begraben, unter Blättern, die wie die Papierlage auf Erics Untersuchungstisch raschelten. Als Junge war ich in das Geäst geklettert und hatte darauf gewartet, dass eine gewisse Stille einkehrte – die Stille einer Leichenhalle, wenn der Leichenwagen einfuhr.

Irgendwo gab es einen Pfad, der zum Sky Highway führte, und ich erinnerte mich, wie ich einmal dort entlanggespurtet war, mit geschlossenen Augen, den Kopf in den Nacken gelegt und mit ausgestreckten Armen, um die Blätter der unteren Äste zu berühren. Wo war dieser Pfad jetzt? Es war früher Abend, und die Sonne war bereits halb untergegangen. Vielleicht hier entlang. Ich betrat die Lichtung, hinter der der Highway liegen musste. Warum kam mir alles nur so fremd vor? Ich hörte meinen eigenen Atem, den Atem eines keuchenden Hundes. An der Junior High School entlang befand sich ein weiterer Pfad, der zum Sky Highway führte, wie mir plötzlich wieder einfiel. Einen Moment lang glaubte ich Stimmen zu hören, zwei Leute, die sich gerade über irgendetwas stritten. Der Himmel hatte sich in ein chemisches Gelb verwandelt, von dunkelgrauen Streifen durchzogen. Ich blieb kurz stehen, um mich zu orientieren. Wo zum Teufel war ich hier gelandet? Die Bäume waren inzwischen pechschwarz, und dann wurde mir klar, wie schwer ich die ganze Zeit über geatmet hatte. Ich musste aufpassen. Ich neige zu nervösen Atembeschwerden. War es möglich, meinen Atem zu sehen? Nein, dazu war es noch zu früh im Jahr. Vielleicht morgens. Ich hatte den Pfad, der vom Haus in den Wald führte, verlassen, und als ich nun zurückblickte, fand ich ihn nicht mehr. Ich stellte mir vor, dass der Wald sich das Haus irgendwie einverleibt hatte. Eines Tages, dachte ich, werden diese Äste ausschlagen und Autos, Häuser und Menschen verschlingen. War ich ebenfalls verschluckt worden?

Ja.

Als ich den zerrissenen Schnürsenkel um meinen Mittelfinger wickelte und den Blutkreislauf unterbrach, spürte ich das Pochen der Ader.

Das, von dem ich annahm, dass es sich um den Pfad zur Autobahn handelte, war in Wirklichkeit nur eine Lichtung unterhalb einer riesigen Eiche. Warum hatte ich die Stelle nicht wiedererkannt? Ein Eichhörnchen huschte hinter den Stamm. Ich ging um den Stamm herum, um mir das Tier genauer anzusehen, aber es war flinker als ich und hielt sich immer auf der anderen Seite.

Ich verschwendete meine Zeit.

Als ich noch klein war, war ich in den Wind verliebt, der durch den Wald rauschte, und als Wolfsjunge schob ich mich zuweilen geschlossenen Auges durchs Dickicht. Ich bahnte mir durch die raschelnden Blätter und das knacksende, über meine Wangen peitschende Gezweig meinen Weg. In der Ferne hörte ich nun den Highway, und ich roch den verbrannten Gestank des verfaulenden Laubs. Ich steckte die Hände in meine Taschen, um sie nicht wie Heliumballons in die Luft aufsteigen zu lassen. Ich grub mich beim Gehen mit den Füßen tief in die Erde ein. Rhythmisch schloss und öffnete ich die Augen.

Einer meiner Schuhe rutschte mir immer wieder vom Fuß. Aber es war mir egal.

Ich wickelte den Schnürsenkel fester um meinen Finger – fester und fester.

Wo war der Highway? Ich sehnte mich nach einer Zigarette. Ich rauchte bereits seit Monaten nicht mehr, fiel mir auf, hatte nicht einmal daran gedacht, mir eine anzustecken. Aber jetzt trieb die Dunkelheit durch die Bäume hindurch, und ich spürte feine Regentropfen. Ideales Zigarettenwetter. Mein Gesicht war inzwischen ebenfalls verschwunden, also berührte ich es, und da fiel mir auf, dass es nass war. Regen? Tränen? Als ich meinen Finger betrachtete, bemerkte ich den typischen Schmierstreifen bräunlichen Bluts. Ich blutete. Kam bestimmt von den kleinen zurückschlagenden Zweigen. Ich befand mich mittlerweile im tiefsten Dickicht des Waldes. Dennoch hörte ich weiterhin diese Stimmen, und zuweilen schien es, als würden diese Leute sich über mein Vordringen unterhalten. Ich kostete das Blut an meinem Finger. Ich bemerkte sofort, wie hungrig ich war. Ich blickte mich mit den Augen des Wolfsjungen um, wie verwandelt. Gleich würde ich auf der anderen Seite ins Freie treten, ich war mir ganz sicher. Ich hörte die Autos hinter dem nächsten Hügel, konnte den grenzenlosen, abgasverschmutzten Himmel über den Einzelhandelsgeschäften und Discountläden spüren, von denen ich wusste, dass sie da waren – der 7-Eleven, der Taco Bell, Marschalls, Amazing Drug Discounts, die Mobil-Tankstelle und das Bed, Bath, and Beyond. Ich war Balboa und rückte in Richtung des Pazifischen Ozeans vor. Wenn ich diesem Pfad folgte, würde er mich zu Hannah bringen, zu unserer Mutter, Erics und meiner, zu Hannah, die in letzter Zeit Gespenster sah und darauf wartete, dass Eric ihr zur Rettung eilte, die aber nicht die leiseste Ahnung hatte, dass nur ich allein, Pilot, der Wolfsjunge, sie wahrhaftig retten konnte. Nur ihr jüngster Sohn – der blutete und der nach Blut lechzte – konnte sie retten.

SIE HIESS KATHERINE Jane DeQuincey-Joy. Ihr Haar war wie Milliarden ineinander verwobener Goldfäden, und auf ihrem Schlüsselbein prangte wie ein dicker Blutstropfen ein Muttermal. Und jetzt gerade saß sie in ihrem kleinen Apartment – *dem Käfig*, wie sie es nannte – mit Blick über den Wald auf einer Matratze und ließ das Telefon läuten. Sie wusste, wer es war – entweder Mark oder Michele –, und sie wollte auf gar keinen Fall mit Michele sprechen. Aber als der Anrufbeantworter sich einschaltete und sie Marks klagende, besorgte, schmerzerfüllte Stimme hörte, konnte sie nicht anders. »Hallo?«, sagte sie, wohl wissend, dass sie einen Fehler beging und dass es der letzte dieser Art sein würde.

ICH SETZTE MICH auf einer Lichtung nieder, die ich meinte noch aus meiner Kindheit zu kennen. Ein Ahornbaum schoss hoch in den Himmel hinauf, und seine Äste fielen wie ein Fallschirm gleichmäßig auf das platte Gras und die Farnkräuter zu. Und mit der rasch hereinbrechenden Dunkelheit sah ich hinter dem Geäst der Bäume, wie sich ein Vorhang aus stumpfen, künstlichen Farben über den Himmel legte. Die restlichen Waldgebiete wirkten plötzlich so flach wie eine bemalte Theaterkulisse. Ich verlor mein Sprachvermögen. Ich vergaß, wer ich war. Ich wusste, dass der Wald darauf brannte, seinen Hunger zu stillen. Der Wald hatte bereits das Haus meiner Mutter verschlungen, und ich spürte, wie die Bäume und das Moos wie eine über die gesamte Nachbarschaft hinwegspülende Woge nach vorn rollten, wie sie sich Autos einverleibten, Garten-Schwimmbecken, Garagen und ganze Sackgassen.

Ich selbst war bereits vor langer Zeit verschluckt worden.

Ich war ein Organ im Innern seines Körpers.

Ich drehte an dem Schnürsenkel herum und führte ihn zwischen meine Finger hindurch.

Der Schnürsenkel.

Bald war der Himmel pechschwarz. Um mich herum herrschte plötzlich lautlose Stille. Alles schwieg, und ich hörte nur noch die Autos auf dem Highway, das entfernte Brummen der Motoren. Über mir bemerkte ich ein paar Lichter, und ich musste an meinen Vater in seinem kleinen Wasserflugzeug denken. Vielleicht hatte Eric Überwachungsgeräte installiert, elektronische Vögel und Feldmäuse aus Stahl, die alle auf die Geräusche des Waldes horchten und versuchten, mich ausfindig zu machen. Weiter oben waren Satelliten, die nach raschen, abrupten Bewegungen in den Bäumen Ausschau hielten. Irgendwo lenkte mein Vater sein kleines Flugzeug durch den flachen Theaterhimmel. Wenn ich mich absolut ruhig verhalte, dachte ich, und keinen Mucks von mir gebe, können sie mich nicht finden. Ich hatte meine Mutter opfern müssen. Ich wusste, dass der Wald sie wollte, und ich wollte ihr ja auch helfen, aber fürs Erste war sie verloren, da Eric in Aktion getreten war, bevor ich sie finden konnte. Er hatte sie einfach als Erster erreicht.

Es ergab alles keinen Sinn. Aber alles war vollkommen logisch.

»WAS FEHLT IHM denn?«, fragte meine Mutter gerade.

Eric sagte kein Wort. Er schaltete einen Nachrichtensender ein.

Hannah hielt sich mit der Hand ein Auge zu. »Und was fehlt *mir*?« Die Krebszellen in ihrem Gehirn teilten und vermehrten sich um ein Vielfaches, während anomale DNA-Fäden sich um ihre Sehnerven schlängelten. Ihr Augenlicht löste sich einen Grad weiter auf.

»Ich glaube, wir sollten vielleicht eine Kernspin-Tomographie ansetzen«, sagte Eric.

»Glaubst du, dass es was Neurologisches ist?«

»Tja.« Er saß am Steuer seines schnittigen schwarzen Jaguars. Ich konnte förmlich spüren, wie der Wagen geschmeidig wie ein Tier durch die weit entfernten Straßen rollte. »Ich weiß nicht.« Mein Blick reichte bis zu Eric hinaus, und ich konnte durch seine Augen hindurchsehen.

»Ist es das Symptom einer Krankheit, von der du bereits gehört hast?«

»Ich will einfach nur sichergehen«, sagte er.

Hannah sah aus dem Fenster. »Wo ist Pilot?«

»Er hat sich wahrscheinlich bereits auf den Heimweg gemacht. Vielleicht hat er deinen Wagen ja gefunden und gesehen, dass er leer ist –«

»Meinst du, wir hätten warten sollen?«

»Ich will dich so schnell wie möglich nach Hause bringen. Siehst du immer noch doppelt?«

»Ja.« Unsere Mutter fing an zu singen. *»Ja, immer noch doppelt, ja, immer noch doppelt, immer noch doppelt.«*

»Bitte«, sagte Eric.

»Was?«

»Ich kann das Radio nicht hören.«

Sie hörte auf. Gemeinsam lauschten sie dem Moderator, der Einbrüche, Raubüberfälle, Autodiebstähle und die Beschlagnahme von Rauschgift beschrieb. In einem lateinamerikanischen Land war gerade ein Krieg ausgebrochen. Im Mittleren Osten brodelte es. Auf dem Balkan war ein völlig neuer Staat entstanden. Irgendjemand hatte in einer hiesigen High School eine Bombe explodieren lassen. Unschuldige Tiere wurden, wie sich herausstellte, im Namen der Wissenschaft gequält. Einer Gruppe Wissenschaftler war es gelungen, menschliche Zellen weit über ihre natürliche Lebensdauer hinaus zu erhalten. Es gab Anlass zur Besorgnis, zur Freude und zur Bestürzung. Mein Bruder drehte am Balance-Regler. Er stellte den Empfang besser ein. Schließlich war dies ein Blaupunkt-Radio. Er fuhr seinen viertürigen Jaguar mit bedächtiger Kontrolle, und der Motor dröhnte wie eine Politikerrede.

»Mom«, sagte er bei einer Werbeunterbrechung, »sei so lieb und halt dir ein Auge zu und sag mir dann, ob du weiterhin Gespenster siehst.«

Unsere Mutter hielt sich ihr rechtes Auge zu. »Gespenster«, sagte sie.

»Und jetzt das andere.«

»Noch mehr Gespenster.«

Eric nickte.

»Was bedeutet das?«

»Dass die Ursache wahrscheinlich neurologisch ist. Abgesehen von diesen Doppelbildern, kommen dir die Dinge ein wenig unscharf vor?«

Es war Krebs.

»Verschwommen?«, fragte sie.

»Ja, verschwommen.«

Sie sagte: »Vielleicht ein wenig.«

Sie fuhren auf Hannahs Auffahrt. Sie bemerkten nicht, wie der Wald immer weiter in den Hintergrund entschwand, wie er wie eine Flutwelle ins Meer zurückgesaugt wurde, wie ein Raubtier, das seiner Beute nachgestellt hat, jedoch noch nicht ganz bereit ist, loszuschlagen. Wie die Bedeutung eines Begriffes, den man nicht zu fassen bekommt. Sie stiegen aus. »Bist du auch nicht zu schwach auf den Beinen?«

»Natürlich bin ich nicht zu schwach auf den Beinen«, sagte unsere Mutter. »Mein Gott, natürlich bin ich nicht zu schwach.«

»Ich will dir doch nur helfen.«

»Ich bin schließlich noch nicht tot«, fauchte sie.

»Kannst du dich bitte beruhigen?«

»Wo ist Pilot? Wo zum Teufel ist dein Bruder?«

Ich hatte den Schnürsenkel zigmal um meinen Finger gewickelt, so fest, dass ich dachte, er würde jeden Moment explodieren. Ich kauerte mich gegen einen rauen feuchten Baum, um nicht entdeckt zu werden. Ich wusste, was sie meinte. Ich wusste genau, was unsere Mutter meinte.

Auch ich war noch nicht tot.

SIE WARTETEN. HANNAH schritt auf dem alten blau-weißen Perserteppich auf und ab. Sie summte mit abwesendem Blick nervös vor sich hin, während ihre Knöchel dieses typische Knacken von sich gaben. Eric saß auf dem alten blauen Sofa, die Ellbogen auf den Knien aufgestützt, die Augen fest auf die Tür geheftet. Seine Fingerspitzen berührten einander wie die Spinne ihr Spiegelbild. Ich kann mir nur schwer vorstellen, was er in diesem Moment erwartete. Dass ich mit verschlammten Turnschuhen zur Tür hereintrat? Dass ich für immer wegbleiben würde? Er ging in die Küche und räumte auf, fing zwanghaft an, die Tassen und die Kaffeekanne auf dem Herd abzuspülen. War er nicht an diesem Morgen noch in der Küche gewesen? Als er wieder ins Wohnzimmer zurückkehrte, hielt unsere Mutter die Haustür auf und spähte über den Vordergarten hinweg. »Mom, er kommt wahrscheinlich gar nicht aus dieser Richtung.« Eric ging zur Tür und zog sie zu. Sie seufzte und schritt weiter auf dem Perser auf und ab.

Schließlich schlug mein Bruder vor, dass sie ein Aspirin nehmen und sich hinlegen solle, dass dies vielleicht die Gespenster vertreiben würde. Sie nickte und kramte eine blaue Valium aus ihrer Handtasche. Sie könne sich jedoch nicht hinlegen, sagte sie.

»Ich muss jetzt gehen.« Eric streckte ihr die Arme entgegen.

»Dann geh«, sagte sie.

Und Eric ging.

Und so wartete sie allein und sah überall Gespenster und alles doppelt.

Und um acht war ich immer noch verschwunden.

Und auch um neun.

Und um zehn Uhr an jenem Abend sagte sich meine Mutter, dass sie lang genug gewartet hatte. Lang genug, sagte sie sich.

Um elf rief sie Eric an.

»Er ist immer noch nicht zurück?« Die Stimme meines Bruders klang ungläubig, jedoch nicht besorgt oder gar verzweifelt.

»Ich habe gerade gedacht, dass er vielleicht mit dem Wagen zu dir gefahren ist.« *Ihre* Stimme klang verzweifelt.

»Nein«, sagte Eric, »hier ist er nicht. Und außerdem – *hat* er überhaupt einen Satz Schlüssel für den Mercedes? Und warum sollte er hierher kommen?«

Unsere Mutter gab einen schrillen Jammerlaut von sich.

»Mom«, sagte Eric. »Du musst jetzt die Ruhe bewahren.«

»Wo ist er?«

»Er hat sich wahrscheinlich in den Wagen gesetzt und ist irgendwo hingefahren.« Eric stieß einen Seufzer aus. »Ich werde kurz dort vorbeifahren und nachsehen, ob die Kiste noch da ist.«

Aber ich war nicht mit dem Wagen unterwegs.

Ich war im Wald und wurde von einer erstaunlichen Erkenntnis nach der anderen durchzuckt.

Ich verstand nun einiges.

Ich *blickte durch*.

Unsere Mutter saß in Dads altem blauen Ohrensessel am Fenster und hielt sich die Hand vor den Mund, um einen Schrei zu ersticken. Genau das Gleiche war schon einmal passiert, sagte sie sich. Genauso hatte es sich angefühlt, als Fiona –

Zwanzig Minuten später fuhr Eric in seinem Jaguar an dem Wagen meiner Mutter am Sky Highway vorbei. Der Mercedes war natürlich immer noch an Ort und Stelle. Er fuhr zu dem Haus unserer Mutter, um nachzusehen, ob ich in der Zwischenzeit heimgekehrt war.

Und natürlich gab es von mir weiterhin weit und breit keine Spur.

Also nahm Eric das klotzige schwarze Wählscheibentelefon auf dem Beistelltisch und rief mit resignierter Stimme die Polizei an.

SIE WARTETE MIT dem Telefon auf ihrem Schoß – schwarz, bleischwer, mit Wählscheibe. Wo kam das Ding überhaupt her? Sie wartete, während sie jeden Zentimeter des Hauses abschritt. Ihr Fuß berührte jeden Quadratzentimeter Boden, jeden Knoten des Teppichs. Sie wartete, während sie in meinem Zimmer auf der Bettkante saß, den Blick auf den Stapel Bücher und Zeitschriften geheftet, den ich dort zurückgelassen hatte, Ausgaben des *National Geographic*, des *Smithsonian* und des *Playboy*, den ich vor ein paar Wochen unter meinem Hemd eingeschmuggelt hatte. Sie wartete, weigerte sich zu essen und trank stattdessen in einem fort Tee, den ganzen Tag und die ganze Nacht, unaufhörlich, wobei sie anstatt in Schlaf in eine Art Beinahe-Trance versank. Sie ließ sämtliche Radio- und Fernsehgeräte eingeschaltet. Sie lauschte den Lokalnachrichten. Sie erblickte diese schimmernden, durchsichtigen Gespenster und sah alles und jedes doppelt. Sie sah zwei Wohnzimmersofas und zwei Esszimmertische. Unsere Mutter sah hinter unserem Haus zwei Pool- und Gartenanlagen. Sie sah vier Detectives der Polizei vor der Haustür. Als sie sie jedoch hereinbat, vernahm sie nur zwei Stimmen. Sie versuchte, die Ruhe zu bewahren, aber immer wieder riss sie die Hand an den Mund, und dann entfuhren ihr immer wieder diese Laute – diese *Laute*, die der Anfang von etwas Schrillem und Schrecklichem waren. Sie ermahnte sich in einem fort: *Nicht schon wieder, nicht schon wieder, das kann doch nicht wahr sein, dass das schon wieder passiert.* Sie sah zwei Erics auf dem blauen Sofa. »Mom«, bohrte er weiter, »du musst es ihm sagen.«

»Wenn er zurückkommt, wenn wir ihn finden, werd ich's ihm sagen.« Sie meinte meinen Vater. Sie hatte meinem Vater nicht gesagt, dass ich verschwunden war.

»Ich werd's ihm sagen.«

»Nein«, sagte unsere Mutter, »das wirst du nicht.«

Eric seufzte und rieb sich die Hände. »Siehst du gerade irgendwelche Gespenster?«

Im Zimmer waren zwei Sofas, zwei blaue Ohrensessel, zwei Erics – alles war in zweifacher Ausführung vorhanden. »Ich sehe sie in genau diesem Moment.« Ihre Augen waren voller Tränen, und an den Rändern sah alles ganz verschwommen aus.

»Stress«, sagte er. »Ist nur der Stress.«

In jenem Moment verdoppelten sich die Krebszellen im Innern des Nervenzentrums, das elektrische Bilder von ihrem Auge an ihr Gehirn übermittelte. Sie wanden sich wie eine Spirale um die zu ihren Augen führenden Drähte. Wie der Schnürsenkel, der sich endlos um meinen Finger wickelte.

»Geh«, sagte Hannah zu ihm, während die Tränen ihr die Wangen hinunterliefen. Sie zeigte mit dem Finger Richtung Wald. »Geh und finde deinen Bruder, verdammt noch mal.«

Eric griff nach seiner Jacke.

Unsere Mutter hob die Hände ans Gesicht und sagte: »Das

kann doch nicht schon wieder passieren, das kann mir doch nicht schon wieder passieren.«

Nachdem er gegangen war, stand sie in der Küche vor der Anrichte und blickte in den Wald hinaus, der voller doppelter Bäume, doppelter Äste war, in dem alles doppelt war, und sie wusste, dass ich irgendwo dort draußen war, ganz und gar verschluckt, wusste, dass man mich ihr weggenommen hatte, so wie man ihr Fiona entrissen hatte.

Unmerklich, ohne dass sie es geahnt hätte, ohne dass sie es *gesehen* hätte, schlich sich der Wald näher und wartete darauf, dass sie sich vom Fenster abwandte, nur für den Bruchteil einer Sekunde, um über sie hinwegzurollen und sie und die ganze Nachbarschaft mit sich zu reißen.

Sie setzte noch einen Kessel Wasser auf. Sie schenkte sich eine weitere Tasse Tee ein.

JENSEITS DES WALDES, jenseits des Highways, jenseits des Parkplatzes voller einförmiger Familienautos drückte eine Frau den Hörer eines billigen Telefons an ihr zartes Ohr. Ihre Augen waren geschlossen, ihre Stimme war heiser, und mehrere Stunden lang würde sie so reden – sich so streiten. Und es war allein diese Frau – Katherine Jane DeQuincey-Joy, mit ihren bis auf den bitteren, durchdringenden Blutgeschmack abgenagten Fingernägeln –, es war allein Katherine, die mich zu retten vermochte.

DAS TELEFON KLINGELTE, und sie war in Sekundenschnelle am Apparat. »Ja.«

»Sie haben ihn gefunden.«

Unsere Mutter atmete schwer und unregelmäßig. »... O Gott, o Gott ...«

»Er hat, er hat einen Schub gehabt.« Es war Eric.

»Einen Schub?« Unsere Mutter sank in den Ohrensessel, die Hand an der Stirn. »Was meinst du damit? Ist er wohlauf?« Sie blickte auf und sah das doppelte schwarze Wählscheibentelefon auf dem doppelten Beistelltisch. Im Hintergrund hörte sie ein auf einer Gegensprechanlage geführtes Gespräch mit diesem typischen Summen. Sie wusste genau, von wo aus Eric anrief.

»Pilot – er, er ist körperlich unversehrt. Ich meine, es gibt keinen Grund zur Sorge.« Er klang ein wenig hektisch, und in seiner Stimme lag ein besorger Tonfall, der Anflug einer Warnung. »Er hat sich nicht wehgetan oder so. Er ist unverletzt«, sagte er. »Er ist nur –«

»Nur was?« Hannah betrachtete das Aussichtsfenster, silbern und voller Spiegelungen, und den schwarzen Himmel. Wo war ich gewesen?, fragte sie sich. Wo zum Teufel war ich gewesen?

»Er hat einfach eine Art Aussetzer gehabt.«

»Einen Aussetzer? Eine Art?«

Eric fing sich allmählich wieder und stellte eine Theorie auf. »Es ist ungefähr so, als hätte er eine Art psychischen Zusammenbruch erlebt.« Er hielt einen Moment lang inne. »Oder etwas Ähnliches.« Er stand gerade in der Eingangshalle der Notaufnahme der East-Meadow-Klinik.

»Oder etwas Ähnliches.« Unsere Mutter nickte, wiederholte seine Worte und fuhr mit ihren dünnen Fingern durch ihr graues, sich lichtendes Haar. Dann legte sie ihre Hand in den Nacken. Sie sah zwei blaue Sofas vor sich. Sie sah zwei knallige Kronleuchter über zwei abgewetzten Esszimmertischen. Neben ihren Füßen auf dem Boden sah sie zwei Teetassen aus Porzellan, die echte und ihr Gespenst. »Okay.« Das war nichts Neues. Das befand sich durchaus im Rahmen dessen, was sie über mich wusste. »Okay.« Das kam nicht einmal überraschend.

Ich hatte bereits zuvor Aussetzer gehabt.

»Ich lasse ihn sofort einweisen«, verkündete Eric. »Und dann hole ich dich ab, okay?« Er hatte wieder alles im Griff, Hannah hörte es an seiner Stimme, an der Festigkeit, die sich um die Konsonanten formte, und an der fließenden Leichtigkeit der Vokale.

»Hat er irgendetwas gesagt? Hat er gesagt, weshalb er –«

»Ich glaube nicht, dass er mich überhaupt erkennt, Mom.«

»O Gott.«

»Leg jetzt nicht auf. Siehst du jetzt gerade irgendwelche Gespenster?«

»Ich hab mich inzwischen so sehr an sie gewöhnt, dass es mir gar nicht mehr auffällt.« Sie blickte sich mit dem ersten Lächeln seit drei Tagen um – seit ich verschwunden war. Ich war wohlauf, sagte sie sich. Eric hatte angerufen, und ich war unversehrt. »Ich erblicke sie überall, wohin ich auch sehe.« Ich lebte, auch wenn ich wirr war und den Verstand verloren hatte, aber ich lebte.

»Warte einfach auf mich.«

»Eric, ich warte«, sagte sie. »Ich *habe* die ganze Zeit gewartet.«

KATHERINE JANE DEQUINCEY-JOY nahm ihr Notizbuch, einen Stapel unordentlich zusammengelegter Blätter und die gestrige Ausgabe der *New York Times*. Sie stieg mühevoll und mit dampfendem Atem aus ihrem saphirblauen Golf, einem Gebrauchtwagen, den sie erst kürzlich erstanden hatte. Es war ein strahlend leuchtender Herbstmorgen. Eigentlich ein herrlicher Tag. Die Sonne zerlief wie ein aufgeschlagenes Ei und schmierte ihr Eigelb über die Bäume, die die gegenüberliegende Seite des Highways säumten. Aber es brannte ihr wie Essig in den Augen. Katherine hatte vergangene Nacht kein Auge zugetan und sich mit Mark gestritten, den sie von nun an als ihren Ex betrachtete, obwohl sie nie wirklich verheiratet gewesen waren. Und jetzt verspürte sie einen aufkommenden Schmerz, eine dünne Glasschicht, die in ihrer Kehle zersprang, sobald sie schluckte.

Außerdem war sie hungrig – sie merkte das an ihren zitternden Händen –, obwohl sie keinen Appetit verspürte und ihr in der Klinik ein Tag ohne Verschnaufpausen bevorstand. Ihr entglitt ein Teil der *Times*. Die Zeitungsseiten schwebten mit all ihren diffusen Schlagzeilen über neue Krankheiten, alte Kriege und tragische Personenverwechslungen zu Boden. Wenn sie versuchte sie aufzuheben, würde ihr alles herunterfallen, das wusste sie – ihr Notizbuch, die Unterlagen, der Rest der *Times*, ihr ganzes Leben. Also schloss sie einen kurzen Moment die Augen, hob die Füße und stieg einfach darüber hinweg.

Sie würde ein wenig Tee mit Zitrone trinken.

Katherine lächelte den beiden vorbeigehenden Krankenschwestern zu und betrat durch die Glastüren die Klinik. Das Klacken ihrer Absätze hallte den langen, mit orangefarbenem Linoleum ausgeschlagenen Korridor entlang. Sie sagte ihrer Sekretärin hallo, einem Mädchen mit großen Augen, das ein Kleid mit Blumenmuster trug und sogleich erwiderte: »Maryanne MacDonald ist ihre erste Patientin.«

»Danke, Elizabeth.«

»Bitte.«

Katherine schob mit der Schulter die Tür zu ihrem Büro auf und warf alles – ihr Notizbuch, die Unterlagen, die sie nicht durchgesehen hatte, und den Teil der *Times*, der nicht heruntergefallen war – auf das scheußliche braune Sofa an der Wand. Dann ließ sie die Tür zurück ins Schloss fallen und setzte sich erschöpft an ihren Schreibtisch. Er war mit Unterlagen, pastellfarbenen Klebenotizzetteln und noch auszufüllenden psychologischen Gutachten übersät – bürokratischer Papierkram, der einem von Beginn an das Leben schwer machte. Sie hatte vor zwei Wochen in der East Meadow Psychiatric In-Patient Clinic angefangen, und die Kisten aus ihrer alten Praxis in der Stadt stapelten sich noch immer in der Ecke neben den leeren Regalen. Die Wände waren immer noch kahl – sie hatte nicht einmal ihre Diplome aufgehängt. Sie hatte sich vorgenommen, irgendetwas über das Sofa zu werfen – ein Betttuch, eine Tagesdecke, *irgendetwas*. »Katherine?«, tönte es aus ihrer Gegensprechanlage. Es war wieder Elizabeth mit ihrer süßen melodischen Stimme. »Hab ganz vergessen Ihnen zu sagen, dass Dr. Lennox gern wissen würde, ob Sie einen neuen Patienten annehmen können.«

»Heute?«

»Ein Notfall-Patient, ein gewisser Pilot Sowieso, psychotisch. Dr. Lennox hat ihn bereits aufgenommen.«

Ich lag unterdessen mit geschlossenen Augen oben im Bett, die Arme unter der Bettdecke, damit sie nicht davonschwebten. Draußen streckte ein Ast sich Richtung Zimmer und rollte sich förmlich aus, um ans Fenster zu klopfen, um mich wach zu halten und mich zu warnen. Mein Gesicht war von einer Schürfwunde bedeckt, die sich von der Schläfe über die Wange bis zu meiner Oberlippe zog. Um meinen Mittelfinger war ein alter Schnürsenkel gewickelt. Ich hatte ein Problem. Ich litt an einer Psychose, wie man mir später sagte.

Unten seufzte Katherine. »Einen Piloten?«, sagte sie. »Warum nicht, zum Teufel?«

Eine Stimme sagte: »Danke, Kate.« Die Tür war jetzt offen. Ein Mann Ende vierzig mit grauschwarzen, ein wenig zerzausten Haaren tauchte auf. Es war Dr. Lennox. »Er ist aber kein Pilot«, sagte er. »Er heißt nur so. Sein *Name* ist Pilot.«

Katherine lächelte. »Könnten Sie mir einen Tee besorgen?«

»Milch?«

»Zitrone.«

Dr. Lennox verschwand. Katherine versuchte ihren Schreibtisch ein wenig aufzuräumen, und als der Psychiater mit einem Lächeln zurückkehrte, hatte sie gerade genug Platz geschaffen, um den Styroporbecher darauf unterzubringen. »Er heißt Pilot Airie«, sagte Dr. Lennox und legte eine Zitronenscheibe auf eine weiße Serviette. »Keine dreißig Jahre alt.« Er zeigte zum Fenster hinaus. »Ist im Wald am Highway gefunden worden. War drei Tage draußen.«

»Drei *Tage*? Ist er bereits medikamentös eingestellt worden?« Katherine drückte die Zitronenscheibe aus und stippte sie ins Wasser, um etwas mehr Farbe aus dem Teebeutel herauszuholen.

»Und wie.«

Ich war wie ein Tier im Zoo mit Beruhigungspillen voll gepumpt worden.

»Familie?«

»Sie wohnen in der Nähe.«

»Stationäre Aufnahme?«

Lennox' Augenbrauen wölbten sich. »Ganz und gar.«

»War er bereits in Therapie?« Sie nippte an ihrem Tee. »Ich meine, hat es irgendwelche Warnzeichen gegeben?«

»Ich glaube nicht«, sagte Lennox. Er runzelte einen Moment lang die Stirn, bevor er wieder sein beinahe ständiges Lächeln aufsetzte.

»Wie war noch mal sein Name?«

»Pilot Airie.«

»Ungewöhnlich.«

Er machte es sich auf Katherines Sofa bequem und rutschte mit den Hüften herum. »Die Mutter, Hannah Airie, ist Physiotherapeutin«, sagte er. »Hände, glaube ich. Sie hat früher hier gearbeitet. Der Vater ist Pilot bei einer Airline.«

»Daher also der Name.«

»Am interessantesten jedoch ist«, fuhr Lennox fort, »dass der Bruder –«

»Ebenfalls psychotisch ist?«

Er schüttelte den Kopf. »Das andere Ende des Spektrums. Er ist hier im Krankenhaus als Facharzt tätig.«

Katherine nickte. »Hab ihn bereits kennen gelernt.« Sie war überall vorgestellt worden und hatte meinem Bruder sogar vom Ende des Korridors aus zugelächelt. Eric hatte die Hand gehoben und ein kleines Hallo gewinkt.

Airie.

Kam ihr irgendwie bekannt vor.

Dr. Lennox lächelte immer noch. »Pilot befindet sich seit heute früh im Krankenhaus.«

Ich lag mit dem Gesicht nach oben im Bett. Ich kannte die Bewegungen sämtlicher Personen um mich herum in- und auswendig. Ich hörte die Gedanken sämtlicher Menschen, die mich kannten. Ich hörte dieses *Geplapper* in der Deckenleuchte über mir, ein elektronisches Gespräch.

Katherine zuckte mit den Achseln. Es gab vorerst ohnehin nicht viel, was sie tun konnte, dachte sie. Einfach nur sicherstellen, dass das Medikament anschlug. Und mich auf den holprigen Pfad Richtung Normalität führte. Viel mehr ist bei schizophrenen Patienten heutzutage nicht drin. »Ich lasse das Mittagessen ausfallen. Hab sowieso keinen großen Hunger.«

Sie hatte keine Ahnung, auf was sie sich da einließ.

»Danke, Kate.« Dr. Lennox, der sich inzwischen erhoben hatte, stand mit den Händen in den Taschen da, nickte und lächelte. Er deutete mit dem Kopf Richtung Tür.

Katherine hob ihren Styroporbecher.

Ich fummelte an meinem Schnürsenkel herum.

Jetzt, wo sie wieder allein war, mit einem Stapel Pappkartons, einem hässlichen braunen Sofa mit Stuhl, einem übergroßen furnierten Schreibtisch und einem Fenster, das auf den Parkplatz hinaussah, blickte Katherine Jane DeQuincey-Joy durch eben dieses Fenster über den Parkplatz hinweg Richtung Highway auf den vormittäglichen, immer noch starken Verkehr und über den Highway hinweg zu dem weitläufigen Waldgebiet, dessen Bäume an den Rändern bereits vergilbten. Ich hatte in diesem Wald drei Tage verbracht, und Katherine versuchte sich dies vorzustellen. Hatte ich mich die ganze Zeit ruhig verhalten, fragte sie sich, katatonisch, wie ein Raubtier, das seiner Beute auflauerte? Oder war es umgekehrt? War ich hungrig geworden? Hatte ich mich vor irgendetwas Bestimmtem versteckt? Warum würde jemand seinem Sohn den Namen *Pilot* geben? Die Gegensprechanlage summte wieder. »Katherine?«, sagte Elizabeth. »Ihr nächster Patient ist da.«

WENN ICH MICH an Fiona erinnere, dann in stummen erstarrten Bildern, wie in einer Serie alter Fotografien.

In einem dieser Bilder sehe ich nur ihr Gesicht, die ausgeprägten Wangenknochen, die graugrünen Augen – den meinen ähnlich – und die hellbraunen Sommersprossen auf ihrem Nasenrücken. Ich erinnere mich an das kleine Grübchen in ihrer linken Wange. Ich weiß noch, wie ihr feines blondes Haar sich an den Schläfen wellte. Und ich weiß noch, wie Fiona, meine Schwester, schüchtern lächelte.

In einem anderen Bild, das ich in meinem Kopf aufbewahre, steht Fiona im Garten neben unserem Schwimmbecken. Zu ihren Füßen ist eine Pfütze zu erkennen. Sie spiegelt sich im Sonnenlicht. Fiona lächelt strahlend. Sie hat ein Handtuch mit Gänseblümchenmuster eng um die Schultern gewickelt und trägt einen roten einteiligen Badeanzug, auf den ein passendes Blümchen zwischen ihren noch nicht entwickelten Brüsten genäht ist. Die Blätter der Bäume und Büsche hinter dem Pool am Ende des Gartens sind smaragdgrün und gelb. Der untere Teil des Gartens, etwa auf Rasenhöhe, wird von einer langsam vordringenden Schwärze bedeckt. Ich sehe, wie Fiona mit nach außen gestellten Füßen dasteht, im Stil einer Balletttänzerin. Sie hatte Unterrichtsstunden genommen, glaube ich, hatte viel geübt und war auch aufgetreten. Ihre Zehen sind rundlich, und ihre Fußnägel sind grellrosa lackiert. Hinter ihr bewegt sich irgendetwas, zumindest scheint es so, eine Beinahe-Bewegung oder eine Bewegung, die jeden Moment stattfinden wird. Auf dem Wasser ist ein Kräuseln zu erkennen. Und in den Wipfeln der Bäume rauscht der Wind. Seitlich in ihrem Gesicht kleben dünne nasse Haarsträhnen. Die Gänseblümchen ihres Handtuchs werden durch ein verblichenes Kodachrome-Gelb dargestellt. In diesem Foto Fionas, das ich im Kopf mit mir herumtrage, weil ich mich nur so an sie erinnern kann und weil meine Mutter sämtliche wirklichen Fotos an sich genommen und irgendwo versteckt hat, tritt auf ihren Armen gerade eine leichte Gänsehaut hervor. Ihr Mundinneres ist von einem verschwommenen roten Fleck erfüllt. Aus ihrem Innern ertönt irgendein Gurgeln.

»WIE FÜHLST DU dich?«, sagte mein Bruder.

»Was?«

Hatte ich die Augen geöffnet?

»Wie fühlst du dich, Pilot? Ist mit dir alles in Ordnung?« Ich lag im Bett, in einem Krankenhausbett, in dem Krankenhaus, in dem mein Bruder arbeitete, und meine Arme waren unter der Bettdecke gefangen. Die Deckenleuchte über ihm war voller elektronischer Stimmen – irgendeine Debatte über das Wann und Wie meiner Ermordung. Wenn ich nur irgendwie dafür sorgen könnte, dass sie sich weiter streiten, dachte ich, wenn ich nur irgendwie zu ihrer Unentschlossenheit beitragen könnte, würde ich vielleicht ein wenig Zeit gewinnen. »Verstehst du mich?«

»Dich verstehen?« Ich kniff die Augen zusammen. »In dem Foto«, klärte ich ihn auf, »schleicht sich irgendeine Schwärze heran, ein Schatten, der sich über sie legt, sie leicht berührt. Er stammt von dem Fotografen.« Ich spürte den Schnürsenkel unter der Bettdecke. Er war immer noch um meinen Finger gewickelt, wie irgendein Wink oder eine Mahnung.

»Himmel«, sagte mein Bruder. »Komm schon, Pilot.«

»In dem Foto«, sagte ich. In der Deckenleuchte wurde weiter lautstark gestritten, ein Gegacker wie im Hühnerstall. Das Licht hing wie ein Heiligenschein um Erics Kopf.

Ich befand mich plötzlich in einem Zimmer, einem Zimmer, das so tief im Wald versteckt lag, dass alles ganz weiß war.

»Wir haben dich im Wald gefunden«, sagte mein Bruder. »Was zum Teufel hast du da draußen nur getrieben?«

»Irgendjemand«, antwortete ich, »musste doch Hannah retten.«

»Pilot, verdammt.«

»Eric.« Die Leute in der Deckenleuchte konnten sich immer noch nicht einigen. Zankt euch nur weiter, dachte ich. Führt die Debatte ruhig weiter. Hinter ihm hing ein grauer Nylonvorhang. »An der Wurzel ihres Sehnervs befindet sich ein kleiner Fleck.«

»Wovon redest du?«

»Hannah.« Ich fummelte an dem Schnürsenkel. Ich wickelte ihn immer wieder um meinen Finger.

»Mom?«

»Du bist doch hier der verdammte Gehirnchirurg«, sagte ich. »Aber du bist dir darüber durchaus im Klaren, nicht wahr? Willst es bloß nicht zugeben.«

»Du warst drei Tage da draußen«, sagte Eric. »Ist dir das eigentlich klar?«

»Es ist Krebs.« Ich hörte ein Kichern in der Deckenleuchte. »Ich weiß, was du im Schilde führst«, sagte ich. »Ich wusste es damals. Und ich weiß es jetzt.«

»Wovon redest du überhaupt?«

»Du hast die Sache durchgezogen.« Ich blickte ihn an. »Oder etwa nicht?«

»Was durchgezogen, Bruderherz?«

»All deine Pläne.«

»Pilot, um Himmels willen.«

ERIC SCHLICH SICH des Öfteren in mein Zimmer und kniete sich wie zum Gebet neben mein Bett. »Ich werde dich umbringen«, sagte er dann. »Du hältst besser den Mund, oder ich bringe dich auf der Stelle um. Ich werde dir von einem Ohr zum anderen die Kehle durchschneiden. Ich werde dich in den Wald schleppen und dich an einem riesigen Baum aufhängen. Ich werde Drano in dein Apfelmus mischen. Ich werde dich so umbringen, wie in der gesamten Geschichte des Mordes noch nie ein Mensch umgebracht worden ist.« Ich kniff in der Dunkelheit so fest es ging die Augen zusammen. Manchmal hielt ich mir auch die Ohren zu. Aber Eric zerrte dann meine Hände weg. »Ich werde Dads Pistole aus dem Schrank holen«, sagte er einmal, »und dann werde ich dich nach draußen in den Wald führen, ganz weit weg, sodass niemand dich schreien hört, und ich werde dir eine Kugel in dein linkes Bein jagen.«

»Hör auf«, flüsterte ich.

»Und dann schieße ich in dein rechtes Bein«, flüsterte er zurück. »Und dann eine Kugel in –«

»Eric, bitte.«

»– deine linke Hand, die all die kleinen Fingerknochen zertrümmern wird, die Mittelhandknochen und Phalanxknochen. Und dann schieße ich in deinen Ellbogen, und das sind erst vier Kugeln. Bleiben noch zwei.«

»Bitte, hör doch auf«, sagte ich. Seine Stimme war so samtig wie die eines Radioansagers.

»Und dann schieße ich in deinen Magen, und du wirst auf dem Boden liegen und dich in deinem eigenen Blut winden, du blöde kleine Heulsuse. Du wirst dich bestimmt übergeben und deine eigene Magensäure schmecken, und das Abendessen, vermischt mit deinem eigenen –«

Ich weinte.

»– Blut, du saublöde kleine Heulsuse. Und dann, wenn ich vor lauter Langeweile gar nicht mehr hinsehen mag, wenn mir nichts mehr einfällt, wie ich dich weiter quälen kann, halte ich dir die Knarre direkt an die Stirn und drücke so langsam wie möglich ab. Und dann schaue ich zu, wie dein Gehirn aus deinem Hinterkopf quillt. Viel ist es ja ohnehin nicht.«

Ich kniff noch fester die Augen zu, hielt den Atem an und wartete, bis alles in undurchdringliche Finsternis gehüllt war, und als ich die Augen wieder öffnete, war Eric verschwunden.

Ich lag dann bis zum Morgen schweigend da und wartete darauf, dass er zurückkehrte. Manchmal, wenn Eric und ich zusammen das Geschirr spülten oder wenn unsere Eltern aus dem Zimmer gegangen waren, flüsterte er: »Ich werde dich umbringen.« Und dann legte er seinen Finger auf meine Lippen, um mich am Sprechen zu hindern.

Ich habe ihm das alles aufs Wort geglaubt. Ich habe ihm immer geglaubt. Und ich habe geschwiegen.

Ich habe nie jemandem davon erzählt.

Ich habe nie jemandem davon erzählt.

IHR HAAR WAR so verrückt und wirr, wie ich es war. Blond und zugleich schwarz fiel es in langen Korkenzieherlocken über ihre Schultern bis tief in ihr Kreuz hinunter. Eine graue, geschmackvoll zerknitterte Wollhose kombiniert mit einer Satinbluse, komplettierten den Eindruck einer gewissen ungestümen Eleganz. Sie hatte wie Fiona grüne Augen. Die Augen dieser Frau waren jedoch heller, strahlender und ihr Blick war so konzentriert, wie ich es noch nie bei einem Menschen beobachtet hatte, mit weiten, zugleich scharfen Pupillen. »Pilot Airie«, sagte sie in geschäftsmäßigem Tonfall, »ich bin Katherine Jane DeQuincey-Joy.« Unter ihrer hellgrünen, am Kragen offen getragenen Bluse waren ein Goldkettchen und ein antikes, mit einem keltischen Zeichen verziertes Medaillon sichtbar. Auf ihrem Schlüsselbein prangte ein Muttermal, ein Leberfleck, wie ein geronnener Blutstropfen, der sich dort nach einem Nadelstich gebildet hatte und schwarz geworden war.

Oder waren Fionas Augen blau? Panikartig versuchte ich mich zu erinnern.

Grün. Ja, grau-*grün*.

Ich strich über mein Gesicht und spürte dem Kratzer auf meiner Wange nach. Ich fragte mich, ob ich knallhart oder eher Mitleid erregend aussah. »Hallo«, sagte ich. Ich entschied mich für Mitleid erregend. Ich setzte mich auf, obwohl ich total durcheinander war.

»Ich bin Psychologin und arbeite hier im Krankenhaus, Pilot. Vor ein paar Minuten habe ich Ihre Mutter im Korridor getroffen, und sie hat mir erzählt, was passiert ist.«

Katherine Jane DeQuincey-Joy sprach mit bedächtiger Stimme, und ihre Augen waren wie zwei Mitleid aussendende Fernsehgeräte.

Ich sagte: »Meine Mutter weiß nicht, was passiert ist.«

»Deshalb wollte ich mit Ihnen reden«, erwiderte sie. »Nur ganz kurz, um zu sehen, wie es Ihnen geht. In Ordnung?«

»Oh, Katherine Jane DeQuincey-Joy«, gab ich die förmliche Art, in der sie sich vorgestellt hatte, zurück. »Ehrlich gesagt glaube ich nicht, dass es mir momentan besonders gut geht.« In der Deckenleuchte brach plötzlich ein wildes Stimmengewirr aus. Ich hatte ihnen gerade frischen Nachschub an Munition geliefert. Ich hatte ein Eingeständnis gemacht. Zum Glück hatten sie sich noch immer nicht darauf verständigt, wie ich beseitigt werden sollte.

»Wirklich?«, sagte sie.

Ich nickte.

Ich wusste irgendwie, dass Eric das letzte Wort haben würde, dass er das Sagen hatte. Vielleicht war seine Kommunikationsausrüstung defekt. Vielleicht war er ohne Empfangssignal und versuchte durchzukommen. Katherine Jane DeQuincey-Joy hatte einen langen schmalen Hals, und unter dem hellgrünen Stoff ihrer Bluse sah ich die Kurven ihres Körpers, ihren hautfarbenen Spitzen-Büstenhalter – praktisch und doch elegant. Sie fragte: »Warum sagen Sie das, Pilot?«

»Könnten Sie das Licht ausschalten?«, bat ich sie. »Ich kann Sie nicht hören.«

Sie runzelte die Stirn. »Wenn ich das Licht ausschalte, verstehen Sie mich besser?« Sie blickte mich gespannt und mit großen Augen an, so als wollte sie Logik und Verstand einen Moment lang beiseite lassen und einer Erklärung Glauben schenken, die eindeutig verrückt war.

Dann warf sie einen Blick auf meine Hand, auf den Schnürsenkel, den ich um meinen schmerzenden Mittelfinger gewickelt hatte.

»Katherine Jane DeQuincey-Joy«, wollte ich wissen, »sind wir weit genug vom Wald entfernt?«

»Sie sind in Sicherheit«, sagte sie. »Sie sind hier wirklich in Sicherheit. Das verspreche ich Ihnen. Niemand kann Ihnen etwas zuleide tun. Und Sie können einfach Katherine zu mir sagen, wenn Sie wollen. Oder Kate.«

»Sie wären überrascht, Katherine Jane DeQuincey-Joy«, sagte ich. »Sie schlagen aus, die Bäume und das Gebüsch, und bevor man sich's versieht –«

»Was, Pilot?« Sie beugte sich vor, und Ihre Hände berührten beinahe die Bettdecke. »Was schlägt aus?«

»Der Wald.«

Sie hielt einen Moment inne. War vielleicht auch sie elektronisch? Ob Eric sie geschickt hatte? »Hören Sie irgendwelche Geräusche, Pilot? Hören Sie Stimmen, die in Wirklichkeit gar nicht da sind?«

»Ich höre Streitgespräche«, gab ich zu. »Aber sie sind da.« Ich wusste, worauf sie hinauswollte. Ich hatte ja selbst Mühe, es zu verstehen. Sie waren nicht da. Und dann waren sie es doch. Beides war wahr.

»Was für Streitgespräche?«

»In den Deckenleuchten. Darüber, wie mit mir zu verfahren ist«, sagte ich, »über meine Hinrichtung und Beseitigung.«

»Wer streitet sich mit wem?«

Ich flehte sie eindringlich an: »Bitte, ich habe Sie gebeten, ob Sie bitte das Licht ausschalten könnten, bitte.«

Katherine Jane DeQuincey-Joy wich vom Bett zurück. »Entschuldigung.« Ihre Hand legte sich auf den Lichtschalter.

Das Zimmer war sofort in ein schummriges Halbdunkel getaucht. »Danke.« Die Flüsterstimmen verklangen, jetzt wo ihnen der Strom abgedreht war und sie nicht mehr über ihre Drähte und Dioden, ihre Rezeptoren und Separatoren verfügten.

»Würde Sie gern eine Weile hier bleiben, Pilot?«

»Bin ich aus dem Wald raus?«

»Meinen Sie das im übertragenen Sinn?«

Ich lächelte. Das musste ich ihr wohl erklären. »Katherine Jane DeQuincey-Joy, stellen Sie sich das Folgende einmal vor«, sagte ich. »Katherine, bitte, stellen Sie sich einen Tunnel vor, einen Mann in einem Tunnel, wie eine Amöbe –«

»Okay.«

»– und die Art, wie sie sich auf die Lösung eines Problems zubewegt –« Scheiße, dachte ich. Ich verlor den Faden.

Sie nickte. »Ja.«

»–die Art, wie sie ihren Stolz schluckt, wie sie ihn in sich aufnimmt, eine Intelligenz von der Größe eines Ozeans, und wie sie –«

»Möchten Sie hier bleiben, Pilot?«, fragte sie wieder und lächelte. »Möchten Sie eine Weile hier in der Klinik bleiben, und wir sorgen dafür, dass Sie hier in Sicherheit sind, bis Sie sich wieder besser fühlen?«

Ich bekam keine Luft. Ich strich über den Kratzer in meinem Gesicht. Mein Mittelfinger, um den der Schnürsenkel gewickelt war, pochte schmerzhaft. »Ich glaube, das wäre ganz gut.«

Katherine legte ihre Hand, ihre schmale, kühle, geschmeidige Hand – war vielleicht auch sie elektronisch?, nein –, auf meine Hand und drückte sie sanft, nur ganz sanft. Wie eine Mutter. Oder eine ehemalige Geliebte.

»Ich glaube, das wäre wirklich ganz toll«, sagte ich.

Wie ein Bedauern.

Sie duftete nach Zitronen.

ALS ICH DIE Augen schloss, sah ich Fionas Gesicht wie eine Prärie vor mir. Die Augen meiner Schwester waren wie ein Doppelmond über einem außerirdischen Horizont. Ihr Kinn war wie ein Felsvorsprung, den es zu erklimmen galt. Meine Erinnerung an sie war wie die allmählich verblassende Karte eines Geländes, in dem ich mich nicht mehr auskannte. Alles war anders.

Ich vermisste sie so sehr.

KATHERINE JANE DEQUINCEY-JOY verbarg ihre Hände unter dem Schreibtisch, da sie ihre Fingernägel bis auf die Haut abgekaut hatte und ihre Fingerspitzen von einem hellen Strahlenkranz Blut umrandet waren. »Freut mich wirklich, dass Sie kommen konnten«, sagte sie. »Ich weiß, Sie sind sehr beschäftigt, und –«

»Ich werde mir für diese Sache immer Zeit nehmen«, unterbrach Eric. »Wann immer Sie mich brauchen, rufen Sie einfach an, und ich werde schauen, dass ich kommen kann.« Er hatte schöne Hände, wie Katherine bemerkte, die Fingernägel hatten die für einen Mann ideale Form, rein und klar, ohne die geringste Spur von Weiß, weder stumpf noch glänzend. In dramatischem Tonfall sagte er: »Es geht schließlich um meinen Bruder.« Sie wusste nicht, dass Eric jeden Morgen in seinem schwarzen, chromglänzenden Badezimmer einen silbernen Clipper über einen polierten Edelstahl-Abfalleimer hielt und seine Fingernägel überprüfte.

Katherine nickte. »Dann brauche ich Ihnen wohl nicht zu sagen, was Pilot durchmacht, was er –«

»Ist mir alles nur allzu vertraut.« Erics Gesicht war auf geradezu perfekte Weise sonnengebräunt, wie sie bemerkte, mit hohen Wangenknochen und unendlich blauen Augen. Er war von athletischer, durchtrainierter Gestalt. Seine Haltung drückte jedoch Betroffenheit, ja sogar eine Art nervöser Anspannung aus.

»Nach Dr. Lennox' erster Diagnose«, begann sie, »leidet Pilot an irgendeiner Form von Schizophrenie, entweder einer schizoaffektiven Störung oder –« Eric schloss mit nach oben gewandtem Gesicht die Augen. »Natürlich wäre es mir lieber«, schob sie rasch hinterher, »wenn es sich hierbei um die Reaktion auf irgendeine Art von Trauma handelt, ob nun auf ein echtes oder auf eines, das nur in der Vorstellung existiert, lieber als« – sie räusperte sich – »nun ja, lieber als der Ausbruch einer Schizophrenie im Erwachsenenalter, die, wie ich Ihnen wohl kaum zu erklären brauche, erheblich –«

»– degenerativer verläuft«, beendete mein Bruder den Satz.

»Dr. Lennox zufolge hat Ihre Mutter angedeutet, dass Pilot bereits mehrere Schübe erlitten hat?«

Eric beugte sich vor, und in einer typischen Geste berührten sich seine langen, perfekt manikürten Fingerspitzen. Ob er sich dieser Gewohnheit bewusst war? »Pilot war schon immer psychisch – ich weiß nicht – *fragil*. Seinen ersten Schub hatte er, als er noch sehr jung war«, sagte er. »Ungefähr elf. Wir hatten das jedoch stets auf ein bestimmtes Ereignis zurückgeführt.«

»Ein Ereignis?«

»Als wir noch klein waren, verschwand unsere kleine Schwester.«

Katherine sagte kein Wort, die Augen weit geöffnet.

»Es war sehr traumatisch, und Pilot hat furchtbar gelitten und einen –« Einen Moment lang schien es so, als wollte Eric das genauer ausführen. Aber dann sagte er nur: »Nun, er hat sehr gelitten.«

»Wie hat dieser bestimmte Schub ausgesehen?«

Er wandte den Blick ab. »Eigentlich nicht wie dieser. Hat sich eher in Verbindung mit dissoziativen Symptomen geäußert. Er kniete auf allen vieren, knurrte wie ein Hund und tat so, als würde er kein Englisch verstehen. Er hatte sich, wie ich glaube, eine Scheinrealität geschaffen, in der er gespielt und sich dann verloren hat.«

Ich bin der Wolfsjunge, wollte ich sagen. *Ich reiße dir mit meinen Pfoten die Halsschlagader raus.*

»Waren damals bereits irgendwelche bestimmten Symptome von Schizophrenie erkennbar?«, fragte Katherine. »Ich meine Symptome, die Sie aus Ihrer heutigen Perspektive als Mediziner als solche bezeichnen würden?«

Eric fuhr sich mit der Zunge über die Zähne. »Pilot redete in jener Zeit oft unzusammenhängendes Zeug, und er hat sich immer schon vom Wald angezogen gefühlt.« Sein Blick verschob sich plötzlich Richtung Fenster. »Ich würde sagen, dass frühe Anzeichen einer Psychose durchaus vorhanden waren.«

Katherine drehte sich unwillkürlich um und sah ebenfalls zum Fenster hinaus. Es dämmerte bereits und das Himmelsblau wurde immer dunkler. »Darf ich fragen, was mit Ihrer Schwester passiert ist?«

»Wir haben sie nie gefunden.«

»Ist sie entführt worden?«

»Es werden jeden Tag Kinder entführt.« Mein Bruder sah Katherine, wie es schien, zum ersten Mal direkt in die Augen. »Und nicht alle werden gefunden.« Er neigte den Kopf leicht zur Seite. »Da brauchen Sie sich nur eine Tüte Milch zu kaufen.«

»Natürlich.« Sie gab ihren Augen einen sanften Glanz, um

ihm zu signalisieren, dass sie ihm beipflichtete. »Ich frage nur, weil es schließlich sein könnte, dass ... dass Pilot sich irgendwie verantwortlich fühlt.« Sie hielt ihren Blick fest auf ihn gerichtet und wartete darauf, dass er als Erster wegsehen würde. »Wegen der Sache mit Ihrer Schwester, meine ich, was eine Erklärung für die dissoziativen –«

»Wir haben uns alle verantwortlich gefühlt.« Eric hielt ihrem Blick weiter stand. »Aber das liegt –«, sein Tonfall veränderte sich plötzlich, »– zwanzig Jahre zurück.«

»Hat er seit jener Zeit irgendwelche anderen Schübe erlitten?«

»Nicht wirklich. Nicht wie dieser.«

»Irgendwelche anderen Traumata?«

Die Unterhaltung war inzwischen zu einem Spiel geworden, und ihre Augen spielten miteinander Katz und Maus. Schließlich wandte er den Blick ab. »Pilot hat schon immer ein wenig auf wackligen Beinen gestanden, im psychischen Sinne. Er hat nie viele Freunde gehabt. Und in der Schule hat er jede Menge Schwierigkeiten gehabt, schlechte Noten, unentschuldigtes Fernbleiben und ständig Depressionen. Bis vor kurzem hat er in North Carolina gewohnt –«

»Was heißt bis vor kurzem?«

»Bis vor sechs oder sieben Monaten, und dann ist er nach Los Angeles gegangen. Er hat unserer Mutter gesagt, dass er in Verhandlungen steht, ein Drehbuch zu verkaufen. Später jedoch fanden wir heraus, dass er einfach am Strand von Santa Monica lebte. Kennen Sie die Gegend?«

»Nicht wirklich.«

»Es gibt dort viele Obdachlose. Wie dem auch sei, ich musste also los und ihn zurückholen, und seitdem wohnt er zu Hause.«

»Ist er am Strand durch irgendein psychotisches Verhalten aufgefallen?«

»Er hat sehr viel Alkohol getrunken, glaube ich, und Marihuana geraucht.« Eric schüttelte wie beschämt den Kopf.

»Möglich, dass da auch andere Drogen im Spiel waren. Jedenfalls habe ich keine extrem ungewöhnlichen Verhaltensweisen bemerkt. Ich meine, abgesehen von –«

»Hatte er bereits zuvor irgendwelche Probleme mit dem Missbrauch von Genussmitteln, mit Alkohol?«

»Ein paar«, sagte mein Bruder, so als würde er darüber etwas wissen. »Kein wirklich ernst zu nehmendes Suchtverhalten, glaube ich. Aber ja, über die Jahre hat es ein paar Probleme gegeben. Mehr mit Drogen als mit Alkohol.«

Katherine ließ ein paar Sekunden verstreichen und räumte zum Schein einige Unterlagen auf ihrem Schreibtisch beiseite. Sie wollte Eric damit zu verstehen geben, dass sie ihre Zweifel hatte und dass sie seine Antworten nicht für der Weisheit letzten Schluss hielt. »Ich versuche irgendetwas«, sagte sie schließlich, »aus seinen direkten Lebensumständen zu finden, eine Sorge, einen Stressfaktor vielleicht, irgendwas, das dies ausgelöst haben könnte, diese Reaktion.« Sie kniff die Augen zusammen und fragte: »Ist in Ihrer Familie alles in Ordnung?«

Seine Antwort war übereilt. »Ja.«

»Ihr Vater – ist er verstorben?«

»Mein Vater? O nein.« Mein Bruder ließ ein breites Lächeln aufblitzen. »Weit gefehlt. Unsere Eltern sind geschieden, mehr nicht. Dad lebt in Florida.« Er lachte lauthals, ein kräftiges Haha, wie ein Bellen. »Er ist Pensionär, aber er – nun ja, er ist nicht tot.«

»Hat es vielleicht –«

»Pilot und ich haben so gut wie keinen Kontakt zu meinem Vater. Unsere Eltern haben sich zwei Jahre, nachdem Fiona ... nachdem unsere Schwester verschwand, scheiden lassen. Sie reden kaum miteinander, und wenn doch –«

»Ich verstehe.«

Er blickte aus dem Fenster.

»Zu welcher Jahreszeit ist Ihre Schwester –«

»Am Labor Day.«

»Das war vor zwei Wochen.«

»Ja.«

»Der Wald hinter dem Haus Ihrer Mutter –«

»Sie haben jeden Zentimeter durchkämmt, als sie nach ihr gesucht haben, nach irgendeinem Hinweis, irgendeiner Spur. Sie haben nur einen ihrer Turnschuhe gefunden.«

Katherine nickte. »Als ich mit ihm gesprochen habe«, sagte sie, »hat es sich so angehört, als habe er Angst, dass der Wald ihn verschlucken würde – vielleicht wie Fiona?«

»Aber warum geht er dann hinein?«

»Keine Ahnung. Sie sagten doch, dass er sich schon immer vom Wald angezogen gefühlt hat, oder? Vielleicht hat er ja geglaubt, dass er eine weitere Spur finden könnte. Vielleicht hat er die Suche erneut erlebt. Oder die Entführung. Das sind natürlich alles nur vage Vermutungen.«

»Meine Frage war rhetorisch gemeint.«

Katherine blinzelte.

Eric hob die Hände ans Gesicht. »Tut mir Leid«, sagte er. »Er ist mein Bruder.«

»Haben Sie bereits mit Dr. Lennox gesprochen?«

»Ich wollte jetzt gleich zu ihm ins Büro.«

»Er hat Pilot auf Clozaril gesetzt, was ein –«

»Ich weiß. Ich bin Neurochirurg.«

»Ja«, sagte Katherine. »Hätte ich fast vergessen.«

»Ist schon in Ordnung.«

Sie stand auf und verbarg sogleich ihre Hände hinter dem Rücken. »Ich würde eventuell eine aufdeckende Therapie vorschlagen«, sagte sie vorsichtig. »Falls Sie nichts dagegen haben. Ich meine, weil mir immer noch nicht klar ist, was dies ausgelöst haben könnte, falls überhaupt irgendein konkreter Grund vorliegt.«

»Aufdeckende Therapie«, wiederholte Eric.

»Nichts, was zu sehr in die Tiefe ginge.«

»Wenn Sie ihn nur nicht bitten, Dinge aus seiner Vergangenheit zu durchleben, das ist alles. Nichts Traumatisches.«

»Natürlich nicht.«

Mein Bruder stand nun ebenfalls auf, und die beiden sahen sich direkt an. »Wenn ich Ihnen irgendwie behilflich sein kann«, sagte Eric, »rufen Sie einfach an, zu jeder Zeit. Montags und dienstags bin ich im Krankenhaus, und den Rest der Woche in meiner Praxis.« Er streckte die Hand aus. Seine Fingernägel waren makellos, mit sauber zurückgeschobenen Nagelhäuten, und die seidenweiche Haut seiner Hände war leicht gebräunt und unbehaart.

Katherine drückte ihm abrupt die Hand und hoffte, dass er ihre schäbigen Fingerspitzen nicht bemerkte.

»Willkommen in, äh, in East Meadow«, sagte er mit einem Anflug von Verletztheit in den Augen. Sein Händedruck war fest und sanft zugleich. »Nett, Sie kennen gelernt zu haben, Katherine. Die Umstände könnten zwar ein wenig erfreulicher sein, wenn's nach mir ginge, aber –«

Sie erwiderte unverwandt sein Lächeln und sagte: »Ist schon in Ordnung«, und zog so schnell sie konnte die Hand zurück.

ICH WAR NEUN, lehnte mich in dem unermesslich weiten Schoß meines Vaters zurück und roch den Bacardi, den er gerade trank und der sich wie eine süße Duftwolke über ihn gesenkt hatte. Ich bettelte um einen kleinen Schluck. »Lass mich doch einmal dran nippen, Dad, komm schon, *bitte.*« Die Männerrunde, die im Halbkreis um ihn herum saß oder stand, brach in Gelächter aus. Es waren Männer aus der Nachbarschaft, Väter von Jungen und Mädchen, mit denen ich zur Schule ging. Sie hielten alle einen Drink in der Hand. Und alle lächelten.

»Schaut ganz so aus, als hättest du Fliegernachwuchs in der Familie, Jim«, sagte einer von ihnen. Er trug eine große Sonnenbrille mit weißem Plastikrahmen.

»Nur einmal nippen«, sagte mein Vater mit strenger Miene. »Nicht zu viel, okay?« Er gab mir das kleine runde, mit Cola, Eiswürfeln und Rum gefüllte Glas, und ich ließ davon so viel ich konnte in meinen Mund rinnen, bevor er es wegnahm. Es schmeckte wie eine Mischung aus Medizin und Bonbons.

»Okay«, sagte mein Vater. Er stellte das Glas auf seiner Stuhllehne ab. »Das reicht, du kleiner Alkoholiker. Sonst wird dir am Ende noch schlecht.«

»Ich will auch mal, Daddy.« Fiona hatte hinter seinem Gartenstuhl gestanden und zugesehen. Wie Halley the Comet schmiegte sie sich mit dem Gesicht an seinen Nacken.

»Nein, mein Schatz«, sagte mein Vater lachend und drückte sie beiseite. »Du bist *viel* zu klein.«

»Das wären zwei, Jim«, sagte einer der Männer. »Zwei Fliegerasse.«

Sie brachen alle in hysterisches Gelächter aus, als hätten sie noch nie etwas so Witziges gehört.

»Ich bin nicht so viel kleiner als Pilot.«

»Nur so viel«, sagte unser Vater und hielt seinen Daumen und Zeigefinger einen Millimeter auseinander, »gerade so viel kleiner, dass es reicht.«

Die Erwachsenen kugelten sich förmlich vor Lachen, obwohl ich die Sache alles andere als witzig fand. Verärgert fragte ich: »Dürfen wir ins Schwimmbecken?« Es war immer noch hell, und es herrschte eine drückende Hitze, überraschend warm für einen Labor Day, wie alle sagten. Und ich wollte meine unglaublichen Luft-Anhalte-Qualitäten unter Wasser demonstrieren.

»Sei aber vorsichtig.«

Ich packte Fiona am Arm und schleppte sie in Richtung Haus davon. Wir hatten unsere Badesachen nicht an.

»Hör auf«, sagte sie und riss sich los.

»Wenn du schwimmen gehen willst«, sagte ich zu ihr, »dann musst du alles tun, was ich dir sage.«

»Ich werde schwimmen gehen«, sagte sie, »aber das hat nichts mit dir oder mit dem, was du sagst, zu tun, du *Blödian.*«

Die Glasschiebetür, die auf die Terrasse hinausführte, bot uns einen Blick auf all die Erwachsenen, die sich dort versammelt hatten. Sie traten von einem Bein aufs andere oder saßen mit übereinander geschlagenen Beinen da, und jeder hielt seinen Drink wie eine Trophäe in der Hand. Es gab zwei eindeutig voneinander zu unterscheidende Gruppen, wie ich bemerkte – eine Männer- und eine Frauengruppe. Das Fest würde ein Erfolg werden, kein Zweifel. Unsere Mutter hatte sich Sorgen gemacht, dass die Leute sich nicht amüsieren würden und dass ihre Partys wie jene von Mary Tyler Moores seien. »Den Leuten gefällt's echt gut«, hatte ich ihr bereits gesagt. »Schau nur, wie viel sie trinken.« Sie stieß bei dieser Bemerkung einen Seufzer aus. Ich versuchte all jene Gäste zu zählen, die nicht rauchten, und konnte nur drei entdecken. Unser Schwimmbecken war rundum von Erwachsenen gesäumt. Ich stellte mir vor, dass sich auf jeder Steinplatte, auf jedem Zentimeter Schiefer, ein Gast befand. Auch die Küchentür stand weit auf, und die Leute standen dort herum, mixten sich einen Drink oder holten sich Nachschub an Chips und von den Dips und ließen sich das Käsefondue schmecken. Ich sah, wie unsere Mutter in ihrem langen grünen Satinkleid in der Küche aus und ein ging, ganz die charmante Gastgeberin, die Fragen stellte und sich vergewisserte, dass auch jeder wusste, wo alles war.

Ich schubste Fiona auf die Treppe zu. »Hol deinen Badeanzug«, befahl ich ihr.

Wie ein o-beiniger Cowboy rannte sie mit ihren kleinen, unbeholfen nach außen gestellten Mädchenfüßen durch den Flur. Ich folgte ihr, hatte es jedoch nicht so eilig. Mein Vater erzählte nämlich gerade eine Geschichte zu Ende und setzte – kurz bevor er die Pointe zum Besten gab – zu einem Lachen an. Ich wollte die Reaktion abwarten. Um ihn herum brach brüllendes Gelächter aus, wie Luftblasen, die vom Schwimmbeckengrund aufstiegen.

Dann rannte ich die Treppe hoch und streckte dabei die Beine, um zwei Stufen auf einmal zu nehmen, so wie Eric es immer tat.

Als ich am Schlafzimmer meines Bruders vorbeiging, war die Tür einen Spaltbreit geöffnet. Ich spähte hinein. Eric saß mit Dawn Costello, der Schönheitskönigin, auf seinem Bett.

Die beiden betatschten sich von oben bis unten. »Was hast du gesehen?« Erics Gesicht wandte sich mir zu. »Ich massakrier dich, du kleines Miststück.«

Als ich mich in Richtung meines Zimmers verzog, hörte ich Dawn sagen: »Er tut doch nichts. Er ist einfach nur neugierig.«

In meinem Zimmer herrschte die typische Ruhe eines späten Nachmittags. Ich hörte die Partygeräusche, die Stimmen der Männer und Frauen. Ich hörte die Jazzmusik, die mein Vater so mochte, wie sie laut und doch entfernt aus der Stereoanlage drang. Durch die Stäbe meiner Jalousien schien sonnendurchflutetes Licht, in dem sich Staubpartikel fingen. Halley the Comet lag zusammengerollt am Fuß meines Betts. Sein Bein war inzwischen völlig verheilt, und der kleine Stumpen war von vernarbtem Gewebe überzogen. Ich streichelte kurz seinen großen orangefarbenen Kopf. Seine Schlitzaugen öffneten sich ein klein wenig, und sein geschwungenes Katzenmaul lächelte mich an. Ich glaube, es muss ungefähr halb fünf, vielleicht fünf gewesen sein. Ich trat durch den Kleiderhaufen auf dem Boden und nahm meine Badehose vom Bettpfosten.

Ich zog mich so schnell wie ich konnte aus.

»Ich kann dich sehen, du bist ganz nackig.« Fiona stand hinter mir in der Tür.

Ich sagte: »Ich massakrier dich, du kleines Miststück.«

»Du wiederholst ja nur alles, was Eric sagt.«

»Na und?«

»Na«, sagte Fiona mit in die Hüften gestemmten Händen, »du solltest versuchen, dir etwas Originelleres einfallen zu lassen.«

Wir hörten unten feuchtfröhliches Gekreische, und dann einen lauten Platscher.

»Irgendjemand ist ins Schwimmbecken gefallen!« Fiona rannte aus meinem Zimmer. Ich schlüpfte so schnell ich konnte in meine blaue Badehose.

Als ich draußen ankam, sah ich, wie Trudy und Tony Malnerre, die drei Häuser weiter wohnten, sich mit klitschnassen Klamotten aus dem Wasser zogen. Die Haare klebten ihnen im Gesicht. »Was ist passiert?«, fragte ich. Ich schlängelte mich durch die Leute zum Beckenrand. »Was ist passiert?« Ich blickte zu den Erwachsenen auf. Sie lachten alle. Manche Gesichter waren ganz rot vor Lachen. Fiona sprang in den Schoß meines Vaters, der mit dem Kopf im Nacken dasaß, den Mund sperangelweit geöffnet. Ich brach ebenfalls in Lachen aus, obwohl ich nicht wirklich wusste, warum. Trudy und Tony Malnerre standen tropfend neben dem Schwimmbecken, und auf unseren Schieferplatten sammelte sich das Wasser zu Pfützen. Tony lachte. Trudy, seine Frau, schüttelte den Kopf und zeigte mit dem Finger auf ihn, irgendwie wütend.

Aber auch sie musste lächeln.

Nachdem sich das Gelächter gelegt hatte und Tony und Trudy ins Haus gegangen waren, um sich abzutrocknen, gingen Fiona und ich ins Wasser.

Ich sprang wie zu einer Kanonenkugel zusammengerollt hinein und ließ das Wasser mit meinem neunjährigen Leib nur so spritzen.

Fiona testete das Wasser mit ihren Zehen und ließ sich schließlich hineingleiten.

Ich war immerhin in der Lage, unter Wasser geschlagene zwei Minuten lang den Atem anzuhalten, spornte ich mich an. *Mindestens* zwei Minuten.

Unter Wasser sah ich Fionas baumelnde Beine. Sie hielt sich gern am Beckenrand fest, um sich mit zur Mitte gerichteten Beinen vorwärts zu schrauben. Jetzt gerade blickte sie zu unserer Mutter auf, die sich mit den Händen auf den Knien vorbeugte und Fiona zweifellos ermahnte, vorsichtig zu sein. Ich schwamm auf die Beine meiner Schwester zu und packte sie bei den Fußgelenken.

Sie strampelte einen Moment lang, dann ließ ich sie wieder los.

Als ich auftauchte, rief unsere Mutter: »Wie oft habe ich dir gesagt, Pilot, dass du deine Schwester in Ruhe lassen sollst?« Sie hatte die Hände in die Hüften gestemmt. »Das ist gefährlich, vor allem im Schwimmbecken. Was, wenn sie ertrinkt?«

»Sie ertrinkt doch nicht«, rief ich spöttisch zurück.

Fiona tat so, als müsste sie husten. Ich kannte den Unterschied zwischen ihrem echten und ihrem vorgetäuschten Husten genau, und der hier war vorgetäuscht. Sie übertrieb dann immer so.

»Hier stehen ungefähr eine Million Erwachsene herum«, sagte ich. »Die passen schon auf, dass sie nicht ertrinkt.«

»Ja«, sagte Fiona. »Aber sie sind alle *betrunken.*«

»Versuch doch einfach mal, dich zu benehmen.«

»Du bist ein richtiger Stinkfisch«, sagte Fiona.

»Und das gilt für euch beide.« Unsere Mutter wandte sich zu einem Mann um, der neben ihr stand. Er hatte langes blondes Haar und einen flaumigen Schnurrbart. Im Unterschied zu den meisten anderen Partygästen hatte ich ihn noch nie gesehen. Und er war jünger oder wirkte zumindest jünger als die anderen. »Schaffen Sie sich nur ja keine Kinder an«, riet ihm meine Mutter.

»Das meinen Sie nicht ernst«, sagte er mit einem Lächeln. »Nicht bei diesen zwei süßen Möpsen.« Jetzt kniete sich dieser Mann neben den Pool und sagte zu Fiona: »Bist du Fiona?«

Fiona nickte.

»Magst du Partys?«, fragte er weiter.

Sie lächelte kokett.

»Aber Erwachsenen-Partys magst du wohl nicht, oder?«

»Doch, und ob.« Fiona hielt sich am Beckenrand fest. »Und ob. Ich mag die Erwachsenen-Partys sogar noch lieber als Kinderfeste.«

Ich sagte: »Ich kann ganze zwei Minuten den Atem anhalten«, und damit tauchte ich wieder unter. Von unten sah ich, wie der Mann sich weiter mit Fiona unterhielt. Das Stimmengewirr der Party hallte ganz seltsam durchs Wasser. Ich sah, wie sich der Himmel über dem Haus verdunkelte. Ich wollte für immer unter Wasser bleiben. Über mir ruderten Fionas kleine Beine, und der Mann – der von hier aus nur ein Schatten war – kauerte weiter da und unterhielt sich mit ihr. Der Schatten des Waldes legte sich über das Wasser, was bedeutete, dass die Sonne schließlich hinter unserem Haus verschwunden war. Ich war erst neun Jahre alt, und mein ganzer Leib war von einem aufgeregten Beben erfüllt. Ich fand es toll, dass unsere Eltern Feste veranstalteten. Ich fand es toll, wie schön unsere Mutter sich gemacht hatte – wie sie sich ihr Haar hochgesteckt hatte, mit kastanienfarbenen Ringellöckchen, die über ihren Schläfen baumelten. Ich fand es toll, dass Fiona der Typ Schwester war, mit der Fremde gern flirteten, elegante Männer mit langen blonden Haaren und flaumweichen Schnauzern. Auch ich war blond, aber nicht *so* blond. Ich hätte mir so gern einen Schnurrbart wachsen lassen. Ich versuchte, dieses aufgeregte Gefühl zu bewahren, und hielt so lang ich konnte den Atem an, und als ich auftauchte, platzte mir die Lunge zum Hals heraus, und ich rang nach Luft.

»Wir haben schon gedacht, du tauchst nie mehr auf«, sagte eine Frau in einem purpurroten Hosenanzug.

»Wie lang war ich denn unten?«, wollte ich wissen. »Hat irgendjemand die Zeit gestoppt?«

»Was ist dein Rekord?«

»Zwei Minuten«, sagte ich. »Ich kann geschlagene zwei Minuten lang den Atem anhalten. Ich hab's gestoppt.«

»Ich glaube, du warst ungefähr eine halbe Stunde unten«, sagte ein Mann. Er trug ein Hawaiihemd und ein Halsband mit Holzperlen. Sein Haar war für diesen Look zu kurz, wie ich fand. Er hielt wie alle anderen sein Glas fest in der Hand. Die andere Hand steckte in seiner Hosentasche.

»Sie brauchen sich hier nicht über mich lustig zu machen.«

»Vielleicht zweieinhalb Minuten«, sagte er nun ein wenig ernsthafter.

»Wirklich?«

»Schon möglich.«

Fiona stieg mit Hilfe des Blonden aus dem Wasser. Er wickelte sie in eines der Gänseblümchen-Handtücher und trocknete ihre Schultern und ihren Rücken ab. »Du solltest lieber reingehen«, sagte er. »Sonst erkältest du dich noch.«

»Kommst du mit?«, fragte Fiona.

Unsere Mutter lächelte den Blonden an. »Scheint ganz so, als hätten Sie sich eine Freundin geangelt«, sagte sie neckisch.

Der Blonde erwiderte ihr Lächeln und zuckte mit den Schultern. »Ich bin noch nicht vergeben.«

Sie lachten alle, einschließlich Fiona.

»Waren es wirklich zweieinhalb Minuten?« Mir fiel auf, dass jeder auf der Party ein Cocktailglas in der Hand hielt. Ich sah, wie ein Mann geradewegs in sein Glas stierte und es immer wieder an seine Lippen führte, wieder und wieder, während sich seine Gesichtsmuskeln spannten und entspannten. Ich musste an das viele Eis in all diesen Gläsern denken, und ich fragte mich laut, ob auf der Welt noch Eis übrig war. Bevor mir jedoch jemand eine Antwort geben konnte, stieß ich mich wieder unter Wasser. Drei Minuten, das war mein Ziel. Über mir wurde weiter geplaudert und gelacht.

ALS ICH AUS dem Wasser stieg, war es bereits vollkommen dunkel, und mein Vater hatte die Lampen rund um den Pool eingeschaltet. Ich trocknete mich ab, ging hinein und zog mich um. Ich schlüpfte in frische trockene Kleider. Eric und Dawn hatten sich zu einer Knutsch-und-Fummel-Party in Brian Kesslers Haus verdrückt. Fiona hatte ich zuletzt gesehen, wie sie im Wohnzimmer auf dem Schoß des Blonden saß. Auf dem Tisch hatten Drinks mit Eiswürfeln gestanden. Die Musik im Haus war lauter geworden, und es war eine neue Musik. Es war »Light My Fire«. Es war Rock. Hatte der Blonde die Scheibe aufgelegt? Fiona hatte immer noch ihren roten Badeanzug an und das Gänseblümchen-Handtuch um ihren winzigen Leib gewickelt. Aber jetzt trug sie ihre roten knöchelhohen Turnschuhe, die mit losen Schnürsenkeln an ihren Füßen baumelten.

Sie kicherte und wand sich. Er kitzelte und neckte sie.

Später, als ich wieder nach unten kam, waren sie nicht mehr da. Das Wohnzimmer war überhaupt leer, nur die Gläser standen noch dort, und die Party hatte sich gänzlich nach draußen verlagert.

»Du siehst aber toll aus!«

»Ich hab nur frische Kleider angezogen«, sagte ich zu meiner Mutter. »Kein Grund zur Aufregung.« Dies waren jedoch meine besten Kleider – ein Polyesterhemd mit aufgedruckter Unabhängigkeitserklärung und eine weiße Jeans.

»Ein richtiger Gentleman«, sagte eine hoch gewachsene schwarze Frau.

»Möchtest du einen Drink, Bob?«, hörte ich jemanden sagen.

»Und du?«

Die Party spielte sich nun größtenteils auf den Fliesenplatten neben dem Pool ab. Es war die einzige beleuchtete Stelle des Gartens, wodurch die Leute gezwungen waren, unangenehm eng zusammenzurücken. Ich musste mich zwischen all diesen Leuten hindurch zu der Stimme meines Vaters schlängeln. Er erzählte gerade eine seiner Fliegergeschichten zu Ende.

Mein Vater war ein hoch gewachsener Kerl mit blauen Augen und dunklen Haaren. Er hatte eine recht zerfurchte Stirn und eine kräftige Nase. Wenn er Geschichten zum Besten gab, gestikulierte er heftig, und seine Hände öffneten und schlossen sich zur Betonung. Seine Geschichten gingen alle gleich aus: mit ihm, wie er die Zähne zusammenbiss und sich für einen Akt selbstmörderischen Draufgängertums bereitmachte, und zwar nur, um im letzten Moment durch übernatürlich viel Glück oder einen haarsträubenden Zufall gerettet zu werden. Er war zum Beispiel im australischen Hinterland und wäre beinahe gegen einen Wüstenberg geknallt – wäre seine Maschine nicht durch einen unerwarteten Windstoß über den Bergkamm gehoben worden. Oder er war in Vietnam und musste mit einem Hubschrauber inmitten eines fremden, unbekannten

Dschungels bruchlanden – nur um herauszufinden, dass er direkt auf einem Geheimstützpunkt der CIA gelandet war. Auch wenn ich zu jener Zeit meines Lebens bereits jede einzelne Geschichte meines Vaters gehört hatte, war ich ihrer nicht überdrüssig. Und ich glaubte sie immer noch, jedes einzelne Wort.

»Komm mal her zu mir«, sagte er jetzt.

Ich ging also an seine Seite, lehnte mich in seinem Schoß zurück und blickte zu seinem großen muskulösen Gesicht auf – zu dem Gesicht, in das Eric später hineinwachsen würde.

»Das ist eine unglaubliche Geschichte, Jim«, sagte einer der Umstehenden. »Schade nur, dass sie frei erfunden ist.«

Alle lachten.

»Ist sie nicht«, sagte ich. »Sie ist absolut wahr.« Ich blickte kopfschüttelnd in die Runde.

»Ich hab nur Spaß gemacht, Pilot«, sagte der Mann. »Natürlich ist sie wahr. Natürlich.«

Sie lächelten mich alle wie einen armen Irren an.

»Hast du Hunger?«

Ich nickte.

»Dann ab in die Küche«, sagte Dad. »Da steht alles Mögliche rum. Nimm dir, was du willst.«

»Kann ich noch einen Schluck von deinem Drink haben?«

Brüllendes Gelächter.

»Jetzt aber ab mit dir.«

Ich schlängelte mich erneut durch die Umstehenden in Richtung Küche, gleich neben der Schiebetür der Terrasse. Hannah legte gerade ihren Arm um einen der Männer. Er trug ein aufgeknöpftes weißes Bürohemd, sodass seine nackte Brust zu sehen war. Sie tanzten. Nur zum Spaß, das merkte ich gleich. Aber sie tanzten.

»Mom?«, sagte ich.

Sie tanzte weiter.

»Mom?«

Sie hielt inne. »Was?«

»Ich hol mir was zu essen. Ist das in Ordnung?«

»Ja, ist in Ordnung.« Sie schüttelte verärgert den Kopf. »Bring deiner Schwester auch was mit«, sagte sie. »Sorg dafür, dass Fiona etwas isst. Okay?«

Ich nickte und verschwand in der Küche.

Auf sämtlichen Anrichten standen Sodaflaschen und Alkoholika herum. Dann waren da Kartoffelchipstüten und Schachteln voller Salzstangen. Der Fonduetopf quoll mit gelblichem Käse über. Ferner waren da Scheiben von frisch geschnittenem Gemüse und mehrere Dips. Irgendein Typ tanzte herum und mixte alle möglichen Arten von Drinks. Er trug ein blaues Hemd mit Krawatte, so als wäre er geradewegs von der Arbeit hierher gekommen. Auf seinem Hemd prangte jedoch ein riesiger Fleck, so als hätte er irgendetwas verschüttet.

»Bist du Eric?«, fragte er.

»Ich bin Pilot.«

»Ein höchst interessanter Name. Kannst du fliegen?«

»Eines Tages werde ich fliegen. Aber jetzt bin ich noch zu jung.«

»Was darf's denn sein, mein junger Pilot? Ein Gin Tonic? Oder ein Whiskey mit Soda?«

»Wollen Sie mich auf den Arm nehmen?«

Er musterte mich mit gespieltem Argwohn. »Was willst du damit sagen? Trinkst du etwa keinen Alkohol?«, sagte er. »Sag bloß, du hast in deinem Alter bereits ein Alkoholproblem?«

»Sie sind ein Idiot«, sagte ich.

Er sah mich verdutzt an.

Ich zuckte mit den Achseln und ging hinaus. Vielleicht war ich ja doch nicht so hungrig. »Fiona?«, rief ich. Wo zum Teufel war meine Schwester?

WENN ICH ALLEIN im Haus war, ging ich oft in Erics Zimmer, obwohl er es mir ausdrücklich verboten hatte. Ich wollte einen Blick auf seine Trophäensammlung werfen, die er hoch oben auf einem Bücherregal aufbewahrte, das meine Mutter meergrün gestrichen hatte. Ich ließ dann meine Hand über die Siegesbänder der Schwimmwettbewerbe und die Goldstatuetten der Football-Spieler gleiten, deren Körper mitten in der Bewegung festgehalten waren. Immer wieder las ich die Ehrenurkunden, die ihm für seine sportlichen Leistungen auf der Thomas Edison Junior High School und der Albert Einstein High School verliehen worden waren. Im obersten Regal stand der New York State Junior Scientist Cup, eine große Silberschüssel, auf der in schnörkeliger Schrift sein Name, Eric Richard Airie, eingraviert war. Sie stand natürlich viel zu weit oben, als dass ich zu ihr hätte hochlangen können. Ich zog also Erics Schreibtischstuhl herüber und stieg hinauf, sodass ich mit meinen Fingern über den silbernen Rand streichen konnte. Eines Tages werde ich auch solche Trophäen haben, sagte ich mir. Für gewöhnlich tat ich so, als würde Eric mir diese Worte sagen: *Eines Tages, Pilot, wirst du auch solche Trophäen haben.*

OBEN IN MEINEM Zimmer hörte ich die laut tönenden Stimmen meiner Eltern und ihrer Gäste. Ich hörte, wie all die vielen Gläser aufgefüllt wurden, und das Klirren der Eiswürfel. Unsere Mutter hatte kürzlich mein Schlafzimmer mit einem Rennwagen-Motiv neu tapezieren lassen, und überall waren diese altmodischen blau-weiß oder rot-weiß gestreiften Rennwagen mit über dem Lenkrad gekrümmten Fahrern, die diese ulkigen eiförmigen Helme trugen. Auf den Motorhauben prangten fett gedruckte Primzahlen – 3, 5, 7. Ich kuschelte mich ins Bett, rollte mich förmlich gegen das Stimmengetöse zusammen, das von draußen durch mein geöffnetes Fenster drang, und stellte mir vor, in einem dieser Flitzer zu sitzen. Das Stimmengetöse verwandelte sich in dröhnende Motoren, die die Piste hinunterfegten. Ich saß am Steuer eines dieser Wagen und mein Bruder in einem anderen. Wir fuhren Seite an Seite, jedoch nicht, um uns gegenseitig zu überholen. Es ging uns nicht darum, zu gewinnen, aber wir fuhren, so schnell wir konnten.

ALS ICH AUFWACHTE, war Stille ins Haus eingekehrt – abgesehen von dem Klirren der Gläser und der Aschenbecher, die meine Eltern einsammelten. Es muss so um drei oder vier Uhr morgens gewesen sein, da sich noch kein Lichtstrahl am Himmel abzeichnete – es war stockdunkel. Die Türen und Fenster standen immer noch offen, und die Zimmer waren von kühler Nachtluft erfüllt. Eine spürbare Feuchtigkeit hing in den Räumen, und es roch nach nassen Badetüchern. Ich setzte mich auf und lauschte eine Weile, und ab und zu hörte ich die Stimme meines Vaters, wie er meiner Mutter etwas zumurmelte, und als ich irgendwann gar nichts mehr hörte, ging ich nach unten.

Er saß mit gespreizten Beinen und gesenktem Kopf im Wohnzimmer, das Gesicht in die Hände gestützt.

»Dad?«

Er rieb sich die Augen und die Stirn.

Er stöhnte. »Geh wieder ins Bett, Pilot.«

»Wie spät ist es?«

»Spät«, sagte er. »Sehr, sehr spät.«

»Ich habe keinen einzigen Bissen gegessen«, sagte ich. »Ich hab ’nen Bärenhunger.«

»Du hast Hunger«, sagte er tonlos.

Ich wartete. Ich hatte immer noch mein Unabhängigkeits-T-Shirt aus Polyester und die weiße Jeans an.

»Willst du einen Teller Cornflakes?«

»Okay.«

»Dann geh und hol dir einen Teller Cornflakes.«

»Okay, schon gut.« Ich schnitt eine Grimasse in seine Richtung, was er aber wahrscheinlich nicht bemerkte, weil es zu schummrig war. Ich verschwand also in der Küche. Hannah war dort und summte vor sich hin. »War es ein schönes Fest?«, fragte ich.

»War es das? Ach, ich weiß nicht.« Sie strich mir mit ihren von der Spüle nassen Fingern über die Stirn.

»Ich hab Hunger.« Auf der Anrichte stand eine Schale mit

Kartoffelchips, von denen ich mir ein paar nahm. »Kann ich eine Limo haben?«

»Ich bin so müde«, sagte Hannah. »Einfach todmüde. Hast du deinen Vater gesehen? Ist er ins Bett gegangen?«

»Er ist im Wohnzimmer.«

»Ist Eric schon zurückgekommen?«

»Keine Ahnung.«

»Schaltest du bitte das Licht aus, wenn du gehst, mein Schatz?«

Ich nickte erneut. Sie hob erschöpft die Hand an die Stirn und verschwand aus der Küche.

Ich stopfte eine Zeit lang die Chips auf der Anrichte in mich hinein und trank dazu eine lauwarme Cola. Als ich ins Wohnzimmer zurückkehrte, war mein Vater bereits verschwunden. Prima, dachte ich. Ich setzte mich aufs Sofa, genau dorthin, wo mein Vater gesessen hatte, und rieb mir auf dieselbe Art wie er das Gesicht. Jetzt war mein Gesicht mit dem Fett der Kartoffelchips beschmiert. Ich streckte mich auf dem Sofa aus und rieb mir das Fett an dem groben blauen Sofabezug aus dem Gesicht. Nachdem ich es mir einmal bequem gemacht hatte, blieb ich gleich liegen, bis ich einschlief. In jener Nacht auf dem Sofa träumte ich, glaube ich, zum ersten Mal, dass ich der Wolfsjunge war, nackt, mit einer Hundemeute auf den Fersen. In diesem Traum war der Wald hinter unserem Haus größer geworden und hatte das Haus verschluckt. Ich war ein wildes Tier. Ich riss einem anderen Tier mit bloßen Händen die Kehle heraus. Ich löste mich von diesem Traum und öffnete die Augen. Erics vierzehnjähriges Gesicht hing nur Zentimeter entfernt über mir.

»Du bist ja wirklich ein solcher Vollidiot«, sagte er.

»Lass mich in Ruhe.«

»Ich werde dich an den Füßen in den Wald hinausschleppen«, flüsterte er. »Ich werd mir einen Eispickel schnappen und ihn durch deine Hand jagen, genau durch die Mitte, und dann werd ich dir den Eispickel ins Ohr drücken –«

»Eric.«

»– nur so weit, dass du auf diesem Ohr nicht einmal dein eigenes Schreien hörst, aber du bist noch nicht tot, und dann ziehe ich ihn raus und drücke ihn in dein anderes Ohr.«

»Bitte, Eric.«

»Und dann steche ich mit dem Eispickel in dein Auge.«

»Hör bitte auf.«

»Und dann in dein anderes Auge.« Ich kniff daraufhin die Augen zu und stellte mir vor, dass mein Bruder mich tatsächlich geblendet hatte. Ich zitterte am ganzen Leib. »Und dann werd ich dich eine Weile im Wald lassen und zuschauen, wie du durch die Gegend stolperst, ganz taub und blind, wie du wie ein abgestochenes Schwein schreist, du Volltrottel –«

Auf der Terrasse war ein Klirren zu hören. Ich öffnete die Augen. Eric wandte den Kopf.

»Was war das?« Er stand auf und ging zum Fenster.

»Was war das?«

Er schob die Terrassentür auf, ging hinaus und schaltete das Außenlicht ein. Ich stand vom Sofa auf und folgte ihm. Die Schieferplatten waren mit Glasscherben übersät. »Einer der Wasserkrüge ist vom Tisch gefallen«, sagte Eric. In den Wipfeln wehte der Wind und trug ein weit entferntes Rauschen herüber. Im Schwimmbecken kräuselte sich das Wasser. »Spürst du den Winter?«, fragte er. »Er ist noch weit weg, aber ich kann ihn spüren.«

Ich wusste genau, was er meinte.

Der Himmel war dämmrig grau, und die Sonnenstrahlen stachen über die Bäume hinweg. Es muss sechs Uhr morgens gewesen sein. Es würde ein leicht bewölkter Tag werden, und die Luft würde von einer kaum wahrnehmbaren Kühle durchdrungen sein, dem ersten Anzeichen einer neuen Jahreszeit.

Bald war es so weit.

»Ich geh wieder nach oben aufs Zimmer«, sagte ich zu Eric. »Und übrigens, du bist ein echtes Ekelpaket.« Ich ging nach oben. Als ich im Flur an Fionas Zimmer vorbeikam, sah ich, dass die Tür geschlossen war. Fiona schlief normalerweise nie mit geschlossener Tür. Sie war noch zu klein. Sie hatte noch immer Angst vor der Dunkelheit. Ich beließ es jedoch dabei. Ich ging einfach in mein Rennwagen-Schlafzimmer, zog die Tür hinter mir zu, schloss die Fenster, schlüpfte in meinen Rennwagen-Schlafanzug und kroch ins Bett.

IN EINEM DER imaginären Fotos von Fiona, einem Familienporträt, steht sie in der Bildmitte, die Hände vor ihrem roten Samtkleid gefaltet, ein weißes, zur Schleife gebundenes Satinband um den Hals. Ihre Augen sind weit aufgerissen, und sie lächelt, wie nur kleine Mädchen lächeln können, die fotografiert werden – kokett und voller Lebensfreude, ohne auch nur einen Anflug von Befangenheit. Ihr sorgfältig arrangiertes Haar ist an den Enden gelockt und fällt schwungvoll an ihrem Rücken herab, ganz so wie in den Tagen vor ihrem Verschwinden. Auf ihrem Kopf ruhen sanft die Finger unseres Vaters. Sie ist noch so klein, dass er selbst mit herabhängenden Armen ihren Kopf nur knapp berührt. Der Rest der Familie verliert sich in diesem imaginären Foto irgendwie im Hintergrund. Ich trage mein Unabhängigkeits-T-Shirt und eine weiße Hose. Eric strahlt in einem dreiteiligen Anzug, das Haar straff nach hinten gekämmt. Unser Vater blickt mit kühlen Augen in den Himmel hinter dem Fotografen – wer mochte das nur gewesen sein? –, und unsere Mutter wendet mit abwesenden Augen den Kopf ab.

KATHERINE JANE DEQUINCEY-JOY hatte es nicht eilig, in den kleinen dunklen *Käfig* zu kommen, der auf den Parkplatz hinausführte und ihr neues Apartment war – mit einem Highway in der Ferne, einem Einkaufscenter hinter dem Highway und einer Stille, die an das Innere einer Schublade erinnerte. Sie hatte allerdings noch keine Möbel. Sie hatte keinen Fernseher, nicht einmal ein Radio. Mark hatte all diese Dinge unter dem Vorwand behalten, dass sie schon bald auf allen vieren zu ihm zurückgekrochen käme. Er hatte so viel behalten wie möglich, sogar einen Teil ihrer Garderobe, alte Fotos ihrer Eltern und ihrer Schwester und eine kleine Zudecke für Babys, verflucht noch mal, die ihre eigene Großmutter gestrickt hatte. Was wollte er nur damit? Katherine hatte ein paar Kisten Bücher und Psychologie-Zeitschriften, ferner den Anrufbeantworter und die Kleider mitgebracht, die in einen Koffer passten. Und dann waren da die Sachen aus ihrer Praxis in der Stadt, Dinge, auf die Mark keinen Zugriff hatte. Als sie dann ihren neuen *Käfig* gefunden hatte, hatten die Jungs von der Lieferfirma ihre neue Matratze auf dem Boden im Wohnzimmer zurückgelassen. Und Katherine hatte weder die Energie noch den Willen aufbringen können, sie auf die Seite zu hieven und ins Schlafzimmer zu schieben.

Ihr Schlafzimmer war also zu ihrem Schrank geworden, und das Wohnzimmer war zu dem Zimmer geworden, in dem sie wohnte.

Obwohl ihr das Ganze nicht wie Wohnen vorkam.

Stattdessen saß Katherine nun in ihrem Büro, schob den Gedanken an die Heimfahrt von sich und versuchte den nächtlichen Aufenthalt in ihrer Einzelzelle ein paar weitere Minuten hinauszuzögern. Sie saß an ihrem Schreibtisch, die Hände wie zu einer Muschel geformt, mit den Fingernägeln – oder dem, was noch von ihnen übrig war – zwischen den Zähnen. Sie fuhr sich mit der Zunge über die Zeigefingerspitze und schmeckte rohes Fleisch.

Nein, sagte sie sich und legte die Hände flach auf den Schreibtisch.

Nein, sagte sie sich wieder.

Sie blickte zur Tür und rang sich ein Lächeln ab. Sie wusste, dass der bloße Akt des Lächelns, die bewusste Dehnung der Gesichtsmuskeln, die Zufriedenheitsendorphine aktivieren würde. Sie glaubte tatsächlich daran. Nur, dass es jetzt gerade nicht funktionierte.

Das Zimmer war in ein schummriges Licht getaucht, wie schmutziges, in ein Schwimmbecken sickerndes Wasser. Es war das Licht des Sonnenuntergangs, das durch einen smoggelben

Schleier über dem Highwayhimmel eindrang. Sie blickte auf das Notizbuch vor ihr. Sie hatte im Krankenhaus mit meiner Mutter gesprochen. Sie hatte Eric kennen gelernt. Nun musste sie nur noch mit mir sprechen.

Katherine hatte unsere Namen nebeneinander auf ein Blatt gelbes Krankenhauspapier geschrieben und es in Spalten eingeteilt. Auch unser Vater stand dort – James Airie. Allerdings war er wohl kaum zu sprechen. Er war wahrscheinlich nie zu sprechen gewesen, dachte Katherine.

Ein Flugkapitän, Scheiße noch mal.

Wie typisch.

Morgen wollte sie versuchen, mit mir zu sprechen, schauen, ob das Medikament angeschlagen hatte und ich bereits in der Lage war, zusammenhängend zu denken. Clozaril wirkte normalerweise sofort. Sie fragte sich, was passieren würde, wenn sie es selbst einnehmen würde. Ihr Gehirn würde sich höchstwahrscheinlich einfach abschalten. Vielleicht würde sie es eines Tages ausprobieren. Vielleicht würde sie ja eines Tages selbst einen psychotischen Schub erleiden.

Das Telefon läutete. Sie hob gleich nach dem ersten Klingeln ab und sagte: »Katherine DeQuincey-Joy.«

»Katherine«, ertönte es am anderen Ende der Leitung, »hier spricht Dr. – ich meine«, sagte er, »hier spricht Eric.« Er stotterte nervös. »Hier spricht Eric Airie.«

»Ach, hallo, Eric«, rief Katherine überrascht. »Ich habe gerade an –«

»Hören Sie«, sagte Eric rasch, »ich rufe nicht wegen ... wegen meines Bruders an, ich meine, mir ist schon klar, dass Sie mein Verhalten möglicherweise für unprofessionell halten, und wenn dem so ist, dann habe ich dafür volles Verständnis, und wir vergessen die Sache.«

Unprofessionell. »Okay.« Sie wusste, was er als Nächstes sagen würde. Sie spürte es wie das plötzliche Hinuntergleiten in einem Fahrstuhl.

»Möchten Sie vielleicht mit mir zu Abend essen?«

Wann war der Himmel draußen vor dem Bürofenster so dunkel geworden? Das Licht im Zimmer war ganz bläulich. Dies *war* unprofessionell, und nicht nur für Eric. Für Katherine galt es umso mehr. »Wie bei einem Rendezvous?« Besser, man stellte die Dinge klar.

»Nein«, sagte Eric rasch, »ich möchte nur – nein. Ich meine, ganz und gar nicht wie bei einem Rendezvous. Es ist nur so, dass ich gerade versuche, die Sache zu verarbeiten, die Sache mit meiner Familie, verstehen Sie, und ich verspüre keine besondere Lust, nach Hause zu gehen, wissen Sie, oder mit jemandem auszugehen, dem ich mein Befinden erklären müsste, und da erschienen Sie mir als – nun ja, als die perfekte Lösung. Ergibt das für Sie einen Sinn?«

»Also halb privat«, sagte Katherine, »und halb therapeutisch.« Sie erlaubte sich ein leises Lachen.

»Sie sind sehr verständnisvoll.«

Sie warf einen Blick auf ihre Hände. Wie würde sie sie verbergen? »Außerdem sterbe ich vor Hunger.« Sollte sie sich überhaupt darauf einlassen? Sie hatte sich nie privat mit einem Patienten getroffen. Aber Eric war nicht wirklich ein Patient, und er war schließlich Arzt.

»Sie sind darüber hinaus sehr nett.«

»Ich werde es auf meinen Stundenzettel eintragen müssen.«

»Haben Sie –«

»Ich habe heute nicht mit Ihrem Bruder gesprochen. Ich warte darauf –«

»– dass das Medikament anschlägt, ich verstehe«, beendete Eric den Satz. »Pilot ist immer noch ziemlich wirr, ich weiß. Ich wollte eigentlich fragen, ob Sie bereits das neue Grillrestaurant am Highway ausprobiert haben?«

»Nein.«

»Mögen Sie gegrillte Rippchen?«

»Eine meiner Leibspeisen.« Die Muskeln um Katherines Mund verzogen sich zu einem Lächeln, diesmal einem echten. Sie fragte sich, ob Eric dies bemerkte.

»Was halten Sie davon, wenn wir uns dort treffen?« Er klang nicht mehr nervös.

»Einverstanden.« Du liebe Zeit, war es denn so einfach, sie um den Finger zu wickeln?

»Sind Sie sich auch sicher, dass es in Ordnung ist? Ich meine, wenn Sie ein solches Treffen nicht für angebracht halten oder wenn Ihnen bei dem Gedanken nicht wohl ist –«

»Sie sind nicht mein Patient«, sagte Katherine, obwohl sie irgendwie wusste, dass sie sich nicht ganz korrekt verhielt. »Sondern Ihr Bruder. Abgesehen davon bin ich bereits einen Monat hier und war noch nie mit jemandem aus. Und ich habe eine Schwäche für Gegrilltes, und einen Mordshunger hab ich auch.«

»Ich lasse uns einen Tisch gleich neben dem Feuer reservieren«, witzelte Eric.

»Großartig.« Katherine blickte auf den gelben Notizblock und die Spalten für jedes Familienmitglied. Ihr fiel auf, dass sie die Schwester, Fiona, ausgelassen hatte und dass für sie auf der Seite kein Platz mehr war. »Und Sie können so viel Sie wollen über Ihren Bruder reden«, sagte sie. »Ich habe nichts dagegen.«

MEINE MUTTER HATTE beinahe den ganzen Tag in dem grünen Vinylsessel neben meinem Bett verbracht. Ich war zu müde, um mich zu unterhalten. Zuweilen schaute ich jedoch auf, und dann hob sie den Blick, um mich – irgendwie abwesend – anzusehen. Sie las nicht. Sie blätterte in keiner Zeitschrift. Sie strickte nicht einmal. Meine Mutter saß schlicht und einfach neben meinem Bett und betrachtete mein Gesicht. Ich wusste, dass sie mich in doppelter Ausführung sah und dass sich das Abbild meines Gesichts in ihrer Wahrnehmung gerade so weit trennte, dass mein kurzlebiges Double gleich daneben zu erkennen war. Und sobald ich ihr halbwegs wach erschien, würde sie mich fragen, ob ich irgendeinen Wunsch hatte. »Wasser? Eine Limo? Etwas zu essen, mein Schatz?«

»Du kannst gehen, Mom«, sagte ich. »Mir geht's jetzt gut.«

Sie schüttelte den Kopf. Das Licht im Zimmer war gedämpft, um die Stimmen im Korridor nicht durch die Tür zu lassen.

»Ich fühle mich wirklich viel besser«, sagte ich zu ihr. Ich war jedoch schlapp und erschöpft. So als wäre ich mit noch nicht trockenem Klebstoff besprüht worden. Meine Gelenke schienen sich in Glas zu verwandeln.

»Ich bleib noch ein bisschen.«

»Mom«, sagte ich. »Hannah.«

Es folgte ein langes Schweigen. Hannah saß mit den Händen im Schoß da. Ich lag mit dem Gesicht nach oben in dem großen Bett in dem kleinen Zimmer. Der Baumzweig, der gegen das Fenster schlug, schien meiner Verrücktheit ein Hallo zuzurufen. Und dann fragte meine Mutter: »Willst du, dass ich gehe? Ist es das, worum es dir geht?«

»Kannst du mich sehen?«, wollte ich wissen. »Siehst du mein Gesicht?« Ich hielt meinen Schnürsenkel unter der Bettdecke fest.

Hannah blinzelte mich an.

»Ist es sehr schlimm?«

»Was, Pilot? Ist was schlimm?«

»Der Kratzer?«

»Man kann ihn kaum sehen, Schatz.«

Die Stimmen im Korridor waren ein einziges Kichern und Quieken, mal lauter, mal leiser. Ich versuchte an ein anderes Gefühl als Angst zu denken. Ein, zwei Momente lang. Ich konnte mich an keines erinnern. Und dann, als mir schließlich eines eingefallen war, sagte ich: »Liebe.«

Und meine Mutter sagte: »Ich liebe dich auch, Pilot«, und dann legte sie ihre Hand auf meine.

ICH SAH, WIE sie mit den Füßen in der Pfütze auf den Schieferplatten stand. Ich sah, wie sich das grelle Nachmittagslicht goldglänzend im Wasser spiegelte. Ich sah, wie sie an den Armen eine Gänsehaut bekam. Ich sah einzelne Grashalme aus den Rissen im Putz hervorsprießen. Ich sah die Augen meiner Schwester, mattgrün, von der Farbe einer Piniennadel. Ich spürte die beinahe unmerkliche Bewegung hinter ihr, weit hinter dem Schwimmbecken, im Wald, ein leises Rascheln im Gezweig. Und dann sah ich es, meine kleine Schwester. Ich sah es, ich sah sie, meine kleine, liebste Schwester.

MEIN BRUDER SAH sich in dem auf rustikal getrimmten Grillrestaurant um und suchte nach Katherine. Er trug ein weißes Hemd – wie immer mit eingesticktem Monogramm –, eine gelbe Krawatte und dunkelblaue Hosen. Er wirkt ein wenig förmlich, dachte Katherine, als sie ihn von ihrem Tisch am anderen Ende des Raumes erblickte; er schien für ein wesentlich eleganteres Restaurant als die Texas Barbecue Chicken and Rib Hacienda am Sky Highway gekleidet zu sein. Er hatte jedoch die Ärmel hochgekrempelt und war ohne Sakko – er hatte es wahrscheinlich im Auto zurückgelassen –, und schließlich war er es, der vorgeschlagen hatte, sich hier zu treffen, oder etwa nicht?

Sie winkte.

Er lächelte, als er sie erblickte, und als er zu ihr hinüberging, erinnerte sein Mund an einen schiefen ansteigenden Mond.

»Ich hab schon gedacht, dass Sie mich versetzen.«

»Gerade als ich aus der Tür wollte, hat ein Patient angerufen«, entschuldigte er sich und strich sich über die Schläfe. »Sie hatte einen Anfall mit motorischen Störungen erlitten. Ich musste also – nun, Sie wissen schon. Tut mir echt Leid.« Er setzte sich an den klobigen Holzfällertisch. »Himmel«, sagte er. »Hab gar nicht gewusst, dass der Laden so kitschig aufgemacht ist.«

»Ein bisschen Kitsch schadet doch nicht.« Katherine trank einen Schluck Wasser. »Ich mag Kitsch.«

»Haben Sie bereits bestellt?« Er blickte sie zum ersten Mal direkt an.

Sie schüttelte den Kopf. »Ich wollte warten.«

»Tut mir echt Leid.«

»Sie sind Arzt.« Sie zuckte mit den Achseln. »Damit muss man rechnen.« Sie ließ ihre grünen Augen einen Moment lang auf Eric verweilen – was normalerweise bereits reichte.

Eine junge Frau mit Zöpfen und einem Kleid aus Gingham-Stoff auf dem ein flammendes, wie Texas geformtes Restaurant-Logo prangte, kam an den Tisch. »Wissen Sie schon, was Sie wollen?« Ihre Stimme war ein wenig zu freundlich für ihr Gesicht. Und Katherine fiel die Tätowierung auf ihrem Arm auf – vier schwarze, sich kreuzende Schnitte.

Katherine lachte. »Ich hab die Speisekarte seit nunmehr einer halben Stunde.«

»Ich weiß, was ich will.« Eric legte seine riesige Karte in die Hände der Kellnerin zurück. »Den Kalbsrücken, von dem ich so viel gehört habe, und ein Heineken«, sagte er.

»Ich nehme das Hähnchen«, sagte Katherine. »Und noch ein ... ein Glas Wasser.«

»Normal oder extra scharf?«

»Extra scharf«, sagte Eric.

»Ich probier das auch mal.«

»Was probieren?« Die Kellnerin blickte zu einer Gruppe von Gästen hinüber, die gerade eintraten.

»Extra scharf.« Katherine wölbte die Augenbrauen.

Als die Kellnerin Richtung Küche schlurfte, blickten sie ihr schweigend hinterher.

»Gesund ist es ja nicht«, sagte Eric, »aber schmecken tut's großartig.«

»Mir auch.«

Sie schwiegen eine Weile und blickten sich nervös im Restaurant um. Katherine bemerkte zwei Familien, eine schwarz, die andere weiß. Dann waren da noch mehrere Pärchen und eine Gruppe Studenten vom Junior College.

»Wie geht's Ihrer Mutter?« Katherine ließ die Hände unter dem Tisch verschwinden. Sie durfte nicht vergessen, sie stets zu verbergen.

»Ganz gut, glaube ich. Vorerst, zumindest. Ich meine, sie –«

»Sie macht sich sicher große Sorgen.«

»Nun, ich habe Ihnen ja von der Kalifornien-Sache erzählt, oder?«

»Er war am Strand.«

»Ja«, sagte Eric. »Er war ein paar Wochen lang mehr oder weniger obdachlos.«

Katherine nickte. »Da wollte ich gern mehr drüber wissen. Hat Pilot nach seiner Rückkehr irgendeine Form von Behandlung akzeptiert?«

Eric runzelte die Stirn. »Ich habe ihm ein paar Anti-Depressiva gegeben.«

»Hat das geholfen?«

»Das dachten wir. Aber jetzt weiß ich nicht einmal, ob er sie überhaupt eingenommen hat.«

Draußen füllte sich der Parkplatz des Einkaufscenters mit den dazugehörigen Restaurants. Katherine konnte es förmlich spüren. Familien und Pärchen ließen ihre Minivans und Allrad-Pick-ups unter den gelben Straßenlaternen von East Meadow stehen. Sie betraten Lebensmittelgeschäfte und Restaurants, die sich auf die Bewirtung von Familien spezialisiert hatten, holten ihre Kleider in der Reinigung ab oder nahmen auf dem Heimweg noch eine Flasche Wein mit. Überall neonbeschienene oder von dem Schein der Armaturenbretter beleuchtete Gesichter. Die Vorstadtluft war von dem Gestank von Abgasen und verbrennendem Öl durchdrungen.

»Wäre es Ihnen lieber, nicht darüber zu sprechen?«

Eric blickte zur Decke hoch. Scheint eine Marotte von ihm zu sein, dachte Katherine, dieses Nach-oben-Gucken. »Und was ist mit Ihnen, Katherine?«, fragte er. »Wo kommen Sie eigentlich her?«

»Ich bin in der Stadt aufgewachsen.« Sie beugte sich ein wenig vor und kniff die Augen zusammen. »Ehrlich gesagt, ist dies das erste und einzige Mal, dass ich außerhalb wohne.«

»Und?«

Katherine schnaubte. »Und ich habe das Gefühl, bald zu sterben.«

Ein unaufhörlicher Strom von Autos zog an dem Restaurant vorbei. Benzin und Öl verbrannten in einem fort, und Bremsbeläge rieben sich an Metall. Katherine hatte das Gefühl, eine Million Kolbenstöße zu hören.

»Man gewöhnt sich dran.«

»Haben Sie jemals in New York gewohnt?«

In dem Moment erschien die tätowierte Kellnerin mit einer riesigen Fleischplatte. »Da wären wir«, sagte sie fröhlich. Hat bestimmt die ganze Zeit in der Küche gestanden, dachte Katherine, servierfertig, sobald jemand die Bestellung aufgab.

»Wow.«

»Sie meinten, dass Sie vor Hunger sterben.«

Ich war Eric wie aus dem Gesicht geschnitten, wie Katherine bemerkte, nur dass das Gesicht meines Bruders größer und kräftiger ausfiel. Seine Augen sind so blau, dachte sie, wie die Erde vom Weltraum aus betrachtet. Er hatte das Gesicht eines Erfolgsmenschen, wie unser Vater immer sagte, das Gesicht eines künftigen Präsidenten. »Ich sterbe vor Hunger«, sagte sie. »Aber –«

»Ich habe an der Columbia studiert.«

»– das ist ja der Wahnsinn.«

»Gehirnchirurgie.«

»Eine sehr gute Fakultät«, räumte Katherine ein. Jetzt sann sie darüber nach, dass sie das Wort Wahnsinn nicht hätte benutzen sollen.

»Und Sie?« Eric probierte den Kalbsrücken. Das Fleisch war rötlich, mit schwarzer Kruste und mit Barbecue-Soße bestrichen.

»NYU«, sagte sie. »Psychologie. Auch den Diplomstudiengang.«

Er nickte. »Ich finde Sie sehr attraktiv«, gestand er unverblümt. »Das sollten Sie wissen, verstehen Sie, nur für den Fall.«

Wirkte sie schockiert? »Für den Fall, dass –«

»Keine Ahnung.«

Katherine lachte. »Ich bin frisch geschieden, sozusagen.«

»Das heißt?«

»Wir waren nicht wirklich verheiratet.«

Er lächelte leicht. »Nicht wirklich?«

»In wilder Ehe zusammengelebt.«

»Und es ist ein für allemal aus?«

»Ein für allemal.«

»Wie fühlen Sie sich?«

»Ich fühle mich sehr –«

»– verletzbar?«

»*Unberechenbar.*«

In der Klinik war der Fernseher eingeschaltet, ein einziges verschwommenes Durcheinander von Stimmen und Gesichtern. Ich saß auf einer quietschenden Vinylcouch davor. Hinter mir weinte ein Mann still vor sich hin. Meine Mutter war nach Hause gegangen.

»Das gefällt mir«, sagte Eric mit einem Lächeln. »Unberechenbarkeit ist eine gute Eigenschaft.«

Katherine hatte ein Stück ihres mit schwarzer Kruste überzogenen Hähnchens im Mund und kaute an einem Fetzen der verbrannten, staubtrockenen Haut. Es schmeckte nach Holz. Die Soße war viel zu scharf. »Sie – Sie haben nie geheiratet?«

»Hätte ich gern«, erwiderte Eric. »Ich bin dann in Virginia auf die Medizinische Fakultät gegangen. Sie wollte jedoch nicht mitkommen. Sie war wie Sie.« Er verschlang sein Essen förmlich, kaute und schluckte ohne Unterlass.

Ich reiße dir mit meinen Pfoten die Halsschlagader raus.

»Wie ich?«

»Eine New Yorkerin.«

»Sie konnte sich nicht mit der Vorstellung abfinden, für ein paar Jahre in Virginia zu leben?«

»Mit der Vorstellung, in Virginia *mit mir* zu leben«, sagte er. »Egal wie lang.«

Katherine lachte. »Und wie hat es Ihnen dort gefallen?«

Lächelnd, den Mund voller Krautsalat, sagte mein Bruder: »Sie hatte Recht.«

»Und sie war die Einzige?«

»Die Einzige was?«

»Die einzige Frau, die Sie jemals erwogen haben zu heiraten?«

»Bei anderen habe ich's ebenfalls erwogen«, sagte Eric. »Nur war sie zufällig die Einzige, der ich jemals einen Antrag gemacht habe.«

»Gehen Ihnen meine Fragen auch nicht zu weit?«

»Ganz und gar nicht. Aber jetzt bin ich dran.«

Katherine lehnte sich zurück. »Okay.«

»Wie heißt Ihr Exfreund?«

Sie blickte sich um, so als wäre er irgendwo im Raum. »Mein Exfreund heißt Mark.« Klang zutreffend, dachte sie. *Ex*.

»Was ist sein Beruf?«

»Anwalt. Unternehmensfinanzierung.«

»Wie haben Sie sich kennen gelernt?«

»High-School-Pärchen, ob Sie's glauben oder nicht.«

Eric beugte sich vor, die Ellbogen auf den Tisch gestützt. »Und ob ich das glaube.«

»Wir sind auch zusammen auf die NYU gegangen, und dann hat er Jura studiert.«

»Wo?«

»Fordham.«

»Und dann?«

»Und dann sind wir zusammengezogen.«

»Woran hat's gehapert?«

Katherine faltete ihre Serviette zusammen. »Ich habe ihn nicht geliebt, wie sich herausstellte.«

»Oh.«

Sie nickte. »Es tat weh ... *tut* weh.«

»Hat er Sie geliebt?«

»Zumindest behauptet er das.«

»Und liebt er sie immer noch?«

»Nein.«

Sie kauten eine Zeit lang schweigend vor sich hin. Katherine gefiel die entspannte Art, in der Eric sich über seinen Teller beugte. Sie mochte, wie er die Ärmel bis über die Ellbogen hochgekrempelt hatte, wie er sich die Finger leckte und wie er sein Bier direkt aus der grünlichen Flasche trank.

Sie sagte: »Ich Sie auch.«

Er blickte sie wie eine empfangsbereite Satellitenschüssel an.

»Ich finde Sie auch sehr attraktiv.« Ihr war sofort klar, dass sie das besser nicht gesagt hätte. Aber Sie hatte das Gefühl, sich bereits zu weit vorgewagt zu haben, um sich noch zurückziehen zu können – jetzt musste sie den einmal eingeschlagenen Weg zu Ende gehen.

»Wirklich?«

»Das passiert Ihnen doch sicher ständig«, sagte sie rasch, »wo Sie doch Gehirnchirurg sind und all das.«

»Nicht so häufig, wie ich ursprünglich gehofft hatte.« Eric wischte sich die Hände an seiner Papierserviette ab. »Ich habe jedoch meinen Anteil an Arzt-Groupies kennen gelernt.«

»Mein Vater war Arzt«, sagte Katherine.

»Das ist für gewöhnlich der Fall.«

Sie zog eine Augenbraue hoch. »Ist es das?« Sie versuchte, gekränkt zu wirken, tatsächlich aber war sie peinlich berührt.

»Mädchen wollen ihren Dad heiraten, oder etwa nicht?«

»Ich dachte, ich wäre die Psychologin an diesem Tisch.«

»Dann sagen Sie's mir.« Eric tupfte sich mit der Serviette die Lippen ab, sein Gesicht ein riesiges Fragezeichen. »Wollen Mädchen nicht ihre Väter und Jungen ihre Mütter heiraten? Ist das nicht die –«

»Das ist das, was Freud behauptet hat. Mehr oder weniger.«

»Hat er damit nicht Recht gehabt?«

»Ich glaube nicht, nicht wirklich.«

»Nicht wirklich?«

»Können Sie mir bitte das Brot reichen?«

»Ist das ein Versuch, das Thema zu wechseln?«

»Sie sind ein äußerst interessanter Gesprächspartner«, sagte Katherine und setzte ihre grünen Augen ein, um ihn in Schach zu halten.

Eric nickte. »Ich habe viele Interessen.«

»Wollen Sie Ihre Mutter heiraten?«

Eric blickte wieder zur Decke auf und sagte: »Gute Frage.«

Katherine lächelte weiter. Zu lang, dachte sie später, viel zu lang.

KATHERINE BEFAND SICH in ihrem kargen, den Highway überblickenden *Käfig* und machte sich Vorwürfe. Sie war viel zu kokett gewesen. Wahrscheinlich war der billige Wein schuld. Sie hatte vor Erics Eintreffen drei Gläser in sich hineingeschüttet, und dann hatte sie – dümmer ging's nicht – während des gesamten Essens nur an ihrem eisgekühlten Wasser genippt und so getan, als hätte sie keinen Tropfen Alkohol angerührt. Natürlich war ihm sogleich klar gewesen, dass sie was getrunken hatte. Schließlich war er ein verdammter Gehirnchirurg. Er hatte es an ihren Augen gesehen – die geweiteten Pupillen, die leicht entspannten Gesichtsmuskeln und der Blutstau in den Wangen. Hatte sie etwa gelallt, verflucht noch mal? Tatsache war, dass Katherine vor meinem Bruder Angst hatte. Tatsache war, dass Katherine noch nie von einem dermaßen gut aussehenden Typen zum Abendessen eingeladen worden war.

Sie war in Panik geraten. Sie hatte plötzlich den Eindruck gehabt, dass Eric ihr Verhalten noch als viel unprofessioneller empfinden würde – die Therapeutin seines Bruders Wein trinkend in einem Grillrestaurant.

Sie zog sich aus, streifte zuerst die graue Hose ab und knöpfte sich dann die Bluse auf. Sie hatte sich seit Wochen nicht mehr die Beine rasiert.

Sie schlüpfte in dem winzigen Schlafzimmer rasch aus ihren Kleidern und warf sie im Schrank auf den Boden. Ihre Unterwäsche landete auf dem Haufen schmutziger Wäsche in der

Ecke. Sie hatte nicht einmal einen Wäschekorb, nicht einmal einen Abfalleimer. Sie hatte alles Mark vermacht. Und er hatte es auch noch alles gewollt. »Du kommst schon noch zurück«, hatte er gesagt. »Du kommst zurück, und es wird alles an Ort und Stelle sein, genauso wie du es verlassen hast.« So melodramatisch.

»Mark, unsere Trennung ist keine Seifenoper.«

»Du wirst schon noch merken, wie sehr du mich liebst und dass du es allein nicht schaffst, ohne –«

»Mark«, hatte sie ihm entgegengehalten, »das ist doch kein Argument.«

Er hatte zu grübeln begonnen und war mit verschränkten Armen durch die Wohnung gelaufen.

Katherine tat es Leid, hatte es Leid getan. Ehrlich gesagt würde es ihr noch lange Zeit Leid tun. Sie war sich darüber vollkommen im Klaren. Sie wusste, dass sie Mark nicht liebte. Sie hatte ihn nie geliebt. Und dann Michele. Was war ihr da anderes übrig geblieben, als ihn zu verlassen? Katherine wusste nicht wirklich, was Liebe war. Sie wusste nur, dass sie die Erfahrung nie gemacht hatte. Sie betrachtete ihren nackten Körper in dem großen Spiegel auf der Rückseite ihrer Schlafzimmertür. Ihre Haut war nicht mehr ganz so straff. Ihre Brüste hingen etwas tiefer als noch vor fünf Jahren. Und sie hatte Ringe unter den Augen. Das war's. Schöner würde sie nicht mehr werden.

Katherine war auf den Zentimeter genau einsfünfundsechzig groß. Als Teenager hatte sie sich unzählige Male in der Hoffnung gemessen, noch jene zwei, drei Zentimeter zuzulegen und Michele zu überragen, ihre knapp zwei Jahre jüngere Schwester. Natürlich war ihr Wunsch nie in Erfüllung gegangen. Schien ganz so, als würde das, was man sich am meisten herbeisehnte, niemals eintreten. Michele war stetig größer und schöner geworden. Ihr Körper war bald so schlank und geschmeidig wie eine Narzisse, und ihr Haar so gelbblond wie die Blume selbst. Micheles Augen verströmten im Unterschied zu Katherines einen stetigen sanften Glanz, so als wäre sie ihr ganzes Leben halb betrunken und halb traurig gewesen. Michele hatte ihre Augen und Blicke nie in dem Maße beherrscht wie Katherine.

Trevor Davidson, John Taborre und Jimmy Schindler.

So hießen die Freunde, die Michele ihr ausgespannt hatte, als sie gemeinsam aufwuchsen.

Und dann natürlich Mark.

Wie hatte Michele ihr das nur antun können? Was hatte sie sich bloß dabei gedacht?

Katherine hatte eine blasse Haut, unterlegt von einem olivfarbenen Schimmer, der ihr den Glanz von edlem Schreibpapier verlieh. Ihre Nase war mit hellen Sommersprossen verziert, die von zu vielen am Strand verbrachten Sommertagen stammten – wie die Farbflecken auf einem Leinentuch.

Sie wies zu viele Unvollkommenheiten auf.

Ihre Brüste waren unterschiedlich groß. Die Männer, mit denen sie zusammen war, hatten natürlich nie ein Wort darüber verloren. Genau genommen hatte niemand – nicht einmal Michele oder ihre Mutter – jemals etwas darüber gesagt. Aber wenn sie nackt vor dem Spiegel stand, sah Katherine nichts anderes – die rechte Brust hing tiefer und war voller, schwerer, hatte beinahe BH-Größe C, und auch die Brustwarze war größer; ihre linke Brust war dagegen leichter und die Haut wirkte straffer und schien sie näher an den Brustkorb zu ziehen. Diese Brust – die linke – hatte ein einzelnes dunkles, sich ringelndes Haar, das aus einem hellbraunen Warzenhof spross. Katherine schnitt es alle paar Monate ab, aber ehe sie sich's versah, war es wieder da.

Sie durchquerte nackt das Wohnzimmer, in dem ihre Matratze lag. Sie spielte mit dem Gedanken, ein Bad zu nehmen und bei einer Tasse Tee die gekachelte Decke anzustarren. Sie betrat die kleine Küche und stellte den Glaskessel, den sie sich im Safeway gekauft hatte, auf den Herd. Wann hatte sie eigentlich bemerkt, dass das Telefon klingelte? Der Anrufbeantworter sprach anscheinend bereits mit jemandem. »Hallo«, ertönte das Gerät. »Dies ist der Anschluss von Katherine DeQuincey-Joy. Bitte hinterlassen Sie nach dem Piepton eine Nachricht.«

»Katherine«, schallte es ins Zimmer. »Ich bin's, Eric. Sind Sie daheim?«

Sie zögerte und ging schließlich dran. »Eric?« Es war ein billiges kabelloses Telefon, das sie im hiesigen Radio Shack gekauft hatte. Der Apparat gab irgendein äußerst seltsames Signal von sich, ein schrilles Piepsen im Innern des Gerätes.

»Hi.«

»Hi.« Sie ging quer durch die Wohnung zum Fenster und hoffte, dass das Piepsen verschwinden würde.

»Ich wollte mich nur vergewissern, dass Sie auch wohlbehalten zu Hause angekommen sind.«

Der Wein. Er hatte ihren Alkoholpegel bemerkt. »Ja, natürlich. Sind Sie noch –«

»Ich bin im Wagen.«

»Wo wohnen Sie überhaupt?«

»Ich lebe ein bisschen weiter draußen. Auf dem Land.«

Hörte sie die Geräusche der Straße, auf der er sich befand? »Ich verstehe.« Die Reifen auf dem Asphalt?

»Es war ein schöner Abend.«

Sie schwieg.

»Was meinen Sie?«

Katherine lächelte. »Ja«, sagte sie. »Danke. Fand ich auch.«

»Tja, also, das war's eigentlich, was ich Ihnen sagen wollte.«

Katherine blickte zum Fenster hinaus, auf den Parkplatz und zu dem Highway dahinter. Von ihrem Büro aus hatte sie den gleichen Blick, mehr oder weniger. So sieht das hier wohl im Allgemeinen aus, dachte sie. Parkplätze, Highways und ein paar vereinzelte Bäume in der Ferne. »War nett von Ihnen, sich noch einmal zu melden.« Sie musste sich da was einfallen lassen. In Zukunft würde sie Eric aus dem Weg gehen.

»Ich bin nicht immer so ein Gentleman.« Er lachte ein wenig.

»Das sind Sie bestimmt.«

»Sie bringen in mir die besten Qualitäten zum Vorschein.«

»Bestimmt sind Sie normalerweise ein Mistkerl erster Güte.« Ob er sie wohl lächeln hörte?

»Allererster.«

»Der Abschaum der Erde.«

»Sie wären überrascht«, sagte er. »Ärzte sind nicht dafür bekannt, besonders nett zu sein.«

Sie konnte das nicht so weitergehen lassen. Sie wechselte das Thema. »Ich werde morgen mit Ihrem Bruder sprechen.«

»Ich bin sicher, dass er bei Ihnen in guten Händen ist.«

»Nun«, sagte Katherine, »in erster Linie sind es die Medikamente, die den größten Heileffekt erzielen, wie Sie wissen. Ich werde nur versuchen, dass er so schnell wie möglich zu sich selbst zurückfindet und wieder normal wird –«

»Ist bereits eine Weile her, dass er das war. Aber vielen Dank im Voraus, dass Sie sich um ihn kümmern.«

»Sie sind ein vorbildlicher Bruder, Eric.«

»Ich bin mir nicht sicher, ob Pilot Ihnen da zustimmen würde.«

Der Wasserkessel fing an zu pfeifen.

»Das Wasser kocht«, sagte Katherine. »Ich muss Schluss machen.«

»Meine Mutter ist Teetrinkerin«, sagte Eric.

»Ist sie das?«

»Vielleicht hatte Freud ja doch Recht.«

Katherine Jane DeQuincey-Joy stand nackt, mit dem Hörer am Ohr, in der winzigen Küche ihres *Käfigs* und verspürte plötzlich einen unbändigen Drang, es ihm zu sagen, ihm eine Beschreibung von sich zu geben – von ihren unterschiedlich großen Brüsten, dem aus ihrer Brustwarze sprießenden Haar und ihren abgekauten Fingernägeln. Sie ließ es jedoch bleiben und sagte stattdessen: »Gute Nacht, Eric.« Und dann, nachdem sie aufgelegt hatte, sagte sie es aus irgendeinem Grund noch einmal: »Gute Nacht, Eric Airie.«

Sie musste dieser Sache ein Ende bereiten, sagte sie sich.

Auf dem Anrufbeantworter war noch eine weitere Nachricht. Katherine drückte den Knopf.

Michele hatte angerufen.

Michele hatte über die Jahre immer wieder angerufen. In letzter Zeit jedoch häuften sich die Nachrichten und wurden länger und verzweifelter, Monat für Monat. Wenn Katherine von der Arbeit heimkehrte und die Leuchtanzeige für eingegangene Nachrichten blinkte, hielt sie ihren Finger oft nur Millimeter über dem Löschknopf. »Katherine«, tönte es dann aus dem Gerät. »Katherine, ich bin's, Michele. Ich rufe nur an, um dir zu sagen, dass es mir hervorragend geht, dass alles wirklich supergut läuft, und ... und ... und dass ich diesen neuen Job, also, in dieser netten kleinen Buchhandlung wahrscheinlich bekomme. Hab mir gedacht, dass du dich freust, okay? Ich meine, wo du doch so gern liest und so weiter. Wie dem auch sei –« Und falls es ihr zu viel wurde, drückte Katherine den Löschknopf, ein einfaches Senken des Mittelfingers, das besagte: *Leck mich, Michele – verschwinde.*

Manchmal hörte sich Katherine die Nachrichten nur an, um der Stimme ihrer Schwester zu lauschen, die von Verzweiflung dermaßen durchdrungen war, dass ihr ein permanentes Zittern anhaftete, ein Tonfall, der wie ein ängstlich verzagter Bogenstrich über ein Cello klang. Und manchmal löschte sie die Nachrichten, bevor sie sie sich angehört hatte. Sie erkannte, so sagte sie sich, an der Art, wie die Leuchtanzeige auf dem Anrufbeantworter blinkte, dass es Michele war.

NACHDEM ER KATHERINE zu ihrem saphirblauen VW Golf auf dem Parkplatz des Grillrestaurants begleitet und gewartet hatte, bis sie auf den Highway hinaufgefahren war, stieg mein Bruder in seinen schwarzen Oldtimer-Jaguar. Er fragte sich, wie viel Wein sie vor seinem Eintreffen getrunken hatte. Vielleicht sollte sie besser nicht fahren, dachte er. Kurz darauf fuhr er selbst los. Vor ihm lag eine lange Fahrt, die er jedoch gewohnt war. Er schob eine CD in das Blaupunkt-Gerät, Vivaldis *Vier Jahreszeiten*, und während das Wageninnere von dem perfekten Wohlklang der Musik erfüllt wurde, pfiff er dazu.

Katherine gefiel Eric. Ihm gefiel ihre wilde Haarmähne. Ihm gefiel ihre helle, mit Sommersprossen besprenkelte Haut. Ihm gefielen ihre grünen, begierigen Augen. Und vor allem gefiel ihm die hohe Intelligenz, die sie ausstrahlten, und – typisch mein Bruder – ihm gefiel die Herausforderung, die in diesen Augen lag.

Er musste an die Augen meiner Mutter denken, an die Gespenster, die sie sah, an die Doppelbilder und verschwommenen Umrisse.

Konnte es sich um Krebs handeln?

So fuhr er eine Weile gedankenverloren vor sich hin und versuchte die Unterhaltung mit Katherine ein weiteres Mal zu durchleben. Er grübelte über ihren Gebrauch von Messer und Gabel nach, um ihre sozioökonomische Herkunft zu erspüren. Er vermutete einen starken Vater, Mittelschicht, und eine intellektuelle, jedoch unausgefüllte Mutter. Er sah, wie Katherine ihren Mädchenkopf in zahllose Bücher vergrub, wie sie schließlich zur Studentin heranreifte und sich nach Unabhängigkeit sehnte.

Er lächelte innerlich.

Dazu braucht man nicht Gehirnchirurg zu sein, dachte er.

Die Uhr seines aus Mahagoni gefertigten Armaturenbretts zeigte fünf nach elf. Er beschloss, noch weitere fünf Minuten zu warten und sie dann anzurufen. Einfach um sich noch einmal zu melden und sich zu vergewissern, dass mit ihr alles in Ordnung war. Ihr noch einmal sagen, wie schön der Abend für ihn gewesen war.

Frauen standen auf so was.

Er pfiff zu der Musik und blickte nach vorn auf den Highway. Der graue Asphalt schien auf ihn zuzusausen, und die gelben Fahrbahnmarkierungen huschten unter seinen Rädern wie Jahre, Minuten und Sekunden vorbei. Seine Hände schlossen sich fester um das Lenkrad. Er beschleunigte und trieb den Wagen von siebzig auf achtzig und schließlich auf neunzig Meilen die Stunde. Hier draußen war er allein. Sein Radarspürgerät, das unter dem Armaturenbrett klemmte, gab nicht das geringste Blinken von sich. Weit und breit keine Polizei. Freie Fahrt voraus. Er schaltete die Musik aus, nahm das Telefon und wählte die Nummer der Auskunft.

Als sich Katherines Anrufbeantworter meldete, war er im ersten Moment bestürzt. »Katherine«, sagte er. »Ich bin's, Eric. Sind Sie daheim?«

Aber dann nahm sie ab, und ihre Stimme verriet alles.

ICH WURDE VON einer Krankenschwester mit einem breiten, schönen, kaffeebraunen Gesicht und sanften warmen Händen in der Lobby abgeholt. »Kommen Sie, mein Lieber«, sagte sie. »Legen Sie sich jetzt wieder ins Bett, und ruhen Sie sich aus.« Ihre Augen waren tot, so wolkenverhangen wie der Himmel draußen vorm Fenster. Ich stand auf und folgte ihr. Ich konnte mich nicht daran erinnern, die Pantoffeln angezogen zu haben, in denen ich dahinschlurfte. In meinem Zimmer hörte ich später die flüsternden, streitenden und Kommentare von sich gebenden Stimmen in den Deckenleuchten, konnte jedoch nicht ganz verstehen, was dort gesagt wurde – sie waren knapp außer Hörweite. Ich hörte den langen dürren Ast, der gegen das Fenster schlug. Ich hörte das sanfte Summen des Krankenhausalltags. Ich hörte meine Mutter über den Highway, den Wald und die Sackgasse hinweg. Ich hörte ihre Stimme. Sie führte grade mit leiser Stimme ein Selbstgespräch und lief mit einer Tasse Tee in der Hand über den blau-weißen Perser. Von meinem Krankenhausbett aus konnte ich über den Highway, den Wald und über die weit entfernten Hügel hinweg, die jenseits von East Meadow lagen, den Wagen meines Bruders hören, den perfekten Wohlklang der *Vier Jahreszeiten*. Erics Gedanken rasten schneller, als seine Räder über die gelbe Fahrbahnmarkierung hinwegfegten. Ich hob die Hand, um den

Kratzer in meinem Gesicht zu fühlen. War er bereits am Verschwinden? Ich strich über den Schnürsenkel, der weiterhin um meinen Mittelfinger gewickelt war und mir als eine Art Gedächtnisstütze diente. Ein Pfleger kam herein und schaltete das Deckenlicht aus. Als das Stimmengewirr zum Erliegen kam und es dunkel im Zimmer war, versuchte ich zu lächeln oder zumindest mein Gesicht irgendwie zu bewegen. Ich spürte, wie meine Wangen plötzlich ganz hart wurden, wie mein Schädel zu Porzellan und meine Zähne zu Glas wurden. Irgendwo im Korridor sagte ein Mann: »Ach bitte, ach bitte, ach bitte.« Über meinen Leib hatten sich längliche Schatten gelegt. Mein Leib war zu dünn und zu lang, und ich war so zerbrechlich wie ein morsches Skelett.

AN DEM TAG der Party, als Fiona für immer verschwand, saß unsere Mutter nachmittags vor einem goldgerahmten Kosmetikspiegel im Ankleidezimmer und trug grünen Lidschatten auf, passend zur Augenfarbe. Fiona stand hinter ihr, die Hand auf ihrer Schulter, fasziniert von jedem einzelnen Farbtupfer.

Ich wollte Geld. »Hey, Mom«, sagte ich von der Tür aus. »Kann ich fünf Mäuse haben?«

Unsere Mutter lächelte. »Wofür?«

»Hab geholfen, das Haus für die Party herzurichten.«

Sie lächelte immer noch. »Und das hast du nicht zufällig aus reiner Hilfsbereitschaft getan, mein Liebster?«

»Ich hab auch geholfen«, meldete sich Fiona.

Ohne ihr besondere Beachtung zu schenken, sagte sie: »Ich weiß.«

»Also gut«, feilschte ich. »Dann eben vier.«

Unsere Mutter wandte sich um, um mich anzusehen, das eine Auge bereits grün schimmernd, das andere ungeschminkt. »Was ist denn mit deinem Taschengeld passiert?«

»Zwei Dollar?«, sagte ich. »Zwei Dollar sind 'n Witz. Lenny Haverston kriegt fünf.« Lenny Haverston wohnte ein Stück weiter die Straße hoch. Er hatte alles, was das Herz begehrte.

»Hört, hört, wie verschwenderisch die Haverstons doch sind!« Unsere Mutter, die ihr Haar in Millionen einzelne, individuelle Locken gekämmt und toupiert hatte, sprühte Haarspray auf, und die Luft in dem kleinen Ankleidezimmer wurde dementsprechend toxisch.

»Wow«, sagte ich, »du siehst großartig aus.«

Fiona sagte: »Du bist echt schön, Mommy.«

»Wo habt ihr das nun wieder gelernt?«, fragte unsere Mutter. »Von eurem Vater?«

»Was gelernt?«

»Das Schmeicheln.«

Ich versuchte es erneut. »Drei Dollar?«

Unsere Mutter seufzte. »Du kannst dir zwei Dollar aus meinem Portemonnaie nehmen – *falls* ich so viel überhaupt habe.«

»Ich auch?«, fragte Fiona. »Darf ich auch?«

»Fiona«, rief meine Mutter – aber dann gab sie nach. »Also gut.«

»Ich bin neun und bekomme zwei, und sie ist sieben und kriegt ebenfalls zwei?«

»So ist das Leben.« Unsere Mutter trug den Lidschatten auf das andere Auge auf, ein ins Fuchsbraune übergehendes Silbergrün. Sie klappte das Lid zu, fing an zu pinseln und bestäubte den Pinsel schließlich wieder mit Farbpuder. Sie hatte nur einen Slip und einen schimmernd gelben Büstenhalter an. Ich sah, wie sich ihre Füße unter dem Frisiertisch nervös aneinander rieben.

»Wie viele Leute kommen denn überhaupt?«, fragte ich.

»Wir haben ausnahmslos jeden eingeladen«, sagte unsere Mutter. »Die ganze Welt, wie's scheint.«

»Alle?« Fiona lachte.

»Alle.«

»Sogar den Papst?«

»Sogar den Papst.«

»Den Präsidenten?«, kicherte Fiona.

»Sie haben doch nicht den Präsidenten eingeladen«, sagte ich. »O Gott, Fiona, wie dumm du bist.«

»Das weiß sie durchaus«, erwiderte unsere Mutter. »Sie ist doch nur albern.«

»Was ist mit Donny Osmond?«, fragte Fiona. »Habt ihr Donny Osmond auch eingeladen?«

»Deinen Hintern hat sie eingeladen«, sagte ich.

»Pilot.«

»*Deinen* Hintern hat sie eingeladen«, konterte sie.

Ich lachte spöttisch.

»Mom«, flehte Fiona.

Unsere Mutter schraubte einen Lippenstift auf. »Gebt mir einen Kuss, ihr beiden.« Sie breitete die Arme aus, streckte sie uns entgegen. »Denn wenn erst mal der Lippenstift aufgetragen ist, gibt's kein Küssen mehr.«

AUF DEM FEST waren die Tischmans von nebenan. Die Johnsons, die Brookses und die Daniers. Ferner die Joneses, die Browns, die Classens und die Haverstons. Und viele mehr. Auf dem Fest waren Leute, die früh wieder gingen. Leute aus der Nachbarschaft, Kollegen aus der Fluggesellschaft meines Vaters und aus dem Krankenhaus meiner Mutter. Vier Junggesellen waren gekommen – Paul Davidson, Karl Fuchs, Arnold Desmond und Howard Rice. Gleichzeitig, ganz wie meine Mutter es geplant hatte, waren vier allein stehende Frauen da – Celia Oblena, Sherry Meyerson, Tricia Caulder und Lacy Klugman, die beste Freundin meiner Mutter, die in Scheidung lebte. Und es waren auch Gäste ohne Einladung gekommen, wie Bryce Telliman, der Mann mit den blonden Haaren. Auf der Party waren Leute, die meine Eltern kaum kannten. Und wer sich nicht kannte, wurde einander vorgestellt. Oder man traf sich zufällig. Es wurden neue Bekanntschaften geschlossen und alte Debatten wieder aufgegriffen. Es gab romantische Stelldicheins, verstohlene Küsse und kurze heimliche Zusammenkünfte. Und Arschgrapscher gab's ebenfalls.

In jener Nacht wandelte ich durch die Party, stahl hier und da einen Schluck von den Drinks und sann über die seltsamen verschiedenen Geschmacksnoten nach. Die Frauen beugten sich zu mir hinab, um mit mir in einem albernen, schrillen Tonfall zu sprechen. Ich benutzte die Gelegenheit, um in ihre Blusen zu spähen. Die Männer schnappten sich mich kurzerhand, stießen ein paar raue, übertrieben freundliche Worte aus und klopften mir auf die Schulter. Ich erwiderte das Lächeln dieser Erwachsenen, obwohl ich mich bei einigen fragte, wer zum Teufel sie überhaupt waren. Andere wiederum erkannte ich sofort, da sie die Eltern von Schulkameraden waren.

Viele wollten wissen, wer ich war.

»Pilot«, antwortete ich dann.

»Sind Sie zufällig der Besitzer dieses Etablissements?«, fragte mich eine auffallend hoch gewachsene Frau.

»Was reden Sie denn da?«

»Hey, kleiner Mann«, sagte ein Mann zu mir. »Du weißt nicht zufällig, wo ich hier auf die Toilette gehen kann?«

»Im Schwimmbecken«, sagte ich.

»Ein richtiger kleiner Schlingel«, hörte ich jemanden über mich sagen.

»Ganz wie der Vater.«

»Pilot«, sagte irgendein Mann. Ich erkannte ihn nicht. »Pilot.« Er war dick und trug einen grauschwarzen Bart. »Hast du Lust, mir schnell noch eine Dose eiskaltes Bier zu holen?« Er lächelte. »Würdest du das für einen alten Freund tun?«

Ich sah mir den Mann genau an. Er trug ein blaues Sakko mit Goldknöpfen, und das, obwohl es sehr warm war. »Nein.«

»Erkennst du mich denn nicht mehr?«, fragte er. »Wir haben uns – tja, also, vor ungefähr fünf Jahren kennen gelernt. Wie alt bist du jetzt, Pilot?«

»Neun«, sagte ich.

»Dann warst du damals also ungefähr vier. Und ich war ungefähr vierundvierzig.« Er lachte betrunken. »Wie wär's also, Pilot? Noch ein Eiskaltes?«

Ich willigte ein, aber als ich schließlich in der Küche ankam, hatte ich so viele verwirrende Situationen erlebt, dass allein schon die Vorstellung, mich erneut durch das Gewühl zu kämpfen, zu viel war.

Außerdem missfiel es mir, dass er ständig meinen Namen wiederholt hatte.

Und unser Vater stand im Eingang zur Küche. »Was macht der Stress, mein Junge?«, sagte er.

Ich nickte und sagte: »Geht schon.« *Mein Junge* sagte er nur, wenn er ein paar Drinks intus hatte.

Unser Vater legte seine Hand auf meinen Kopf. Er wandte sich zu jemandem um und hielt die andere Hand ans Ohr. »Eis?«

»Eis!«, rief jemand zurück. »Ja! Mehr Eis!«

Er drehte sich wieder um und blickte mich an. »Mist«, sagte er. »Könnte sein, dass wir kein Eis mehr haben.«

»Da ist noch Eis«, sagte ich. Ich hatte es im Spülbecken hinter ihm entdeckt. »Jede Menge.«

Er war betrunken. Und wahrscheinlich verstand ich zum ersten Mal in meinem Leben, was das bedeutete. Ich wusste nicht, wohin dies noch führen sollte. Ich wusste nur, dass er momentan nicht er selbst war, dass mein wirklicher Vater erst morgen früh zurückkehren würde.

Er hatte um das gesamte Schwimmbecken herum Lampen aufgestellt, und jetzt, wo sich die Nacht über den Garten gesenkt hatte, verwandelten sie die Gäste in Schauspieler auf einer dramatisch beleuchteten Bühne. Ihre lächelnden Gesichter leuchteten seltsam surrealistisch auf, und um mich herum wurde so viel geredet, dass ich die einzelnen Stimmen nicht mehr zu unterscheiden vermochte, außer wenn ich meinte, inmitten des Getöses meinen Namen zu hören. Allmählich beschlich mich das Gefühl, dass sie sich insgeheim über mich unterhielten und dass sie wussten, dass sie ganz offen über mich sprechen konnten, da ich sie in dem Stimmengewirr sowieso nicht verstand. Ich blieb eine halbe Ewigkeit im Kücheneingang neben meinem riesigen Vater stehen, lauschte und zählte, wie oft mein Name genannt wurde. Zeigten sie etwa auch auf mich? Lachten sie? In der Küche herrschte ein ständiges Kommen und Gehen, und die Leute schoben sich an mir vorbei, als wäre ich gar nicht da. Zuweilen erblickte ich Fiona, wie sie mit dem Blonden mit Schnurrbart flirtete. Immer wieder hob er sie hoch, und sie umarmte ihn und flüsterte ihm etwas ins Ohr. Etwas über mich? Sie hatte immer noch ihren roten Badeanzug und ihre roten Turnschuhe an. Was sagte sie nur?

VOM WALD AUS sah man das goldene Lampenlicht auf dem Wasser des Schwimmbeckens tanzen. Man sah die Gesichter der Partygäste im Licht aufblitzen und stroboskopartig erstarren. Man sah die schimmernden Drinks mit funkelnden Eiswürfeln in glitzernden Gläsern; ferner Frauen in eleganten leuchtenden Kleidern und Männer in dunklen Shorts und Hawaiihemden. Man sah jüngere Leute in Blue Jeans, während die älteren in Sommeranzügen einhergingen. Man sah ein Gewimmel von Menschen, die sich um einen kleinen Swimmingpool im Garten scharten; eine Party auf Schieferplatten, mit unzähligen Gartenstühlen. Und man sah zwei Kinder, das eine neun, das andere sieben Jahre alt, die sich durch die Erwachsenen drängten, die sich ihrerseits zuweilen zu ihnen hinabbeugten und mit den Händen auf den Knien in übermütiger Ausgelassenheit so taten, als wären die beiden – dieser kleine Junge und das Mädchen – die Gastgeber.

Unbemerkt schlich ich mich näher aufs Haus zu, rückte von Farn zu Farn weiter vor, Millimeter für Millimeter. Ich war die Erde, die sich unter dem Rasen drehte und sich wie eine Decke entrollte.

Die Party ging weiter, und ich rückte lautlos vor, immer näher und näher.

Irgendjemand hatte »Light My Fire« aufgelegt.

»– na, wie auch immer, Hannah«, hörte ich jemanden zu meiner Mutter sagen. »Ich fuhr also gerade vom Sky Highway runter und drehte das Lenkrad herum, als ich diesen fürchterlichen Schmerz verspürte, diesen stechenden Schmerz in meiner Hand, und ich fragte mich, fragte mich einfach nur, was –«

»Könnte Arthritis sein.«

»Sie ist nun wahrlich noch zu jung, um –«

»– das ist noch gar nichts, Dave. Da musst du mal hören, was –«

»– hat dort draußen Fallen aufgestellt, und da hat er doch zufällig die eigene Katze gefangen, stell dir nur –«

»Kann ich Ihnen noch was bringen, vielleicht noch ein paar Drinks?

»– und dann ist der Zug gekommen, und als ich eingestiegen bin, hab ich nur noch an Marcia gedacht und daran, dass ich einfach nur wieder zu ihr zurückwollte.«

»Wirklich?«

»Nun, das ist mittlerweile eine Ewigkeit her.«

»War es Eric oder Pilot?«

»– bist ja so süß, einfach zum Knuddeln, meine kleine –«

»– und was deinen anderen Sohn betrifft, Jim, hast du keinen –«

»– war, praktisch auf Rauchwolken geflogen, und nicht die leiseste Ahnung, ob ich überhaupt in der richtigen Gegend war, während der Vietcong auf mich schießt, überall Heckenschützen, und als ich die Lichtung gesehen hab, bin ich –«

»– bring mir noch einen –«

»– alle meine Lieblingssongs –«

»– bin einfach geradewegs drauf zu, ich meine, so was sieht man dort im Dschungel nicht alle Tage, jedenfalls nicht oft, und zumindest nicht dort, wo ich geflogen bin –«

»– gibt die Geschichte doch jedes Mal zum Besten, wenn er einen im Tee hat, einfach peinlich –«

»– liebe sie –«

»–bloß, Sie stimmen da nicht mit mir überein?«

»– nein, Sir –«

»Ich schwöre bei Gott, ich dachte, Sie hätten *schwimmen* gesagt.«

»Was?«

»– in dem Teil der Welt gibt's nur Vegetation, alles Dschungel, Kletterpflanzen, Mangroven, sonderbare Sümpfe, und die Leute da leben wie vor tausend Jahren, vor zehntausend –«

»Essen sie wirklich Insekten?«

»– hat ein paar Gläser zu viel, glaube ich –«

»Jedes Mal die gleiche Geschichte, wenn er ein paar Drinks intus hat.«

»Nun, tut mir Leid, okay? Aber ich finde die Geschichte durchaus unterhaltsam, und ich trinke gern ein, zwei Gläser, wenn ich unter Leuten bin, wenn du also nichts dagegen hast –«

»– finde, dass es eine ganz wundervolle Geschichte ist, wirklich, ich –«

»– Teufel ist er überhaupt?«

»Entschuldigung, haben Sie gesagt, sagen sie bloß, sie *schwimmen* nicht mit mir überein?«

»Du lieber Himmel, das ist ja *so* witzig. Zum Schreien.«

»– so, als hätten Sie eine Freundin. Sie geht Ihnen nicht auf die Nerven, ist ein –«

Im Wald herrschte eine Stille, die von dem Ausblick auf die Party herrührte. Hier im Wald, hinter dem Haus meiner Eltern, herrschte eine Ruhe, die sich nur bei kurzen, jedoch unendlichen Entfernungen zu entfalten vermochte. Im Gegensatz zu den im Lampenlicht grell aufleuchtenden Gesichtern war es im Wald stockfinster. Durch die Wipfel ging ein Rauschen. Und durch die Blätter wehte wie immer der Wind. Der Wald war von einer spürbaren Rastlosigkeit erfüllt. Die Baumstämme und die schwarze Baumrinde verströmten eine beinahe unmerkliche Kühle, die ihren Ursprung irgendwo tief unter der Erde hatte und die aus einer Quelle der Kälte stammte, die zu dieser Jahreszeit unaufhaltsam nach oben drang. Der Zuschauer im Wald vernahm eine Stimme, die sich aus dem Partygetöse erhob und ein Eigenleben entwickelte. Ein flackernder Lichtball schoss von einem Ast davon. Ein kreischendes Lachen bohrte sich durch das Gezweig, und eine Melodie kam wie Parfum herbeigeweht. Hier im Wald klang diese Melodie, als würde jemand schreien, jedoch so leise, dass es kaum zu hören war. Ich sah, wie ein Mann in den Wald trat, ein Mann mit langen blonden Haaren, ein junger schlanker Mann, dessen helle Gestalt sich vor den dunklen Bäumen abhob. Er stemmte sich gegen einen Baum und ließ den Kopf sinken. Ich sah, wie seine Brust sich hob und senkte, so als würde er weinen, dachte ich, so als müsste er sich gleich übergeben.

ICH SEHE SIE wie in einem Foto, meine Schwester, die Beine um die Hüfte des Blonden mit dem Schnauzer geschlungen – Bryce Telliman –, ihre Lippen an sein Ohr gedrückt. Er blickt mich an; seinen Mund umspielt ein leichtes Lächeln. Was sagt sie da gerade? Ihr roter einteiliger Badeanzug ist über ihre sieben Jahre alten Hüften bis zur Taille hochgerutscht, und ihre roten knöchelhohen Turnschuhe baumeln mit losen Schnürsenkeln an ihren Füßen. Ich sehe die Schnürsenkel. Sein Haar ist von der Sonne so gebleicht, dass es fast weiß ist, und seine Haut ist übertrieben gebräunt. Er wirkt wie eine Art Filmstar, dieser Bryce Telliman, so als hätte er sich auf das falsche Fest verirrt, so als wäre er viel besser auf einem Fest aufgehoben, auf dem alle Mädchen Badeanzüge tragen, auf dem Rock'n' Roll gespielt wird und auf dem die Leute tanzen. Aber er ist hier, so seltsam es auch scheinen mag, im Haus meiner Eltern. Und auf diesem imaginären Foto stehen hinter ihm noch andere Leute, jedoch nur im Hintergrund, und sie verschwinden in der Dunkelheit wie auf einem alten Zeitungsfoto, und Fionas Haut ist im grellen Licht der Lampen ganz weiß.

Er blickt mich direkt an, während Fiona ihm ein Geheimnis erzählt und mich argwöhnisch aus den Augenwinkeln betrachtet. Welches Geheimnis? Was sagte sie ihm da nur?

Warum erzählt sie es mir nicht?

KATHERINE KAM ZU spät zur Arbeit, wie gewöhnlich, wie beinahe jeden Morgen, seitdem sie den Job angetreten hatte. Sie fuhr den Wagen auf den letzten noch freien Angestellten-Parkplatz und ging an der Klinik entlang zum Eingang, die Arme voller Akten, die unerledigt bleiben würden, und mit einer Zeitung, die sie nicht lesen würde. Die Seiten der *Times*, die ihr gestern heruntergefallen waren, lagen immer noch an Ort und Stelle. Sie trat darüber hinweg und nahm sich vor, sie auf dem Heimweg aufzuheben. Sie musste sich wirklich bemühen, demnächst pünktlicher zu erscheinen, sagte sie sich. Sie musste sich daranmachen, ihr Leben in den Griff zu bekommen. Katherine klemmte sich sämtliche Unterlagen unter einen Arm, und als sie sich mit den Fingern durchs Haar fuhr, musste sie feststellen, dass ihre unordentliche Mähne zerzauster und verwuschelter war denn je. Im Wagen war ihr eine Laufmasche, die vom Knöchel bis zum Knie reichte, aufgefallen. Auf ihrem Ärmel prangte ein Tintenfleck, den sie zu Hause nicht bemerkt hatte. Gütiger Gott, ihr Leben geriet ja völlig aus den Fugen. Wie in aller Welt konnte sie erwarten, anderen zu imponieren – von einem Neurochirurgen ganz zu schweigen –, wenn sie dermaßen verkommen aussah?

Bei dem Gedanken an den Flirt mit meinem Bruder gestern Abend und den Telefonanruf, als sie wieder zu Hause war, wurde sie rot im Gesicht. Sie nahm sich vor, so zu tun, als hätte das Ganze nie stattgefunden.

Als sie die Klinik betrat, hatte Elizabeth bereits eine Kanne Tee mit Zitrone auf einem Tablett vorbereitet und war gerade dabei, heißes Wasser aus einem Kessel in die Kanne zu gießen. »Elizabeth«, sagte Katherine mit sanfter Stimme, als sie auf sie zuging.

»Hab mir gedacht, dass Sie so etwas Zeit sparen«, flüsterte ihre Sekretärin. »Sie sind spät dran. Und ich dachte, dass es vielleicht nett wäre.«

Katherine schüttelte den Kopf. »Es *ist* nett«, sagte sie. »Und Sie sind der netteste Mensch auf Erden. Sie sind viel zu gut zu mir.«

Elizabeth folgte Katherine ins Büro und stellte das Tablett

auf einer Ecke des Schreibtisches ab, die halbwegs frei von Unterlagen war. »Jetzt kommt gleich David Ogden«, sagte Elizabeth, die weiterhin aus irgendeinem Grund flüsterte. »Er wartet bereits seit einer Viertelstunde. Und dann kommt Marie Forche dran, und wenn das erledigt ist, ich meine, wenn Sie mit *ihr* fertig sind, ist Pilot Airie dran. So sieht Ihr Morgen aus.«

»Danke.« Katherine nahm das kleine Kännchen und schenkte sich eine Tasse ein. »Sie können David jetzt gleich reinschicken.« Sie tunkte die Zitronenscheibe in den Tee. Es war sogar ein Glas Honig da.

MAN HATTE MICH mit geschmolzenem Glas überzogen, das sich inzwischen auf meiner Haut zu einer festen Masse verhärtet hatte. Es lag wohl an den Medikamenten. Ich konnte nicht lächeln. Nicht die Stirn runzeln. Nur ein leichtes Zucken meiner Gesichtsmuskeln, dachte ich, und der Glasmantel würde zerbrechen, und ich würde in Stücke gerissen werden. »Tut mir Leid wegen neulich«, sagte ich zu Katherine, als ich eintrat und sachte die Tür hinter mir zuzog.

Sie stand vom Schreibtisch auf und streckte mir die Hand entgegen. »Es tut Ihnen Leid?«

»Hab mich nicht so ganz wohl gefühlt in meiner Haut.« Ich nahm den Schnürsenkel von der einen in die andere Hand, schüttelte mechanisch die ihre und setzte mich schließlich aufs Sofa. Ich konnte mich gar nicht daran erinnern, wann ich mich das letzte Mal wohl in meiner Haut gefühlt hatte. Ich fragte mich, was *sich fühlen* überhaupt bedeutete, von wohl fühlen ganz zu schweigen. Vielleicht fühlte man sich dann nicht wie jemand, der in einen Glasmantel eingehüllt war. Vielleicht war ja dann *alles* aus Glas. Ich trug eine alte graue Jogginghose und ein T-Shirt, das ich, wie mir jetzt einfiel, vor mindestens fünf, sechs Jahren gekauft hatte, als ich noch auf dem College war, glaube ich. Ich fragte mich, wie es überhaupt hier gelandet war. Hatte meine Mutter es mitgebracht? Ich konnte mich nicht erinnern, das T-Shirt angezogen zu haben, und wurde das Gefühl nicht los, dass es mit irgendeinem demütigenden Spruch beschriftet war. Ich hatte jedoch zu viel Angst, um den Kopf zu senken und zu lesen, was draufstand.

Katherine Jane DeQuincey-Joy saß mir in ihrem braunen Bürosessel gegenüber und lächelte mich beruhigend an. »Ich würde sagen, dass das eine kleine Untertreibung ist«, sagte sie lachend. »Dass Sie sich nicht wohl in Ihrer Haut gefühlt haben, meine ich.«

Auch ich versuchte meine Lippen zu einem Lächeln zu formen; als ich jedoch spürte, wie das Glas zu bersten begann, ließ ich es bleiben. Ich wickelte den Schnürsenkel endlos um meinen Mittelfinger.

Wieder und wieder.

»Als wir uns das letzte Mal unterhalten haben«, fuhr sie fort, »haben Sie mir gesagt, dass Sie Stimmen hören, Streitereien in der Deckenleuchte und solche Sachen. Hat das aufgehört? Hören Sie die Stimmen noch?«

Ich kam mir so lächerlich vor. »Nein«, sagte ich. »Ich höre sie nicht mehr.« Allerdings hörte ich nun ein Rascheln draußen vor der Tür, und ich hörte Schritte. Dort lauschen Ohren, dachte ich, Ohren, die ans Schlüsselloch gedrückt waren.

Sie nickte. »Gut.« Katherine sprach in einem übertrieben freundlichen Tonfall, so als wäre auch sie besorgt, dass der Glasmantel, der sich um mich gelegt hatte, in Milliarden Scherben zerspringen würde. »Und Sie haben geglaubt, dass der Wald Sie verschlucken würde oder dass er Sie bereits irgendwie verschluckt hat?«

»Das war Blödsinn«, sagte ich. »Dafür möchte ich mich entschuldigen.«

»Das hat nichts mit Blödsinn zu tun, Pilot.« Katherine legte sich die Hand aufs Knie. Ich bemerkte eine Laufmasche, die vom Knöchel bis zum Knie reichte und unter ihrem Rock verschwand, einem Rock, dessen Farbe ich nicht zu erkennen vermochte. »Aber diese Fragen sind Sie bestimmt bereits mit Dr. Lennox durchgegangen, oder?«

»Ja.« War ich tatsächlich. Die Stimmen, die irrationalen Ängste, die geistige Verwirrung. Ich hatte das Gefühl, seine Fragen angemessen beantwortet zu haben. Zumindest hatte ich sie ehrlich beantwortet.

»Ist Ihnen klar, was mit Ihnen passiert?«

»Ich bin dabei, durchzudrehen«, antwortete ich. »Ich hab 'nen Dachschaden.« Der Schnürsenkel schnitt mir das Blut ab. Mein Finger schwoll allmählich an.

»Sie haben keinen Dachschaden«, sagte Katherine. »Sie haben allerdings einen relativ schweren psychotischen Schub erlitten.« Ihre Augen waren weit aufgerissen. »Dr. Lennox ist der Meinung, dass Sie an irgendeiner Form von Schizophrenie leiden, eine heutzutage durchaus heilbare mentale Störung. Sie sind nicht verrückt, Pilot, was auch immer Sie diesbezüglich gehört haben oder man Ihnen gesagt hat.«

Schizophrenie. Der Begriff stach wie ein Dorn aus ihrem Satz heraus.

»Freut mich, dass Sie so denken«, sagte ich.

»Wie ich sehe, scheint das Clozaril bei Ihnen gut anzuschlagen«, sagte Katherine. »Ein sehr gutes Zeichen.«

Hinter ihr auf der Wand bildeten sich interessante Schatten, die die Gestalt bestimmter Dinge nachzubilden schienen, von Tierbeinen und Baumzweigen. »Tabletten schlagen bei mir immer gut an«, sagte ich. Von sich windenden Fingern und von Farnen, die sich der Sonne entgegenstreckten.

»Was meinen Sie damit?«

»Ich hab auf der High School jede Menge Drogen genommen«, erwiderte ich. »Marihuana. LSD. Das ist wahrscheinlich der Grund, weshalb mein Gehirn inzwischen so kaputt ist.«

»Kaputt? Ihr Gehirn ist nicht kaputt, Pilot, und so weit bekannt ist, wird Schizophrenie nicht durch Gras rauchen oder Trips einwerfen verursacht.«

Meine Stimme war tonlos und roboterhaft, dennoch unternahm ich den Versuch, witzig zu klingen. »Nun, vielleicht haben die Leute nicht so viele Trips eingeworfen wie ich.«

Katherine schüttelte den Kopf, aber ich merkte ihr an, dass sie die Bemerkung amüsant fand. »Schizophrenie wird häufig durch Stressfaktoren ausgelöst. Ich habe mich gefragt, ob in der vergangenen Woche irgendetwas vorgefallen ist, das Sie belastet haben könnte.« Sie blickte auf. »Irgendein trauriger oder ärgerlicher Vorfall, der Ihrer Meinung nach – nun, ob da irgendwas war, das Sie aufgeregt hat.«

»Letzte Woche?«

Schizophrenie. Sie benutzte das Wort immer wieder, um es zu entschärfen und ihm die verhängnisvolle Bedeutung zu nehmen.

»Bevor Sie in den Wald gegangen sind.«

»Sie haben mit meiner Mutter gesprochen?«

Katherine nickte. »Kurz.«

»Sie sieht Gespenster«, erklärte ich ihr. »Sie hat einen Gehirntumor.« War dagegen noch immer nichts unternommen worden? Obwohl ich weit weg war, wusste ich, dass der Krebs jetzt gerade, in genau diesem Moment, dabei war, sich zu verdoppeln. Ich spürte förmlich, wie die radikalen Zellen sich teilten.

»Sie sieht Gespenster?«

»Erscheinungen, wandelnde Farbdias, Doppelbilder, die sich durch ihr Blickfeld schieben. Was glauben Sie denn, warum ich in den Wald gegangen bin?«

Das Glas schmolz allmählich von meinem Gesicht.

Sie strich sich übers Haar. Ihre Mähne war noch viel wilder als gestern. »Erscheinungen von jemand Bestimmtem?«

»Sie hat einen Gehirntumor«, sagte ich hartnäckig. »Eine Geschwulst an der Wurzel ihres Sehnervs. Ich bin mir sicher. Haben Sie mit Eric gesprochen?«

»Ich habe mit Eric gesprochen«, sagte Katherine.

»Hat er Ihnen nichts davon gesagt?«

Sie schüttelte den Kopf. »Nichts von einem Tumor.«

»Er weiß, dass es ihn gibt«, klärte ich Katherine auf, »aber er wird nichts dagegen tun.«

Sie wandte den Blick ab und legte sich angesichts meiner Diagnose eine Theorie zurecht. »Eric hat mir gesagt, dass Sie eine Schwester hatten –«

»Fiona«, unterbrach ich.

»– und dass, als sie verschwunden ist –«

»Eric hat Fiona umgebracht«, sagte ich.

Katherine verstummte.

Ich sagte es noch einmal. »Eric hat Fiona umgebracht.«

Schweigen erfüllte den Raum. Wie ein frisches weißes Tuch senkte es sich über uns. Schließlich sagte sie: »Sie glauben, dass Ihr Bruder –«

»Er hat sie umgebracht«, sagte ich mit einem Lachen. »Und jetzt wird er mich ebenfalls beseitigen lassen müssen.«

Katherine versuchte ganz offensichtlich, die Ruhe zu bewahren. Meine Äußerungen bestürzten sie jedoch und erschütterten ihren Glauben daran, dass ich mich auf dem Weg der Besserung befand, und daran, dass das Medikament tatsächlich bei mir anschlug.

»Pilot«, sagte sie, »haben Sie jemals irgendjemandem von Ihrem Verdacht erzählt?«

»Nein«, antwortete ich. »Hab mir einfach gedacht, dass es mal erwähnt werden sollte.«

»Jetzt gerade?«

»Letzte Woche, vor dem Schub.«

»Der Gehirntumor Ihrer Mutter«, sagte sie. »Worauf ist er Ihrer Meinung nach zurückzuführen?«

»Ich habe keine Ahnung, woher Gehirntumore kommen, Katherine. Ich weiß nur –«

»Okay.«

»– dass Eric es weiß und nichts dagegen unternimmt.«

Katherine lehnte sich zurück. Ich hätte besser nichts von alldem gesagt. Ich wusste es. Ich wusste, dass ich mal wieder alles vermasselte, wie immer. Aber ich mochte Katherine – Katherine mit den Schattenspielen an der Wand, den Schatten von Tierbeinen und Baumzweigen, die sich in der Abenddämmerung von einer grasbewachsenen Lichtung abhoben, einer Lichtung irgendwo im Wald, einem Waldstück irgendwo auf der Welt, einer Welt, die wie ein Stein in einen Brunnen fiel und *platsch* machte. An der Wand müssten eigentlich irgendwelche Bilder hängen, dachte ich, etwas, das die weiße Farbe daran hindert, endlos weit ins Nichts und in den Schnee zu entschwinden.

»Lassen Sie uns darüber reden«, sagte Katherine.

Ich zog den Schnürsenkel fester um meinen Mittelfinger, und mein Gesicht fühlte sich allmählich wieder normal an.

AM TAG NACH dem Fest setzte meine Mutter Wasser für einen Tee auf. »Wo ist –«

»– Fiona?«, sagte Eric.

»Ja, wo ist deine Schwester?«

»Hab sie nicht gesehen«, sagte er.

Aber wie konnte er das wissen? Wie konnte er wissen, was sie fragen würde?

»SIE IST IM Bett. Sie ist in ihrem Zimmer«, sagte er zu ihr.

»Immer noch?«

Ich saß im Wohnzimmer auf dem Sofa und lauschte der Unterhaltung zwischen Eric und unserer Mutter in der Küche. Die Stimmen drangen zur Tür herein wie Gäste auf einer Party. »Vielleicht ist sie ja im Garten«, hörte ich ihn sagen. »Woher soll ich das wissen?«

»Pilot!«, rief unser Vater. *»Pilot!«*

»Dreh jetzt nicht durch«, ermahnte ihn unsere Mutter.

Ich stand vom Sofa auf und ging in die sonnendurchflutete Küche. Ich war im Schlafanzug, den ich mir noch angezogen hatte, als ich mich an jenem Morgen erneut ins Bett gelegt hatte. Als ich durch die Tür eingetreten war, sagte ich: »Was?«, obwohl ich wusste, weshalb ich herbeigerufen worden war.

Unser Vater und unsere Mutter saßen am Tisch. Es war fast zwei Uhr nachmittags. »Geh mal nach draußen und schau nach, wo deine Schwester ist.«

»Vielleicht ist sie bei Tracy«, meinte ich. Tracy war Fionas beste Freundin.

»Tracy ist in Deutschland«, sagte unsere Mutter.

Ich zuckte mit den Achseln. »Ach ja.«

»Sie ist irgendwo im Garten«, sagte Eric. »Bestimmt.«

»Geh raus und hol sie«, sagte unser Vater verärgert. »Ich mache mir allmählich Sorgen.«

Ich ging nach draußen und stand auf den Schieferplatten. Hinter dem Schwimmbecken war noch ein kleines Rasenstück, das unseren Garten vom Wald trennte, und gleich hinter der ersten Baumreihe begann das Dickicht, und der Wald wurde dunkler und undurchdringlicher, so wie das immer der Fall ist, wenn etwas auf ein Zentrum zustrebt oder wenn sich etwas zu einer kritischen Masse verdichtet.

»Fiona!«, rief ich. Ich ging im Schlafanzug über den Rasen und ums Schwimmbecken herum und kehrte wieder zu den Bäumen am Waldrand zurück. *»Fiona!«* Nebenan war ein Golden Retriever gerade dabei, auf dem Rasen unseres Nachbarn einen Haufen zu machen. Es lag eine gewisse Kühle in der Luft, nicht so ausgeprägt wie gestern, aber sie war da. Ich rief erneut nach Fiona. Ich hörte das vertraute Quietschen der Küchentür. Als ich mich umwandte, stand mein Vater hinter mir auf den Terrassenfliesen.

Er hob die Hände, wie zu einem Trichter geformt, an den Mund und rief: *»Fiona!«*

»Sie ist nicht hier draußen«, sagte ich.

»Wo zum Teufel ist sie dann?«

»Vielleicht im Keller.«

Unser Vater drehte sich um. »Eric«, sagte er, »schau im Keller nach.«

Ich kehrte ins Haus zurück. Ich spürte, wie etwas aus meinem Magen hochgekrochen kam, etwas Schleimiges, Lebendiges.

»Da draußen ist sie nicht«, sagte ich zu unserer Mutter.

Ihr Gesicht war wie ein Knäuel von Schlangen, die sich unter ihrer Haut wanden und ringelten.

»Geht sie überhaupt in den Wald?«, fragte unser Vater.

»Dazu ist sie zu ängstlich.«

»Könnte sie vielleicht bei irgendwelchen anderen Nachbarn sein?«, wollte er wissen. »Hat sie hier noch andere Spielkameradinnen?«

»Nur Tracy«, sagte unsere Mutter. Ihre Hände zitterten.

Unser Vater setzte sich an den Tisch und gab Zucker und Milch in seinen Kaffee. Er rührte ihn mit dem Löffel um. »Ich hab 'nen sauschlimmen Kater«, sagte er. »Ich hab wirklich keine Zeit, um –«

»Jim«, sagte unsere Mutter, »deine Ausdrucksweise.«

»Himmel noch mal, Hannah.«

»Kann ich auch einen Kaffee haben?«, fragte ich.

»Nein«, sagten meine Eltern unisono.

Ich versuchte mir vorzustellen, wo Fiona wohl abgeblieben war. »Hat irgendjemand unterm Bett nachgeschaut?«

»Warum?«

»Es war gestern Nacht recht laut. Vielleicht hat sie der Lärm gestört. Vielleicht hat sie unterm Bett geschlafen.«

Dad seufzte. Er hielt das für Blödsinn, das merkte ich gleich. Er sagte jedoch: »Geh und sieh nach.«

Ich rannte hinaus, dann weiter die Treppen hinauf, zwei Stufen auf einmal, wie immer, wie Eric. Mir war klar, dass sie nicht unterm Bett sein würde. Dennoch ging ich in ihr Zimmer und schaute nach. Ihr Zimmer war ein einziges Durcheinander aus Kleiderhaufen, achtlos beiseite geworfenen Badetüchern und zerwühltem Bettzeug. Ich schaute unter dem Bett nach und sah nichts als Staub und mehrere kopflose, an allen Gliedern verrenkte Barbiepuppen. Ich setzte mich aufs Bett und wartete ein paar Minuten, bis Hannah, unsere Mutter, beinahe lautlos ins Zimmer trat. Nur ihre Knöchel gaben ein kaum hörbares Knacksen von sich.

»Sie ist nicht hier?«

Ich schüttelte den Kopf.

»Wo könnte sie denn sein?« Sie täuschte Verärgerung vor

und tat so, als würde Fiona ständig spurlos verschwinden. Fiona hatte so etwas jedoch noch nie getan. »Irgendwo muss sie doch sein.«

»Irgendwo muss sie sein«, wiederholte ich.

»Ein kleines Mädchen kann doch nicht einfach so verschwinden.«

Ich nickte. »Nein.«

»Sie wird bestimmt jeden Moment heimkommen«, sagte Hannah.

DAS, WAS ICH gerade erzählt habe, ist jedoch nur die halbe Wahrheit. Denn nachdem ich unter Fionas Bett nachgeschaut hatte, bin ich von Zimmer zu Zimmer gegangen und habe jeden Winkel abgesucht. Ich habe unter meinem Bett nachgesehen, unter dem Bett meiner Eltern und unter Erics Bett. Ich habe in sämtlichen Zimmern die Schränke durchsucht. Ich war gerade dabei, unter Erics Bett nachzusehen, als ich mich irgendwie drehte, und plötzlich meinte ich etwas zu sehen, etwas, das sich direkt gegenüber unter seinem Schreibtisch befand.

Und ich hatte tatsächlich etwas gesehen.

Und dann kehrte ich in Fionas Zimmer zurück, und als ich mich aufs Bett setzte, hörte ich meine Mutter heraufkommen, hörte das *Knack-Knack-Knacksen*, das ihre Knöchel machten – und immer noch machen.

ÜBERALL STANDEN HALB leere Gläser herum – auf den Tischen, auf den Sessellehnen, auf den Fensterbänken und auf dem Boden. In jedem Winkel des Hauses standen Plastikbecher und Papierteller. Auf dem Teppich im Korridor waren dunkle Fußabdrücke von Erwachsenen zu erkennen. Das Badezimmer unten war mit Make-up verschmiert, und das Klo war verstopft. Der Lichtschalter in der Küche war kaputt. Die Möbel und Teppiche waren mit neuen Schmutzflecken bedeckt. Auf dem Rasen draußen war eine schwarze verbrannte Stelle – offensichtlich hatte jemand eine der Lampen zu Boden gestoßen.

Neben dem Schwimmbecken lagen Glasscherben. Eine innerliche Stille ergriff von mir Besitz. Mir war klar, dass das Licht, das durch die Bäume drang, während der Nachmittag fortschritt, nicht von Dauer sein würde. Dann war da mein Vater, der im Garten stand, die Hände in die Hüften gestemmt, das Gesicht weiß vor Wut. Und dann noch meine Mutter, die in der Küche war und sich eine Tasse Tee nach der anderen eingoss.

Ich wurde damit beauftragt, von Tür zu Tür zu gehen und sämtliche Nachbarn mit jungen Töchtern zu fragen, ob Fiona da war oder ob sie sie heute gesehen hatten.

Eric und mein Vater durchforsteten den Wald.

Hannah hütete das Telefon.

Ich ging zu Marsha Griesons Haus. Ich schaute bei Debbie Brandice, Tracy Shaw und Bernadette Duprix vorbei. Ich sah einige der Erwachsenengesichter von der Party letzte Nacht wieder.

»Haben Sie Fiona, meine Schwester, gesehen?«, fragte ich höflich. »Haben Sie sie gesehen?« Ich versuchte meine Aufregung zu verbergen. Ich versuchte die Ruhe zu bewahren.

»Nein«, sagten sie alle. »Wir haben sie nicht gesehen. Tut uns Leid.«

»Ist schon okay.« Ich lächelte gezwungen, damit die Leute sich nicht unnötig Sorgen machten. »Aber würden Sie bitte meine Mutter anrufen, falls Sie sie sehen? Haben Sie unsere Nummer?«

»Ich hoffe, dass sie wohlauf ist«, sagte Tracys Mutter.

»Sie ist wahrscheinlich irgendwo spielen gegangen und weiß nicht, wie spät es ist«, sagte ich unbekümmert. »Wir werden Sie schon finden.«

So ging ich von Haus zu Haus und klopfte überall dort an, wo ich wusste, dass ein Mädchen in Fionas Alter wohnte. Um fünf hatte ich jedoch sämtliche in Frage kommenden Nachbarn abgeklappert. Ich ging also nach Hause und trat durch die Küchentür.

»Ist sie inzwischen heimgekommen?«, fragte ich. »Mom?«

Hannah telefonierte gerade. Sie hielt einen Finger hoch, so als würde sie mich per Knopfdruck auf Pause stellen. »Danke«, sagte sie. »Ich werde warten.« Sie blickte mich an. Die Schlangen unter ihrer Haut waren ganz starr und hart geworden, und in ihrer Miene lag permanente Verwunderung. »Ich rufe die Polizei an«, sagte sie. Diese gewisse Verwunderung sollte nie mehr aus ihrem Gesicht weichen.

Ich setzte mich erschöpft an den Küchentisch. Ich hatte seit den Kartoffelchips letzte Nacht nichts mehr gegessen und wäre beinahe gestorben vor Hunger.

»Oh, vielen Dank«, sagte meine Mutter ins Küchentelefon. »Ja, ich rufe wegen meiner Tochter an. Sie ist, tja, ich kann sie nicht finden. Wir können sie nirgends finden.« Sie wickelte das weiße Kabel um ihr Handgelenk. »Sie ist sieben Jahre alt«, sagte sie. »Ja. Nein, wir haben überall gesucht, bei all ihren Freunden und Nachbarn. Können Sie bitte jemanden vorbeischicken? Danke. Ja. Erst sieben Jahre alt. Vielen Dank. Auf Wiederhören.« Hannah legte den Hörer auf die Gabel. »Sie schicken jemanden«, klärte sie mich auf.

Ich blickte sie an. Ich versuchte, mir meine Mutter mit einem beruhigenden Gesichtsausdruck vorzustellen. Aber ich wollte mich nur übergeben. »Wir werden sie schon finden«, sagte ich. »Sie ist wahrscheinlich bloß irgendwo spielen gegangen und weiß nicht mehr, wie spät es ist.« Ich wartete einen Moment und sah ihr dabei zu, wie sie sich eine weitere Tasse Tee einschenkte, bevor ich sagte: »Ich bin total hungrig.«

Hannah seufzte. »Nun, dann mach dir einen Teller Cornflakes oder so was.«

»Okay.«

Dann kamen Eric und mein Vater herein, und ich roch die Erde an ihren Schuhen. »Ist sie nach Hause gekommen?«, fragte mein Vater.

Wir antworteten nicht.

»Ich habe die Polizei angerufen. Sie schicken jemanden vorbei.«

»Du hast die *Polizei* angerufen?«

»Ja.«

»Was zum Teufel können die schon ausrichten?«

»Was, wenn sie –«

»*Hannah.*«

»Bei Gott, Jim.«

Eric blickte mich an. In seinen Augen lag der ganze mörderische Hass seiner Drohungen. Ich schüttelte ein paar Cornflakes aus der Schachtel. Ich hatte das Gefühl, dass ich besser nichts essen sollte, aber ich hatte Hunger. Wenn mir einerseits danach war, mich zu übergeben, knurrte mir andererseits der Magen. Da fällt mir ein, meine Hände zitterten sogar, so ausgehungert war ich. Wie dem auch sei, ich weiß noch genau, dass meine Hände zitterten. Daran kann ich mich noch ganz genau erinnern.

ICH LAG BEI ausgeschaltetem Licht in meinem blau-roten Rennwagen-Schlafzimmer. Ich hatte das Radio eingeschaltet und hörte mir die American Top 40 mit Casey Kasem an. Und als ich gerufen wurde, um nach unten zu kommen, war mir sofort klar, um was ich gebeten werden würde. Aus irgendeinem Grund schaffte ich es kaum, mich vom Bett zu bewegen.

In unserem Esszimmer, an dem Tisch, an dem wir nur während der Ferien saßen, hockte ein Schwarzer, dessen bohrende Augen so lange auf einem einzelnen Objekt verharrten, dass man fast glauben mochte, er könne durch Wände hindurchsehen. Er trug einen Anzug, der aus einem seltsamen dicken Stoff geschneidert war, und er roch nach Pfeifentabak. Vor ihm auf dem Tisch lag ein kleines Notizbuch mit einem kurzen dicken Stift. Er hieß Detective Cleveland, wie ich später erfuhr. »Wann ist Ihnen zum ersten Mal aufgefallen, dass Fiona nicht da ist?«, fragte er meine Eltern.

Unser Vater kniff die Augen zusammen. »Heute Morgen«, sagte er. Er fuhr mit der Hand durch sein kurzes dunkles Haar. »Es war –«

»Es war am frühen Nachmittag«, korrigierte meine Mutter ihn. »Wir hatten gestern Abend ein Fest und sind erst nach ein Uhr aufgestanden.« Sie warf meinem Vater einen scharfen Blick zu, so als wollte sie sagen: *Pass doch auf.* »Es war nicht heute Morgen.«

»Okay.« Cleveland lächelte. »Heute Nachmittag. Können Sie mir sagen, wann Sie sie das letzte Mal gesehen haben?«

»Gestern Nacht«, sagte ich.

Unsere Eltern nickten.

Eric verschränkte die Arme vor der Brust. »Am frühen Abend«, sagte er, »zumindest, was mich angeht.«

»Sie haben nicht noch einmal nach ihr geschaut, bevor Sie ins Bett gegangen sind?«, fragte Cleveland meine Eltern.

Mein Vater sagte: »Nein.«

Meine Mutter senkte den Blick.

»Das ist schon in Ordnung. Ich nehme an, dass Ihre Kinder recht selbstständig sind. Das sind sie ja alle heutzutage.«

»Es waren sehr viele Leute da«, sagte mein Vater. »Ein großes Fest. Wir hatten tausend andere Dinge im Kopf.«

»Sie sagten, dass Sie bei sämtlichen Nachbarhäusern, wo sie häufiger spielen gegangen ist, nachgefragt haben? Und Sie haben im Wald hinter dem Haus gesucht und sämtliche Spielplätze der Gegend überprüft?« Detective Cleveland sprach mit einer krächzenden Stimme, so als hätte er Halsschmerzen.

»Wir haben überall gesucht.«

»Haben Sie auch im Wald weiter hinten gesucht, am Highway entlang?«

»Fiona geht nicht in den Wald«, sagte ich zu ihm. »Und Spielplätze gibt's da eigentlich keine.«

»Wie bitte, mein Junge?«

Ich wiederholte es.

»Und warum nicht?«

»Sie hat Angst.«

»Ist sie ein ängstliches Mädchen?« Cleveland blickte umher und sah uns nacheinander an.

»Nein«, sagte Dad, als Cleveland ihn ansah.

»Ja«, sagte ich, als er mich anblickte.

Hannah legte ihre Hand auf meine Schulter, womit sie Cleveland bedeuten wollte, dass er mir keine Beachtung schenken sollte, dass ich nicht wusste, wovon ich redete.

»Okay«, sagte Cleveland. Er machte sich eine Notiz. »Als Sie sie gestern Abend alle auf dem Fest gesehen haben – können Sie sich noch erinnern, was sie die ganze Zeit so getrieben hat? War da irgendwas Ungewöhnliches?«

»Sie ist sieben Jahre alt«, sagte unsere Mutter.

»Das weiß ich, Ma'am, ich muss jedoch –«

»Da war ein Mann. Der hat sie auf dem Schoß gehabt«, unterbrach ich ihn.

»Welcher Mann?«

»Weiß ich nicht«, sagte ich. »Er war blond. Hatte 'nen Schnurrbart. Und so ein glänzendes Hemd.«

»Warum sagst du das erst jetzt?«, fragte meine Mutter.

»Du hast ihn doch auch gesehen.«

»Wer war das?«

Mein Vater sah mit raschen Blicken um sich. »Blond? Mit einem Schnurrbart?«

Eric sagte: »Ist er dir komisch vorgekommen?«

Ich zuckte mit den Achseln. »Ich glaube schon, irgendwie komisch«, sagte ich. »Irgendwie komisch, glaube ich.«

Meine Mutter sagte: »Bryce.«

»Wer?«

»Bryce Telliman. Er ist Physiotherapeut, hier am Krankenhaus.«

»Mr. und Mrs. Airie«, sagte Cleveland, »wäre es vielleicht möglich, die Angelegenheit mit Ihnen allein zu besprechen?«

Unser Vater sagte: »Ihr beide geht kurz nach oben.«

Eric und ich gingen aus dem Zimmer und auf die Treppe im Korridor zu. Am Fuß der Treppe blieben wir stehen, um hören zu können, was im Esszimmer vor sich ging. Ich hörte Clevelands tiefe krächzende Stimme.

»Wo ist sie?«, flüsterte ich Eric zu.

Er sah mich mit Laseraugen an. »Sie ist tot.«

Mir wurde ganz heiß im Gesicht. »Wie meinst du das?«

»Dieses blonde Schwein, dieser Physiotherapeut, hat sie vom Fest gelockt, sie vergewaltigt und umgebracht, und wir werden bald irgendwo ihre Leiche finden, total entstellt und zerstückelt.«

Mir brannten die Augen.

»Dein Glück«, sagte Eric, »dein Glück, dass es dich nicht erwischt hat. Weil solche Typen eigentlich mehr auf kleine Jungen stehen.«

DETECTIVE CLEVELAND HATTE gefragt: »Wie hat sie ausgesehen?« Und als er das sagte, wusste ich, dass ich meine Schwester nie wieder sehen würde.

ICH SEHE SIE immer noch in Bildern.

Ich erinnere mich an sie in den Morgenstunden, bevor sie zur Schule ging. Ich erinnere mich an ihre Hand auf dem Geländer, das zur Haustür führte. Ich sehe, wie ihre winzigen, sieben Jahre alten Finger das hoch aufragende Geländer knapp berühren, sehe ihr sandfarbenes Haar und ihre weißen glänzenden Stiefelchen. Ich sehe, wie sie die braune Tüte mit dem Pausenbrot hält, das sie am Abend zuvor selbst eingepackt hatte.

Ich sehe Fionas rote Jacke mit dem Muster aus kleinen Sternchen und Blumen, und ihre grüne Kordhose.

Alles, was ich über Fiona weiß, ist in diesen geistigen Bildern festgehalten. Was kann schon ein neunjähriger Junge über seine siebenjährige Schwester wissen? Dass sie gern Bonbons aß? Dass sie eine Million Barbiepuppen besaß, aber nur eine davon wirklich liebte? Dass sie Pistolen hasste? Dass sie sich wahnsinnig gern Footballspiele ansah? Was kann man überhaupt über ein siebenjähriges Mädchen wissen? Fiona aß Fertigpulver für Karamelpudding direkt aus der Packung. Dokumentarfilme im Fernsehen vermochten sie zu fesseln. Sie hasste Tiere und hatte vor Katzen und Hunden Angst, und am meisten hasste sie den Wald, den sie allein nie betreten hätte.

Ich trage dieses Bild in meinem Kopf mit mir herum.

Ich sehe Fionas Hand in einer anderen, größeren Hand. Ich sehe, wie sie vor ihrem Bett steht. Sie zieht die Hand zurück und schüttelt den Kopf. Sie will nicht. Über das Wasser des Swimmingpools hinweg wehen Stimmen ins Haus herein. Ein Lichtfunke spiegelt sich im Fenster. Ihr Kopf ist halb dem Fenster zugewandt und in ihren Augen liegt verzweifelte Angst. Dies ist das Bild, das ich in meinem Kopf mit mir herumtrage. Dies ist die Momentaufnahme, die ich, sobald ich die Augen schließe, vor mir sehe. Sie hat nur ihren roten Badeanzug und ihre roten knöchelhohen Turnschuhe mit den losen Schnürsenkeln an. Ihr war gesagt worden, dass es nicht lange dauern würde und dass sie bald wieder zurückkehren würden. Sie solle sich keine Sorgen machen, es ist alles in Ordnung, Fiona, es ist alles okay und wird immer okay sein, und es wird nie jemanden geben, der dir etwas antut, dein ganzes Leben lang nicht.

»Wie hat sie ausgesehen?«, fragte Cleveland.

Und da wusste ich es.

Unsere Mutter holte ein Foto von Fiona, das sie auf einem Beistelltisch im Wohnzimmer aufbewahrte. Damals standen dort von uns allen Fotos. Diese Aufnahme war ein Jahr alt, und Fiona war inzwischen gewachsen. Ihr Gesicht war breiter und ihre Züge und Konturen weniger zart. »Sie ist inzwischen älter«, sagte unsere Mutter. Eric hatte das Foto im Garten geschossen. Es war nur ihr Gesicht – das Gesicht eines kleinen lächelnden Mädchens mit riesigen Zahnlücken. Es war in einem Holzrahmen.

»Danke«, sagte Detective Cleveland. »Das reicht fürs Erste.« Er trennte das Rückteil des Rahmens heraus und zog das Bild von dem Glas ab. »Ich habe bereits zwei Wagen in dieser Gegend auf Streife geschickt, und ich fahre jetzt umgehend mit dem Foto zum Revier zurück, wo wir die Sache gründlich überprüfen werden. Ich muss Sie bitten, dass einer von Ihnen hier bleibt und uns anruft, falls sie auftaucht.« Der Detective stand auf und wandte sich zur Tür. »Dann werde ich mich mal auf den Weg machen. Ich finde allein hinaus.«

»Danke«, sagte mein Vater.

»Passiert so etwas häufig?«, unterbrach meine Mutter.

»Was sagten Sie?«

»Ob kleine – ob Kinder in dieser Gegend häufig verschwinden?«

»Eher selten, Mrs. Airie, und wenn doch, dann tauchen sie stets wieder auf, verstehen Sie – sie waren irgendwo spielen, sind eingeschlafen oder so etwas, und sie haben ganz vergessen, wie spät es ist. Möglicherweise ist sie in einem anderen Viertel gelandet und hat sich verirrt. Machen Sie sich nicht zu viele Sorgen. Ich weiß, wie nervenaufreibend so etwas ist, aber wir werden sie finden.«

Unsere Mutter nickte. Detective Cleveland ging zur Tür hinaus.

Ich rannte nach oben, nahm einen ihrer Schuhe aus der Wonderbread-Plastiktüte heraus und steckte ihn mir unters Hemd. Dann rannte ich zur Küchentür hinaus und quer durch den Garten in den Wald hinein. Ich hatte bereits dieses Bild im Kopf, ihre Hand in der Hand eines anderen. Ich drang in den Wald vor und folgte dem Geräusch von Stimmen.

Ich hörte sie in den Baumwipfeln. Zuerst war es nur ein Flüstern meines Namens. Und als ich über den Waldrand hinaus weiter vordrang, wurde mir klar, dass diese Stimmen über mich stritten. Ich folgte ihnen. Manchmal verlor ich sie, und während ich über den weichen Waldboden marschierte, lauschte ich angestrengt. Ich folgte Pfaden, die ich nie zuvor gesehen hatte. Ich kannte den Wald in- und auswendig, aber plötzlich hatte ich das Gefühl, als hätte ich ihn noch nie betreten. Jetzt hörte ich wieder die Stimmen, wie sie sich direkt vor mir durch den Wald schoben, sich an Ästen vorbeiduckten und im Laub miteinander zankten. Sie waren sich über mich nicht einig. Ich hatte das Gefühl, dass sie bereits einen Entschluss gefasst hatten.

Und als sie mich mitten ins Gestrüpp und ins Dickicht hineinführten, folgte ich. Und als sie mich unter einen umgestürzten Baumstamm und durch einen Entwässerungsgraben führten, folgte ich. Und als sie mir befahlen, auf eine mit hohem Gras und Brennnesseln bewachsene Lichtung hinauszugehen, gehorchte ich und legte Fionas Schuh genau in die Mitte einer kahlen unbewachsenen Stelle, und dann verkündeten die Stimmen mir etwas ungemein Wichtiges, indem sie plötzlich in ein schrilles, unschlüssiges Geschrei übergingen.

Dies war der Schuh meiner Schwester. Er lag mitten im Wald, wo sie sich niemals allein hineinwagen würde. Sie hätte sich mit Händen und Füßen gesträubt. Ich sah ihr ... ihr kleines Patschhändchen in der Hand eines anderen, den Kopf Richtung Fenster gewandt, diesen viel sagenden Blick –

ICH SEHE SIE immer noch.

DIE GESCHICHTE, DIE ich mir immer wieder erzählt habe, geht wie folgt weiter:

Es schien beinahe so, als wäre er dort absichtlich hingelegt worden – ein roter knöchelhoher, mit weißem Gummi umrandeter Turnschuh. Ich kniete mich neben ihn. Detective Cleveland, wie mir gleich klar war, würde dies als eine wichtige Spur betrachten. Ich wusste, dass die Stimmen wollten, dass ich ihn verstecke, ihn irgendwo unter einem umgestürzten Baum vergrabe, ihn wegwerfe und so tue, als hätte ich ihn nie gesehen – diesen Beweis dafür, dass sie sich im Wald aufgehalten hatte, und dafür, dass ihr sieben Jahre alter Fuß auf der feuchten schwarzen Erde aufgetreten war wie ein Astronaut auf dem Mond und dass sie dabei zweifellos die Hand jenes Menschen gehalten hatte, der sie umgebracht hatte. Und als die Stimmen mir befahlen, den Schuh zu verstecken, reagierte ich trotzig. Und als die Stimmen in wildem Streit riefen, dass sie mich gleich packen würden, fletschte ich die Zähne. Und dann sagten sie, dass mit mir genau das Gleiche passieren wird, dass ich eines Tages selbst mitten in den Wald geführt und das Schicksal meiner Schwester erleiden werde, und da wusste ich, dass ich den Schuh Detective Cleveland aushändigen musste.

Es war schon beinahe dunkel, und ich rannte los. Ich rannte durchs Unterholz und spürte – so wie ich es Jahre später spüren würde –, wie die Äste mein Gesicht zerkratzten. Ich wusste, dass ich in der Dunkelheit schnell stolpern oder den Weg verfehlen konnte. Dennoch rannte ich, was die Beine hergaben, Fionas Schuh in der Hand, und ich glaube, dass ich schrie. Und als ich eine Stelle erreichte, die wie der Garten meines Elternhauses aussah, war ich an einem Ort, den ich noch nie gesehen hatte. In der Vorstadt-Finsternis stand ein Haus, das so weiß war, dass es kaum zu erkennen war. Der Swimmingpool wirkte im Lampenlicht so blau, dass ich dachte, er wäre voller Glasscherben.

Das Wasser musste abgelassen werden.

Ich hielt den Schuh, und als ich rief, ob jemand da sei, merkte ich, dass ich nicht mehr sprechen konnte. Ich ging auf das Gebäude zu. Dies war mein Haus, aber es kam mir vollkommen fremd vor. Sämtliche Lichter waren eingeschaltet. Die Partyleuchten waren eingeschaltet. Ich bekam keinen einzigen Ton raus. Auf der Terrasse stand eine Frau und streckte mir die Arme entgegen. Es war Hannah, meine Mutter. Ich sah gleich, dass sie es war, aber im selben Moment wurde mir klar, dass sie es nicht war.

»Jetzt ist nicht die Zeit für so was, Pilot.«

Als ich über die Terrasse schritt, hielt ich ihr den Schuh entgegen.

»Was ist das?«, fragte sie.

Ich ging weiter vor.

»Was hast du da?«

Und als ich ihr den Schuh meiner Schwester hinhielt, stieß sie einen schrillen Schrei in die Finsternis über dem Haus aus, einem sonderbaren Haus, einem fremden Ort. Ich war zu einem Wolfsjungen geworden, und ich war dazu bestimmt, von den Menschen missverstanden zu werden.

»Wo hast du den gefunden, Pilot?«

Ich bekam keinen Ton heraus.

»Pilot, was soll das? Wo hast du den gefunden?«

Sie nahm mir den Schuh aus den Händen.

»Pilot, wenn du mir nicht sofort sagst –«

»Was ist los, Hannah?« Mein Vater kam aus der Küche herbei.

»Er hat Fionas Schuh gefunden, ihren Schuh.«

»Wo?«

»Pilot, du musst mir sagen, du musst mir sagen, wo du diesen Schuh gefunden hast.« Sie kreischte beinahe, und ihre Stimme war voller Verzweiflung. »Du musst es mir sagen, du musst. Jetzt sofort.«

Ich wusste, dass dies meine Eltern waren, und ebenso wusste ich, dass ich ihnen helfen sollte. Ich überwand meine Stummheit und vergaß den Wolfsjungen fürs Erste. »Im, im Wald«, stammelte ich und zeigte in die Richtung, aus der ich gekommen war. »Da, da hinten.«

»Kannst du uns die Stelle zeigen?«, fragte mein Vater.

»Pilot«, sagte meine Mutter, »Pilot, weißt du, wo Fiona ist? Hast du uns die ganze Zeit angelogen?«

Ich schüttelte den Kopf.

»Ich hole eine Taschenlampe«, verkündete mein Vater, »und dann gehen wir da rein, und ich will, dass du mir genau zeigst, wo du diesen verdammten Turnschuh gefunden hast, hast du verstanden?«

Meine Mutter nahm mich in die Arme und zog mich an sich. »Du musst Fiona finden«, sagte sie. »Ich halt das nicht mehr aus. Ich halt's nicht mehr aus.«

»Ruf Cleveland an«, sagte mein Vater. »Ruf diesen blöden Bullen an.«

ABER ICH LOG. Ich log bereits seit Jahren. Ich wurde damals nämlich nicht zum Wolfsjungen. Ich verwandelte mich in meinen Bruder.

Ich habe jahrelang gelogen.

ALS ICH IN den Wald hinter dem Haus meiner Eltern getreten war und diese Stimmen hörte, die darüber stritten, wie sie mich am besten umbringen könnten, war ich nicht auf der Suche nach Fiona. Es war nicht einmal im selben Jahr. Ich wollte meine Mutter retten, ich wollte Hannah retten, die am Highway Gespenster sah. Und nur ich, der Wolfsjunge, den es nach dem Geschmack von Blut dürstete und der selbst blutete, nur ich konnte sie retten.

Und Eric war bereits unterwegs.

DIE ZEIT SENKTE sich wie ein Tuch herab, dessen Enden sich berührten.

UND SO WAR es wirklich:

Ich war in mein Zimmer gegangen und griff in die Wonderbread-Tüte, in der sich die zwei roten Schuhe und das blutverklebte Jagdmesser befanden. Ich nahm einen der Schuhe heraus. Nachdem ich ihn herausgenommen hatte, verbarg ich ihn unter meinem Hemd. Ich drückte ihn an mich, sodass niemand ihn bemerken würde, und draußen im Wald, inmitten der Finsternis und der Bäume, legte ich, ein neunjähriger Junge, den roten Turnschuh in die Mitte eines hell erleuchteten Waldstücks, einer mondbeschienenen Stelle, glaube ich, und dann entfernte ich mich, und nach ein paar Minuten kehrte ich wieder zurück, so als hätte ich ihn dort entdeckt.

Es gab keine Stimmen.

Kurz darauf stand ich im Garten eines fremden Hauses und erzählte alles.

»Im, im Wald«, stammelte ich und zeigte in die Richtung, aus der ich gekommen war. »Da, da hinten.«

»Kannst du uns die Stelle zeigen?«, fragte mein Vater.

»Pilot«, sagte meine Mutter, »Pilot, weißt du, wo Fiona ist? Hast du uns die ganze Zeit angelogen?«

AUS IRGENDEINEM GRUND war sie nervös. Aus irgendeinem Grund zitterten ihre Hände, nur ganz leicht. »Dr. Lennox«, fragte Katherine vor seiner Tür, »kann ich Sie bitte sprechen?«

Ohne von seinem Schreibtisch aufzublicken und in einem Tonfall, als würde er ihre Nervosität spüren, als würde er sie genießen, sagte Dr. Lennox: »Was ist los, Kate?« Sie bemerkte sein Lächeln, aber sie bemerkte auch, dass es nicht echt war.

»Ich habe das Gefühl, dass wir uns einmal über Pilot Airie unterhalten sollten.« Sie betrat das Büro des Psychiaters. Es war mit den gleichen hässlichen Möbeln ausgestattet wie Katherines. Hier schienen sie jedoch aus irgendeinem Grund zu passen.

»Und?«, sagte Dr. Lennox verärgert.

»Er leidet unter einer schweren Paranoia«, sagte Katherine, »und ich mache mir über die medikamentöse Behandlung, die sie verordnet haben, Gedanken. Vielleicht –«

Sein Füllfederhalter verharrte plötzlich. »Vielleicht sollte ich die Dosierung erhöhen?«, fragte der Arzt, dessen Lächeln nun praktisch von Ohr zu Ohr reichte.

»Das wäre vielleicht hilfreich.«

»Ich werde ihn mir heute Nachmittag noch einmal anschauen.« Dr. Lennox hatte sie immer noch nicht angesehen.

Wenn er später zu mir kommen würde, würde er sich eine lange Zeit mein Gesicht ansehen, es einfach nur ansehen. Und mein Gesicht leerte sich darauf wie ein Krug, dessen Inhalt zu Boden geschüttet wurde. Dann kehrte Dr. Lennox an seinen Schreibtisch zurück und schrieb ein paar kurze Zeilen. Sein Haar zitterte und bebte dabei wie ein Bienenstock, während auf seinen Lippen sein typisches sarkastisches Lächeln klebte.

»Danke.« Katherine trat rückwärts aus seinem Büro in den Korridor. Sie seufzte. Was war denn nur mit ihr los?

Elizabeth lächelte ihr von ihrem Kabäuschen aus warmherzig zu. »Ist alles in Ordnung, Katherine? Kann ich irgendetwas für Sie tun?«

»Nein«, sagte Katherine. »Ist alles in Ordnung. Ich mache mir nur wegen eines Patienten Sorgen.«

»Pilot Airie?«

»Woher wussten Sie das?«

»Ich hab's mir gedacht«, sagte Elizabeth mit sanfter Miene. »Ich hab's mir einfach gedacht.«

Katherine ging mit klackenden Absätzen zu Elizabeth hinüber und sagte: »Was meinen Sie damit?« Irgendetwas stimmte hier nicht. Katherine spürte es förmlich. Irgendetwas war hier faul.

Vielleicht hatte meine eigene Paranoia Katherine angesteckt. Wie etwas, das hindurchsickerte.

Oder vielleicht hegte sie Schuldgefühle, was Eric betraf.

»Er ist anders als die anderen Patienten, das ist alles.« Im Unterschied zu Dr. Lennox sah Elizabeth sie unverwandt, ohne auch nur den Ansatz eines Blinzelns an. »Anders«, wiederholte sie, »das ist alles.« Und ihr Gesichtsausdruck war ehrlich.

Katherine fühlte sich frustriert. Sie blickte Elizabeth direkt an und blinzelte mehrmals mit den Augen, um ihre ganze Aufmerksamkeit zu erlangen, etwas, das ihr bei Dr. Lennox nicht gelungen war. »Er ist schizophren«, sagte sie. »Er ist hier der einzige Patient mit dieser Diagnose. Und ich habe wenig Erfahrung mit … mit solchen Leuten.«

»Ich lese darüber gerade etwas«, sagte Elizabeth, so als würde sie eine Frage stellen. Sie wandte ihr breites Gesicht ab und wies auf ein Lehrbuch der Psychologie, das aufgeschlagen auf dem Schreibtisch lag. »Hört er Stimmen?«

»Hat er«, erwiderte Katherine. »Aber mit den Medikamenten scheint es ihm nun besser zu gehen. Er ist jedoch weiterhin ein bisschen paranoid – mehr als ein bisschen, ehrlich gesagt –, und deshalb habe ich mit Dr. Lennox gesprochen.«

Auf Elizabeths Telefon blinkte neben Katherines Namen die rote Leuchtanzeige auf. Elizabeth ging ran und bedeutete Katherine mit dem Zeigefinger, zu warten. »East Meadow Psychiatric In-Patient Clinic«, sagte sie in den Hörer. »Katherine DeQuincey-Joys Büro. Kann ich Ihnen helfen?« Sie hielt einen

Augenblick inne und sagte dann: »Bitte bleiben Sie am Apparat.« Sie blickte Katherine an. »Es ist seine Mutter.«

»Pilots?«

Elizabeth nickte.

Katherine rannte in ihr Büro. »Mrs. Airie?«, sagte sie in den Hörer.

»Hallo, Miss DeQuincey-Joy.«

»Sie können ruhig Katherine zu mir sagen«, meinte Katherine. »Bitte.«

»Danke«, sagte meine Mutter. »Ich rufe wegen Pilot an.«

»Natürlich. Freut mich, dass Sie anrufen. Ich war heute Morgen bei ihm.«

»Ist mit ihm alles in Ordnung?« Ihre Stimme klang hektisch und besorgt.

»Nun«, sagte Katherine, »das Medikament mildert ein wenig die Symptome. Ich fürchte jedoch, dass er –«

»Hört er immer noch Stimmen?«

»Ich glaube nicht, Mrs. Airie, nein. Er –«

»Das ist gut.«

»Er leidet immer noch ein wenig unter wahnhaften –«

»Zum Beispiel?«

»Er denkt, dass sein Bruder ... er glaubt, dass Ihr Sohn Eric vorhat, ihn umzubringen«, sagte Katherine mit möglichst ruhiger Stimme. »Und Mrs. Airie, tut mir Leid, wenn ich Sie das frage, aber ist mit Ihnen auch alles in Ordnung? Ich meine, Pilot ist der Überzeugung, dass Sie einen Gehirntumor haben.«

»Oh.« Es klang schmerzerfüllt. Ich sah, wie meine Mutter über ihre Schläfe strich und wie ihre dürren Finger über diese violette Ader fuhren.

»Ist das –«

»Ich bezweifle sehr, dass es sich um einen Gehirntumor handelt«, sagte Hannah mit klagender, beinahe jammernder Stimme. »Ich habe in letzter Zeit irgendwelche Störungen am Sehnerv. Und es scheint nicht einfach zu sein, eine genaue Diagnose zu erstellen, das ist alles.«

»Sehen Sie –«

»Ich sehe Gespenster.«

»Gespenster?«

»Doppelbilder, wie im Fernsehen.«

Katherine blickte aus dem Fenster in Richtung Highway und des Waldes dahinter. »Ich verstehe. Scheint ganz so, dass Pilot daraus mehr ableitet ... dass er daraus mehr ableitet, als es in Wirklichkeit ist.«

»Ja.«

»Er scheint Eric irgendwie dafür verantwortlich zu machen.«

»Das ist lächerlich.«

»Natürlich ist das lächerlich, Mrs. Airie.« Katherine ging um ihren Schreibtisch herum und setzte sich. »Pilot leidet an den Symptomen einer Schizophrenie, und er übertreibt und bläst einige seiner Gefühle künstlich auf.« Katherine war sich nicht sicher, ob sie glaubte, was sie sagte. »Ich muss Ihnen leider sagen, dass man zu diesem Zeitpunkt mit derartigen Verhaltensweisen rechnen muss. Ich habe noch vor ein paar Minuten mit Dr. Lennox gesprochen, und ich habe ihm empfohlen, die Dosierung des –«

»Das ist gut«, sagte meine Mutter, die nicht daran interessiert war, zu erfahren, was mir alles an Medikamenten in den Leib gepumpt wurde. »Haben Sie mit Eric gesprochen?«

»Heute noch nicht«, sagte Katherine. Sie schloss die Augen und dachte: *Gestern Abend, gestern Abend habe ich mit Eric gesprochen.* Sie verspürte plötzlich einen Wärmeschub auf der Haut. Ihr Pulsschlag beschleunigte sich.

ER FUHR VOR unserem Haus vor und sah, wie ich ihn durchs Fenster beobachtete. Cleveland stieg aus seinem Wagen – einem Chevy, der schon damals alt war –, und anstatt über den Vorderrasen zur Haustür zu gehen, winkte er mir zu. Ich stand am Fenster und zeigte auf meine Brust. Der Polizist lächelte und winkte erneut, um mir klar zu machen, dass ich zu ihm nach draußen kommen sollte.

Es war zwei Wochen her.

»Pilot«, sagte er, als ich näher kam.

Ich blickte ihm ins Gesicht.

»Ich möchte nur, dass du weißt«, sagte er, »dass du, falls du mit mir über etwas sprechen willst, etwas, über das du mit den anderen lieber nicht sprechen willst, tja … nun, dann hab keine Angst und ruf mich einfach an.«

Ich glaube, ich habe damals einzelne Grashalme auf dem Rasen gegenüber gesehen. Ich hörte das Rollen einzelner Räder auf dem Straßenpflaster. »Okay«, sagte ich.

»Wann immer du willst«, sagte er. »Muss nicht jetzt sofort sein. Muss auch nicht bald sein.« Er lächelte.

»Okay«, sagte ich erneut.

»So«, sagte er, »und jetzt geh ich rein und spreche mit deinen Eltern.«

»TUT MIR ECHT Leid«, sagte mein Bruder. »Ich schätze, Sie haben jemand anderen erwartet.« Er stand mit den Händen in den Taschen in Katherines Beton-Korridor und blickte sie mit hündisch ergebener Bettelmiene an. Ein Gesichtsausdruck, der nicht typisch für ihn war.

»Ich habe gerade eine Pizza bestellt.« Katherine stand mit einem Zwanzig-Dollar-Schein in der Hand im Eingang zu ihrer Wohnung. »Ich dachte, Sie wären der –«

»– der Pizza-Typ, offensichtlich. Tut mir wahnsinnig Leid. Ich möchte nur, tja, eigentlich wollte ich Sie ja anrufen, aber –«

Mit der anderen Hand hielt sie sich ihren alten blauen Frotteebademantel zu, der über die Jahre hinweg ganz fleckig geworden war. Es war wie der Moment vor dem Beginn eines Konzerts, wenn die Leute ihre Plätze einnahmen. Katherines grüne Augen wurden ganz sanft, und sie sah ihn vergebungsvoll an. »Warum kommen Sie nicht einfach rein?«, sagte sie. »Auch wenn Sie nicht der Pizza-Typ sind.«

»Danke.« Eric ging hinein, schaute sich nach allen Seiten um und sog sämtliche Eindrücke in sich auf.

»Sie haben eine Nachricht auf dem Anrufbeantworter.« Er zeigte auf das Greät, dessen rote Leuchtanzeige stetig blinkte.

»Michele, meine Schwester.«

»Woher wissen Sie das?«

»Ich war hier, als sie draufgesprochen hat. Hab nicht abgenommen.«

Er nickte. »Jünger oder –«

»Jünger«, sagte Katherine.

»Stehen Sie sich nah?«

»Nicht wirklich.« Katherine durchquerte das Zimmer. »Sie ist ein wenig klein«, sagte sie und meinte die Wohnung. »Und noch nicht –« Sie suchte das treffende Wort.

»Eingerichtet?«, schlug Eric vor.

»Noch nicht eingerichtet«, sagte sie mit einem Lachen. »Das ist es.«

Eric nahm die Hände aus den Taschen. »Ich hab in Ihrem Büro vorbeigeschaut, und Elizabeth hat mir gesagt, dass Sie sich gerade auf den Heimweg gemacht hätten. Ich habe Ihre Adresse aus dem Angestelltenverzeichnis des Krankenhauses. Ich hätte Sie angerufen, hab mir dann aber gedacht, dass Sie wahrscheinlich noch unterwegs –«

»Ich wollte mich gerade umziehen.« Katherine wies in Richtung des Schlafzimmers. »Darf ich Sie kurz allein –«

»Aber ja, bitte«, sagte Eric. »Machen Sie nur, und lassen Sie sich durch mich nicht stören. Ist mir sowieso peinlich. Ich schätze, ich habe nicht –«

»Braucht Ihnen nicht peinlich zu sein«, sagte Katherine. »Sie wollen mit mir über Pilot reden, stimmt's?«

Eric schwieg, was ja bedeutete, wie sie annahm. Oder ganz was anderes. Sie kam sich plötzlich extrem hässlich und unansehnlich vor.

»Ich ziehe mir nur kurz eine Jeans an.« Sie wandte das Gesicht ab. »Bin gleich wieder da.« Sie verschwand in dem winzigen Schlafzimmer und ortete in einem Haufen schmutziger Wäsche eine verwaschene Jeans. Hatte sie eine Bluse, die nicht allzu verknittert war? Einen Pullover? Irgendwas? Himmelherrgott noch mal, was tat er nur hier? Sie riss sich den Bademantel vom Leib und – zum Teufel mit der Unterwäsche – schlüpfte in die Jeans. Dann steckte sie die Arme in die am wenigsten verschmutzte weiße Baumwollbluse. Hoffentlich war sie nicht zu verknittert. Sie wusste, dass sie sie mindestens einmal angehabt hatte. Während sie sie zuknöpfte, öffnete sie die Schlafzimmertür, huschte ins Badezimmer weiter und rief: »Noch eine Minute.«

»Lassen Sie sich ruhig Zeit«, rief er zurück.

Das Badezimmerlicht war gleich in der ersten Woche kaputt gegangen, und über dem Spiegel brannte nur eine Glühbirne. Katherine hatte die Tür stets offen gelassen, wenn sie das Bad benutzte. Aber jetzt musste sie in dem schummrigen Licht die Augen halb zukneifen. War ihr Make-up in Ordnung? Scheiß drauf, dachte sie. Sie war sowieso hässlich. Wen kümmert das schon? Als sie aus dem Badezimmer trat, bezahlte mein Bruder gerade den Pizza-Hut-Typ.

Er wandte sich um. »Gute Nachrichten. Ihre Pizza ist angekommen.«

»Lassen Sie mich Ihnen das Geld zurückgeben«, sagte sie.

»Seien Sie nicht albern.«

»Nun«, seufzte Katherine, »dann sollten wir sie zumindest zusammen essen.«

»Ich muss mich nochmals dafür entschuldigen, dass ich ohne Vorwarnung einfach bei Ihnen aufgetaucht bin«, sagte Eric, während er die Tür schloss und ihr die Pizzaschachtel reichte. »Offensichtlich« – er machte mit den Armen eine ausladende Bewegung – »sind Sie noch nicht einmal richtig eingezogen. War unhöflich von mir –«

»Hören Sie auf, sich zu entschuldigen.« Katherine verdrehte die Augen und ließ sich auf den Boden sinken. »Nehmen Sie sich ein Stück Pizza.« Sie machte es sich im Schneidersitz bequem. »Keine Stühle«, sagte sie. »Aber der Boden ist sauber.« Sie tastete den Boden ab. »Mehr oder weniger.«

Eric nahm ebenfalls im Schneidersitz Platz. Katherine fragte sich, wie lang es wohl her sein mochte, dass er so gesessen hatte.

»Ich habe mit meiner Mutter gesprochen«, sagte er ernst. Er trug heute einen dunkelbraunen Anzug. Farbe und Schwere des Anzugs passten genau zum Wetter. Der Stoff schien seinen Leib wie eine Flagge zu umwehen. Seine Krawatte war von goldgelber Farbe. Katherine bemerkte das Monogramm auf seinem Hemd aus ägyptischer Makobaumwolle.

»Ja.«

»Sie sagte mir, dass Pilot Ihrer Ansicht nach immer noch ein wenig mit den Symptomen seiner Krankheit zu kämpfen hat.«

Katherine hielt ein Stück Pizza vor ihren Mund. »Nach allem, was er sagt, hört er keine Stimmen mehr, was sehr gut ist, und es bedeutet, dass das Medikament bei ihm anschlägt. Aber wie auch immer, er ist – wie soll ich sagen?« Sie legte das Stück Pizza oben auf die Schachtel. »Pilot leidet an Paranoia. Das ist nicht ungewöhnlich, wie Sie bestimmt wissen. Aber vielleicht muss das Medikament stärker dosiert werden, und falls das nichts hilft, braucht er vielleicht ein anderes Antipsychotikum.« Sie versuchte so gelassen wie möglich zu wirken, so als wäre all dies nicht weiter von Bedeutung. Sie nahm ihr Pizzastück wieder in die Hand.

Mein Bruder schien das Gehörte einen Moment lang auf sich wirken zu lassen. Dann fragte er: »Hat er gesagt … hat Pilot gesagt, um was es bei seiner Paranoia geht?«

»Es geht dabei um mehrere Dinge«, antwortete sie. Sie nahm einen kleinen Happen und kaute. »Er befürchtet, dass Ihre Mutter einen Gehirntumor hat, der ihr Augenlicht beeinträchtigt –«

»Unsere Mutter hat Probleme mit ihren Augen, mehr nicht.«

»Sie hat es mir erzählt.« Und dann, ohne innezuhalten: »Pilot ist zudem überzeugt, dass Sie Ihre Schwester umgebracht haben.«

Eric legte sein Pizzastück in die Schachtel zurück. »Oh, Scheiße.«

»Und dass Sie vorhaben, ihn ebenfalls umzubringen.« Und dann, während sie drauf und dran war, erneut in ihre Pizza zu beißen: »Oder etwas in dieser Richtung. Zu diesem Zeitpunkt blicke ich da noch nicht ganz durch.«

Er schüttelte den Kopf. »Tja –«

»Eric.« Sie legte das Stück Pizza erneut aus der Hand. »Diese Art von Wahnvorstellungen sind bei Fällen von Schizophrenie an der Tagesordnung, und sie sind das, was wir Symptome nennen. Mit anderen Worten, sie kommen zu dem Normalverhalten hinzu. In den meisten Fällen kann eine gezielte medikamentöse Behandlung vorhandenes Symptomverhalten eliminieren. Er ist einfach verwirrt, mehr nicht.«

Eric nickte, als ob er all dies bereits wüsste. »Es ist nicht das erste Mal.«

»Wie meinen Sie das?«

»Pilot hat mich bereits früher gewisser ... gewisser Dinge beschuldigt.«

»Des Mordes an Ihrer Schwester?«

»Dinge dieser Art«, sagte er. »Ja.«

Aber das stimmte nicht. Ich hatte meinen Bruder nie irgendeiner Tat beschuldigt. Tatsächlich habe ich ihn mein ganzes Leben lang gedeckt und beschützt.

»Was auch immer sich zurzeit in Pilots Hirn abspielt«, sagte Katherine, »es ist einer starken mentalen Störung entsprungen und extrem verwirrend, besonders für ihn selbst. Er lebt mehr oder weniger in einer völlig anderen Realität als wir. Er glaubt überdies, dass der Wald ihn verschlingen will.« Sie lachte leise. »Nichts von alldem ist auch nur entfernt rational nachzuvollziehen.«

Eric nahm wieder sein Stück Pizza. »Das habe ich ebenfalls gehört«, sagte er. »Ich meine, das mit dem Wald.«

»Ich bin immer noch dabei, herauszufinden, ob es da irgendein auslösendes Moment gab«, sagte Katherine. »Gaben die Sehstörungen Ihrer Mutter –«

»Ich hab's mir selbst angeschaut«, sagte Eric. »Ist mir ein

Rätsel, um die Wahrheit zu sagen. Sie nimmt aus irgendeinem Grund gespensterhafte Bilder wahr.«

»Aber sie hat keine ernsthafte –«

Eric gestikulierte mit seiner Pizza. »Sie hat keinen Krebs. Ich meine, sie war noch nicht beim Kernspin, aber ich tippe eher auf etwas, das mit ihrem Sehnerv zu tun hat, auf einen Virus, im schlimmsten Fall. Was mich bestürzt«, sagte Eric, »ist die Tatsache, dass mein eigener Bruder – dass er vor mir Angst hat.«

»Ich weiß.«

»Ich bin Arzt«, sagte er, »aber wenn es um ihn geht, gelingt es mir immer noch nicht, wie einer zu denken.« Er klang so, als wollte er irgendetwas beweisen, und ließ seinen Blick durch das Zimmer schweifen, ohne dabei auch nur einmal Katherine anzusehen.

»Es ist schwer.«

»Hat er sonst noch was gesagt?«

»Nicht wirklich«, antwortete sie. »Ich möchte noch einen weiteren Einnahmezyklus abwarten, bevor ich ihm zu viele Fragen stelle. Die Möglichkeiten von Gesprächstherapien sind bei Patienten wie Pilot recht begrenzt. Nun, das wissen Sie ja. Ich halte es nicht unbedingt für angezeigt, ihn zu tief zu erkunden. Ich suche nur nach –«

»Benutzen Sie kognitive Techniken?«

»Mehr oder weniger.« Katherine zuckte mit den Achseln. »Ich benutze alles, was Erfolg versprechend ist. Ich will nur sicherstellen, dass er sich seiner Krankheit bewusst wird und dass er sich selbst helfen kann, wieder gesund zu werden.«

»Klingt wie ein guter Ansatz.« Eric hatte nur ein Stück gegessen. »Danke für die Pizza.« Er aß nicht einmal die Kruste auf.

»Tut mir Leid, dass ich Ihnen nichts Besseres anbieten kann.«

»Bitte, ich hätte nicht –«

»Hören Sie auf, sich zu entschuldigen.«

Er lächelte und nickte. »Tut mir Leid.«

»Ihr Vater«, sagte Katherine, »ist er –«

»Ich erreiche ihn zurzeit nicht. Er ist irgendwo im Flugzeug unterwegs. Er geht viel mit dem Flugzeug auf Reisen, er und Patricia, seine Freundin, in ganz Florida und hinaus zu den karibischen Inseln.«

Unser Vater war in diesem Moment irgendwo in den Wolken weit über uns. Ich war in der Klinik und lauschte dem Surren eines kleinen Flugzeugs ganz weit oben im Himmel. In dem Bett neben mir führte ein Mann namens Harrison Selbstgespräche, in denen er jemanden um Vergebung bat.

»Er scheint ein interessanter Mann zu sein«, sagte Katherine über unseren Vater.

»Er ist ein Arschloch.«

Katherine stand mit der Pizzaschachtel in der Hand auf und trug sie in die Küche zu der kleinen Anrichte aus imitiertem Marmor. »Ich kann Ihnen leider nichts zu trinken anbieten«, sagte sie. »Nur Wasser.«

»Ganz in der Nähe gibt's einen netten Laden«, sagte Eric. »Hätten Sie Lust –«

»Heute Abend bleibe ich besser zu Hause«, erwiderte Katherine, die dachte, dass sie der Sache hier und jetzt einen Riegel vorschieben musste und dass sie sich an den beruflichen Verhaltenskodex halten sollte.

»Aber wie wär's mit Freitag?«

»Freitag …«

»Zum Abendessen?«

Warum war das so beklemmend? Sie hatte Herzklopfen. Warum musste er auch so gut aussehend sein?

Sie gab nach, mehr sich selbst als ihm. »Okay.«

Eric stand auf. »Ich werde mich nicht erneut entschuldigen«, sagte er. »Ich werde einfach gehen.« Er streckte die Hand aus, und dieses Mal ergriff Katherine sie, ohne sich Gedanken darüber zu machen, ob er ihre abgekauten Fingernägel sah. Er hatte sie im Bademantel gesehen und sie trotzdem zu einem

Rendezvous eingeladen. Was für einen Unterschied machten da schon ein paar blutige Fingerspitzen?

SIE SCHLOSS HINTER meinem Bruder die Tür und stand einen Moment lang regungslos da, mit der Hand auf dem Türknauf. Zumindest hatte sie diesmal nicht geflirtet. Zumindest hatte sie diesmal einen relativ professionellen Eindruck gemacht – oder etwa nicht? Erleichtert kehrte sie zu ihrer Pizza zurück und aß sie auf. Sie hatte heute das Mittagessen ausfallen lassen, wie immer, um für ihre Patienten ein bisschen mehr Zeit erübrigen zu können. Sie würde mir etwas mehr Zeit geben müssen, dachte sie, mindestens ein paar Tage, bevor wir uns wieder unterhalten konnten. Sie fragte sich, inwiefern Hoffnung auf eine wirkliche Genesung bestand. Schizophrenie tendierte trotz der neuen Medikamente zu einem degenerativen Krankheitsverlauf. Und auch wenn diese Leute – *wir* – sich zuweilen wieder in den Griff bekamen, so gelang es doch nur den wenigsten, nach einem schwereren Schub wieder voll und ganz in die Normalität zurückzufinden.

Sie ging in ihr dunkles kleines Badezimmer und ließ das Badewasser ein. Während sich die Wanne füllte, stand sie vor dem Waschbecken und entfernte ihr Make-up. Sie putzte sich die Zähne. Sie wickelte ihr Haar in ein Handtuch ein. Sie dachte an mich. Sie dachte daran, wie besorgt Eric war.

Katherine dachte an ihre Schwester, Michele, an ihren gertenschlanken Körper und diese sanften Augen.

Es muss ein schreckliches Gefühl sein, dachte sie, zu wissen, dass der eigene Bruder eine höllische Angst vor einem hat – zu glauben, dass er dich hasst, und zwar dermaßen irrational, dass man nicht einmal ein vermittelndes Gespräch mit ihm führen kann.

Katherine streifte ihre Kleider ab, ließ sie zu Boden fallen und stieg in die Badewanne, die inzwischen voll war. Das Wasser war noch ein wenig zu heiß, aber sie würde sich daran gewöhnen. Sie lehnte sich mit dem Kopf gegen die Fliesen zurück. Sie verspürte ein Prickeln auf der Haut. Draußen, auf der Anrichte in der Küche, blinkte weiterhin die Leuchtanzeige des Anrufbeantworters. Katherine hatte meinen Bruder angelogen. Sie war nicht da gewesen, als die Nachricht aufs Band gesprochen worden war. Sie wusste, dass es Michele war, und sie konnte sich einfach nicht dazu überwinden, es sich anzuhören.

Katherine lag in der Badewanne. Ich lag im Bett in der Klinik. Sie hörte, wie sich irgendein Paar, das über ihr wohnte, bei eingeschaltetem Radio unterhielt. Ihre Stimmen klangen gelangweilt, aber zufrieden. Ich hörte unterdessen Harrison, den Mann neben mir, wie er einen unsichtbaren Dritten um Verzeihung bat. Es tat ihm unendlich Leid, sagte er. So unendlich Leid. Der lange Ast schlug gegen das Fenster, so als wollte er mich in den Wald zurückrufen. Durch die Blätter ging ein weit entferntes Rauschen. In der Deckenleuchte war ein ganz leises Flüstern zu hören. Und im Gehirn meiner Mutter wuchsen sich kranke Zellen zu einem Krebsgeschwür aus.

AM NÄCHSTEN MORGEN tauchte Dr. Lennox' mit grauen Flecken gesprenkelter Kopf ohne Vorwarnung im Eingang zu Katherines Büro auf. »Kate«, sagte er schroff. »Nur ganz kurz?« Sein Lächeln wirkte aufgesetzt.

Katherine blickte auf. »Kommen Sie rein, Greg. Bitte, setzen Sie sich.«

Der Arzt kam nicht herein, blieb stattdessen zwischen Tür und Angel stehen und wippte von einem Bein aufs andere. »Ich wollte mit Ihnen nur rasch Ihre Patientenliste durchgehen und Ihnen sagen, dass ich mir heute Pilot Airie anschaue – wegen Ihrer Bitte um eine höhere Medikamenten-Dosierung.«

»Danke«, sagte Katherine.

Ich hockte unterdessen vor dem Fernseher. Wenn ich in das Gerät hineinsehen konnte, so meine Logik, konnte es vielleicht in mich hineinsehen.

»Sie sagten etwas davon, dass er immer noch Symptome zeigt?«

Sie räusperte sich. »Ja, paranoide Wahnvorstellungen, unter anderem«, sagte Katherine. »Er glaubt, dass seine Mutter einen Gehirntumor hat und dass sein Bruder es darauf abgesehen hat, ihn umzubringen.«

»Das ist allerdings bedenklich.« Das Lächeln des Arztes wurde breiter. »Haben Sie darüber mit seiner Familie geredet?«

Katherine nickte. »Zumindest scheinen seine Ängste einen halbwegs realen Hintergrund zu haben. Die Mutter leidet unter irgendwelchen Sehstörungen, und der Bruder, nun, Sie kennen ja Eric Airie, oder?«

»Ein hoch angesehener Arzt.« Dr. Lennox stieß ein kurzes Lachen aus. »Ich bin sicher, dass er nicht vorhat, irgendjemanden umzubringen.« Er sah Katherine direkt an. »Ich werde mit Pilot persönlich sprechen, und wenn er mir das Gleiche wie Ihnen sagt, werde ich eine höhere Dosis Clozaril verschreiben. In Ordnung?« Sein Lächeln war noch unaufrichtiger als sonst, dachte sie.

»Danke, Greg.«

Dr. Lennox, der bereits kehrtgemacht hatte, drehte sich noch einmal um. »Ich will nicht neugierig sein«, sagte er mit einer Miene, die ein einziges großes Fragezeichen war, »aber hat Pilot eigentlich irgendwas von seiner Schwester erzählt?«

Katherine war überrascht. »Sie wissen davon?«

Er atmete durch die Zähne aus. »Nun, so was vergisst man nicht.«

Katherine fuhr sich mit der Hand übers Gesicht. »Pilot ist überzeugt, dass Eric seine Schwester ermordet hat. Noch so eine von seinen Wahnvorstellungen.«

Dr. Lennox trat ins Zimmer. »Wirklich?«

Sie nickte. Dann fragte sie: »Was ist damals überhaupt passiert?«

»Soweit ich mich erinnere«, sagte er, während er sich auf dem Sofa niederließ, »– und das Ganze liegt eine Ewigkeit zurück, kann also durchaus sein, dass mich mein Gedächtnis trügt –, ist damals jemand angeklagt worden, ein Bekannter der Familie, glaube ich, das kleine Mädchen entführt zu haben. Aber natürlich hat man sie nie gefunden, ihre Leiche wurde nie gefunden, und schließlich wurde die ganze Sache fallen gelassen.«

»Schrecklich.«

Dr. Lennox fuhr sich übers Kinn. »Ich habe selbst zwei Töchter.«

»Ich habe eine Schwester.«

Er erschauderte. »Man kann sich nur schwer vorstellen, was sie alles durchgemacht haben muss.« Er stand auf und machte sich mit unverändertem Lächeln auf den Weg.

»Kann dies dazu beigetragen haben, dass Pilot krank ist?«

»Das glaube ich nicht.« Dr. Lennox stand wieder im Eingang, bereit zu gehen.

»Besteht überhaupt die Möglichkeit«, fragte Katherine, »dass Pilot *nicht* schizophren ist?«

»Wie meinen Sie das?«

»Eric sagte, dass die Entführung seiner Schwester Pilot aus dem Gleichgewicht gebracht hat, dass er aber noch über Jahre hinweg psychisch relativ stabil war. Ich glaube, dass es für diesen neuerlichen Schub irgendein auslösendes Moment gegeben haben muss. Verstehen Sie, was ich meine? Wenn der erste Schub durch das Verschwinden seiner Schwester ausgelöst worden war, dann muss *dieser* –«

»*Vielleicht.*« Dr. Lennox zuckte mit den Achseln. »Der traumatische Verlust seiner Schwester kann während seiner Kindheit einen psychotischen Schub ausgelöst haben, und es könnte durchaus sein, dass es auch jetzt noch relevant ist. Oder es ist etwas völlig anderes. Es spielt keine Rolle. Ich denke, dass Pilot bereits zuvor eine Neigung zur Schizophrenie besaß und dass er einfach extrem viel Pech gehabt hat. Vielleicht hätte sonst irgendein anderer Vorfall, wenn nicht die Sache mit seiner Schwester – vielleicht hätte irgendwas anderes seine Krankheit hervortreten lassen.«

»Extrem viel Pech«, wiederholte Katherine.

»Schauen wir mal, inwiefern seine Symptome sich ändern«,

sagte Dr. Lennox gleichgültig. »Vielleicht erholt er sich ja. Vielleicht nicht.«

»ICH KANN'S KAUM erwarten, Sie zu sehen.«

Katherine lächelte in den Hörer des Autotelefons. »Seien Sie nicht albern.« Ob er es hörte? Hörte er ihr Lächeln?

»Sieben?«

Sie fuhr über den Sky Highway in Richtung des *Käfigs*.

»Halb acht.«

»In Ihrer Wohnung?«

»In Ordnung.«

Erwartungsvoll sagte er: »Bis dann.«

»Bis dann«, sagte Katherine.

Und Eric wartete, dass sie auflegte.

»Bis dann«, sagte sie erneut. Sie schämte sich, musste aber weiterhin lächeln. Katherine war so etwas wichtig – die Tatsache, dass er wartete, bedeutete ihr viel.

ALS DIE KRANKENSCHWESTER mit meiner Medizin kam, war ich wie ein Goldfisch, der zur Fütterung emportauchte. Dann sank ich mit hervortretenden Augen und sich öffnenden Kiemen wieder auf den Grund meines Aquariums zurück. Wenn ich mich rührte, dann wie durch dichte Wassermassen, ganz gehemmt und wie in Zeitlupe. Ich konnte vor dem blauen karibischen Wandfoto in der Lobby sitzen und über eine Stunde damit verbringen, nur einen einzigen Gedanken zu fassen. Dann wiederum gab es Momente, in denen ich das Gefühl hatte, in einem Netz aus dem Wasser gefischt worden zu sein, und nun zuckend und zappelnd auf der Anrichte lag.

In meinem Zimmer wurde es in unregelmäßigen Abständen ganz hell und dann wieder dunkel. Ein Finger klopfte an das Fenster, und ein grell beleuchtetes Auge blickte herein.

SIE HATTE IHR schwarzes ärmelloses Kleid – zu sommerlich, jedoch das einzige elegante Kleidungsstück, das sie ihr Eigen nannte – angezogen, kombiniert mit der imitierten Jackie-Kennedy-Perlenkette, und jetzt bekam sie an den Schultern und auf den Armen eine Gänsehaut. In dem Restaurant war es viel zu kühl, und Eric schien über das cremefarbene Tischtuch, die festlich leuchtenden Kerzen und funkelnden Gläser hinweg meilenweit entfernt zu sein. Wenn sie einerseits das Gefühl hatte, schreien zu müssen, so zwangen die gedämpfte Geräuschkulisse, die mit dicken Teppichböden ausgeschlagenen Räume und das schummrige Licht sie dazu, im Flüsterton zu sprechen.

»Ich weiß, was Sie gerade denken.« Eric flüsterte ebenfalls. »Sie denken, dass der Laden viel zu nobel ist.«

Katherine zuckte mit den Achseln.

»Ich hatte keine Ahnung, dass es hier so förmlich zugeht«, entschuldigte er sich. »Das Restaurant ist mir empfohlen worden.« Ein Kellner mit schwarzem Jackett schwebte aufdringlich um ihren Tisch herum. Im Hintergrund säuselte eine sentimentale Puccini-Arie. Besteck klimperte und kratzte. Nur wenige Gäste waren unter sechzig. Er lachte. »Und zwar von jemandem, den ich nie wieder bitten werde, mir einen Tipp zu geben.«

Katherine wölbte die Augenbrauen. »Wer war das?«

»Greg Lennox.«

»Haben Sie ihm gesagt, dass Sie *mich* hierher führen wollten?«

»Nein.«

Katherine atmete erleichtert auf.

»Ist nicht einfach, sich hier zu unterhalten, oder?«, sagte Eric.

»Ehrlich gesagt, kommen Sie mir irgendwie so weit weg vor.«

»Genau das Gleiche hat meine letzte Freundin gesagt«, erwiderte mein Bruder trocken.

Katherine lachte.

»Sie hat mich nicht verstanden.«

»Was war ihr Beruf?«

»Sie war – beziehungsweise, sie *ist* Tanzlehrerin.«

»Eine Tanzlehrerin.« Katherine stellte ihr Glas Wein ab. »Ich muss mal auf die Toilette.« Sie stand auf, ging um den Tisch herum und beugte sich zu Eric vor. »Und wenn ich zurückkomme«, flüsterte sie, »möchte ich weder über die Tanzlehrerin noch darüber sprechen, wie weit weg Sie ihrer Meinung nach waren.«

»Verstanden«, sagte mein Bruder.

Sie huschte davon.

Auf der Toilette blickte sie umgehend in den Spiegel. Sie sah gut aus, dachte sie. Der Ausschnitt ihres schwarzen ärmellosen Kleides gab gerade so viel von ihrem Busen frei, dass es ihr nicht unangenehm war. Die imitierte Perlenkette, die Michele ihr vor Jahren gekauft hatte, verlieh dem Ganzen einen gewissen würdevollen Touch. Ihr wüstes Haar war einigermaßen unter Kontrolle, endlich einmal. Sie hatte es zu einem albernen Knoten hochgesteckt. Und dennoch, dachte sie, ihre Nase war zu lang und zu spitz. Ihr Kinn war einen Tick zu kräftig. Die unteren Zähne waren nicht ganz gerade. Ihre Brüste waren unterschiedlich groß und ihre Schultern zu breit.

Mein Bruder war dagegen so verdammt gut aussehend, dass sie sich fühlte, als würde sie mit dem Cover-Modell des *GQ* ausgehen. Sein blauer Anzug musste eine Million Dollar gekostet haben. Seine Uhr wirkte wie ein Erbstück der Rockefellers. Waren das Brillanten auf den Manschettenknöpfen? Er war viel zu schön für sie. Das pechschwarze Haar, die blauen Augen, das Gesicht eines High-School-Footballstars. Er war ein verdammter Gehirnchirurg, sagte sich Katherine. Was wollte er nur von ihr?

Eine gute Frage. Und was sie von ihm wollte, war eine noch bessere.

Sie verschwand in dem erstbesten Kabäuschen und setzte sich aufs Klo. Irgendjemand hatte einen Spruch auf die Rückseite der Tür geschrieben. Es war jedoch abgewischt worden, und Katherine konnte es nicht lesen. Sie versuchte sich eine Frau vorzustellen, die, nachdem sie sich für dieses elegante

Restaurant herausgeputzt hatte, die Toilette betrat und irgendeinen ordinären Spruch auf die Tür kritzelte. Sie versuchte sich die rebellische Stimmung vorzustellen, in der sich diese Frau befunden haben musste. Katherine kniff die Augen zusammen, konnte jedoch immer noch nicht ausmachen, was dort stand.

Zurück vor dem Spiegel fragte sie sich, ob sie ihren Lippenstift nachziehen sollte. Nein. In ein paar Minuten wurde sowieso gegessen. Sie betrachtete ihre grünen Augen und ihre stark geschminkte Haut. Sie hatte eine dünne Schicht Cover-up aufgetragen, aber darunter waren immer noch die feinen winzigen Falten zu erkennen, die sich an den Augenrändern und Mundwinkeln bildeten. Wahrscheinlich blinzelte sie zu häufig, und sie lächelte auch zu oft, genau wie Dr. Lennox, und sie vergaß stets, sich vor dem Schlafengehen einzucremen.

Ihr war so etwas ja egal, aber sie wusste, dass es anderen Leuten nicht egal war. Männern war es jedenfalls nicht egal. Insbesondere Männern wie Eric nicht.

Als sie zurückkam, standen ihre Teller auf dem Tisch.

»War ich lange weg?«

»Nein«, sagte mein Bruder. »Aber Ihr Essen ist da. Lassen Sie's nicht kalt werden.«

Sie hatte Ente in Himbeersoße bestellt. Dazu kamen fein geschnittene Karotten und kleine, runde, geschälte Kartoffeln. »Fahren Sie häufig in die Stadt?«, fragte sie.

Eric schnitt in sein Pfeffersteak. »Nicht so häufig, wie ich gern würde«, sagte er. »Ich habe ein Abonnement für die Philharmonie, und ich nehme mir stets vor, vier oder fünf Footballspiele pro Jahr anzuschauen. Ansonsten arbeite ich vor allem.«

»Giants oder –«

»Jets«, erklärte Eric.

»Sind Sie gern dort?«

»In der Stadt?«

Katherine schnitt ein kleines Stück Ente ab und nahm es behutsam in den Mund. Das Fleisch war nicht gar. Es kostete sie ziemliche Überwindung, das Stück hinunterzuschlucken.

»Ich glaube schon«, sagte Eric. »Hier draußen gefällt es mir jedoch am besten. Ich meine, ich bin bei meiner Familie, zumindest bei dem, was noch von ihr übrig ist, und ich genieße es, wann immer ich will, in die freie Natur hinauszukönnen. Ich habe ein Strandhaus.«

»Und gefällt Ihnen Ihre Arbeit?«, fragte Katherine. »Ich meine, sind Sie gern Neurochirurg?« Sie probierte eine Kartoffel. Akzeptabel, Gott sei Dank.

»Von Herzen gern.«

»Wie kommt's?«

»Nun, tun Sie Ihre Arbeit denn nicht gern?«

Katherine seufzte. »Ich mag mein spezielles Gebiet«, sagte sie. »Ich mag Psychologie. Mir macht es wahnsinnig Spaß, darüber zu lesen. Ich bewundere und liebe den menschlichen Verstand. Mein Beruf, ich meine ... ich meine die Arbeit selbst, die zahllosen Misserfolge, das viele Leid, all das habe ich nicht so gern.«

»Ich weiß, was Sie meinen.« Mein Bruder schnitt sein Steak in große Stücke und verschlang sie der Reihe nach. »Ich habe wirklich Hunger gehabt«, sagte er. »Ist Ihres gut?«

»Es ist okay.«

»Und wie sieht das bei Ihnen aus?«, fragte Eric. »Sie fahren bestimmt ständig in die Stadt.«

»Seit ich fortgezogen bin, war ich noch nicht wieder dort«, sagte Katherine. »Ich habe mein ganzes Leben dort verbracht, und jetzt war ich bereits vier Monate lang nicht mehr da.«

»Ist das ein seltsames Gefühl?«

»Äußerst seltsam«, sagte Katherine. »Ich fühle mich immer noch wie im Exil.« Sie blickte auf das große Stück halbgarer Ente auf ihrem Teller. Sie wollte es nicht mehr.

»Von allem anderen mal abgesehen, glaubt unsere Mutter immer noch, dass Fiona eines Tages wiederkommt.«

»Ich könnte mir vorstellen, dass jede Mutter sich diesen letzten Hoffnungsfunken bewahrt«, sagte Katherine, »und zwar für immer.«

»Und es würde sie todunglücklich machen, falls ich oder Pilot wegziehen würde, für immer, meine ich.«

»Ich verstehe.«

»Es ist mehr als nur das gewöhnliche Syndrom, das sich einstellt, wenn die Kinder das Nest verlassen.«

»Kann ich wirklich verstehen. Es muss –«

»Das tun Sie tatsächlich. Das sehe ich Ihnen an.« Eric lächelte. Dann warf er einen Blick auf ihren Teller. »Schmeckt es nicht?«

»Ich möchte, dass Sie mir etwas sagen«, meinte sie, ohne ihr Essen zu beachten.

»Was immer Sie wollen.«

»Sie müssen mir versichern, dass ich nicht Gefahr laufe, in Konflikt zu geraten.«

Eric legte die Gabel aus der Hand. »Sie werden nicht in Konflikt geraten.«

»Und dass wir nichts Unrechtes tun.«

»Tun wir auch nicht.«

»Sind Sie sicher?«

»Katherine«, sagte er mit fester Stimme, »es gibt durchaus Leute, die denken würden, dass es sich hier um einen Konflikt handelt, weil Pilot Ihr Patient und mein Bruder ist, aber wenn es weder Sie noch mich in Konflikt bringt, dann ist das das Einzige, was zählt.«

Sie blickte ihn unverwandt an und suchte weiter nach irgendeinem Anzeichen dafür, dass er sich schuldig fühlte, dass er unaufrichtig war. Aber seine Augen blieben fest, regungslos, und seine Lippen verzogen sich zu einem leichten Lächeln. »Ich will ehrlich sein«, sagte sie. »Ich finde, dieses Restaurant ist das Letzte.«

11

HANNAH WÄHLTE NUR selten die Nummer meines Vaters, aber nun fanden ihre langen, blutarmen Finger jedes einzelne Loch des schwarzen Wählscheibentelefons auf dem Beistelltisch im Wohnzimmer. Und sie wählte die Nummer aus dem Gedächtnis, so als würde sie ihn ständig anrufen. Natürlich sah sie zwei Apparate vor sich.

»Hallo«, ertönte der Anrufbeantworter. Es war die Stimme meines Vaters. »Ich kann Ihren Anruf momentan nicht entgegennehmen, hinterlassen Sie also eine Nachricht.«

»James«, begann meine Mutter, »hier ist Hannah.« Sie hob einen Finger an die Stirn und erzählte ihm alles.

ALS ER DIE Tür öffnete, um sie aus seinem Jaguar aussteigen zu lassen, sagte Eric: »Mögen Sie Pasta? Hier gibt's weit und breit die beste Pasta, besser noch als in Little Italy.«

Katherine grinste. »Das werden wir ja sehen.«

Im Restaurant wurden sie von einer ungefähr fünfunddreißigjährigen Frau mit breiten Hüften und schwarzen Haaren angelächelt. »Freut einen immer, Sie zu sehen, Dr. Airie.«

Eric erwiderte ihr Lächeln. »Joannie, das hier ist Katherine. Katherine, das ist Joannie, eine ganz, ganz alte Freundin von mir.«

»Hi«, sagte Katherine.

»So alt bin ich aber nicht«, sagte Joannie zu Eric und brach in viel zu lautes Gelächter aus. »Es sei denn, du bist ebenfalls so alt.« Und dann, im gleichen Atemzug, sagte sie zu Katherine: »Wir sind zusammen auf die High School gegangen, Kathy. Und jetzt ist er ein superwichtiger Arzt. Er findet aber immer noch die Zeit, seine alten Kumpel zu besuchen.« Wieder brach sie in gackerndes Gelächter aus. »Zumindest dann, wenn ihm der Magen knurrt.«

»Wie geht's deiner Schwester?«, fragte Eric mechanisch, so als wäre es Teil einer Routine.

»Vermisst dich nach wie vor.« Joannie blickte übertrieben schmachtend zur Decke hoch. »Vergeht immer noch vor Sehnsucht.«

Mein Bruder verdrehte die Augen. »Ich bin früher mal mit Joannies Schwester gegangen.«

»Sie waren 'n High-School-Pärchen.«

»Ich verstehe.« Katherine lächelte matt.

Joannie führte sie zu einem Tisch an der Wand. »Also«, fragte sie sarkastisch, »kommt ihr zwei gerade aus der Oper?«

»Ich hatte Katherine in das neue französische Restaurant in der Nähe vom Sky Highway eingeladen«, sagte Eric kopfschüttelnd zu Joannie. »Ein glatter Reinfall.«

»Hab von dem Laden gehört. Nobel, nobel.« Joannie wedelte mit der Hand.

»Zu nobel. Katherine dachte schon, ich wäre ein Snob.«

Katherine richtete ihre Augen auf ihn. »Sie wissen gar nicht, wie knapp Sie meinem Urteil entgangen sind.« Sie verspürte plötzlich den Drang, zu dem Fernseher oben in der Ecke hochzusehen, zwang sich aber dazu, Eric und Joannie zuzuhören.

»Bin ich noch einmal davongekommen?«

Sie kniff ihre grünen Augen zu zwei schmalen Schlitzen zusammen. »Mal sehen.«

Joannie brach erneut in lautes Gelächter aus. »Nun, Kathy«, sagte sie, »zumindest werden Sie unser Essen mögen.« Sie brach vor Lachen beinahe zusammen, als sie sagte: »Zumindest wissen wir, dass Sie unser Essen mögen werden.« Als sie sich wieder beruhigt hatte, fragte sie: »Also, was darf's denn nun sein?«

»Spaghetti, oder?«, sagte Eric. »Marinara? Eine Flasche Roten?«

Katherine nickte. »Hört sich großartig an.«

An einem der Nachbartische saß eine Familie. Der Junge wickelte seine Nudeln mit Gabel und Suppenlöffel auf, während seine Eltern in aller Offenheit miteinander stritten. Im Fernseher hinter ihnen wurde eine Wiederholung von *Mork and Mindy* gezeigt. Robin Williams zog gerade seine Hosenträger an und sprach mit schriller Babystimme. Pam Dawber seufzte tief und rollte mit ihren riesigen TV-Augen. Katherine kam sich ein wenig komisch vor, wie sie so in ihrem schwarzen ärmellosen Samtkleid dasaß, während ein paar Teenager hereinkamen, um an der Theke eine Pizza abzuholen, und in der Ecke ein erwachsener Mann in ein Videospiel vertieft war. Sie versuchte sich irgendein Gesprächsthema auszudenken.

»Sie – Sie kennen sie von der High School?«, fragte sie schließlich.

»Joannie?«, sagte Eric. »Ja. Ihre Schwester und ich sind damals miteinander gegangen.«

»Wie hieß sie?«

»Dawn Costello, natürlich.«

»Natürlich. Was ist aus Dawn geworden?«

»Sie hat den Typen geheiratet, der als Geschäftsführer in dem Amazing Drug Store ein Stück weiter die Straße runter arbeitet. Er heißt Bobby Westering. Sie haben vier Kinder, alles Jungen. Ist 'ne echt nette Familie, wenn Sie verstehen. Gehen regelmäßig zur Kirche und engagieren sich in der Gemeinde.« Sein Lächeln war voller Ironie.

»Was ist daran so lustig?«

»Es hätte mich treffen können.«

»Was hat Sie gerettet?«

»Das Medizinstudium.«

Joannie brachte das Essen. Katherine und Eric wechselten während des Essens kaum ein Wort miteinander. Zuweilen lächelten sie sich zwischen einem Happen Pasta und einem Schluck billigen Rotwein an.

Ab und zu hielt mein Bruder eine Gabel voll Pasta hoch und fragte: »Gut?«

Katherine musste unwillkürlich lachen. »Haben Sie nicht gerade erst ein ganzes Steak verdrückt?«

ICH BEHIELT UNTERDESSEN von meinem Aquariumgrund aus den Fortgang ihres Rendezvous im Auge. Ich ließ das Wasser durch meine Kiemen fließen und lauschte, wie Harrison weiter Entschuldigungen stammelte. In meiner Unterwasserposition spürte ich jede Vibration, die von den Worten meines Bruders ausging, und jede Änderung des Tonfalls in Katherines Antworten. Ich spürte, wie er sich immer näher an sie heranschlich, und ebenso spürte ich, wie Katherine ihn willkommen hieß, wie sie sich, wenn ihre Augen über sein Gesicht wanderten, mit jeder Minute heimischer fühlte.

Der Ast klopfte gegen das Fenster. Harrison flehte um Vergebung.

SEIN WAGEN WAR ein pompöser Luxusschlitten, fand Katherine, mit grauen, butterweichen Ledersitzen und einem mahagonivertäfelten Armaturenbrett. Eric hielt sich den Bauch. »Ich bin so voll«, sagte er. »Ich platze gleich.«

Katherine beugte sich zu ihm vor. Er wandte den Kopf. Sie kostete seine Lippen, den Rotwein, die Zwiebeln und den Knoblauch. Es schmeckte herrlich. Sie legte ihre Hand um seinen Hinterkopf, strich leicht über seine winzigen Nackenhaare und zog ihn noch ein Stück näher zu sich heran. Er war ganz anders als Mark. Sie befanden sich auf dem Parkplatz irgendeines kleinen italienischen Lokals in einer Einkaufsstraße einer Vorstadt und knutschten – etwas, was mit Mark aus irgendeinem Grund nie passiert wäre. Katherine atmete tief durch.

»Das war aber nett von Ihnen«, sagte mein Bruder.

Sie lächelte. Hatte sie das gerade wirklich getan?

»Zeit, Sie nach Hause zu fahren?«

»So ist es wohl.« Sie fragte sich, ob sie gerade einen Fehler begangen hatte.

Nein, sagte sie sich. Nein.

Eric fuhr vom Parkplatz und fädelte sich auf dem Highway ein. Er drückte einen Knopf, und die Stereoanlage schaltete sich ein. Es war Miles Davis – ruhige, komplexe Musik. Bei meinem Bruder war natürlich davon auszugehen, dass er mit alldem gerechnet hatte. Er war auf alles vorbereitet.

Katherine blickte aus dem Fenster. Es war dunkel, und die Straße verwandelte sich in rasch vorbeiblitzende Straßenlaternen. Das reflektierende Sicherheitsband auf den Leitplanken leuchtete im Kielwasser des Jaguars auf. »Haben Sie es jemals bedauert?«, fragte sie. »Ich meine, dass Sie Dawn nicht geheiratet haben?« Es war eine dumme Frage. Gleich nachdem sie sie ausgesprochen hatte, wurde ihr bewusst, wie idiotisch sie war.

»Ich will keine Familie gründen. Jedenfalls nicht momentan.«

»Und was wollen Sie momentan?« Katherine wollte ihn berühren, wollte ihre Hand auf sein Bein legen, auf seine Schulter, wollte mit ihren Lippen seinen Hals küssen.

»Das hier ist schön«, sagte Eric. »Das ist, was ich momentan will. Was das andere betrifft –«

»Gut«, fiel sie ihm ins Wort.

»Tut mir Leid wegen des französischen Ladens.«

»Zu spießig.«

»Ich hatte keine Ahnung. Hatte ich echt nicht.«

»Ich bin so froh, dass wir zu Joannies gegangen sind«, sagte Katherine. »Ich fand's echt toll. Danke. Wie heißt der Laden?«

»Costello's.«

Katherine wiederholte den Namen. »Costello's.«

Im selben Moment fuhren sie auf den Parkplatz ihres Gebäudes. Das Fenster ihres Käfigs starrte wie ein idiotisches gelbes Auge auf den Parkplatz. Offensichtlich hatte sie das Licht angelassen. Eric parkte neben ihrem blauen Golf. Als sie die Tür öffnete, um auszusteigen, zog sie ihr Kleid vorn ein Stück nach unten.

Er wartete, die Hand am Lenkrad.

»Es wird uns also nicht in Konflikte stürzen?«, fragte sie erneut.

Er schüttelte den Kopf, und sie wartete, bis er ausgestiegen war.

AM ANFANG, BEVOR der Zustand ihrer Augen sich so verschlimmert hatte, dass sie nicht mehr fahren konnte, besuchte Hannah mich jeden Morgen mit den Worten: »Wie geht's dir, mein Lieber? Fühlst du dich bereits besser?« Sie legte dabei ihre Hand auf meine Stirn, so als hätte ich Fieber, so als könnte ich bald wieder zur Schule gehen.

Es ging mir jedoch nicht besser. Ganz und gar nicht. Ehrlich gesagt, ging es mir auf viele Arten schlechter. Zugegeben, dieses Gefühl hatte mehr mit den Umständen zu tun als mit der Krankheit selbst: die Tatsache, dass ich beinahe dreißig war und im Krankenhaus lag, eindeutig geistesgestört, mit Medikamenten voll gepumpt. Es gab Momente, in denen ich das Gefühl hatte, auf eine echte Katatonie zuzusteuern. Manchmal saß ich vor dem Fenster und sah den Wolken zu, die wie in einer anderen Sphäre am Himmel vorbeizogen, oder den Baumwipfeln, die am anderen Ende des Parkplatzes rauschten, und dem Wald, wie er Millimeter um Millimeter vorrückte.

Hannah lächelte nervös.

»Es geht schon, Mom«, sagte ich. »Wirklich, ich fühle mich bereits viel besser.« Ich wusste, dass Sie mich nicht bitten würde, ihr dies genauer zu erläutern, und ebenso wusste ich, dass sie mich nie darüber aufklären würde, wie es ihr selbst ging, jedenfalls nicht wahrheitsgemäß, also fragte ich einfach: »Und ist mit dir auch alles in Ordnung?«, ohne eine Antwort zu erwarten.

Ich wusste jedoch, dass an dem oberen Ende ihrer Wirbelsäule Krebszellen wucherten, wie ein an einem Ast klebendes Wespennest, ein Tumor in der Vertiefung unterhalb der *medulla oblongata*.

»Um mich brauchst du dir keine Sorgen zu machen.«

Sie brachte mir Rhabarberkuchen – was sonst – und Teegebäck. Sie brachte mir einen Korb voller kleiner Käse- und Salamistücke und sogar ein bisschen schwarzen Kaviar. Sie brachte ein paar Zeitschriften. Sie erkundigte sich stets, ob sie mir sonst irgendetwas bringen konnte, irgendein Buch vielleicht oder meinen Walkman mit ein paar Kassetten. Sie hob die Hand und strich ihre Frisur glatt. Sie biss sich auf die Lippen. Mir kam alles so fremd und neuartig vor. Hatte sie sich immer auf die Lippen gebissen, wenn sie nervös war? Die Haarfarbe meiner Mutter, kastanienbraun, ins Graue gehend – seit wann hatte sie die? Ich kam aus dem Staunen nicht mehr heraus so wie ich mich manchmal fühlte, wenn ich ein neues Auto sah. »Wie geht's Eric?«, fragte ich. Ich hatte das Gefühl, nicht mehr ich selbst zu sein. Als ich mich umblickte, verströmte alles dieses Neues-Auto-Gefühl, dieses irgendwie Neuartige.

»Er macht sich große Sorgen um dich«, sagte meine Mutter. »Eric ist sehr, sehr besorgt. Du bedeutest ihm sehr viel.« Jedes einzelne Wort hörte sich wie unterstrichen an. Eric befand sich in diesem Moment an irgendeinem Ort und plante meine Ermordung. Er dachte sich neue feige Foltertechniken aus. Er arbeitete an Giftmischungen und tüftelte Fallen aus. Er rieb sich verstohlen die Hände. »Er tut alles, was er kann«, fuhr unsere Mutter fort, »und setzt sämtliche Hebel in Bewegung, nur um sicherzustellen, dass du hier gut versorgt bist.«

»Ich möchte bald nach Hause«, erklärte ich. »Ich will nicht mehr hier sein.« Ich spürte plötzlich den Schnürsenkel. Dies ist einer der wenigen Fallstricke, sagte ich mir, die Eric nicht zuzuziehen vermag.

»Das hat Dr. Lennox zu entscheiden.«

Ich lehnte den Kopf zurück. Das Kissen war übermäßig gestärkt worden und knisterte regelrecht. Zuweilen kam es einem so vor, als würden sie alle fünfzehn Minuten die Bettwäsche wechseln. »Ich weiß.«

»Er ist ein sehr guter Psychiater«, behauptete sie. »Hoch angesehen.«

»So ist es.«

»Pilot«, sagte meine Mutter, *»bitte.«*

Ich hatte keinen blassen Schimmer, was sie mit *bitte* meinte. Bitte was? Bitte halt den Mund? Verhalte dich bitte kooperativ? Hör bitte auf, so zu tun, als wärst du verrückt? Dieses Zimmer war mit einem rostroten Teppichboden ausgeschlagen, der zu den orangefarbenen Fliesen im Korridor passte. Die Fenster waren mit schweren rotblauen Vorhängen versehen. Unsere Mutter trug eine Tweedjacke mit Lederherzen an den Ellbogen. Sie hatte sich einen dunkelroten Seidenschal um den Hals gelegt, und sie trug eine goldene Anstecknadel, die mein Vater ihr einmal geschenkt hatte – zwei zum Gebet gefaltete Hände. »Hannah«, sagte ich, »es passt nichts zusammen.« Der Fernseher, der zwar leise gestellt war, jedoch von meinem Zimmergenossen, einem kokainsüchtigen Wertpapierhändler namens Harrison Reardon Marshall, rund um die Uhr eingeschaltet gelassen wurde, explodierte plötzlich in einer wüsten, blutroten Gewaltszene, begleitet von dem Schrei einer Frau. Anscheinend sah er sich gerade einen Horrorfilm an. Darüber hinaus schien er einen Horrorfilm am eigenen Leib zu erleben – wenn man sah, wie er die ganze Nacht in seinem Bett mit Armen und Beinen um sich schlug und mit zusammengebissenen Zähnen Entschuldigungen brabbelte.

»Ich weiß nicht, was du meinst«, sagte Hannah. »Pilot, ich weiß nicht –«

»Ich meine«, setzte ich an – aber dann wurde mir klar, dass ich es ebenfalls nicht wusste. Trotz der Medikamente fiel es mir schwer, all die vielen, durch mein Bewusstsein strömenden Gedanken im Visier zu behalten. »Eric hat Halley ein Bein abgeschnitten«, sagte ich zu ihr. »Das meine ich.«

»Pilot.«

»Aber nicht so, wie du denkst«, sagte ich. »Eric hat es ihm mit einem Jagdmesser abgeschnitten, und zwar mit dem –«

»Pilot, hör auf.«

»Ich will nicht, dass du stirbst«, sagte ich nun mit einer gewissen Verzweiflung. Ich zog den Schnürsenkel ein wenig fester um den Finger. Ihre Krebszellen teilten sich, vermehrten sich um ein Vielfaches und teilten sich weiter. Es geschah alles so schnell.

»Pilot.« Ich wusste, dass ich meine Mutter zum Weinen brachte. »Pilot«, sagte sie: »Wenn du nicht mit diesem Unsinn aufhörst, lassen sie dich hier nie raus. Verstehst du das? Dr. Lennox muss der Ansicht sein, dass du normal bist, zumindest halbwegs normal, bevor er dich gehen lassen kann.«

Ich hatte mich aufgesetzt – zumindest dachte ich das –, aber jetzt merkte ich, dass ich ausgestreckt dalag. Ich richtete mich wieder auf. »Tut mir Leid«, sagte ich. »Ich wollte nur –« Diese Ideen und Vorstellungen kamen aus dem Nichts, so als wären sie mir von irgendjemandem ins Gehirn injiziert worden. Ob Eric dahinter steckte? Er war schließlich Neurochirurg und besaß das nötige Wissen und Können. Ich hatte nicht das Gefühl, dass dies meine Gedanken waren. Vielleicht war ich ja gar nicht Pilot James Airie. Vielleicht blickte ich nur aus seinem Leib heraus, und mein Bewusstsein war ein ganz anderes, von einer ganz anderen Person. Und meine momentanen Gedanken gehörten wiederum Pilot – dem anderen Pilot –, und ich betrachtete sie nur.

»Ein Patient kommt heute zu mir nach Hause«, sagte sie. Meine Mutter behandelte und heilte Hände – die Hände von Chirurgen, die sich die Finger in einer Autotür eingeklemmt hatten, von Violinisten, die sich mit einem Küchenmesser in die Sehnen geschnitten hatten, und von Schriftstellern, die unerklärlicherweise vom Handgelenk abwärts gelähmt waren.

»Ist schon in Ordnung, Hannah, ich verstehe.«

»Pilot, ich bin deine *Mutter*.«

»Du *heißt* aber so.«

Sie schloss die Augen und öffnete sie wieder. »Ich muss jetzt wirklich los.«

»Mir geht's wirklich gut«, versicherte ich ihr. »Ganz, ganz ehrlich.«

»Versuch einfach, dich nicht aufzuregen«,sagte sie. »Versuch's einfach. Niemand will dir etwas tun, okay? Und Eric schon gar nicht. Und mit mir ist alles in Ordnung. Hör also auf, dich zu sorgen.«

»Du siehst Gespenster«, sagte ich.

»Das ist nichts, Liebling. Das sind nur meine Augen. So ist das nun mal, wenn man älter wird.«

Die Krebszellen teilten sich, vervielfachten sich und teilten sich wieder. »Da bin ich mir nicht so sicher«, sagte ich. »Und so alt bist du noch nicht, Hannah – *Mom*. Jedenfalls nicht alt genug, dass deine Augen grundlos erkranken.«

»Pilot«, sagte meine Mutter, »versuch doch wenigstens, *normal* zu klingen.«

»Normal zu klingen?«

»Wirst du's versuchen?«

Normal klingen. Das wollte ich so sehr. Sie hatte ja keine Ahnung, wie sehr ich das mein ganzes Leben lang gewollt hatte.

HANNAH GEWÖHNTE SICH mit der Zeit daran, alles doppelt zu sehen. Zu ihrem Glück verursachte es keine Schmerzen. Manchmal war es sogar schön. Die Gespenster schoben sich wie sich im Glas spiegelnde Gebilde durch ihr Blickfeld, wie in einem Bach dahintreibende Blütenblätter. Wenn sie morgens den Wasserkessel nahm und sich eine Kanne Tee aufschüttete, war das Gespensterbild der Kanne nur Zentimeter von dem Gespensterbild des Kessels entfernt. Sie setzte sich in den wirklichen Sessel vor den wirklichen Fernsehapparat, und neben ihr stand das Gespensterbild des Sessels und des Fernsehers. Manchmal verlor sie den Überblick und wusste nicht mehr, welcher Gegenstand echt und welcher nur als Trugbild existierte. So kam es vor, dass sie versuchte, das Trugbild ihrer Schlüssel von der Küchenanrichte zu nehmen. Die echten lagen daneben. Sie stolperte über einen echten Abfalleimer, den sie für das Trugbild desselben gehalten hatte. Sie griff nach dem echten Telefon und war überrascht, dass es tatsächlich das echte war. »Ich verliere manchmal völlig die Orientierung«, teilte sie meinem Bruder übers echte Telefon mit. »Und diese Doppelbilder, sie gehen einfach nicht mehr weg.« Es war, als würde sie den Himmel auf der regungslosen Oberfläche eines Sees sehen. Es war, als würde sie sich in einer Welt voller Zwillinge befinden.

»Sind doch erst ein paar Tage vergangen«, sagte Eric, der die Freisprechfunktion seines Telefons eingeschaltet hatte. Seine Fingerspitzen stießen aneinander wie die Beine einer Spinne auf einem Spiegel. »Dein Körper reagiert auf Stress. Es hat mit Pilot zu tun. Du machst dir um ihn Sorgen. Das ist alles. Das ist alles, was es dazu zu sagen gibt.«

»In dieser Familie sind alle verrückt«, sagte meine Mutter in schrillem Klageton. »Wir sind alle meschugge.«

»Niemand ist verrückt.«

»Pilot ist schizophren«, sagte sie. »Eric, so –«

»Mom, es geht ihm bereits sehr viel besser. Es sind neue Medikamente entwickelt worden. Uns steht eine Vielzahl medizinischer Behandlungsmethoden zur Verfügung.«

»Er glaubt immer noch, dass du ihn umbringen willst«, sagte sie. »Ist das etwa nicht verrückt?«

»Es handelt sich dabei um eine Wahnvorstellung, die sich mit der Zeit legen wird. Bitte, Mom. Ich bin sicher, dass Katherine DeQuincey-Joy ihm helfen –«

»Was weißt du über sie?«, fragte meine Mutter. »Sie ist neu bei euch, oder etwa nicht?« Hannah saß im Wohnzimmer und trank einen Tee. Jetzt gerade versuchte sie, die echte Tasse auf das Trugbild der Untertasse zu stellen. Als sie die echte Untertasse mit ihrer echten Hand fand, seufzte sie und musste schließlich mit ansehen, wie das Trugbild der Tasse von dem Trugbild ihrer Hand auf das Trugbild der Untertasse gestellt wurde.

»Katherine ist hoch qualifiziert«, sagte Eric, während er sich in seinem Bürostuhl zurücklehnte. »Ehrlich gesagt, war ich ein paar Mal mit ihr aus, und sie ist wirklich hoch intelligent.«

»Du warst mit –«

»Wir sind einfach nur einen Teller Spaghetti essen gegangen, das ist alles. Mehr war das nicht.«

»Sie ist die Psychoanalytikerin deines Bruders, Eric. Solltest du nicht –«

»Sie ist keine *Analytikerin*, Mom. Die Dinge laufen heutzutage anders ab.« Eric stieß einen tiefen Seufzer aus. »Wie dem auch sei«, sagte er, »sie ist eine sehr intelligente, äußerst kompetente und hervorragend ausgebildete Psychologin. Und ihre Aufgabe besteht einfach darin, Tag für Tag zu überprüfen, inwiefern Pilot Fortschritte –«

»Sie will wissen, warum es passiert ist.«

»Das stimmt«, sagte Eric. »Katherine will wissen, warum.«

»Eric, *sie will wissen, warum es passiert ist.*« Unsere Mutter hielt einen Moment inne. Und Eric sagte nichts. »Hältst du es für möglich«, sagte meine Mutter nach einer Weile, »hältst du es für möglich, dass es mit –«

»Mit Fiona zu tun hat? Weil es ungefähr zur gleichen Jahreszeit passiert ist?«

»Ich weiß nicht.«

»Lass es gut sein, Mom«, sagte Eric. »Pilot hatte in seinem Leben schon immer eine Menge Probleme. Es könnte alles Mögliche sein.«

Für jeden Gegenstand, den Hannah sah, gab es ein Doppelbild. Sie stellte sich vor, dass von jedem Gegenstand irgendwo eine Art Geist zurückblieb und dass sie im Begriff war, wichtige Einsichten über diese Welt zu gewinnen. So musste zum Beispiel ihre Tochter immer noch irgendwo dort draußen sein. Wenn es ein kleines Mädchen gab, musste es auch ihren Geist geben.

»Mom?«, sagte Eric.

»Ja.«

»Schnappst du jetzt völlig über?«

»Ich glaube schon.«

»Du hast vor dich hingesummt.«

»Tut mir Leid.«

»Ich muss los«, sagte Eric. »Ich möchte jedoch, dass du dir jetzt ein wenig Ruhe gönnst, okay? Ich werde ein Rezept für dich mitbringen, ein paar Xanax.«

Sie schüttelte den Kopf. »Ich will kein Xanax.«

»Du wirst dich dann gleich viel besser fühlen, Mom.« Eric beugte sich über seinen Schreibtisch. In seiner Schublade bewahrte er Dutzende von Plastikdöschen mit Medikamentenproben auf.

»Kein Xanax.«Sie konnte förmlich sehen, wie er frustriert die Augen verdrehte. Und auch ich, der ich in der Krankenhauslobby vor dem karibischen Wandposter saß, konnte es von meiner Position aus sehen.

»Ich werd trotzdem ein paar mitbringen, Mom, und dann kannst du dich immer noch entscheiden.«

»Wie du meinst.« Hannah hatte heute bereits drei Valiumtabletten eingenommen. Und abgesehen davon wollte sie nicht, dass Eric erfuhr, wie stark sie auf Tabletten angewiesen war. Sie sagte: »Bis dann, Eric.«

»Bis dann, Mom.«

Hannah legte den Hörer des schwarzen Wählscheibentelefons auf die Gabel zurück, während gleich daneben das Abbild eines Hörers auf das Abbild einer Gabel zurückgelegt wurde. Sie betrachtete ihre Hand, ihre langen dürren Finger und die stumpfen Nägel – die Hand eines Gespenstes, das in einem unwirklichen Haus wohnte.

Sie dachte an mich. Pilot ist zweifellos der Sohn dieses Gespenstes, sagte sie sich. Er kann gar nicht mein Kind sein.

ICH BIN MIR nicht sicher, wie viele Patienten insgesamt auf der Station untergebracht waren. Wenn ich ihnen begegnete, kamen sie mir stets alle frisch eingeliefert vor. Ich hatte jedoch die ganze Zeit über den gleichen Zimmergenossen – den armen alten Harrison Reardon Marshall. Und seine Probleme hingen eher mit Drogenmissbrauch zusammen, als dass sie psychischer Natur waren, soweit ich das beurteilen konnte. Er war anscheinend eine Zeit lang cracksüchtig gewesen. Offenbar wird Crack im Wertpapier-Business nur mit Geringschätzigkeit betrachtet. Auf der Station wimmelte es nur so von Krankenschwestern und Laborkräften in weißen Kitteln. Es war allerdings eine psychiatrische Klinik, und die meisten Leute hier stellten entweder eine Bedrohung für sich selbst oder andere dar. Mehr als nur einmal war ich gefragt worden, ob ich mich mit Selbstmordabsichten tragen würde.

Wenn mir diese Frage gestellt wurde, dann immer mit der gleichen Freundlichkeit, der gleichen Ängstlichkeit, so als würde die einfache Frage mich vielleicht dazu bringen.

Die Klinikräume waren mit einem orangefarbenen Teppichboden ausgeschlagen. Das Ganze wirkte wie Meterware, die in irgendeinem Teppichausstattungslager für Heime und Krankenhäuser zum Sonderpreis angeboten worden war. Die Wände der Klinik waren leuchtend weiß und apfelgrün. Viele der Wände in den Gemeinschaftsbereichen waren jedoch mit riesigen Postern von Stränden, Wäldern oder Canyons bedeckt. Mein Zimmer lag ganz in der Nähe einer Eingangshalle. Und um Harrisons unaufhörlich lärmendem Fernseher zu entgehen, setzte ich mich häufig in den Wartebereich und versenkte den Blick in das Superman-blaue Wandfoto der karibischen See. Das Bild teilte sich in drei Bereiche: einen gelben Streifen für den Strand, einen tiefblauen Streifen für das Wasser und einen hellblauen Streifen für den Himmel. Es war wie ein Rothko-Gemälde und ganz einfach anzuschauen. Alles andere war so kompliziert geworden, so verwirrend. Wenn ich mir im Fernsehen etwas ansah, war alles nur noch eine grelle kunterbunte Masse, die sich nach keiner erkennbaren Logik über den Bildschirm schob. Die Geräusche, die das Gerät von sich gab, standen in keinem Zusammenhang mit den verschwommenen Bildern. Diese Wahrnehmungsstörungen waren übrigens Teil meiner Krankheit. In unserem Zimmer lag Harrison zitternd und stöhnend im Bett und sah in einem fort fern. Am Tag seiner Einlieferung hatte er versucht, sich zu erhängen, indem er sich auf recht stümperhafte Weise Betttücher um den Hals geknotet und verzweifelt an der Decke nach einer Stelle gesucht hatte, an der er die Tücher festbinden konnte. Ich schaute ihm unterdessen in einem Zustand zu, der nicht weit von einer Katatonie entfernt war, und als die Krankenschwester reinkam und Harrison entdeckte, stellte ich mich schlafend.

Ein paar Minuten ging es in dem Zimmer drunter und drüber. Dann haben sie ihm anscheinend ein Beruhigungsmittel verabreicht.

Am Tag darauf entschuldigte sich Harrison.

Ich glaube, ich habe ihm nicht geantwortet.

»Tut mir Leid, dass Sie das mit ansehen mussten.« Er lachte. »Falls Sie es überhaupt gesehen haben, meine ich.« Er richtete sich im Bett auf und sah mich an. »Meine Nerven liegen in letzter Zeit ziemlich blank. Verstehen Sie, was ich meine? Ich hab da dieses kleine Problem. Und es hat mein ganzes Scheiß-Leben ruiniert.«

Ich glaube, dass ich ihm gesagt habe, dass es schon in Ordnun sei und dass er sich nicht bei mir zu entschuldigen brauche. Ich versuchte mein Gesicht zu bewegen, obwohl es mit geschmolzenem Glas übergossen war.

»Fangen Sie niemals mit Drogen an«, sagte Harrison. Er war ein kleinwüchsiger Mann mit schwarzem Bart, und sein Haar war nach hinten über eine kleine Glatze gekämmt. »Klingt zwar idiotisch, ist aber wahr.«

Dann kam die Krankenschwester mit unserer Medizin herein.

ALL DIE VIELEN Menschen wirkten auf mich wie ein einziger Leib. Die Leute auf dem Fest meiner Eltern wirbelten umher und verschmolzen miteinander wie eine Reihe mikroskopisch kleiner Organismen auf einem Objektträger unter einem Mikroskop. Ihre alkoholbeschwingten Leiber schienen beinahe zu schweben. Was tat ich nur hier? Ab und zu erhaschte ich einen kurzen Blick – auf das Gesicht meiner Mutter oder die Hand meines Vaters, wie sie wild umherfuhr, um die Pointe eines seiner Witze zu unterstreichen. Die Dunkelheit um mich herum war wie eine alte Wolldecke. Es roch nach Farnen und Baumrinde. Und dann war da meine Schwester. Ihr Gesicht leuchtete im Licht der Lampen auf, den Mund weit aufgerissen. Sie lachte.

WIR NAHMEN UNSERE Medizin morgens ein – Harrison und ich –, und dann noch einmal im Laufe des Tages, wann immer die Krankenschwester mit einem Pappbecher Wasser und ein paar Tabletten im Pappschälchen hereinkam. Mit jedem vollständig absolvierten Einnahmezyklus fühlte ich mich gesünder. Als ich in Katherines Büro saß, sagte ich zu ihr: »Ich fühle mich bereits viel, viel besser. Ich bin immer noch … ich bin immer noch ein wenig lethargisch, verstehen Sie, benommen, aber ich höre keine Stimmen mehr.« Dies entsprach mehr oder weniger der Wahrheit, obwohl ich den Verdacht hegte, dass sie weiterhin da waren. Ihr Flüstern war jedoch extrem leise und lag knapp außer Hörweite. »Mit den Streitereien in den Deckenleuchten ist Schluss.« Ich setzte ein breites Lächeln auf. Ehrlich gesagt, wollte ich einfach nach Hause. Ich hätte ihr das Blaue vom Himmel heruntergelogen.

»Pilot, das ist ja großartig.« Katherine hatte das gleiche Lächeln wie ich aufgesetzt. Ich hatte das Gefühl, dass wir beide wahre Profis waren und unsere Rollen glänzend spielten. »Das ist wirklich toll.« Sie räusperte sich. »Und was ist mit dem Wald? Haben Sie immer noch Angst –«

Ich schüttelte den Kopf und sagte: »Ich werd da nicht mehr reingehen, wenn Sie das meinen.«

Sie stützte sich halb sitzend, halb stehend auf ihrem Schreibtisch auf und strich mit der linken Hand ihren langen khakifarbenen Rock glatt. Darüber hinaus trug sie einen waldgrünen Pullover, der farblich gut zu ihr passte. »Ich wollte eigentlich fragen, ob Sie immer noch Angst vor ihm haben«, sagte sie mit besorgter Miene, »ob Sie nach wie vor glauben, dass er Sie schnappen will.«

»Das war eine Wahnvorstellung.« Ich versuchte verächtlich zu klingen. »Das ist mir inzwischen klar. Ich bin verrückt. Ich bin nicht dumm.« Ich hatte ohnehin nie geglaubt, dass der Wald mich *schnappen* will. Ich würde nie das Wort *schnappen* benutzen.

»Okay.« Katherine ging um den Tisch herum, um sich zu setzen. »Und was ist mit Ihrer Mutter?«

»Sollte mit ihr tatsächlich irgendetwas nicht stimmen«, versicherte ich Katherine, »dann bin ich sicher, dass wir genügend Zeit haben werden, herauszufinden, was es ist. Es gibt überhaupt keinen Grund zu der Annahme, dass sie Krebs hat.«

Hatte sie aber, da war ich mir sicher. In eben jenem Moment schlängelten sich die radikalen Zellen durch die Windungen ihres Gehirns. »Insbesondere wenn Eric der Meinung ist –«

»Und Ihr Bruder?«

»Was meinen Sie damit?«

»Sind Sie immer noch dieser festen Überzeugung?«

»Welcher Überzeugung?«

»Sie glaubten felsenfest, dass er –«, Katherine setzte sich und legte die Hände auf den Tisch, »– ihnen etwas antun will. Denken Sie immer noch –«

»Haben Sie mit meinem Bruder geschlafen?« Geschmolzenes Glas ergoss sich über mich und legte sich wie eine Maske um meine Züge. Mein Gesicht war plötzlich aus Porzellan und Kristall, aus hauchfeinem Steingut und mundgeblasenem Glas.

»Was?« Es war, als würde ein Schleier von ihren Augen fallen. Sie hatte mit ihm geschlafen, ich sah es ihr an. Sie hatten es miteinander getrieben.

»Ob Sie mit ihm geschlafen haben?«

Sie schüttelte leicht den Kopf. »Pilot, das ist –«

Ich stand von ihrem scheußlichen braunen Sofa auf. Jetzt wusste ich's. Die Art, wie ihre Augenlider flatterten, wie ihre Pupillen sich weiteten und wie ihr das Blut in die Wangen stieg. »Sie sind mit Eric ins Bett gegangen, stimmt's? Er hat sie gefickt.«

Katherine Jane DeQuincey-Joy, meine Therapeutin, die meinen Bruder vögelte, einen Mörder, betrachtete schweigend ihre Fingernägel. Der mittlere blutete. Sie hatte ihn bis aufs Fleisch abgekaut. Ihr Finger wanderte nun zu ihrem Mund hoch.

»Eric löst bei Frauen starke Gefühle aus«, warnte ich sie. »Sie sollten vorsichtig sein, Katherine.«

»Pilot.« Sie blickte mich geradewegs an und nahm ihren Finger aus dem Mund. »Sie haben noch immer nicht meine Frage beantwortet.«

Sie kapierte es nicht. »Katherine Jane DeQuincey-Joy«, sagte ich, »stellen Sie sich doch einmal folgende Frage.« Ich trat einen Schritt vor. »Warum ist mein Bruder mit Ihnen zusammen? Was sieht er in Ihnen?«

Katherine stand vom Schreibtisch auf, ging um ihn herum und kam auf mich zu. »Er macht sich große Sorgen um Sie«, sagte sie. »Er ist sehr, sehr –«

»Er sieht tausendmal besser aus als Sie.« Ich war inzwischen in einem extrem zerbrechlichen Zustand und kurz davor, in tausend Stücke zu zerspringen. »Was sieht er? Was sieht er in *Ihnen*?« Es musste gesagt werden. »Was will er?«

Sie blinzelte. »Pilot –«

»Ich will damit nicht etwa sagen, dass Sie nicht schön wären, denn –«

»Pilot, ich glaube –«

»– Sie sind schön. Das sage ich nicht nur so daher.«

»–es wird jetzt wirklich Zeit, dass Sie –«

»Es ist jedoch ein Mittel, um an mich heranzukommen.«

»Ein *was*?«

»Das sind Sie für ihn«, sagte ich. »Mehr nicht. Ein Mittel, um an mich heranzukommen.« Ich schüttelte herausfordernd den Kopf. »Aber das wird nicht funktionieren. Das werde ich nicht zulassen, und das sollten Sie ebenfalls nicht.«

Ich ging auf die Tür zu, aber Katherine war schneller und legte ihre Hand auf den Knauf. »Woher haben Sie das gewusst?«, fragte sie. »Woher wussten Sie von mir und Eric? Ist es Ihnen von irgendjemandem gesagt worden? Hat Ihnen irgendjemand etwas über uns erzählt?« Sie sprach mit bebender Stimme.

»Ich bin allwissend.«

Sie verschränkte die Arme. »Sie sind allwissend.«

»Ich bin es nicht gern«, sagte ich. »Es ist nur –«

»Ich glaube, die Sitzung ist für heute beendet, Pilot.« Als sie den Knauf losließ, schien die Tür beinahe von allein aufzugehen.

DIE GESPENSTER IN ihrem Blickfeld vervielfachten sich.

Die Zellen an der Wurzel ihres Sehnervs vervielfachten sich.

Hannah wachte von Tag zu Tag früher auf. Und wenn sie morgens zu den Vorderfenstern ging, sah sie zwei orange leuchtende Sonnenaufgänge über den doppelten Häusern auf der anderen Straßenseite. Wenn sie nach unten ging, stieß sie auf weitere Gespenster, und ihre Knöchel *knack-knack-knacksten* auf den Bohlen im Korridor. Sie sah zwei rechte Hände auf dem Geländer. Die eine war echt. Die andere nicht. Hanna stellte einen Topf Wasser für ihr allmorgendliches pochiertes Ei auf den Herd und sah deren zwei. Sie versuchte die Zeitung neben der Eingangstür aufzuheben, aber sie war ein Trugbild. Die wirkliche Zeitung lag daneben. Sie versuchte die unwirkliche Tasse Tee hochzuheben. Sie fragte sich, welcher dieser Gegenstände wirklich und welcher durchsichtig war. Zuweilen hatte sie den Eindruck, dass sie die Positionen vertauscht hatten. War nicht diese Zeitschrift vor einer Sekunde noch wirklich, und war nicht jene, die daneben lag, das Trugbild? Waren die Dinge etwa umgelegt worden?

Sie traute ihrem eigenen Verstand nicht mehr.

»Ihre Augen sind völlig in Ordnung«, hatte Dr. Carewater, ihr Optometriker, gesagt. »Zumindest gibt es keinen optischen Grund, warum Sie diese Doppelbilder sehen. Ich jedenfalls kann keinen entdecken.«

»Vielleicht ist es ja so, dass ich zwei Signale empfange«, meinte Hannah, indem sie Eric zitierte. »Wie im Fernsehen.« Eines aus der wirklichen Welt und eines aus der Welt der Geister.

»Es gibt dafür keine Erklärung.« Er hatte sich gesetzt, vollkommen ratlos. Dr. Carewaters Doppelgänger setzte sich auf die doppelte Ausführung des Stuhls. »Jedenfalls keine, die mit dem Zustand Ihrer Augen zusammenhängt. Es muss neurologischer Natur sein.«

Hannah hielt es ebenso wenig wie ich länger vor dem Fernseher aus. Sie erkannte nicht, was auf dem Bildschirm vor sich ging. Sie war nicht einmal in der Lage, ihrer Arbeit nachzugehen. Sie hatte ihre Violinisten und Chirurgen an einen Kollegen verweisen müssen. Sie setzte sich auf den Stuhl neben der Küchentür und hörte sich im Radio die Morgennachrichten an.

»Lass mich dir zumindest irgendwas geben«, sagte Eric, als sie miteinander telefonierten. »Du wirst dich gleich besser fühlen.«

Unsere Mutter weinte manchmal heimlich. Auch wenn sie allein im Haus war, verschwand sie dazu nach oben, wo sie sich voll angezogen in die Duschecke stellte und den Vorhang zuzog.

Sie rief mich jeden Nachmittag an. »Pilot«, sagte sie dann.

»Hannah.«

»Wie geht's dir?«

»Ich werde mit jedem Tag gesünder.«

»Du bist nicht verrückt«, sagte sie. »An dir ist nichts Verrücktes.«

»Ausbruch einer Erwachsenen-Schizophrenie, Hannah«, sagte ich. »Das ist die fachkundige Meinung einer ausgebildeten Psychiaterin, die offizielle Diagnose, die tatsächliche –«

»Das bedeutet gar nichts.«

»Es bedeutet, dass ich meinen eigenen Gedanken nicht trauen kann. Es bedeutet, dass ich mein eigenes Verhalten nicht vorauszusehen vermag.«

Sie zitierte Eric. »Es gibt heutzutage Medikamente, medizinische Behandlungsmethoden –«

»Sie funktionieren nur im Ausnahmefall«, sagte ich. »Und bei mir offensichtlich nicht. Weißt du, was ich neulich zu Katherine gesagt habe?«

»Sie funktionieren bei dir«, sagte Hannah. »Und zwar eindeutig. Du klingst vollkommen normal. Vollkommen rational. Du willst mir auf meine alten Tage nur einen Schrecken einjagen, das ist alles, was du –«

»Aus irgendeinem Grund, Hannah, fühle ich mich nur wirklich zurechnungsfähig, wenn ich mit dir rede.«

»Ich weiß nicht, ob ich das als Kompliment auffassen soll oder nicht.«

Ich wechselte das Thema. »Wie geht's deinen Gespenstern?«

»Bestens. Mach dir keine Sorgen –«

Die Gespenster waren also wohlauf. »Wie geht's Eric?«

»Du weißt, wie es Eric geht.«

»Nicht wirklich«, sagte ich. »Echt nicht. Er besucht mich nicht.«

»Er befürchtet, dass sein Besuch dich in Aufregung versetzt. Er hat Angst vor dir. Sonst geht's ihm gut. Ansonsten geht's ihm gut.«

»Wusstest du, dass er meine Therapeutin bumst?«

»Pilot.«

»Es ist die Wahrheit. Er und Katherine Jane DeQuincey-Joy. Sie schlafen miteinander.«

»Warum nennst du sie so?«

»Wie?«

»Na, bei ihrem vollen Namen. Warum nennst du sie nicht einfach bei einem Namen?«

»Ist mir gar nicht aufgefallen«, sagte ich.

Ich spürte förmlich, wie sich ihre Augen schlossen, als sie sagte: »Ich hab es gewusst. Ich habe die Sache mit Eric gewusst.«

»Und ich wusste, dass du es gewusst hast.«

»Bitte, Pilot, du musst gesund werden.«

»Gesund«, sagte ich. »Ich weiß. Ich tue mein Bestes.«

ER WAR DREIZEHN, als er zum ersten Mal mit einem Mädchen schlief, mit Dawn Costello. Er stieg auch mit ihrer zwei Jahre älteren Schwester Joannie ins Bett. Mein Bruder hatte eine Reihe von Freundinnen auf der High School, einschließlich Renée Faust, Tanya Zellwieger und Constance Johns. Natürlich waren da noch andere – irgendwelche Mädchen, mit denen er nach Footballspielen auf eine Party gegangen war; Mädchen, mit denen er sich heimlich traf; Mädchen, die er in den Wald geführt hatte, und Mädchen, mit denen er in den Tunnel ging, der den Wald von der Verkehrsinsel auf der anderen Seite des Sky Highways trennt. Im letzten Schuljahr hatte er sogar mit einer Referendarin namens Judith Freitag geschlafen. Sie verschwand unter mysteriösen Umständen von der Albert Einstein High School. Ich glaube, irgendjemand hatte herausgefunden, dass zwischen ihnen was war. Später auf dem College ging er zu einem systematischen Ausleseprozess der weiblichen Studenten über. Er schlief mit Dutzenden, wenn nicht Hunderten von jungen Frauen. Ich bezweifelte, dass er sich jemals anstrengen musste. In jenen Tagen war Erics gutes Aussehen noch mehr wert. Nicht, dass Frauen sich nicht auch später in ihn verknallten – das taten sie durchaus. Aber auf dem College kamen Mädchen einfach auf ihn zu und setzten sich auf seinen Schoß. Sie flüsterten ihm all die Dinge ins Ohr, die sie mit ihm anstellen wollten. Sie führten ihn an der Hand auf die Zimmer ihrer Wohnheime und ihrer kleinen Studentenbuden. Ich glaube, dass Eric gelegentlich sogar mit mehreren Mädchen gleichzeitig Geschlechtsverkehr hatte. Im Laufe der Jahre schlief er mit jedem erdenklichen Frauentyp. Als das College zu Ende ging und das Medizinstudium nahte, hatte er sich auf eine bestimmte Frau festgelegt. Überraschenderweise war sie nicht einmal hübsch. Man könnte sie sogar als unansehnlich bezeichnen. Sie hieß Stephanie, eine schlanke Blondine mit einer hellweißen Narbe, die sich über ihre Stirn zog und unter ihrem Haaransatz verschwand. Ich habe nicht die leiseste Ahnung, was mein Bruder in ihr gesehen hat. Aber das macht nichts, denn sie weigerte sich, mit ihm zusammen nach Virginia zu ziehen, um Medizin zu studieren, und das, obwohl er ihr einen Heiratsantrag gemacht hatte.

Soweit ich weiß, hat Eric weder damals noch heute irgendwelche absonderlichen sexuellen Neigungen entwickelt. Er hat weder eine Vorliebe für masochistischen Schmerz an den Tag gelegt noch für andere seltsame Praktiken und Fetische. Sex wurde für meinen Bruder wie Wasser – etwas, das überall zu haben war, man musste nur zugreifen. Die wahren Kicks verschaffte ihm die Uni, wo er alles über den Aufbau des menschlichen Körpers lernte, über die Funktionen unserer verschiedenen Organe und über den Organismus, der dem Organismus zugrunde liegt. So war er schon immer. Nicht einmal Sex konnte ihn von der ersten großen Leidenschaft seines Lebens ablenken:

Dem Sezieren von Lebewesen.

»ERIC«, SAGTE KATHERINE ins Telefon. »Pilot weiß es.« Eric war in seinem Wagen. Sie war in ihrem *Käfig*.

»Weiß was?«

Sie war nervös und nagte an dem Schorf ihres Mittelfingers. »Er weiß, dass wir ... dass wir zusammen waren. Er weiß über uns Bescheid.«

»Unmöglich.« Es war später Abend. Eric schwenkte kurz aus, um einem Hund auszuweichen, der mitten auf der Straße stand. Die Augen des Tieres leuchteten im Scheinwerferkegel silberrot auf.

»Aber wenn ich's dir doch sage«, rief Katherine, »Pilot hat es irgendwie geahnt. Oder irgendjemand hat es ihm erzählt. Wie dem auch sei, ich war dermaßen von den Socken, dass ich es mehr oder weniger zugegeben habe.«

Mein Bruder seufzte. »Macht nichts.«

»Nun, ich bin mir nicht sicher, ob ich seine Thera –«

»Katherine, ich versteh nicht, in welchen Konflikt dich das bringen soll.«

»Vielleicht sollten wir uns vorerst nicht sehen.« Sie schmeckte das rohe warme Blut auf ihrem Finger. »Zumindest bis er, du verstehst schon, bis er wieder halbwegs bei Verstand ist.« Sie war nackt und ging in ihrer kleinen gefliesten Küche umher. Es war ihr egal, ob irgendjemand sie sah. Auf dem Anrufbeantworter blinkte wie immer die Leuchtanzeige. Michele hatte wieder einmal angerufen.

Eric klang verärgert. »Ich habe ein sehr gutes Gefühl, was dich und mich betrifft, Katherine, und ich will nicht, dass sich die Sache plötzlich in nichts auflöst.«

»Ich auch nicht.« Sie blickte zum Fenster hinaus, über den Highway und den Parkplatz hinweg. »Pilot ist aber mein Patient, und ich ... ich will mich beruflich korrekt verhalten, ich will ihm so viel helfen, wie ich kann. Es ist das erste Mal, dass ich eine solch große Verantwortung trage.«

»Er ist auf dem Weg der Besserung. Das Medikament –«

»Da bin ich mir nicht so sicher. Er glaubt wirklich, dass du ihm etwas antun willst oder so was. Dass du vorhast ...« Sie verstummte.

»Gott im Himmel.« Eric bog in die Auffahrt ein, die in weitem Bogen zu seinem Haus führte. Katherine hörte den Kies unter den Rädern seines Jaguars knirschen.

»Er glaubt, dass du mich benutzt, um an ihn ranzukommen. Und er glaubt wirklich ... er glaubt wirklich, dass du deine Schwester –«

Er schaltete den Motor ab. »Tja, du hast wohl Recht«, sagte Eric. »Vielleicht sollten wir fürs Erste ein wenig auf Distanz gehen.«

»Warum glaubt er das, Eric?«

»Keine Ahnung.« Mein Bruder saß regungslos da, die eine Hand auf dem Lenkrad, die andere am Telefon. »Er war immer neidisch auf mich. Es ist ihm immer schwer gefallen, Zugang zu anderen Menschen zu finden. Als wir klein waren, hätte ich vielleicht netter mit ihm umgehen sollen, ihn nicht so herumstoßen sollen.« Eric seufzte. »Himmel, ich habe keine Ahnung.«

»Gibt es irgendeine Möglichkeit, es ihm zu beweisen?«

»Was meinst du damit?«

»Zu beweisen, dass deine Schwester ...«

»Das ist zwanzig Jahre her, Katherine.« Er klang plötzlich wütend und sprach mit lauter Stimmte. »Da lässt sich gar nichts mehr beweisen.«

»Entschuldigung.«

»Ich halte es für das Beste, diese Sache völlig rauszuhalten und sich darauf zu konzentrieren, aus Pilot einen einigermaßen normal funktionierenden Menschen zu machen.«

Katherine schwieg einen Moment. Sie räusperte sich.

»Katherine«, sagte mein Bruder.

Sie klang beinahe verlegen. »Ich bin es nicht gewohnt, angeschrien zu werden.«

»Katherine, es tut mir Leid.«

Sie heftete den Blick auf die blinkende Leuchtanzeige des Anrufbeantworters. Michele hatte wieder angerufen, kein Zweifel.

AUS DEM ANRUFBEANTWORTER ertönte: »Katherine, ich bin's. Michele.« Katherine ging mit nackten Füßen auf den kühlen Fliesen ihrer winzigen Küche auf und ab und kaute an ihren wunden Fingern. Sie wartete darauf, dass das Wasser im Kessel kochte. »Ich wollte dir nur sagen, wo ich war, wo ich *bin*«, fuhr Michele fort. »Ich bin in Seattle, ob du's glaubst oder nicht. Weißt du noch, wie du immer gesagt hast, dass du in Seattle leben möchtest? Nun, hier bin ich! Und ich habe keinen einzigen Tropfen Regen gesehen. Ich bin natürlich erst eine gute Woche hier, und die Leute sagen, dass es gar nicht mal so ungewöhnlich ist, dass so lange kein Niederschlag zu verzeichnen ist ... o mein Gott, kann mir gar nicht vorstellen, dass ich gerade das Wetterbericht-Wort *Niederschlag* benutzt habe! Wie dem auch sei, Katherine, ich wollte mich nur mal, weißt du, mich nur mal melden. Sobald ich eine eigene Wohnung habe, lasse ich dir meine neue Nummer da, okay?«

Im Hintergrund waren vorbeifahrende Autos zu hören. Waren da auch Seemöwen? War Michele wirklich in Seattle? »Wie dem auch sei«, sagte Michele schließlich, »bis bald.«

»PILOT«, SAGTE KATHERINE. Ich saß in meinem Sessel in dem für Patienten reservierten Ruhebereich und blickte auf die karibische See des Wandfotos. Ich sah, dass sie mit mir sprach. Ich sah, wie ihre Stimme kleine scharfe Schnitte und Risse in der Luft um mich herum hinterließ. Ich hörte sie jedoch nicht. Ich hörte überhaupt nichts. »Pilot«, sagte sie wieder. »Ich möchte mit Ihnen reden. Ist das möglich?«

Ich wandte mich von dem karibischen Wandfoto ab, blickte Katherine Jane DeQuincey-Joy an und sagte mechanisch:

»Es ist möglich.« Meine Stimme stammte aus einer weit entfernten Klangmaschine.

»Ich möchte nur ein paar Dinge klarstellen, okay?« Ihre Stimme klang eindringlich und hatte an den Rändern einen rötlichen Stich.

»Okay.«

»Ihr Bruder Eric und ich, wir sind einfach nur befreundet, das ist alles.« Katherine zog einen Stuhl heran, um mir direkt gegenüberzusitzen. »Und solange Sie die Klinik nicht verlassen haben, werden wir uns nicht wiedersehen.« Ihre Stimme hinterließ dermaßen viele Striche und Muster in der Luft, dass ich einen Moment lang das Wandfoto nicht sah. »Jedenfalls nicht privat.«

»Es ist nicht wichtig«, sagte ich.

»Mir ist es wichtig.«

In der Ferne, dort, wo das tropische Meer schimmerte, schien es beinahe, als würde sich das Bild bewegen, als wäre das Wasser echt. Oder vielleicht war es die Luft um Katherines Kopf herum, die Atmosphäre, die im Schimmer ihrer Haare leuchtete.

»Wenn Sie wollen«, sagte sie, »besorge ich Ihnen einen anderen Therapeuten. Auf diese Weise –«

»Nein«, sagte ich. »Nein. Ich will Sie, und Sie brauchen auch nicht aufzuhören, sich mit Eric zu treffen.« Ich versuchte, sie möglichst abgeklärt anzublicken.

Ich bin nicht sicher, inwiefern mir das gelang, denn sie fragte: »Warum glauben Sie, dass Eric Ihnen etwas antun will, Pilot?«

»Weil er Fiona auf dem Gewissen hat«, antwortete ich, »und weil ich alles darüber weiß.«

»Ich verstehe.«

»Und weil er mir gesagt hat, dass er mich umbringt, falls ich es jemandem erzähle.«

ER KAM IM Korridor von hinten. Ich hörte das Rauschen der Dusche im Badezimmer meiner Mutter. Es war nicht einmal ein Monat vergangen. Im Viertel wurden weiterhin Suchaktionen durchgeführt. In der East Meadow Presbyterian wurden weiterhin Nachtwachen abgehalten. In den Abendnachrichten wurde weiterhin einen kurzen Moment lang ihr kleines Gesicht eingeblendet. Er hielt mir den Mund zu.

»Du willst ein Jagdmesser?«, sagte er. »Ist das alles?«

Ich schüttelte den Kopf.

»Wenn ich dir ein Jagdmesser besorge, gibst du mir dann das andere?«

Erneut schüttelte ich den Kopf – nein.

»Willst du dort hingehen, wohin Fiona gegangen ist?«

ES FIEL MIR immer schwerer, mein Gesicht zu bewegen. Meine Mundpartie war steinhart, meine Augen wie blockiert.

»Das hat er Ihnen gesagt?«

»Ja.«

»Wann?«, wollte Katherine wissen. »Wann hat er Ihnen das gesagt?«

»Nachdem er es getan hat, als wir noch klein waren. Vor einer Million Jahren, einer Trilllion –«

»Er hat Ihnen *gesagt*, dass er Fiona umgebracht hat?« Das Wort »gesagt« war wie eine riesige Glasscheibe, die über meinem Gesicht zerbrach.

»Er hat mich an der Gurgel gepackt.« Das war eine Übertreibung. Er hatte gesagt, dass er mich umbringen würde. Er hatte nie behauptet, Fiona umgebracht zu haben.

»Als Sie noch klein waren?«

»Ja, damals.«

»Pilot«, sagte Katherine, »hören Sie momentan irgendwelche Stimmen?«

»Nein.«

»Haben Sie das Gefühl, dass Ihnen diese Gedanken von irgendjemandem aufgenötigt werden?«

»Nein.« Aber ein Rauschen drang von irgendwo hinter ihr auf mich ein. Die karibische See toste.

»Kommen Ihnen die Dinge in letzter Zeit *echt* vor?«

»Echt?«, fragte ich. Ich war nicht sicher, was sie damit meinte.

»Ich meine, fällt es Ihnen schwer, zu begreifen, was um Sie herum geschieht, Pilot? Sie wirken manchmal so abwesend.«

»Das sind die Medikamente«, sagte ich. »Ich nehme inzwischen mehr davon. Dr. Lennox –« Meine Stimme brach unwillkürlich ab.

»Okay«, sagte Katherine. »Okay.« Die kleinen spitzen Klingen ihrer Stimme zerschnitten überall um mich herum die blaue Luft und jagten in das Wasser des Wandfotos. Ich senkte den Blick, um meine Hand auf der Lehne und den inzwischen ganz schwarzen Schnürsenkel an meinem Mittelfinger zu betrachten. Katherines Hände lagen in ihrem Schoß. Ihre Fingerspitzen waren wund und voller Schorf, und von ihren Nägeln war kaum noch etwas übrig.

IM BÜRO WÄHLTE sie die Durchwahl von Dr. Lennox. »Greg«, sagte sie. »Ich bin's.«

»Kate.« Dr. Lennox schien heute guter Laune zu sein. »Was kann ich für Sie tun?«

»Tut mir Leid, wenn ich Sie in dieser Sache noch einmal stören muss«, sagte sie. »Aber ich habe einfach ... ich habe Schwierigkeiten mit Pilot Airie.«

Er räusperte sich. »Welcher Art?«

»Vielleicht sollte ich Sie zuerst einmal etwas fragen«, sagte Katherine. »Ist es möglich, dass bei einer Schizophrenie nur ein einzelnes Symptom zurückbleibt? Ich meine, nachdem das Medikament angeschlagen hat?«

»Nur ein Symptom?«, sagte er. »Ich verstehe nicht.«

»Er ist paranoid.«

»Pilot Airie –«

»– ist paranoid«, wiederholte Katherine. »Er glaubt, dass sein Bruder ihn umbringen will, und er glaubt, dass Eric in irgendeiner Weise für die Entführung seiner Schwester verantwortlich ist.« Sie strich über die imitierte Holzmaserung der Tischplatte.

»Nun«, sagte Dr. Lennox, »das klingt seltsam. Und alle anderen Symptome sind verschwunden? Sind Sie da sicher?«

Sie sagte: »Absolut sicher bin ich mir natürlich nicht, aber er macht zurzeit einen relativ vernünftigen Eindruck. Er hört keine Stimmen. Er hat keine Wahnvorstellungen. Zumindest behauptet er das. Er fühlt sich ein wenig träge und schlaff, wahrscheinlich auf Grund der höheren Dosierung. Aber insgesamt –«

»Eine Paranoia tritt nicht als Symptom einer Schizophrenie auf«, sagte Dr. Lennox. »Schizophrenie ist vielleicht nur eine von mehreren Störungen, unter denen Pilot leidet.«

»Stimmt«, gab Katherine zu.

Lennox räusperte sich erneut. »Vielleicht ist er reif für eine kognitive Therapie«, sagte er.«Würde ihm helfen, sein Denken neu zu organisieren.«

Katherine schwieg einen Moment. Sie konnte das unaufrichtige Grinsen des Arztes förmlich hören. Sie hatte sich von dem Gespräch mehr Informationen erhofft, einen konkreten Hinweis oder einen Ratschlag.

»Sonst noch was, Kate?«

»Nein, Greg – aber vielen Dank.«

»Ich werde mich mal mit ihm unterhalten.«

»Bye.« Katherine legte sanft den Hörer auf. Sie hatte ihn eigentlich über ihr Verhältnis mit Eric ins Bild setzen wollen, um reinen Tisch zu machen, aber dann hatte sie es sich aus irgendeinem Grund anders überlegt.

Aus irgendeinem Grund hatte sie es zugelassen, dass aus der Sache ein Geheimnis wurde. Eine Unterlassungssünde.

Aber schließlich wusste ich ja von der Sache, sagte sie sich, und schließlich hatte sie mir angeboten, sich nicht mehr mit Eric zu treffen – war das nicht genug?

Warum sollte sie sich also weiter wie eine Verbrecherin fühlen?

Sie hatte sich auf dem gelben Notizblock neben dem Telefon ein paar Telefonnummern notiert. Die Nummer meiner Mutter stand am Ende der Liste. Katherine wählte sie nun. Es klingelte sieben Mal, und gerade als sie auflegen wollte, meldete sich jemand.

»Hannah Airie am Apparat.«

»Mrs. Airie«, sagte Katherine, »hier spricht Katherine DeQuincey-Joy.«

»Katherine DeQuincey-Joy«, sagte Hannah gedankenversunken, so als hätte sie den Namen noch nie zuvor gehört.

»Ich wollte Ihnen mitteilen, dass ich heute Nachmittag mit Ihrem Sohn gesprochen habe, mit Pilot, und dass er sich inzwischen ganz gut macht. Seine Symptome nehmen bereits ab.«

»Das freut mich zu hören«, sagte Hannah. Hatte sich ihre Stimme überhaupt aufgehellt? War sie tatsächlich erfreut?

»Das dachte ich mir, dass Sie das freut. Pilot reagiert auf das Medikament positiv. Er hört keine Stimmen mehr und glaubt auch nicht mehr, dass der Wald ihn verschlingen will. Und auch die Sache mit Ihren Sehstörungen sieht er inzwischen ein wenig gelassener, obwohl ich der Meinung bin, dass seine Sorge zumindest teilweise verständlich ist. Ich meine, Sie sind seine Mutter, und offensichtlich liegen Sie ihm sehr am Herzen.«

»Danke«, sagte Hannah. »Glauben Sie, dass Dr. Lennox ihn bald entlassen wird?«

»Ich wüsste nicht, was dagegen spricht«, erwiderte Katherine. »Und ich kann Ihnen versichern, dass ich dies, wenn es so weit ist, ebenfalls befürworten werde. Aber –«

»Aber was?«

»Aber ich hätte eine Frage an Sie.«

Am anderen Ende der Leitung war Hannah gerade dabei, sich das Telefonkabel ums Handgelenk zu wickeln. »Nur zu«, sagte sie.

Ich saß unterdessen am Ende des Korridors vor dem karibischen Wandfoto und wickelte den Schnürsenkel um meinen Finger, fester und fester.

»Pilot lässt noch ein letztes Symptom erkennen«, sagte Katherine, »und Dr. Lennox ist der Ansicht, dass dieses Symptom eher auf etwas anderes zurückzuführen ist.«

»Auf etwas anderes?«

»Es geht um einen bestimmten Gedanken, der ihn nicht loslässt.« Sie hielt einen Moment lang inne. »Er ist paranoid, Mrs. Airie. Wie ich Ihnen bereits beim letzten Mal gesagt habe, glaubt er, dass Ihr anderer Sohn … er glaubt, dass Eric vorhat, nun ja, dass er vorhat, ihn umzubringen.«

»Ich weiß«, sagte meine Mutter resigniert.

»Und noch entscheidender ist die Tatsache, dass er glaubt, Eric hätte etwas mit Ihrer Tochter –«

»Fiona?«

»Ja, dass er etwas mit ihrem Verschwinden zu tun hat.«

»Und was wäre das?«

»Er glaubt, dass Eric sie umgebracht hat.«

»Oh.« Ihre Stimme war voller Niedergeschlagenheit.

Katherine stellte sich meine Mutter in einem eleganten Haus mit beigefarbenen Teppichen und hellbraunem Mobiliar vor, mit weißen Blumen in Glasvasen auf Rattantischen. »Mrs. Airie«, sagte Katherine, »ich stelle Ihnen diese Fragen nicht, um unangenehme Erinnerungen zu wecken. Ich tue es wirklich nicht gern, aber ich glaube, dass es sich bei dem, was diese Gedanken und Gefühle in Pilot auslöst, um das Gleiche handelt, was seinen letzten Schub ausgelöst hat.«

»Klingt durchaus plausibel«, meinte meine Mutter.

»Es steht jedoch zweifelsfrei fest, dass Pilot keine Bedrohung mehr darstellt und dass das Medikament eine große Hilfe ist. Ich meine, es macht ihn natürlich ein wenig träge, aber das wird sich mit der Zeit legen. Und – auch wenn ich hier natürlich nicht für Dr. Lennox sprechen kann – ich sehe keinen Grund, weshalb er nicht in den nächsten ein, zwei Tagen entlassen werden könnte. Aber wir würden Ihnen empfehlen, mit der Therapie – der aufdeckenden Therapie – fortzufahren. Meiner Meinung nach würde das seine Chancen erheblich –«

»Ich bin Physiotherapeutin«, sagte Hannah. »Sie brauchen mich nicht von den Vorzügen einer therapeutischen Behandlung zu überzeugen, Miss DeQuincey-Joy.«

»Entschuldigung. Ich wollte nur –«

»Macht nichts«, sagte meine Mutter brüsk. »Würden Sie diese Behandlung selbst übernehmen?«

»Das würde ich gern. Wenn Sie darüber anders denken, so bin ich mir sicher, dass Dr. Lennox Ihnen einen anderen qualifizierten –«

»Nein, nein«, sagte Hannah. »Ich *möchte*, dass Sie das machen.«

»Oh«, sagte Katherine.

»Würden Sie für diese Sitzungen zu uns nach Hause kommen?«

»Das könnte ich durchaus«, sagte Katherine. »Wenn wir's jedoch nicht in der Klinik machen, müssten wir die Sitzungen getrennt abrechnen. Wie dem auch sei, ich würde Ihrem Wunsch gern entsprechen, und was die Bezahlung betrifft, werde ich so wenig wie –«

»Ich bin sicher, Pilot würde es lieber hier stattfinden lassen«, sagte meine Mutter. »Haben Sie die Sache bereits mit Eric besprochen?«

»Nein«, sagte Katherine. »Ich habe noch nicht mit ihm darüber gesprochen.«

»Wie ich höre, sind Sie miteinander befreundet.«

»Ich finde Eric sehr, sehr nett, Mrs. Airie. Ich bin neu hier, und er war, nun, er war wirklich nett zu mir.«

»Ja.«

»Sie haben zwei fantastische Söhne, Mrs. Airie.« Katherine wartete auf eine Reaktion. Sie stellte sich vor, wie meine Mutter in ihrem makellosen Haus ihren Blick umherschweifen ließ und nach allem Ausschau hielt, was nicht tipptopp war oder sich nicht an der richtigen Stelle befand. In ihrer Vorstellung nahm Hannah gerade eine Glasfigur in die Hand und suchte sie nach Staubpartikeln ab.

In Wahrheit stand Hannah in ihrem verschmutzten gelben Nachthemd da und strich mit dem Finger über den Rand eines Stapels alter Ausgaben des *National Geographic.* »Ich möchte noch mit Eric über diese Therapie sprechen«, war alles, was sie schließlich sagte. »Und natürlich auch mit Pilot.«

Katherine betrachtete ihr voll gestopftes Büro, die überall herumliegenden Aktenberge und das hässliche Mobiliar. »Natürlich«, sagte sie. »Gewiss.«

DR. LENNOX DEUTETE mit einer beinahe unmerklichen Kopfbewegung auf das scheußliche braune, dreisitzige Sofa. Es war das gleiche wie in Katherines Büro und stand gegenüber seinem ebenso scheußlichen braunen Stuhl. Ich setzte mich und umklammerte den Sofarand. »Wie geht's, Pilot?«, sagte er beinahe abwesend. »Fühlen Sie sich besser?« Seine Augen schienen irgendeine Stelle hinter mir zu fixieren. Ich wandte mich um und schaute, erblickte jedoch nur die Wand, an der ein paar Diplome und Urkunden hingen, ferner Fotos seiner Kinder und einer übergewichtigen Frau, von der ich annahm, dass es sich dabei um seine Ehefrau handelte.

Ich versuchte so fröhlich und klar wie möglich zu klingen. »Ich fühle mich bereits viel besser, Dr. Lennox. Danke.«

Der Schreibtisch in seinem Rücken war sauber und aufgeräumt. Das Fenster sah auf den Parkplatz und auf den von Bäumen umsäumten Highway hinaus. Die Blätter verloren bereits ihre Farbe, wie mir nun auffiel, und ihr Grün wurde von Gelb- und Goldtönen verschlungen. Das Feuerwerk des Todes.

»Ich habe mit Katherine gesprochen, und sie sagte, dass Sie von keinen ungewöhnlichen Anwandlungen mehr heimgesucht werden. Ist das wahr?«

»Jedenfalls von keinen ungewöhnlicheren als gewöhnlich«, sagte ich scherzhaft.

»Gut.« Dr. Lennox lachte. »Keine Stimmen mehr?«

»Nein.«

»Keine irrationalen Ängste?«

»Nein.«

»Keine unerklärlichen Stimmungsschwankungen?«

Ich schüttelte den Kopf.

»Keine visuellen Halluzinationen?«

»Wenn Sie in diesem Moment keine Halluzination sind, dann wohl nicht.«

Dies war eine Irrenhauskomödie, wie sie im Buche stand. Eine echte Anstaltsposse.

»Und ich freue mich, dass Sie Ihren Humor nicht verloren haben.« Dr. Lennox lachte vergnügt. »Immer ein gutes Zeichen.«

»Ich fühle mich viel besser«, sagte ich. »Wirklich.«

Er beugte sich mit den Händen auf den Oberschenkeln vor und sagte: »Kate ist wegen einer bestimmten Sache in Sorge, und sie hat mich gebeten, dies anzusprechen.«

Ich wusste, was nun kam. Ich ahnte es voraus wie einen Schlag ins Gesicht.

»Sie sagt, dass Sie Angst haben«, fuhr Lennox fort, »dass Sie befürchten, dass Ihr Bruder, dass Dr. Airie –«

Ich zuckte buchstäblich zusammen.

»– Ihnen etwas antun will.«

Dr. Airie. Ich bin Pilot, dachte ich, Pilot, der Schizo-Boy, und Eric ist *Dr.* Airie. »Wollen Sie damit etwa sagen, dass ich paranoid bin?«

»Warum glauben Sie, dass er Ihnen etwas antun will?«

Ich konnte nicht anders. Ich sah mich gezwungen, ihn aufzuklären. »Als wir klein waren«, sagte ich, »ist unsere Schwester – die Leute haben damals gesagt, dass sie während einer Party, die unsere Eltern an einem Labor-Day-Wochenende veranstaltet haben, aus unserem Haus entführt worden ist.«

»Ich weiß.«

»Sie ist nicht entführt worden.«

»Nicht?«

»Eric hat sie umgebracht.«

Dr. Lennox lehnte sich ungläubig in seinem Stuhl zurück. »Okay.« Er lächelte. »Und Sie haben ihn damit konfrontiert?«

»Sozusagen.«

»Wie hat er reagiert?«

»Ich bin mit Symptomen einer Schizophrenie in einem Krankenhaus gelandet.«

Dr. Lennox schloss die Augen und nickte wie in Zeitlupe. »Ja, das sind Sie.«

»Verstehen Sie, was ich meine, Dr. Lennox – *Greg*?«

»Ehrlich gesagt, Pilot, ich bin mir da nicht so sicher. Es klingt sehr kompliziert und ... wie etwas, das sich im Kreis dreht, in gewisser Weise.« Er rieb sich die Hände. »Lassen Sie mich Ihnen eine Frage stellen.«

Ich wartete.

»Woher wissen Sie das alles?«

»Ich erinnere mich daran.«

»In letzter Zeit? Erinnern Sie sich in letzter Zeit daran?«

»Ich hab's mein ganzes Leben lang nicht vergessen können.«

»Viele Dinge, an die wir uns aus der Kindheit erinnern, insbesondere Dinge, die uns traumatisch vorkommen, sind nicht unbedingt wahre Erinnerungen. Können Sie mir da folgen?«

»Diese ist jedenfalls wahr«, sagte ich. »Und zwar ganz und –«

»Pilot«, unterbrach er, »es mag Ihnen wie eine wahre Erinnerung vorkommen – das tut es bestimmt –, und die Gefühle, die Sie damit verbinden, werden dadurch nicht weniger real, aber es bedeutet nicht unbedingt, dass es genauso passiert ist wie in Ihrer Erinnerung.«

Ich wickelte in einem fort den Schnürsenkel um meinen Mittelfinger. Ich sagte: »Okay.«

»Ich möchte nur, dass Sie die Möglichkeit bedenken, dass Ihre Erinnerung eventuell, sagen wir mal, einem Traum oder sogar einem Albtraum viel näher ist als einer tatsächlichen Begebenheit.«

Ich hielt einen Moment inne und überlegte mir, ob ich widersprechen sollte. Aber ich wollte unbedingt hier rauskommen. Und zwar um jeden Preis. »Ich werd's versuchen«, erklärte ich.

Dr. Lennox sagte mit einem Lächeln: »Was würden Sie davon halten, wenn wir Sie aus der Klinik entlassen?«

»Da würde ich mich freuen«, sagte ich mit ruhiger Stimme. »Das wäre großartig.«

»Sie würden dann wieder bei Ihrer Mutter wohnen?«

»Ich kann nirgendwo anders hin.«

»Was ist mit Ihrem Bruder?«

»Ich schätze, ich werde mich auch mit ihm arrangieren müssen.«

Lennox schaute mich an und sagte dann: »Okay. Aber ich möchte Sie bitten, dass Sie weiter Ihre Medikamente nehmen. Sind Sie damit einverstanden?«

»Kein Problem.«

»Darüber hinaus möchte ich, dass Sie sich mit Kate eine Zeit lang zu therapeutischen Sitzungen treffen.«

Ich zögerte, sagte dann aber: »In Ordnung.«

Er schien besorgt. »Hätten Sie lieber, dass das jemand anderer übernimmt?«

Ich dachte einen Moment lang nach und fragte mich, ob ich Dr. Lennox erzählen sollte, dass Katherine und Eric es miteinander trieben. Ich entschied mich jedoch dagegen. »Nein«, sagte ich. »Katherine ist okay. Hab nichts dagegen.«

»Großartig.« Er schlug sich mit beiden Händen auf die Schenkel. »Warum entlassen wir Sie dann nicht einfach morgen früh? Sind Sie bis dahin bereit?«

Ich versuchte mich wieder optimistisch zu geben. »Bin bereit, wenn Sie bereit sind, Doc.«

Dr. Lennox blickte mich an und machte mit seinen Augen irgendwo in der Mitte meines Körpers Halt, so als wolle er mich noch einmal in aller Nüchternheit betrachten.

Ich spürte, wie sich meine Gesichtsmuskeln anspannten. Ich erhob mich von dem Sofa.

Er sagte: »Bis später, Pilot.«

»Ich habe eine Frage.«

»Okay.«

»Was bin ich?«

»Wie meinen Sie das?«

»Was ist meine Diagnose?«

Er blickte erneut auf diese Stelle an der Wand. »Eine Diagnose ist nur ein Wort, Pilot. Einfach ein Mittel, um eine Krankheit oder einen Zustand zu beschreiben und einzuordnen. Sie ist keine Identität.«

DIE DEFINITION VON *psychotisch* in dem *Diagnostisches und statistisches Manual Psychischer Störungen*, dritte Auflage – oder *DSM-IV*, wie es in der Branche genannt wird –, lautet wie folgt: »Wahnvorstellungen oder schwere Halluzinationen, bei denen die Halluzinationen ohne Kenntnis ihrer pathologischen Natur erfolgen.«

Trifft das auf mich zu?

War es mir nicht gelungen, meine eigene »pathologische Natur« zu erkennen?

Die Definitionen verschiedener Formen von Schizophrenie lauten im *DSM-IV* wie folgt:

Schizophrenie ist ein Störungsbild, das mindestens 6 Monate dauert und mindestens einen Monat andauernde Symptome der floriden Phase beinhaltet (d. h. mindestens 2 der folgenden: Wahnphänomene, Halluzinationen, desorganisierte Sprachäußerungen, grob desorganisiertes oder katatones Verhalten, negative Symptome). Außerdem sind in diesem Kapitel Definitionen der Schizophreniesubtypen (Paranoid, Desorganisiert, Kataton, Undifferenziert und Residual) enthalten.

- *Die Schizophreniforme Störung ist gekennzeichnet durch ein Symptombild, das der Schizophrenie entspricht, abgesehen von der Dauer (d. h. die Störung dauert von 1–6 Monaten) sowie von der fehlenden Voraussetzung, dass es zu einem Funktionsabfall kommt.*
- *die Schizoaffektive Störung ist ein Störungsbild, bei dem eine affektive Episode und floride Schizophreniesymptome*

gleichzeitig aufgetreten und mindestens 2 Wochen lang Wahnphänomene oder Halluzinationen ohne vorherrschende affektive Symptome vorausgegangen oder nachgefolgt sind.

- *Die Wahnhafte Störung ist gekennzeichnet durch mindestens einen Monat anhaltende nicht-bizarre Wahnphänomene ohne weitere floride Symptome der Schizophrenie.*
- *Die Kurze Psychotische Störung ist ein psychotisches Störungsbild, das länger als einen Tag anhält und sich innerhalb eines Monats zurückbildet.*
- *Die Gemeinsame Psychotische Störung ist ein Störungsbild, das sich bei einer Person entwickelt, die von einer anderen Person beeinflusst wird, bei der ein Wahn ähnlichen Inhalts manifest ist.*
- *Bei der Psychotischen Störung aufgrund eines medizinischen Krankheitsfaktors werden die psychotischen Symptome als direkte körperliche Folge eines medizinischen Krankheitsfaktors aufgefasst.*
- *Bei der Substanzinduzierten Psychotischen Störung werden die psychotischen Symptome auf eine direkte körperliche Wirkung einer Droge, eines Medikaments oder einer Exposition gegenüber einem Toxin zurückgeführt.*
- *Die Nicht Näher Bezeichnete Psychotische Störung wurde zur Klassifizierung von psychotischen Zustandsbildern mit aufgenommen, die die Kriterien für eine der in diesem Kapitel definierten spezifischen Psychotischen Störungen erfüllen, oder von psychotischen Symptombildern, über die unzureichende oder widersprüchliche Informationen vorliegen.*

»ER GLAUBT WIRKLICH, dass du sie umgebracht hast«, sagte Katherine.

Mein Bruder setzte sich auf und lehnte sich gegen die Wand zurück. Er schob sich mit der einen Hand das Betttuch von der Brust und rieb sich mit der anderen das Gesicht. »Ist das wirklich wahr?«, sagte er traurig. »Wie kann er nur –« Aber er wollte den Satz nicht zu Ende sprechen.

Katherine zog ihren Teil des Betttuchs bis zum Kinn hoch. Draußen wurde es allmählich kalt – ein früher Winter, dieses Jahr –, und in ihrem Gebäude wurde noch nicht geheizt. Sie waren im *Käfig* und lagen in ihrem winzigen Wohnzimmer auf der Matratze auf dem Boden. Sämtliche Lichter waren ausgeschaltet. »Es ist wahr«, konnte sie da nur sagen. »Es ist irrational, ich weiß, aber er denkt wirklich –«

»Hat er dir gesagt, wie? Hat er gesagt, *wie* ich sie umgebracht haben soll, verdammt noch mal?«

Katherine seufzte. »Darüber hat er mir nichts gesagt. Kann sein, dass er Dr. Lennox etwas dazu gesagt hat. Ich weiß, dass Greg heute Nachmittag mit ihm darüber gesprochen hat. Pilot – nun, er ist ziemlich zerstreut.«

Eric schloss frustriert die Augen. »Er spinnt total.«

Sie streckte den Arm aus und legte ihre Hand auf seine Schulter. Eric hatte einen kräftigen, sehnigen Körper, ohne jedoch übermäßig muskulös zu wirken. Er hatte den Körper eines gut aussehenden Mannes, dachte sie – nicht eines eitlen Jünglings. »Du bist ein guter Bruder«, sagte sie. »Pilot wird das schon noch alles hinter sich bringen.«

»Wie kann ich ein guter Bruder sein, wenn er glaubt, dass ich Fiona umgebracht habe?« Eric stieß mit einem Achselzucken ihre Hand weg. »Ein toller Bruder, wirklich.«

»Zumindest wird er jetzt entlassen.«

»Und das ist nicht zu früh?«

»Das Medikament wird verhindern, dass er in eine Psychose zurückfällt. Ich meine, du kennst dich da ja ebenfalls aus. Und abgesehen von der Paranoia, geht es Pilot gut. Ich bin nicht einmal sicher, inwiefern Schizophrenie oder selbst schizoaffektive Störung die richtige –«

Eric hörte nicht zu. »Unsere Mutter ist aufgrund dieser, dieser optischen Beeinträchtigung beinahe blind«, sagte er mit einem leichten Zittern in der Stimme, »mein Bruder leidet an paranoider Schizophrenie, und mein Vater kreuzt im Flugzeug mit seiner Nutte irgendwo über der Küste von Florida umher.« Seine Stimme klang brüchig. »Was zum Teufel ist mit meiner Familie geschehen?«

Katherine lehnte sich mit dem Kopf gegen seinen Arm. Sein Körper war dazu eigentlich viel zu erhitzt, und es trieb ihr beinahe den Schweiß aus den Poren. »Vielleicht solltest du selbst ein wenig in Therapie gehen.«

Eric schüttelte den Kopf.

»Warum nicht?«

»Ich finde einfach, dass zumindest einer in diesem Chaos Stärke beweisen muss, wenn du verstehst, was ich meine. Irgendjemand muss in der Lage sein, die Dinge ohne –«

»Und sich einer Therapie zu unterziehen ist ein Zeichen von Schwäche?«

»Das habe ich nicht gesagt.«

»Tja«, sagte Katherine, die sich nun aufrichtete und sich neben ihm an die Wand lehnte, »tu, was immer du für richtig hältst.«

Sie saßen einen Moment lang regungslos da und lauschten dem Geräusch der vorbeifahrenden Autos auf dem Highway hinter dem Parkplatz. Sie hörte einen Krankenwagen vorbeifahren, dann einen schweren Laster. Schließlich brach sie das Schweigen. »Kannst du dich an jene Nacht noch erinnern? Ich meine, stört es dich, darüber zu reden?«

»Über –«

»Über die Nacht, in der deine Schwester –«

»Ich erinnere mich eigentlich nur ganz schwach daran.« Er wandte sich von ihr ab, und als er Richtung Fenster blickte, legte sich ein Lichtsaum über seine Wange. »Ich war vierzehn. Meine Eltern veranstalteten eine Party. Es war sehr warm. Sie haben damals sehr häufig solche Zusammenkünfte gehabt, weißt du – Grillfeste oder Cocktailpartys. Ich war oben mit meiner Freundin, mit Dawn Costello, Joannies Schwester, die du ja kennen gelernt hast, und dann sind wir auf eine Party ein paar Straßen weiter gegangen. Ich war irgendwann total betrunken und bin schließlich nach Hause gegangen und hab mich ins Bett gelegt. Am nächsten Morgen war Fiona verschwunden.«

»Und wie ging's dann weiter?«

»Sie haben Suchaktionen durchgeführt, die klein anfingen und immer aufwendiger wurden. Ich meine, ihr Bild ist im Fernsehen erschienen, und meine Eltern waren in den Nachrichten. Es war schrecklich.« Er schüttelte den Kopf. »Und wir haben – niemand hat jemals etwas gefunden. Außer Pilot.«

»Er hat etwas gefunden?«

»Er ist auf einen Turnschuh gestoßen, den sie angehabt hat ... den sie getragen hatte. Der Schuh muss irgendwo im Wald gewesen sein, und er hat ihn gefunden.«

»Im Wald.«

»Und das ist eigentlich alles, was es dazu zu sagen gibt«, erklärte Eric. »Das, und wie danach allmählich alles den Bach runterging. Meine Eltern haben sich scheiden lassen. Sie haben sich gegenseitig beschuldigt. Unser Vater war in dieser Beziehung am schlimmsten, glaube ich, und hat alles meiner Mutter zur Last gelegt, und Pilot ist wie ein Hund herumgekrochen und hat sogar zu bellen angefangen.

»Erzähl mir davon.«

»Von Pilot?«

»Klingt wie ein psychotischer Schub.«

»Das war es wohl auch.« Eric zuckte mit den Achseln. »Pilot ist ausgerastet. Er hatte offensichtlich beschlossen, ein Tier zu sein, und dann hat er angefangen, ich weiß nicht – er ist auf Händen und Knien durch den Wald geschlichen, und ein paar Wochen hat er kein Wort gesagt, nur geknurrt und gebellt. In gewisser Weise war es sogar witzig. Ich glaube, er hatte damals im Fernsehen irgendetwas über den Wolfsjungen gesehen, den man in Frankreich entdeckt hat. Später sagte Pilot, dass er das Gefühl gehabt hätte, seine Fähigkeit zu sprechen verloren zu haben. Ich fürchte, ich, ich glaube, ich war damals nicht sehr nett zu ihm.«

»Du warst noch ein Kind.«

»Ich war fünf Jahre älter. Ich hätte mehr –«

»Trotzdem.«

»Nun«, sagte Eric, »viel mehr gibt's dazu eigentlich nicht zu sagen. Fiona war weg. Pilot hatte den Verstand verloren. Meine Eltern waren geschieden. Ich habe wie verrückt gebüffelt. Ich habe mich einfach in meinen Lehrbüchern verkrochen und viel Sport getrieben.«

»Und dann hast du Karriere gemacht.«

Eric seufzte.

»Gelobt sei der Sündenfall.«

»Was?«

»Gelobt sei der Sündenfall«, wiederholte Katherine. »Das geht auf eine mittelalterliche Vorstellung über die Vertreibung aus dem Paradies zurück, als der Mensch in Ungnade gefallen war. Man sagte, gelobt sei der Sündenfall, denn ohne ihn, ohne die Vertreibung aus dem Paradies, hätten wir niemals den Segen Jesu Christi erlangt.«

Eric atmete tief durch. »Okay.«

»Ohne die Tragödie, die deiner Familie widerfahren ist, wärst du vielleicht nie Arzt geworden«, sagte Katherine.

Eric nickte. »Dann wären viele Dinge anders gelaufen.«

»Du bist wirklich erstaunlich«, sagte Katherine, »wenn man bedenkt, wie du all diese Erfahrungen überstanden hast. Du kannst stolz auf dich sein.«

»Ich wünschte nur, dass Pilot es unbeschadet überstanden hätte – und wer sagt, dass mit mir alles in Ordnung ist?«

»Er wird es überstehen«, sagte Katherine. »Es ist für ihn noch nicht zu spät.«

Er wandte sich zu ihr um. »Man hat damals jemanden beschuldigt.«

»Wen?«

»Auf der Party war ein Mann, den die Polizei verdächtigt hat, aber da Fiona nie gefunden wurde – ich meine, da es keine Leiche und außer dem Turnschuh keine Beweise gab, mussten sie ihn gehen lassen.«

»Glaubst du, dass er es war?«

»Er ist beobachtet worden, wie er mit ihr gespielt hat. Sie ist das letzte Mal mit Bryce Telliman gesehen worden.«

Katherine schwieg.

»Das bedeutet jedoch nicht, dass er irgendwas getan hat«, sagte Eric. »Oder?«

»Nein«, sagte Katherine. »Viele Menschen mögen Kinder. Es bedeutet gar nichts.«

»Ich habe damals lange Zeit gehofft, er hätte es getan«, sagte Eric. »Dann hätte ich ihn umbringen können.«

»Du glaubst nicht, dass er es war?«

»Ich weiß nicht. Ich wollte nur ... als ich jünger war, wollte ich nur denjenigen, der es getan hatte, töten, verstehst du. Ich wollte einfach irgendjemandem wehtun. Irgendjemand musste dafür büßen.«

»Hast du das jemals irgendjemandem gesagt?«

»Wie meinst du das?«

»Pilot glaubt, dass du ihn töten willst. Vielleicht fühlt dein Bruder sich wegen Fiona schuldig, vielleicht fühlt er sich verantwortlich, und deshalb denkt er, dass du ihn dafür *büßen* lassen willst.«

»Pilot«, sagte mein Bruder – einfach nur, um meinen Namen zu sagen, glaube ich. Nur um sich selbst meinen Namen sagen zu hören.

SIE SAH FIONA.

Hannah stand in der Waschküche und lud die Maschine aus. Direkt neben ihr entluden wieder einmal zwei Gespenster-Hände eine Gespenster-Waschmaschine. Auf dem Boden lagen Wäschehaufen – schmutzige Tischtücher, blumengemusterte Betttücher, gestreifte Kissenbezüge, und dies alles in doppelter Ausführung. Zuerst dachte sie, irgendein Geräusch gehört zu haben, wie Schritte, die sich ihr von hinten näherten. Als Fiona klein war, hatte sie Hannah oft mit der Wäsche geholfen. Es machte ihr Spaß, in den Korb warmer Wäsche zu steigen, wenn sie aus dem Trockner geholt wurde. Und ebenso mochte sie es, mit Hannah, ihrer Mutter, die großen Betttücher zusammenzufalten. Mit ihren winzigen Händen hatte sie die Tücher so lange gefaltet, bis nur noch ein kleines Rechteck übrig geblieben war.

Hannah sah sie.

Alles, was Hannah betrachtete, kam mit einer Spukgestalt daher. Vielleicht gewöhnte sie sich ja mittlerweile an die Vorstellung von Gespenstern. Aus ihren Augenwinkeln sah sie ein kleines Mädchen vorbeirennen. Es flitzte an der Tür vorbei. Sie sah etwas Rotes aufblitzen, das Fionas Badeanzug sein musste. Sie sah den roten Turnschuh. Es war Fiona. Hannah sah klar und deutlich Fiona.

Oder etwa nicht?

Sie ließ ein Handtuch fallen, und neben ihr ließen ihre Gespenster-Hände ein Gespenster-Handtuch fallen. Sie ging in die Küche. Alles war doppelt, und alles, was in ihrem Blickfeld auftauchte, war mit einer transparenten Glasigkeit, mit flimmernden Farbschichten oder verschwommenen, undurchdringlichen Formen bedeckt. Was fehlte ihr nur? War Fiona hier gewesen? Warum sollte es auch keine Gespenster geben?, fragte sie sich. Warum sollte ihre Tochter nicht versuchen, Verbindung zu ihr aufzunehmen?

»Hallo?«, rief Hannah. »Hallo?«

Sie bekam natürlich keine Antwort, abgesehen von den monotonen Fahrgeräuschen auf dem Highway in der Ferne und dem Rauschen in den Wipfeln der Bäume. Das übliche Brummen des Viertels.

Hannah kam sich albern vor. Sie machte kehrt, um in die Waschküche zurückzugehen. Als sie sich jedoch umdrehte, sah sie – *dachte* sie, dass sie sah – den kurz aufblitzenden roten Badeanzug, den Turnschuh, den makellosen rosigen Leib des kleinen Mädchens. Dort am Fenster war sie vorbeigegangen. War Fiona dort draußen? Oder führte irgendjemand sie an der Nase herum?

Draußen war der Inbegriff der Ruhelosigkeit. Blätter starben an den Zweigen, und hoch oben schwankten Äste, die jeden Moment herunterfallen mochten. Das Gras auf dem Rasen war zu lang und seit mehreren Wochen – seit meiner Einlieferung ins Krankenhaus – nicht mehr gemäht worden. Draußen war alles doppelt. Aber wo war Fiona? Hannah öffnete die Küchentür und blickte in den Garten hinaus. Sie versuchte sich die Doppelbilder aus den Augen zu reiben und blinzelte. Es war elf Uhr morgens, ungefähr. Jedenfalls war es noch recht früh, oder?

Vielleicht war es ja eines der Mädchen von nebenan. Eine junge Familie war dort eingezogen, mit zwei Töchtern, kleine Mädchen, die ungefähr in Fionas Alter waren. Nein, berichtigte sich Hannah, ungefähr so alt wie Fiona war, als sie verschwand.

»Ist da jemand?«, rief sie. »Hallo?«

Wenn sie durch die Küchentür nach draußen trat, erwartete sie zuweilen, den Swimmingpool zu sehen – das schimmernde Wasser und das auf der Oberfläche glitzernde Sonnenlicht. Sie hoffte, ihre Kinder zu sehen, Eric, mich und Fiona, im Pool planschend, und meinen Vater, wie er mit aufgeschlagener Zeitung über der Brust im Liegestuhl schlief. Stattdessen sah sie ihren Garten, die Rhabarberblätter und die verschiedenen Kürbisarten, deren Ranken sich verflochten. Es war ein heilloses Durcheinander. Hannah hatte zuweilen Angst – eine irrationale Angst, wie sie wusste –, dass Fiona eines Tages durch den Wald zurückkehrte, immer noch sieben Jahre alt, und ihr eigenes Heim nicht wiedererkennen würde.

Wo ist der Swimmingpool, würde sie denken.

Sie stellte sich vor, wie Fiona durch den Wald zurückkehrte.

In Wahrheit wäre Fiona jetzt eine erwachsene Frau. Es war möglich, es war immer noch möglich, dass Fiona irgendwo war, dass sie erwachsen war, ihr Leben lebte und sich an nichts erinnerte. Es war möglich. Hannah hatte über einen Jungen in Arizona gelesen, der als Kind entführt worden war und der von seinen Kidnappern bis zu seinem achtzehnten oder zwanzigsten Lebensjahr großgezogen wurde, bis er sich endlich erinnerte, bis ihm endlich klar wurde, dass er noch ein anderes Leben hatte, bis die Erinnerungen an seine wahre Kindheit über ihn hereinbrachen – dass er echte Eltern, ein echtes Haus, echte Brüder und Schwestern hatte. Es gelingt ihnen, ihre Erinnerungen zu unterdrücken, Kinder können ihre Gedanken in alle möglichen Richtungen umbiegen, dachte Hannah, und sich von der Wahrheit vollkommen loslösen.

Aber heute – während sie in einem alten blumengemusterten Hauskleid die Wäsche erledigte, alles doppelt sah und mit einem Döschen Xanax in ihrer Tasche darauf wartete, dass ich gesund wurde und aus dem Krankenhaus zurückkehrte – heute dachte Hannah, dass sie ihre Tochter gesehen hatte.

Es war der Krebs. Es war die Geschwulst in ihrer Augenrinde, die sie alles verschwommen sehen ließ, einschließlich ihrer Wunschbilder, die wie Blutstropfen in ihr Blickfeld rannen.

Sie dachte, sie hätte Fiona vom Waschraum aus in der Küche gesehen. Sie dachte, sie hätte sie am Küchenfenster vorbeirennen sehen. War das etwa alles reines Wunschdenken? Hielten ihre Augen sie etwa zum Narren? Und ob sie das taten. Sie schloss die Küchentür und drehte sich wieder um. Sie kehrte in die Waschküche zurück. Als sie sich übers Gesicht strich, bemerkte sie, dass ihre Haut ganz nass war. Hatte sie etwa geweint? Wurde sie ebenfalls verrückt? Wie ich. Verrückt vor Kummer. So sagte man doch, nicht wahr? Sie machte sich wieder daran, die Wäsche zu falten und in den Korb zu legen. Es war ja so viele Jahre her. Sie tat so, als würde Fiona draußen im Garten spielen, sieben Jahre alt. Immer wenn sie sich dies einbildete, verspürte sie Erleichterung. Und manchmal vergaß sie eine Sekunde lang, dass Fiona nicht da war, und auf diese Weise fühlte sie sich ein wenig besser.

»ERHÖHTE SELBSTMORDGEFAHR«, so der *DSM-IV*, »besteht bei männlichen Patienten unter dreißig Jahren, die depressive

Symptome aufweisen, arbeitslos sind und von einem Klinikaufenthalt zurückkehren.«

Ich, ich, ich, ich und wieder ich.

ALS ICH DIE wenigen Dinge zusammenpackte, die Hannah mir gebracht hatte, die vereinzelten Kleidungsstücke, die Bücher und Toilettenartikel, die ich für meinen Aufenthalt benötigt hatte, stand Eric hinter mir, die Jacke lässig über die Schulter geworfen. »Mom kann dich nicht fahren«, sagte er wie zur Entschuldigung. »Ihre Augen, du weißt schon. Und sonst ist ja niemand da.«

»Ist schon in Ordnung«, erwiderte ich. »Du brauchst dich nicht zu entschuldigen.«

»Ich weiß, dass du mich nicht sehen willst.«

»Eric«, sagte ich, »wovon redest du da?«

Mein Bruder zuckte mit den Achseln. »Wir können ja später darüber reden«, sagte er. »Aber wie auch immer, wie fühlst du dich? Besser, nehme ich an. Ich meine, schließlich lassen sie dich ja raus.« Er führte sich irgendwie nervös auf. Warum war er so nervös? Oder besser noch: Warum führte er sich überhaupt irgendwie auf?

»Ich fühle mich viel, viel besser«, sagte ich zu ihm. »Wirklich.« Mein Standardsatz. Und er entsprach der Wahrheit, zum größten Teil.

»Wir waren alle ziemlich besorgt um dich«, sagte er. »Und das sind wir immer noch.«

Ich betrachtete sein Gesicht, ein Gesicht, das ganz nach meinem Vater geraten war. Die Schönheit, die es ausstrahlte, hatte irgendetwas Plastikartiges an sich, so als wäre es vorgeformt gewesen. »Danke«, sagte ich.

»Glaubst du, dass du dich bei Mom wohl fühlen wirst?«, fragte er. »Ich meine, ich weiß, dass dir der Gedanke, wieder zu ihr zu ziehen, nicht wirklich behagt, ich weiß, dass es mir so gehen würde, und ich dachte –«

»Wo soll ich denn sonst hin?«

»Du könntest bei mir wohnen.«

Ich sprach mit unmissverständlicher Stimme: »Ich find es absolut okay, bei Mom zu wohnen.«

»Pilot«, sagte Eric, »ich wollte nur –«

»Ist schon in Ordnung.« Ich stopfte die restlichen Sachen in meine Tasche. »Es ist in Ordnung, wirklich. Es ist wirklich in Ordnung. Ich steh sowieso voll unter Medikamenten. Da kann ich ja gar nicht verrückt werden«, lachte ich, »selbst wenn ich wollte.«

Eric warf seine Autoschlüssel von einer Hand in die andere. Sie klimperten. Er trug wie immer ein weißes Hemd zu einem marineblauen Anzug und blauer Krawatte. Er lächelte besorgt. Sein Haar war anders, dachte ich, anders gescheitelt. Hing wohl irgendwie mit Katherine zusammen. »Ich hab 'ne neue Frisur«, sagte er. Ich schätze, er merkte, dass es mir auffiel. »Sieht doof aus, ich weiß.«

»Sieht gut aus«, sagte ich. »Hat echt Stil.«

Er sagte sarkastisch: »Du hast dich ja schon immer ausgekannt, was Stil betrifft.«

Ich wechselte das Thema. »Sie wollen, dass ich mit der Therapie weitermache.« Ich hob die Hand an die Schläfe und machte eine wirbelnde Fingerbewegung. Der Schnürsenkel war um meinen Finger gewickelt.

Er nickte. »Ist bestimmt keine schlechte Idee.«

»Sie glauben, dass sie das mit der Schizophrenie unter Kontrolle haben«, sagte ich, »solange ich meine Medizin nehme.«

»Clozaril«, sagte Eric. »Sehr wirksam.«

»Aber ich habe noch andere … Probleme, wie sie mir sagen.«

»Pilot«, erwiderte Eric, »das brauchst du mir nicht alles zu sagen. Ich bin dein Bruder, und ich tue, was immer getan werden muss, was immer ich tun kann, um dir zu helfen. Das verspreche ich. Aber niemand verpflichtet dich dazu –«

»Ist schon in Ordnung«, sagte ich. »Es ist nur, dass ich von dir und Katherine weiß.«

Er betrachtete seine Hände.

Ich sah mich ein letztes Mal in dem Zimmer um, um mich zu vergewissern, dass ich nichts vergessen hatte. Auf der Fensterbank standen Grußpostkarten mit Genesungswünschen von den Freunden meiner Mutter. Ich beschloss, sie zurückzulassen.

Von Harrison hatte ich mich bereits verabschiedet, ebenso wie von ein paar anderen Patienten und Krankenschwestern, die ich hier kennen gelernt hatte.

»Gehen wir«, sagte ich.

»Gehen wir«, sprach Eric mir nach. Ein paar Minuten später im Wagen sagte er: »Ich habe übrigens nicht vor, dich umzubringen.«

Ich lachte. »Wirklich nicht?«

»Pilot, warum zum Teufel sollte ich dich umbringen wollen?«

»Ich weiß«, sagte ich zu ihm. »Ich weiß, was passiert ist. Ich weiß ganz genau, was mit Fiona passiert ist.«

»Und was ist mit Fiona passiert?«

»Ich weiß auch, was du mit Halley angestellt hast.«

»Du musst damit aufhören, Bruderherz.« Er schloss die Augen und drehte den Schlüssel in der Zündung herum. »Das ist alles Vergangenheit.« Der Jaguar sprang an.

»Du hast geübt«, sagte ich.

»Pilot.«

»Um Arzt zu werden.«

»Ich kann's nicht fassen.«

»Was der Grund dafür ist, dass man sie nie gefunden hat.«

»Gott im Himmel, Pilot.«

»Weil sie nämlich in eine Million kleine Teilchen geschnitten wurde, oder etwa nicht, Mr. Junior Skalpell?«

VOM WALD AUS sah ich Leiber, die sich um den Swimmingpool drängten. Die Gesichter der Partygäste, die von hier aus nur als Schatten zu erkennen waren, blitzten zuweilen mit einem trunkenen, auf den Lippen erstarrten Lächeln im Lampenlicht auf.

In den Ästen über mir vermischten sich die Stimmen von Männern und Frauen – kreischendes Gelächter, Streitgespräche, leidenschaftliche Unterhaltungen und normales Geplauder. Ich sah ihn hineingehen, einen Mann mit langen blonden Haaren. Ich sah seinen schwankenden Gang, ein Mann, der zu viel getrunken hatte. Meine Sinne waren scharf wie Klingen. Ich konnte einzelne, von der Party herüberwehende Unterhaltungen genau heraushören. Ich spürte, wie sich der Brustkorb einer Frau unter ihrem Atem hob und senkte. Ich roch das Parfüm, das Aftershave und den Alkohol auf den Leibern dieser Menschen. Ich hörte meinen Vater, seine überheblich grölende Stimme, und die Stimme meiner Mutter, leise und zuvorkommend. Der Mann, der in den Wald gegangen war, stützte sich erschöpft mit der Hand an einem Baum ab. Er blickte mit schwer atmender Brust nach unten. Er war drauf und dran, sich zu übergeben. Als er jedoch aufblickte, verriet ein kurzes Aufblitzen seiner Augen, dass er mich ebenfalls bemerkt hatte. Ich hätte ihn in jenem Moment ansprechen können. Ich hätte etwas sagen können – irgendwas –, und alles Weitere wäre später unmöglich gewesen. Wenn ich irgendetwas gesagt hätte, wenn er irgendetwas gesagt hätte, dann hätte alles – alles, was in meinem späteren Leben passiert ist – einen anderen Verlauf genommen. Aber er sagte nichts. Und ich ebenfalls nicht. Er tauchte schließlich wieder aus dem Waldrand auf und trat auf den Rasen meiner Eltern hinaus.

»PATRICIA UND ICH, wir waren am Fliegen gewesen und –«

»Wir waren fliegen.«

»Ja«, sagte mein Vater. Hannah korrigierte stets seine Grammatik. Es hatte ihn immer geärgert, und das wusste sie. »Wie dem auch sei, ich habe deine Nachricht bekommen.«

»Es geht um Pilot.«

Mein Vater biss die Zähne zusammen. »Was ist es denn diesmal?«

»James, ich glaube, er braucht dich. Ich glaube, diesmal –«

ALS ERIC UND ich an jenem Morgen vor dem Haus vorfuhren, kam Hannah in ihrem blumengemusterten Hauskleid auf die Auffahrt hinaus und sagte: »O Pilot, es tut mir ja so Leid, dass ich dich nicht selbst abholen konnte.« Als ich ausstieg, legte sie ihre kühlen Hände auf meine Wange und um meinen Hals. Ihr altes cremefarbenes Mercedes-Coupé stand, völlig verstaubt und mit altem braunem Laub bedeckt, vor dem Haus. »Wie fühlst du dich, mein Schatz?«, fragte sie. »Du weißt, dass ich nicht mehr fahren kann. Es sind diese verflixten Augen. Es ist nichts, aber, aber, wie geht es dir?«

»Mir geht's gut, Mom«, sagte ich, wie ich es inzwischen allen sagte, wie ich es gegenüber jedem, der es hören wollte, wiederholte. »Viel besser.«

Eric stand hinter mir, hob meinen kleinen, voll gepackten Matchbeutel vom Rücksitz des Jaguars und schloss die Tür.

Er nickte. »Es scheint ihm ganz gut zu gehen«, sagte er zu meiner Mutter. »Wirkt eigentlich ganz normal.«

In der Stimme meines Bruders lag eine gewisse Zweideutigkeit.

»So ist es auch«, sagte ich zu beiden. »Es geht mir gut. Ich bin mit Antipsychotika und Antidepressiva voll gestopft. Wer würde sich da nicht großartig fühlen?«

»Aber natürlich geht's ihm gut.« Sie nahm meinen Arm und zog mich Richtung Eingangstür. »Natürlich.« Ich hatte das Gefühl, dass sie nicht wollte, dass die Nachbarn uns hier draußen sahen, obwohl sämtliche Leute, die uns von früher her kannten, längst weggezogen waren. Neue Generationen junger Familien waren in die alten Häuser gezogen, und in dem Viertel gab es wieder kleine Kinder. »Nun«, fragte Hannah, »habt ihr Hunger? Ihr zwei? Einer von euch?«

Die Medikamente, die ich einzunehmen hatte, hinterließen in meinem Magen stets eine Art Loch, das sich erträglicher anfühlte, wenn es leer blieb. Ich schüttelte also den Kopf. Mir war natürlich gesagt worden, dass ich die Tabletten zu den Mahlzeiten einnehmen sollte, aber mit leerem Magen fühlte ich mich einfach viel besser. Darüber hinaus war es ungefähr elf Uhr und nicht die rechte Tageszeit, um zu essen.

»Ich werde was essen«, sagte Eric. »Hab das Frühstück ausfallen lassen müssen.« Er warf mir einen flüchtigen Blick zu. »Ich sterbe vor Hunger.«

Einen Moment lang glaubte ich zu sehen, wie sich in den Augen meiner Mutter die dunklen Krebsgeschwüre bildeten. Ich glaubte zu sehen, wie sich in ihrem Gesicht die Jahre vervielfachten. Die Ader, die wie ein kleines Rinnsal an ihrer Schläfe hinunterlief, war inzwischen leuchtend violett. Ihr Haar war einen Tick silberner geworden, und ihre Haut war weißer. »Wie geht's deinen Augen?«, fragte ich.

»Meinen Augen?« So als wüsste sie nicht, was ich meinte.

Wir blieben auf der Eingangstreppe stehen. »Du hast mir gerade gesagt, dass du aufgrund deiner Augenprobleme nicht fahren kannst. Siehst du alles verschwommen oder –«

»Meinen Augen – mit denen ist alles in Ordnung«, sagte sie mit unsicherer Stimme. »Meine Augen sind okay.«

»Du siehst also nicht mehr alles doppelt?«

Sie lachte nervös. »Ich nehme an, ich gewöhne mich allmählich daran.«

»Du kannst nicht mehr Auto fahren«, sagte ich geradeheraus.

Jetzt war es Eric, der lachte. »Es wäre wahrlich keine gute Idee.«

Ich blickte meine Mutter an. »Liegt es daran, dass du die Straße nicht mehr siehst«, fragte ich, »oder siehst du das Armaturenbrett nicht mehr?«

»Pilot.« Hannah ging durch die Tür.

Eric drängte sich mit meiner Tasche an mir vorbei. »Pilot, eins ist klar: Eigentlich hat sie nie auf die Straße Acht gegeben.«

»Da kannst du allerdings Recht haben.«

Im Wohnzimmer setzte sich Eric auf das alte blaue Sofa und ließ meine Tasche neben sich zu Boden fallen. »Jetzt, wo du zu Hause bist«, sagte er, »kannst du dich ja um Mom kümmern, während wir versuchen herauszufinden, was sie hat. Es ist bestimmt nichts Ernsthaftes, mach dir also keine Sorgen. Es handelt sich wahrscheinlich nur um eine Entzündung des Sehnervs oder so was Ähnliches, irgendetwas Gutartiges. Wie dem auch –«

»Ich bin einfach zu alt«, unterbrach ihn meine Mutter. Sie sammelte mehrere alte Zeitschriften ein, die überall auf den kleinen Beistelltischen lagen, und stapelte sie. Es waren Ausgaben von *People*, der *Times* und des *National Geographic*. »Ich bin eine alte Frau.«

»Du bist keine alte Frau«, sagte ich zu ihr. »Warum sagst du das?«

Sie ging in die Küche. »Weil es die Wahrheit ist.«

Eric stand vom Sofa auf und folgte ihr mit einem Achselzucken.

Ich folgte ebenfalls. Die Küche erstrahlte mit ihrem gelben Teekannen-Tapetenmuster im Morgenlicht und war momentan eher golden als gelb. Draußen am Ende des Gartens rauschte und raschelte der Wald im Herbstwind. Meine Mutter und mein Bruder sahen in den Wald hinaus und warfen mir anschließend einen beunruhigten Blick zu.

»Keine Sorge«, sagte ich. »Ich gehe da nicht rein.«

»Und es ist dir nicht unangenehm, dass du so nah bist?«, fragte Eric. Es klang beinahe ehrlich, wie echte Betroffenheit.

»Wie meinst du das?«

»Katherine«, sagte er, »Katherine hat mir gesagt, dass du Angst hast, der Wald würde dich, du weißt schon –« Er ließ den Rest unausgesprochen.

»Eric«, sagte Hannah, »er will wahrscheinlich nicht darüber reden.«

»Ich habe vor dem Wald keine Angst mehr«, sagte ich. »Wenn es das ist, was du meinst.«

Und dann sah ich, wie in den Zügen meines Bruders die Wut aufblitzte. »Nur vor mir«, sagte Eric.

»Eric.«

Er sagte das Folgende im Tonfall einer alten Klatschtante: »Pilot glaubt, dass ich ihn umbringen will.«

»Das ist nicht wahr.« Sie machte sich daran, auf der Anrichte Verschiedenes bereitzustellen, und griff in gelbe Schubladen, um Tunfischdosen, Keksschachteln und zahllose bunte Tüten herauszuholen. Sie hatte Jell-O, Oreos und auch Kartoffelchips von Lays.

»Er glaubt, dass ich Fiona umgebracht habe.« Eric ließ sich träge auf einem Küchenstuhl nieder. Er lockerte seine Krawatte, knöpfte sich den Kragen auf und rieb sich die Hände. »Er glaubt, dass ich es getan habe, Mom, dass ich es war.«

Unsere Mutter holte eine Tüte Wonderbread aus der Brottruhe und machte sich daran, Sandwiches herzurichten. Sie nahm gepressten Schinken aus dem Kühlschrank und klatschte ihn auf die weißen, gummiartigen Brotscheiben. Dann schmierte sie einfachen französischen Senf darauf, so als würde es sich dabei um die wichtigste Zutat handeln. Anschließend legte sie die Sandwiches jeweils auf einen kleinen, mit winzigen gelben Teekannen verzierten Teller und stellte sie auf den Küchentisch, eines für Eric und eines für mich, obwohl ich bereits verkündet hatte, keinen Hunger zu haben, und obwohl ich am anderen Ende der Küche stand.

Sie fragte: »Was wollt ihr trinken?«

»Ist Saft da?«, fragte Eric.

Sie ging erneut zum Kühlschrank, holte eine Tüte Orangensaft heraus und schenkte zwei Gläser ein. »Ich finde die großen Gläser gerade nicht«, sagte sie. »Ihr müsst also mit diesen vorlieb nehmen.«

»Sie sind okay«, sagte ich.

Sie summte, als sie sie abstellte. Ich saß nicht einmal am Tisch. Ich stand in dem gewölbten Durchgang zum Esszimmer und wickelte unablässig den Schnürsenkel um meinen Mittelfinger. Welche Farbe hatte die Küche, als Fiona noch lebte? Wann hatte das mit den Teekannemotiven angefangen?

Nachdem Eric ein paar Happen von seinem Sandwich gegessen hatte, stieß er einen Seufzer aus. Dann sagte er: »Tut mir Leid, Mom. Es ist nur –«

»Entschuldige dich bei deinem Bruder.«

Eric sah mich an.

Ich nickte. Was machte das schon für einen Unterschied?

»Ich habe gestern mit deinem Vater gesprochen«, sagte Hannah zu mir. »Er würde dich gern sehen.«

Eric verdrehte die Augen. »Wo war er eigentlich?«

»Er war fliegen.« Sie wischte die Anrichte sauber. Ich hörte das junge Mädchen in ihr, als sie von unserem Vater sprach. Unsere Mutter war nach der Trennung kein einziges Mal mit einem anderen Mann aus gewesen, und dieser zweite herbe Verlust hatte ihr endgültig das Herz gebrochen. Soweit ich wusste, hatte sie nicht einmal versucht, einen anderen Mann kennen zu lernen. »Er war mit diesem verdammten Flugzeug unterwegs«, sagte sie. »Euer Vater ist ein hoffnungsloser Fall«, fuhr sie fort, und Eric und ich wussten genau, wie sie dieses Thema zu Ende führen würde. Aber sie überraschte uns, indem sie es einfach dabei bewenden ließ. Wir blickten uns über den Küchentisch an – es war jene Küche, die meine Mutter eingerichtet hatte, das wusste ich noch, und zwar in dem Sommer, in dem sie und mein Vater beschlossen hatten, in getrennten Zimmern zu schlafen.

UNSER VATER WAR ein hoch gewachsener Mann, vier oder fünf Zentimeter größer als Eric. Er hatte ein kantiges Kinn und strahlend blaue Augen. Er besaß ein zweisitziges Wasserflugzeug, das er von der Küste Floridas aus flog. Er wohnte nur ein, zwei Meilen vom Meer entfernt. Vor vielen Jahren, vor dem Beginn der Zeit, war mein Vater Testpilot bei der Air Force gewesen, und bevor er meine Mutter kennen lernte, lebte er kurze Zeit in Kalifornien. Dann wurde er Flugkapitän bei der TWA, und dann lernte er Hannah kennen, und dann kamen wir dazu, und dann kam alles andere.

Nachdem Fiona verschwunden war, ließ sich unser Vater kaum noch zu Hause blicken. Er übernahm die kompliziertesten, zeitaufwendigsten Flugrouten, die die Fluggesellschaft zu bieten hatte. Er reiste durch die ganze Welt, absolvierte einen Flug nach dem anderen, und zwischendurch blieb ihm allenfalls Zeit, sich unsere Zeugnisse anzusehen und zu fragen, ob irgendwelche Neuigkeiten über seine Tochter eingegangen waren. Als ich aufs College ging, erfuhren wir, dass Dad in all den Jahren häufig nach Atlanta geflogen war und dass er dort eine Geliebte hatte, eine gewisse Patricia. Eines Nachts verkündete er meiner Mutter, dass sie alles haben könnte – das Haus, das Geld und seine Pension –, solange ihm nur genug blieb, um ein kleines Flugzeug zu kaufen.

Hannah hatte sich ohnehin daran gewöhnt, dass sie ihn kaum noch zu sehen bekam, und dachte sich, dass es letztlich keinen Unterschied machte. Überdies hatte er ihr die Schuld für Fionas Verschwinden gegeben, und seit Eric zur Schule ging, hatten sie nicht mehr im selben Zimmer geschlafen.

Der Sommer der Gelben-Teekannen-Küche.

Unser Vater trug einen grauschwarzen Bart. Er hatte breite muskulöse Schultern und blaue, blaue, blaue Augen – Augen wie Eric. Ich saß im Wohnzimmer auf dem alten blauen Sofa und wählte seine Nummer. Hannah ließ oben ein Bad einlaufen. Ich hörte, wie sich die Wanne mit Wasser füllte. «Hallo?«, meldete sich eine Stimme.

»Patricia?«, sagte ich. »Hier ist Pilot.«

»Pilot?«, sagte sie. »Wie geht's dir?« Patricia klang immer übermäßig erfreut, an der Grenze zur Hysterie.

»Bereits viel besser, danke«, sagte ich. Allmählich fühlte ich mich wie programmiert, diese Worte zu sagen. »Mir geht's wirklich viel, viel besser.«

»Das freut mich zu hören.« Sie war mit ihren Gedanken woanders, das spürte ich. Ich hatte das Gefühl, als hätte ich sie bei irgendetwas unterbrochen. »Ich hole kurz deinen Vater an den Apparat. Er ist im anderen Zimmer. *Jim!*«, hörte ich sie rufen. *»Jim, Pilot ist am Apparat! Pilot! Pilot!* Einen Moment«, sagte Patricia ins Telefon, »er kommt gleich.«

Der Hörer wechselte die Hände.

»Pilot?«

Im Hintergrund lief der Fernseher. Es klang nach einem dieser Dokumentarfilme über den Zweiten Weltkrieg.

Ich senkte unwillkürlich die Stimme. »Hey, Dad.« Ich hatte plötzlich das Gefühl, in eine schwierige Situation geraten zu sein.

»Pilot, du liebe Zeit, geht's dir besser?«

Ich sagte meinen Spruch auf.

»Wir waren nicht hier, weißt du. Sonst hätten wir sofort angerufen. Ich habe erst mit deiner Mutter gesprochen, als –«

»Ist schon in Ordnung. Wo wart ihr –«

»Sind ein bisschen von Insel zu Insel geflogen, weißt du.«

»Klingt großartig.«

»Was ist denn überhaupt passiert?« In seinem Tonfall klang so etwas wie unendliches Erstaunen durch, etwas, das weit über normale Betroffenheit hinausging, so als wäre ich zufällig zum Mond geflogen. War er vielleicht sogar stolz?

»Da gibt's nicht viel zu erzählen. Ich hatte einen psychotischen Schub«, sagte ich. »Eine schizophrene Reaktion. Hab Angst gehabt, dass der Wald mich –«

»Was meinst du damit?«, fragte er. »Hast du Stimmen gehört und –«

»Genau«, sagte ich. »Es war einfach genau wie im Fernsehen: Stimmen, unkontrollierbare Gedanken, irrationale Ängste – die ganzen neun Yards.« Ich dachte mir, dass ihm die Redewendung gefallen würde, die Sprache des Footballkenners, *die ganzen neun Yards*.

»Und was haben die Ärzte getan?«

»Sie haben mich mit Tabletten voll gestopft. Ich nehme ein neues Medikament. Der Unterschied ist gewaltig«, sagte ich. »Ich habe überhaupt keine Symptome mehr. Mir geht's jetzt gut, und ich bin wieder ganz normal.«

»Nun«, sagte er ein wenig verunsichert, »das ist großartig, Pilot.«

»Also.« Ich betrachtete eingehend das schwarze Telefon auf meinem Schoß. Ich wusste noch, dass es mich, als ich es das letzte Mal benutzt hatte, völlig aus der Bahn geworfen hatte. Wir hatten immer ein schwarzes schweres Wählscheibentelefon. Seit jeher, sagte ich mir. Ich wusste noch, wie erstaunt ich war, als ich es mir angesehen hatte. Ich muss wirklich verrückt gewesen sein. »Also, wie ist es dir so ergangen?« Ich hatte immer noch den Schnürsenkel um den Finger gewickelt, als eine Art Mahnung.

»Wir haben jede Menge Spaß, Pilot. Wir leben einfach in den Tag hinein.«

»Wie geht's Patricia?«

»Großartig.«

»Fantastisch«, sagte ich.

Unser Vater räusperte sich. »Was würdest du davon halten, äh, was würdest du davon halten, für eine Weile hierher zu kommen? Du könntest auf dem Sofa schlafen. Die Wohnung ist nicht groß, aber draußen gibt es genug Platz. Du könntest spazieren gehen, oder wir könnten mit dem Flugzeug ein paar Touren unternehmen. Ich habe da diese kleine Insel entdeckt, ich nenne sie Nirgendwo –«

»Tja, Dad, danke«, sagte ich, »aber sie wollen hier, dass ich so eine Art … so eine Art Therapie mache, verstehst du, und da werde ich wohl hier –«

»Therapie.«

»Ja.«

»Ist vermutlich gar nicht mal so eine schlechte Idee.« Im Fernsehen wurde geschossen. Ich hörte, wie der Kommentator irgendetwas über den Kriegsschauplatz im Pazifik und die japanische Marine erzählte.

»Hat Mom dir von ihren Augen erzählt?«

Seine Stimme klang plötzlich ganz fest. »Was ist mit den Augen deiner Mutter?«

»Sie sieht Gespenster, wie sie sich ausdrückt. Sie sieht seltsame durchsichtige Formen oder Doppelbilder. Ich weiß nicht.

Eric sagt, dass es nicht viel bedeutet, aber, aber, sie kann nicht Auto fahren. Ich schätze, ich werd mich ein wenig um sie kümmern müssen, bis sie wieder fit ist. Ich meine, das ist ein weiterer Grund, weshalb ich –«

»Allmächtiger Gott, scheint ganz so, als würde es in dieser Familie alle möglichen Probleme geben.«

Ich versuchte, witzig zu klingen: »Wir sind offensichtlich ein degenerierter Haufen, Dad.« Es klang jedoch nur peinlich.

Es entstand eine Stille. In dieser Stille hätte ich eine Million Mal leben und sterben können. In dieser Stille hätten ganze Generationen von Menschen leben und sterben können. Ganze Zivilisationen hätten sich aus der Ignoranz erheben und sich mit ihrem Wissensschatz selbst zerstören können.

»Das Angebot steht«, sagte mein Vater. »Zu jeder Zeit«, sagte er. »Wenn du kommen willst, Pilot, nur zu, und wir nehmen das Flugzeug, nur du und ich, wenn du willst, und fliegen irgendwohin, oder zumindest so weit, wie uns diese kleinen Flügel tragen werden.« Er geriet stets ins Schwärmen, wenn er über sein Flugzeug redete.

»Danke, Dad.«

»Pass auf dich auf, Junge.« Er sehnte sich verzweifelt danach, auflegen zu können.

»Mach ich.«

»Das meine ich ernst.«

Ich wusste, dass er es ernst meinte. Er hatte immer alles ernst gemeint. Schließlich war er mein Dad.

AM DIENSTAG DARAUF ließ Katherine Jane DeQuincey-Joy am hintersten Ende des Parkplatzes den Motor ihres saphirblauen Golfs an. Anstatt zu ihrem *Käfig* gegenüber dem Einkaufscenter zu fahren, bog sie vom Sky Highway in die Ausfahrt Nummer zehn ab, die zu einer schmalen Landstraße führte, die ihrerseits in den Foxwood Court mündete, eine Sackgasse mit Häusern, unter anderem jenem, in dem Eric und ich aufgewachsen waren. Katherine war zum ersten Mal in dieser Gegend, und sie hatte sich bisher nur vorstellen können, wie das Zuhause meiner Kindheit aussah. Sie hatte es sich modern, steril und beigefarben vorgestellt, mit schnittig-eleganten Möbeln in hellen Holztönen, geschmückt von Glasvasen mit kahlen Baumzweigen. In ihrer Vorstellung waren die Wände mit fernöstlichen Drucken, blassen Aquarellen und Schwarzweißfotografien behangen. Sie malte sich schmucklose, dicht geknüpfte Berberteppiche, Regale mit gebundenen Lehrbüchern und ein Teleskop aus, das geschmackvoll vor dem Fenster aufgebaut war.

Sie hatte sich geirrt.

Unser Haus war, wie so viele andere Häuser dieser Gegend, ein weiß gestrichener Ziegelbau, der Anfang der fünfziger Jahre im Kolonialstil errichtet worden und an einer Seite vollkommen mit Efeu bewachsen war. Es stand im Schatten einer Gruppe viel zu großer Bäume – zweier Ahornbäume und einer Eiche. Die Doppelgarage war randvoll mit dem Müll unserer Kindheit – mit einem Pingpongtisch, allen erdenklichen Gesellschaftsspielen und einem Taucheranzug, der wie eine Leiche vor dem Garagenfenster hing.

Katherine setzte ihren Wagen hinter den cremefarbenen Mercedes unserer Mutter. Sie blieb noch einen Moment sitzen und vergewisserte sich, dass in ihrer Handtasche ein Notizbuch steckte, dass ihre Gedanken einigermaßen geordnet waren und dass auch sonst alles stimmte – dass dies auch wirklich die richtige Adresse war.

Katherine hatte sich alles falsch vorgestellt, und dennoch hatte sie Recht gehabt – sämtliche Teile passten zusammen.

Ein Mensch, der sich von allem eine falsche Vorstellung macht, kann dennoch Recht haben. Manchmal. Und meiner Meinung nach kann eine gewisse Verrücktheit in diesem Zusammenhang nur von Vorteil sein.

OBWOHL SIE ALLES doppelt sah, obwohl sie zwei alte Eichen vorn auf dem Rasen und je zwei von unseren Nachbarhäusern sah – und zwar mit dermaßen vielen Autos, dass jede Zählung zwecklos gewesen wäre –, saß meine Mutter mit aufgestütztem Kinn vor dem Esszimmerfenster und wartete darauf, dass meine Therapeutin eintraf. »Katherine DeQuincey-Joy ist hier«, sagte sie, als sie sah, wie sich die beiden Golfs hinter ihre beiden Mercedes' setzten. Die Stimme meiner Mutter – schneidend wie ein Klavierdraht – drang wie immer mit erstaunlicher Klarheit durch sämtliche Wände und durch die Decke zu meinem Zimmer hoch, in dem ich gerade saß, den Blick auf meine Füße geheftet. Aus irgendeinem Grund hockte ich mittlerweile seit einer Stunde so da, regungslos atmend. Es waren die Medikamente, die mich bis an den Rand einer Katatonie träge gemacht hatten. Zumindest glaube ich, dass es die Medikamente waren. Ich war gerade dabei gewesen, mir eine Socke überzustreifen, und hatte plötzlich mitten in der Bewegung aufgehört. Katatonie ist natürlich eines von vielen Symptomen der Schizophrenie. Genau genommen war ich neulich im Wald in einen Zustand völliger Katatonie verfallen. Ich war wie versteinert gewesen, unfähig, mich zu bewegen. Die Erinnerung an jene drei Tage, die ich draußen im Wald verbracht hatte, kehrte allmählich Stück für Stück zurück. Falls Eric tatsächlich vorhatte, mich zu töten, dann hätte er es in diesen drei Tagen mit Leichtigkeit hinter sich bringen können. Jeder hätte es tun können. Es war, als wäre ich in einer seiner Fallen hängen geblieben.

»Ich bin gleich unten«, rief ich nun. Der Bann war gebrochen.

Ich zog die andere Socke an und vergewisserte mich nicht einmal, ob sie auch zueinander passten. Dann stand ich von dem Einzelbett auf, und während ich mit steifen Schritten die Treppe hinunterstieg, strich ich über die Makramee-Tiere, die meine Mutter dort vor einigen Jahren aufgehängt hatte – eine Eule, einen Spatz und einen Falken.

Katherine stand in der Mitte unseres Wohnzimmers und lächelte Hannah nervös an. Die arme Katherine. Sie war heute in ein schwarzes Kostüm gekleidet, kombiniert mit einer grauen Satinbluse und einer dreifachen Perlenkette. Sie hatte einen langen Tag hinter sich, und ihr dichtes Haar war nur noch eine riesige Ansammlung goldbrauner Ringellocken, die sich wie irgendein lebender Organismus in einem einzigen wilden Durcheinander wanden und verknoteten. Als sie zu mir aufblickte, breitete sich auf ihrem Gesicht Erleichterung aus. Fremde können sich von Hannah zuweilen ein wenig eingeschüchtert fühlen. Ihre Zerstreutheit wird bisweilen als Kälte verstanden, und an jenem Tag wirkte sie mit ihren abwesenden Augen besonders seltsam.

»Hallo, Katherine«, sagte ich.

»Pilot.«

Meine Mutter fragte: »Kann ich Ihnen irgendetwas anbieten, Miss DeQuincey-Joy? Einen Tee vielleicht?« Es war, als würde sie einen Satz aus einem Film aufsagen.

»Nein«, sagte Katherine. »Nein, lassen Sie nur, danke.«

Ich blickte meine Mutter an. »Welches Zimmer sollen wir nehmen?«

»Oh«, sagte Hannah und hob einen Finger an die Lippen, »darüber habe ich noch gar nicht nachgedacht. Wo es dir am liebsten ist, Pilot.«

Ich versuchte einen Witz zu machen und sagte: »Dann müssen wir auswandern, fürchte ich.«

Hannah grinste. »Warum geht ihr nicht ins Wohnzimmer?« Sie zeigte auf die Treppe. »Ich werde nach oben gehen und Radio hören.«

Ich sagte: »In Ordnung.«

Katherine sah sich mit einem Lächeln die Einrichtung an.

Hannah blieb einen Moment lang vor der Treppe stehen. »Tja«, sagte sie, »dann wäre ja alles geklärt. Viel Spaß.« Eine seltsame Bemerkung. Sie wandte sich um und ging die Treppe hoch. »Wenn ihr etwas braucht, dann geht nur in die Küche und bedient euch.«

»Danke, Mrs. Airie.«

Katherine sah sich im Wohnzimmer um und ließ ihren Blick über die nicht zueinander passenden Kissen und Vorhänge wandern, über den blau-weißen Perser und über das Relikt aus den Siebzigern – das alte blaue Sofa.

»Jetzt sind wir endlich allein«, sagte ich, so als wären wir ein Liebespaar.

»Ihre Mutter hat ein schönes Haus.« Katherine versuchte aufrichtig zu sein, was in diesem Fall nicht ganz einfach war.

»Es ist ein verrücktes Haus«, sagte ich. »Verrückter noch als ich. Es gab eine Zeit, als es hier ordentlicher ausgesehen hat. Eine Zeit, in der in den Räumen ein gewisses Design spürbar war, ein visueller Ansatz, ein Standpunkt. Jetzt enthält es praktisch alles. Alles und nichts.«

Katherine musste lachen und setzte sich in den alten Ohrensessel, in dem mein Vater immer seine Spionagethriller gelesen hatte. »Ist es hier in Ordnung für Sie, Pilot? Ich meine, würden Sie sich woanders wohler fühlen?«

»Es ist schon okay.«

»Dann lassen Sie uns anfangen.«

»Okay.« Als ich mich setzte, spürte ich jede Faser des groben Stoffbezugs.

»Wie fühlen Sie sich?«

»Ein bisschen träge«, räumte ich ein. »Schlaff.«

»Sie haben Ihre Medizin genommen?«

»Wie verordnet.«

»Gut.« Katherine öffnete ihre Handtasche und fischte ihr gelbes Notizheft heraus. An einem ihrer Finger entdeckte ich eine wunde Stelle, wo sie sich offensichtlich ins Fleisch gebissen hatte. »Dann kann ich also davon ausgehen, dass Sie weder Stimmen gehört haben noch von irgendwelchen seltsamen Gedanken geplagt wurden?«

»Nur die Stimme meiner Mutter«, sagte ich. »Und die ist leider echt.«

Katherine machte sich ein paar Notizen. Dann beugte sie sich vor. »Pilot, ich weiß, wir haben bisher nie wirklich darüber geredet, vor allem deshalb nicht, weil wir sicherstellen wollten, dass Sie –«

»Dass ich nicht ausflippe?«

»Ich wollte sagen, rational bleiben.«

»Das ist das Gleiche.«

Ich fummelte an dem Schnürsenkel herum, um mich zu vergewissern, dass er noch da war.

»Wie dem auch sei«, sagte Katherine, »ich glaube, wir sollten ein wenig über diese Gefühle und Vorahnungen sprechen, die Sie letzte Woche in der Klinik mir gegenüber zum Ausdruck gebracht haben.«

»Sie meinen darüber, dass Sie mit meinem Bruder geschlafen haben?«

»Ich dachte, das hätten wir geklärt.«

»Entschuldigung. Ich wollte mal wieder klüger sein, als ich bin.«

»Ich glaube, wir sollten über das, was mit Ihrer Schwester passiert ist, reden.«

»Eric ist ihr passiert.«

»Genau das haben Sie zuvor gesagt«, meinte sie. »Sie sollten sich darüber im Klaren sein, dass ihn ihre Behauptungen zutiefst verstören.«

»Natürlich verstören sie ihn«, sagte ich. »Wer will schon geschnappt werden?

Katherine seufzte. »Darf ich Ihnen vielleicht kurz etwas erklären?«, fragte sie. »Ich möchte nicht, dass Sie denken, ich würde Ihnen nicht glauben oder ich würde Sie für einen Lügner halten. Dem ist nämlich nicht so. Ich bin felsenfest davon überzeugt, dass Sie mir die Wahrheit sagen. Und dennoch, ich habe da eine Theorie, und ich möchte, dass Sie sie sich anhören. Ich möchte nur, dass Sie mir zuhören. Sonst nichts. Einverstanden?«

Ich zuckte mit den Achseln. »In Ordnung.«

»Also gut.« Katherine hielt ihre Hand flach auf den Notizblock gedrückt. Ihre blutigen Fingerspitzen zeigten direkt auf mich. In der anderen Hand hielt sie einen kleinen silbernen Kugelschreiber. »Wie alle menschlichen Wesen, Pilot, haben Sie ein sehr komplexes und reges Gehirn.« Ihre Finger strichen über das glatte Papier, und zwar auf die gleiche Art, wie Halley the Comet mit sanfter Pfote über einen Pullover streifte. »Unser Gehirn befindet sich leider nicht immer in einem chemisch ausgeglichenen Zustand, und deshalb haben Sie diesen, diesen Furcht erregenden Schub erlitten. Wir wissen jedoch, dass Schizophrenie den logisch denkenden Teil des Gehirns nicht beeinträchtigt. Können Sie mir so weit folgen?« Sie klang wie jemand, der zu einem Tier oder einem Schwachsinnigen sprach.

Ich nickte. All dies war mir nicht neu. Ehrlich gesagt, hatte ich zigtausend Mal darüber gelesen.

»Wie dem auch sei«, fuhr sie fort, »der sinnlich wahrnehmende Teil Ihres Gehirns wird dagegen durchaus in Mitleidenschaft gezogen. Sie hören Stimmen, und Ihre Augen leiten wirre Bilder ans Gehirn weiter. Der logisch denkende Teil Ihres Gehirns – der völlig intakt geblieben ist – versucht also die vielen falschen Sinnesdaten zu ordnen und zu verstehen, aber nichts davon ergibt einen Sinn, stimmt's?«

»Nichts ergab einen Sinn«, sagte ich mit einem Nicken. »Das weiß ich noch.«

»Und das Ergebnis ist anomales Verhalten, da Ihr Handeln auf den Informationen, die Sie bekommen, und ihrer Deutung basiert.«

»Okay.« Ich wickelte den Schnürsenkel von meinem Ringfinger, schlang ihn um meinen Mittelfinger und wickelte ihn wieder auf.

Sie schien mich dabei zu beobachten. Zum ersten Mal bemerkte Katherine meinen Schnürsenkel. »Pilot«, sagte sie, »als Ihnen diese ganze Chemie im Kopf herumgerauscht ist, sind meiner Meinung nach ein paar Dinge, nun ja, umgeordnet worden, verstehen Sie, an einen anderen Ort gestellt und reorganisiert worden, und als Sie angefangen haben, Ihre Medizin zu nehmen, sind diese Dinge nicht gleich wieder an den richtigen Ort geräumt worden, und deshalb haben Sie diese seltsamen Gedanken über Ihren Bruder.«

»Ich verstehe.«

»Und ich würde gern versuchen, Ihnen dabei zu helfen, dieses ganze Zeug zu entrümpeln.«

»Soso, Katherine«, sagte ich, »dann glauben Sie also nicht, dass ich lüge. Sie halten mich einfach für verrückt.«

»Nein«, sagte Katherine.

»Sie halten mich für dumm.«

»Pilot, ich halte Sie weder für verrückt noch für dumm oder sonst irgendwas. Ich glaube, dass Ihr Gehirn Sie belügt. Ich glaube, dass eine Menge falscher Informationen bei Ihnen eingehen. Und es tut anderen Leuten weh. Es geht hier schließlich um Ihre Familie, um Ihren Bruder, der Sie liebt.«

Ich dachte über ihre Theorie nach. Ich lehnte mich zurück und sagte: »Möglich ist es schon«, während ich unablässig an dem Schnürsenkel herumfummelte, ihn wie ein Rätsel entwirrte, nur um ihn sogleich wieder um den Finger zu winden.

»Natürlich ist es möglich.«

»Ganz wie es der Freundin meines Bruders beliebt.«

Katherine fasste sich an die Stirn. »Okay«, begann sie, »wie ich bereits gesagt habe, ich bin nicht Erics Freundin. Ich bin ein paar Mal mit ihm zum Abendessen ausgegangen, und ich halte ihn für einen sehr netten Kerl, aber wenn Sie mich als Therapeutin behalten wollen, ist es für mich überhaupt kein Problem, mich nicht mehr mit ihm zu treffen. Ich habe darüber mit Eric gesprochen, und wir haben beide das Gefühl, dass es wohl das Beste wäre.«

Ich wiederholte: »Sie haben mit Eric darüber gesprochen.«

»Macht das die Sache für Sie leichter?«

Ich beugte mich auf dem Sofa vor. Ich sagte: »Es ist mir nicht einfach so in den Sinn gekommen, Katherine Jane DeQuincey-Joy.«

»Was ist Ihnen nicht einfach so –«

»Dass Eric Fiona ermordet hat.«

»Wie meinen Sie das?«

»Es ist eine Tatsache, die ich mein ganzes Leben lang verborgen gehalten habe.«

Das Hauptmerkmal des Paranoiden Typus der Schizophrenie ist das Vorhandensein von ausgeprägten Wahnphänomenen oder akustischen Halluzinationen bei weitgehend unbeeinträchtigten kognitiven Funktionen und erhaltener Affektivität …

Wahnthemen sind gewöhnlich die der Verfolgung oder der Grandiosität oder beides, es können aber auch andere Wahnthemen auftreten (z. B. Eifersucht, religiöser oder körperbezogener Wahn). Es können zahlreiche Wahnphänomene bestehen, sie sind aber üblicherweise um ein einheitliches Thema organisiert. Auch die Halluzinationen beziehen sich meist inhaltlich auf das Wahnthema. Nebenmerkmale sind Angst, Wut, Distanziertheit und Streitsucht. Der Betroffene kann ein überlegenes und besserwisserisches Verhalten und eine steife, formale Art oder eine übermäßige Intensität im zwischenmenschlichen Kontakt an den Tag legen. Die Verfolgungsthemen können die Person zu suizidalem Verhalten prädisponieren, und das Zusammenwirken von Verfolgungs- und Größenwahn mit Wut kann zu Gewalttätigkeit prädisponieren. Die Störung beginnt in der Regel später als die anderen Schizophrenietypen, und die charakteristischen Merkmale können im Langzeitverlauf stabiler sein. In neuropsychologischen Untersuchungen der kognitiven Funktionen zeigen die Betroffenen nur geringe oder keine Beeinträchtigungen. Einiges weist darauf hin, dass die Prognose des Paranoiden Typus wesentlich günstiger sein kann als die der anderen Schizophrenietypen, insbesondere im Hinblick auf die berufliche Leistungsfähigkeit und die Fähigkeit zur selbstständigen Lebensführung.

»ER WOLLTE MICH bereits umbringen«, erzählte ich ihr, »als wir noch klein waren. Eric wollte mich foltern.«

»Aber hat er es denn auch getan?«, fragte sie. »Sie gefoltert, meine ich?«

KURZ NACH FIONAS Verschwinden – ich muss damals zehn gewesen sein – stieß Eric einmal im Wald auf mich. Genau genommen hatte er nach mir gesucht. Ich hielt mich gerade in einem besonders dornigen Gebüsch versteckt und spielte mit einem Nest winziger neugeborener, beinahe haarloser Mäuse. Ich hörte die trockene Stimme meines Bruders hinter mir. »Weißt du, was dieser Mann alles mit ihr angestellt hat?«

Ich wandte mich um. »Schsch.« Ich hob meinen Finger an die Lippen. »Hier sind Mäuse. Schau's dir an.«

»Ich scheiß auf die Mäuse«, sagte Eric. »Willst du's nicht wissen?«

Ich schüttelte den Kopf.

»Er hat sie vergewaltigt. Die kleine Fiona. Er hat sie grün und blau vergewaltigt. Er hat ihre dünnen kleinen Arme auf ihren Rücken gebunden, ihre kleinen Beine gespreizt und sie vergewaltigt. Er hat seinen riesigen ekligen Penis direkt in ihre winzige Kleinmädchenvagina gesteckt.«

»Hör auf«, sagte ich.

»Wieso?«, sagte Eric. »Willst du denn nicht wissen, was mit unserer kleinen Schwester passiert ist? Ist dir das etwa egal?«

Ich hielt mir die Ohren zu, aber Eric stieß meine Hände weg.

»Und dann hat er sie in den Arsch gefickt.« Er flüsterte nun. Ich fing an zu weinen, glaube ich. Mein Gesicht war erhitzt, und äußerlich fühlte ich mich so, als würde ich zerschmelzen. Innerlich jedoch teilte ich mich in zwei Teile und verlor buchstäblich die Sprache. »Er hat seinen gewaltigen Männerschwanz in ihr kleines Arschloch gestoßen.«

Ich sagte: »Bitte, Eric.«

»Es hätte auch dich erwischen können«, sagte Eric.

»Nein.«

»Es hätte dich erwischt, wenn du nur ein bisschen jünger gewesen wärst. Diese Typen stehen eigentlich mehr auf Jungen, weiß doch jeder. Sie werden Pädophile genannt.« Er sprach das Wort übertrieben deutlich aus.

»Das stimmt nicht.«

Ich bekam kaum noch einen Ton heraus. Außerdem verstand ich nicht alles, was Eric sagte. Es war, als würde er irgendeine neue Sprache sprechen, die ich noch nie in meinem Leben gehört hatte.

»Er ist aus dem Knast entlassen worden, musst du wissen. Sie haben ihn entlassen. Und jetzt ist er hinter dir her. Hat dich wahrscheinlich von Anfang an gewollt. Viel lieber als ein kleines Mädchen hätte er 'nen kleinen Jungen gefickt, und jetzt ist er wütend, weil ihm das nicht gelungen ist. O ja«, sagte Eric. Und als ich die Augen öffnete, sah ich sein Gesicht, aber es war nicht sein Gesicht. Dazu war es viel zu muskulös. »Er wird auf jeden Fall wiederkommen. Vermutlich wird er dich zuerst in den Mund ficken –« Ich hatte bisher noch nie darüber nachgedacht und noch nie gehört, dass irgendjemand so etwas tat. »– dich so lange ficken, bis du anfängst zu würgen, bis du praktisch erstickst, und dann reißt er dir den Arsch entzwei. Wenn du Glück hast, bringt er dich um, bevor er deinen Penis abschneidet. Kinder sind so 'ne Art Leibspeise von solchen Typen. Das ist auch der Grund, weshalb sie Fionas Leiche nicht finden – weil er sie gegessen hat.« Plötzlich hatte ich das Gefühl, als würde ich nun wieder Erics Stimme hören. Ich verstand jedoch nicht, was er sagte, verstand seine Worte nicht. Ich war der Wolfsjunge. Ich rollte die Augen nach hinten und krallte meine Hände in den Boden.

»DISSOZIIEREN«, SAGTE KATHERINE. »Kinder reagieren so, wenn sie sich einer Situation gegenübersehen, die ihnen unangenehm ist.«Sie senkte die Spitze ihres silbernen Kugelschreibers auf das gelbe Notizbuchpapier. »Lassen Sie mich Ihnen eine Frage stellen, Pilot.« Sie beugte sich vor. »Als Sie neulich draußen im Wald waren, bevor Sie in die Klinik eingeliefert wurden, haben Sie sich da wie der Wolfsjunge gefühlt?«

Ich dachte darüber nach. Ich hatte dort draußen meine Fähigkeit zu sprechen verloren, das wusste ich noch. Ich hatte nicht mehr gewusst, wer ich war. »Vielleicht«, sagte ich. »Ich weiß nur noch, wie alles plötzlich extrem gegenständlich wurde, kompakter und massiver als gewöhnlich. Alles war ganz glatt und künstlich.«

»Sie konnten jedoch nicht sprechen.«

»Nein«, sagte ich. »Konnte ich nicht. Ich habe nur ... ich konnte nur sehen und hören, verstehen Sie, die Bäume und den Highway, und dann waren da all diese Gedanken, Gedanken, die nicht wirklich meine zu sein schienen.«

»Wissen Sie noch, ob Sie früher als Wolfsjunge die gleiche Erfahrung hatten – dieses stark gegenständliche Realitätsgefühl?«

Ich versuchte mich zu erinnern. Ich wusste noch, wie ich einmal mit dem Gesicht an Erics Mund gerückt war, immer näher, und dann habe ich den Kopf wieder zurückgezogen. »Ja«, sagte ich, »ich glaube schon.«

»Das Verschwinden Ihrer Schwester war für Sie ein traumatisches Erlebnis, und dann hat Ihr Bruder Sie auf grausame Art gehänselt. Das hätte er nicht tun sollen.« Katherines Züge wurden sanft. Ihre Augen, die wie glühende Smaragdsplitter waren, fixierten mich.

»Warum hat er's dann getan?«

»Vielleicht können Sie ja nun mit ihm darüber reden.«

»Und was würde das bringen?«

»Er könnte sich entschuldigen.«

»Das ist lächerlich.«

Ich wusste, dass Hannah oben lauschte. Ich sah, wie ihre Gesichtszüge auf alles, was wir sagten, reagierten.

»Pilot«, sagte Katherine, »das ist überhaupt nicht lächerlich.«

ERIC LIESS MICH tief in diesen Büschen, in denen ich auf das Mäusenest gestoßen war, zurück. Ich weiß noch, wie mir plötzlich ganz heiß im Gesicht wurde, und dann weiß ich noch, wie sich geschmolzenes Glas über mich ergoss. Ich nahm einen kleinen spitzen Stock und drückte ihn nacheinander in die Köpfe der kleinen haarlosen Mäuse. Als sie davon durchbohrt wurden, gaben ihre winzigen Schädel ein Knacken von sich. Unter den restlichen Mäusen griff Panik um sich. Sie quiekten und wanden sich verzweifelt. Ich stellte mir vor, wie die kleinen Mäuseeltern zurückkehrten und ihre kleinen Babys tot vorfanden, alle mit zerquetschtem Schädel. Ich nahm die kleinen Mäusebabys also aus ihrem Nest und warf sie aus dem Gebüsch. Ich wusste nämlich genau, dass es für die Mäuseeltern noch schlimmer sein würde, wenn sie nach Hause kamen und feststellen mussten, dass ihre Babys verschwunden waren.

Feststellen, dass sie verschwunden waren. Feststellen, dass sie verschwunden waren.

Ich kratzte mit meiner Pfote über den Boden. Mein Hals fühlte sich ganz rau an, so als hätte ich eine Weile lang geknurrt.

FESTSTELLEN, DASS SIE verschwunden waren.

SIE WAREN WIEDER im *Käfig* und lagen bei ausgeschaltetem Licht im Bett. Ihre Kleider lagen neben ihnen auf dem Fußboden. Sie kuschelten sich unter Katherines einziger Decke aneinander, einer weißen Sommerdecke, die sie nach der Trennung von Mark hinübergerettet hatte. Draußen wurde der Wind immer stärker und warf sich wie eine gigantische Motte gegen die Fenster des Apartmentgebäudes.

»Ich war als Kind ziemlich gemein«, sagte Eric mit resignierter Stimme. »Ich hab 'ne schwere Pubertät gehabt und ständig auf meinem Bruder rumgehackt. Das tut mir jetzt Leid.«

»Hast du diese Dinge wirklich zu ihm gesagt?«, fragte Katherine rasch.

»Diese Dinge«, wiederholte er abwesend. Sie meinte in seinen Zügen eine gewisse Süffisanz zu erkennen. Es war der gleiche Gesichtsausdruck, den sie bei Hannah beobachtet hatte. »Bestimmt nicht mit genau diesen –«

»Das mit Fiona? Dass sie gefesselt wurde, vergewaltigt –«

Er rieb sich ein Auge und erklärte: »Kann mich nicht daran erinnern, so etwas jemals gesagt zu haben.« Er schwieg einen Moment und sagte schließlich: »Unmöglich. Denn das war ja alles viel früher.«

»Wann war es denn? Weißt du noch wann?«

»An welchem Tag?«

Katherine wurde das Gefühl nicht los, dass es sich um etwas Wichtiges handelte. »Wann hast du … wann hast du Pilot so gequält? Wie alt warst du da?«

»Da war ich noch ein Kind«, sagte mein Bruder. »Das war alles, bevor Fiona verschwunden ist. Alles davor.«

»Dann war Pilot also neun Jahre alt oder noch jünger?«

»Ich glaube ja.«

»Er erinnert sich anders daran.«

Eric seufzte. »Offensichtlich«, sagte er. »Aber es war nichts weiter als eine Drohung. Ich wollte ihm nur Angst einjagen. Ich hatte ständig das Gefühl, gute Leistungen bringen zu müssen, verstehst du? Gut in der Schule, gut im Football und gut in den wissenschaftlichen Fächern. Wenn ich mit Pilot zusammen war, konnte ich endlich einmal schlecht sein, und zwar schlecht zu ihm.«

Sie räusperte sich. »Ich könnte mir vorstellen«, sagte Katherine leise, »dass er irgendwann … dass er irgendwann das Bedürfnis haben wird, mit dir über all das zu sprechen.«

»Ja.«

»Es war ein ziemlich traumatisches Erlebnis für ihn.«

»Glaubst du, dass es zu seiner Erkrankung beigetragen hat?«

Sie dachte einen Moment lang nach und biss sich auf die Unterlippe. »Nicht wirklich«, sagte Katherine. »Geschwister gehen ziemlich hart miteinander um, das ist alles. So funktioniert die Familie nun einmal. Du bist der älteste Sohn, und er stellte für deine Position innerhalb der Familie eine Bedrohung dar. Also hast du einen Weg –«

»– einen Weg gefunden, ihn zu unterdrücken.«

»Und was die chemischen Vorgänge im Gehirn betrifft, kennst du dich besser aus als ich. Durchaus möglich, dass sein Zustand durch ein Trauma ausgelöst wurde, aber die Ursache ist es nicht.«

Eric wandte sich um und setzte seine Füße auf den Boden. »Was für ein mieser Bruder ich doch war.«

»Du hast jetzt die Möglichkeit, einiges wieder gutzumachen.«

Er griff nach hinten, um seine Hand auf Katherines Bein zu legen. »Wie?«

»Indem du sehr, sehr nett zu ihm bist.« Sie kuschelte sich an ihn, umschlang seinen ganzen Leib.

»Ist das der fachkundige Rat einer Psychologin?«

»Ja«, sagte Katherine, »genau das.« Sie sank wieder ins Bett zurück und schmiegte sich mit dem Blick zum Fenster an seinen Leib. Dann, im Ton einer Verschwörerin, erklärte sie: »Ich habe ihm gesagt, dass wir beide uns nicht treffen würden, bis die Therapie vorbei ist.« Am Ende des Parkplatzes war eine Straßenlaterne kaputt. Sie flackerte ständig, und ihr gelbes Licht leuchtete wie ein Glühwürmchen an einem Sommerabend.

»Das kann Jahre dauern.«

»Jahre«, sagte Katherine. »Das glaube ich nicht.«

»Er wird es herauskriegen.«

»Weißt du, was komisch ist?«, sagte sie. »Pilot hat mir vor einer Weile gesagt, dass er allwissend ist.«

In jenem Moment stand ich mit nackten Füßen auf den kühlen Fliesen unserer Küche. Meine Hand hielt den Griff der Kühlschranktür umfasst. Ich hatte mich seit zehn Minuten nicht bewegt. Oben spielte ein Radio.

Hinter dem Wald, jenseits des Highways, ein Stück weiter die Autobahn hinunter, drehte sich mein Bruder in Katherine

Jane DeQuincey-Joys *Käfig* um, schob ihre wilde Haarmähne beiseite und schmiegte sich mit dem Kinn an ihre Schulter. »Seltsam.«

»Wie *hat* er es denn nun herausgekriegt?«, fragte sie.

»Das mit uns?«

»Das mit uns.«

»Gute Frage«, sagte Eric. »Ich schätze, er wird's einfach geahnt haben. Er hat's irgendwie gespürt. Wenn Pilot eines mit Sicherheit ist, dann ist er intelligent.«

»Du hast es ihm nicht gesagt?«

»Ich hab ihn in letzter Zeit nicht gesehen. Hab mich davor gefürchtet. Ich hab mich davor gefürchtet, überhaupt mit ihm zu sprechen.«

Katherine schüttelte ein wenig verwirrt den Kopf. »Was ist mit deiner Mutter, hat sie vielleicht –«

»Ich hab's ihr natürlich ebenso wenig gesagt.« Eric schwieg einen Moment. »Oder vielleicht doch«, sagte er. »Vielleicht hat er irgendwie über sie davon erfahren.«

Der Wind schlug erneut gegen die Fenster. Die ganze Wand wackelte, und Katherine befürchtete schon, dass dieser Billigbau in sich zusammenfallen würde, falls der Wind weiter zunahm. Sie musste sich meine Mutter vorstellen, wie sie in ihrem im Stil einer älteren Dame eingerichteten Schlafzimmer saß, eine Tasse Tee trank und dem gleichen Wind lauschte, der durch die gleichen Baumwipfel rauschte. Und wie sie alles doppelt und verschwommen sah.

»Wie geht's ihr eigentlich?«, fragte Katherine.

»Weiß ich nicht.«

»Glaubst du, es ist etwas Ernstes?«

»Ich glaube, ihr Sehnerv ist irgendwie entzündet. Ob es sich dabei um eine bakterielle oder um eine Virusinfektion handelt, weiß ich nicht.«

»Kommt so was häufig vor?«

»Ist eher ungewöhnlich.«

»Was kann man dagegen tun?«

»Da gibt's bestimmte Medikamente. Solche Sachen verschwinden häufig einfach mit der Zeit.«

»Dann sieht sie zurzeit also immer noch doppelt?«

»Zumindest sagt sie das.«

»Sieht sie alles doppelt?«

»Alles.«

Katherine schüttelte erstaunt den Kopf. Ihr Gesicht war wie ein Ei in einem Korb voller Haare. »Wie bin ich nur an euch geraten?«

»Wir sind 'n komischer Haufen, stimmt's?«

»Welch eine Untertreibung.«

»Tut mir Leid.«

»Vor einem Jahr«, sagte sie ungläubig, »vor zwei Monaten, genauer gesagt, habe ich mit einem Anwalt in der Stadt gewohnt. Ich hatte einen völlig anderen Job, einen anderen Mann im Bett, zu mir kamen andere Patienten in die Praxis, und ich hatte einen anderen Chef.«

»Ein paar Dinge sind im Vergleich besser geworden«, sagte Eric, »oder etwa nicht?«

Er ließ seine Hand über ihren Bauch gleiten. Katherine spürte die Wärme seiner Finger und seines Handtellers, der sich sanft in ihre Haut drückte.

»Ja.« Sie kicherte. »Ein paar Dinge sind im Vergleich besser geworden.« Sie schloss die Augen, das flackernde Licht der gelben Straßenlaterne im Gesicht.

SPÄTER BLICKTE SIE mich eine Zeit lang unverwandt an. Ihre Augen verrieten eine Frage, die sie in Gedanken bereits formuliert hatte, von der sie jedoch annahm, dass ich sie nur mit Mühe beantworten konnte. »Ich glaube, wir sollten –« Sie unterbrach sich und rieb sich irgendetwas aus dem Augenwinkel. Dann versuchte sie es erneut und sagte: »Ich wollte Sie bitten, Pilot, Sie bitten, sich einmal kurz über Ihre Gedanken und Gefühle, die Sie mit Ihrem Bruder verbinden, klar zu werden.« Sie legte eine Hand flach auf den gelben Notizblock. Die andere schwebte mit dem silbernen Kugelschreiber darüber. »Können Sie das für mich tun?«

Ich hatte immer noch meinen Schnürsenkel, und inzwischen fielen winzige Fussel und kleine, mit der Zeit ganz schwarz gewordene Fetzen ab. Ich zupfte und zupfte an dem Schnürsenkel, riss immer mal wieder ein kleines Stückchen ab und ließ es auf mein Bein fallen. Nach kurzer Zeit wischte ich die kleinen Fetzen auf den Boden. »Ich weiß nicht, ob ich verstehe, was Sie meinen.«

»Ich werde Ihnen ein paar Fragen stellen, mehr nicht, und Sie anworten mir so ehrlich wie möglich.«

Hannah war oben und lauschte mit verschwommenen Augen. Die Geschwulst rückte durch ihre Augenrinde weiter vor.

Ich setzte mich auf dem alten blauen Sofa auf und spürte erneut den rauen Bezug. »Ich kann's versuchen.«

Ich kann's versuchen. Ich hatte das Gefühl, dass ich dies in letzter Zeit recht häufig gesagt hatte.

Ich hatte dies bereits seit Jahren immer wieder gesagt.

»Können Sie mir sagen, was ... was damals passiert ist, nachdem Fiona verschwunden war?« Katherine blickte mich direkt an. »Ich meine, wenn Eric dahinter steckt, wenn Eric sie verschleppt hat, können Sie mir dann sagen, wie genau er das angestellt hat und was passiert ist, Schritt für Schritt, so wie Sie sich an die Ereignisse erinnern?« Sie trug ihr schwarzes Kostüm und ihre graue Satinbluse. Das Kostüm war mit Seide gefüttert. Ich wusste es, weil ich das Rascheln der Seide auf dem schwarzen Kostümstoff hörte. Ihre Haare waren unordentlicher als sonst, helle und dunkle Strähnen wild ineinander verflochten. Draußen war es heute kälter. Es wehte ein winterlicher Wind. Braunes Laub wirbelte in den Garten hinein.

»Wissen Sie«, sagte ich, »ich fühle mich bereits viel besser. Ich fühle mich viel lebendiger.«

»Das ist gut.« Katherine lächelte. »Das ist großartig.«

»Und wissen Sie«, fuhr ich fort, »Eric hatte auch seine guten Seiten.«

Sie beugte sich vor. »Wie meinen Sie das?«

Ich setzte mich erneut auf, riss ein weiteres Stück Schnürsenkel ab und ließ es auf mein Bein fallen. Katherine beobachtete mich dabei. Ich sah, wie ihr Blick auf dem Schnürsenkel verweilte. Dennoch sagte sie nichts. »Ich meine«, fuhr ich fort, »denken Sie bitte nicht, dass ich ... dass ich meinen Bruder nicht liebe.« Ich holte tief Luft. »Er konnte bisweilen sehr nett sein, und nicht nur – nun, Sie wissen schon, nicht nur ein gemeines Schwein.«

»Wie war er, wenn er nett war?«

»Wird sich bestimmt komisch anhören«, sagte ich. »Aber es war wirklich eine positive Erfahrung.«

»Machen Sie sich keine Sorgen, ob es sich komisch anhört. Das klären wir später. Außerdem ist es ja vielleicht gar nicht so komisch.«

»Er hat mir gezeigt, wie man Marihuana raucht. Ich war damals elf oder zwölf oder so. Er hat mir meinen ersten High verschafft.«

»Wirklich?« Sie lächelte.

»Ich hab damals versucht, ins Footballteam aufgenommen zu werden«, erzählte ich Katherine. »Bei den Thomas Edison Junior High Chargers. Ich war 'ne Katastrophe. Und Eric kam stets vorbei und schaute zu. Unser Vater war wie immer irgendwo im Flugzeug unterwegs, und wenn Dad heimkehrte, dann schlief er die meiste Zeit. Also kam Eric.« Ich schloss die Augen und lachte leise. »Ich hab damals gedacht, dass er mich nur demütigen wollte, verstehen Sie, dass er nur sehen wollte, was für ein erbärmlicher Spieler ich war. Er war jedoch, ich weiß nicht ... er war mit seiner Freundin da, mit Dawn Costello.«

»Dawn Costello.«

Einen Moment lang dachte ich, irgendein Flackern über Katherines Augen hinweghuschen zu sehen.

»Ja«, sagte ich. »Sie war eine echte Schönheit, und er sah mir dabei zu, wie ich auf dem Feld abgeschlachtet wurde. Ich meine, ich weiß nicht, was ich damals gedacht habe. Ich schätze, ich habe vor allem gedacht, dass, weil Eric der beste Running Back der Junior Chargers war, ich zumindest gut genug sein würde, um es ins Team zu schaffen, verstehen Sie. Er ist damals zu jedem Training gekommen. Er hat sich auf die Tribüne gestellt und zugeschaut. Ich war gerade mal Mittelstufe, und Eric war damals schon Oberstufe, glaube ich.«

Katherine nickte.

»Wie dem auch sei, als die Namen fürs Team ausgerufen wurden, war ich nicht dabei. Ich stand nicht auf der Liste. Mein Name war –«

»Sie haben es nicht geschafft?«

»Nein.«

»Waren Sie sehr enttäuscht?«

»Ich glaube schon. Ich hab geweint, das weiß ich noch, und ich hab den Helm nicht abgenommen, weil ich nicht wollte, dass die anderen Jungs die Tränen in meinem Gesicht sehen.«

Ich sprach nicht weiter. Ich blickte auf die Fäden und Fetzen des Schnürsenkels, die sich auf meinem Bein angesammelt hatten. Wenn ich damit nicht aufhöre, dachte ich, ist der Riemen bald ganz zerfleddert, und dann ist nichts davon übrig.

»Pilot?«

»Was?«

»Was ist also passiert?«

»Oh.« Ich blickte auf. »Ich hab mich dann Richtung Tribüne verzogen und auf Eric gewartet. Er ist fast immer mit mir nach Hause gegangen. Die Thomas Edison Junior High liegt, von hier aus gesehen, direkt auf der anderen Seite des Waldes.« Ich zeigte zum Fenster hinaus. »Und er hat sich von Dawn verabschiedet, und dann haben sie –«

»Was ist aus ihr geworden?«

»Aus Dawn?«

»Ja«, sagte Katherine. »Was ist aus ihr geworden?«

»Keine Ahnung. Sie ist immer noch irgendwo in der Gegend. Hat ’ne Familie.«

Katherine nickte. »Okay, erzählen Sie weiter.«

»Er verabschiedet sich also von Dawn und macht sich auf den Heimweg. Und ich bin ihm hinterher und trage immer noch meinen blöden Helm, weil ich immer noch weine. Wenn ich einmal angefangen habe, habe ich damit nicht mehr aufgehört. Zudem war es total heiß unter dem Helm, aber ich bin ihm einfach gefolgt, und anstatt den üblichen Weg zu nehmen, ist Eric in den Wald hineingegangen, und zwar dort, wo man kaum durchkam.«

»Haben Sie denn damals keine Angst vor dem Wald gehabt, als Sie –«

»Nein«, erklärte ich lachend, »das kam erst später. Das ist ganz neu, diese Angst.« Ich schwieg einen Moment. »Fiona hatte Angst vor dem Wald«, sagte ich schließlich. »Ich nicht.«

»Warum nicht?«

»Keine Ahnung.« Ich fuhr mir mit der Hand übers Gesicht. Ich erinnerte mich an den Kratzer, den ich dort abbekommen hatte. Er war endlich weg. Seit wann war er nicht mehr da? »Das sollte man eigentlich meinen, nicht wahr, dass ein Kind wie ich Angst vor dem Wald hat?«

Sie zuckte mit den Achseln.

»Wir sind also in den Wald gegangen«, fuhr ich fort, »und Eric ist zu dieser Lichtung gegangen. Es war eine von diesen typischen Stellen, wo Kids Hasch rauchen und Bier trinken. Überall Zigarettenkippen und Kronkorken.«

»Gibt's diesen Ort noch?«

»Die Lichtung? Ja«, sagte ich. »Natürlich. Die Kinder gehen da immer noch hin. Da bin ich mir sicher. Wie dem auch sei, wir setzten uns also auf dieses alte Betonrohr, das irgendjemand dort zurückgelassen hatte –«

»Hatten Sie immer noch Ihren Helm auf?«

»Den habe ich die ganze Zeit nicht abgesetzt, weil ich immer noch geweint habe, verstehen Sie, eine richtige Heulsuse, wie mein Vater immer gesagt hat.«

»Erzählen Sie weiter.«

»Und Eric – er hat mir diese Geschichte erzählt.«

»Was hat er Ihnen erzählt?«

»Er war vierzehn.« Ich rieb mir mit den flachen Händen die Augen. »Und da war dieser Junge aus seiner Klasse, Henry Addler, so hieß er. Henry war nicht sonderlich groß oder so was, aber er war unberechenbar, diese Art Kid, das plötzlich einen Wutanfall kriegt und ausflippt, verstehen Sie, diese Art Kid, vor dem Lehrer Angst haben, weil es so verrückt ist. Natürlich – oder vielleicht sollte ich sagen dummerweise – hatte Eric nicht die geringste Angst vor Henry Addler. Eric war Klassenprimus – und das ohne ein Streber zu sein. In den wissenschaftlichen Fächern war er mit Abstand der Beste, und er war auch der Beste im Sport. Alles in allem machte ihn das zum beliebtesten Schüler auf der Thomas Edison. Henry Addler dagegen war der radikalste. Ich schätze, sie waren beide Superlative, und das ließ sie zu Freunden werden, oder zumindest hatten sie irgendeinen seltsamen gegenseitigen Respekt voreinander.«

»Was ist also passiert?« Katherine lehnte sich gespannt vor.

»Eric erledigte häufig Henrys Hausaufgaben, und Henry stahl im Gegenzug White-Cross-Tabletten aus dem Badezimmerschränkchen seiner Mutter und brachte sie ihm.«

»Ist das ein Amphetamin?«

»Ja. Eric hat total auf Speed gestanden. Hat sie im Sport als Fitmacher eingesetzt.«

»Erzählen Sie weiter«, sagte Katherine.

»Wie dem auch sei, während Eric mir also diese Geschichte erzählt, sitze ich mit meinem Helm da, mit total verweintem Gesicht. Und Eric dreht diesen Joint.«

»Hatten Sie schon einmal einen gesehen?«

»Gesehen schon, glaube ich, aber ich hatte noch nie an einem gezogen. Und ich hatte keine Ahnung, dass Eric mir an dem Tag zeigen wollte, wie man so ein Teil raucht. Er erzählte mir einfach diese Geschichte über Henry Addler und die Speedos.«

»Wie geht die Geschichte denn nun aus?«, bohrte Katherine.

Ich seufzte. »Tja, irgendwie hat Eric Henry die falschen Hausaufgaben gegeben. Nicht absichtlich, sagte er, aber irgendwas war schief gelaufen, und als Henry seine Biologie-Hausaufgaben abgibt, kriegt er sie mit 'ner dicken Sechs zurück. Henry Addler sagt aber von dem Ganzen zunächst kein Wort. Zunächst erzählt er also Eric nichts von alldem. Allerdings gibt er ihm eine neue Tablettensorte. Er behauptet, dass seine Mutter keine White Cross mehr nimmt und dass sie jetzt was anderes nimmt. Und dann gibt er Eric vier gelbe Tabletten anstatt der einen, die er sonst immer bekommen hat.«

»Gelb?«, fragte sie. »Waren es –«

»Valium«, sprach ich zu Ende. »Und er sagt Eric, dass er vier davon nehmen muss, um die Wirkung einer White Cross zu bekommen.«

»Hat Eric sie genommen?«

»Das hat er mir zumindest gesagt. Er hat sie auf der Stelle genommen, hat er gesagt. Normalerweise hat er immer in der fünften Stunde Speed eingenommen, um für das Training am Nachmittag in Hochform zu sein.«

»Er ist bestimmt gleich eingeschlafen, oder?«

»Henry Addler hat seine Hausaufgaben mit der dicken Sechs darunter herausgezogen und sie Eric gezeigt. Er sagte: ›Du hast mich voll in die Scheiße geritten, und jetzt hast du gerade Gift geschluckt und gleich bist du tot.‹«

»Das hat er gesagt?«

»Ich weiß nicht, was er wirklich gesagt hat. Ich weiß nur, was Eric erzählt hat, als ich mit ihm im Wald auf dem Betonrohr hockte, und dann hat er mir den Joint gegeben.«

»Haben Sie den Helm abgenommen?«

»Ja. Ich hab ihn zu guter Letzt abgenommen«, sagte ich. »Und Eric hat mir gezeigt ... er hat mir gezeigt, wie man inhaliert. Er sagte, dass ich beim ersten Mal kaum etwas spüren würde, aber dass ich mich daran gewöhnen würde. Ich weiß, wie komisch das alles klingt, aber es war total ... nett.«

»Aber Eric muss doch wegen dieser Tabletten völlig in Panik geraten sein. Ich meine, hat er nicht Angst gehabt, dass er gleich tot umfällt?«

»Er hat gesagt, dass es ihm egal ist, ob er stirbt. Und zwar scheißegal. Und dann hat er gesagt … dann hat er gesagt, dass er die ganze Zeit nur an mich denkt.«

Katherine sagte keinen Ton. Sie blickte auf ihren Kugelschreiber hinab, der bis zu diesem Moment regungslos über ihrem gelben Notizblock geschwebt hatte.

»Er sagte, dass ihn alle anderen mal könnten«, fuhr ich fort, »einschließlich seiner Freunde und unserer blöden Eltern, und dass ich der Einzige bin, der ihm nicht scheißegal ist, und dass es nebensächlich ist, ob ich es ins Footballteam schaffe oder nicht. Das Footballteam, sagte er mir weiter, sei das Letzte, und er sagte, dass Parks, unser Trainer, sowieso schwul ist. Und dass es im Umkleideraum ständig irgendwelche Typen gibt, die einem mit dem Handtuch auf den Arsch schlagen, und dass die ganze Schule einem ständig irgendwas ans Zeug flicken will.«

Katherine lächelte. »Er hat dafür gesorgt, dass Sie sich von dem Rauswurf aus dem Team nicht so gekränkt fühlen.«

Ich nickte. »Eric konnte manchmal echt nett sein.«

»Ich schätze, alle Brüder können bisweilen nett zueinander sein.«

»Ja«, stimmte ich zu. »Sogar Eric.«

»Denken Sie da manchmal drüber nach?«

»Über was?«

»Über diesen Moment, als er Ihnen das gesagt hat?«

»Ich denke an nichts anderes«, gestand ich. »Nach Fiona«, sagte ich, »habe ich nur an Eric gedacht und an sonst gar nichts.«

ER NAHM MICH manchmal ins Kino mit, und im Saal stellte er eine riesige Tüte Popcorn zwischen uns auf.

Er hat mir jahrelang Comicbücher gekauft.

Als er den Führerschein hatte, hat Eric mich wie ein Chauffeur überall hingebracht.

Als ich dreizehn war und eine elektrische Gitarre wollte, waren meine Eltern dagegen. Also kaufte Eric sie mir. Es war eine Kopie einer Hohner Telecaster mit silbernen Pick-ups. Das Plektrumdöschen war mit einem Leopardenmuster bedruckt. Er hat mir sogar ein paar Stunden Gitarrenunterricht organisiert. Diese Gitarre steht immer noch in einer Ecke in meinem Zimmer. Hab sie seit Jahren nicht mehr angerührt. Ich weiß jedoch noch genau, als ich sie das erste Mal in der Hand hatte. Mit ungelenken Fingern zupfte ich an den Saiten herum. »Du wirst ein Rockstar«, sagte er zu mir. »Aber vergiss mich nicht, wenn du berühmt bist.«

»WAS IST EIGENTLICH mit Henry Addler passiert?«, fragte Katherine.

Eric schaute sie baff an. »Henry –«

»Der Junge, der dir Valiumtabletten gegeben hat und gesagt hat, dass es Gift wäre.« Sie war sich vollkommen darüber im Klaren, dass sie mir gegenüber gerade einen Vertrauensbruch beging, aber sie konnte nicht anders. Sie wollte wissen, wie die Geschichte ausging. Sie musste ihre Neugier befriedigen.

»Hat Pilot dir davon erzählt?« Eric lachte beinahe und schüttelte den Kopf, die Hände vor sich auf dem Tisch.

»Ist eine irre Geschichte.«

Er war an jenem Tag zur Mittagspause in ihr Büro gekommen, um sie zu einem nicht geplanten Mittagessen einzuladen, und jetzt saßen sie in dem hell erleuchteten Subway Sandwich im Crestview Shopping Plaza am Sky Highway. Katherine hatte fünfundvierzig Minuten, und sie wollte den Rest der Geschichte hören.

Eric seufzte. »Ich nehme also die gelben Pillen, die Valiumtabletten, und Henry sagt mir« – er musste lachen –, »dass er mich gerade vergiftet hat.«

»Das hat auch Pilot so erzählt.« Katherine lächelte. »Du

warst bestimmt zu Tode erschrocken.« Sie hob ihr Putensandwich, biss jedoch nicht hinein. Während Eric erzählte, hielt sie es sich eine Weile vor den Mund, legte es dann wieder aus der Hand und nippte stattdessen an ihrem Seven-Up. Die Sitzecken des Bistros waren immer noch mit Geschäftsleuten aus dem Bürozentrum in der Nähe gefüllt. Sie trugen alle die gleichen grauen Anzüge mit den gleichen weinroten Krawatten und führten alle gleichzeitig ihre Sandwiches zum Mund und kauten im Gleichtakt.

»Ich habe gedacht, wenn es mir irgendwie gelingt, mich zu übergeben, wird mir nichts passieren.« Er trug heute ein dunkelblaues Hemd zu einem dunkelbraunen Anzug. Armani, vermutete Katherine. Seine Krawatte war ebenfalls braun, jedoch einen Tick heller.

»Und ist es dir gelungen?« Als sie schließlich doch einen Happen nahm, hätte sie am liebsten sofort ausgespuckt.

»Ich konnte nicht«, sagte Eric. »Aus irgendeinem Grund konnte ich mich nicht dazu bringen, mich zu übergeben.« Er blickte nun auf sein eigenes Sandwich mit Schinken und Schweizer Käse. »Ich hab so was nie wirklich gekonnt. Meine Aussichten, als Bulimist Karriere zu machen, waren wohl nie sonderlich gut.«

»Offensichtlich nicht.« Katherine schluckte.

»Und dann«, fuhr Eric fort, »fingen die Tabletten auch schon an zu wirken.« Er drehte seine Hand vor sich im Kreis.

»Du bist träge geworden und hast nur noch verschwommen gesehen?«

»Wohin ich auch schaute, überall liefen die Farben zusammen. Es war, als würde ich die Welt durch ein Fischauge-Objektiv betrachten. Du weißt, wie einem dabei zumute ist.« Er biss erneut in sein Sandwich und kaute bedächtig.

»Klingt ganz nach einem dieser Anti-Drogen-Filme der Regierung, die uns auf der High School gezeigt wurden.«

Er nickte und schluckte. »Genauso war es.«

»Was hast du also gemacht?«

»Ich bin zu meinem Coach gegangen und hab ihm gesagt, dass Henry Addler mir ein paar komische Tabletten gegeben hat.«

»So etwas konntest du deinem Coach sagen?«

»Coach Parks. Er war fantastisch.«

»Wirklich?«

»Ja, und er wusste sofort, was das für Tabletten waren. Damals haben sämtliche Hausfrauen in den Vorstädten diese gelben und blauen Valiumpillen genommen. Er wusste genau, was ich genommen hatte, und er wusste auch, dass ich davon nicht sterben würde.«

»Er hat dich also nicht zu einem Arzt gebracht?«

»Nein«, sagte Eric, »damit hätte er mich nur in Schwierigkeiten gebracht, und ich hätte bestimmt ein paar Spiele aussetzen müssen.« Mein Bruder lachte. »Er brauchte mich, also hat er mich in seinem Büro ein Nickerchen machen lassen.«

Katherine wollte das Sandwich nicht mehr. So etwas passierte ihr oft, wenn sie ihr Mittagessen bestellte, vor allem in letzter Zeit. Sie hatte Hunger, bekam jedoch kaum einen Bissen runter. »Pilot hast du die Geschichte aber mit einem anderen Touch erzählt.«

Eric sog an dem Strohhalm seiner extra großen Cola. Er runzelte die Stirn. »Wie meinst du das?«

»Ich meine«, sagte Katherine, »dass du ihm gesagt hast, du hättest in dem Moment keine Angst gehabt zu sterben und dass dein einziger Gedanke war, dass du ihn verlieren würdest.«

Eric sog kräftig an seinem Strohhalm. Anschließend rieb er sich die Augen. »Das ist alles lange her«, sagte er schließlich. »Ich weiß nicht mehr, was ich Pilot erzählt habe. Wie ich ja bereits sagte, ich war ein schlechter Bruder. Was hast du –«

»Pilot hat diese ganze Sache als etwas *Nettes* in Erinnerung.«

»Wie meinst du das?«

»Na, als etwas Nettes.« Katherine schüttelte den Kopf. »Du

hast ihm diese Geschichte erzählt und ihm seinen ersten Joint gegeben, nachdem er es nicht ins Team der Junior Chargers geschafft hatte.«

»Seinen ersten Joint.« Eric senkte den Blick und betrachtete seine Hände. »Draußen im Wald, oder? Nach dem Training.«

»Und du hättest nur daran gedacht, ihn vielleicht zu verlieren.« Katherine hob den Blick von ihrem Seven-Up und sah ihn direkt an.

Mein Bruder fixierte weiter seine Hände.

»So ein schlechter Bruder kannst du also gar nicht gewesen sein«, sagte sie. »Nicht einmal Pilot hat dich als einen durch und durch schlechten Bruder in Erinnerung.« Seine Augen waren so leuchtend, dachte Katherine, ein überwältigendes Blau. Und seine Kleider waren so unglaublich sauber. Sie fragte sich, ob er seine Anzüge nach jedem Tragen in die Reinigung gab.

»Dann läuft's für ihn momentan also ganz gut?«

»Ich weiß nicht«, sagte Katherine. »Wir sind erst am Anfang. Schwer zu sagen. Es könnte eine Weile dauern.«

»Hat er irgendetwas über seine Mutter gesagt?«

»Wie meinst du das, über –«

»Wegen ihrer Augen?«

»Nein«, sagte Katherine. »Wieso?«

»Sie werden immer schlimmer.« Er schob sein Schinken-Käse-Sandwich beiseite und lehnte sich in der Sitzecke mit hinter dem Kopf gefalteten Händen zurück.

»Woran liegt's denn?«

»Ich habe mit einem Augenarzt gesprochen. Wenn er mit seiner Vermutung Recht hat, dann könnte sich ihr Sehvermögen dramatisch verschlechtern. Und es ist jetzt schon schlecht. Sie könnte unter Umständen erblinden. Und zwar völlig.«

»Das tut mir Leid.«

Er biss sich auf die Unterlippe. »Ich weiß nicht, was ich tun soll. Und sie will nicht in den Kernspin.«

»Könnte es psychosomatischer Natur sein?«

»Natürlich könnte es das. Ich habe jedoch noch nie von einem derartigen Fall gehört. Psychosomatische Störungen machen sich normalerweise mit einer abrupten Erblindung bemerkbar, hier jedoch haben wir es mit einer allmählichen Erblindung zu tun.«

»Es ist doch nichts Schlimmes daran, dass ich mit dir über meine Gespräche mit Pilot rede, oder?«, wollte Katherine wissen. »Ich meine, ist wahrscheinlich nicht sehr professionell.«

»Katherine«, sagte Eric und beugte sich vor, »ich bin Neurochirurg. Pilot ist schizophren. Wenn du also mit mir darüber sprichst, schadest du ihm bestimmt nicht. Genau genommen hilfst du ihm damit. Ich kann das, was er dir während der Therapiestunden erzählt, mit ein paar Hintergrundinformationen erhellen. Und«, fügte er hinzu, »falls er dir etwas sagt, von dem du meinst, dass ich es besser nicht wissen sollte, dann erzählst du es mir eben einfach nicht.«

Katherine lächelte, die Hände unter dem Tisch verborgen. »Okay.«

»Okay.«

»Ich glaube immer noch nicht, dass er schizophren ist«, sagte sie.

»Warum nicht? Ich dachte, Dr. Lennox –«

»Seine Symptome sind alle auffallend schnell zurückgegangen«, sagte sie. »Praktisch zeitgleich mit der Einnahme von Clozaril.«

»Das sind die neuen Medikamente. Sie sind sehr wirkungsvoll.«

Katherine schüttelte kaum merklich den Kopf. »Und dennoch.«

Eric sah auf seine Uhr. Als er wieder zu Katherine aufblickte, sagte er: »Es wird langsam Zeit.«

HANNAH SASS BEI halb geöffnetem Fenster im Schlafzimmer, und die kalte Luft strömte wie eintausend Bienen herein, und das Krebsgeschwür vervielfachte sich in ihrem Gehirn zu einem Bienenstock. Sie hörte unsere Stimmen, Katherines und meine, die durch den Fußboden nach oben drangen, wusste stets sofort, wenn ich irgendeine längere Geschichte vom Stapel ließ, und hörte die Fragezeichen am Ende von Katherines Sätzen heraus. Wenn Sie wollte, konnte sie jedes einzelne Wort verstehen und sich alles anhören, falls sie dies wünschte. Obwohl es früher Abend und bereits dunkel war, sah Hannah Fiona dabei zu, wie sie im Garten mit einem Ball spielte. Sie sah, wie ihr kleines Mädchen zwischen den Bäumen hin und her rannte, sich mit Seilspringen die Zeit vertrieb und sich neben den Swimmingpool hockte, um ihr Plastikeimerchen mit Wasser aufzufüllen. Fiona trug den roten Badeanzug, den sie am Tag ihres Verschwindens getragen hatte.

Aber jetzt war sie wieder aufgetaucht. Genau genommen tauchte sie jeden Tag auf und bildete sich aus den Farbmassen und dem allgemeinen Schimmern heraus, in das sich Hannahs Welt verwandelt hatte.

Das Sehvermögen meiner Mutter hatte sich inzwischen weit über die Doppelbilder hinaus verschlechtert. Inzwischen erschien ihr alles gespenstisch. Nur wenn sie ganz nah heranging, konnte sie einen Gegenstand erkennen. Sie konnte weder lesen noch fernsehen.

Das Einzige, was sie klar und deutlich erkannte – und sie erzählte niemandem davon –, war Fiona. Sie sah, wie meine Schwester ihr unten beim Tischdecken half. Oder wie Fiona sich in der Küche ein Glas Saft einschenkte. Oder wie sie zusammengekuschelt vor dem Fernseher lag.

Fiona.

Sie sah Fiona.

Das konnte sie wohl kaum jemandem erzählen. Sie konnte unmöglich sagen, dass sie den Geist ihrer verschwundenen Tochter im Haus herumflitzen sah. Das konnte sie einfach nicht. Es war schlimm genug, dass ich verrückt war.

Durch den Luftschacht drangen Stimmen nach oben.

»Wird sich bestimmt komisch anhören«, sagte ich. Und

Hannah spitzte die Ohren. Unsere Stimmen waren jedoch weit entfernt und ebenso schwer voneinander zu unterscheiden wie die verschiedenen Farben im Zimmer.

Nicht die Stimmen, dachte Hannah, sondern die Menschen in ihnen. Die Menschen in den Stimmen waren weit entfernt.

»Sie haben es nicht geschafft?«, hörte sie Katherine sagen. Hannah lächelte. Auch sie konnte sich an diesen Tag erinnern. Sie wusste noch genau, wie Eric und ich durch den Wald nach Hause kamen. Wie wir nach Marihuana rochen, als wir die Küche betraten.

»Pilot hat's nicht geschafft«, hatte Eric gesagt.

Ich legte meinen Helm auf den Küchentisch.

»Gut«, hatte Hannah mit einem Lächeln gesagt. »Ich will sowieso nicht, dass beide Söhne Football spielen.«

»Coach Parks ist schwul«, hatte ich gesagt.

»Pilot«, hatte unsere Mutter gesagt.

»Stimmt aber.«

»Das ist eine sehr ernsthafte Anschuldigung.«

»Es ist die Wahrheit«, hatte ich gesagt.

»Ihr beiden riecht übrigens komisch«, hatte Hannah ein wenig herausfordernd gesagt.

»Wir sind durch den Wald gegangen«, hatte Eric mit fester Stimme entgegnet. »Daher der Geruch.«

»Nein«, hatte Hannah gesagt. »Es ist was anderes.« Sie hatte natürlich gewusst, was es war. Sie war damals nicht etwa so dumm, dass sie den Geruch von Marihuana nicht erkannt hätte.

Ich weiß noch, wie ich verharrte und wie mir das Entsetzen im Hals stecken blieb.

»Aber lassen wir das«, hatte Hannah gesagt. »Das Abendessen ist fast fertig. Am besten, ihr wascht euch kurz und helft mir anschließend, den Tisch zu decken.«

Ich ging nach oben. Unsere Mutter öffnete unterdessen den Backofen und warf einen prüfenden Blick auf den Hühnerauflauf, der darin garte. Unser Vater war irgendwo in der schönen weiten Welt im Flugzeug unterwegs, und im Radio lief leichte Unterhaltungsmusik. Hannah wusste sogar noch, dass sie eine Instrumentalversion von »Bridge Over Troubled Water« gespielt hatten. Es war der Tag, dachte sie nun, an dem ihr klar geworden war, dass Musik aufgehört hatte, sie zu ergreifen. Es war der Tag, an dem ihr klar geworden war, dass ihr jegliches Selbstvertrauen abhanden gekommen war und dass sie es nur vorübergehend wiederzuerlangen vermochte, und auch das nur mit Hilfe von Rotwein. In den kommenden zehn, fünfzehn Jahren würde sie jeden Morgen zur Arbeit gehen und andere Menschen buchstäblich an die Hand nehmen – Chirurgen, Violinisten, Bildhauer – und ihnen helfen, verkrampfte Muskeln zu entspannen und geschwollene, Arthritis-steife Fingerknöchel sowie angeknackste Knochen wieder in Bewegung zu setzen. Sie zeigte diesen Leuten, wie man einen Ball festhielt, wie man eine Sehne dehnte, um einen bestimmten Ton zu spielen, und wie man ein edles empfindliches Musikinstrument hielt.

Jetzt lehnte sie sich zurück und hörte uns zu, Katherine und mir, wie wir uns unten unterhielten.

»Haben Sie Ihren Helm abgenommen?«, hörte sie Katherine fragen.

»Ja«, sagte ich, »ich hab ihn dann schließlich abgenommen, und Eric hat mir gezeigt ... er hat mir gezeigt, wie man inhaliert.«

Hannah lächelte. Dann hatte sie also Recht gehabt, was das Marihuana betraf. Natürlich hatte sie Recht gehabt.

»ICH HABE DAS Gefühl, dass wir allmählich so etwas wie ein Verhältnis haben«, sagte Katherine.

Einen Moment lang herrschte Stille. Dann: »Ist das gut oder schlecht?«

Sie zuckte mit den Achseln. »Es ist zumindest aufregend.«

Sie hatten ein freies Wochenende, Eric und Katherine, und sie hatten sich vorgenommen, mehr als nur einen Abend miteinander zu verbringen. Also packten sie ihre Koffer aus. Zumindest Eric, der seine Sachen aus seiner brandneuen Ledertasche nahm und jedes Kleidungsstück – Pullover, Socken, Shorts und Jeans – einzeln in die Schubladen einer weißen Kommode aus Pressholz in dem einheitlich weißen Schlafzimmer seines weiß gestrichenen Strandhauses legte. Draußen peitschten die Wellen, und ein gellender Wind pfiff durch die Dachrinnen.

Katherine hatte ihre Sachen neben dem Bett abgeladen, sich gesetzt und die Schuhe von den Füßen geschleudert. Sie lehnte sich zurück, und mit auf der Matratze ausgebreitetem Haar sah sie meinem Bruder wie einem gehorsamen Haustier zu. Er hatte dieses Strandhaus, wie er ihr auf der Hinfahrt erzählt hatte, vollkommen unmöbliert gekauft, und dann hatte er es mit billigem, modernem Katalog-Mobiliar gefüllt, alles aus leichtem, weißem Holz. Die Einrichtung wirkte auf sie dürftig und unerbittlich praktisch.

»Du bist so unglaublich auf Ordnung bedacht.« Als Eric zum Schrank hinüberging, rollte Katherine den Kopf zur Seite und folgte ihm mit den Augen.

»Eine kleine Zwangsneurose hat noch niemandem geschadet.«

Sie lachte.

»Hast du Hunger?«

Sie hörte den kreischenden Wind und die herbstliche Meeresbrandung, die draußen an die Küste donnerte. Katherine stand vom Bett auf und ging geradewegs auf Eric zu, bis sich ihre Gesichter beinahe berührten. Sie legte ihren Mund auf seinen Mund, nicht um zu küssen, nur um sanft seine Lippen zu streifen. Mein Bruder verkrampfte sich im ersten Moment, ergab sich dann jedoch ihrer Zärtlichkeit. »Komm«, sagte sie. »Lass uns nach draußen gehen.« Sie zog ihn am Arm. »Lass uns nach draußen gehen und das Meer anschauen.«

IHR WILDES LANGES Haar war blond und schwarz zugleich. Es kräuselte und ringelte sich wie der ans Land gespülte Seetang.

Es peitschte ihr im salzigen Wind um Augen und Mund und verhedderte sich hoffnungslos. Immer wieder wischte sie es beiseite, wobei sie Eric wie zur Entschuldigung ein Lächeln zuwarf, aus Sorge, er könnte sich wehgetan haben. Die Kälte war gerade noch auszuhalten, obwohl Katherine an den Gliedern bereits eine gewisse Taubheit verspürte. Sie hätte einen Hut mitbringen sollen. Oder zumindest ein Kopftuch. Sie sagte: »Wir sind früher immer am Thanksgiving Day mit der Familie zum Strand rausgefahren.« Katherine bemerkte, wie unruhig das Meer war und wie grau es war, ganz weit draußen. Die Kälte ging ihr allmählich in die Knochen. Sie trug eine alte Jeansjacke, aber das reichte nicht. »Meine Schwester und ich haben dann den ganzen Tag im Sand gespielt. Ganz egal wie kalt es war.«

»Klingt nett«, sagte Eric. »Zwei Mädchen.« Er trug einen brandneuen blauen Pullover – Kaschmir, was sonst. Sein Gesicht war auf perfekte Art unrasiert. Ein Filmstar-Stoppelbart. »Du erzählst nie von deiner Schwester.«

Katherine nickte. »Michele.«

»Warum nicht?«

»Weil es über sie nicht viel zu erzählen gibt.«

»Sprecht ihr euch häufig?«

»Ich habe sie bereits seit Jahren nicht mehr gesprochen.«

Eric steckte die Hände in die Hosentaschen.

Sie sprach ein wenig lauter, um gegen das Rauschen des Windes und der Wellen anzukommen. »Du siehst aus wie ein Modell in einer Aftershave-Werbung.«

Er wandte sich um und lächelte – womit er seiner Erscheinung das i-Tüpfelchen aufsetzte.

»Vielen Dank, dass du mich hierher gebracht hast«, sagte sie. In der Sonne war es zum Glück etwas wärmer. Katherine hatte sich die Schuhe ausgezogen und drückte ihre Füße in den kalten feuchten Sand. Sie hatte ihre Schuhe – ein altes Paar Mokassins – unter einem großen Stück Treibholz am oberen Ende des Strandes verstaut. Sie kam nun auf ihn zu und legte ihren Arm um seine Hüften.

»Danke, dass du mitgekommen bist«, sagte er.

Katherines wild im Wind umherschlagende Mähne setzte ihnen erneut zu. »'tschuldigung«, sagte sie.

»Wofür?«

»Meine Haare.«

»Ich liebe deine Haare.« Eric nahm sie an die Hand, und sie gingen weiter. Es war kurz vor Sonnenuntergang, und das glühende Abendlicht wurde immer gelber und goldener. Es ist wie auf einem dieser Poster, dachte Katherine, ein Liebespaar am Strand, Hand in Hand hob es sich als Silhouette im Licht der untergehenden Sonne ab.

»Kommst du manchmal auch allein hierher?«

»Nein.«

»Wirklich nicht?«

»Am Anfang dachte ich, dass ich genau das tun würde.« Auch er sprach mit lauter Stimme. »Ich hatte es mir jedenfalls vorgenommen. Als ich das Haus gekauft habe, habe ich gedacht, dass ich ständig allein herkommen würde, aber … aber es ist nicht das Gleiche, verstehst du, wenn du allein bist. Am Ende bleibst du doch nur im Haus und liest. Da ist es besser, ich bleibe gleich irgendwo in der Nähe des Krankenhauses.«

»Ich würde hier jedes Wochenende verbringen«, sagte Katherine. »Jede freie Minute.«

»Allein?«

»Natürlich allein. Find ich toll.«

Er lächelte. »Du bist toll.« Es war ein Quarterback-Lächeln – makellose Zähne und strahlend gutes Aussehen. Sie war noch nie mit einem Mann zusammen gewesen, der so gut aussah. Es war beinahe unwirklich, wie schön er war.

Katherine lächelte gezwungen. »Du willst wohl, dass ich erröte?« Sie fragte sich, ob all dies … ob es auch wirklich passierte.

»Darf ich dir mal etwas sagen, auch wenn's lächerlich klingt?«

»Raus mit der Sprache.«

»Ich habe noch nie jemanden ... jemanden wie dich kennen gelernt«, sagte Eric. »Du bist ganz und gar anders als die anderen. Ich hoffe nur ... du hast vor, noch länger zu bleiben –« Er wandte den Blick ab. In der Ferne sah er einen Mann mit einem schwarzen Labrador Retriever. »– zumindest noch eine Weile.« Der Mann schien etwas in der Hand zu halten, und der Hund tanzte und sprang danach.

»Ich habe nicht vor, wegzuziehen«, sagte Katherine.

»Ich meine, es ist nicht immer leicht, mit mir auszukommen.«

»Eric.«

»Das hat mit meinem Beruf als Arzt zu tun, glaube ich, oder vielleicht einfach nur mit mir. Ich bin irgendwie ... ich stehe ständig unter Hochspannung, verstehst du. Aber ... aber, Himmel, Katherine, du erfährst zurzeit alles über meine Kindheit, was für ein Fiesling ich war, wie entsetzlich ich mich als Bruder Pilot gegenüber verhalten habe –«

»Eric, du warst kein –«

»– und du scheinst mich immer noch zu mögen.«

»–kein schlechter Bruder, du warst –«

»Was entweder bedeutet, dass du selbst irgendeinen Spleen hast, und da hätte ich –«

»–ein ganz, ganz lieber, normaler –«

»– gar nichts gegen einzuwenden, das wäre okay, oder du –«

»– Bruder, vollkommen normal.«

»– bist einfach ein wundervoller Mensch – was, glaube ich, wirklich der Fall ist.«

»Eric, komm schon.«

»Ich bin total verrückt nach dir, Katherine.« Er blickte sie wieder mit dem gleichen Lächeln an, diesmal jedoch mit mehr Gefühl, beinahe verschämt.

Ob er sich dessen bewusst war? War es ein Spiel?

Katherine lächelte. »Ich werde alt ... Ich werde alt ... Hosen mit Umschlag trag ich bald«, sagte sie. »Ob ich mir die Haare hinten scheiteln soll? Ob ich Pfirsiche verzehr? Ich will weiße

Flanellhosen tragen, und wandern am blauen Meer.« Sie wollte den Bann brechen, indem sie irgendetwas Seltsames sagte. »Ich hörte die Meermädchen singen, hin und her.«

»Was?«

»Das ist ein Gedicht.«

»Ein Gedicht?«

»Von T. S. Eliot«, sagte sie. »J. Alfred Prufrocks Liebesgesang.«

Eric zog sie an sich. »Mir ist kalt«, sagte er. »Und du kommst mir mit Dichtung für Erstsemester.«

Katherine legte ihre Arme um seinen Hals und sagte: »Lass mich dich wärmen.«

SIE WAR FAHRIG – nervös. Sie hatten natürlich bereits miteinander geschlafen, aber nur nachts, und aus irgendeinem Grund war es nicht dasselbe. Während draußen die Wellen romantisch rauschten und der Wind pfiff, rang sie hektisch nach Luft. In dem hell erleuchteten Zimmer schien die Romantik wie weggeblasen, jedoch ersetzt durch etwas anderes. Eric wirkte größer, und seine Muskeln spannten und lösten sich so geschmeidig wie nie zuvor. Sie wanderte mit dem Kopf an seinem Leib herunter und hielt seine Oberschenkel umfasst. Ihre Finger gruben sich in sein Fleisch. Und auch er hob ihren ganzen Leib an seinen Mund. Sie war nicht gerade ein Zwerg, aber als er dies tat, kam sie sich winzig und federleicht vor. Er klemmte mit dem Kinn zwischen ihrem Kopf und ihrer Schulter, und sie spürte seinen rauen Schnurrbart auf ihrer Haut. Und als er in ihr war und auf ihr lag und in einem immer heftiger werdenden Rhythmus in sie eindrang, flüsterte er ihr ins Ohr, dass er sie liebe, dass er es nicht aushalten könne, von ihr getrennt zu sein, und dass er immer an sie denken müsse, nur an sie.

Er sagte diese Dinge tatsächlich.

Mark hatte nie etwas gesagt, wenn sie miteinander schliefen. Mark war so stumm wie ein Stein gewesen.

Aber heute war Katherine diejenige, die stumm blieb. Mein Bruder hatte seine Hand auf ihren Rücken gelegt, und sein Mund war ganz nah an ihrem Ohr, und er flüsterte: »*Katherine.*«

In dem Moment kam sie. Sie biss auf ihre Unterlippe, und ihr entfuhr ein kaum hörbarer Laut, der sich aus den Tiefen ihres Körpers erhoben hatte und von einer anderen Welt zu stammen schien, ja von einem anderen Menschen.

Als Eric kam, packte er sie bei den Oberschenkeln. Er hob ihre Beine hoch und drang mit hoch erhobenem Kinn und durchgebogenem Rücken mit aller Kraft in sie ein.

Ich stand unterdessen ein paar hundert Meilen weit entfernt in der Küche vor der Spüle und hielt mir die Augen zu. Hannah war oben und wartete auf den Tee, den ich ihr gleich bringen würde.

Katherine und Eric hatten kein einziges Mal die Stellung gewechselt.

Er war oben. Sie lag unten.

Missionarsstellung.

Sie erfüllten wohl gerade eine geheime Mission, dachte ich, während ich vor der Spüle stand.

Ich konnte alles sehen.

Das ist der Unterschied zwischen Männern und Frauen, dachte Katherine. Die Frauen kommen zuerst, und die Männer bekommen sie nie in ihrem Zustand der Trance zu sehen. Männer bekommen dieses Verhalten nie wirklich zu sehen. Eine Frau dagegen liegt da und hilft dem Mann, wenn er kommt. Ihre Gedanken sind befreit und ihr Leib ist bereits befriedigt.

»Das war so schön«, flüsterte Katherine jetzt. »Du bist so lieb.«

»Du bist so schön«, sagte Eric.

Sie lagen eine Weile mit verschlungenen Leibern da, viel zu erhitzt, um sich zu berühren, und sich dennoch berührend. Und sie musste an Michele denken. Und dann an Mark, der mit den Augenlidern flatterte, wenn er kam, und der so weich und so weiblich war wie sie an diesem Tag.

»WORAUF SOLLTE MAN beim Kauf eines Huhns achten?«, fragte Katherine. Sie waren gerade dabei, sich in dem kleinen Lebensmittelladen des winzigen Stranddorfs Geflügel auszusuchen. Sie hatte so etwas kaum jemals getan.

»Gute Frage«, sagte Eric. »Darauf, dass das Fleisch möglichst zart ist, nehme ich an.«

»Dass es gerupft ist«, sagte Katherine.

»Auch eine gute Eigenschaft.«

Katherine hob ein relativ kleines Huhn aus dem Kühlfach und legte es in ihren Einkaufswagen. »Ist dieses Exemplar in Ordnung?« Das Huhn war in Klarsichtfolie verpackt. Es war ganz blass – wie ich.

»Ich kann zumindest keine Federn entdecken«, sagte Eric. Er ging in Richtung des Gemüsestandes. »Karotten? Sellerie? Was noch?«

»Danke«, sagte Katherine plötzlich.

»Für das Huhn?«

»Danke, Eric, dass du mich hierher gebracht hast, dass du mich –«

»Der Dank –«, sagte er und schob den Einkaufswagen auf sie zu. Er ging um ihn herum, drückte sein Gesicht gegen ihre Wange und gab ihr einen Kuss auf die Kinnpartie. »Der Dank gehört allein dir.«

»Nein.«

»Und Pilot«, sagte er.

»Pilot?«

»Dafür, dass er verrückt geworden ist.«

»Gepriesen sei der Sündenfall«, sagte sie.

Eric lächelte, schien sie aber nicht gehört zu haben. »Weißt du«, sagte mein Bruder, »wenn ich bei dir bin, wenn du hier bei mir bist, zweifle ich keine Sekunde daran, dass er sich erholen wird, dass er gesund wird.«

Sie standen nun vor dem Gemüsestand und waren von grünen Bohnen, Brokkoli und Karotten umgeben. In der Nähe der Kasse stand ein riesiger Berg Orangen. »Orangen?«, fragte Eric. »Weintrauben?«

»Orangen«, antwortete Katherine. Sie hatte inzwischen ein dümmliches, unkontrollierbares Grinsen im Gesicht. »Weintrauben.«

ICH HATTE AUF der kleinen Treppe am Eingang der Küche gesessen und den im Herbstwind rauschenden und ächzenden Bäumen zugesehen. Hinter mir hörte ich meine Mutter, die gerade das Geschirr spülte. Porzellan und Besteck klirrten und klimperten im umherschwappenden Spülwasser. Ich glaubte sogar das Lied zu hören, das sie vor sich hin summte. Mit jeder Strophe wechselte die Melodie, änderte sich mit rhythmischer Unregelmäßigkeit die Tonfolge. »Pilot«, sagte sie schließlich, und ich hörte, wie der Wasserhahn plötzlich zugedreht wurde.

»Ja?«

»Ist dort draußen irgendwas?«

»Wie meinst du das?«

»Im Garten, ich kann's nicht genau erkennen, weißt du, ist da irgendwas –«

»Nur das, was immer da ist.«

»Sind dort –«

»Was?«

»– Kinder?«

»Mom, komm schon.«

»Die kleinen Mädchen von nebenan, dachte ich. Vielleicht –«

»Nein, sie sind momentan nicht draußen.« Ich stand von der Treppe auf, ging in die Küche und zog sanft die Tür hinter mir zu. »Dort sind nur Bäume, Büsche, der Swimmingpool – das Gleiche wie immer.«

Sie konnte es nicht ausstehen, wenn ich den Swimmingpool erwähnte. Es war jetzt einfach der Garten. »Ist der Garten sehr verwildert?«

»Es geht.« Sie stand vor der Anrichte, mit der Hand auf der Kante, genau wie Fiona sich immer auf dem Schwimmbeckenrand aufgestützt hatte. »Soll ich das Unkraut jäten?«

»Eric hat bereits gesagt, dass er das macht.«

»Okay.«

Sie hob ihre Hand ans Gesicht.

»Ist mir dir alles in Ordnung, Mom?«

»Ich habe nur einen Moment lang gedacht, dass ich etwas gesehen hätte.«

»Dass du was gesehen hättest?«

»Irgendwas.«

IN SEINEM SCHWARZEN Jaguar fragte sie ihn: »Was ist eigentlich aus dem roten Turnschuh geworden?« Eric saß am Steuer, Katherine mit den Lebensmitteln auf ihrem Schoß auf dem Beifahrersitz. »Eric?« Sie wusste, dass sie nicht damit hätte anfangen sollen. Sie konnte es jedoch nicht lassen.

Er blickte sie nicht an. »Er ist von der Polizei als Beweismittel sichergestellt worden.« In seiner Stimme lag eine gewisse Härte, und seine Kiefermuskeln spannten sich.

»Er ist deiner Familie also nie wieder ausgehändigt worden?«

»Nicht, dass ich wüsste.«

»Und es ist nur dieser eine gefunden worden?«

»Nur dieser eine.«

»Wo hat Pilot ihn gefunden?«

»Er hat ihn gleich am ersten Tag gefunden, als wir ... als wir nach ihr gesucht haben.« Eric bog ohne vom Gas zu gehen um eine Ecke. Katherine hatte einen Moment lang das Gefühl, dass die Räder wegrutschten. »Und er konnte sich nicht mehr erinnern, wo er war, als er ihn gefunden hat.« Er streckte die Hand aus und griff nach dem Einschaltknopf des Radios. Er zögerte einen Moment und ließ es schließlich ausgeschaltet. »Wir haben die genaue Stelle nie gefunden. Pilot war sich jedenfalls nie ganz sicher.«

»Beweismittel?«, fragte Katherine. »Ein Beweis vielleicht dafür, dass irgendein Kampf stattgefunden hatte? Oder hatte sie einfach versucht, eine Spur zu hinterlassen?«

»Möglicherweise. Fiona war noch sehr klein. Ich bezweifle, dass sie daran gedacht hatte, eine Spur zu hinterlassen.«

»Und er wusste nicht mehr, an welcher Stelle er den Schuh gefunden hatte?«

»An dem Tag ist alles drunter und drüber gegangen, Katherine. Es war wahrscheinlich der schlimmste Tag seines Lebens.«

»Kann ich mir vorstellen.« Sie blickte ihn an und sagte: »Es wäre sehr wichtig gewesen, nicht wahr? Ich meine, wenn sie gewusst hätten, wo genau –«

»Es war egal. Sie haben in dem Wald jeden Zentimeter durchkämmt.«

»Das glaube ich.« Sie dachte einen Moment lang nach, kaute an ihren Fingernägeln und schmeckte das Blut. »War er immer so vergesslich?«

»Pilot?« Eric hielt vor einer Ampel und blickte Katherine direkt an. »Pilot war extrem vergesslich«, sagte er kopfschüttelnd. »Genau wie unsere Mutter.«

MEIN VATER GING immer wieder zum Fenster, um den Himmel zu betrachten. Patricia, seine Freundin, beobachtete ihn von der Küche aus. Im Fernsehen gewann gerade das Florida-State-Team gegen Nebraska. Er setzte sich erneut für ein paar Minuten aufs Sofa, murmelte das eine oder andere Wort über das Spiel vor sich hin, stand wieder auf und fummelte an den Schlüsseln in seiner Hosentasche herum. Dann beugte er sich über einen der Korbstühle auf der Glasveranda und stand mit dem Gesicht zum Fenster da. Der Himmel war klar – nur wenige Wolken verteilten sich wie Blätter auf einem Rasen im Frühherbst. Patricia lehnte sich ein wenig von der Spüle zurück und spähte zu ihm hinüber. »Jim«, sagte sie schließlich, »was tust du da?« Sie drehte den Wasserhahn zu.

Er sagte: »Was?«, obwohl er sie gehört hatte.

»Warum stellst du dich immer wieder ans Fenster?«

»Ach, weißt du, im Wetterkanal haben sie irgendwas über einen möglichen Sturm gesagt. Ich hab nur gedacht –«

»Es ist wegen Pilot.«

»– dass ich mir das selbst einmal ansehe.«

»Du machst dir seinetwegen Sorgen.« Sie ging über den beigefarbenen Wohnzimmerteppich auf meinen Vater zu. Hannah hatte erneut eine Nachricht hinterlassen.

Er senkte verlegen den Blick. »Ja.«

Und meine Mutter rief sonst nie an.

Patricia schien mit ihrem ganzen Körper zu ihm zu sprechen, und ihre Art, sich ihm zu nähern, so offenherzig, löste ihm ein wenig die Zunge.

»Ich muss die ganze Zeit denken, dass er ernsthafte Probleme hat«, sagte er.

»Gut möglich.«

»Was soll ich tun?«

»Ruf ihn an.«

»Was soll ich ihm sagen?«

Sie legte eine Hand auf seine Schulter. Dann sagte sie: »Ruf ihn an.«

Er blickte sie an. »So leicht ist das.« Es war eine Frage.

SIE STANDEN WIEDER gemeinsam am Strand, und diesmal war es spät abends. Die dicken Wolken, die sich am Himmel zusammenballten, verfinsterten den Horizont, und die letzten schwachen Sonnenstrahlen legten sich wie ein Schleier über die Landschaft in ihrem Rücken. »Ich war ein entsetzlich schlechter Bruder«, sagte Eric. »Wenn ich doch nur –«

»Eric.« Katherine legte eine Hand auf seine Brust. Es war Ebbe, und aus irgendeinem Grund war das Meer ganz still.

»Ich will es wieder gutmachen.« Mein Bruder wandte sich mit dramatischer Geste ab. »Ich will … ich will mich in meiner Haut wieder wohl fühlen können«, sagte er. »Ich will irgendeinen Weg finden, meine Schuld zu begleichen. Wenn ich nur daran denke, was ich alles zu ihm gesagt habe.« Er schloss die Augen.

Mit geschlossenen Augen, dachte sie, wirkt er wie eine Statue. »Eric«, sagte Katherine. »Du bist doch ein kluger Mensch. Du bist ein Gehirnchirurg, verdammt noch –«

»Ich war wirklich gemein«, sagte er. »Gehässig, ein anderes Wort gibt es dafür nicht.«

»Hast du irgendeine Vorstellung davon, wie gemein meine Schwester und ich zueinander waren?«

»Wirklich?«

»Entsetzlich. Bösartig.«

»Sprichst du deshalb nicht mehr mit ihr?«

Sie blickte auf ihre Finger. »Ich glaube schon. Wahrscheinlich.«

»Aber ich war –«

»Nein, Eric. Du hast nur Pech gehabt, mehr nicht. Dein Bruder leidet an einer Krankheit. Und diese Krankheit hat er nicht von dir. Eine Rivalität zwischen Geschwistern, mag sie auch noch so groß sein, kann nicht der Grund für ein derartiges Leiden sein. Es ist einzig und allein biologisch.«

»Er glaubt, dass ich unsere Schwester umgebracht habe«, sagte er. Sein Tonfall war irgendwie merkwürdig. Mein Bruder klang beinahe so, als würde er weinen.

»Pilot ist nicht Herr seiner Gedanken, Eric.« Katherine berührte ihn wieder kurz mit der Hand. »In seinem Kopf spuken tausende von konfusen und verdrehten Gedanken herum.«

»Katherine, ich weiß das alles. Es ist nur … es ist nur, dass ich wohl ebenfalls ziemlich konfus und irrational bin. Ich meine, wenn es um die eigene Familie geht, ist es anders.«

»Du verhältst dich wirklich irrational.«

»Ich kann mich doch auch einmal schlecht fühlen, oder?«

»Ja.«

»Ich würde ihm so gern helfen.«

»Du hilfst ihm bereits sehr.« Katherine hielt seine Hand. »Mehr als du denkst.«

»Was würdest du nicht für deine Schwester tun?«

»Viel«, sagte Katherine. Sie blickte aufs Meer hinaus. »Ehrlich gesagt, habe ich bereits vieles nicht getan.«

KATHERINE TRUG EIN schwarzes Jackett zu einem schwarzen Rock. Um ihren Hals hing eine Silberkette mit einem geheimnisvoll gewundenen keltischen Symbol. Sie wirkte besorgt. »Ich habe Sie gebeten, Pilot«, sagte sie, »letzte Woche habe ich Sie gebeten, mir zu erklären, warum Sie so fest davon überzeugt sind, dass Eric für Fionas Verschwinden verantwortlich ist. Können Sie sich noch erinnern?«

Ich rieb mir die Augen. Ich saß wieder auf dem blauen Sofa, und im Wohnzimmer schienen sich seit der vergangenen Woche noch mehr Zeitschriften, Krimskrams und Staub angesammelt zu haben. »Der Turnschuh«, sagte ich. »Der rote, knöchelhohe Sneaker. Er war in seinem Zimmer.« Ich nippte an meinem Tee. Hannah, die mittlerweile beinahe vollkommen blind war, hatte einen Tee mit zwei hübschen Tassen auf den Couchtisch gestellt. Katherine und ich hatten die Sitzung damit begonnen, dass wir uns eine Tasse Jasmintee einschenkten.

»Aber Sie haben den Schuh im Wald gefunden.« Katherine war sich sicher, mich bei einem Widerspruch ertappt zu haben. »Ich dachte, Sie hätten ihn –«

»Er war in Erics Schlafzimmer.« Ich schüttelte den Kopf. »Ich habe *gesagt,* dass ich ihn im Wald gefunden habe, mehr nicht. Ich habe gelogen.«

»Pilot«, begann sie, »Sie –«

»Ich habe gelogen, ja. Die ganze Zeit. All die vielen Jahre. In einem fort. In allem.«

»Warum haben Sie gelogen? Um Eric zu schützen?«

Ich nickte. »So ähnlich.«

Katherine machte sich eine Notiz. Ihr silberner Kugelschreiber kratzte ein wenig. Als sie aufblickte, fragte sie: »Wo genau haben Sie ihn in seinem Schlafzimmer gefunden?« Ihr Gesicht nahm einen kaum wahrnehmbaren gequälten Ausdruck an. Es war irgendetwas um ihre Augen herum. Etwas, das vielleicht Ungläubigkeit war.

»Unter seinem Schreibtisch«, sagte ich, »in Erics unglaublich ordentlichem, sorgfältig aufgeräumtem Schlafzimmer, in dem alles stets an seinem Platz war, unter seinem Schreibtisch, genau dort, wo er ihn hingelegt haben muss.«

Katherine seufzte. Sie fuhr sich mit der Hand durchs Haar, das auch heute völlig wirr war – verrückter als ich. »Okay«, sagte sie, »der Turnschuh war also in Erics Zimmer, soweit Sie sich erinnern. Heißt das, dass er der Täter ist? Heißt das automatisch, dass er sie umgebracht hat?«

Ich blickte zur Decke hoch. Ich wusste, dass das Belüftungssystem unsere Stimmen bis ins Schlafzimmer meiner Mutter trug. Ich wusste, dass sie lauschte, das Gesicht zum Fenster gewandt, mit geschlossenen Augen. Ich habe selbst oft genug vor diesem Gitter gesessen und den Unterhaltungen der Erwachsenen hier unten gelauscht, den Streitereien über Geld, über den nächsten Flug meines Vaters, darüber, dass er nie zu Hause war, und später über die Frage, wer auf sie hätte aufpassen sollen, wer in jener Nacht Fiona hätte im Auge behalten sollen, und warum zum Teufel all dies ausgerechnet ihnen passieren musste. Und deshalb flüsterte ich jetzt: »Ich habe noch etwas anderes gefunden. Ich habe etwas gefunden, von dem ich niemandem jemals erzählt habe.«

Katherine beugte sich vor und sprach ebenfalls im Flüsterton. »Was war es?«

»Ich habe ein Messer gefunden.«

Sie lehnte sich zurück und sagte mit lauter Stimme: »Sie haben ein Messer gefunden.«

»In einem der Schuhe.«

Katherine räusperte sich leise. »Haben Sie ... haben Sie es noch?«

Ich lächelte. Ich wickelte den Schnürsenkel um meinen Finger, wickelte ihn immer wieder herum.

Katherine runzelte die Stirn und blickte mich fragend an.

»Pilot, falls Sie im Besitz eines echten Beweisstücks sind, eines zwanzig Jahre alten, unumstößlichen Beweisstücks im Zusammenhang mit dem Verschwinden Ihrer Schwester –«

»Und soll ich dann meiner Mutter sagen, dass ihr Junge, ihr Lieblingssohn, der erfolgreiche, der *gute,* als Teenager ihre Tochter ermordet hat?«

»Pilot.«

Ich lächelte. »Davon einmal abgesehen, gibt es für so etwas nicht eine Verjährungsfrist?«

»Im Ernst, Pilot, haben Sie es? Haben Sie das Messer?«

»Ich habe nicht nur das Messer«, sagte ich wieder im Flüsterton, »ich habe auch den anderen Schuh und die Wonderbread-Tüte, in der ich die Sachen gefunden habe.«

»Warum flüstern Sie so?«

Ich zeigte zur Decke hoch. »Hannah hört mit.«

»Pilot«, fragte Katherine, »warum haben Sie in all diesen Jahren mit diesen Sachen nichts angefangen? Warum sind Sie nicht –«

»Ich konnte niemandem davon erzählen.«

»Warum nicht?«

»Weil ich damals noch geistig gesund war.«

»Geistig gesund?«

»Über so etwas kann man nur reden, wenn man verrückt ist.«

»Pilot.« Sie schüttelte den Kopf.

»Haben Sie schon einmal etwas von Verdrängung gehört, Katherine?«, fragte ich. »Oder haben Sie an dem Tag das betreffende Psychologie-Seminar ausfallen lassen?«

Sie verdrehte die Augen. »Okay. Wann haben Sie sich an all dies wieder erinnert?«

»Ich hatte es nie vergessen. Allerdings war es mir kurz, bevor ich den Schub hatte, in den Sinn gekommen, mich laut an diese Geschehnisse zu erinnern, Katherine.«

»Wollen Sie damit etwas andeuten?«

»Etwa die Tatsache, dass ein Neurochirurg Zugang zu psychotropen Medikamenten hat? Medikamente, die zum Beispiel bei einem bereits labilen, anfälligen Menschen einen psychotischen Schub auslösen können?«

Sie musste an sich halten, um nicht in Lachen auszubrechen. »Pilot, was Sie da sagen, ist wirklich äußerst unglaubwürdig –«

»Katherine, ich meine es ernst.«

»Was wollen Sie also tun?«

Ich blickte auf. »Keine Ahnung.«

»Sie wollen diese Beweise also nicht der Polizei aushändigen?«

»Ist man dazu verpflichtet, gegen seinen eigenen Bruder auszusagen?«

»Das ist eine juristische Frage«, sagte sie. »Ich kenne die Antwort darauf nicht.«

»Ich bin mir nicht sicher, ob ich das könnte.« Ich löste den Schnürsenkel, der mit der Zeit ganz schwarz geworden war, und wickelte ihn vom Finger. Wie lange hatte ich wohl dieses Ding inzwischen? »Wie war Ihr gemeinsames Wochenende? War es romantisch?«

Katherine lehnte sich vor und nippte an ihrem Tee, der wahrscheinlich längst kalt war. »Eric geht es gut«, sagte sie. »Keine Sorge. Haben Sie mit ihm gesprochen?«

»Nicht direkt.«

Katherine räusperte sich erneut. »Nicht direkt«, sagte sie mit hochgezogenen Augenbrauen.

»Vergessen Sie nicht, Katherine Jane DeQuincey-Joy«, sagte ich zu ihr, »ich bin allwissend.«

»Pilot«, fragte sie, »haben Sie diese Dinge wirklich irgendwo aufbewahrt?«

»Ja.«

»Wo?«

»Irgendwo … ich bin mir nicht sicher. Ich glaube, sie sind irgendwo im Wald.« Ich stand vom Sofa auf. Was mich betraf, war diese Sitzung vorüber.

»Pilot«, sagte sie, »Sie müssen mir sagen, wo –«

»Sie sollten aufhören, so auf den Nägeln herumzukauen.« Ich ging zur Treppe. »Wenn Sie nicht aufpassen, werden Sie eines Tages noch verbluten.«

ICH WAR ÜBERRASCHT, wie kalt es nachts in Kalifornien am Strand war. So kalt wie der Winter im Osten. Ich habe eine ganze Woche draußen am Strand übernachtet, von Mittwoch bis Mittwoch. Dabei habe ich versucht, nicht einzuschlafen. Die Angst hielt mich auf den Beinen. Von Müdigkeit überwältigt, fielen mir jedoch von Zeit zu Zeit die Augen zu. Manchmal legte ich mich einfach in den Sand. Und wenn ich eine grasbewachsene Stelle am Santa Monica Boulevard entdeckt hatte, stützte ich mich mit dem Kopf gegen eine Palme und lauschte der tosenden Brandung auf der einen Seite und den vorbeisausenden Autos auf der anderen. Und dann habe ich ihn angerufen. Ich rief Eric an. Und zwei Tage später, also unmittelbar darauf, reiste er an und fand mich. Er brachte mich in einem billigen Hotel unter, kaufte mir ein paar Kleider, verfrachtete mich in der Business Class nach New York zurück und lieferte mich bei meiner Mutter ab. Und dann folgten ein paar Wochen, in denen ich im Bademantel im Haus herumspaziert bin, und dann Hannahs Sehstörungen, und dann auch schon der Moment der Klarheit, oder des Wahnsinns, wie man's nimmt, und dann die Klinik und Katherine …

Davor war ich in North Carolina. Ich hatte dort studiert und war nach dem College geblieben. Ich ging damals mit einer verheirateten Frau namens Jorie ins Bett und schrieb Drehbücher, die niemandem gefielen und die niemand haben wollte oder auch nur verstand. Es waren Geschichten über gefühlskalte Familien und Geschwisterrivalitäten, Geschichten wie meine eigene, jedoch mit erstaunlichen Wendungen und einem magischen Finale.

Vorher war ich ein Gespenst gewesen, genau wie meine Mutter sagte.

Aber draußen am Strand war all dies ohne Bedeutung. Ich

war unter dem Vorwand gekommen, Drehbücher zu verkaufen, und wenn ich Jorie anrief, erzählte ich ihr, dass ich im teuersten Hotel von Beverly Hills abgestiegen wäre und sogar einen Agenten hätte. Ich hatte mir diese traumhaften Szenarien, diese ausgefeilten Lügen extra für sie ausgedacht. Sie kaufte sie mir alle ab. In Wahrheit spazierte ich jeden Tag am Strand von Santa Monica entlang. Ich hatte mir bereits einen leichten Sonnenbrand zugezogen, und meine Augen waren durch den Mangel an Schlaf ganz rot. Ich gab mein letztes Geld für Hot Dogs, fetttriefende Pommes, Limonade und Marihuana aus. Ich hatte mit einem Mädchen Bekanntschaft gemacht. Sie hieß Selena, und wenn sie nicht zu betrunken war, setzte sie sich nachts neben mich in den Sand. Ich hatte damals noch keine Stimmen gehört, nur ihre, die allerdings echt war. Ich vermutete nicht in jeder vorbeifliegenden Möwe elektronische Überwachungsgeräte. All das passierte erst später, als ich wieder in New York war.

Ich wollte nur dort draußen sitzen und mir mit Selena die heranrollenden Wellen ansehen.

»Woher kommst du?«, fragte Selena.

Ich sagte ihr, dass ich aus North Carolina stammte.

»Du hast aber keinen Akzent.«

»Und woher kommst *du*?«, fragte ich, um das Thema zu wechseln.

»Texas ... Corpus Christi, Texas.« Sie hatte einen breiten, gedehnten Akzent und darüber hinaus eine raue Whisky-Stimme. »Ich trinke mehr, als gut für mich ist«, sagte sie. »Das weiß ich.« Es war die größte Untertreibung aller Zeiten. »Aber ich bin ein netter Mensch, und niemand hat mir jemals erklären können, was ich davon habe, wenn ich mit dem Trinken aufhöre.« Mit dem Trinken. In dem Moment blickte sie mich an, als könnte ich ihr dies vielleicht erklären, oder als sollte ich es zumindest versuchen.

Ich zuckte mit den Achseln. »Vielleicht nichts«, sagte ich. »Vielleicht absolut gar nichts.«

»Die Leute hier sind entweder auf Drogen oder sie stehen

auf Alkohol, oder beides, oder sie sind verrückt«, sagte sie. »Ich habe dich bisher weder trinken noch drücken sehen.«

Ich lachte und verstand sofort, was sie damit sagen wollte.

Sie hatte blonde Haare, einen kleinen Busen und eine kräftige Figur. Ihre kleinen Patschhändchen waren bräunlich verschmutzt, und ihre Fingernägel waren ganz schwarz vor Dreck. Auf der Innenseite ihrer linken Wade klaffte eine Wunde, die sich bereits entzündet hatte und an der sie ständig herumkratzte, beinahe als wäre sie entschlossen, es weiterbluten und nicht verheilen zu lassen.

Tagsüber suchte ich mir ein schattiges Plätzchen unter den Bäumen, die den Parkstreifen säumten. Wenn die Sonne dann endlich unterging, marschierte ich am Meer entlang. Ich wagte mich sogar ins Wasser, wobei meine Hose bis zu den Knien durchnässt wurde. Jede Nacht war anders. Jede Nacht war wie die vorangegangene. Jede Nacht, wenn es nicht nur dunkel, sondern auch kalt geworden war – so überraschend kalt für Kalifornien –, machte ich mich auf die Suche nach einem neuen Platz. Ich wollte weg von den anderen Obdachlosen und mich ausruhen, ohne mich jedoch schlafen zu legen. Es war nicht leicht. Nach ein paar Tagen stellten sich, glaube ich, die ersten Wahnvorstellungen ein, nicht aufgrund einer labilen geistigen Verfassung – ich war damals nämlich noch gar nicht verrückt –, sondern aufgrund meiner totalen Erschöpfung und der mangelhaften Ernährung. Und Selena gesellte sich jede Nacht zu mir. Sie war der einzige Mensch, der niemals eine Lüge aus meinem Mund vernommen hat – ich schätze, weil sie mir nicht wichtig war.

ICH STAND BIS zu den Hüften im Wasser, und die salzigen Wellen klatschten gegen meine Brust. Im äußersten Westen löste sich die Sonne wie eine riesige Vitamin-C-Tablette im Wasser auf. Zur Linken drehte das Riesenrad auf dem Kai von Santa Monica sinnlose, tranceartige Runden. In meinem Rücken brachen ein paar Kids in Lachen aus. Was würde passieren, wenn ich dort hineingehe?, fragte ich mich. Was würde geschehen, wenn ich Meter für Meter schreite, mit geschlossenen Augen? Hinter mir hörte ich eine Gruppe Kinder, eine Familie, die ihre Drachen fliegen ließ, eine Gruppe von Freunden, die ihre Badetücher zusammenpackten, scheiß-normale menschliche Wesen. Ich wusste, dass die Welt hinter dem Horizont ins Nichts stürzte. Columbus hatte sich geirrt, kein Zweifel. Die Erde war eine flache Scheibe, und nach einer langen Seefahrt erreicht der Mensch den Abgrund, an dem die Wassermassen wie bei einem Wasserfall in den leeren Raum hinabstürzen. Zum ersten Mal spielte ich ernsthaft mit dem Gedanken, mir das Leben zu nehmen. Ich musste an Fiona denken, und dann erinnerte ich mich, wo ich den Turnschuh und das Messer versteckt hatte.

Ich erinnerte mich. Ich erinnerte mich mit der Klarheit eines strahlend blauen Himmels über einem Football-Stadion. Ich erinnerte mich, wie ich an jenem Tag unter Erics Schreibtisch nachgesehen hatte. Ich erinnerte mich, wie ich die Plastiktüte entdeckte und herauszog und wie ich die Turnschuhe und das blutverklebte Messer darin verstaut sah. Ich erinnerte mich an den Blutgeruch. Ich erinnerte mich, wie ich die Tüte in mein Zimmer brachte und sie kurzzeitig unter meine Bettdecke steckte. Ich erinnerte mich an die fadenscheinige Suchaktion, die nun in Gang gesetzt wurde, und daran, wie ich im Viertel von Haus zu Haus zog und schließlich so tat, als hätte ich im Wald einen der roten Turnschuhe gefunden. Ich erinnerte mich an die Flüche, die mein Vater ausstieß, und an die zitternde Unterlippe meiner Mutter und daran, dass Eric eiserne Nerven bewies, und an den Blick, den er mir zuwarf, als ich meinen Eltern den Turnschuh zeigte. Ich bin vielleicht nicht der glaubwürdigste Mensch auf Erden. Ich bin vielleicht in mehr als nur einer Hinsicht verrückt. Aber an all dies habe ich mich an jenem Tag am Strand von Santa Monica erinnert, als ich bis zu den Knien im Wasser stand und nicht mehr wusste, wie ich mit dem Leben fertig werden sollte.

Ich ging also wieder heraus. Ich ging also aus dem Wasser

ans Land. Hinter einem der Erfrischungsstände, bei den Abfalleimern, stieß ich auf Selena. Sie war zur Abwechslung nüchtern. »Wo warst du?«, wollte sie wissen.

»Im Wasser.«

»Das sehe ich.«

»Mir ist etwas wieder eingefallen.«

»Was?«

»Mir ist wieder eingefallen, dass es mein Bruder war, der meine Schwester umgebracht hat.«

Sie war baff. »Wirklich?«

»Ja.«

»Und was hast du die ganze Zeit gedacht, was mit ihr passiert ist?«

»Alle waren in dem Glauben ... wir waren alle in dem Glauben, dass sie entführt worden war.«

»Von Aliens?«

»Von einem Mann namens Bryce Telliman.«

»Eine Freundin von mir ist einmal von Aliens entführt worden«, erzählte Selena. »Sie hat sich nachher sogar an alles erinnern können. Sie war von ihnen vergewaltigt worden.«

»Willst du damit sagen, dass ich verrückt bin?«

»Ich will damit sagen, dass man seinen eigenen Gedanken vertrauen soll«, sagte Selena, »mehr als das kann man nicht tun.«

»Ich werde meinen Bruder anrufen«, sagte ich. »Selena, ich werde meinen Bruder anrufen.«

»Kommt er dann her und holt dich?«

»Ja.«

»Du gehörst sowieso nicht hierher«, sagte sie. »Du bist ein bisschen zu sensibel, wenn du weißt, was ich meine.«

Ich nickte. Ich wusste, was sie meinte. Ich empfand plötzlich eine große Liebe für sie. Ich wollte sie heiraten.

»Komm und setz dich eine Weile zu mir«, sagte sie. »Und dann gehen wir und erledigen deinen Anruf.«

Als ich mich setzte, legte Selena ihren Kopf auf meine durchnässte Schulter. Und gemeinsam sahen wir das letzte Abendlicht durch die Abfalleimer hinter dem Erfrischungsstand schimmern. Später stand ich mit ihr auf, und sie führte mich zu einer Telefonzelle, von wo aus ich ein R-Gespräch mit Eric anmeldete. Zwei Tage später saß ich neben ihm in der Business Class, umsorgt wie ein König, weit oben über der amerikanischen Prärie.

Aber jetzt gerade sagte ich: »Du solltest was dagegen tun.« Ich zeigte auf die Schnittwunde an ihrer linken Wade.

»Und was?«

»Ins Krankenhaus gehen?«

Selena schnaubte nachdrücklich, was zweifellos bedeuten sollte: Vergiss es. Und als Eric mich fand, als ich sie also verließ, drückte sie mich auf eine Art an sich, die ein gewisses Bedauern ausdrückte, so als wollte sie nicht, dass ich sie zurückließ. »Krankenhaus«, sagte sie. »In Ordnung.«

»UND HIER NUN das, was Eric an dem Tag zu mir sagte, als er mich fand: »Pilot.«

Nur dieses eine Wort mit dieser vertrauten Stimme, und sofort wusste ich, dass es Zeit war, aufzubrechen. Ich wusste sofort alles.

»Eric«, erwiderte ich. Ich versuchte zu lächeln. Ich blickte durch das grelle Sonnenlicht zu ihm auf. Es war kurz nach Mittag, und Selena und ich saßen gerade am Bordstein des Fahrradweges, der am Strand entlangführte. Selena hatte die ganze Zeit an ihrer Wunde herumgedoktert. Und ich hatte mich in einem fort gekratzt. Meine Haut war von dem Sand und dem Salzwasser ganz ausgetrocknet, und ich fühlte mich wie ein Gemälde, von dem die Farbe abblätterte.

»Was hast du vor?«

Selena erhob sich und rekelte sich wie eine Katze. »Zeit für mich, zu verschwinden.«

»Eric, das ist Selena.«

Eric blickte mich verdutzt an.

»Bye«, sagte Selena, und dann drückte sie mich jenen raschen Moment lang an sich. Dann verschwand sie und hängte sich an eine Gruppe Rollschuhfahrer.

Ich habe sie nie wieder gesehen.

»Pilot«, sagte Eric, »Zeit zu gehen, okay?«

Ich stand ebenfalls auf. »Wohin?«

»Nach Hause.« Mein Bruder legte seine Hand auf meinen Arm und führte mich wie einen Gefangenen ab. »Ich habe hier irgendwo einen Wagen stehen«, sagte er. »Und ich habe ein Zimmer im Hilton am Flughafen.«

»Ich helfe dir beim Suchen.«

»Er ist rot«, sagte er. »Ein rotes Mustang-Cabrio. Hab die Kiste am Flughafen gemietet. Das Parken kostet hier sieben Dollar, musst du wissen.«

»Ist das nicht lächerlich?«

»Hab's echt nicht fassen können.«

Ich wartete einen Moment und sagte schließlich: »Danke, dass du gekommen bist.« Es war ehrlich gemeint. Ich wusste, dass ich es ohne ihn nicht nach Hause schaffen würde.

Mein Bruder blieb kurz stehen, rieb sich in der grellen kalifornischen Sonne die Augen und sagte: »Ich habe Mom nichts gesagt.« Er war älter geworden, dachte ich, und er sah besser aus als je zuvor. Er war in seiner Existenz als Arzt vollkommen aufgegangen und strahlte auch hier draußen, weit weg von zu Hause, ruhige Überlegenheit aus.

»Wie du meinst.«

»Aber wenn wir zurückkommen, möchte ich es ihr sagen.«

»Ihr was sagen?« Ich wusste wirklich nicht, was er meinte. Ich war so hungrig, so ausgelaugt, dass ich mir beim besten Willen nicht vorstellen konnte, was es da zu erzählen gab.

»Pilot.« Er schüttelte den Kopf. »Du musst dich zusammenreißen. Himmel noch mal, du bist total auf den Hund gekommen. Wenn du Hilfe brauchst, dann geb ich sie dir, okay? Was es auch sein mag, was auch immer du brauchst. Aber bitte«, sagte er, »bitte sag mir, was mit dir los ist.«

»Okay«, sagte ich. »In Ordnung.«

»Da ist er ja.« Er zeigte auf ein rotes Mustang-Cabrio am Ende des Strandparkplatzes von Santa Monica. Und als er auf dem Weg dorthin schwieg, nutzte ich die Gelegenheit und machte ihn mit verschiedenen Sehenswürdigkeiten bekannt.

»Dort drüben drehen sie immer *Baywatch*«, klärte ich ihn auf. »Und an dem Erfrischungsstand kannst du Marihuana kaufen, wenn du weißt, wie man danach fragt.«

ALS WIR AM Tag darauf hoch über Amerika im Flugzeug saßen, sagte Eric: »Pilot«, und schüttelte tief enttäuscht den Kopf.

Ich musste beinahe lachen. »Komm schon.«

»Pilot«, sagte er. »Warum?«

Ich zog die Jalousie vors Fenster. Ich blickte meinen Bruder an. Ich sah ihn in aller Offenheit an. »Ich wollte … ich wollte weg, Eric, mal alles hinter mir lassen. Ich habe gedacht, ich könnte vielleicht ein paar Drehbücher verkaufen oder so was. Keine Ahnung.« Ich habe mich mit Eric nie wirklich unterhalten können. Ich habe ihm nie erklären können, worum es mir ging. »Ich hab gedacht, ich könnte was erreichen, könnte es schaffen.«

»Hast du's versucht?«

»Was versucht?«

»Versucht, ein Drehbuch zu verkaufen?«

Ich schob die Jalousie wieder nach oben. Unter uns zogen die Wolken dahin. Es war ein Schauspiel, das mich jedes Mal in Staunen versetzte, egal wie oft ich flog. Wir waren tatsächlich in der Luft, wir *flogen*. »Ich hab sie in einer Tasche gelassen«, sagte ich. »Gleich nachdem ich am Strand angekommen war, habe ich sie in einer Tasche gelassen, und sie sind gestohlen worden.«

»Waren es deine einzigen Exemplare?«

»Ich hatte sie auf Diskette abgespeichert«, sagte ich. Ich zog die Jalousie erneut zu.

»Hast du die Diskette irgendwo zu Hause?«

»Die Diskette war ebenfalls in der Tasche.«

»Gott im Himmel.« Erneutes Kopfschütteln. »Was zum Teufel sollen wir nur Mom sagen?«

Ich hörte das Dröhnen der Düsentriebwerke, das Jaulen der gewaltigen Turbinen. »Mir ist in dieser Zeit etwas eingefallen«, sagte ich zu ihm. »Während ich draußen am Strand war. Ist erst zwei Tage her. An dem Tag, als ich dich angerufen habe.«

»Was?«

»Wo ich den anderen Schuh versteckt habe.«

Seine Frage kam wie aus der Pistole geschossen. Ich hatte den Eindruck, dass er sich sein ganzes Leben lang auf diesen Moment vorbereitet hatte. »Welchen anderen Schuh?«

»Na, Fionas.«

»Pilot«, zischte mein Bruder, »wovon zum Teufel redest du da?«

Wir saßen in der Business Class, mit eisgekühlten Getränken vor uns auf den Ausziehtischen. Es wurde gerade ein Film gezeigt, aber wir hatten die Gratis-Kopfhörer dankend abgelehnt. Niemand hörte uns, dachte ich, also sprach ich mit lauter Stimme.

»Den anderen Schuh«, sagte ich. Ich schob die Jalousie wieder hoch. Ich konnte mich nicht entscheiden, ob ich sie auf oder zu haben wollte. »Ich hab ihn nämlich gefunden, weißt du, unter deinem Schreibtisch, vor all diesen Jahren.«

»Pilot.« Er verdrehte die Augen, und seine Bewegungen durchliefen sämtliche Gesten des Leugnens.

»Und ich habe allen gesagt, dass ich den anderen Schuh irgendwo im Wald gefunden habe. Aber die Tüte – die Wonderbread-Tüte mit dem anderen Schuh und dem Messer –, die habe ich versteckt.«

»Pilot«, sagte Eric, »diesmal drehst du wirklich völlig ab.«

»Aus irgendeinem Grund habe ich mich bisher immer davor gedrückt, daran zu denken.« Ich nahm einen Schluck von meinem Orangensaft. »Aber was hast du nun eigentlich mit ihr angestellt? Wo ist sie? Wo ist Fiona?« Ich hatte ihm all dies mit ruhigen, vernünftigen Worten eröffnet, fand ich, trotz der unerhörten Anschuldigung, die ich ausgesprochen hatte, trotz des schreienden Unrechts, dessen ich ihn anklagte.

»Pilot«, sagte Eric, »es reicht, okay? Ich will nichts mehr davon hören.« Er heftete die Augen auf den grauen Ledersitz vor ihm. In einer seltsamen Geste streckte er den Arm aus und strich darüber hinweg. Dann nippte er an seinem Glas Ginger Ale und rieb sich die Hände.

»Ich habe den anderen Schuh und das Messer – die ganze Tüte – an einem Ort versteckt, wo sie niemand finden wird, wo niemand auch nur im Traum daran denken würde, sie zu suchen.«

Er wartete einen Moment. »Wenn wir zurück sind, solltest du ... solltest du zu einem Psychiater gehen, okay?« Ich merkte, wie er sich bemühte, nett zu sein. »Ich kenne da jemanden, der dir vielleicht helfen kann.«

»In Ordnung«, sagte ich.

»Und vielleicht solltest du versuchen, dir einen Job oder so was zu besorgen.«

Ich zuckte mit den Achseln. »Werd ich machen.«

»Pilot«, sagte er und blickte mich geradewegs an, »ich bin dein Bruder. Ich versuche dir zu helfen. Wirklich. Aber das kann ich nicht, wenn du mir irgend so einen ... irgend so einen blöden Schwachsinn vorwirfst. Es gibt keinen anderen Schuh, Pilot. Die Polizei hat überall gesucht. Wer auch Fiona entführt hat, hat sie mit dem zweiten Schuh entführt. Verstehst du mich? Und ein Messer hat es nie gegeben.«

»Aber ich weiß, wo es ist. Und was ist eigentlich mit diesem Jagdmesser passiert, Eric? Das, mit dem du Halley das Bein abgeschnitten hast?«

»Du hast Halluzinationen, Pilot. Du leidest an paranoiden Wahnvorstellungen, das ist es, woran du leidest. Weißt du, was ich meine?«

»Nein.«

»Du warst wie lange am Strand? Hast du während dieser Zeit irgendwas gegessen? Hast du geschlafen? Du hast einen seltsamen Traum gehabt, und jetzt hältst du es für eine Erinnerung an eine wahre Begebenheit. Um Himmels willen, du hast zu lange in der Sonne gesessen, Scheiße noch mal.«

»Ich sehe aber alles klar und deutlich vor mir.«

»Erinnerungen sind niemals klar und deutlich. Träume dagegen schon. Und Halluzinationen ebenfalls. Erinnerungen sind wie –«

»Da bin ich mir nicht so sicher.«

»Kann ich dir eine Schlaftablette geben? Damit du dich ein wenig entspannst?«

»Nein«, erwiderte ich.

»Komm schon«, sagte mein Bruder, »tu mir den Gefallen.«

Was war schon dabei? »Okay.«

Er hob seine Aktentasche auf und holte ein Tablettendöschen heraus. Er gab mir das ganze Döschen. Ich hatte keine Ahnung, was das für Dinger waren – das Döschen war unbeschriftet –, aber ich hatte noch nie ein Angebot auf eine kostenlose Ration Drogen abgelehnt. Ich steckte mir eine in den Mund und zerbiss die pulvrige, sauer schmeckende Pille mit den Backenzähnen.

»Nimm zwei«, sagte Eric.

Ich zerbiss gleich noch eine.

»Du bist unglaublich«, sagte er lachend und schüttelte den Kopf. »Einfach unglaublich.«

Und dann fragte ich: »Was sind das eigentlich für Dinger?«

Medikamente, bei denen von einer Auslösung psychotischer Symptome berichtet wurde, sind u. a. Anästhetika und Analgetika, anticholinerge Mittel, Antiepileptika, Antihistaminika, Antihypertensiva und Mittel gegen kardiovaskuläre Erkrankungen; Antibiotika, Antiparkinson-Mittel, Chemotherapeutika (z. B. Cyclosporin und Procarbazin), Kortikosteroide, Mittel gegen Gastrointestinalerkran-

kungen, Muskelrelaxentien, nichtsteroidale Antiphlogistika, andere nicht verschreibungspflichtige Medikamente (z. B. Phenylephrin, Pseudoephedrin), Antidepressiva und Disulfiram. Toxine, bei denen von einer Auslösung psychotischer Symptome berichtet wurde, sind Anticholinesterase, Insektizide aus der Gruppe der Organophosphate, Nervengase, Kohlenmonoxid, Kohlendioxid und flüchtige Substanzen wie Benzin und Anstrichfarben.

KATHERINE BEUGTE SICH in dem alten Ohrensessel meines Vaters vor. »Und Sie glauben, dass Ihr Bruder Ihnen … dass er Ihnen Medikamente gegeben hat, die Halluzinationen hervorrufen, psychotische Halluzinationen?«

Ich blickte sie geradewegs an. Mein Gesicht war aus Stahl, meine Augen aus Glas. »Es gibt keine andere Erklärung, oder?«

Katherine räusperte sich. »Wann hat Eric Ihnen die Medikamente gegeben? Wann hatte er die Möglichkeit –«

»Vielleicht waren es die Pillen im Flugzeug.« Ich zuckte mit den Achseln. »Ich weiß es nicht. Er ist sehr clever.«

»Und er hat es getan, weil –«

»Weil er erreichen wollte, dass sämtliche Leute mich für verrückt halten. Weil ich über Fionas Verschwinden schließlich die Wahrheit gesagt habe. Weil er alles zu verlieren hat, falls –«

»Ist es möglich«, fragte Katherine, »auch nur entfernt möglich, dass diese ganze Sache mit dem Schuh und dem Messer eine Halluzination war? Mit Erinnerungen ist das so eine Sache, Pilot. Sie trügen oft.«

Ich wickelte den Schnürsenkel von meinem Mittelfinger. »Falls ich den Schuh tatsächlich nur in einer Halluzination gesehen habe, warum habe ich dann das hier?« Ich zeigte ihr den Schnürsenkel, ließ ihn wie die Uhr eines Hypnotiseurs vor ihren Augen baumeln.

Katherine legte ihn in ihre flache Hand und sagte dann,

ohne aufzublicken, in sachlichem Tonfall: »Sie haben den Schuh.« Es war eine Frage.

»Und das Messer.«

Sie sah sich den Schnürsenkel an. Er war schwarz und an den Enden ganz zerfranst. »Sie haben ihn seit –«

»Seitdem man mich im Wald gefunden hat«, sagte ich. »Hatten Sie ihn noch nicht bemerkt?«

»Die Sachen sind dort draußen?« Katherine blickte mich erstaunt an, so als ginge ihr plötzlich ein Licht auf. »Der andere Schuh, das Messer – all dies befindet sich irgendwo im Wald, wo Sie es versteckt haben? Ist es das, was Sie glauben?«

In dem Moment tauchten sie vor mir auf. Irgendwo im Wald, auch wenn ich mich nicht erinnern konnte, wo genau, nahmen diese Gegenstände plötzlich Gestalt an, wie Atome, die sich um den Kern einer Idee zusammenballten, wie die Krebszellen, die sich um den Sehnerv meiner Mutter bildeten.

»Ja.« Ich atmete kräftig aus. »Ich weiß, dass sie irgendwo dort draußen sind, in einer alten Wonderbread-Tüte.«

»Sie erinnern sich nicht mehr, was Sie damit gemacht haben?«

»Offensichtlich erinnere ich mich an so einiges nicht mehr.«

»Pilot«, sagte Katherine, »ich glaube, wir sollten die Sitzung für heute beenden.« Sie hielt den Schnürsenkel weiterhin in der flachen Hand, so als würde es sich um ein winziges verwundetes Tier handeln. »Kann ich das hier behalten?«, fragte sie mich. »Oder haben Sie was dagegen?«

DR. LENNOX LEHNTE sich in seinem Stuhl zurück und rieb sich die Augenlider, bis sie ganz rosa waren. »Ich schätze«, sagte er traurig, »ich schätze, die Frage lautet wie folgt.« Er legte seine Hände vor sich auf den Schreibtisch. Er wirkte müde. Sein ewiges Lächeln schien zu erlahmen. »Sollten Sie, falls Pilot Airie Ihnen Beweismittel aushändigt, Kate, tatsächliche, handfeste Beweise im Zusammenhang mit einem Verbrechen – oder zumindest das, was er dafür hält –, dem nachgehen und weiter ermitteln oder nicht?« Er hielt einen Moment lang inne und blickte zum Fenster hinter ihr hinaus. »Und darauf weiß ich keine Antwort. Ich meine, wir sind nicht die Polizei, oder?«

Sie stand mit verschränkten Armen im Türrahmen. »Pilot erhebt immer noch wahnhafte, paranoide Anschuldigungen gegen seinen Bruder«, sagte sie. »Das meiste davon ist wahrscheinlich ziemlicher Humbug, aber die Vorstellungen haben sich ganz tief in ihm festgesetzt. Ich meine, er will einfach nicht davon ablassen. Aber das Seltsame daran ist, dass es irgendwie nicht verwunderlich ist.«

»Nicht verwunderlich.«

»Es ist nicht –«, sie suchte nach dem passenden Wort, »– verrückt.«

»Sie wollen damit sagen, dass es möglich ist.«

»Ich will damit nicht gesagt haben, dass Pilot nicht an Wahnvorstellungen leidet. Er erzählt jedoch keine Geschichten von irgendwelchen unsichtbaren kleinen Männchen, die vorhaben, sein Gehirn herauszuoperieren, oder von einer geheimen Höhle in seinem Körper, in der rosafarbene Elefanten leben. Er erzählt von etwas, das ... tja, zumindest ist es etwas, das in der Realität angesiedelt ist.« Sie trat einen Schritt vor. »Was nicht psychotisch ist. Auch wenn seine Behauptungen nicht der Wahrheit entsprechen, so ist damit nicht gesagt, dass er schizo–«

»Das ist richtig.« Lennox, der nachdenklich die Hand zum Mund geführt hatte, nickte.

»Ich glaube also, wir sollten, ich meine, ich sollte –«

»Ist da sonst noch was?«

»Wie meinen Sie das?«

»Weist sein Verhalten irgendwelche anderen Symptome einer schizoid-affektiven Störung oder einer Schizophrenie auf, irgendwas in der Richtung?«

»Eigentlich nicht. Er wirkt ein bisschen träge, mehr nicht.«

»Das ist zu wenig für eine genaue Diagnose. Wie sehen seine Anschuldigungen denn nun genau aus?«

»In erster Linie geht es darum, dass Eric etwas mit dem Verschwinden ihrer kleinen Schwester vor zwanzig Jahren zu tun hat.«

»Was noch?«

»Pilot behauptet, dass Eric ihm Medikamente gegeben hat, um ihn psychotisch, um ihn verrückt erscheinen zu lassen und um zu verhindern, dass irgendjemand seinen Anschuldigungen Glauben schenkt.«

»Dr. Airie ist Neurochirurg.« Womit er sagen wollte, dass ein Gehirndoktor unfähig ist, eine Missetat zu begehen.

Dies war Erics Vorteil. Er nutzte ihn schon seit Jahren. Er war Eric Airie, der wie Luft durch die vorrückenden Verteidigungslinien schwebte und einen Touchdown erzielte, ohne auch nur berührt zu werden.

Katherine nickte. »Ja, das ist er.«

»Ich frage mich«, sagte Lennox, »ob wir es hier nicht mit einem einfachen Fall von brüderlicher Eifersucht zu tun haben.«

»Kain und Abel?«

»So ähnlich.«

»Und sie kämpfen um –«

»Die Zuneigung ihrer Mutter.«

»Das hört sich alles so freudianisch an.« Katherine lachte. »Aber möglich ist es.«

»Freud ist manchmal ganz okay.« Dr. Lennox lächelte. »Manchmal.« Er blickte auf seinen Schreibtisch hinab, der ein Mosaik aus rosafarbenen und gelben Notizzetteln war. »Wie dem auch sei, Pilot ist nicht mehr Patient dieser Klinik, Kate. Er ist Ihr Privatpatient, und die Entscheidung, was mit ihm zu tun ist, liegt ganz allein bei Ihnen. Sie glauben doch nicht, dass er für seine Mitmenschen irgendeine Gefahr darstellt, oder?«

»Er ist geistig völlig normal«, sagte Katherine. »Ich meine, er ist ansonsten vollkommen rational. Er kümmert sich um seine Mutter und um das Haus. Ist schon seltsam.« Sie schüttelte den Kopf.

Lennox zuckte mit den Achseln. »Versuchen Sie's mal in der

Bibliothek«, sagte er. »Schauen Sie sich sämtliche Artikel über den Fall an und finden Sie heraus, was damals wirklich passiert ist – oder zumindest was nach Meinung der Polizei passiert ist.«

»Werd ich vielleicht machen.«

»Vielleicht stolpern Sie ja dabei über irgendetwas, das Ihnen weiterhilft.« Dr. Lennox faltete die Hände hinter den Kopf und lehnte sich erneut zurück. »Aber eines möchte ich Sie fragen, Kate: Was bezwecken Sie eigentlich mit alldem? Inwiefern helfen Sie Pilot damit?«

»Plötzlich auftretende psychotische Schübe werden für gewöhnlich durch extreme Traumata oder Stresssituationen ausgelöst, nicht wahr? Und Pilot hat nichts dergleichen erlitten, jedenfalls nicht nach dem, was er und seine Familie sagen. Und sie haben auch nichts von allmählich zunehmenden Symptomen bemerkt, von seiner Reise nach Kalifornien einmal abgesehen.« Katherine ging in Dr. Lennox' Büro und trat auf seinen Schreibtisch zu. »Ich will herausfinden, was diese Psychose verursacht hat. Ich glaube, wenn ich es weiß«, sagte sie, »kann ich ihm vielleicht helfen – ich könnte dann seiner ganzen Familie helfen.«

»Und Sie wollen herausfinden«, sagte Dr. Lennox im Ton einer sachlichen Feststellung, »was mit Fiona passiert ist.«

Katherine kam nicht drum herum, es zuzugeben. »Ja.«

»Damit helfen Sie aber nicht unbedingt der Familie.«

»Meinen Sie damit, dass die Wahrheit manchmal wehtut?«

Dr. Lennox warf ihr einen Blick zu und hob die Hände. Es bedeutete, dass sie auf sich allein gestellt war.

UNSERE MUTTER LEBTE in einem Wirbel sanfter Farben und verschwommener Formen. Das einzige klar zu erkennende Bild, das sich zurzeit vor ihren Augen bewegte, war ihre Tochter, Fiona, unsere Schwester, die mit der Klarheit eines fotorealistischen Hologramms durch Haus und Garten schwebte. Ihre Konturen waren gestochen scharf und die Farben kräftig und lebendig. Fiona flüsterte Hannah sogar zuweilen etwas ins Ohr. Sie trat von hinten an sie heran und sagte ihr Dinge, wie kleine Mädchen sie ihren Müttern eben sagten – ob sie in den Swimmingpool durfte, ob sie nach dem Abendessen ein Eis essen durfte und ob sie bis nach neun Uhr aufbleiben durfte. Andere Stimmen, und zwar echte, meine und Katherine Jane DeQuincey-Joys Stimme, stiegen von unten durch das Belüftungssystem zu ihr hoch. Hannah hörte meine Stimme am Telefon, oder meine und Erics Stimme im Streit – Gesprächsfetzen, die wie Nebelschleier zu ihr aufstiegen.

Hannah hörte auch manchmal Radio, aber meistens lauschte sie dem Lachen ihrer Tochter im Garten.

Falls es tatsächlich ihr Lachen war.

Sie sah Erinnerungen klarer vor sich als ihre gegenwärtige Realität.

Es war alles in ihrem Kopf, Eric zufolge.

»Pilot«, sagte sie zuweilen, und ihre Stimme war so klar und deutlich, dass sie durch sämtliche Wände des Hauses schnitt.

Ich kam dann zu ihr ins Zimmer. »Mom?« Ich war im Garten gewesen und hatte das Laub zusammengekehrt. Nebenan waren neue Nachbarn eingezogen, eine Familie mit zwei kleinen Mädchen, neun und zehn Jahre alt – Schwestern –, die eine blond, die andere brünett. Sie kicherten und quiekten vergnügt.

»Pilot«, sagte Hannah dann, »ich glaube, wir sollten heute Abend Schweinekotelett essen.«

»Schweinekotelett?«

»Kannst du sie holen gehen?«

Ich nickte, und dann fiel mir ein, dass sie mich nicht nicken sehen konnte. »Kann ich machen.«

»Weißt du, wie man sie zubereitet?«

»Kannst du später vielleicht runterkommen und es mir sagen?«

»Diese Kinder, die neuen von nebenan – Mädchen?«

»Kleine Mädchen«, sagte ich. »Das eine ist blond, das andere brünett.«

Hannah räusperte sich. »Ich komme jetzt nach unten.«

Zweimal die Woche fuhr ich meine Mutter ins Krankenhaus, wo eine Therapeutin, eine Frau, die meiner Mutter nicht unähnlich war – allerdings eine Augenspezialistin und nicht eine Handspezialistin –, mit ihr eine Art Übungsprogramm durchführte, das ihr helfen sollte, ihre Augäpfel wieder scharf zu stellen. Ich setzte mich dann immer in die Eingangshalle und las in einer Zeitschrift. Am Ende schaute ich mir jedoch nur noch die Fotos von Prominenten und TV-Persönlichkeiten an, von all den Schauspielern und Rockstars.

»Es tut weh«, sagte sie auf dem Heimweg.

»Was, Mom?«

»Dieses Druckgefühl, diese Spannung rund um meine Augen.«

»Was lässt sie dich die ganze Zeit tun?«

»Blinzeln, die meiste Zeit.«

»Hilft das?«

»Habe ich um die Augen herum mehr Falten bekommen?«

Zuweilen kam ich in ihr Zimmer, und sie wusste nicht einmal, dass ich da war. Und manchmal kam ich herein, und sie flüsterte: »Fiona? Mein kleines Mädchen, bist du's?«, und ich musste mich so geräuschlos wie möglich wieder hinausschleichen, nur um fünf Minuten später mit lautem Getöse wieder einzutreten, damit sie wusste, dass ich es war.

ERIC WOLLTE WISSEN, wie es ihr ging.

»Sie wird immer blinder«, sagte ich ihm. »Und verrückter.«

»Was meinst du mit verrückter?«

»Sie sieht Gespenster«, sagte ich.

»Nein«, erwiderte Eric, »sie sieht doppelt.«

»Nein«, sagte ich, »die Doppelbilder sind inzwischen zu Gespenstern geworden. Sie glaubt, dass Fiona im Haus ist.«

»Ich komme vorbei«, sagte er.

»DU SIEHST GESPENSTER«, sagte er zu unserer Mutter.

»Ich sehe verschwommene Gestalten«, erklärte Hannah fröhlich. »Alles ist ein einziges verschwommenes Wirrwarr.« Sie war anders, wenn sie mit ihm zusammen war. Wenn Eric da war, benahm sie sich wie in öffentlicher Gesellschaft.

Eric blickte mich mit strenger Miene an. *»Pilot«,* sagte er.

»Was?«

Er öffnete seine Hände, so als wollte er sagen: *Siehst du?*

»Bist du vielleicht hungrig?«, fragte Hannah. »Möchtest du irgendwas?«

»Eric hat keine Zeit zu essen«, sagte ich. »Er ist viel zu sehr damit beschäftigt, meine Therapeutin zu vögeln.«

Eric seufzte.

»Ist doch so, oder?«, sagte ich.

Jetzt war es an meiner Mutter, es zu sagen. *»Pilot.«*

Ich rieb meinen Finger an der Stelle, an der ich zuvor stets meinen Schnürsenkel herumgewickelt hatte. Er war nicht mehr da. Ich hatte ihn Katherine gegeben.

DER LADEN HIESS Cassavettes Sports. Und hinter all den unechten Pokalen, Spielertrikots und mit Autogrammen übersäten Wimpeln waren die Spuren zahlloser Renovierungen zu erkennen. Katherine musste sich eine Archäologie der Vorstadt vorstellen, Jahrzehnte, die sich Schicht für Schicht lösten, bis das dürftige wackelige Holzgerüst freigelegt war, das Bauskelett aus Gips und Pressholz. »Er hat mir einen Schnürsenkel gegeben«, sagte Katherine, die dem Blick meines Bruders auswich.

»Einen Schnürsenkel.«

Sie saßen im hintersten Eck, so weit wie möglich von den großen Fernsehmonitoren entfernt, die mit voller Lautstärke auf irgendwelche Sportkanäle eingestellt waren. In der Nähe des Eingangs saß noch ein weiteres Paar bei einer Portion Chicken Wings.

Katherine fühlte sich schutzlos, so als würde sie jeden Moment von irgendjemandem entdeckt werden.

»Er hat ihn die ganze Zeit mit sich rumgetragen«, sagte sie, »und ihn sich ständig um den Finger gewickelt. Ich hatte ihn bereits bemerkt.« Sie zuckte mit den Achseln. »Aber ich hab mir nichts dabei gedacht.« Sie nippte an ihrem Glas Weißwein.

»Ich hab ihn ebenfalls bemerkt.« Eric spreizte die Hände. »Aber ich wäre nie darauf gekommen –«

»Er behauptet, dass der Schnürsenkel von –«, sie sagte dies, als würde sie sich schämen, und senkte den Blick, »– von dem Schuh eurer Schwester stammt.«

Eric seufzte. »Dieser Schuh«, sagte er, »ist von der Polizei vor einer Million Jahren als Beweismittel sichergestellt worden.« Er schüttelte den Kopf. »Pilot hat diesen Schuh nicht. Unmöglich.«

»Er behauptet, dass der Schnürsenkel von dem anderen Schuh stammt.«

Mein Bruder verdrehte die Augen. »Es gibt keinen anderen Schuh.«

»Nun«, sagte Katherine, »irgendwo *muss* es ja einen zweiten Schuh geben, oder? Und Pilot behauptet, ihn zu haben.«

Eric vergrub den Kopf in seinen Händen. »Meine Familie ist so was von kaputt.« Er schnitt eine verzweifelte Grimasse und raufte sich die kurz geschnittenen Haare. »Was zum Teufel ist hier eigentlich los?«

»Eric.« Katherine griff über den Tisch und strich über den Arm meines Bruders. »Was, wenn Pilot ihn tatsächlich vor all diesen Jahren irgendwo versteckt hat? Was, wenn in diesem ganzen Durcheinander ein Fünkchen Wahrheit steckt? Vielleicht hat er an jenem Tag tatsächlich die Beweisstücke im Wald gefunden, und er verwechselt es mit einer ganz anderen Sache, als er zum Beispiel irgendeinen alten Football oder so was unter deinem Bett gefunden hat. Was, wenn diese anderen Beweisstücke Aufschluss über den … den echten Entführer geben?« Sie ließ einen kurzen Moment verstreichen und sagte dann: »Mein Gott, Eric, er sagt, dass da noch ein Messer ist.«

»Ein Messer.«

»Er sagt, dass es voller Blut ist.«

»O Gott.« Soweit Katherine dies beurteilen konnte, glaubte er nicht daran. Er stieß einen tiefen Seufzer aus. »Was wirst du nun mit dem Schnürsenkel anfangen?«

»Wer war der ermittelnde Detective in dem Fall?«, fragte sie. »Weißt du das noch?«

»Wie könnte ich das je vergessen? Er hieß Jerry Cleveland.« Eric lachte spöttisch. »Er war der unfähigste Detective, den sie –«

»War er jung?«

»So jung war er nicht.«

»Glaubst du, dass er immer noch da ist?«

Eric schob sein Bier beiseite. »Ich hab nicht die leiseste Ahnung, Katherine.« Er blickte sich um und versuchte den Kellner ausfindig zu machen.

»Ich werde versuchen, ihn zu finden«, sagte sie. »Wenn jemand weiß, was mit dem Schnürsenkel anzufangen ist, dann er, meinst du nicht auch? Komm schon, Eric, was, wenn darauf noch DNS-Spuren des Mannes sind? So was wird inzwischen als Beweismittel akzeptiert. Wie hieß dieser Mann noch gleich?«

»Der Mann, den man damals verdächtigt hat?«

Katherine nickte.

»Bryce Telliman.«

»Was, wenn sich auf dem Schuh oder dem Messer seine Fingerabdrücke nachweisen lassen – oder sonst irgendwas. Meinst du nicht, dass es einen Versuch wert ist?«

»Katherine«, sagte Eric, »mein Bruder ist verrückt. Er leidet an Schizophrenie, okay? Und auch wenn es mit Hilfe der Medikamente gelungen ist, seine Krankheit in Schach zu halten, so heißt das nicht, dass all dies nicht auf eine paranoide Reakt–«

»Ich glaube, dass es einen Versuch wert ist, Pilot zuliebe«, sagte Katherine. »Und ich glaube nicht, dass er schizophren ist. Ich weiß nicht, was er ist, aber das ist er nicht. Dazu hat er zu wenig Symptome. Und wer weiß, vielleicht stoßen wir sogar auf denjenigen, der … der deine Schwester auf dem Gewissen hat. Dass Pilot die Beweise versteckt hat, war vielleicht nichts anderes als die Tat eines total aufgewühlten Jungen, und nach all den Jahren weiß er einfach nicht mehr, wo er die Sachen gefunden hat. Ich verstehe nicht, warum du dich so sträubst. Er hat diese Sachen vielleicht wirklich.«

Mein Bruder seufzte. »Hast du irgendeine Vorstellung davon, was meine Mutter durchmachen würde?«

Katherine schwieg.

»Kannst du dir das vorstellen?«

»Nein«, sagte sie.

»Sie leidet schon jetzt an irgendeiner seltsamen psychosomatischen Blindheit, und wenn dann auch noch so etwas hinzukommt –«

Katherine strich ihm erneut über den Arm und unterbrach ihn. »Lass mich diesen Detective ausfindig machen, Eric. Wie viele andere kleine Mädchen hat dieser Mann entführt und … und wie vielen anderen hat er Gewalt angetan, nur weil er nicht geschnappt worden ist, nachdem er deine Schwester verschleppt hat?«

Erics Züge wirkten plötzlich angespannt. Seine Gesichtsmuskeln schienen sich unter seiner Haut wie ein Schlangenknäuel zu winden.

Katherine ließ Erics Arm los und lehnte sich zurück. Sie saßen einen Moment lang schweigend da. Sie nippte an ihrem Wein, und Eric heftete den Blick auf sein Bier. »Kann ich ihn sehen?«, sagte er schließlich.

»Was sehen?«

»Kann ich den Schnürsenkel sehen?«

Der Schnürsenkel steckte in ihrer braunen Ledertasche, die unter dem Tisch neben ihren Füßen stand. Ich hatte sogar gesehen, wie sie ihn letzte Nacht hineingelegt hatte. »Oh«, sagte sie, »ich hab ihn im Büro, in einer Schublade, er ist –«

Mein Bruder nickte. Und sie sah ihm an, dass er ihr nicht glaubte.

Und das war der Moment, als zum ersten Mal der Zweifel an Katherine nagte. Wie Hannahs Krebsgeschwür wurde er größer und größer.

Und die vage Ahnung ihres Zweifels reifte in meinem Bruder zu einer immer größer werdenden Gewissheit.

Sie nippte erneut an ihrem Wein. Sie war eine entsetzlich schlechte Lügnerin. »Ich zeig ihn dir später«, sagte sie. »Morgen, wenn du –«

»Ist nicht so wichtig.« Er senkte den Blick. »Bring ihn einfach zur Polizei. Mach diesen Cleveland ausfindig oder wer auch immer für solche Dinge zuständig ist, und ... und lass uns die Sache endlich hinter uns bringen.« Er strich über den Rand seines Glases. »Ich muss jetzt noch was anderes trinken.« Er schnitt eine Grimasse. »Ich will das Bier nicht mehr.«

ALS DAS TELEFON klingelte und mein Vater am Apparat war, hielt Hannah wie ein junges Mädchen, das jeden Moment zum Abschlussball eingeladen wurde, den Atem an.

»Ist mit dir alles in Ordnung?«, fragte er.

»Mit geht's gut. Ich war gerade dabei –«

»Hör zu«, sagte er ohne Umschweife, »was Pilot betrifft.«

»Ihm geht's bereits viel besser«, sagte sie. »Er ist wirklich –«

Ich war in der Küche. Ich hatte mich in letzter Zeit sehr häufig dort aufgehalten und mir alte Filme in dem kleinen Schwarzweißfernseher auf der Anrichte angesehen. An ihrem Tonfall hatte ich gleich erkannt, dass er es sein musste. Ich spürte seine Präsenz durch sie. Sie war natürlich im Wohnzimmer, wo das schwarze Wählscheibentelefon stand – der einzige Apparat, den sowohl sie als auch ich benutzten.

»Ich möchte, dass er herkommt, zumindest für eine Weile. Ich habe bereits jemanden organisiert, der sich um dich kümmert, Hannah. Ich glaube einfach, dass es ihm gut tun wird, wenn er für eine Weile von zu Hause wegkommt, okay?«

Sie nickte. »Ich kann auf mich selbst aufpassen.«

»Ich habe bereits mit Eric gesprochen. Er schickt eine Krankenschwester vorbei, die ein wenig nach dem Rechten sieht. Du verstehst, nur für den Fall, dass ... dass ... dass irgendwas passiert.«

»Ich komme schon zurecht. Das ist völlig unnötig.«

Sie schwiegen einen Moment, beide in ihren Wohnzimmern, mit dem Ohr am Hörer, bis er schließlich fragte, wie es ihr denn ginge.

ICH SOLLTE NACH Florida zu dem Cottage meines Vaters fliegen und einen Monat bei ihm bleiben. Angeln, wandern, frische Luft und eine Reise in seinem Wasserflugzeug. Es sollte mir gut tun. Eine Krankenschwester würde in der Zwischenzeit auf meine Mutter aufpassen. »Ich freue mich darauf, dich zu sehen«, sagte mein Vater am Telefon. »Nimm's als eine Art Erholungsurlaub – eine Erholung vom Leben.« Ich sah sein Lächeln förmlich vor mir. Wenn er lächelte, dann war es ein strahlendes, ungekünsteltes Lächeln. »Alles was du willst«, fuhr er fort. »Morgens lange ausschlafen, bis in die Nacht fernsehen, lesen, spazieren gehen, schwimmen, angeln. Du brauchst es nur zu sagen. Na, wie hört sich das an?«

Es hörte sich seltsam an. Es hörte sich so fremdartig an, dass ich es mir kaum vorstellen konnte. »Hört sich großartig an.«

Drei Tage später saß ich im Flugzeug. Ich hatte für einen Monat Medikamente im Rucksack. Ich hatte Katherine Jane DeQuincey-Joys Telefonnummer, unter der ich sie zu jeder Tages- oder Nachtzeit anrufen konnte. Ferner hatte Eric mir die Warnung mit auf den Weg gegeben, meinen Vater nicht in meine Spinnereien hineinzuziehen. Ich hatte das Gefühl, dass ich mich über den gegenwärtigen Moment hinausbewegte und dass ich voraussehen konnte, was mit all diesen Menschen, die mit mir im Flugzeug saßen, passieren würde.

Nebelhafte Verschwommenheit.

Die Frau neben mir würde sich innerhalb des kommenden Jahres scheiden lassen. Der Mann auf der anderen Seite des Ganges würde bei einem Autounfall ums Leben kommen. Das kleine blonde Mädchen, das während des gesamten Flugs den Gang auf und ab rannte – trotz der Ermahnungen des Flugpersonals –, würde bald in gleicher Manier durch ein Einkaufscenter in Greensboro, North Carolina, rennen und sich unbemerkt von ihrer Mutter entfernen. Ein Mann würde sie an die Hand nehmen und sie nach draußen auf den Parkplatz führen, einer regelrechten Stadt aus grauen Lieferwagen und blauen Limousinen. Die Polizei würde dieses kleine Mädchen am Rande eines Highways finden, mit ein paar Kratzern am Leib, also relativ unversehrt, jedoch ganz benommen und ohne sich wirklich erinnern zu können, was ihr widerfahren war. Der Vorfall würde von der Lokalpresse als zu gewöhnlich empfunden werden, um darüber zu berichten. Ich blickte durch das Fenster nach unten und sah die Lebensläufe unzähliger Menschen voraus, sah, wie sie sich bis ins nächste Jahr, ins nächste Jahrzehnt und ins nächste Jahrhundert hinein entwickelten. Ich hörte all ihre Unterhaltungen und Gedanken.

Ich kannte sie. Ich wusste alles über sie.

Mein Vater war zum Flughafen gekommen, um mich zu begrüßen. Patricia, seine Freundin, stand ein paar Meter entfernt und lächelte nervös.

In ihren Gesichtern spiegelte sich Wiedersehensfreude – es freute sie anscheinend wirklich, mich zu sehen. Mein Vater hatte sich seit seinem Ausscheiden aus der Fluggesellschaft einen etwas schroffen Umgangston zugelegt. Er war zu einer Figur aus einem Hemingway-Roman geworden, dachte ich. Als er jünger war, war er geschmeidiger, ein Stadtmensch. Seit er jedoch nach Florida gezogen war, war er bärbeißiger, ländlicher und machohafter geworden. Er hatte jahrelang daran gearbeitet, so zu werden, zu einer Person, die er schon immer hatte sein wollen.

Patricia umarmte mich ein wenig zu innig, so als hätte sie mich wirklich vermisst. »Liebling«, sagte sie, »wie schön, dich zu sehen.« In Wirklichkeit kannten wir uns kaum.

»Hi, Patricia.«

»Pilot«, sagte Dad. Er hielt die Hand ausgestreckt. Sie war braun und zerfurcht. Sie war irgendwie zu der Hand eines alten Fischers geworden.

Ich drückte sie so fest ich konnte, um nicht schwächlich oder mimosenhaft zu wirken, um nicht wie ein labiler Psycho-Patient zu erscheinen. Wie ich selbst.

Er ergriff nun auch mit seiner zweiten Hand die meine und schüttelte sie kräftig auf und ab. »Freut mich echt, dass du den eisigen Klauen dieser Frau entkommen bist.« Er meinte Hannah.

Ich verdrehte die Augen. »So ist das nicht.«

In einem saloppen Tonfall sagte er: »Dir fehlt doch nichts, oder?«

»Jim«, mahnte ihn Patricia.

Ich versuchte witzig zu sein. »Nichts, was nicht mit einer hohen Dosis antipsychotischer Pillen unter Kontrolle zu halten ist.«

»Psychotisch«, wiederholte mein Vater. »Ist das alles an Gepäck?«

»Ja.« Ich hatte einen Matchbeutel und einen Rucksack.

Wir gingen auf den Parkplatz hinaus. Der Himmel war weiß, mit weißen Wolken, die sich wie ein blendend weißer Vorhang über einen dünnen, blassgrünen Horizont senkten. So sah also in Florida der Winter aus. Ich war vor Jahren schon einmal hier gewesen, hatte aber auf solche Dinge nicht geachtet. Ein feuchter Geruch hing in der Luft, eine gewisse Schwüle.

»Tut mir Leid, dass ich dich nicht besucht habe«, sagte Dad.

»Ist schon in Ordnung.«

»Es ist nicht in Ordnung. Ich hatte hier unten alle möglichen Probleme am Hals, und ich konnte einfach nicht weg.«

»Was für Probleme?«

Patricia lachte. »Er hat auf der kleinen Insel vor der Küste festgesessen, als du –« Sie unterbrach sich einen Moment und fuhr dann fort: »Und er konnte nicht zurück, weil eine Sturmwarnung ausgegeben worden war.«

»Wie lange warst du dort draußen?«

»Zwei Wochen.«

»Was hast du während der Zeit gegessen?«

»Fisch.« Mein Vater grinste breit. »Und ich habe eine Beutelratte gefangen.«

»Das ist ekelhaft.« Ich schnitt eine Grimasse. »Du hast sie doch nicht etwa gegessen?«

»Er hat sie gegessen.«

»Ich hatte Hunger.« Mein Vater lachte und öffnete die Tür seines schnittigen blauen Allrad-Geländewagens. »Ich hatte es satt, jeden Tag Fisch zu essen.«

Ich stieg hinten ein.

»Sitzt du auch bequem?«, fragte mein Vater. »Ist 'ne lange Fahrt, bis wir zu Hause sind.«

»Ich sitze gut.«

Patricia wandte sich um und musterte mich. Sie war besorgt, das merkte ich gleich.

Sie machte sich Sorgen um meine geistige Gesundheit. Ich versuchte so normal und vernünftig wie möglich zu wirken. Ich war froh, dass mein Vater mit ihr zusammen war. Sie war nett, das hatte ich immer gewusst. »Ich habe Sandwiches gemacht«, sagte sie lächelnd. »Sie sind in der Kühltasche.« Neben mir lag eine alte rote Kühltasche. »Wenn du sie jedoch nicht magst, können wir irgendwo anhalten und uns was anderes besorgen, was immer du willst.«

»Sandwiches sind genau das Richtige«, sagte ich. »Ich liebe Sandwiches.«

Patricia lächelte mich einen Tick zu lange an. Ich kam mir dabei hilflos und erbärmlich vor. Ich wollte schon den Schnürsenkel um meinen Finger wickeln, aber natürlich war er nicht mehr da.

MEIN BRUDER SASS an seinem Schreibtisch und faltete penibel das Wachspapier, in das sein Sandwich eingewickelt gewesen war. Heute war es Schmierkäse mit Oliven auf einer Scheibe

Pumpernickel, ein Winterpfirsich und eine warme Kürbissuppe – die er jedoch nicht aufgegessen hatte. Er musste daran denken, dass ich gerade in Florida ankommen würde. Er stellte sich vor, wie ich aus dem Flugzeug stieg und mit der Tasche in der Hand den langen Weg durch den Flughafen zurücklegte und wie ich unseren Vater am Gepäckkarussell traf. Ob er auch sah, dass meine Haare allmählich zu lang wurden? Ob er spürte, dass mir meine Hände entschweben würden, wenn ich nicht die Tasche in der Hand gehalten hätte? Er warf die Reste seines Mittagessens in den Abfalleimer. Dann stand er von seinem Lacktisch auf und wusch sich mit einer Bürste Hände und Finger. Als mein Bruder die Augen schloss, sah er, wie die Landschaft von Florida unter den Rädern des Geländewagens meines Vaters vorbeiglitt.

ICH REISTE UNTERDESSEN in meiner Erinnerung zu den Angeltouren zurück, die unser Vater mit uns unternommen hatte, als wir noch klein waren. Damals war es ein Ford Gran Torino gewesen. Fiona war noch ein Kleinkind. Meine Mutter würde irgendwo am Waldrand im Schatten die dunkel karierte Picknick-Decke ausbreiten, und Fiona kam kichernd und trällernd, mit klatschenden Händen zum Seeufer hinuntergetrippelt. Wenn irgendjemand einen Fisch aus dem Wasser gezogen hatte, fing sie an zu tanzen. Ihr strahlendes, vier Jahre altes Gesicht wirkte dann wie eine Comiczeichnung der Glückseligkeit. Nur einmal war es einem von uns gelungen, einen Fisch zu angeln, der tatsächich groß genug war, um ihn zu behalten. Natürlich hing dieser Fisch an der Leine meines Vaters, ein schimmernder, etwa fünfunddreißig Zentimeter großer Kaulbarsch, der an ein riesiges leuchtendes Gehänge einer Pendeluhr erinnerte. Es war wahrscheinlich der größte Fisch, der sich in diesem kleinen Vorstadt-Badesee halten konnte. Auf dem Weg dorthin schauten wir immer bei einem Feinkostgeschäft vorbei, und während wir angelten, richtete Mom die Sandwiches mit kalten Würstchen und scharfem Senf her. Ferner gab es

Nudelsalat und dünn geschnittenen Schweizer Käse. Ich habe oft so getan, als wüsste ich nicht, wie man einen Wurm auf den Haken steckt, nur damit mein Vater es mir erneut zeigte. Er beugte sich dann über mich, sein Gesicht ganz nah an meinem, und ich sah, wie geschickt er mit den Händen war. Ich habe lange Zeit so getan, als würde unsere Familie in einer Hütte gleich hinter den Bäumen auf der anderen Seite des Sees wohnen, gegenüber von der Stelle, wo Fiona und meine Mutter waren.

Angeln, wie unser Vater zu sagen pflegte, ist friedliche Stille, unterbrochen von Gewalt.

Jetzt gerade im Wagen sagte er: »Ich habe ein Geschenk für dich, Pilot. Es liegt hinter dir auf der Ladefläche. Siehst du es?«

Ich wandte mich um. Dort lag eine brandneue, rot lackierte Angelrute, deren verschraubbare Teile von einem orangefarbenen Klebeband zusammengehalten wurden. »Eine Angel«, sagte ich.

»Hab mir gedacht, dass du deine alte bestimmt nicht dabeihast.«

»Ist mir überhaupt nicht in den Sinn gekommen, sie einzupacken.« Ich nahm die Angelrute auf meinen Schoß und drehte sie in meiner Hand. »Ich habe gerade an die Zeit denken müssen, als wir zu dem See rausgefahren sind, weißt du noch, als wir noch klein waren.« Ich dachte mir, dass ihn das freuen würde.

»Das war gar nichts«, sagte Dad. »Warte nur ab, bis du deine Leine hier in Florida ausgeworfen hast.«

»Fängt man hier viel?«, fragte ich und kam mir dabei wie Hemingway vor.

»Du kannst nicht verlieren.«

»Friedliche Stille, unterbrochen von Gewalt.«

Mein Vater erinnerte sich und musste lachen. »Nur Gewalt«, sagte er. »Nichts als Gewalt.«

Ich sagte: »Großartig«, und dann fiel mir auf, dass ich nicht so begeistert klang, wie ich gerne geklungen hätte.

»Du musst nicht angeln gehen, wenn du nicht willst.« Patricia hatte ihren Gurt gelöst, um sich seitlich hinzusetzen, mit dem Rücken zur Wagentür. Ich stellte mir vor, wie plötzlich die Tür aufsprang und sie rückwärts auf den Highway hinausfiel.

»Ganz genau«, sagte unser Vater. »Du musst gar nichts. Ich dachte nur, dass du vielleicht –«

»Ich würde wahnsinnig gern angeln gehen«, unterbrach ich ihn. »Echt. Ist jetzt genau das Richtige für mich.« Ich sah ihn lächeln, obwohl ich seinen Hinterkopf anschaute. Seine Augen strahlten mich im Rückspiegel an. Ich bemerkte Patricias erleichterten Gesichtsausdruck, Patricia, die ihn direkt ansah, die unter dem direkten Einfluss seiner Miene stand, und ich sah, wie sich sein Lächeln in ihrem spiegelte.

»Hervorragend«, sagte mein Vater. Er konzentrierte sich eine Weile auf die Straße und den Verkehr und sagte dann: »Spitze.« Wir fuhren eine Zeit lang im Glanz seiner guten Laune über diesen Florida Highway, und dann bog er in eine Ausfahrt ab. Er schaltete das Radio ein. »Hier wird viel Country Music gespielt«, sagte er.

»Dein Vater mag Country Music.«

»Hab nichts dagegen«, sagte ich. »Ist sein gutes Recht.« Ich habe diese Musikrichtung nie wirklich gemocht. Sie kam mir immer zu simpel vor, wie der Soundtrack zu einem Film, dessen Ende man meilenweit vorausahnt.

Wenn mein Leben ein Film wäre, dachte ich, dann würde die Musik dazu wie der Soundtrack von *Der Weiße Hai* sein, jedoch einen Tick lauter und schneller, Angst und ihre rasche Erlösung, dumm und penetrant.

SOBALD IRGENDJEMAND was gefangen hatte oder auch nur glaubte, dass er was an der Angel hatte, kam Fiona ans Ufer gerannt, und unsere Mutter folgte ein paar Schritte hinter ihr, vornübergebeugt, mit ausgestreckten Armen, nur für den Fall, dass sie sie festhalten musste, und um sicherzugehen, dass nichts passierte, dass sie nicht ins Wasser fiel. Ich war damals ebenfalls noch ziemlich klein, erst sechs Jahre alt, glaube ich, zu klein, um ohne fremde Hilfe die Leine auszuwerfen. Aber ich weiß noch, wie Eric seine Angelrute zurückschwang und auswarf.

Ich weiß noch, wie gut aussehend er damals war, welch einen anmutigen Körper er hatte.

Und wenn unsere Eltern nicht schauten, bedrohte er mich mit dem Haken, rannte hinter mir her und sagte, dass er mich wie einen Klumpfisch aufschlitzen würde.

Im Radio meines Vaters sang Loretta Lynn. Die Trabantenstädte Floridas, über die man irgendwann zum Flughafen gelangte, flogen in einem Wirbel aus Zaunweiß, Ziegelrot und Rasengrün an meinem Fenster vorbei. Als wir bei ihrem Cottage ankamen, wusste ich, dass mein Vater mich nun fragen würde, wie es mir in der Klinik ergangen war, ob man mich gut behandelt hatte, ob man mir irgendeinen Zwang angetan oder mich ans Bett gefesselt hatte. Ich würde ihm antworten, dass es dort okay sei und dass es in vielerlei Hinsicht wie ein Urlaub sei. Einen Moment würde ich sogar mit dem Gedanken spielen, ihm zu erzählen, warum ich dort gelandet war, würde es dann aber doch nicht tun. Heute würde ich mich diesbezüglich zurückhalten. Ich musste den richtigen Moment abpassen, musste ihn genau zum richtigen Zeitpunkt ins Bild setzen. »Und als du im Wald warst«, fragte er, »was hat sich da in deinem Kopf abgespielt? Was hast du dort drei Tage lang getrieben?«

»Ich hab an tausend Dinge gedacht«, würde ich ihm sagen. »Und ich wusste nicht, welche wahr waren und welche reine Spinnerei. Und inzwischen kann ich mich eigentlich kaum noch daran erinnern.«

»Hast du Angst gehabt?«, würde er mich fragen.

Und ich würde ihm erzählen, dass ich noch nie in meinem Leben so viel Angst gehabt hatte, was keine Lüge war. Und ich würde ihm erzählen, dass ich liebevoll an ihn gedacht hatte, was durchaus eine war.

ICH ERINNERE MICH an Fiona wie an ein Foto. Ich erinnere mich an das grüne Gras hinter ihr, an die Schatten der jungen Bäume quer über ihrem Leib. Ich erinnere mich an die knallgelben Löwenzahnblüten in ihrem Haar. Ich erinnere mich an die hochgezogenen Mundwinkel ihres rosafarbenen Mundes, an diesen leichten, aber konstant nach oben zeigenden Bogen. Ich erinnere mich an das tiefe Grübchen in ihrer rechten Wange (ich habe ebenfalls eines). Ich erinnere mich an die kleinen roten Schuhe, die sie trug – immer rot –, und an das blaurosafarbene Blumenmuster ihres Kleids. Im Hintergrund stehen Bäume, ferner ist ein blauschwarzer, sich kräuselnder See zu erkennen, ein strahlend blauer Himmel, der hier und da von ein paar Schäfchenwolken durchwandert wird. Ich erinnere mich an Fionas Hände, die auf dem Foto mitten im Klatschen eingefangen sind, festgehalten in jenem Bruchteil einer Sekunde kindlichen Übermuts. Ich sehe unsere rot-schwarz karierte Picknickdecke, die hinter unserer kleinen Schwester ausgebreitet liegt. Ich sehe unsere Mutter, die im unscharfen Hintergrund auf der Decke sitzt. Ihr kastanienfarbenes Haar ist im Stil der frühen siebziger Jahre zusammengesteckt, und neben ihren Ohren baumeln lange Ringellöckchen. Sie trägt ein kurzes gelbes Kleid. Alles ist bis ins Detail zu erkennen. Auf diesen Fotos von Fiona, die ich im Kopf mit mir herumtrage, ist das Objektiv stets auf ihr Gesicht scharf gestellt. Da ist immer ihr Lächeln. Das Lächeln meiner Schwester.

»HAST DU MIT ihm gesprochen?«, fragte ich.

»Ob ich –«

»Ob du mit Eric gesprochen hast.«

Wir waren in einem Leihboot auf einen See hinausgerudert, mein Vater und ich, und saßen mit ausgeworfenen Leinen da, die Angelruten gegen unsere Knie gelehnt. Sein Gesichtsausdruck verriet mir, dass er wusste, was nun folgen würde, dass er auf diese Unterhaltung gefasst war. »Ich habe mit ihm gesprochen.«

»Weißt du, dass Mom Probleme mit ihrem Augenlicht hat?«

»Ihre Augen scheinen allmählich nachzulassen – meinst du das? Eric hat mir kurz davon erzählt.« Er zupfte an der Leine.

»Sie sieht Gespenster«, sagte ich. »Zumindest drückt sie sich so aus. Es ist, als würde sie alles doppelt sehen, glaube ich. Aber inzwischen ist es so weit, dass sie praktisch überhaupt nichts mehr sieht. Eine Krankenschwester schaut regelmäßig bei ihr vorbei und passt auf sie auf.«

»Sie wird schon zurechtkommen.«

»Hat er dir von Katherine Jane DeQuincey-Joy erzählt?«

Er blickte mich fragend an.

»Von meiner Therapeutin.«

Er zuckte mit den Achseln. »Ich wusste, dass du in Therapie gewesen bist.«

»Er schläft mit ihr.«

»Wer?«

»Eric, dein Sohn, mein Bruder, er –«

»Mit der Therapeutin?« Mein Vater musste lächeln. Er konnte sich sogar ein leises Lachen nicht verkneifen.

»Findest du das witzig?«

»Pilot, was macht das schon für einen Unterschied?«

»Einen großen.«

»Warum besorgst du dir dann nicht einen anderen?«

»Weil, wenn ich sie überzeugen kann«, sagte ich, »kann ich jeden überzeugen.« Ich hatte den Satz noch nicht zu Ende gesprochen, da wusste ich bereits, wie dumm es sich anhörte.

Mein Vater räusperte sich. Er holte seine Leine ein, ganz langsam, in gleichmäßigem Tempo, bis zum letzten Meter ködernd. »Gefällt's dir hier?«, wollte er wissen.

»Hier am See?«

»In Florida.«

Ich blickte mich um, so als könnte ich den gesamten Staat von unserem Ruderboot aus betrachten. »Es gefällt mir.«

»Du kannst so lange bleiben, wie du willst.« Er blickte mich direkt an. »Du musst nicht in einem Monat zurückfliegen.

Wenn du willst, kannst du für immer bleiben.« Er streckte den Arm aus, und seine Hand näherte sich meiner Schulter. Das kleine Ruderboot kam durch diese Gewichtsverlagerung ein wenig ins Wanken.

»Ich weiß nicht«, sagte ich.

»Überleg's dir.« Seine Hand ruhte auf meiner Schulter, zuerst ganz leicht, dann mit zunehmendem Druck.

Ich drehte mich ein wenig zur Seite, sodass er mich loslassen musste. Dann machte auch ich mich daran, meine Leine auszuholen. Einen Moment lang dachte ich, dass irgendetwas an meinem Körper zerrte, aber es war nichts, wie sich herausstellte. Es war kalt hier draußen, allerdings nicht so kalt, dass wir unseren Atem hätten sehen können.

»Gespenster?«, fragte mein Vater plötzlich.

»So drückt sie sich aus.«

»Von irgendjemand Bestimmtem?«

Ich wusste, dass Hannah immer wieder Fiona sah, dass sie sie durch den Garten hatte rennen sehen und in der Küche ihren Kleinmädchen-Atem im Nacken gespürt hatte. Ich hatte gehört, wie sie Fiona durch die Belüftungsanlage etwas zugeflüstert hatte.

Ich schaute meinen Vater ebenso fest an wie er mich. Ich sagte: »Fiona.«

Er warf seine Leine aus. »Wir wissen nicht, ob sie tatsächlich tot ist.« Er wich meinem Blick aus. »Wie kann deine Mutter das Gespenst von jemandem sehen, der vielleicht nicht einmal tot ist?«

»Sie ist tot.«

»Pilot.«

»Hat Eric dir nicht davon erzählt?«

»Eric hat mir gesagt, dass dir die Sache immer noch zu schaffen macht, und diesen Eindruck habe ich ebenfalls.«

Ich wusste, was Eric ihm gesagt hatte. Ich wusste alles. »Ich weiß, was passiert ist.« Ich spürte das Rascheln der Bäume am Ufer des Sees. Ihre Wurzeln streckten sich lautlos bis ins Meer hinein und rollten sich in dem schwarzen Schlamm und dem auf dem Grund verfaulenden Laub zusammen.

»In Bezug auf was?«

»Alles. Alles was in jener Nacht passiert ist.«

»Verdammt noch mal, Pilot. Deine Mutter hat –«

»Ich weiß, was passiert ist.«

Seine Mimik war plötzlich ganz anders. Er biss die Zähne zusammen. Er schloss sogar die Augen. »Was ist passiert, mein Sohn?«

»Eric hat sie umgebracht.«

Unser Vater ließ die Schultern hängen. »Nein«, sagte er. Es bedeutete, dass ich ihn enttäuscht hatte. Er war nicht überrascht, hatte jedoch einfach das Gefühl, dass ich ihn hängen gelassen hatte.

»Ich habe die Beweise gefunden, Dad.«

»Den Schuh?«, sagte er ungläubig.

»Beide«, sagte ich. »Beide Schuhe – und ein Messer.«

»Das ist alles irgendein psychologischer Quatsch«, sagte mein Vater verächtlich. »Das ist nicht einmal –«

»Ich bin nicht verrückt.«

»Hast du mit deiner Therapeutin darüber gesprochen?«

»Ja.«

»Und was meint sie dazu?«

»Sie meint, dass ich geistig verwirrt bin.«

»Hör auf sie.«

»Das versuche ich ja«, sagte ich. »Wirklich. Ich wünsche mir ja, dass es auf einer geistigen Verwirrung beruht.« Als ich dies sagte, war ich nicht sicher, ob es stimmte, dachte mir jedoch, dass er es gern hören würde.

NATÜRLICH FINGEN WIR nichts, was es wert gewesen wäre zu behalten. Mein Vater hatte jedoch Steaks in der Kühltasche, und auf einer Raststätte am Straßenrand stellten wir einen Grill auf. Von unserem Platz aus sah ich eine öffentliche Toilette ein Stück weiter unten. In den Bäumen dahinter lauerten

Männer. Mein Vater hatte allem Anschein nach von dem, was hier abging, keine Ahnung und wusste nicht einmal, dass dort Leute waren. Wir setzten uns an einen der Picknicktische und aßen unsere Steaks mit rohen Tomaten und Zwiebeln.

»Nächste Woche«, sagte er, »wird das Flugzeug fertig.«

»Was hat es denn?«

»Ich lass es nur generell überholen.«

Ich nickte.

»Also«, sagte Dad, »hast du Lust, auf die Inseln zu fliegen?«

»Auf die Inseln?«

»Vor der Küste liegen hunderte von Inseln – traumhaft schöne Fleckchen Erde.«

»Okay«, sagte ich.

»Wir könnten ein Zelt einpacken und ein paar Tage bleiben.«

»Klingt großartig«, sagte ich.

»Es gibt da eine ganz bestimmte, die du unbedingt sehen musst.«

»Eine Insel?«

»Sie ist nicht einmal auf der Karte verzeichnet. Ich nenne sie Insel Nirgendwo.«

»Klingt echt –«

»Natürlich gibt es dort weder Telefon noch sonst was. Glaubst du, dass das für dich in Ordnung ist?«

Er forderte mich heraus. Er forderte mich heraus, mich gegen meine Krankheit zu stemmen. Er hielt sie für eine Entscheidung, die ich getroffen hatte, glaubte, dass ich mich entschieden hatte, verrückt zu sein. »Das pack ich schon«, sagte ich.

Dad nahm ein großes Stück Steak in den Mund. »Wie ist dein Fleisch?«, fragte er, während er kaute.

»Eins a«, erwiderte ich. »Hervorragend.«

»Du hast schon immer gern Steak gegessen«, sagte er.

»Haben wir doch alle.«

»Deine Mutter hat also Probleme mit den Augen?«

»Erhebliche Probleme«, sagte ich. Ich sah den Autos hinterher, die auf dem Highway vorbeifegten. Zwischen den Bäumen auf der gegenüberliegenden Straßenseite lungerten Männer herum. Falls mein Vater sie gesehen hatte, so behielt er es für sich. Ich lachte kurz auf. »Sie leidet gern. Sie leidet gern im Stillen.«

Mein Vater musste darüber lachen.

Meine Mutter sprach unterdessen gerade mit meiner Schwester. Sie bat Fiona hereinzukommen. Es sei kalt und würde bereits dunkel werden. Fionas Geist blieb am Ende des Rasens stehen. Ihre Augen schienen um eine Minute Aufschub zu betteln – nur noch eine Minute.

Bitte, flehte Hannah ihre Tochter schweigend an, *bitte, Schatz, komm herein.*

Dad räusperte sich. »Weißt du«, sagte er, »ich möchte, dass du all das klärst, all das wegen Eric – dass er Fiona umgebracht haben soll –, ich will, dass du all das zuerst mit deiner Therapeutin klärst, okay? Ich meine –«

»Du glaubst mir nicht«, sagte ich. »Aber das geht schon in Ordnung. Ich glaube mir ja selbst manchmal nicht.«

»Es ist nicht, dass ich dir nicht *glaube*«, sagte Dad. »Ich meine, ich bin davon überzeugt, dass du *glaubst,* dass es sich so abgespielt hat. Aber weißt du, Pilot, man kann seinen eigenen Gedanken nicht immer Glauben schenken, wenn du verstehst, was ich meine.«

»Dad«, sagte ich, »ich habe dich mein ganzes Leben lang belogen, und zum ersten Mal kann ich meinen eigenen Gedanken ver–«

»Als Kind passieren einem viele Dinge, die mit dem Alter völlig umgebogen und verdreht werden. Du kannst nicht –« Er sprach den Satz nicht zu Ende.

»Ich kann was nicht?«

»Du kannst deinen eigenen Bruder nicht einfach so beschuldigen.«

»Ich habe Beweise.«

»Tu mir einen Gefallen.«

»Welchen?«

»Besprich das alles mit deiner Therapeutin.«

»Das tue ich ja.«

Er räumte das schmutzige Geschirr in die Kühltasche. Später würde er es einfach Patricia abspülen lassen. »Gut«, sagte er. Ich würde ihr helfen. Beide würden wir in der Küche stehen.

»Ich werde nicht mehr davon sprechen«, sagte ich.

»Das wäre wohl das Beste.«

»Ich will nicht, dass die Leute sich meinetwegen aufregen.«

»Pilot«, sagte er, »ich weiß, dass es dir zurzeit nicht besonders gut geht. Das weiß ich. Du brauchst dir deswegen keine Vorwürfe zu machen. Ich habe über solche Dinge gelesen. Es liegt nicht an dir, das weiß ich, es ist einfach eine Chemikalie, die in deinem Kopf irgendwelche seltsamen Reaktionen auslöst oder so ähnlich. Irgendwas ist aus den Fugen geraten, mehr nicht.«

Aus den Fugen geraten. »Ich hoffe, dass du Recht hast.«

Die Männer zwischen den Bäumen auf der anderen Seite des Highways schoben sich tiefer in die Dunkelheit hinein. Ich stellte mir vor, wie sie sich gegenseitig anfassten. Ich blickte in das unschuldige Gesicht meines Vaters. Ich wünschte mir so sehr, dass ich sein Gesicht geerbt hätte, und nicht Eric.

AUF DEM HIGHWAY fuhren Autos mit Segelbooten auf Anhängern vorbei. Meeresfrüchte-Restaurants, Boothandelsgeschäfte und Köder-und-Angelhakenläden säumten den sandigen Straßenrand. Ganz in der Nähe, ungefähr eine Meile entfernt, war der tosende Atlantische Ozean. Auch wenn ich ihn nicht sah, spürte ich, wie die Wellen gegen die Küste brandeten. Die Luft war von einem Salzgeruch erfüllt, der hier stärker war, und der Wind in meinem Gesicht fühlte sich viel sanfter an als zuvor. Wir fuhren schließlich los und hielten auf dem Parkplatz eines riesigen Sportflughafens.

Wir hatten angehalten, um dem Flugzeug hallo zu sagen.

Niemand schien uns zu bemerken, als wir den von Rissen

und Unkraut übersäten Asphalt überquerten, und den Hangar betraten wir, nur von dem Nicken eines vorbeigehenden Mechanikers begleitet, der einen hellen orangefarbenen Overall trug.

»Jim«, sagte er.

Dad wollte es, glaube ich, nur berühren, und er wollte, dass ich es ebenfalls berührte. Offensichtlich maß er diesem Akt eine therapeutische Wirkung zu.

Für mich. Für sich selbst. Für das Flugzeug.

»Fass es doch mal an, Pilot«, forderte er mich auf. »Los.«

Es war diese Art Flugzeug, die auf dem Wasser landen kann, eine Cessna oder Piper Cub oder so etwas Ähnliches, mit bootähnlichen Kufen anstatt der üblichen Räder als Landevorrichtung. Zur Zeit stand die Maschine jedenfalls in dieser schummrig beleuchteten Höhle aus Walzblech, und unter der vorderen, geöffneten Haube war der Motor zu sehen. Dad spähte mit der besorgten Miene eines Fachmanns hinein, mit der er, wie ich dachte, nur seine Hilflosigkeit verbergen wollte.

In dem Hangar stand mindestens ein weiteres Dutzend einmotoriger Maschinen ähnlicher Größe, und draußen auf dem Flugplatz hatte ich ungefähr weitere zwanzig bemerkt, die sich alle in verschiedenen Reparaturstadien befanden und entweder rot-weiß, blau-weiß oder gelb-weiß lackiert waren. Die Maschine unseres Vaters, die zu den kleineren gehörte, hatte drei rote Streifen, die sich längs über den Rumpf und über die Unterseite der Flügel zogen. Der Rumpf war mit einer Seriennummer in Rot beschriftet. Die Maschine hatte zwei Sitze, hinter denen sich noch ein winziger Gepäck- oder Ablagebereich befand. Ich nahm an, dass dort hinten im Notfall ein oder zwei weitere Passagiere Platz finden würden, aber es wäre vermutlich verdammt eng. Die Innenausstattung des Flugzeugs war in beigefarbenen Tönen gehalten, wie die eines Autos. Von Fotos einmal abgesehen, sah ich sein Flugzeug zum ersten Mal. Patricia und unser Vater schickten uns jedes Jahr ein Weihnachtsfoto, auf dem sie neben dem Flugzeug standen. Die Maschine war stets mit einem grünen Reisigkranz geschmückt, und das Foto war stets aus einem anderen Blickwinkel aufgenommen. Normalerweise fügte Patricia noch irgendeinen Witz hinzu, wie zum Beispiel *Fröhliche Weihnachten von eurem Vater und seiner Freundin! (Und von Patricia.)*

Als ich es anfasste, sagte ich: »Ist echt toll, Dad.« Die Fiberglasverkleidung war nicht so glatt, wie ich gedacht hatte, und an meinen Fingern klebte plötzlich Ruß. Allem Anschein nach musste es mal gewaschen werden.

Er strich mit der Hand über den Rumpf.

»Fliegen ist das Einfachste der Welt«, sagte mein Vater. »Ich könnte es dir beibringen.«

Ich fragte mich, ob es jemandem, bei dem eine Schizophrenie festgestellt wurde, erlaubt war, ein Flugzeug zu fliegen. Ich stellte mir vor, wie ich den Fragebogen ausfüllte.

Ist bei Ihnen jemals eine psychische Erkrankung festgestellt worden?

Vor langer Zeit hatte Eric Flugstunden genommen. Er hat den Unterricht jedoch abgebrochen, nachdem Hannah ihn darum gebeten hatte. Und dann hat Dad uns ja ohnehin verlassen, und es war plötzlich kein Thema mehr. Ich hatte immer gedacht, dass ich allein wegen meines Namens eines Tages fliegen lernen würde.

Wir kehrten aus dem Hangar, in dem es dunkel und seltsam still war, ins grelle Tageslicht von Florida zurück. Es war mittlerweile ungefähr vier Uhr nachmittags, und die Windschutzscheiben der kleinen Flugzeuge warfen das Sonnenlicht mit gleißender Intensität zurück. Wir stiegen in Dads Geländewagen, und beide Türen fielen mit einem satten Klicken ins Schloss.

»Die Maschine sieht echt super aus, Dad«, sagte ich, nachdem ich einen kurzen Moment lang wortlos dagesessen hatte, beschlichen von dem Gefühl, etwas sagen zu müssen. »Echt cool. Wunderschön.«

In seiner Miene lag eine gewisse Enttäuschung, die wahrscheinlich mit meiner lauen Reaktion zu tun hatte. Ich hatte es wohl an der richtigen Begeisterung fehlen lassen. »Warte erst mal ab, wenn wir sie in der Luft haben«, sagte mein Vater. »Dann wirst du schon sehen, was ich meine.« Er ließ den Motor an. Es war kühl, aber ich ließ dennoch das Fenster herunter.

EINE BEIGEFARBENE TISCHDECKE, beigefarbene Teller und flackernde beigefarbene Kerzen – Patricia hatte den Tisch wunderschön gedeckt, mit einem romantischen Touch – ein Abendessen zu dritt. Sie schenkte jedem ein Glas süßen Weißwein ein. Im Wohnzimmer hatte sie eine beigefarbene Servierplatte mit kleinen Ecken verschiedener Käsesorten auf runden Crackern bereitgestellt. Und sie hatte im Radio einen Sender mit ruhiger Musik eingestellt, Zimmerlautstärke.

»Deine Mutter hat nie zu leben verstanden«, sagte unser Vater, als wir all dies erblickten. »Erst durch Patricia habe ich gelernt, das Leben zu genießen.«

Sie tauchte aus der Küche auf, sichtlich erfreut, uns zu sehen.

»Du hättest dir nicht so viel Mühe machen sollen«, sagte ich zu ihr. »Bestimmt hast du den ganzen Tag gerackert –«

»Was hätte ich denn sonst tun sollen?«, sagte sie. »Die Pilzsuppe ist bereits fertig, und für den Fall, dass ihr nichts gefangen habt« – sie zwinkerte mir zu –, »habe ich gefüllte Seezunge gemacht.«

»Seezunge ist hervorragend«, sagte unser Vater. Er ließ sich auf dem Sofa nieder.

»Gefüllte Seezunge«, sagte ich voller Staunen.

Eigentlich wollte ich erst einmal unter die Dusche. Ich ging ins Badezimmer, um mir zumindest die Hände zu waschen. Ich betrachtete mein Gesicht im Spiegel und suchte darin nach einer Ähnlichkeit mit meinem Vater. Ich konnte nichts entdecken. Ich sah darin nur Hannah. Ich sah, wie meine Pupillen sich weiteten, so als würde ich zum Horizont blicken.

Als ich heraustrat, lächelte ich.

Die Einrichtung war nicht mit den Möbeln zu vergleichen, mit denen wir aufgewachsen waren. Zum einen war alles aus Korbgeflecht und sehr neu. Der Fußboden war mit warmen beigefarbenen Teppichen ausgelegt. An den Wänden hingen Batiken aus exotischen Ländern. Die Luftaufnahmen meines Vaters – größtenteils Bilder vom Himmel und Horizont – hingen gerahmt, zu jeweils vier Aufnahmen zusammengefasst, über einzelnen, den Raum dominierenden Möbelstücken. Im rückwärtigen Teil befand sich eine Glasveranda von der Größe eines Wohnzimmers. Am Ende der Veranda, unter freiem Himmel, stand eine Badewanne. Es gab einen Kamin, und überall waren weiche beigefarbene Decken drapiert.

Plötzlich fiel mir ein, dass ich ganz vergessen hatte, meine Medizin einzunehmen. Ich sah mich nach meinem Rucksack um, fragte mich dann aber, wie die Chemikalien auf den Wein reagieren würden. Scheiß darauf, sagte ich mir. Ich beschloss, einfach den Wein zu genießen. Ich blickte mich prüfend im Zimmer nach irgendwelchen toten Gegenständen um, die plötzlich zum Leben erwacht waren. Ich spitzte die Ohren und lauschte auf irgendwelche Stimmen in den schummrigen Lampen. Aber es war nichts Ungewöhnliches festzustellen. Morgen früh würde ich eine doppelte Dosis nehmen. Ein Tag ohne Medizin würde mich schon nicht irre machen.

Ich versuchte mir unsere Mutter in diesem Haus vorzustellen. Ich versuchte mir bildlich vorzustellen, wie sie mit Patricia barfuß über den lehmfarbenen Boden schritt, um in einem dieser bequemen Polstersessel Platz zu nehmen. Es war unmöglich. Hannah könnte an so einem Ort nicht existieren.

»Es ist so ein hübsches Haus«, sagte ich unserem Vater. »Schade, dass ich euch nicht schon früher besucht habe.« Ich setzte mich neben ihn auf das cremefarbene Sofa.

»Es ist ihr Heim«, sagte unser Vater. »Ich wohne hier nur.«

Patricia kam gerade aus der Küche herein. Sie hatte lange schlanke Arme und grazile Beine. Ihr Haar war dunkel und gelockt, und es umrahmte in langen Strähnen ihr Gesicht, so wie man es oft bei viel jüngeren Frauen sieht. Es war eine neue Frisur, wie mir nun klar wurde. Als sie jünger war, als unser Vater sie vor all diesen Jahren kennen gelernt hatte, muss sie unglaublich schön gewesen sein – sexy. Sie schien allerdings ständig ein wenig geduckt einherzugehen, so als rechne sie jeden Moment damit, angeschrien zu werden. »Hör nicht auf ihn«, sagte sie. »Er nimmt sehr viel Einfluss, wenn es um die Gestaltung der Wohnung geht. Er ist nur der Ansicht, dass Inneneinrichtungen etwas für Weichlinge ist. Er weiß jedoch genau, was er mag, und er meldet sich sofort lautstark zu Wort, wenn ihm etwas nicht gefällt.«

»Dann hast du dich also mit Fragen der Inneneinrichtung beschäftigt, Dad?«, neckte ich ihn. »Dir Textilmuster angesehen und Vorhänge ausgesucht?«

Mein Vater schnaubte. »Gibt's irgendwas in der Flimmerkiste?« Er hatte es noch nie ausstehen können, wenn man ihn durch den Kakao zog.

»Es wird ein Hitchcock gezeigt, den ich noch nicht gesehen habe«, sagte Patricia.

»Ach nee.« Er wandte sich um und sagte: »Du magst Hitchcock doch nicht, oder?«

»Ich bin mit allem einverstanden.« Ich werde wahrscheinlich ohnehin früh ins Bett gehen, dachte ich. Ich aß einen Cracker und trank einen Schluck Wein.

»Gibt's nichts anderes?«

Patricia gab ihm die Zeitung. »Warum schaust du nicht selbst?«

Ich sah, wie er das Programm überflog. »Heute ist Montag, und da gibt's Football.« Er zwinkerte mir zu.

Patricia verdrehte die Augen. »Ich hatte gehofft, dass du es nicht bemerken würdest.«

Er lachte.

»Wir müssen uns nicht unbedingt Football anschauen«, sagte ich.

»Er kann sowieso nicht so lange aufbleiben«, sagte Patricia. Sie ließ sich neben meinem Vater auf das Sofa fallen und legte den Arm um ihn.

»Ich werd' langsam alt«, sagte er. »Ich kann nicht mehr so lange aufbleiben, und dann bin ich die ganze Nacht auf, um zu pissen, weil meine Prostata im Eimer ist.«

Ich versuchte zu lächeln, kriegte es aber nicht hin.

»Wenn du alt wirst«, sagte er, »lässt dich als Erstes deine Prostata im Stich.«

»Es ist doch bereits besser geworden«, sagte die Lebensgefährtin unseres Vaters.

»Alt«, wiederholte er. Er blickte sie an. »Alt ist schlechter, nicht besser.«

»Dann bin ich auch alt«, sagte sie.

Irgendwo bellte ein Hund.

Ich musste an meine Mutter denken, die wirklich alt war, und ich stellte mir vor, wie sie im Dunkel ihres Schlafzimmers mit dem Geist ihrer Tochter redete.

KATHERINE JANE DEQUINCEY-JOY fuhr ihren VW Golf in eine Parklücke vor der öffentlichen Bibliothek von East Meadow und blieb noch einen Moment bei laufendem Motor sitzen. Sie fragte sich, ob sie die Sache wirklich durchziehen wollte. Wie sagte man doch gleich? Eine Dose voller Würmer öffnen. Sie stellte sich vor, wie sie den Dosenöffner drehte und wie unzählige sich windende Erdwürmer auf eine saubere Küchenanrichte herausquollen. Das Gehirn eines Menschen, dachte sie, war einem großen Haufen Würmer nicht unähnlich. Und es war ihre Arbeit, zumindest im übertragenen Sinn, das Gehirn ihrer Patienten zu öffnen und die sich windenden Gedanken und Gefühle herauszuschälen, die ihnen das Leben – unser aller Leben – so schwer machten. Sie schaltete den Motor aus und musterte das Gebäude, während sie ihren bereits kalten Zitronentee aus dem Styroporbecher trank, den sie auf dem Weg hierher in einem 7-Eleven gekauft hatte. Die Bibliothek war ein weißer moderner Bau mit mehreren, zwei Stockwerke hohen Fensterschlitzen, durch die das Tageslicht Einlass fand. Das kleine öffentliche Gebäude war von Bäumen umstanden, und weder der Parkplatz noch der umlaufende Rasenstreifen waren in den vergangenen Monaten gefegt oder geharkt worden.

Katherine öffnete die Wagentür. Es war Sonntag, und sie trug einen weichen grauen Pullover zu einer alten Blue Jeans. Den Pullover nannte sie bereits seit Collegezeiten ihr Eigen. Sie schloss die Tür mit einem kräftigen Ruck und überquerte in der feuchten Novemberluft den mit Laub übersäten Parkplatz. Der Winter war bisher recht mild gewesen. Ein bisschen Regen zwar, aber noch kein Kälteeinbruch.

Die Bibliothek war neu, war innerhalb der letzten fünf Jahre gebaut worden. Sie fragte sich, ob hier überhaupt zwanzig Jahre alte Zeitungen erfasst und aufbewahrt wurden. Als sie die Glastüre öffnete, sah sie über einen mit einem grauen Behörden-Teppichboden ausgelegten Eingangsbereich hinweg zu den Bücherregalen – einfache Metallgerüste mit Trennstützen aus Drahtgeflechten. Obwohl es noch früh war – die Bibliothek öffnete um zehn Uhr –, schwirrten in der Kinderbuchecke bereits Kleinkinder mit ihren jungen Müttern umher. Frauen im Alter von Katherine, Frauen, deren Leben wie geplant verlief, Frauen, die überhaupt einen Lebensplan besaßen. Sie ließ ihren Blick umherschweifen und suchte nach dem Zeitschriftenbereich. Sie hatte sich schon so lange nicht mehr in einer öffentlichen Bücherei aufgehalten, dass es ihr fast peinlich war, seit ihrem Studium nicht mehr, um genau zu sein. Hinter dem Schreibtisch des Bibliothekars stand ein Doppelregister mit der Aufschrift »Verzeichnis der ausleihbaren Titel«. Dort würde sie anfangen. Sie ging zu dem langhaarigen Mann am Schreibtisch und fragte: »Haben Sie die Möglichkeit, auf Mikrofilm alte Zeitungen nachzuschlagen?«

»Wir haben ein komplettes Verzeichnis der *East Meadow Gazette*«, sagte er in leicht bedauerndem Tonfall. Er war Anfang zwanzig, mit einem blonden Bart und sanfter Stimme. »Und auf dem Computer via Internet haben wir Zugang zur *New York Times.*«

»Kann ich mir das mal ansehen?«

»Aber sicher«, sagte er. »Kommen Sie mit.« Der junge Mann führte Katherine durch eine Doppeltür in einen weiß gestrichenen Raum mit mehreren Reihen von Computern auf Stahlkonsolen. Er zog einen Stuhl unter einer der Konsolen heraus und bedeutete ihr, sich zu setzen. Er muss früher mal als Kellner gearbeitet haben, dachte Katherine. »Ich nehme an, Sie wollen mit der *Times* beginnen«, sagte er. »Darf ich fragen, wonach Sie suchen?«

»Ich interessiere mich für die Einzelheiten eines Verbrechens, das vor zwanzig Jahren in East Meadow begangen wurde.«

Er stützte die Hände in die Hüften. »War es ein schweres Verbrechen? Ich meine, war es ein Aufsehen erregender Fall?«

»Es war eine Entführung, nur ein kleines Mädchen.«

»Dann halten Sie sich am besten an die *Gazette.*« Er zeigte auf den Mikrofilm-Monitor in der Ecke, der so aussah, als wäre er noch nie benutzt worden. »Ich heiße übrigens Edward. Wissen Sie, wie man das Gerät bedient?«

Katherine schüttelte den Kopf.

»Ich zeig's Ihnen.« Er schob den Plastikstuhl wieder unter die Konsole und ging durch den gefliesten Raum zu dem Mikrofilm-Monitor.

Sie setzte sich.

Er zeigte ihr, wie man die Seiten der *East Meadow Gazette* durchkämmte, und ging bis zu dem Jahr zurück, als Fiona verschleppt worden war, zu dem Tag der letzten Party im Haus meiner Eltern. Es gab keinen Index, kein Suchprogramm, nur ihre Augen. Sie arbeitete sich stetig bis zum Labor Day jenes Jahres vor. Von dort an sah sie die Seiten mit größerer Sorgfalt durch. Bestimmt hatte die Presse erst nach ein paar Tagen von der Entführung erfahren, dachte sie. Sie spulte den Film ein paar Seiten weiter vor, und da war es.

Foxwood Court: Kleines Mädchen entführt. Belohnung ausgesetzt.

In dem Artikel stand genau das, was Katherine erwartet hatte, und er lieferte nicht viel mehr als eine Beschreibung von Fiona (»ein Mädchen mit blonden Haaren im Alter von sieben Jahren, mit Sommersprossen und grünen Augen«).

Die Polizei, hieß es weiter, hatte die Ermittlungen aufgenommen.

Der Artikel war drei Tage nach Fionas Verschwinden erschienen.

Drei Tage nach der Party.

Katherine versuchte sich vorzustellen, wie sich jedes Mitglied meiner Familie nach drei Tagen der Ungewissheit und des Wartens gefühlt haben musste. Sie stellte sich meinen Vater vor, wie er in aufgeregter Verzweiflung mit dem Detective zusammenarbeitete und fieberhaft versuchte, sich an irgendein Detail zu erinnern, das ihnen unter Umständen den Weg zu seiner Tochter weisen würde. Sie stellte sich Hannah vor, wie sie in Tränen aufgelöst zusammenbrach und in einen Zustand stiller Trauer versank, aus dem sie jahrelang nicht mehr erwachen würde. Sie stellte sich Eric vor, wie er den Haushalt übernahm, das älteste Kind, das nun einsprang. Sie sah, wie er auf der Anrichte in der Küche das Essen zubereitete, mir mein Mittagessen kochte und nebenbei lernte, mit Stresssituationen fertig zu werden.

Und sie musste sich mich vorstellen.

Drei Tage nachdem meine Schwester verschwunden war – Katherine ging davon aus, dass ich mich zu dem Zeitpunkt bereits in mich selbst zurückgezogen hatte. Bestimmt stellte ich mir da bereits vor, der Wolfsjunge zu sein. Ich kroch auf allen vieren umher und lernte zu knurren. Es war eigentlich eine recht häufige Form der Dissoziation, dachte sie, eine typische Kindheitsreaktion auf ein Trauma, sich in einem Fantasiespiel zu verlieren und in eine Scheinwelt zu entfliehen.

Es stimmte.

Und was, wenn ich Recht hatte – dieser Gedanke war ihr inzwischen mehr als nur einmal gekommen. Was, wenn mein Bruder Fiona umgebracht hatte? Das Abtauchen in einer Scheinwelt hatte vielleicht einen konkreten, praktischen Hintergrund.

Vielleicht musste ich mich ja verstecken, dachte Katherine.

Vielleicht fürchtete ich um mein Leben.

Bevor sie weitersuchte, überflog sie den Artikel ein letztes Mal und hielt nach irgendeinem Detail Ausschau, irgendeinem Bild oder Wort, das zwanzig Jahre später herausstach. Fiona war »verschleppt« worden, hieß es in dem Artikel. Das Mädchen war »am Abend zum letzten Mal von der Familie gesehen worden«. Sie war noch »nie zuvor von zu Hause weggelaufen«.

In einer Ecke des Artikels war ein Schwarzweißfoto von meiner Schwester, auf dem sie wegen des starken Kontrasts des Mikrofilms nur schwer zu erkennen war. »Das vermisste Kind, Fiona May Airie«, lautete die Bildlegende, »sieben Jahre alt.« Sie zählte unwillkürlich all die Jahre, die inzwischen vergangen waren – ein ganzes Leben. Sie spulte den Mikrofilm weiter vor, Tag für Tag, und überflog die Schlagzeilen. Sie stieß auf eine Vermisstenanzeige, die von der Zeitung zweifellos kostenfrei veröffentlicht worden war. Die Anzeige beinhaltete ein Foto von Fiona, ein anderes als das, welches in dem Artikel benutzt worden war, und auf dem sie besser zu erkennen war. Es handelte sich um ein Schülerfoto einer Zweitklässlerin, mit Sommersprossen und strahlendem Lächeln. Unsere Familie hatte eine Belohnung von zwanzigtausend Dollar ausgesetzt, zu jener Zeit eine erhebliche Summe. Am Tag darauf erschien ein ausführlicher Artikel. Es war die Sonntagsausgabe, und der Beitrag beleuchtete die menschliche Seite des Vorfalls. Dazu waren Bilder unserer gesamten Familie zu sehen. Fionas Kopf war eingekreist und herausgehoben. In dem Artikel wurde die Party beschrieben, die Nacht, in der sie verschwand. »Ein kleines Mädchen«, hieß es dort, »verschwand während einer gewöhnlichen Labor-Day-Grillparty in Foxwood Court. Sie war sieben Jahre alt und wurde von allen sehr geliebt, von ihrer Familie wie von ihren

Freunden.« Des weiteren war von einem Verdächtigen die Rede, der während des Festes von »einem der Airie-Jungen« beobachtet worden war, wie er sich mit Fiona unterhalten hatte, einem Mann, der allem Anschein nach etwa zur gleichen Zeit wie Fiona verschwand. Der Name des Mannes wurde nicht genannt.

Wie war doch noch gleich der Name, den Eric ihr genannt hatte? Katherine konnte sich nicht erinnern. Hatte sie ihn sich notiert?

Der Verdächtige war polizeilich vernommen worden, stand dort. Die Ermittlungen liefen jedoch noch. In dem Wald hinter dem Airie-Haus war bisher das einzige Beweisstück gefunden worden. In dem Artikel wurde nicht beschrieben, um was es sich dabei handelte, aber Katherine wusste, dass es der rote Turnschuh war. Es wurde auch nicht auf die Tatsache hingewiesen, dass ich ihn gefunden hatte. Sowohl Eric als auch ich wurden kaum erwähnt, abgesehen von der Namensaufzählung unter dem Familienfoto. James Airie, unser Vater, war ein gut aussehender Mann, dachte Katherine – wie Eric. Tatsächlich war er ihm wie aus dem Gesicht geschnitten. Unsere Mutter sah in Katherines Augen nicht viel anders aus als heutzutage. Vielleicht ein wenig schlanker um die Hüften herum. Aber mit denselben abwesenden Augen, demselben entrückten Blick.

Es war ein Blick, den Katherine in mir wiederfand.

Schließlich wurde in einem weiteren Artikel zwei Tage später der Name des ermittelnden Detective genannt. Es war der Name, den Eric ihr genannt hatte. Detective Jerome Cleveland. Der Mann klang sogar wie ein Cop. »Detective Cleveland«, hieß es in dieser kleineren Zeitungsnotiz, »deutete in Gesprächen mit der Presse an, dass man in dem Fall zwar einige Fortschritte gemacht, jedoch noch keinen endgültigen Durchbruch erzielt habe. ›Wir konnten bisher noch nicht die Frage klären, ob Fiona Airie entführt wurde und noch lebt oder ob sie ermordet wurde.‹«

Katherine fragte sich, ob Fiona vielleicht am Leben gelassen worden war. War sie gequält und gefoltert worden, bevor sie ermordet worden war? Sie wusste von Entführungsfällen, bei denen das Trauma zu einem Totalverlust des Gedächtnisses geführt hatte. Es war durchaus möglich, dass Fiona immer noch lebte und von ihren ersten sieben Lebensjahren nichts mehr wusste. Aber wohin konnte das kleine Mädchen verschleppt worden sein? Und von wem?

Edward, der junge Bibliothekar, steckte den Kopf zur Tür herein. Katherine sah sein Spiegelbild in dem Mikrofilm-Monitor.

»Kommen Sie zurecht?«

Ihr wurde klar, dass sie hier inzwischen seit über einer Stunde saß.

»Bestens«, sagte Katherine. »Danke.«

Sie arbeitete sich weiter durch die folgenden Wochen vor, Tag für Tag. Inzwischen erschienen nur noch kleinere Artikel über den Fall. Katherine musste mehrmals den Mikrofilm wechseln. Schließlich wurde in einem Artikel ein Gedenkgottesdienst zu Ehren meiner Schwester angekündigt, beinahe ein Jahr nachdem sie verschwunden war. Katherine wusste, dass ich schon bald darauf meinen ersten psychotischen Schub erlitten hatte. Es hatte sich dabei wohl eher um einen Fall von schwerer Dissoziation gehandelt, dachte sie. Wahrscheinlich eine Fehldiagnose.

Ich hatte die Fähigkeit zu sprechen verloren und war dabei überrascht worden, wie ich auf dem Küchenboden ein rohes Steak verspeiste.

Katherine stellte sich Hannah und meinen Vater vor, mich und Eric, wie wir alle vor der hiesigen presbyterianischen Kirche standen, mit unseren Nachbarn und der ganzen Gemeinde in unserem Rücken, den Anwälten, Zahnärzten und Versicherungsvertretern von East Meadow, samt ihrer Frauen und Kinder, und wahrscheinlich auch mit dem Entführer meiner Schwester.

ERIC STAND AUF den Schieferplatten neben dem zugeschütteten Schwimmbecken und dachte über das Obst und Gemüse nach, das meine Mutter dieses Jahr angepflanzt hatte – den Rhabarber, die Rote Beete, den Pastinak und die roten Kartoffeln. Dies war Herbstgemüse, das zu diesem Zeitpunkt bereits gereift und eingelagert sein sollte. Der Garten war jedoch seit Hannahs Augenproblemen vernachlässigt worden und inzwischen vollkommen verwildert. Das Gemüse verfaulte in der allmählich hart werdenden Erde. Er seufzte. Er musste in den nächsten Tagen hierher kommen und das Unkraut jäten, bevor ihm der möglicherweise einsetzende Frost einen Strich durch die Rechnung machte. Er musste an die Zeit denken, als das Schwimmbecken noch nicht zugeschüttet war, an das Wasser im Sommer und an die goldenen und blauen Reflexe darauf. Nebenan, auf der anderen Seite des Rasens, waren die neuen Nachbarn. Ihre beiden sechs oder sieben Jahre alten Töchter – wie heißen sie doch gleich? – vertrieben sich die Zeit mit irgendeinem komplizierten, frei erfundenen Spiel. Sie quiekten und rannten vergnügt umher. Zuweilen würden sie ein paar Augenblicke still dasitzen und sich gegenseitig übers Haar streichen, und dann würden sie wieder aufspringen und zu kreischen anfangen, mit Stimmen, die so schrill wie eine Pfeife waren. Eric erschrak jedes Mal, wenn er Kinder spielen hörte. Es hörte sich so an, als würde man ihnen wehtun.

So als wäre irgendjemand hinter ihnen her.

So wie jemand hinter Fiona her gewesen war. Nur dass sie nicht geschrien hatte, oder etwa doch? Dann hätte es doch irgendjemand hören müssen.

»Was treiben die beiden denn da?« Es war meine Mutter. Eric wandte sich um. Hannah stand auf der Terrasse neben der Küchentür. Sie trug einen gelben Bademantel und weiche Mokassins. Ihr kastanienbraunes, von grauen Strähnen durchzogenes Haar war ganz verwuschelt.

»Was?«

»Diese Mädchen, warum schreien sie so?«

Die beiden Kleinen unterbrachen gerade ihr Toben und blickten Hannah an. Sie war die verrückte Alte von nebenan, dachte mein Bruder – ein ängstliches, schüchternes Wesen, das man nur selten zu sehen bekam.

»Sie spielen nur, Mom.« Eric lächelte in Richtung der Mädchen. »Sind nur am Spielen.«

»Und was treibst *du* hier draußen?« Es klang, als hätte sie ihn eines Vergehens überführt.

»Nichts Besonderes.« Er schickte sich an, ins Haus zurückzukehren. Seine Schuhe gaben auf dem Schiefer ein Knirschen von sich. »Ich muss demnächst einmal herkommen und die Gartenarbeit erledigen, das ist alles.«

»Ich konnte mich nicht –«

»Ich weiß, Mom«, sagte er, »ist schon in Ordnung.«

»– um Haus- oder Gartenarbeiten kümmern. Ich war nicht –«

Er nahm die Stufen zur Küchentür, wo sie stand, und senkte seine Stimme. »Wie geht's deinem Augenlicht? Wie steht es heute damit?«

»Es ist praktisch nicht vorhanden«, antwortete meine Mutter. »Alles ist verschwommen und verwischt.«

»Ich habe dir einen Termin besorgt«, sagte Eric.

»Wieder bei einem Neurologen? Oder bei einem weiteren Augenarzt?« Ihr Tonfall war verächtlich, spöttisch. Sie hatte zwei Einnahmezyklen von Antibiotika hinter sich.

»Bei einem Psychiater.« Sie trat einen Schritt zur Seite, und Eric schlüpfte an ihr vorbei. »Mach die Tür zu, Mom«, sagte er. »Es wird langsam kalt.«

Sie sah, wie Fiona sich neben dem Schwimmbecken in der plötzlich aufblitzenden Sonne erhob. Hannah zog sanft die Tür zu. Sie wusste, dass es nicht sein konnte, wusste, dass Winter war und dass das Schwimmbecken ein Gemüsegarten war. Sie zitterte. »Ich werde nichts mehr einnehmen.«

»Wie meinst du das?«

»Ich werde keine Medikamente mehr nehmen. Nicht von dir.«

»Mom«, sagte Eric. »Was redest du da?«

Sie standen in der gelben Teekannen-Küche. Sie schlurfte über den gefliesten Boden und erforschte mit den Händen die Luft vor ihr, bis sie schließlich die Anrichte erreichte. Sie stützte sich mit der flachen Hand darauf ab und wandte sich zu ihrem ältesten Sohn um. Ihr Sehrvermögen war heute so schlecht, dass sie nicht einmal seine Augen erkennen konnte. Es war alles ein einziger rosafarbener Nebel. »Was hast du ihm gegeben?«, fragte sie ihn.

»Was ich ihm –«

»Du weißt, wovon ich rede«, sagte sie zitternd und mit leicht erhobener Stimme. »Was hast du ihm gegeben? Deinem Bruder, Pilot?«

»Mom.« Eric klang ein wenig schriller, so als würde ihm irgendetwas den Hals zuschnüren. »Pilot nimmt zurzeit Antipsychotika. Ich würde ihm nichts –«

»Was hast du ihm gegeben?«

»Mom«, sagte Eric, »wovon redest du überhaupt?«

Sie streckte den Arm in Richtung des Herds aus und hob den Kessel von dem Gasbrenner. Dann schlurfte sie zur Spüle und füllte ihn mit Wasser. »Ich mache mir einen Tee«, sagte sie mit brüchiger Stimme. »Willst du auch einen?« Hannah weinte. Es waren nur zwei Tränen, die ihre Wangen hinabrannen. Sie hörte das vergnügte Quieken der zwei Mädchen nebenan. Unsere Mutter meinte einen Moment lang, dort draußen ihre eigene Tochter mit den beiden zu hören. Ob vielleicht auch sie sie sahen? Spielten diese beiden kleinen Mädchen mit Fiona? »Du hast ihm irgendwas gegeben«, sagte sie. »Ich weiß es.«

»Warum hätte ich das tun sollen?«, sagte er, »und was in aller Welt soll ich ihm gegeben haben?«

Hannah stellte den Kessel auf den Herd zurück und zündete den Brenner an. »Ich weiß nicht, was du ihm genau gegeben hast«, sagte sie. »Woher soll ich das wissen?«

Eric seufzte. »Inzwischen spinnt meine ganze Familie«, sagte er zu sich selbst. Dann, zu Hannah: »Jetzt lass es mal gut sein, Mom, okay?«

»Ich weiß es ja selbst«, sagte sie. »Ich weiß, dass ich übergeschnappt bin.«

Die beiden warteten darauf, dass das Wasser kochte, warteten, während die Mädchen nebenan in ausgelassener Heiterkeit herumtobten. Und als der Kessel pfiff, war es kaum von dem fröhlichen Juchzen und Trillern der beiden Kleinen zu unterscheiden.

Hannah sagte: »Schatz, willst du einen Tee?«

»Ach, Mom«, sagte Eric, jedoch nicht wirklich zu ihr.

An der Wurzel ihres Sehnervs teilten und vervielfachten sich die Krebszellen, und die Mathematik des Todes setzte eine Entwicklung von zunehmender Zwangsläufigkeit in Gang.

WO HATTE ES angefangen? War es etwas, das in ihr selbst herangereift war? Oder etwas, das sie an Eric bemerkt hatte? Hatte er weggesehen, als er ihr sagte, was er für sie empfand? Waren seine Augen einen Tick zur Seite gerollt, als er ihr sagte, dass er sie liebe? Oder hatte sein Puls in einem falschen Rhythmus geschlagen? Hatte sein Puls vielleicht sogar ausgesetzt? Der Zweifel beginnt wie ein Zellkörper, der sich teilt, vervielfacht und potenziert, bis er zu einer Frage angewachsen ist. Und in jeder Frage, mag sie auch noch so absurd sein – *man nehme nur diese beiden: Gibt es einen Gott? Hat Eric Fiona getötet?* –, liegt ein Glaube verborgen.

Im Zweifel liegt der Glaube.

Katherine fing an, mir zu glauben.

Aus irgendeinem Grund ließ die Frage sie nicht mehr los. Aus irgendeinem Grund fühlte sich die Ohrmuschel des Telefons kalt an. »Ich würde gern mit einem Detective sprechen«, sagte Katherine. »Ich weiß allerdings nicht einmal, ob er noch bei Ihnen arbeitet. Er heißt Cleveland.«

»Bleiben Sie am Apparat.«

Katherine saß an ihrem Schreibtisch in der Klinik und wartete mit dem kalten Telefon am Ohr, während die Vermittlung der Polizei sie durchstellte. Im Hintergrund vernahm sie die

Stimme eines Radioansagers, jedoch ganz schwach und kaum hörbar. Die Ansagerstimme war geschmeidig und ruhig, jedoch so weit entfernt, dass sie kaum ein Wort verstand. »Detective Vettorello, am Apparat.« Es war die Stimme eines jungen Mannes. »Wie kann ich Ihnen helfen?«

»Eigentlich wollte ich mit Detective Cleveland sprechen.«

Es entstand eine Pause, während der Ansager im Radio die nächste Platte ankündigte, irgendwas von den Staple Singers. »Detective Cleveland. Hm, Detective Cleveland ist in Pension gegangen«, sagte der Mann. »Bereits vor geraumer Zeit. Kann ich Ihnen vielleicht helfen?«

Katherine räusperte sich. »Nun«, sagte sie, »es geht um einen Fall, an dem Detective Cleveland vor vielen Jahren gearbeitet hat, und ich bin mir nicht sicher, ob –«

»Sind Sie Reporterin, Ma'am?«

»Nein«, sagte Katherine. »Das nicht.«

»Welcher Fall?«

»Ein Entführungsfall, vor vielen Jahren, wie ich bereits sagte, hier in East Meadow. Ein kleines Mädchen namens Fiona Airie wurde –«

Sie hörte das Rascheln von Unterlagen am anderen Ende der Leitung. Dann ein entferntes Lachen. Im Hintergrund wurde irgendetwas auf quietschenden Rollen vorbeigeschoben, ein Handwagen für die Hauspost, wie Katherine sich vorstellte. »Was hatten Sie gesagt, vor wie vielen Jahren das war, Ma'am?«

Katherine sagte: »Vor zwanzig.«

»Das war *weit* vor meiner Zeit«, erwiderte Detective Vettorello mit einem Lachen. Sie hörte wieder dieses Quietschen. Vielleicht war es sein Stuhl, mit dem er auf dem gefliesten Boden herumrollte. »Ich muss Sie allerdings an dieser Stelle fragen, Ma'am, warum Sie sich für den Fall interessieren.«

»Ich glaube, dass ich neue Beweise habe.« Sie wunderte sich über sich selbst.

»Sie haben neue Beweise in einem zwanzig Jahre zurückliegenden Fall.« Offensichtlich glaubte er ihr kein Wort.

»Vielleicht«, sagte Katherine. »Nun, ein einzelnes Beweisstück zumindest.«

»Wie war noch mal Ihr Name?«

»Katherine DeQuincey-Joy.«

»Hübscher Name.«

»Danke.« Jetzt hörte sie irgendein Geräusch. Elizabeth stand in der Tür und machte ihr Zeichen. Irgendjemand wartete draußen darauf, hereingelassen zu werden. Katherine winkte ab. Was immer es war, es konnte warten.

»Ich werd da wohl nachsehen müssen«, sagte der Detective. »Wie sagten Sie, hieß das Kind, das entführt –«

»Fiona Airie«, wiederholte Katherine. Elizabeths Mienenspiel verriet, dass es dringend war. »Elizabeth«, sagte Katherine, »was immer es ist, es kann –«

Die Tür ging auf. Eric kam herein.

»Hallo, Katherine«, sagte er.

»Eric.« Katherine hob einen Finger, um ihn zu bitten, sich einen Moment zu gedulden. Hatte er gehört, wie sie Fionas Namen ausgesprochen hatte? »Ich muss Sie später noch einmal anrufen.«

»Miss DeQuincey«, sagte der Detective, »wenn Sie mir nur Ihre Nummer –«

»Wirklich«, sagte Katherine. »Ich rufe zurück. Ich muss los.« Sie legte sanft den Hörer auf. Ob Eric sie gehört hatte?

Er stand vor dem Schreibtisch. »Wer war das?«

Katherine versuchte zu lächeln. »Nichts Wichtiges.«

Eric ließ sich auf das scheußliche Sofa fallen und vergrub den Kopf in den Händen.

»Stimmt irgendwas nicht?«

»Es stimmt überhaupt nichts mehr.«

»Wie meinst du das?«

»Erst mein Bruder, und jetzt meine Mutter.«

»Wegen deines Bruders brauchst du dir nicht mehr den Kopf zu zerbrechen«, sagte Katherine. »Zumindest vorerst nicht.«

»Wie konnte es nur dazu kommen?« Eric blickte zur Decke hoch.

War es das? Dieser Blick nach oben, diese umherwandernden Augen, die nach Antworten suchten?

Katherine stand vom Schreibtisch auf und setzte sich neben ihn auf das Sofa. Sie legte den Arm um seine Schultern. »Ich glaube wirklich, dass es Pilot bereits viel besser geht.« Sie war sich nicht sicher, ob sie glaubte, was sie sagte. Sie war sich über gar nichts mehr sicher.

Eric seufzte. »Jetzt ist auch noch meine Mutter verrückt, und sie will nichts dagegen einnehmen.«

»Sie schaffen es nicht, herauszufinden, was ihr fehlt?«

»Ihr fehlt überhaupt nichts. Es ist rein psychosomatisch.«

»Geht sie zu einem Psychiater?«

Er schüttelte den Kopf.

Sie schwieg einen Moment. »Ich habe jetzt einen Patienten.«

»Ich will, dass wir uns treffen.« Er legte seine Hand auf ihr Bein. »Ich will dich heute Abend treffen.«

Katherine zögerte. »Ich bin aber leider –«

»Was?«, fragte Eric. »Du bist leider was?«

»Ich bin wahnsinnig müde, das ist alles.«

Eric starrte sie an. Katherine merkte, dass er am Rande von irgendetwas stand, dass er leicht – ganz leicht – angeschlagen war. »Es ist meine Familie, stimmt's? Du glaubst, wir sind alle verrückt.« Seine Krawatte saß nicht tadellos am Kragen. Sein Sakko wies die eine oder andere winzige Knitterfalte auf.

»Komm schon, Eric.« Katherine sah von ihrem Platz aus den Schnürsenkel auf dem Schreibtisch liegen. Sie stand vom Sofa auf, ging hinüber und ließ ihn in ihrer Hand verschwinden. Sie drückte die Hand fest zu. »Ich muss jetzt wirklich arbeiten«, sagte sie. »Schreibkram, wenn du verstehst, was ich meine, und ich habe noch jede Menge –«

»Schon gut, ich gehe.« Eric lächelte. »Hast du bereits mit der Polizei gesprochen?«

Katherine log erneut. »Nein.«

»Wirst du sie anrufen?«

»Ich hab mir die Sache noch einmal überlegt«, sagte sie. »Und ich bin immer mehr der Meinung, dass du – dass du Recht gehabt hast. Ich glaube, Pilot leidet einfach unter Wahnvorstellungen, und es würde ihn nur unnötig aufregen, wenn er erfahren würde, dass sein Beweisstück … dass es –«

»In Wirklichkeit gar keines ist?« Eric lächelte. Er stand vom Sofa auf und ging auf sie zu. »Ist reine Neugierde, aber kann ich den Schnürsenkel mal sehen?«

»Oh«, sagte Katherine, »wie sich herausgestellt hat, hatte ich ihn doch in der Handtasche, und die habe ich zu Hause gelassen.«

Eric nickte. Seine Augen huschten zum Fenster. »Ich schätze, du wirfst ihn am besten einfach weg.«

»Das werde ich«, sagte sie. »Aber –«

»Aber was?«

»Wie soll ich das Pilot erklären?«

»WIE GEHT ES ihm?«, fragte meine Mutter.

»Wie immer, und er ähnelt immer mehr einer Hemingway-Figur.« Wir redeten über meinen Vater. Ich schritt in Patricias gefliester Küche auf und ab. Mein Vater und sie saßen im Wohnzimmer, und als ich ans Telefon gegangen war, verfielen sie in Schweigen.

Hannah sprach in das schwarze Wählscheibentelefon. »Grüß ihn von mir. Und Patricia ebenfalls.«

»Und wie geht es dir, Mom?«

»Gut.«

»Deinen Augen?«

»Besser, glaube ich.«

»Wirklich?«

Sie schwieg einen Moment. Schließlich sagte sie: »Ich habe mit deinem Bruder gesprochen.«

»Und?«

Wieder Schweigen.

»Was hat er gesagt, Mom?«
»Und wie geht es dir, Pilot?«
»Besser«, sagte ich. »Sehr viel besser.«
»Er benimmt sich seltsam.«
»Wie meinst du das?«
»Ich weiß nicht. Aber da ist irgendwas. Ich weiß nicht, was es ist.«
Patricia kam mit bedauernder Miene in die Küche. »Mom«, sagte ich. »Ich muss jetzt auflegen.«
»Ruf mich bald einmal an.«
»Mach ich.«

ALS SIE IN der dritten Klasse war, hatte Katherine ihren Freundinnen gesagt, dass ihre Mutter ein Filmstar sei. Auf der High School hatte sie eine mysteriöse Hautkrankheit vorgeschützt, um den Demütigungen des Sportunterrichts zu entkommen. Manchmal – nein, *häufig* – hatte sie Mark einen Orgasmus vorgetäuscht und ihm recht überzeugend ins Ohr gestöhnt. Aber immer wenn sie log, auch wenn sie nur gefragt wurde, was sie von irgendeinem hässlichen Pullover hielt, wurde sich Katherine in Sekundenschnelle ihres eigenen Gesichts bewusst, ihrer Hände und ihrer verräterischen, linkischen Gesten und Bewegungen. Spürte sie bei Eric die gleiche Unbeholfenheit? Waren ihre Lippen genauso verkrampft und ihre Hände genauso feucht? Wusste sie, wohin mit den Händen? Wusste Katherine, wohin mit den Augen?
Diesmal war ihr Lügen unschuldig. Einen Lügner zu belügen, fand sie, war eine Art, die Wahrheit zu sagen. Oder zumindest ein Weg, sie zu finden.
Jetzt, sagte sich Katherine, log noch jemand. Entweder war es der Verrückte – also ich – oder der geistig Gesunde – mein Bruder. Einer von uns beiden musste es sein.
Und so war es auch.
Und es fiel ihr immer schwerer, zu sagen, wer von uns beiden der Verrückte war.

Sie stand vor dem Fenster ihres Büros und wartete darauf, dass Mrs. Kelleher eintraf, ihre nächste Patientin. Litt Pilot unter Wahnvorstellungen?, fragte sie sich. Ist Eric ein Mörder? Sie ging zum Telefon und summte Dr. Lennox auf der Gegensprechanlage an. »Haben Sie eine Minute Zeit?«, fragte sie. »Hier spricht Kather – ich bin's, Kate.« Sie schaltete die Freisprechfunktion ein, um die Hände frei zu haben.

»Eine halbe Minute«, sagte Dr. Lennox. Im Hintergrund hörte sie irgendeine Bewegung. Dann sagte er: »Worum geht's denn?«

»Gibt es ein Medikament, dass jemanden psychotisch *werden* lässt?«

»Eine ganze Reihe von Medikamenten.« Sie konnte das herablassende Lächeln in seinem Gesicht förmlich hören.

»Aber gibt es eines, das genau die gleichen Symptome hervorruft wie eine Schizophrenie?«

»Das ist etwas, was LSD bewirken sollte, aber es funktionierte nicht.«

»Eines, dessen Wirkung länger als einen Tag anhält.«

Ein statisches Knistern. Dann: »Ich glaube, ich verstehe nicht ganz, worauf Sie hinauswollen, Kate.«

»Lassen Sie es mich so sagen.« Katherine legte die Hände flach auf den Schreibtisch und lehnte sich zum Telefon vor. Ihre Fingerspitzen wurden mit jedem Tag blutiger und hatten sich zu einem permanenten Ärgernis entwickelt. Sie bemühte sich, sie nicht weiter abzukauen. Aber es war ein unkontrollierbarer Reflex. »Wenn ich die Absicht hätte, jemanden verrückt zu machen«, sagte sie, »wenn ich ihn verrückt *werden* lassen will, ohne dass er etwas bemerkt, wie würde ich das anstellen – wenn ich dazu ein Medikament benutzen müsste?«

»Ich würde einen Weg suchen, den Dopaminspiegel seines Gehirns zu erhöhen«, sagte Dr. Lennox.

»Und wie ginge das?«

»Eine kräftige Spritze Dopamin würde vollkommen reichen.« Sein Lächeln erreichte sie selbst via Telefon.

»Keine Spritzen.«

»Größere Mengen Amphetamin wären wahrscheinlich ebenfalls ausreichend. In Tablettenform.«

»Amphetamine. Aber man würde merken, dass der Betreffende etwas genommen hat. Ich meine, würden dabei nicht auch andere Verhaltensänderungen zum Vorschein kommen?«

»Durchaus«, sagte der Psychiater. Es folgte ein Schweigen, dann ein Knistern, an dem sie merkte, dass Lennox ebenfalls die Freisprechfunktion eingeschaltet hatte. »Wie dem auch sei, Kate, ich bin gerade in einer Besprechung. Hat dies nicht Zeit bis später?«

»Oh«, sagte Katherine, »natürlich. Ich wusste nicht, dass Sie –«

»Ehrlich gesagt, sind Dr. Airie und ich gerade dabei, die Medikamentenzyklen einiger Patienten durchzugehen. Vielleicht kann er Ihnen ja weiterhelfen.«

Katherine sank in ihren Stuhl.

»Hallo, Katherine.«

»Eric«, sagte sie halblaut. »Nein, tut mir Leid, dass ich euch unterbrochen habe. Also dann, bis später.« Sie schaltete die Gegensprechanlage aus. Sie spürte, wie sich die Haut um ihren Schädel zusammenzog. In ihrem Nacken war es plötzlich ganz heiß, und ihre Hände waren schweißnass.

Es klopfte an der Tür. »Katherine«, sagte Elizabeth, ohne zu öffnen. »Mrs. Kelleher ist da.« Ihr nächster Termin – Mrs. Kelleher und ihr Kontrollwahn. Mrs. Kelleher und ihr Putzfimmel. Mrs. Kelleher, dachte Katherine in diesem Moment, der nicht zu helfen war.

»In Ordnung«, sagte Katherine. »Okay.«

»ES TUT MIR wirklich Leid, dass ich so plötzlich aufgelegt habe«, sagte sie ins Telefon. »Es war –« Sie hielt einen Moment inne. »Wie dem auch sei, es war sehr wichtig.«

»Das ist in Ordnung«, sagte der Detective. »Wo waren wir stehen geblieben?«

»Ich wollte Ihnen gerade meine Nummer geben.« Katherine fixierte die Tür. Aus irgendeinem Grund rechnete sie damit, dass Eric jeden Moment hereinplatzen, mit dem Finger auf sie zeigen und sie als hinterhältig beschimpfen würde. »Mein Name ist Katherine DeQuincey-Joy, wie ich bereits sagte, und ich bin als Psychologin in der In-Patient Clinic hier in East Meadow beschäftigt.« Die Tür bewegte sich natürlich nicht. Sie wandte sich zum Fenster um und betrachtete die Bäume auf der anderen Seite des Highways. Sie werden sich doch wohl nicht bewegen, oder etwa doch? Katherine empfand einige Dinge allmählich so, wie ich sie empfand. Ich drang in ihr Inneres ein.

»Die Informationen, auf die Sie sich beziehen«, fragte er, »stammen die aus einer Unterredung, die der ärztlichen Schweigepflicht unterliegt?«

»Ich habe die Erlaubnis des Patienten, mich an die Polizei zu wenden.«

»Ihr Patient ... er ist –«

»Die offizielle Diagnose lautet Schizophrenie«, sagte Katherine.

»Das ist eine Form der Psychose, stimmt's?«

»Ja.«

»Ein guter Ratschlag, Ma'am.« Vettorello räusperte sich. »Sie sollten sich diese Erlaubnis schriftlich geben lassen.«

Katherine seufzte.

»Und wie ist Ihre Nummer?«

Sie gab ihm ihre Nummer im Büro.

»In Ordnung«, sagte er. »Und jetzt noch einmal der Name des kleinen Mädchens, das entführt –«

»Fiona Airie«, sagte Katherine.

»Nur um sicherzugehen, dass ich beim ersten Mal alles richtig verstanden habe.« Im Hintergrund war wieder dieses Quietschen zu hören, wie kleine Rollen, die geölt werden mussten. »Fiona Airie«, sagte er langsam. »Interessanter Name.«

»Schottisch, glaube ich.« Katherine verlor allmählich die Geduld. »Wie lange werden Sie brauchen, um der Sache nachzugehen?«

»Nun«, sagte er, »es sind ziemlich alte Akten, was heißt, dass sie sich im Landesarchiv in New York-Upstate befinden. Könnte schon eine Weile dauern.«

»Aber ich habe neue Beweise.«

»Handelt es sich um ein Beweisstück, um eine Zeugenaussage, oder –«

»Es ist ein Schnürsenkel.«

»Ein Schnürsenkel.« Der Detective hielt einen Moment inne. Lachte er? »Nun, in dem Fall müssten Sie sowieso hierher kommen und mir zeigen, was Sie haben. Wenn es ein Beweisstück ist, das die Vorgänge in einem neuen Licht erscheinen lässt, kann ich den Fall neu aufrollen. Ich meine, nachdem ich die Akten eingesehen habe und mir von dem Ganzen ein Bild gemacht habe. Ansonsten –«

»Und es besteht keine Möglichkeit, mit Detective Cleveland zu sprechen?«

»Detective Cleveland ist in Rente gegangen.«

»Weil er nämlich Bescheid wüsste«, sagte Katherine, »ohne nachsehen zu müssen, er würde –«

»Ich weiß nicht einmal, ob er überhaupt noch hier in der Gegend wohnt, Miss DeQuincey.«

»DeQuincey-Joy, mit Bindestrich.«

»Entschuldigung.«

Katherine sagte: »Wann kann ich also vorbeikommen und Sie sprechen?«

»Wollen Sie gleich morgen früh kommen?«, fragte der Detective. »Ich lade Sie zum Kaffee ein.«

WIEDER DACHTE SIE, dass es der Pizza-Mensch wäre. Als Eric hereingestürmt kam, sagte er: »Du glaubst also, dass ich es war?« Er marschierte in ihr kleines Wohnzimmer. An seiner Schläfe trat eine Ader hervor. »Du glaubst, dass ich meine

Schwester ermordet und meinem Bruder Medikamente verabreicht habe, um ihn verrückt werden zu lassen.« Seine Stimme bebte. Die Augen meines Bruders waren überall, nur Katherine schauten sie nicht an. In seinem ganzen Gebaren wirkte er wie ein Mann, der einfach nicht fassen konnte, was um ihn herum geschah. Er wirkte wie ein zu Unrecht Beschuldigter.

»Komm schon.« Katherine schüttelte den Kopf. »Ich glaube nichts dergleichen.«

»Dann erklär mir mal, warum du Dr. Lennox diese Fragen nach, nach –«

»Eric«, sagte Katherine. »Ich muss diese Dinge für Pilot herausfinden. Er ist mein Patient. Er hat mir diese Fragen gestellt, und ich muss die Antworten dazu liefern, okay? Als Arzt müsstest du das verstehen. Natürlich hast du deinen Bruder nicht mit irgendwelchen Pillen voll gestopft. Das ist lächerlich. Ich muss es Pilot jedoch beweisen können, okay? Er ist ziemlich clever. Er weiß, ob ich ihm die Wahrheit sage oder ihm irgendeinen Quatsch auftische.«

Eric schüttelte den Kopf. »Pilot ist paranoid«, sagte er in einem matten, wegwerfenden Tonfall. »Schizophren.«

»Das weiß ich, Eric. Ich meine, nun – er ist jedenfalls paranoid.« Und dann, mehr für sich, sagte sie: »Inwiefern er schizophren ist, bin ich mir nicht sicher. Aber davon mal abgesehen –« Katherine ging auf ihn zu, legte besänftigend die Hand auf seine Brust und öffnete den obersten Knopf seines Mantels. »Meinst du etwa, ich würde dir nicht vertrauen? Habe ich dir das inzwischen nicht bewiesen?«

Sie küsste sein Kinn. Sie blickte ihn mit flehentlicher Miene an. Sie spürte, dass sie innerlich vor der Lüge zurückschreckte, wie ein Tier, das vor einer Falle zurückwich.

»Warst du schon bei der Polizei?«

»Ich habe beschlossen, mich an deinen Rat zu halten«, sagte sie, »und wenn Pilot zurückkommt, werde ich ihn bitten, mir den ganzen Schuh oder das Messer, oder was immer er sonst noch hat, zu bringen, und falls er dazu in der Lage sein sollte – was ich bezweifle –, gehe ich zur Polizei, und nur dann.« Sie rieb seine Schulter. »Okay? Ist das in Ordnung?«

Eric atmete auf. »Okay.«

»Und außerdem«, sagte sie lächelnd, »habe ich keine Lust, irgendeinen miesepetrigen Detective ausfindig zu machen.«

Er löste sich von Katherine, ging ein paar Schritte, setzte sich, immer noch im Mantel, auf die Matratze und hob die Hand an die Stirn. »Es ist keineswegs so, dass ich was dagegen habe, dass du Pilot hilfst«, sagte Eric. »Das habe ich nämlich nicht. Wirklich nicht. Aber du ahnst ja nicht, was es meiner Mutter antun würde, wenn all diese Dinge wieder ausgegraben werden. Sie würden sie erneut vernehmen müssen, verstehst du, um die Geschehnisse zu rekapitulieren. Ich glaube nicht, dass sie das verkraften würde.«

»Ich weiß.«

»Sie würde endgültig durchdrehen.«

»Wie geht's ihr?«

Er blickte zur Decke hoch, die Hände auf der Matratze. »Das Seltsame ist, dass es sie nicht einmal zu stören scheint, zu erblinden.« Er schüttelte ungläubig den Kopf und schloss die Augen, um nicht in das grelle Deckenlicht zu blicken.

»Verliert sie tatsächlich das Augenlicht? Ich meine, ist sie –«

»Sie sagt, dass alles ganz verschwommen wirkt. Sie kann nicht wirklich das Haus verlassen. Sie geht in den Garten, viel weiter würde sie es nicht mehr schaffen. Sie kann nicht mehr Auto fahren. Sie kann nicht einmal einen Spaziergang in der Nachbarschaft unternehmen.«

»Ist es dir gelungen, sie davon zu überzeugen, zu einem Psychiater zu gehen?«

Er schüttelte den Kopf.

»Kennt sie Dr. Lennox?«

»Ich glaube schon.«

»Vielleicht redet sie ja mit ihm.«

Irgendjemand war an der Tür, und diesmal *war* es der Pizza-Mensch.

»Magst du schwarze Oliven?«, fragte sie Eric.

»Hast du irgendeinen Wein dazu?«

»Tut mir Leid, nur Wasser.« Katherine bezahlte die Pizza, legte sie auf den Boden und setzte sich im Schneidersitz hin.

Er blickte sich in dem kleinen leeren Zimmer um. »Wann wirst du dir ein paar Möbel anschaffen?«

Katherine lachte. »Was für ein Typ war er eigentlich?«

»Wer?«

»Detective Cleveland. Erinnerst du dich noch an ihn?«

»Er war eben ein Detective. Nicht besonders klug.«

»Zerknitterter Trenchcoat, dünne schwarze Krawatte und hat ständig das Wort *Situation* benutzt?«

»So ähnlich.«

»War er nett?«

Eric sagte: »Ich hab ihn nicht als besonders nett in Erinnerung. Er war ein Schwarzer.«

»Weißt du noch, ob Pilot ihn gemocht hat?«

»Worauf willst du hinaus?«

»Ich könnte mir vorstellen, dass Pilot diese neuen Beweisstücke fabriziert hat, weil er ... weil er eine Brücke in die Vergangenheit schlagen will, verstehst du, was ich meine? Ich habe das Gefühl, dass er irgendwie versucht, Fiona zurückzubringen. Er will, dass die Suche weitergeht.«

»Das würde einiges erklären.« Eric saß ihr inzwischen gegenüber, weiterhin im Mantel, und aß ein fetttriefendes Stück Pizza. Er schien fürs Erste beruhigt. Vielleicht war sie ja doch keine so schlechte Lügnerin. Oder vielleicht hatte der Umgang mit der Airie-Familie auf sie abgefärbt. Sie spürte dieses seltsame Etwas in ihrem Innern, tief in ihrer Brust. Es bohrte sich immer tiefer in sie hinein. Der einfachste Weg, zu einer guten Lügnerin zu werden, wurde ihr nun klar, war, sich mit Lügnern zu umgeben.

UND ALS SIE in jener Nacht miteinander schliefen, schloss Katherine die Augen und sah jene imaginären Fotos von Fiona vor sich, die ich im Kopf mit mir herumtrage. Sie konnte beinahe das Klicken der Kamera hören. Sie sah ein kleines Mädchen, das vor einem hellblau schimmernden Swimmingpool stand und rote knöchelhohe Turnschuhe trug. Fionas Augen leuchteten im grellen Blitz der Kamera silbrig-rot auf. Katherine sah den Wald im Hintergrund – sah sie auch, wie die Bäume unmerklich in Richtung Fiona vorrückten, die Meter für Meter vordringenden Schatten? Eric ließ seine große Hand über Katherines Rücken gleiten, und beinahe kam es ihr so vor, als würde er in ihr Inneres hineinreichen und dieses lebende Etwas in ihr berühren. Während er unermüdlich in sie eindrang und seine Hüften sich auf und ab bewegten, stellte Katherine sich unwillkürlich vor, wie ein Messer mit der gleichen Stoßbewegung in Fionas kleinen verletzlichen Leib gejagt wurde, irgendwo im tiefen Wald, in der Ferne das gelbe, flackernde Licht der Gartenlampen. Katherine sah, wie die Erde wie unter einem Pflug aufgeworfen wurde. Sie sah, wie Fiona irgendwo begraben wurde, wie sie in die Erde gelegt wurde. Sie spürte, wie Eric sie mit seinen sehnigen Gehirnchirurgen-Händen immer fester umklammerte, während er rhythmisch in sie hineinstieß, und sie sah, wie diese Hände Erde in das Grab meiner Schwester schaufelten, so wie ich es unzählige Male gesehen hatte.

Und dann kam Katherine. Und während sie kam, stellte sie sich vor, wie der Leichnam des kleinen Mädchens mit einer letzten Hand voll Finsternis bedeckt wurde, und der Laut, den Katherine ausstieß, als sie kam, war ein leises unterdrücktes Stöhnen, es war der gleiche Laut, den sie vielleicht von sich gegeben hätte, wenn ein langes Messer in sie hineingestoßen worden und jeder Schrei zwecklos gewesen wäre.

MANCHMAL, WENN ICH mit dem Wagen unterwegs bin, mir im Fernsehen ein Baseballspiel ansehe oder mich gerade anderweitig beschäftige, denke ich an sie. Ich sehe sie aus irgendeinem günstigen Blickwinkel, von dem aus ich sie in Wirklichkeit nie gesehen habe. Ich sehe sie zum Beispiel von oben, gemeinsam mit unserer Familie – an einem See vielleicht, mit der ausgebreiteten Picknickdecke, während meine Mutter Sandwiches herrichtet. Manchmal sehe ich ihr Gesicht, wie es mich ganz offen anblickt, mit einem leichten Lächeln, das mir ihre Gefühle verrät. Manchmal sehe ich sie vom Wald aus, ein kleines Mädchen, das sich durch das Gewühl der Erwachsenen auf den Schieferplatten schlängelt. Oder ich sehe sie im Bett, mit dem Kopf auf der Seite, die Wange ins Kissen gedrückt, mit fest geschlossenen Augen, und dann will ich mich einfach nur bücken und sie aufwecken.

KATHERINE STAND AUF dem großen leeren Parkplatz des Polizeipräsidiums der East Meadow County Police und schnitt den Schnürsenkel mit einem alten Nagelzwicker, den sie in ihrer Handtasche aufbewahrte, in zwei Teile. Sie wollte Detective Vettorello nicht den ganzen Schnürsenkel aushändigen, weil sie davon ausging, dass sie ihn nicht zurückbekommen würde. Sie steckte also die eine Hälfte des Schnürsenkels in die Handtasche zurück und legte die andere ins Handschuhfach. Sie atmete tief durch. Sie war nervös, kein Zweifel, obwohl sie nicht verstand, warum. Die Polizei hatte sie schon immer nervös gemacht. Katherine öffnete die Tür und stieg aus dem Wagen. Dann ging sie festen Schrittes zu der Doppelglastür des Behördengebäudes.

Bevor sie eintrat, strich sie ihren Rock glatt und sorgte dafür, dass ihr das Haar nicht zu sehr ins Gesicht fiel.

Im Inneren des Gebäudes stieß sie auf einen langen Korridor mit unnummerierten Türen. Zu ihrer Linken saß ein Empfangsmädchen an einem übersichtlichen, aufgeräumten Schalter, ein übergewichtiges Mädchen, nicht älter als einundzwanzig. »Kann ich Ihnen helfen, Miss?«, fragte sie.

Es war acht Uhr morgens. Katherine hoffte, dass sie nicht zu früh war. »Ich habe einen Termin mit Detective Vettorello«, sagte sie. Sie lächelte das Empfangsmädchen an, das einen Ring in der Augenbraue stecken hatte.

»Einen Moment«, sagte das Empfangsmädchen mit erhobenem Finger. Mit der anderen Hand wählte sie eine Durchwahl und wartete anschließend. Dann sagte sie ins Telefon: »Hier ist jemand, der Sie sprechen möchte, Dave – eine sehr attraktive Dame.« Sie hielt lächelnd den Finger hoch, offensichtlich um Katherine zu sagen: *Einen Moment noch, gehen Sie nicht, bevor ich es Ihnen sage.*

»Katherine DeQuincey-Joy«, sagte Katherine.

»Katherine DeQuincey-Joy?« Das Empfangsmädchen legte den Hörer auf. »Die sechste Tür rechts«, sagte sie. »Dort ist ein großer Raum, und er sitzt mitten drin. Ein ziemlich dämlich aussehender Typ – Sie können ihn nicht verfehlen.«

»Dämlich«, sagte Katherine. Sie wandte sich um und ging den Korridor hinunter. Ihre Absätze klackten auf den grünen Fliesen. Auf halbem Weg sprang eine Tür auf, und ein großer kräftiger Mann mit dunklem Haar und unreiner Haut kam ihr entgegen, um sie zu begrüßen.

»Miss DeQuincey-Joy?«

»Hi«, sagte Katherine. »Sie müssen –«

»Detective Vettorello.« Er reichte ihr die Hand. »Dave Vettorello. Kommen Sie herein.« Er führte sie in einen großen Raum mit zahllosen Kabäuschen. Es waren nur ein paar Leute da, und die meisten schienen gerade zu frühstücken. Detective Vettorello wandte den Kopf und fragte: »Haben Sie … haben Sie das Beweisstück dabei?«

»Ja.« Ohne stehen zu bleiben, griff sie in ihre Handtasche und zog den Schnürsenkel heraus. »Es ist eigentlich nur ein halber Schnürsenkel.«

»Ein halber Schnürsenkel?« Detective Vettorello blieb stehen. Er war ein Schrank von einem Mann, mit der Statur eines Footballspielers, breitschultrig und mit einem Bauch, der über seinen Gürtel ragte. Er trug ein blaues kurzärmliges Hemd. Über seinem Bauch hing eine schwarz-weiß gestreifte Wollkrawatte. Er nahm den Schnürsenkel und hielt ihn vor sein pickliges, rosarotes Gesicht. »Und dieses Ding ist über zwanzig Jahre alt?«

»So ungefähr.«

»Es wurde erst kürzlich zerschnitten.« Er strich mit dem Finger über die Schnittstelle.

Sie nickte. »So wurde es mir übergeben.«

Der Detective führte Katherine in sein trostloses braunes Kabäuschen, in dem es aufgeräumt und unordentlich zugleich war. In jedem Winkel hingen oder lagen Papierfetzen und kleine, auf gelben und rosafarbenen Klebezetteln gekritzelte Notizen. Der hünenhafte Detective setzte sich auf einen kleinen quietschenden Bürostuhl und zog einen zweiten für Katherine hervor. »Setzen Sie sich doch«, sagte er. Als sie Platz genommen hatte, hörte sie das Quietschen der Stuhlrollen, das sie bereits am Telefon bemerkt hatte. »Ich warte immer noch darauf, dass diese Akten aus Albany eintreffen, aber sie sind angefordert, und in der Zwischenzeit habe ich mich mit ein paar älteren Kollegen über diesen Fall unterhalten, die Cleveland kannten, und sie haben mir gesagt, dass sie damals einen Verdächtigen hatten, einen Sexualtäter –«

»Wissen Sie, wie der Mann hieß?«, fragte Katherine.

»Bryce Telliman, aber wohlgemerkt, ich bin eigentlich nicht befugt, derartige Informationen herauszugeben.«

»Das war der Mann, der beschuldigt worden war, das kleine Mädchen entführt zu haben, Fiona –«

»– Airie, sehr richtig«, sagte Vettorello. »Die Jungs haben damals einfach nicht die nötigen Beweise gehabt, um ihn dranzukriegen.«

»Und er war ein Sexualtäter?«

»Er war bereits einmal verhaftet worden, offensichtlich, weil er einem Zivilbeamten in einer öffentlichen Toilette ein unsittliches Angebot gemacht hatte.«

Katherine seufzte. »Ihr solltet aufhören, die Leute wegen solcher Kleinigkeiten zu verhaften.«

»Ja«, sagte Vettorello lachend. »Ich weiß.« Er hielt den geschwärzten Schnürsenkel erneut vor sein Gesicht. »Also was zum Teufel ist das nun überhaupt?«

»Es ist ein Schnürsenkel von Fiona Airies Turnschuhen«, sagte sie. »Mein Patient, er heißt Pilot Airie –«

»Seltsamer Name.«

Katherine lächelte. »Er sagt, dass er ihn vor Jahren im Zimmer seines Bruders gefunden hat.«

»Ich weiß eigentlich nicht, was ich damit anfangen soll«, sagte Vettorello. »Ich meine, ich bin mir nicht sicher, was damit bewiesen wäre.«

»Falls es mit dem ursprünglichen Beweisstück übereinstimmt, wäre damit zumindest bewiesen, dass Pilot nicht lügt.«

»Was will Pilot denn damit sagen?«

»Er sagt, dass es sein Bruder war, Eric.«

»Dass sein Bruder seine Schwester ermordet hat?«

»Ja.«

»Wohnt sein Bruder immer noch hier in der Gegend?«

»Eric Airie arbeitet als Neurochirurg im East Meadow Hospital.«

Vettorello seufzte und schüttelte den Kopf. »Die Beweisstücke von damals existieren wahrscheinlich gar nicht mehr. Es wird noch Fotos davon geben, sicher, aber wir werden den Schnürsenkel nur visuell vergleichen können.«

»Und was, wenn man ihn nach Blutspuren untersucht oder einen DNS-Test durchführt?«

»Ach, ich weiß nicht«, sagte Vettorello. »Das Teil ist so alt.« Er betrachtete den Schnürsenkel. »Und ich kann kein Blut sehen. Ich meine, auf den ersten Blick würde ich schon sagen, dass er zwanzig Jahre alt sein könnte, aber so ein Schnürsenkel kann überall herkommen.« Er verzog das Gesicht. »Und die Tatsache, dass Ihr Patient psychotisch –«

»Pilot hatte einen psychotischen Schub. Er ist nicht psychotisch. Ehrlich gesagt, geht es ihm bereits viel besser.«

»Nun«, sagte Vettorello, »auch das macht es nicht leichter, die Leute dazu zu bewegen, ihn ernst zu nehmen, wenn Sie wissen, was ich meine?« Vettorello ließ den Schnürsenkel in einen kleinen Plastikbeutel gleiten. »Aber ich habe darüber nicht zu entscheiden.« Er versiegelte den Beutel mit seinen riesigen Wurstfingern.

»Und bei wem liegt die Entscheidung?«

»Die Sache wird der Rangordnung nach nach oben weitergeleitet.« Der Detective lächelte und zeigte zur Decke hoch. »Ich werde den Schnürsenkel aber zum Labor rüberschicken und fragen, was sie damit anfangen können.«

»Es kommt noch mehr«, sagte Katherine. Ihr war sofort klar, dass sie dabei war, den Bogen zu überspannen, aber sie wollte unbedingt ernst genommen werden.

»Wie bitte?«

»Pilot sagt, dass da noch mehr ist.«

»Mehr was?«

»Mehr Beweise. Er behauptet, dass er den Schuh zu dem Schnürsenkel hat und dass da noch ein blutverschmiertes Messer ist.«

»Ein Messer mit Blutspuren?«, lachte Vettorello. »Das wäre schon was.«

»Pilot ist jedoch ... er ist momentan verreist und besucht seinen Vater, und ohne ihn komme ich an diese Sachen nicht ran.«

»Tja«, erwiderte Vettorello, »dann warten wir noch zunächst einmal ab, was uns dieser Schnürsenkel verraten kann.«

Katherine befürchtete, dass Vettorello sie mit seinem gutmütigen Lächeln nur beschwichtigen wollte – so wie Dr. Lennox sämtliche Leute anlächelte, unverbindlich und trügerisch –, dennoch lächelte sie zurück. »Ich muss zur Arbeit.«

»Das glaube ich Ihnen aufs Wort«, sagte Vettorello, während sein Stuhl laut quietschte. »Da draußen laufen jede Menge Verrückte rum.«

ICH SASS IM Wohnzimmer meines Vaters, schaute mir mit Patricia alte Filme an und nahm pflichtgemäß meine Medizin ein. Patricia brachte mir stets mit einem nervösen Lächeln im Gesicht ein Glas Orangensaft, wenn es an der Zeit war. Ich versuchte sie mir mit Kindern vorzustellen, aber es gelang mir nicht. Sie war die ewige Geliebte. Selbst mit fünfundvierzig, oder wie alt sie auch immer war, wirkte sie wie ein Mädchen, das man zu einem Rendezvous ins Restaurant einlud, die Art Frau, die man nach Hause mitnahm, und nicht diejenige, zu der man nach Hause ging. »Danke«, sagte ich, während ich das Glas Saft entgegennahm und nach dem bernsteinfarbenen Plastikdöschen mit dem kindersicheren Verschluss auf dem Couchtisch griff. Ihrer Miene nach zu urteilen, schien sie mich fragen zu wollen, wie es mir ging. Aber ich wandte mich wortlos dem Fernseher zu.

Draußen standen Palmen, deren lange Wedel schlaff herabhingen.

SPÄTER WÄHLTE KATHERINE die Nummer, die sie im Telefonbuch unter Jerome und Carla Cleveland gefunden hatte. Es läutete ein paar Mal, und gerade als sie auflegen wollte, meldete sich eine ältere Frau und sagte fröhlich: »Carla am Apparat, hallo.«

»Hallo«, sagte Katherine beinahe erschrocken. »Kann ich bitte mit Jerome Cleveland sprechen?«

»Darf ich fragen, wer Sie sind?«

»Ich heiße Katherine DeQuincey-Joy.«

»Einen Moment, bitte, Miss Joy«, sagte die Frau freundlich. Katherine hörte, wie der Hörer neben das Telefon gelegt wurde, und dann die Worte: »Deine Geliebte.«

Jetzt meldete sich eine Männerstimme. »Hallo.«

»Detective Cleveland?«

»Detective war ich mal«, erklärte er lachend. »Jetzt bin ich einfach Jerry.«

»Ich bin Katherine DeQuincey-Joy«, sagte Katherine. »Ich bin … äh, ich bin –«

»Wir kaufen leider nichts, Miss Joy, tut mir Leid –«

»Oh, ich möchte Ihnen nichts verkaufen.« Katherine musste lachen. »Ich bin Psychologin.«

»Eine Psychologin? Es ist eine Psychologin.«

»Ja«, sagte Katherine, »und ich wollte Sie nach einem Fall fragen, in dem Sie vor langer Zeit ermittelt haben.«

»Nach einem Fall? Oh, ich bin längst aus dem Dienst ausgeschieden –«

»Ich weiß«, sagte Katherine. »Das wurde mir auf dem Revier bereits gesagt. Ich habe jedoch einen Patienten, der, wie sich herausstellt, über zwanzig Jahre lang Beweise zurückgehalten hat, Beweise, die damals sehr wichtig für Sie gewesen wären, und ich dachte, dass Sie vielleicht daran interessiert sind, Näheres darüber zu erfahren.«

Katherine vernahm ein langes trauriges Seufzen. »Um welchen Fall geht's denn?«

»Es gab da ein kleines Mädchen namens Fiona Airie. Sie ist entführt worden. Können Sie sich noch daran –«

Jerry Cleveland räusperte sich. »O ja«, sagte er. »Ich kann mich noch sehr gut an sie erinnern.«

»Erinnern Sie sich noch an die Einzelheiten des Falles, Sir?«

»Ja«, sagte er. »Durchaus.«

»Pilot Airie ist mein Patient«, sagte Katherine. »Fionas Bruder. Wissen Sie noch, dass er es war, der einen ihrer Turnschuhe im Wald gefunden hat?«

»Der Turnschuh, ja, ich erinnere mich. Der Junge hat den Turnschuh im Wald gefunden.«

»Und der andere konnte nie gefunden werden.«

»Den haben wir nirgends finden können, nein.«

Katherine wandte sich dem Fenster zu. Da waren sie – die im Herbstwind rauschenden Baumwipfel. »Pilot behauptet, dass er den anderen Sneaker hat.«

»Er sagt, er hat den anderen?«

»Und ein Messer«, sagte Katherine. »Ein Messer mit Blutspuren.«

»Derartige Beweise wären damals von ausschlaggebender Bedeutung gewesen«, sagte Cleveland lachend. »Wir hätten den Fall geknackt.«

»Ich habe mich gefragt, ob wir uns vielleicht treffen könnten«, sagte sie, »um über den Fall zu sprechen. Mein Patient hat zurzeit schwere psychische Probleme. Er hat vor kurzem einen psychotischen Schub erlitten, und viele seiner Gedanken sind sehr, nun ja, sie sind sehr wirr.«

»Kann ich mir vorstellen.«

Im selben Moment steckte Dr. Lennox den Kopf zur Tür herein. »Kate«, sagte er lächelnd, »ich habe ein paar mögliche Antworten auf Ihre Fragen von gestern gefunden. Haben Sie einen Moment Zeit?«

Katherine hielt ihren Finger hoch, so wie es das Empfangsmädchen heute Morgen auf dem Polizeirevier getan hatte. »Kann ich später noch einmal mit Ihnen sprechen, Jerry?«, sagte Katherine ins Telefon. »Ich habe gerade Besuch bekommen.«

»Warum kommen Sie nicht zu mir ins Büro?«, sagte Cleveland. »Sky Highway 415, Ausfahrt Oak Road. Ich werde den ganzen Nachmittag dort sein.«

»Hervorragend. Dann komme ich wahrscheinlich so gegen vier vorbei«, sagte Katherine, während sie sich die Adresse notierte.

»In Ordnung«, sagte Cleveland. »Bis dann.«

»Bye.« Katherine legte auf.

Dr. Lennox kam herein. »Ich hoffe, ich habe Sie nicht bei etwas Wichtigem gestört.«

Katherine lächelte. »Nein.«

»Wie dem auch sei«, sagte der Psychiater, »es gibt da ein neues Medikament. Ist eine Art synthetisches Neurotoxin, einem Schlangengift nicht unähnlich. Wenn man zu viel davon nimmt, wäre eine sofortige Überbelastung des neurologischen Systems die Folge, und der Betreffende würde sterben. In sehr kleinen Mengen, über einen längeren Zeitraum eingenommen, könnte es jedoch eine Art nervöser Anspannung des Gehirns herbeiführen. Eine psychotische Reaktion wäre die zwangsläufige Folge.«

»Und wie kommt man an dieses Medikament ran?«, fragte Katherine.

»Das ist genau der Punkt. Es wird nach bestimmten gehirnchirurgischen Eingriffen verwendet«, erklärte Dr. Lennox. »Es regt die Gehirntätigkeit an, weckt es also praktisch wieder auf. Und ein cleverer Gehirnchirurg – ein Berufsstand, der für seine Cleverness berühmt ist – könnte sich wahrscheinlich welches verschaffen.« Dr. Lennox verschränkte die Hände hinter dem Kopf. »Dr. Airie, zum Beispiel.«

»Wie wird es verabreicht?«

»Ganz einfach«, sagte Dr. Lennox mit einem breiten Lächeln. »Sie könnten es dem Essen des Betreffenden beimischen.«

»Wirklich?«, fragte Katherine. »Dem Essen?«

Er nickte. »Es gibt wahrscheinlich noch andere Möglichkeiten.« Dr. Lennox schlug die Beine übereinander und lehnte sich zurück. »Der Clou daran ist aber, dass der Körper auf natürliche Weise eine ganz ähnliche Substanz produziert, sodass es mit einem Bluttest nur schwerlich nachzuweisen wäre. Ehrlich gesagt, glaube ich nicht, dass es entdeckt werden würde, es sei denn, man würde gezielt danach suchen, und selbst dann …«

»Wäre es immer noch schwierig, es zu entdecken.«

Lennox nickte. »Äußerst schwierig.«

ICH WAR VOR einem riesigen Buchdiscountmarkt in einer Einkaufsstraße, diese Art Laden, in dem kein einziges lesenswertes Buch stand. Es war die einzige öffentliche Telefonzelle, die ich finden konnte. »Katherine«, sagte ich. »Ich bin's.« Ich hatte den Geländewagen meines Vaters mit laufendem Motor und geöffneter Tür am Straßenrand zurückgelassen.

»Pilot«, sagte Katherine ein wenig überrascht. »Sind Sie zurück?«

»Nein, ich bin immer noch in Florida«, sagte ich. »Ich wollte nur … ich wollte mich nur mal melden, verstehen Sie, mehr nicht, mal hören, wie es so –« Ich hörte mitten im Satz auf. Ein kleiner Junge mit blonden, kurz geschnittenen Haaren wartete draußen vor dem Discountmarkt auf seine Mutter. Er legte die Hände aufs Fenster und schaute hinein, wohl um sie zu finden, dachte ich. Behielt sie ihn etwa nicht im Auge? Passte sie denn nicht auf ihn auf?

»Freut mich, dass Sie anrufen«, sagte Katherine. Es war später Nachmittag, eine Uhrzeit, zu der ich sie anrufen konnte, wie Katherine mir gesagt hatte, da sie dann keine Patienten habe. »Wie fühlen Sie sich?«

»Gesund«, sagte ich. »Vollkommen und absolut –«

»Haben Sie auch Ihre Medizin –«

»Ja«, antwortete ich, »die ganze Zeit.«

»Gut.«

»Der Schnürsenkel?«

»Ich habe ihn zur Polizei gebracht.« Einen Moment lang meinte ich zu sehen, wie Katherine sich in ihrem Stuhl drehte, wie sie die Bäume auf der anderen Seite des Highways betrachtete, das gelbe Winterlicht, das durch den smogverschmutzten Himmel schimmerte. »Sie werden ihn untersuchen.« Sie hob einen Finger an den Mund und kaute an einem Hautfetzen.

»Wirklich?« Ich war überrascht.

»Und sie lassen sich die Ermittlungsakten aus Albany schicken.«

»Super.« Ich stellte mir vor, wie irgendwo in einem riesigen Lagerhaus ein Stapel Polizeiakten aus einem Pappkarton gehoben wurde, wie jemand sie auf einen Handwagen legte und ihn in den Versenderaum schob.

»Verbringen Sie eine schöne Zeit?«, fragte Katherine. »Verstehen Sie sich gut mit Ihrem Vater?«

»Den Umständen entsprechend«, sagte ich. »Und wenn man bedenkt, dass ich ständig Football sehe und ständig angeln gehe und so weiter.« Es war eine alte Telefonzelle. Die Wände waren mit Schimpfwörtern übersät – Drohungen, Beleidigungen und anzüglichen Bemerkungen.

Katherine lachte und fragte schließlich: »Haben Sie in letzter Zeit mit Ihrer Mutter gesprochen?«

»Ich kann sie vom Haus anrufen«, sagte ich. »Ihr geht's wie immer. Sieht immer noch Gespenster.«

»Und mit Ihrem Bruder?«

Ich hielt einen Moment inne und las die Sexangebote, die auf eine der Seitenwände der Telefonzelle gekritzelt waren. Dann sagte ich: »Nein, hab bereit seit längerem nicht mehr mit ihm gesprochen. Und Sie? Ich meine, abgesehen davon, dass Sie mit ihm schlafen.«

»Pilot«, sagte Katherine, um nicht weiter darauf eingehen zu müssen, »erinnern Sie sich noch an den Polizisten, den Detective, er hieß Cleveland, der die Ermittlungen im Fall Ihrer Schwester –«

»Ich erinnere mich an ihn.« Ich erinnerte mich an einen grauen Mann in einem grauen Anzug und von kräftiger grauer Gestalt. Ich erinnerte mich daran, wie er sich bückte, als er mit mir sprach, die Hände auf die Knie gestützt, und an die Art, wie er mich *mein Sohn* nannte. »Was ist mit ihm?«

»Ich habe mich mit ihm in Verbindung gesetzt«, sagte sie. »Ich möchte ihm ein paar Fragen zu dem Fall stellen – ob er sich noch an irgendwas erinnern kann und ob ihn vielleicht all die Jahre irgendetwas an dem Fall gestört hat.«

»Die Idee ist nicht schlecht«, erwiderte ich. »Was hält Eric davon?«

»Ich wollte mich nur vergewissern, dass Sie keine Einwände haben.«

»Ich habe nichts dagegen.«

Die Mutter des kleinen Jungen kam gerade aus dem Discountladen heraus und sagte: »Talbot, kommst du wohl her!« Der Kleine ging zu ihr, und sie packte ihn an der Hand, ohne mich auch nur einen Moment aus den Augen zu lassen – diesen seltsamen Mann in einer Telefonzelle in einer Einkaufsstraße.

Talbot wandte mir nun ebenfalls den Blick zu, und über sein kleines Milchzahngesicht legte sich ein viel sagender Ausdruck, so als würde ihm gerade irgendetwas dämmern.

»Also«, sagte Katherine beflissen – und ein wenig zerstreut, wie ich fand –, »dann fühlen Sie sich also gut? Keine seltsamen Anwandlungen? Keine Stimmen? Nichts Ungewöhnliches?«

Hatte ich es ihr nicht bereits gesagt? »Ich fühle mich kerngesund, Katherine. Mit mir ist alles in bester Ordnung. Ich habe absolut keine –«

»Ich muss Sie was fragen«, sagte Katherine. »Als Sie aus Kalifornien zurückkehrten, waren Sie da oft mit Eric zusammen?«

»Ja«, sagte ich, »er war die ganze Zeit bei mir, im Haus meiner Mutter.«

»Ist er regelmäßig zum Abendessen vorbeigekommen?«

»Manchmal«, sagte ich. »Aber meistens war er morgens da.« Ich bemerkte, dass Talbot, der kleine Junge, nun in dem Buchladen auf der anderen Seite des Schaufensters stand. Er hielt die Hände wie zu einem Fernglas geformt an die Augen und blickte mich an. Allem Anschein nach war er von mir fasziniert.

Ich streckte ihm die Zunge raus.

»Beschreiben Sie es«, sagte Katherine.

»Wie meinen Sie das?«

»Wie lief das genau ab, wenn Eric morgens vorbeikam?«

Talbot fiel die Kinnlade herunter. Er riss die Augen auf.

»Ich bin aufgestanden, und Eric war bereits mit unserer Mutter in der Küche, um das Frühstück zu machen.«

»Haben Sie was gegessen?«

»Nur Kaffee getrunken, meistens. Manchmal habe ich ihn etwas Rührei für mich machen lassen.«

»Ihre Mutter –«

»– trinkt Tee«, führte ich den Satz zu Ende. »Wieso?«

Katherine antwortete nicht, ebenso wie sie mir keine Antwort auf meine Fragen in Bezug auf Eric gegeben hatte. »Pilot«, sagte Katherine, »wie viele Tabletten nehmen Sie zurzeit? Ich meine, wie viele pro Tag.«

»Drei«, sagte ich. »Aber manchmal nur zwei, wenn ich's vergessen habe.«

»Tun Sie mir einen Gefallen«, sagte sie. »Nehmen Sie nur die Hälfte. Sie können diese Tabletten halbieren, nicht wahr?«

»Aber sicher«, sagte ich. »Sie haben in der Mitte eine kleine Einkerbung.«

»Von jetzt an nehmen Sie drei halbe Tabletten pro Tag anstatt drei ganze, okay?«

Mir fiel plötzlich auf, wie kalt es hier draußen war, und das, obwohl wir in Florida waren. Ich hatte vergessen, mir eine Jacke überzuziehen. Ferner fiel mir auf, dass drei Wagen auf dem Parkplatz standen und dass der Himmel eher grün als blau war. »Okay«, sagte ich. Talbot schnitt eine lustige Grimasse in meine Richtung. Er riss seinen Mund mit den Fingern weit auf. Seine Mutter, eine Frau mit kräftigen, ausgeprägten Knochen und fahlbraunen Haaren, stand hinter ihm und schaute sich gerade Walkalender und *Star-Trek*-Kalender an. Welchen Monat hatten wir? Ich konnte mich nicht erinnern. Ich konnte mich nicht erinnern, welchen Monat wir hatten.

Mein Gott, war das kalt. War ich wirklich in Florida? Es war wahrscheinlich der Blauwal-Monat. Oder der Klingonen-Schlachtschiff-Monat.

»Falls Sie jedoch irgendwelche seltsamen Anzeichen verspüren«, sagte Katherine, »falls Sie sich überhaupt irgendwie komisch fühlen, zum Beispiel Stimmen hören, seltsame Dinge sehen oder Angst bekommen, dann kehren Sie bitte unverzüglich zu der alten Dosierung zurück.«

»In Ordnung«, sagte ich. »Die Tabletten machen mich sowieso nur benommen und duselig.«

»Und rufen Sie mich an.«

»Sie anrufen.«

»Pilot«, sagte Katherine, und ich wusste, dass sie gerade auf ihre Uhr schaute. »Ich muss jetzt los. Aber werden Sie mich auch in ein paar Tagen anrufen?«

»Natürlich«, sagte ich. »Machen Sie sich keine Sorgen um mich.«

»Es ist mein Beruf, mich um Sie zu sorgen, Pilot.«

Talbot streckte mir auf der anderen Seite des Schaufensters seine kleine rosafarbene Zunge heraus. »Bye, Katherine«, sagte ich. Er drückte seine Zunge flach gegen das Fenster. Ich konnte mich noch aus meiner Kindheit an den Geschmack von Glas erinnern, an das merkwürdige Gefühl auf der Zunge.

»Bis dann, Pilot.«

Ich legte auf und trat einen Schritt auf Talbot zu, der sofort erschrocken zu seiner Mutter rannte. November, glaube ich. Es musste November sein. Aber er hatte keinen Grund, vor mir Angst zu haben.

AUF DEM SKY Highway angekommen, folgte Katherine Jerry Clevelands Angaben und überflog die Hausnummern über den Eingängen. Als sie das betreffende Gebäude erspähte, dachte sie allerdings, dass sie sich geirrt haben musste. Sie fuhr in ihrem saphirblauen Golf auf das Grundstück und blickte sich um. Zwischen hoch aufragenden Masten waren Drahtseile gespannt, an denen riesige rote, weiße und blaue Wimpel hingen. Überall waren Banner, auf denen verblüffend günstige Angebote für generalüberholte Gebrauchtwagen in makellosem Zustand gemacht wurden. Ein älterer Mann mit einer karierten Jacke und weißen Hosen kam sofort auf ihr Wagenfenster zu. Sie rollte es herunter. »Wir haben zurzeit ein paar Superangebote, Miss, absolut fantastisch. Warum parken Sie nicht dort« – er zeigte auf eine Lücke –, »und dann schauen wir uns ein paar Modelle an, die Sie absolut vom Hocker –«

Sie erkannte seine Stimme wieder. »Detective Cleveland?«, fragte Katherine. »Ich meine –«

»Miss Joy!«, rief der alte Mann lachend.

»Sie sind Gebrauchtwagenhändler?«

»Ich war ein durchschnittlich begabter Detective«, sagte er lächelnd. »Aber ich bin ein *erstklassiger* Gebrauchtwagenhändler.« Er machte eine ausladende Handbewegung. »Kommen Sie, stellen Sie den Wagen dort drüben ab, und dann reden wir.«

Katherine setzte ihren Wagen in die Lücke, auf die er gezeigt hatte. Cleveland war direkt hinter ihr und öffnete ihr schließlich die Tür. »Danke«, sagte sie, als sie ausstieg. »Ich heiße übrigens DeQuincey-Joy, mit einem Bindestrich.«

»Kommen Sie nur rein, und Sie bekommen von mir eine Tasse Kaffee, Miss DeQuincey-Joy mit Bindestrich.«

Katherine folgte ihm in das kleine Geschäftsbüro, in dem drei weitere Händler um ein tragbares Radio herumsaßen, Kaffee tranken und Zigaretten rauchten. Cleveland führte sie ins Hinterzimmer, auf dessen Tür ein Schild mit der Aufschrift MANAGER angebracht war.

»Sind Sie der Manager?«

»Nee.« Er zuckte mit den Achseln. »Aber der Typ lässt sich hier so gut wie nie blicken, und wenn wir ungestört sein wollen, benutzen wir dieses Büro«, sagte er. »So, nehmen Sie doch Platz.«

Katherine ließ sich auf einem alten grauen Klappstuhl aus Stahl nieder, der gegenüber eines alten grauen Stahlschreibtisches in der Mitte des Raumes stand. Es gab noch einen zweiten Stuhl, und an der Wand hing ein farbenprächtiges Foto eines burgunderroten Mercury Cougar.

»Kaffee?«, fragte Cleveland.

Katherine schüttelte den Kopf.

Cleveland setzte sich ebenfalls. »Also«, sagte er, »jetzt seien Sie doch so lieb und erklären mir noch einmal, worum es überhaupt geht, junge Lady. Ich fürchte, ich hab das am Telefon nicht so ganz kapiert.« Er sprach bedächtig und überlegt. »Sie sagten, dass Sie ein paar neue Informationen über das vermisste Kind haben. Ist das richtig?«

»Nun«, sagte Katherine, »der Bruder der Kleinen, Pilot Airie, ist mein Patient.«

»Sie sind Psychiaterin?«

»Psychologin«, sagte Katherine. »Beratende Psychologin. Ich habe kein medizinisches Diplom.«

»Okay.«

»Pilot Airie, mein Patient – er behauptet, neue Beweise zu haben.« Katherine blickte zum Fenster hinaus. Es war sehr schönes Wetter, und die Chromverzierungen von hunderten von Autos funkelten in der Sonne. »Nun, genau genommen sind sie nicht neu, aber es sind Beweise, die er seit dem ... dem Vorfall zurückgehalten hat.«

Cleveland kratzte sich am Hinterkopf. »Das liegt über fünfzehn Jahre zurück, Miss DeQuincey-Joy.«

»Zwanzig.«

Er seufzte. »Worum handelt es sich denn bei diesen neuen Beweisen? Haben Sie sie dabei?«

»Ich habe einen Teil davon.« Katherine nahm den halben Schnürsenkel aus ihrer Handtasche und legte ihn auf den leeren Schreibtisch.

»Ein Schnürsenkel?« Cleveland nahm ihn in die Hand. »Ist das ein Teil eines Schnürsenkels?«

»Erinnern Sie sich nicht mehr?«, fragte Katherine. »Pilot Airie hatte im Wald einen einzelnen Turnschuh gefunden, und der zweite Schuh konnte nie gefunden werden.«

Cleveland nickte. »Ich erinnere mich an den Schuh. Ist das der Schnürsenkel zu dem Schuh?«

»Nein. Es ist der Schnürsenkel des *anderen* Schuhs.« Katherine versuchte ihr widerspenstiges Haar nach hinten zu legen. Als sie jedoch losließ, fielen ihr die Haare wieder ins Gesicht. »Pilot zufolge hat er damals beide Turnschuhe gefunden – und ein Messer. Ein Messer mit Blut. Er sagt, dass er die Sachen im Zimmer seines Bruders gefunden und anschließend versteckt hat.«

»Der andere Bruder«, sagte Cleveland. »Wie war noch gleich sein Name?«

»Eric«, sagte Katherine. »Er ist inzwischen Arzt.«

»Weiß er von alldem?«

»Das meiste.«

»Junge, Junge, da wird er sich aber gefreut haben.« Cleveland ließ den halben Schnürsenkel vor seinem Gesicht hin und her baumeln. Dann sagte er: »Der Riemen ist zerschnitten worden – und zwar erst vor kurzem.«

Katherine lächelte. Vettorello war dies ebenfalls aufgefallen. »Das war ich«, sagte sie. »Die Polizei hat die andere Hälfte.«

»Die Jungs werden nicht viel damit anfangen können.«

»Genau das war meine Befürchtung.«

»Sie werden wahrscheinlich feststellen können, ob er das richtige Alter hat, aber das war's dann auch schon.« Er lächelte und schüttelte den Kopf. »Ohne die restlichen Beweise werden Sie Ihren Verdacht nicht erhärten können. Das Messer zum Beispiel. Haben Sie es?«

»Das ist das Problem«, sagte Katherine. »Pilot hat mir gegenüber gesagt, dass er nicht mehr genau weiß, wo er es versteckt hat.«

»Ich dachte, Sie hätten gesagt, dass er es seit zwanzig –«

Katherine betrachtete ihre Hände auf ihrem Schoß. Sie wirkten klein und waren ganz weiß, und die Fingerspitzen waren bis zur Unkenntlichkeit abgekaut. »Pilot hatte einen psychotischen Schub, und er sagt, dass er die Beweise in dieser Zeit verlegt hat. Er weiß jedoch nicht mehr genau, wohin.«

»Und das war vor kurzem?«

»Vor zweieinhalb Monaten.« Katherine räusperte sich. »Er ist nach einer drei Tage langen Suche in dem Waldgebiet hinter dem Haus seiner Mutter gefunden worden.« Katherine blickte dem alten Mann über den Schreibtisch hinweg direkt in die Augen. »Was haben Sie damals von der ganzen Sache gehalten?«

»Wie meinen Sie das?«

»Ich meine, dieser Mann – er hieß Bryce –«

»Bryce Telliman.«

»Ja«, sagte Katherine. »Er war der Hauptverdächtige?«

»Den Zeitungen zufolge«, sagte Cleveland, »und sowohl die Familie als auch die meisten anderen Leute schienen genau dies glauben zu wollen.«

»Waren Sie der gleichen Ansicht?«

»Ich habe gedacht, dass er es vielleicht war. Es gab jedoch keine wirklichen Beweise, die in seine Richtung deuteten. Der Mann war homosexuell. Warum sollte er sich plötzlich für ein kleines Mädchen interessieren?«

»Gab es andere Verdächtige?«

Cleveland rutschte auf seinem Stuhl herum. »Was mich betraf, so war jeder Partygast ein Verdächtiger.«

»Irgendjemand Bestimmten?«

Der alte Mann rieb sich die Hände. Katherine konnte seine raue Haut förmlich hören. »Ich muss ehrlich zugeben, dass ich die beiden Jungen nie wirklich in Betracht gezogen habe«, sagte Cleveland. »Weder den einen noch den anderen.« Er schwieg einen Moment und kratzte sich am Hinterkopf. »Ich habe immer gedacht, dass es der Vater gewesen ist.«

Katherine beugte sich vor. »Und wie sind Sie darauf gekommen?«

»Bryce Telliman«, sagte Cleveland mit lauter Stimme. »Es war *seine* Theorie.«

»Bryce Telliman hatte eine eigene Theorie?«

»Aber sicher. Er hat gesagt, dass ihm aufgefallen sei, mit welchen Augen der Vater seine Tochter ansah, und dass es ihm unheimlich vorgekommen sei. So hat er sich ausgedrückt – *unheimlich.*«

»Unheimlich«, wiederholte Katherine. »Haben Sie denn gegen den Vater überhaupt ermittelt?«

»Wir haben ihm ein paar Fragen gestellt, aber, Miss De-Quincey-Joy, Sie müssen verstehen, wir hatten nicht den geringsten Beweis. Die Leiche des Mädchens konnte nie gefunden werden.« Er lächelte dünn. »Keine Leiche, keine Mordanklage, verstehen Sie?«

Katherine nickte. »Pilot hat nie viel über seinen Vater gesprochen.« Sie sagte dies mehr zu sich selbst als zu dem alten Detective.

Cleveland fuhr sich übers Kinn. Seine Augen huschten hin und her.

MEIN VATER GING immer wieder seine Checkliste durch. »Propangasbrenner?«, sagte er. »Kohlenpfanne? Briketts? Zündflüssigkeit? Streichhölzer?« Wir waren gerade beim Packen.

Patricia lächelte nur und sagte immer wieder: »Ja, ja, ja, ja.« Sie hatte natürlich an alles gedacht, insbesondere an unsere Verpflegung. Es schien ganz so, als würde sie immer an alles denken und sich wie ein Kindermädchen um meinen Vater kümmern. Patricia hatte sogar die Weihnachtsdekoration eingepackt.

Mein Vater brauchte sich nur ums Flugzeug zu kümmern.

Nur darum.

Ich vergewisserte mich natürlich, dass ich meine Medizin eingepackt hatte. Des Weiteren hatte ich einen Rucksack voller Bücher dabei und den blauen Matchbeutel, den ich aus East Meadow mitgebracht hatte.

Der Abflug verlief reibungslos. Um die Wahrheit zu sagen, war ich noch nie zuvor mit meinem Vater geflogen, und ich war ein bisschen nervös, als wir wie eine Seemöwe aus dem Wasser aufstiegen und über die Meeresoberfläche hinwegrauschten, bis der Wind sich in unseren Flügeln fing und uns emporhob. An jenem Morgen hatte ich das Gefühl, dass es kälter geworden war, aber mein Vater sagte, dass es auf der Insel wärmer sein würde. »Sie kriegt diese karibischen Winde ab«, sagte er. »Ganz anderes Klima dort draußen.«

»Es ist wunderschön dort«, versicherte mir Patricia mit lauter Stimme, um gegen das Dröhnen des Motors anzukommen. »Es wird dir bestimmt gefallen, Pilot. Garantiert.«

»Kannst du uns glauben.«

Vom Flugzeug aus sah ich die Küste der Vereinigten Staaten verschwinden. Es gab keine Segelboote, nur Wellen und eine weite schieferblaue Fläche im grauen Winterlicht. Ich saß vorn bei meinem Vater, während Patricia hinten hockte, wo kaum Platz für sie war, weil wir so viele Vorräte dabeihatten. Dad meinte jedoch mich, als er fragte: »Geht's dir gut? Sitzt du auch bequem?«

Es war ein fahler bedeckter Tag, mit einer dicken Wolkenschicht, die bis zum Horizont reichte. »Ist 'ne tolle Sache«, sagte ich zu ihm. »Super.« Ich sagte dies mit zusammengebissenen Zähnen. Ich spürte die vielen Schlangen unter meiner Haut, die sich wanden und krümmten. Ich war noch nie gut darin gewesen, Begeisterung in Worte zu fassen – nicht einmal, wenn sie echt war.

Der Motor dröhnte laut, und durch zahllose quietschende Risse im Rumpf drang kalte Luft in das kleine Wasserflugzeug. Dad drehte sich mit einem verschwörerischen Lächeln zu mir um. »Deine Mutter wäre nie einfach so ins Flugzeug gestiegen, um eine Tour zu unternehmen.« Er sagte dies, als wäre sie tot.

»Da hast du Recht«, pflichtete ich ihm bei. Aber ich wusste auch, dass er sie nie eingeladen hätte.

»Ich find's toll, dass du gekommen bist.« Er musste beinahe schreien, um gegen das Dröhnen des Motors und den hereinpfeifenden Wind anzukommen.

»Bist du jemals mit Eric dorthin geflogen?«

»Er ist immer viel zu beschäftigt, um uns zu besuchen«, sagte mein Vater. »Der große Gehirnchirurg hat Wichtigeres zu tun, als seinem alten Vater seine Aufwartung zu machen.«

»Wie lange fliegen wir noch«, fragte ich, »bis wir dort ankommen?«

Mein Vater veralberte mich. »Sind wir schon da? Sind wir schon da?«

»Nun«, fragte ich lachend, »sind wir schon da?«

Er drehte sein Handgelenk, um einen Blick auf seine Uhr zu werfen. Er trug eine Fliegeruhr auf der Innenseite seines Handgelenks. »In ein paar Stunden«, sagte er. »Hältst du bis dahin durch?«

Patricia beugte sich vor und sagte: »Falls ihr Hunger habt, ich meine, falls ihr jetzt gerade Hunger habt, ich habe ein paar Sandwiches und Limonaden für den Flug eingepackt. Liegt alles griffbereit. Und Kaffee ist auch da.« Sie sagte dies hauptsächlich an meinen Vater gewandt, und während sie sich vorbeugte, drückte sich ihre rechte Brust gegen meine Schulter. Sie fühlte sich erstaunlich groß und weich an. Ob sie überhaupt einen Büstenhalter trug? Ich hatte bisher noch keinen Gedanken an Patricias Brüste verschwendet. Jetzt wandte sie sich mir zu, so als hätte sie meine Gedanken gelesen. »Pilot«, sagte sie, »möchtest du irgendetwas?«

»Kaffee«, sagte ich. »Ich könnte jetzt eine Tasse vertragen.« Ich hatte heute zum ersten Mal meinen morgendlichen Kaffee ausfallen lassen. Schon seit geraumer Zeit bemühte ich mich, die Finger von sämtlichen Stimulanzien zu lassen. Es war eigentlich Katherines Vorschlag gewesen. Aber jetzt konnte ich jedenfalls einen gebrauchen. Als sie den Kaffee in die Verschlusskappe der Thermosflasche goss, reckte ich den Kopf und betrachtete sie eingehend unter dem neuen Gesichtspunkt – ich versuchte, mir ihren Körper unter ihren Kleidern vorzustellen.

»Er ist schwarz«, sagte sie. »Magst du ihn so?«

»Ist genau richtig.« Sie wirkte dort hinten so verloren, inmitten all dieser Sachen, die wir eingepackt hatten. »Sollen wir die Sitze tauschen«, fragte ich. »Bist du sicher, dass du dort hinten auch bequem sitzt? Es ist nicht zu eng?«

Sie schloss die Augen und schüttelte den Kopf. »Mir geht's prima. Ich fliege doch ständig in dieser verrückten Kiste.« Sie lächelte warmherzig. »Bleib du nur sitzen und genieße die Aussicht.«

Ich nahm die Verschlusskappe mit dem Kaffee und nippte daran. Er schmeckte wie die Bitterkeit selbst. Wir verfielen nun alle in Schweigen. Der Propeller dröhnte in unseren Ohren, und der Wind pfiff durch die Ritzen. Während wir immer höher in die Atmosphäre aufstiegen, verwandelte sich das Meer, das zuvor noch von Wellen durchzogen gewesen war, in eine flache Ebene, und in der Ferne entschwand der Küstenstreifen. Ich konnte nicht anders, obwohl ich wirklich versuchte, mich am Riemen zu reißen – aber ich stellte mir unwillkürlich Patricia und meinen Vater im Bett vor, sie oben, er unten. Ihre

Brüste hingen herab und ihre Hände lagen auf den Schultern meines Vaters. Es war keine erotische Fantasie. Eher wissenschaftlich. Sie sind zwei ganz normale Menschen, sagte ich mir. Sie treiben es garantiert miteinander. Sie schlafen bestimmt miteinander, zumindest ab und zu. In der Kabine schien es allmählich etwas wärmer zu werden. Vielleicht war es der Kaffee. »Da ist sie«, sagte mein Vater. Als er mir die Insel zeigte, konnte ich nur einen unendlich kleinen Fleck am fernen Horizont erkennen. »Unser eigenes geheimes Paradies.«

Ich lachte. Dieses winzige Örtchen. »Wie kannst du sie überhaupt von hier aus sehen?«, fragte ich ihn. »Du musst unglaublich gute Augen haben.«

»Mein Sehvermögen ist nicht schlecht«, sagte er. »Ich habe jedoch mit der Zeit gelernt, zu erahnen, wann sie auftaucht. Ich weiß genau, wann sie kommt.« Er schnalzte mit der Zunge. Wir kamen näher, und allmählich konnte ich die Umrisse dieses winzigen Erdfleckchens erkennen und auch die kleine geschützte Bucht, in der er landen wollte.

»Sie ist wunderschön«, sagte Patricia über meine Schulter. »Ist sie nicht schön, Pilot?«

»Ja, tatsächlich.« Als ich mich zu ihr umwandte, sah ich, dass die Küste inzwischen völlig außer Sichtweite lag, als wäre sie vom Meer verschluckt worden. Ich musste an die Medikamente denken, die ich im Rucksack aufbewahrte, an das kleine bernsteinfarbene Pillendöschen mit dem kindersicheren Verschluss. Ich wandte mich wieder nach vorn, und die winzige Insel war näher gekommen. Sie hob sich nun inmitten des unendlichen Blaus als eine klar erkennbare, grün-braune Form ab.

Das Blau des Meeres war erheblich heller geworden. Der Himmel war nicht mehr so wolkenverhangen, und das Gelb der Sonne war kräftiger.

»Wir landen gleich«, sagte mein Vater im Tonfall eines Airline-Piloten. »Seht nach, ob auch alles weggepackt ist.«

Ich neckte ihn ein wenig und sagte mit näselnder Stimme:

»Bitte vergewissern Sie sich, dass Sie angeschnallt sind und dass sich Ihr Sitz in aufrechter Position befindet.«

Er lachte.

»Vergewissern Sie sich ebenfalls, dass Ihr Handgepäck sicher unter dem Sitz Ihres Vordermanns verstaut ist. Vielen Dank, dass Sie Airie-Airlines geflogen sind.«

Als wir uns der Insel näherten, ging Dad mit der Maschine stetig nach unten, um auf dem ruhigen Wasser der Sandbucht aufsetzen zu können. Als wir mit den Kufen das Wasser berührten, war plötzlich alles ganz anders – wir schienen plötzlich viel schneller zu sein als zuvor und fegten und rumpelten über die Wellen hinweg, und dann kam das letzte Stück zu dem kleinen Strand.

Patricia applaudierte.

»Die Landung ist nicht immer so sanft«, räumte mein Vater ein, während er den Motor abstellte und die Tür öffnete.

Dad und ich wateten durch das kühle Wasser und zogen das kleine Flugzeug näher an den Strand. Mit einem langen Nylonseil banden wir es an einer großen Palme fest, und dann kehrte er zurück, um Patricia huckepack aufs trockene Land zu tragen. Es war merklich wärmer hier. »Ich kann's nicht fassen«, sagte ich mit dem Gesicht zur Sonne gewandt. »Wie ist das möglich?« Ich hatte nicht einmal bemerkt, wie der Himmel sich aufgeklart hatte. Er war kobaltblau, kristallklar.

»Wie ist was möglich?«

»Das Wetter. Wie kann es –«

»Die warmen Winde«, sagte Dad. »Wir befinden uns knapp im Einflussbereich des Golfstroms. Wir sind in einen völlig anderen Teil der Welt gereist, in eine völlig andere Wetterzone.«

Die Insel Nirgendwo.

Sie war allerdings irgendwo, irgendwo unweit der Küste. Es war jedoch eine menschenleere Insel, herrenlos, wie mein Vater behauptete, die sich aber wahrscheinlich in Regierungsbesitz befand. Ich nahm an, dass sie zu klein war, um als touristische Ferieninsel ausgebaut zu werden, dass sie einerseits nicht weit genug von der Küste entfernt und andererseits zu weit im Meer lag, um sie mit dem Boot zu erreichen. Wir gingen wie auf einer militärischen Inspektion um die ganze Insel herum. Dad zeigte und erklärte mir dies und jenes. Bei dem Baumbestand im Zentrum handelte es sich offensichtlich um normale Laubbäume, die im Unterschied zur tropischen Vegetation im jahreszeitlichen Rhythmus die Blätter abwarfen. Sie waren von der gleichen Art, wie ich sie bereits im Norden Floridas gesehen hatte, und ihre Blätter waren zum größten Teil noch grün. Am Strand entlang lehnten sich einige Palmen auf ihre träge Art zum Wasser vor. Der Boden bestand aus harter, trockener Inselerde, die staubig und festgetreten war.

»Kommen wirkliche Menschen hierher?«, fragte ich meinen Vater. »Ich meine, du verstehst, was ich meine.«

»Bin ich dir nicht wirklich genug?«

»Ich wollte damit nicht –«

»Es wissen noch andere von der Insel«, sagte Dad mit einem leisen Lachen. »Aber nicht jeder hat sein eigenes Wasserflugzeug.«

Im Zentrum der Insel gab es eine Lichtung. Ein paar Steine waren zu einem Kreis ausgelegt. Ich musste an die Lichtung im Wald hinter unserem Haus denken, als ich dort mit Eric gesessen und meinen ersten Joint geraucht hatte. Auch erinnerte ich mich vage daran, mich erst kürzlich dort aufgehalten zu haben, regungslos erstarrt. Ich hatte Hannah retten wollen, die auf dem Highway festsaß, war aber dann in einen vollkommen katatonischen Zustand geraten, in dem ich nur noch den Wunsch hatte, mich zu verkriechen. Dann hatte ich die Lichtung verlassen und war zum Highway gegangen –«

»Hier schlagen wir das Zelt auf«, sagte mein Vater.

Ich nickte. »Okay.«

Wir kehrten zum Flugzeug und zu Patricia zurück, die sich an dem kleinen Strand in die Sonne gelegt hatte. Dann machten wir uns daran, unsere Sachen auszupacken, und nachdem wir alles durch das kühle, sich leicht kräuselnde Wasser auf unseren Schultern an den Strand gebracht hatten, waren wir klitschnass. Ein Zelt, zwei Kühltaschen mit Essensvorräten, die Angelausrüstung meines Vaters, ferner ein kleines Radio und Kochgeschirr. Wir schienen Vorräte für ein ganzes Jahr eingepackt zu haben, zumindest erheblich mehr als für die zwei Wochen, die wir bleiben wollten.

»Gott im Himmel«, rief mein Vater plötzlich. Er blickte Patricia an. »Scheiße noch mal.«

»Was?«, fragte ich.

»Es ist meine Schuld«, sagte Patricia. »Was ist es?«

»Scheiße! Scheiße! Scheiße!«

»Dad«, sagte ich. »Was ist los?«

»Wo sind die verdammten Schlafsäcke?«

Ich blickte mich um, so als würde ich sie irgendwo, auf dem Boden liegend, finden. »Ist doch halb so schlimm«, sagte ich. »Wir fliegen einfach zurück und holen sie.«

»Nein.« Es klang endgültig.

»Was sollen wir denn tun?«, fragte ich.

Patricia sagte: »Es wird hier nachts kalt. Es tut mir ja so Leid. Ich weiß nicht, was ich –«

»Ich werde zurückfliegen«, sagte Dad mit resignierter Miene.

»Allein?« Ich blickte ihn an, als wäre er der Verrückte, nicht ich. »Warum fliegen wir nicht alle zusammen?«

»Es ist besser, wenn ich allein fliege.«

»Du solltest nicht allein fliegen«, sagte Patricia. »Jim, du solltest wirklich –«

»Hilf mir, das Flugzeug wieder hinauszuschieben«, bat mich Dad, »und wenn ich zurückkomme, habt ihr bereits das Zelt aufgebaut, und alles ist wieder gut, okay?«

»Du wirst bestimmt müde werden«, sagte Patricia, »viel zu müde, um hin- und zurückzufliegen. Wir sollten alle –«

»So weit ist es nun auch wieder nicht.«

Mein Vater machte eine bestimmte Geste: Er legte die Hände flach aufs Gesicht und schloss die Augen. Diese Geste bedeutete: *Haltet den Mund, oder ich bringe euch um.* Ich erinnerte mich daran aus der Kindheit. Wir banden also das Flugzeug von seinem Anlegeplatz los und schoben es ein Stück ins Meer hinaus. Mein Vater sprang hinein. Ich war klitschnass.

Bevor er einstieg, sagte er noch: »Ich schätze, du wirst dich fragen, wie ich die Strecke mit nassen Hosen fliegen kann, stimmt's?«

»Nun«, sagte ich, »ich könnte mir schon vorstellen, dass es nicht sehr angenehm ist.«

»Ich verrate dir ein Geheimnis.« Er kam näher und senkte die Stimme. »Ich fliege ohne Hose.« Und als er schließlich einstieg, sagte er: »Und wenn ich in Küstennähe bin, ziehe ich sie wieder an. Falls du zwischendurch also etwas zu lachen haben willst, brauchst du nur an mich zu denken, wie ich dort oben ohne Hose unterwegs bin.«

Ich watete zum Strand zurück und sagte zu Patricia: »Er hat mich gebeten, dir zu sagen, dass du dir keine Sorgen machen sollst.«

»Wie sollte ich das nicht?«, sagte sie. »Warum sagt er so etwas überhaupt?«

In dem Moment fiel mir ein, dass ich den Rucksack zurückgelassen hatte, und zwar mit den Pillen, im Flugzeug – das gerade in den Himmel aufstieg.

MEIN VATER, EIN ehemaliger Pilot der Air Force, ein Mann, der viele Jahre lang als Flugkapitän in der Zivilluftfahrt gearbeitet hatte, verfluchte sich in seinem kleinen einmotorigen Wasserflugzeug. Er verfluchte auch Patricia. Und mich. Vor ihm lagen zwei Drei-Stunden-Flüge, erst nach Hause und dann wieder auf die Insel zurück, und er würde keine Zeit haben, sich zwischendurch auszuruhen, wenn er noch vor Einbruch der Dunkelheit zurück sein wollte. Zum Glück war es noch früh. Und der Himmel war klar, ein hervorragender Tag zum Fliegen, dachte er. Und es stimmte, meistens flog er lieber allein. Dad dachte jetzt gerade an mich, an seinen jüngeren Sohn, an den

Verrückten, den Versager, an die Fleisch gewordene Enttäuschung. Er dachte über meine zahlreichen Unzulänglichkeiten nach, meine mentale Anfälligkeit, mein ungewandtes Auftreten und meine physischen Schwächen. Er hatte meine Mutter immer für neurotisch gehalten, und er war der Meinung, dass ich das Pech hatte, diese Eigenschaften von ihr geerbt zu haben. Vielleicht hatte er Recht.

Allein am Himmel hatte er das Gefühl, dass die Maschine ruhiger flog als gewöhnlich. Zu ruhig? Mit Passagieren an Bord war alles nur Motor und Propeller, mit plötzlich nachlassendem Luftdruck in den Ohren und dem lauten Geschrei, um gegen das Dröhnen und den durch die Ritzen pfeifenden Wind anzukommen. In einem geheimen Versteck unter dem Sitz bewahrte er eine Kiste Zigarren auf. Er tastete danach. Zumindest hatte er so für eine Weile seine Ruhe. Zum Teufel noch mal, so schlecht war die Sache gar nicht. Er fragte sich, ob ich allmählich wieder gesund wurde, ob die Medikamente anschlugen und meine Krankheit erträglicher machten. Als er die Zigarren gefunden hatte, richtete er sich auf und tastete nach dem Schneider und den Streichhölzern in der Kiste. Er konnte den Schneider nicht finden, also steckte er sich das runde Ende der Zigarre in den Mund und biss ein kleines Loch hinein. Er schmeckte den bitteren Tabak auf den Lippen und spuckte auf den Boden aus. Er fand die Streichhölzer, wandte kurz den Blick von der Windschutzscheibe ab, gab sich Feuer und paffte graublauen Rauch in die Kabine. Es schmeckte köstlich. Er hatte mit dem Rauchen ohnehin nur aufgehört, weil Patricia gedroht hatte, ihn zu verlassen.

Er hoffte, dass sie und ich inzwischen dabei waren, das Zelt aufzubauen, und bestimmt würden wir, wenn er mit den Schlafsäcken zurückgekehrt war, alles fertig haben, einschließlich des Abendessens.

Es war eigentlich ideal. Er brauchte nur zu fliegen, mehr nicht.

Schließlich tauchte die Küste Floridas vor ihm auf. Er erblickte sie zuerst als Landspitze, als einen winzigen grünen Fleck, der aus dem fernen Blau erwuchs, und dann wurde dieser Fleck immer größer, und der Küstenstreifen schwang sich wie eine gewaltige Erdwelle über ihn hinaus und zu der dicken Wolkenschicht hoch, die bereits heute Morgen da gewesen war. Jetzt musste er nur eine Stunde dem Land Richtung Norden folgen, und dann würde er den Landebereich in der kleinen Bucht erreichen, von der aus wir heute Morgen gestartet waren.

Er musste unwillkürlich an Eric denken und an die Beschuldigungen, die ich gegen ihn erhob. Würde Eric wirklich so etwas tun? War es möglich, dass er seine eigene Schwester ermordet hatte? Mein Vater stellte sich Eric vor, als er noch ein kleiner Junge war. Er erinnerte sich an die Football-Spiele, die wissenschaftlichen Veranstaltungen und akademischen Erfolge. Eric war Neurochirurg geworden, zu einem Mann mit einem hoch entwickelten Verstand, in der Lage, äußerst komplexe Vorgänge nachzuvollziehen. Moral stand in einem direkten Abhängigkeitsverhältnis zur Intelligenz, dachte mein Vater. So musste es sein. Und dann erinnerte er sich an einige der Experimente meines Bruders, an die Art, wie Eric in der Garage Tierleichen sezierte und ihre Kadaver auf dem Tisch verfaulen ließ, und an den Verwesungsgeruch. Einmal hatte der Junge einer noch lebenden Maus den Schädel geöffnet, um herauszufinden, wie lange eine Maus ohne Gehirn zu überleben imstande war. Eric hatte also Tiere gequält. Okay. Viele Jungen tun das. Er selbst hatte es ebenfalls getan, als er noch jung war, oder etwa nicht? Hatte er nicht Bisamratten und Nerze gefangen und ihr Fell an Sears and Roebuck verkauft? Er hatte es des Geldes wegen getan, Eric für die Wissenschaft. Dennoch war es Folter.

Dad dachte daran, wie ich im Vergleich dazu war. Ich hatte zu viel Fantasie. Ich grübelte zu viel. Als Kind hatte ich viel gemalt – gefühlvolle symbolische Bilder. Später komponierte ich romantische Lieder auf meiner Gitarre. Ich weinte schnell, fing an zu heulen, wenn andere Kinder ihren Spaß mit mir trieben.

Ich war nie ein ausreichend guter Sportler, um von den anderen zu lernen, um zu lernen, was Teamwork war, oder meine Gefühle zu kontrollieren, um etwas über Fairness und das männliche Ehrgefühl zu erfahren.

Die Erinnerungen meines Vaters an Fiona waren, glaube ich, noch verschwommener als meine. Er erinnerte sich vor allem daran, wie sie roch, an ihren Duft und an ihre weiche, samtige Haut, als sie noch ein Baby war. Ferner erinnerte er sich an ihr weiches Haar und daran, wie hell es war. Er erinnerte sich an die letzte Woche vor Weihnachten, als sie sechs war, und an die Barbie-Puppe und das Barbie-Haus, die sie sich gewünscht hatte. Ebenso wie ich sah mein Vater sie in seinen Erinnerungen wie auf einem Foto, in dem sich der Hintergrund unmerklich bewegte. Er sah eine Nahaufnahme von Fionas Gesicht, das mit Sommersprossen übersät war. Er konnte sich noch an die dünnen Träger ihres kleinen roten Badeanzugs auf ihrer von der Sonne geröteten Haut erinnern. Er sah, wie sich in ihren Augen das Licht der um den Swimmingpool aufgestellten Lampen spiegelte. Jene letzte Nacht war in der Erinnerung meines Vaters in einen Nebel der Trunkenheit gehüllt. Er hatte auf seine eigenen Kinder nicht aufgepasst. Am besten erinnerte er sich daran, wie er mit irgendeiner dämlichen Frau geflirtet hatte. Wie hieß sie noch gleich? Doris Scott. Er wusste noch genau, dass er sich mit ihr zu einem Rendezvous in einem Hotel verabredet hatte und dass dieses Treffen dann nie stattgefunden hatte, weil Fiona verschwunden war, und danach hatte all dies keine Rolle mehr gespielt. Er erinnerte sich, wie er Doris von einer Telefonzelle am Sky Highway anrief und ihr sagte, dass er nicht kommen würde. Er wusste jedoch, dass sie Verständnis dafür hatte. Seine Tochter war spurlos verschwunden, verdammt noch mal.

Mein Vater legte sich mit der Maschine schräg in den Küstenwind, setzte zum Kurvenflug an und drehte um.

NACH ÜBERWINDUNG EINIGER Schwierigkeiten schafften Patricia und ich es schließlich, das Zelt aufzubauen. Die Schwierigkeiten bestanden vor allem darin, dass sie mir sagte, was ich zu tun hatte, und dass ich ihre Anweisungen recht unbeholfen in die Tat umsetzte. Ich hatte noch nie besonders geschickte Hände. Patricia hatte dunkles Haar, und ihre Haut war so häufig der Sonne ausgesetzt gewesen, dass sie beinahe wie Pergament wirkte. Oberhalb ihres Busens war ihre Haut von Sommersprossen übersät. Nase, Ohren und Wangen waren leicht gerötet. Sie hatte ein warmherziges Lächeln. Ihre Augen waren dunkelbraun. »Dein Vater macht für gewöhnlich gleich zu Beginn ein Lagerfeuer«, sagte sie. »Ein Zeltlager ist erst dann eines, wenn es was zu essen gibt.« Sie trug eine alte Blue Jeans und ein weiches Flanellhemd. Sie war ganz anders als Hannah.

Mir fiel plötzlich auf, dass Patricia und ich noch nie zuvor allein gewesen waren. »Willst du, dass ich ein Feuer anzünde?«, fragte ich sie. »Ist es das, was du meinst?«

»Wenn du das kannst«, sagte sie.

»Ich kann's zumindest versuchen«, erwiderte ich. »Ich hoffe nur, dass ich nicht die ganze Insel in Brand stecke.«

»Wie in *Herr der Fliegen*?«, sagte sie mit einem Lachen. »Keine Sorge. Wir werden einen Wall aus Sand und Steinen um dich herum aufbauen.«

»Wenn du mich nur nicht Piggy nennst.«

Es war immer noch Vormittag, also recht früh, und ich fühlte mich normal. Jedenfalls schien alles normal. Ich wusste, dass meine Medikamente im Flugzeug waren und dass das Flugzeug wahrscheinlich erst am frühen Abend zurück sein würde. Ich hatte in den letzten Tagen weniger eingenommen und die Pillen gemäß Katherines Anweisungen halbiert. Aber ich hatte noch einen ganzen Tag vor mir. Ich warf einen prüfenden Blick in Richtung der Bäume, die die Lichtung säumten. Falls sie sich bewegten, falls ich das Gefühl bekam, dass sie nach mir ausholten, dann war klar, dass ich wieder verrückt wurde.

Dann würde ich es wissen.

Patricia und ich sammelten so viel Brennholz ein, wie wir

tragen konnten. Wir hatten auf der anderen Seite der Insel eine Stelle mit relativ trockenem Treibholz gefunden und gingen zweimal hin und her, um es zu der kleinen Lichtung zu tragen. »Ich wette, dass er es absichtlich getan hat«, sagte Patricia schließlich.

»Dass er die Schlafsäcke absichtlich zu Hause gelassen hat?«

Sie stand auf dem Holzhaufen und nickte mit verschränkten Armen. »Nur damit er eine Weile allein in der Gegend herumfliegen kann.«

»Klingt durchaus plausibel.« Ich machte mich daran, einen Stoß Holz für ein Feuer zusammenzulegen. Wir waren vom Meer eingekreist, von der Insel selbst und von dieser kleinen Lichtung, dachte ich, und jetzt zündete ich in diesem Kreis aus Steinen ein Feuer an. »Er ist gern allein«, sagte Patricia mit einem bedauernden Lächeln. »Bist du auch so? Wahrscheinlich, oder?«

»Ich glaube schon«, sagte ich. »Ich bin ziemlich oft allein.«

Ihre Züge wurden plötzlich sanft. »Er macht sich wirklich Sorgen um dich. Auch wenn er es vielleicht nicht zugeben will, aber du bedeutest ihm sehr viel. Er ist wirklich –«

»Haben wir hier irgendwo eine Zeitung oder so was? Wie fachen wir das Feuer an?«

»Wir haben Zündflüssigkeit.«

Wir legten das Holz so zusammen, wie mein Vater es in meiner Vorstellung getan hätte. Patricia holte die Zündflüssigkeit und ein paar Streichhölzer. Als sie zurückkehrte, überreichte sie mir beides in einer feierlichen Geste. »Der Mann sollte das übernehmen.«

»Nun, er ist nicht da.« Ich schüttete die Flüssigkeit über die Holzscheite und warf ein angezündetes Streichholz hinein. Der gesamte Haufen ging explosionsartig in Flammen auf. »Macht man es so?«

»So wird's gemacht.«

Mir war nicht entgangen, dass in ihrem Tonfall eine gewisse herablassende Art durchklang und dass sie mich wie ein kleines Kind behandelte. Aber aus irgendeinem Grund störte es mich nicht. Ich führte mich wahrscheinlich wie eines auf. Ich blickte zu den Bäumen hinüber. Wir konnten von hier aus das Meer sehen, und ich fragte mich, ob ich mich bei einem psychotischen Schub vor dem Meer genauso fürchten würde wie vor dem Wald. Die Wellen fuhren wie Zungenspitzen über den Strand. Dann kräuselten sie sich ins Meer zurück. Sie kehrten wieder. Sie verschwanden wieder. In Santa Monica hatten mir die Wellen keine Angst gemacht, das wusste ich noch. Ich hatte dort stundenlang – tagelang – am Strand gesessen, wie hypnotisiert von dem ewigen Spiel der Wellen. Ja, ich war sogar in sie hineingewatet, und zwar ohne die geringste Angst zu verspüren. Aber damals war ich schließlich nicht psychotisch gewesen, sagte ich mir. Nur deprimiert. Ich verspürte eine gewisse nervöse Unruhe. Ich hatte ein paar Bücher mitgebracht – eine alte Literaturanthologie und einen Science-Fiction-Roman. Aber auch sie hatte ich im Flugzeug zurückgelassen.

Obwohl es unangenehm warm war, blieben Patricia und ich am Feuer sitzen, bis es gleichmäßig brannte.

»Hast du keinen Hunger?«, fragte sie. »Ich könnte irgendwas kochen, etwas, das du –«

»Nein«, sagte ich. »Ich habe keinen Hunger.« Ich hatte seit dem Kaffee im Flugzeug nichts mehr zu mir genommen, aber aus irgendeinem Grund – wahrscheinlich weil ich so nervös war – hatte ich keinen Hunger.

»Möchtest du vielleicht Karten spielen?«

»Patricia, mir fällt es gerade ein wenig schwer, mich zu konzentrieren«, gestand ich.

»Bist du –«

»Ich habe meine Medikamente im Flugzeug gelassen«, sagte ich. »Ich meine, es gibt keinen Grund zur Beunruhigung. Es wird schon gehen. Es ist nur, dass –«

»Du bist ein wenig nervös, ich verstehe.«

Ich nickte und stieß schließlich einen kleinen Scheit tiefer ins Feuer hinein. Ob das Feuer vielleicht irgendwie lebendig werden würde?, fragte ich mich. Würden die Flammen nach mir ausschlagen, so wie der Wald es zu Hause getan hatte? Es gab hier so viele Möglichkeiten des Wahnsinns. Das Meer, das Feuer, der Wind und die Erde.

Alle vier Elemente.

»Sag mir Bescheid, wenn du irgendetwas brauchst, oder … oder wenn du dich hinlegen willst.«

»Es geht schon. Zumindest glaube ich das.« Ich spielte noch eine Weile mit dem Feuer.

»Er kommt bestimmt bald zurück.«

Patricia und ich saßen auf dem sandigen Boden, spielten mit Holzstücken und warteten. Ich stand zuweilen auf und ging durch das kleine Waldstück auf die andere Seite. Ich ging am Strand entlang um die Insel. Die Sonne wanderte in ihrem natürlichen Bogen von ihrem höchsten Punkt nach Westen. Von Osten erhob sich ein Wind, der über die Insel hinwegwehte und ein raschelndes Zittern der Blätter verursachte. Ich fragte mich, musste mich fragen, ob dies alles nur in meiner Vorstellung passierte.

KATHERINE SCHOB SICH Schritt für Schritt durch den Wald hinter dem Haus meiner Mutter und versuchte, wie ein Psychotiker zu denken. Wo konnte ich die Beweisstücke versteckt haben?, fragte sie sich. Sie war noch nie hier draußen gewesen. Tatsächlich hatte sie noch nie einen Wald betreten. Und bestimmt nicht so einen Wald: ein lang gezogenes Feldstück mit Ahorn- und Eichenbäumen in der Vorstadt, auf der einen Seite der Highway, auf der anderen eine Sackgasse mit Häusern. Der Herbst war so gut wie vorbei. Die Blätter lagen gefroren auf dem Boden und knirschten unter ihren Füßen. Genau genommen war bereits der Winter eingezogen, und die Kälte durchfuhr die Baumstämme wie eine Million schlüpfrige Aale, die schnell wie der Wind um Schilfhalme glitten. Katherine versuchte sich an die Art zu erinnern, in der ich ihr den Wald beschrieben hatte. Sie wusste noch, dass ich, als ich im Krankenhaus war, ständig die Vorstellung hatte, dass die Bäume sich auf mich zuschlichen, dass sie sich beinahe unmerklich auf mich zuschoben. Ich dachte, dass sie mich verschlingen würden, dass sie über den Asphalt des Highways hinweg nach mir ausschlagen und mich in sich aufsaugen würden, so wie eine Amöbe ihr Essen verschlang. Sie wusste noch, wie ich mir als Kind häufig vorgestellt hatte, ein Wolfsjunge zu sein, ein Wesen ohne Sprache, unberührt von der Menschheit. War es das, wovor ich Angst hatte?, fragte sie sich. Dass ich vom Wald verschlungen und wieder zum Wolfsjungen werden würde?

Katherine stellte sich folgende Frage: Wo würde ein Wolfsjunge einen Plastikbeutel mit Beweisstücken verstecken?

Es war eine absurde Frage.

In der Nähe unseres Hauses stieß sie auf einen Waldpfad, dem sie mit vorsichtigen Schritten folgte, um keine unnötigen Geräusche zu verursachen. Sie hatte das seltsame Gefühl, dass sie hier draußen entdeckt werden und sich irgendwelche Schwierigkeiten einhandeln würde. Dann, gleich hinter einem Dickicht aus Büschen, entdeckte sie eine Lichtung. In der Ferne hörte sie den Highway, die zischenden Reifen und dröhnenden Motoren. Sie stellte sich vor, wie sich in diesem Wald ein großer Teil unserer Kindheit abgespielt hatte, Erics und meine. Erics erste Küsse mit Mädchen. Mein erster Joint. Dort vor ihr war das zerbrochene Betonrohr. War dies das Rohr, von dem ich gesprochen hatte? Es musste es sein. Der Boden drum herum war mit Zigarettenstumpen und zerdrückten Bierdosen übersät. Katherine blickte hinein, konnte aber außer ein paar alten zerfledderten *Penthouse*-Ausgaben nichts entdecken. Sie ließ sich einen Moment lang auf dem Rohr nieder und legte die Hände auf die Knie. Eine beinahe fühlbare Stille schien sich um sie zu legen, wie die Stille in einem Baumstamm. Hinter den Verkehrsgeräuschen des Highways verbarg sich etwas, das stiller war als gewöhnliche Lautlosigkeit. Es war das Rauschen der Bäume im Wind. Es war das Geräusch der Wintervögel und des raschelnden Laubs. Es war ein einzelner Pulsschlag in ihren Ohren. Es war eine Stille, die einen in den Wahnsinn treiben konnte, wie Katherine sofort begriff.

Und jetzt wurde diese Stille – Katherine war beinahe dankbar dafür – von zwei Mädchenstimmen unterbrochen. Ein Stück weiter vorn schlenderten zwei High-School-Mädchen lachend auf die Lichtung. Als sie Katherine erblickten, verstummten sie. Mit gesenkten Köpfen gingen sie an ihr vorbei und murmelten ein kaum hörbares »Hallo«. Die eine war blond und schlank, die andere brünett, ein wenig rundlicher und viel zu stark geschminkt. Katherine lächelte nur und erinnerte sich an ihre eigenen qualvollen High-School-Jahre. Dann hatte sie eine Idee. Sie stand auf und rief ihnen hinterher.

»Entschuldigung!« Ihre Stimme kam ihr peinlich laut vor. »Entschuldigung!«

Die Mädchen blieben stehen. Sie wandten sich um und blickten sie erstaunt an.

»Entschuldigt«, sagte Katherine erneut. »Kann ich euch eine Frage stellen?«

Das dunkelhaarige Mädchen wirkte verängstigt. »Sicher«, sagte sie. »Okay.«

»Geht ihr oft durch diesen Wald?«

»Manchmal«, sagte die Blonde ein wenig couragierter.

Die andere zuckte mit den Achseln.

»Wohnt ihr hier in der Gegend?«

»Wir wohnen in der Willow Road«, sagte die Brünette. Es klang wie ein Geständnis.

»Kommt ihr jeden Tag hier entlang?«

»Fast jeden«, sagte die ängstlichere der beiden.

Die andere sagte: »Nicht *jeden* Tag.«

»Habt ihr jemals einen Mann beobachtet, der sich hier längere Zeit aufgehalten hat? Hellbraunes Haar, ungefähr fünfundzwanzig, dreißig Jahre alt, vor zwei, drei Monaten?«

»Dieser Airie-Typ?«

»Ihr kennt ihn?«

Die Brünette erwiderte: »Das ist der Verrückte, nicht wahr? Meine Mutter hat mir davon erzählt.«

Nachbarschaftstratsch, dachte Katherine. Sie sagte: »Ich bin seine Psychologin.«

»Entschuldigung.«

»O mein Gott, hat er irgendwas angestellt?«

»Nein«, sagte Katherine. »Das ist es nicht. Ich habe mich nur gefragt, ob ihr ihn jemals im Wald gesehen habt, und wenn ja, in welchem Teil des Waldes ihr ihn gesehen habt und wo er sich am meisten aufgehalten hat.«

»Er ist eigentlich in der Nähe des Highways gefunden worden.«

»Gibt's in der Nähe des Highways irgendwelche Kids, die sich dort die Zeit vertreiben?«, fragte Katherine.

»Eine bestimmte Sorte Kids«, sagte die Brünette.

»Wie meinst du das?«

»Sie wissen schon, was ich meine.«

Katherine war sich da nicht so sicher, nickte aber trotzdem.

»Unter dem Highway führt ein Tunnel durch«, sagte die Blonde. »Ich würde da nie reingehen. Aber manche Mädchen gehen da ständig hin.«

»Ich verstehe.«

»Edwina Carlson geht da immer hin.«

»Wer ist das?«, fragte Katherine.

»Irgendein Mädchen.«

»Könnt ihr mir sagen, wie man zu dem Tunnel kommt?«

»Gehen Sie einfach nur geradeaus auf den Highway zu«, sagte die Blonde, »und dann in Richtung des Einkaufscenters.«

»Wollen Sie da wirklich hin?«, fragte die Brünette.

»Warum nicht?«

»Seien Sie vorsichtig.«

»Und nehmen Sie sich vor dem Tunnelmann in Acht.«

Die Mädchen hatten es tatsächlich geschafft, ihr ein wenig Angst einzujagen, und als sie weiterging, blickte sie sich nach allen Seiten um. Aber dann schalt sie sich selbst, dass sie so dumm war, sich von zwei Teenagern bange machen zu lassen. Was konnte an einem Tunnel unter einem Highway schon so Schreckliches sein? Es war bestimmt der Ort, an dem sich die rebellischen Halbstarken trafen, die Marihuanaraucher und die Mädchen, die den Jungs einen Griff unter die Wäsche erlaubten. Sie erinnerte sich an geheime Treffpunkte im Central Park, als sie noch zur High School ging, an das nervöse Gekicher im Dickicht eines Busches, an die zitternden Hände, die unter ihrer Bluse umhertasteten, und daran, wie ein Junge ins Keuchen geriet, wenn er nur den groben Stoff ihres Büstenhalters berührte. Der Wind hatte zugenommen und war von schneidender Kälte, und es wurde allmählich Abend. Sie folgte dem Pfad, den die Mädchen gekommen waren, stieß schließlich auf den Highway und bog nach Norden ab. Die Verkehrsgeräusche eines späten Nachmittags drangen über die Böschung hinweg an ihr Ohr. Bald war Rush-Hour.

Sie blickte sich um. Hier hatte man mich also gefunden, dachte sie, allein vor mich hin fantasierend und psychotisch, auf diesem Pfad in der Nähe des Highways. Und hier musste es sein, wo ich die Beweisstücke versteckt hatte. Katherine schloss die Augen und versuchte sich vorzustellen, was mir an jenem Tag so alles durch den Kopf gegangen war. Ich glaubte damals, dass Eric mich ermorden wollte. Ich hielt eine Wonderbread-Plastiktasche mit einem roten Sneaker und einem Messer an mich geklammert. Ich war fest davon überzeugt, dass der Wald mich verschlungen hatte. Ich wusste, dass meine Mutter an einem Krebsgeschwür litt, das sich um ihren Sehnerv herum gebildet hatte. Mein ganzes Leben hatte ich geglaubt, dass meine Schwester hierher verschleppt und von meinem eigenen Bruder getötet worden war.

Wo würde jemand in einer solchen Verfassung etwas verstecken?, fragte sich Katherine.

Dann sah sie den Tunnel, der noch ein gutes Stück entfernt war. Dort drin musste es sein, dachte sie. Bestimmt hatte ich die Beweisstücke in dem Tunnel versteckt. Aus seinem Inneren sickerte ein kleines Rinnsal Wasser heraus. Im Frühling war er bestimmt zur Hälfte überschwemmt. Katherine musste auf ein paar sorgfältig platzierte Steine treten, um die riesige Pfütze zu überqueren, die sich an seinem unteren Ende gebildet hatte. Sie spähte um die Ecke. Der Tunnel war gerade groß genug, dass ein normal gewachsener Mann aufrecht darin stehen konnte. Jeder über einsfünfundachtzig würde sich ducken müssen.

Sie ging hinein. Im Tunnel war es schummrig, dunkler als es zu dieser Tageszeit zu erwarten war, und am anderen Ende schien irgendetwas den Weg zu versperren.

»Hey«, erschallte plötzlich eine Stimme.

Katherine blinzelte. War da hinten jemand?

»Hey«, ertönte die Stimme wieder.

»Hallo?«, sagte Katherine.

»Ver... piss... dich ...«

»Ich will mich nur umschauen«, sagte Katherine. »Keine Sorge.«

»... aus ... aus ... meinem ...«

»Ich will Ihnen nichts tun.«

»... Tunnel.« Dort hinten war ein Mann. Jetzt sah sie ihn. Er stand etwa auf halber Höhe der lang gestreckten Tunnelröhre.

»Ich bin Katherine DeQuincey-Joy«, sagte sie in Richtung der Silhouette. »Ich bin Psychologin.«

»Katherine DeQuincey-Joy«, sagte der Mann. »Sie stören hier, verdammte Scheiße.« Der Stimme nach zu urteilen, war der Mann um die Vierzig.

»Darf ich fragen, wer Sie sind?«

Er kam durch das schlammige Wasser auf sie zu.

Katherine trat einen Schritt zurück. Wie schnell würde es ihr gelingen, durch den Wald zum Highway zu entkommen?, fragte sie sich.

»Ich bin niemand«, sagte er. »Ein verdammter Nie-mand, Scheiße noch mal.«

Sie konnte ihn nun klar erkennen. Zweifellos ein Obdachloser, oder, um genauer zu sein, jemand, der den Tunnel zu seinem Heim gemacht hatte. Das behaarte Gesicht mit dem typischen buschigen, grauschwarzen Bart, der schwere Mantel und der orangefarbene Wollhut – alles stimmte. »Sie sind natürlich jemand«, sagte Katherine. Bestimmt war der Mann über alles, was um den Tunnel herum passierte, bestens im Bilde, dachte sie. Vielleicht hat er ja irgendwas gesehen. Vielleicht hatte er mich gesehen. »Ich habe mich nur gefragt, ob Sie mir vielleicht helfen können.«

»Ihnen helfen«, sagte er verächtlich.

»Ja«, sagte sie. »Mir helfen.«

Es war hier mindestens zehn Grad kälter. Sie zitterte am ganzen Leib.

»Warum sollte ich?«

»Um nett zu sein?«

Er lachte. »Ich bin der Mann, der im Tunnel wohnt, ich bin der Kinderschreck. Ich bin nicht nett.« Das vom anderen Ende hereinflutende Licht umrahmte ihn wie ein Heiligenschein. Die Obdachlosen erinnerten Katherine immer an biblische Gestalten. Es mussten die Haare sein, dachte sie. »Ich bin das genaue Gegenteil von nett.«

»Ich habe nur ein paar Fragen.«

Er rollte mit den Augen, und im grauen Licht des Tunnels sah sie das Weiße darin. »Schießen Sie los«, sagte er. »Spucken Sie's aus.«

»Hier in der Gegend wurde ein Mann gefunden, genau hier, glaube ich«, sagte Katherine. »Er heißt Pilot. Er war ... er war krank, verstehen Sie, hat sich Dinge eingebildet, die nicht –«

»Ich kenne Pilot«, sagte der Tunnelmann. »Ich kenne ihn.«

»Tatsächlich?«

»Was wollen Sie?«, sagte er mit einem Lachen. »Seine Sachen?«

Katherine konnte es nicht fassen. »Haben Sie sie?«

»Nein ... ich habe sie nicht. Aber vielleicht ... vielleicht weiß ich ja, wo sie sind«, sagte er neckisch.

»Wo?« Sie trat einen Schritt vor. Sein Gesicht war nun klarer zu erkennen. Er war eigentlich recht gut aussehend, mit zarten Gesichtszügen unter den wild sprießenden Haaren.

Er riss den Arm hoch und erschreckte sie. »Ich kann Ihnen nicht sagen, wer ich bin, und ich werde es Ihnen auch nicht sagen«, begann der Tunnelmann, »aber ich sage Ihnen, ich kenne den Pilot, von dem Sie sprechen, ich kenne die Geheimnisse, und ich weiß von den Lichtpartikeln, die durch die Risse in den Krankenhausfluren fallen, und ich habe gewusst, ich weiß und werde es immer wissen, wo er bestimmte Sachen zurückgelassen hat, wo er etwas versteckt und verstaut hat, jedes Teil für sich und zu seinesgleichen, farbkodiert.« Seine gelben Zähne lächelten Katherine an. Er spielte ihr was vor, das merkte sie gleich. Gerade eben war er noch bei vollkommen klarem Verstand gewesen. Er spielte ihr eine Komödie vor.

»Pilot hat Ihnen gesagt, wo er seine Sachen versteckt hat?«

»Er hat sich doch wohl selbst versteckt, oder etwa nicht?«, sagte der Tunnelmann. »Pilot vom goldenen Licht, Träumer der trägen Finsternis, Zitterer unter Decken, oder etwa nicht? Er hat sich äußerst geschickt versteckt.«

Katherine verstand, worauf der Tunnelmann mit seinem verrückten Gefasel hinauswollte. Sie hatte nun auch seinen Geruch in der Nase und roch den abgestandenen Alkohol. »Auch ich bin Pilots Freund«, sagte sie. »Ein guter Freund.«

»Freunde trifft man an Orten des Aufbruchs«, sagte er, »zu einer Stunde, zu der nur Verbrecher sich auf die Reise machen.«

»Pilot war Ihr Freund?«

»… eines Freundes eines Freundes eines Freundes …«

Katherine lächelte ihn an. »Ich frage mich, ob Sie mir dabei helfen können, den Ort zu finden, an dem Pilot seine Sachen versteckt hat. Es ist sehr wichtig. Er hat mich gebeten, ihm zu helfen. Können Sie mir dabei behilflich sein, unserem gemeinsamen Freund Pilot zu helfen?«

Der Tunnelmann schritt in der engen Tunnelröhre auf und

ab, und unter seinen Füßen spritzte das Wasser. Katherine fragte sich, warum er nicht schon längst an Unterkühlung gestorben war. »Denken, denken, denken«, sagte er. »Wie kann ich Ihnen glauben? Was sind Ihre Referenzen?«

»Nun«, begann Katherine. »Ich bin –«

Aber er fiel ihr ins Wort. »Woher soll ich wissen, dass Pilot noch lebt und dass er nicht durch ein Trugbild ersetzt wurde und dass Sie nicht Mitglied des Rates der Zeit sind, wenn alle verloren gegangenen –«

Katherine hob die Hand. Sie griff in ihre Handtasche, zog einen Zwanzigdollarschein heraus und reichte ihm das Geld. »Er wollte, dass ich Ihnen dies gebe«, sagte sie. »Er meinte, dass Sie es brauchen könnten.«

Der Tunnelmann betrachtete das Geld und kniff scherzhaft die Augen zusammen. Unter seinem Bart wurde ein Lächeln sichtbar.

»Er wollte Ihnen seine Hilfe anbieten«, sagte sie.

Der Tunnelmann ging schlurfend auf Katherine zu. »Er hat nachgedacht«, sagte er. »Pilot – er ist ein Denker.«

»Pilot ist ebenso nachdenklich wie rücksichtsvoll«, sagte Katherine. »Ja.«

Als er nah genug war, griff er nach dem Schein, hielt ihn sich an die Nase und schnüffelte daran. Wieder Komödie, wie Katherine bemerkte.

»Werden Sie Pilot nun helfen?«, fragte sie. »Sind Sie dazu bereit?«

Der Zwanziger verschwand irgendwo in den Kleiderschichten des Tunnelmanns. Er beschrieb plötzlich irgendwelche Kreise in der Luft. »Hilfsbereitschaft geht Hand in Hand mit der Reinlichkeit«, sagte er, »und Reinlichkeit ist mit dem Musikantenknochen verbunden, und der Musikantenknochen ist mit dem Gehirnstamm verbunden, und der Gehirnstamm führt ganz weit nach unten, immer tiefer und tiefer in den Boden, zu dem Denken hinter dem Denken, zu dem immerwährenden Denken.«

»Wo hat Pilot seine Sachen versteckt?«, fragte Katherine erwartungsvoll.

Der Tunnelmann blickte sie ungläubig an. »Hab ich Ihnen doch gerade gesagt«, meinte er. »Oder etwa nicht?«

»Ich hab's nicht verstanden.« Lag die Lösung vielleicht irgendwo in seinem Wortsalat versteckt?, fragte sich Katherine.

»Verstehen ist wie auf dem Mond landen.«

»Wo?«, fragte Katherine.

Der Tunnelmann schüttelte den Kopf.

»Werden Sie es mir zeigen?«, bettelte sie.

»Ich habe Pilot gekannt«, sagte der Tunnelmann mit erhobenem Gesicht. »Er kam und redete mit mir, bis der Wind und die Bäume ihn in Furcht und Schrecken versetzten, und dann kehrte sich mein Tunnel gegen ihn, überrollte ihn mit freudloser Miene wie eine Flutwelle, und ich ging hinaus ins Freie und begrüßte den Highway mit einem kräftigen Hallo, und dann kamen sie, um ihn zu holen.«

»Sie sind hinausgegangen, um Hilfe zu holen?«

»Ist Pilot wohlauf?«

»Es geht ihm gut«, sagte Katherine. »Er ist bei seinem Vater.«

Der Tunnelmann sagte: »Väter sind Gefieder.«

»Zeigen Sie es mir«, sagte Katherine. »Zeigen Sie mir, wo er seine Sachen versteckt hat. Bitte.«

Er blickte sich nach beiden Seiten um. Er wandte sich seinen Fingern zu, legte methodisch Fingerspitze an Fingerspitze, eine nach der anderen. »Können Sie wiederkommen?«, fragte er. »An dem Tag nach dem Tag nach dem –«

»Kann ich –«

»Ich muss die Sachen zuerst für Sie suchen«, sagte er vollkommen klar, »die vielen Beweise, die schlimmen Beweise, und wenn Sie in drei Tagen wiederkommen« – er hielt drei dreckstarrende Finger hoch –, »werde ich alles für Sie bereit haben.«

»Jetzt können Sie es mir nicht zeigen?«

»In drei Tagen«, sagte der Tunnelmann. »Ein Wimpernschlag.«

Katherine fragte sich, ob es überhaupt der Mühe wert war, in drei Tagen zurückzukehren. War dieser Obdachlose überhaupt halbwegs ernst zu nehmen? Log er sie vielleicht an? Kannte er mich wirklich? Oder hoffte er nur, mehr Geld zu kassieren? Katherine schenkte ihm ihr wärmstes Lächeln. Dieser Mann, der Tunnelmann, wusste entweder nichts oder er war im Augenblick einfach nicht bereit, es ihr zu sagen. »Drei Tage«, erklärte Katherine. »Dann bin ich wieder da.«

AUF DER INSEL Nirgendwo brach die Nacht an, und das Licht fiel aus dem Himmel, und von meinem Vater war weit und breit nichts zu sehen. Ich ging alle fünfzehn Minuten zum Strand hinunter, hob die Hand vor der untergehenden Sonne wie zum Gruß an die Augen und suchte blinzelnd den Himmel nach irgendeinem dunklen Pünktchen ab, das sein kleines Wasserflugzeug hätte sein können. Ich konnte jedoch nichts entdecken und spürte nur, wie mir die Kälte mittels eines stärker werdenden Windes in die Knochen fuhr. Patricia hatte zum Glück ein paar Pullover eingepackt. Ich fixierte die Bäume, die die kleine Lichtung säumten, auf der wir unser Zelt aufgeschlagen hatten, und wartete darauf, dass sie sich einen Zentimeter bewegten, dass sie sich einen Millimeter nach vorn schlichen. Würden ihre Äste gleich nach mir ausschlagen? Würden sie mich oder Patricia packen? Ich konnte mich in jenem Moment nicht mehr daran erinnern, ob ich in meinem Wahnsinn jemals beobachtet hatte, wie der Wald nach mir ausgeschlagen hatte, oder ob ich nur ständig damit gerechnet hatte.

»Bestimmt ist irgendein Gewitter im Anmarsch«, sagte Patricia. Sie lächelte beruhigend. »Und er muss einfach warten, bis es vorbei ist, mehr nicht.«

»Dad fliegt bei jedem Wetter.«

»Nein«, erwiderte Patricia. »Nein, weil ich ihn gebeten habe, es nicht zu tun.«

Ich sah keinen Sinn darin, ihr zu widersprechen. Er würde

jedoch auch bei einem Gewitter fliegen. Mein Vater war schon immer schneller als jedes Tempolimit gefahren, und zwar ohne angeschnallt zu sein. Er mähte den Rasen ohne Sicherheitskappe. Er bewahrte seine Pistole ungesichert neben seinem Bett auf. Er würde bei einem Gewitter fliegen, wenn es ihm in den Kram passte. Abgesehen davon war von Regen bisher keine Spur zu sehen. Zumindest nicht hier draußen. »Vielleicht stimmt mit seinem Flugzeug irgendwas nicht«, sagte ich. »Und deshalb kann er nicht zurückkommen.«

»Das ist möglich«, sagte Patricia. Sie sah mich immer wieder prüfend an. Vermutlich suchte sie nach den ersten Anzeichen einer Schizophrenie und wartete darauf, dass mich der Wahnsinn packte. Ich sah mir immer wieder die Art an, in der sie mich ansah, und versuchte herauszufinden, ob sie in mir einen Verrückten sah. Die Bäume blieben jedoch, wo sie waren, und das Meer wurde unter dem Wind immer unruhiger.

Der Himmel blieb leer und verwaist.

Ich spazierte um die Insel herum, umkreiste sie immer wieder, mindestens zehn Mal. Patricia machte sich daran, die Steaks zu grillen, die wir für den Abend mitgebracht hatten. »Wenn wir zu lange warten«, sagte sie, »verdirbt das Fleisch.«

Es war neun Uhr abends und stockdunkel.

»Vielleicht kann er erst morgen früh zurückkommen«, sagte ich wieder. Ich hatte es, glaube ich, bereits eintausend Mal gesagt.

Dann hörte ich zum ersten Mal das Eingeständnis, dass vielleicht irgendetwas schief gelaufen war: »Ich hoffe, dass mit ihm alles in Ordnung ist.« Patricia lächelte schwach.

»Natürlich ist mit ihm alles in Ordnung«, sagte ich, wahrscheinlich zu rasch. »Mit ihm ist alles in Ordnung. Mein Vater?« Ich versuchte zu lachen, aber es hörte sich merkwürdig an.

Wir aßen schweigend unsere Steaks. Es war ein Essen, wie uns beiden klar war, das mein Vater mehr als wir genossen hätte.

»Da ist auch Wein«, sagte Patricia.

Ich zeigte nur auf meinen Kopf und beschrieb einen Kreis, um ihr zu bedeuten, was passieren würde.

Sie lachte. »Wie geht's dir denn?«, fragte sie. »Fühlst du dich –«

»Angesichts der Umstände«, antwortete ich, »geht's mir eigentlich ganz gut.«

Patricia ging um das Feuer herum, kniete sich neben mich und legte einen Arm um meine Schulter. »Er gibt mir nie vorher Bescheid«, sagte sie.

Ich blickte sie fragend an.

Sie sagte: »Er hebt manchmal einfach ab, manchmal im buchstäblichen Sinn, in seinem Flugzeug, verstehst du. Ich wache morgens auf und er ... er ist einfach am Packen. Und ich habe nicht die leiseste Ahnung, ob er mich für immer verlässt oder bereits am nächsten Tag wieder vor der Tür steht.«

»Er würde dich nicht verlassen«, sagte ich. »Er würde dich nie –«

»Das weißt du nicht.«

Ich wusste es nicht. Es stimmte. Ich sagte jedoch: »Ich kenne ihn gut genug, um zu wissen, dass er dich nie verlassen würde.«

»Er hat deine Mutter verlassen. Und er sagt mir einfach, dass er irgendwo hinfliegt, und ich warte, um zu erfahren, ob er will, dass ich mitkomme, verstehst du, und manchmal will er das nicht.« Patricia lächelte. »Und dann warte ich also. Ich warte wie ein Idiot auf ihn, so wie wir heute den ganzen Tag. Ich meine, nichts anderes tun, als alles für den Moment vorzubereiten, wenn er nach Hause kommt, dafür zu sorgen, dass alles perfekt ist, nur für ihn. Aber ohne, verstehst du, ohne irgendwas für sich selbst zu tun. Ich meine, absolut nichts. Denn es ist sein Leben, das ich lebe, wenn du verstehst, was ich sagen will? Es ist sein Leben, und ich muss stets warten, um zu erfahren, wann und wo ich daran teilhaben darf.«

»Ich wollte dich schon immer fragen«, sagte ich, »wie das

vorher war, bevor er meine Mutter verlassen hat, um mit dir zu leben.«

»Es war so wie jetzt«, erwiderte Patricia. »Ich bin ständig auf und ab geschritten.«

»Das war bestimmt nicht schön.«

»Ich habe immer gedacht, dass deine Mutter in New York das Gleiche tut.«

»Dazu war sie zu beschäftigt.«

»Ja, aber –«

»Sie wollte genauso wie er, dass er ging.« Das war gelogen, aber ich sagte es, um Patricia ein wenig aufzumuntern.

»Ich kann mir gar nicht vorstellen, ihn irgendwann einmal nicht mehr zu lieben.« Patricia lehnte sich mit dem Kopf an meine Schulter. »Wo zum Teufel ist er?«

»Es war einmal anders, vorher war es anders.«

»Vorher?«

»Vor Fiona.«

»Oh«, sagte Patricia.

»Er war anders.«

Sie erhob sich kurz und saß nun in der Hocke. Sie fragte: »Wie war er anders?«

»Er war mehr ... es ging mehr um die anderen Leute um ihn herum, verstehst du. Er war nicht so –«

»Eigenbrötlerisch?«

»Das ist ein gutes Wort.« Ich lachte leise. »Ich hab mich ja immer so vor ihm gefürchtet, ich hab immer das Gefühl gehabt, dass er drauf und dran ist, mir eine zu knallen.«

»Hat er dich jemals –«

»O nein«, sagte ich, und es stimmte. »Er hat weder mich noch Eric oder Fiona geschlagen. Kein einziges Mal. Ich hab nur immer gedacht, dass er kurz davorsteht.« Am Himmel war kein einziger Stern zu entdecken. Er war pechschwarz und wolkenverhangen.

»Er liebt dich«, sagte sie. »Hat er dir das jemals gesagt?«

Ich wusste noch, dass er meine Geburtstagskarten stets mit

ähnlich lautenden Worten unterschrieb. Aber ich konnte mich nicht erinnern, es jemals von ihm direkt gehört zu haben. »Das muss er wohl«, sagte ich. »Ich habe nur nie –«

»Es fällt ihm schwer, weißt du«, sagte Patricia. Sie beugte sich vor und schob einen Scheit ins Feuer. »Je seltener er etwas ausspricht, desto ernster ist es ihm wahrscheinlich, wenn du verstehst, was ich meine?«

»Ich verstehe. Ich weiß, was du meinst«, sagte ich. Und ich wusste genau, was sie meinte, und ich nahm es sogar zum Anlass, mir einzureden, dass es stimmte.

KANN MAN EINEN Menschen so sehr lieben, dass seine Erinnerungen zu den eigenen werden? Während ich am Lagerfeuer saß, betrachtete ich meine Hände und musste an Erics Hände denken, die so sauber und makellos waren, und ich erinnerte mich an Fionas Hände, die ganz klein und zart waren. Und dies war nicht eine von meinen Erinnerungen. Sie stammte von meinem Vater. Kann Liebe einen derart absoluten Anspruch erheben? Kann sie das Leben an seinen Rändern verwischen?

ES WAR IN einem einzigen raschen Moment – ich schritt gerade wie der kleine Prinz am Strand auf und ab –, in dem ich plötzlich begriff, was mit ihm geschehen war. Es war wahrscheinlich nur ein irrationales Gefühl, und eines, das rückblickend die kommenden Ereignisse rechtfertigen sollte, so wie die Menschen oft behaupten, etwas geahnt zu haben, nachdem es bereits passiert war. Unsere bevorzugte Theorie war, dass er zwischen der Küste und der Insel gezwungenermaßen hatte landen müssen und dass er, während er auf dem Wasser trieb, über Funk um Hilfe gerufen hatte, und bald würde jemand kommen und uns retten. Aber dann dämmerte mir allmählich, was wirklich geschehen war, und einen kurzen flackernden Moment lang sah ich das Blaue des Himmels mit den Augen meines Vaters. Ich sah den Himmel von unter Wasser. Ich blickte hoch, während die Luftblasen an die Oberfläche stiegen.

»Die Küstenwache schaut auf diesen Inseln regelmäßig nach dem Rechten«, sagte ich zu Patricia. »Sie fliegen darüber weg und vergewissern sich, ob auch alles in Ordnung ist.«

»Hab ich noch nie gesehen, dass sie das tun.«

»So ist es aber«, versicherte ich ihr. »Hab ich gelesen.«

Das Gefühl, gestrandet zu sein, allein und verlassen auf einer Insel, hatte etwas seltsam Befreiendes an sich.

Mein Vater hatte Selbstmord begangen, das wusste ich nun.

Er war weg, und ich konnte nun alles sagen. Ich konnte alles *denken*.

»Du bist nicht wie er«, sagte Patricia ein paar Nächte später. Angefangen hatte sie, indem sie mir mit tränenüberströmten Wangen und zitternden Händen den Nacken küsste. Sie zog mir den Pullover und das T-Shirt über den Kopf.

Dann setzte sie sich auf und zog sich ebenfalls aus.

Ich bekam kein Wort heraus.

Sie drückte sich an meinen Leib. »Du bist nicht verrückt«, sagte sie. »Du bist absolut nicht verrückt.« Patricias Haut schmiegte sich an meine Haut, diese Frau, die die Geliebte meines Vaters gewesen war. Allmählich dämmerte es ihr, glaube ich, dämmerte ihr die Erkenntnis, dass der Mann, für den sie ihr Leben aufgegeben hatte, vielleicht aus einer Dummheit heraus nie wieder zurückkehren würde. In jener Nacht schlief sie mit mir, und zuweilen sagte sie: »Du bist nicht wie er, ganz und gar nicht.«

Was hätte ich tun sollen? Wie hätte ich sie abweisen können? Sie glaubte, dass ihr Leben vorbei war, und wollte es beenden, indem sie irgendetwas tat, indem sie an etwas teilnahm, das die Lebenden taten. Ich glaubte damals nicht, dass daran irgendetwas falsch war. Ich glaube es immer noch nicht.

Und die Hände, mit denen ich sie streichelte, waren seine Hände.

Und wenn ich sie ansah, dann mit seinen Augen.

Und mein Körper war sein Körper.

Patricia und ich unterhielten uns am nächsten Morgen natürlich so, als wäre nichts geschehen. Das Gleiche galt für den übernächsten Tag und den Tag darauf, an dem wir von der Küstenwache gerettet wurden, an dem Tag also, als wir zu dem Haus zurückkehrten und die Schlafsäcke unberührt in der Garage vorfanden. Und auch zwei Wochen später, an dem Tag, als ich nach New York zurückkehrte, wurde mit keiner Silbe darüber gesprochen. Wie so viele Dinge, die mir widerfahren sind, verschwand dieses Ereignis wie ein erstarrter Moment, ein Foto in der Erinnerung, wie die Zeit, die wie eine Welle zurück ins Meer rollte und nie mehr wiederkehrte.

Vielleicht ist es nicht der Wald, sondern die Zeit, die nach einem ausschlägt und die einen für immer mit sich nimmt.

Sie saß auf mir, wippte mit ihrem Leib auf und ab und führte geduldig meine Hände an ihre Hüften. Wir verharrten in diesem Rhythmus über eine Stunde lang, wie mir schien, und unsere Muskeln spannten und entspannten sich, und ihre Hüften waren die Hüften einer Frau, die in der letzten Nacht ihres Lebens ausritt, das letzte Mal, dass sie den Leib eines Menschen berühren würde, den sie so lange vorbehaltlos geliebt hatte – *seinen* Leib. Und dann war da die Vorstellung, wie sie all die Jahre auf ihn gewartet hatte, diese Ungewissheit, dieses ständige In-der-Luft-hängen. Sie wusste von seinen Kindern, von mir und Eric. Sie wusste von seinen Schicksalsschlägen, von Fiona, und konnte stets nur darauf warten, dass sein Flugzeug in Atlanta landete, als sie dort wohnte und im Wartebereich des Flughafens arbeitete, darauf warten, dass er sie besuchte, in den Jahren vor und kurz nach Fionas Verschwinden.

Dieses viele Warten.

Und ich flüsterte ihr mit seiner Stimme ins Ohr.

Nur um am Ende allein zurückgelassen zu werden, wartend. Bis in die Ewigkeit wartend. Ich würde einen Menschen niemals für sein Verhalten während einer Nacht verurteilen, in der er zu solch einer Erkenntnis gelangt war. Außerdem empfand ich für sie, glaube ich, dasselbe, was mein Vater für sie empfunden hatte, oder empfunden hätte, hätte er es gewusst.

Patricia war auf eine Art schön und weiblich, wie meine Mutter es nie hätte sein können. Tief in ihrem Innern war sie von einer weichen, hingebungsvollen Zärtlichkeit.

Und ich sah sie mit seinen Augen.

Die Bootsfahrt zum Festland zurück dauerte einen ganzen Tag, und dann wurden wir in einem Kleinbus zu Dads – zu Patricias – Haus gebracht. Ich sollte gleich im Anschluss an die Reise nach New York zurückkehren. Nachdem wir jedoch angekommen waren, beschlossen wir, den Gedenkgottesdienst für meinen Vater in Florida abzuhalten, mit seinen Freunden, all jenen *flyboys* und Fischern, mit denen er gern ein Glas trank und sich Sportübertragungen ansah.

Und natürlich auch, damit Patricia dabei sein konnte.

Falls mein Vater meine Mutter jemals geliebt hat – und ich glaube, das hat er, ich weiß es –, dann ist all seine Liebe mit Fiona verschütt gegangen. Ein Mann empfindet für seine Tochter die gleiche Liebe wie für seine Frau, ungeteilt, jedoch in wiederholter, identischer Form. Und als er seine Liebe für Fiona aufgeben musste, musste er auch meine Mutter aufgeben. Natürlich hatte Hannah ihn halb für Fionas Verschwinden verantwortlich gemacht. Ich wusste zu dem Zeitpunkt nicht, dass er in dem Fall einmal als Verdächtiger gegolten hatte. Ich wusste überhaupt nichts, um die Wahrheit zu sagen, außer einer schlichten Tatsache.

Ich war seit sieben Tagen von den Tabletten runter, und ich war kerngesund.

AM NÄCHSTEN MORGEN im Haus fragte mich Patricia, ob ich wollte, dass sie meine Mutter anrief. »Nein«, sagte ich, »ich mach das schon.« Ich wartete damit jedoch einen halben Tag und rief schließlich zuerst Eric an, um ihm zu sagen, dass sie es von mir erfahren sollte.

»Warum von dir?«

»Weil ich bei ihm war.« Ich war in der Küche und rechnete halb damit, dass mein Vater jeden Moment hinter mir auftauchen würde, um sich ein Bier aus dem Kühlschrank zu holen. »Ich habe ihn als Letzter gesehen. Seine letzten Worte waren an mich gerichtet.« Das war etwas Besonderes. Das war etwas, das Eric mit unserem Vater nicht teilte.

»Wie waren denn seine letzten Worte?«

»Er hat gesagt, wenn ich zwischendurch was zu lachen haben will, brauche ich nur an ihn zu denken, wie er dort oben ohne Hose unterwegs ist.«

Eric schwieg einen Moment, dann sagte er: »Was?«

»Es war ein Scherz.« Ich wickelte das Telefonkabel um meinen Finger. Dad hatte nie mit Eric gescherzt. »Und das hat er gesagt.« Nur mit mir.

»Das ist lächerlich.«

»Er hat's schließlich nicht im Voraus geplant«, sagte ich. »Er muss sich erst in letzter Minute entschieden haben.«

»Wovon redest du da?« Erics Tonfall hatte etwas Seltsames, Sarkastisches an sich. »Willst du damit etwa sagen, dass wir es hier mit irgendeinem Quatsch von wegen Bermudadreieck zu tun haben, dass da irgendwelche geheimen Kräfte –«

»Eric«, sagte ich. »Ich sage nichts dergleichen. Ich sage nur, dass es eine Art –«

»Pilot«, sagte er, »warum sollte er so etwas tun?«

»Er hat nicht –«

»Nimmst du deine Medikamente?«

»Ja«, log ich erneut.

»Gut.« Dann sagte er: »Ich hatte Angst, dass die Leute alles erfahren.«

»Ja«, sagte ich, »alles über dich.«

»Ich kann jetzt nicht darüber sprechen.« Mein Bruder legte auf.

UNSERE MUTTER SASS in ihrem Stuhl am Fenster, als die von Eric angeheuerte Krankenschwester – sie hieß Thalia – ihr das Telefon reichte. »Mom, Dad ist –«

»Ich weiß«, sagte sie. »Fiona hat's mir erzählt.«

»Mom«, sagte ich, »ich bin's, Pilot.«

»Ich weiß«, lachte sie. »Ich weiß, wer du bist, du bist mein eigener Sohn, stimmt's? Glaubst du etwa, ich erkenne –«

»Er … er ist in seinem eigenen Flugzeug verschwunden«, sagte ich. »Er ist noch einmal zurückgeflogen, um ein paar Sachen zu holen, und er hat es … er hat es nie bis zum Festland geschafft. Sie haben ihn noch nicht gefunden.«

Weinte ich?

»Dein Vater liebt die Fliegerei«, sagte sie.

»Verstehst du, was ich sage, Mom?«

»Fiona ist draußen im Garten«, sagte sie. »Ich kann sie hören. Kannst du sie hören, Pilot? Sie spielt mit den Mädchen von nebenan. Sind ungefähr im gleichen Alter.« Das durch das Küchenfenster einfallende Licht änderte sich plötzlich. Wolken schoben sich vor die Sonne. Ich fuhr mir übers Gesicht. Tränen.

»… Wie geht's ihr?«, fragte ich, um ihr nachzugeben. »Wie geht's Fiona?«

»Sie kommt und sie geht«, sagte Hannah unter Tränen. Ihre Stimme klang plötzlich ganz brüchig, so als lastete irgendein Gewicht auf ihr. »Manchmal sehe ich sie, manchmal flüstert sie mir … flüstert sie mir etwas ins Ohr oder kommt ins Zimmer und legt ihren Kopf in meinen Schoß, und dann blickt sie zu mir auf …«

»Mom«, sagte ich. Und dann ganz leise: »*Hannah.*«

»Manchmal weiß ich, dass sie nicht da ist …«

»Mom«, sagte ich.

»… dass sie in Wirklichkeit nicht da ist.«

»Dad wird vermisst.«

»Ich verstehe. Dein Vater wird vermisst, ich verstehe.«

»Er wird bereits seit Tagen gesucht«, sagte ich, »und es wird angenommen, dass sein Flugzeug abgestürzt ist.« Ich stand im Haus meines Vaters, in Patricias beigeweißer Küche, und strich mit dem Finger über die Erdbeermagnete auf der Kühlschranktür. Und Hannah schluchzte. Meine Mutter, unsere Mutter, Erics, Fionas und meine, weinte. »Es tut mir so Leid.«

»Weiß Eric Bescheid?«

»Ja.«

»Und Patricia?«

»Sie ist hier«, sagte ich. »Ich bin hier bei ihr in Florida, in ihrem Haus.«

»Ach ja«, sagte meine Mutter. »Ach ja.«

Ich wartete einen Moment, bevor ich wieder sagte: »Mom?«

»Ich habe ihn geliebt, weißt du.«

»Ich weiß.«

»Er hat mich verlassen.«

Ich sah das Licht am Fenster vorüberziehen.

»Er hat mich nicht geliebt ... nicht so wie ich ihn geliebt habe. Er hat mich nie –«

»Er hat dich geliebt«, sagte ich. »Hannah, das hat er wirklich.«

Patricia stand hinter mir. Sie legte ihre Hand auf meine Schulter. Ich wandte mich jedoch ab und entfernte mich einen Schritt.

»Er war ... er hat mir die Schuld ... für ...«

»Nein«, sagte ich. »Er hat dir nicht die Schuld dafür gegeben. Er hat nie –«

»Er wollte etwas ... wollte jemand ... anderen«, sagte sie, und ich wusste, dass es die Wahrheit war. »Ich hätte nie mit einem anderen sein können ... nur mit ihm, nur mit deinem Vater.« Und ich wusste, dass auch das wahr war. Unter schwerem Schluchzen sagte sie: »Ich habe ihn so geliebt«, so als wäre sie sich zuvor nie darüber im Klaren gewesen, als hätte sie es nie ausgesprochen. Und ich hörte die Krankenschwester, hörte, wie Thalia im Hintergrund fragte, ob alles in Ordnung sei. »Pilot«, fragte Hannah schließlich, »kommst du bald nach Hause?«

»Sobald ich kann.«

»Was hätte ihn glücklich gemacht?«

»Wie meinst du das?«

»Was hätte er gern gehabt?«

Ich wandte mich zu Patricia um. »Es gibt ein Testament«, sagte ich. »Er hat an alles gedacht. Er hat alles geplant.«

Patricia nickte.

»Du bist wie ich«, sagte unsere Mutter, »nicht wahr, mein Pilot, stärker als man meinen sollte?«

»Es geht mir besser, Mom.«

Sie sagte: »Ich weiß.«

»Ich bin gesund«, sagte ich, während das Licht in der Küche plötzlich ganz grau wurde, dann wieder weiß und wieder grau.

»Komm nach Hause.«

UNSERE MUTTER NANNTE ihn *flyboy*, denn er war einmal Kampfpilot gewesen. Mein Vater hatte kurz vor Ausbruch des Vietnamkrieges Prototypen für die Air Force getestet. Glück und die Umstände hatten ihn davor bewahrt, zum Fronteinsatz herangezogen zu werden, Gott sei Dank, und seine letzten Dienstwochen verbrachte er auf der Edwards Air Force Base in Kalifornien. Fliegen war jedoch sein Ein und Alles, so wie für andere die Religion ihr Ein und Alles ist, und gleich nach seiner Entlassung aus der Armee schrieb er sich wieder auf der Flugschule ein, wie so viele Ex-Piloten zu jener Zeit, um eine Ausbildung für Jumbojets der Zivilluftfahrt zu machen. Entweder Flugkapitän, wie er immer lauthals verkündete, oder Astronaut, eines von beiden. »Vielleicht bin ich dumm«, pflegte er zu sagen, »aber verrückt bin ich nicht. Oder vielleicht ist es umgekehrt.« Den größten Teil seines Berufslebens verbrachte mein Vater also als Airline-Pilot und flog in der Welt umher. Er hatte sämtliche Kontinente bereist, fast alle Länder und alle wichtigen Städte. Er war bei jedem Wetter geflogen, unter den widrigsten Verhältnissen und bei jeder erdenklichen Art von Sturm. Deshalb bezweifle ich sehr, dass der Wind, der am frühen Abend recht stark von der Küste Floridas herüberwehte, ein entscheidender Faktor war. Ich glaube nicht, dass der kleine Sturm, der an jenem Nachmittag aus dem Nichts auftauchte – aus dem Blauen heraus, wie es so schön heißt –, unsere Haare ein wenig durcheinander wirbelte, das Zelt auf der

Lichtung flattern ließ und die Flammen des Lagerfeuers klein hielt, den geringsten Unterschied machte.

Meine Mutter, deren Augenlicht sich kontinuierlich verschlechterte, war allein, als ihr zum ersten Mal ihre Tochter, durch den Garten rennend, erschien. Mein Vater, allein dort oben am Himmel, hatte vielleicht ebenfalls eine Erscheinung gehabt. Vielleicht sah er Fionas Gesicht im Schleier einer Wolke und lenkte sein Flugzeug in einem Moment gedankenverlorener Verrücktheit auf sie zu. Es klingt lächerlich, ich weiß. Aber noch viel lächerlicher ist es zu sagen, dass ihm einfach das Benzin ausgegangen ist, dass seine Instrumente versagt haben oder dass ein starker Wind ihn vom Kurs abgebracht hat. Mit einer solchen Erklärung macht man es sich zu leicht, denn er hatte keine Nachricht über Funk ausgesendet, kein Mayday-Signal, um um Hilfe zu bitten oder eine Art Lebewohl zu sagen. Es gab nichts dergleichen. Seine letzten, an mich gerichteten Worte lauteten, glaube ich: »Denke an mich, wie ich dort oben ohne Hose unterwegs bin.«

Dies waren die Worte eines Mannes, der durchaus damit rechnet, dich wiederzusehen.

An welchem Punkt hat er sich also entschieden?

Wann hat er beschlossen, uns zu verlassen?

Ob er geweint hat? Hatte er den Kopf in den Händen vergraben, als dem kleinen Wasserflugzeug schließlich irgendwo das Benzin ausging und es ins Meer stürzte? Ist er mit gefasster, gelassener Miene abgestürzt? Hat er vor Wut geschrien? War er ruhig? War er nach all dieser Zeit von innerer Zufriedenheit erfüllt? Hatte er sich im allerletzten Moment von einer Panik erfassen lassen, oder hatte er sich in sein Schicksal gefügt? Hat er geglaubt, dass Eric Fiona getötet hatte? Wusste mein Vater, so wie ich es wusste, dass es sich so zugetragen haben muss, dass es nur so passiert sein kann, wie ich es ihm erzählt habe?

War es die Wahrheit, die ihn umgebracht hat?

Ich wusste an jenem Tag, und in den Wochen danach, während der Beerdigung – der ich, Eric und Dads Bruder Rich, der aus Phoenix angereist war, beiwohnten, ferner Patricia und ihre beiden Schwestern, Marsha und Debra, sowie die männlich-rauen Typen, die als Mechaniker auf dem Sportflugplatz arbeiten, wo er sein Flugzeug untergestellt hatte –, ich wusste, dass mein Vater ein Mann war, der vieles nicht unter Kontrolle hatte. Er war ein Mann, der sein ganzes Leben lang in der Welt herumgereist war, und die Welt ist eine Sphäre, die sich dreht, und zwar ziellos.

Es war die Wahrheit, die ihn getötet hat.

MEIN VATER, UNSER Vater, Erics, meiner und Fionas, verschwand genau wie seine Tochter.

Hatte er sich auf die Suche nach ihr begeben?

ALS ERIC VON mir benachrichtigt wurde, verfiel er in Panik, und sein ganzer Körper schien bis in die Zehenspitzen in Aufruhr zu geraten. Er legte rasch den Hörer auf – zu rasch, wie ich später dachte. Er musste nachdenken. Die Dinge hatten sich geändert. Er musste *nachdenken*. Hatte Dad jemals erfahren, was wirklich passiert war?, fragte er sich. War er jemals dahintergekommen? Eric war in seinem Büro und dachte über sein weiteres Vorgehen nach, über seine Lage und seine zukünftige Haltung. Er betrachtete seine sauberen Gehirnchirurgenhände, die flach vor ihm auf dem schwarz lackierten Schreibtisch lagen. Das Lügennetz, an dem er sein Leben lang gesponnen hatte, wurde zu einem undurchschaubaren Labyrinth. Hannah, die ihn so viele Jahre lang ganz bewusst und eiskalt gedeckt hatte, die ihm bei der Sache geholfen und sie mit ihm zusammen ausgeheckt hatte, zerfiel allmählich – sie war eine blinde alte Frau, die das Gespenst ihrer vor langer Zeit verschwundenen Tochter sah. Und schlimmer noch, ich, sein Bruder, wurde allmählich gesund. Ich war durch eine Verkettung glücklicher Umstände – er wusste nicht wie – un-verrückt geworden, und die Garnrolle, die meine geistige Gesundheit war, rollte sich wieder auf, und zwar so, dass Eric wusste, dass ich den ganzen verlogenen Quatsch durchschauen würde, dass ich bis zur Wahrheit vordringen würde, und zwar ohne vor ihr in Angst zu erstarren. Eric atmete tief aus und versuchte sich zu beruhigen. Katherine würde zweifellos mir glauben. Katherine, wie ihm nun klar wurde, war nicht darauf programmiert, sämtliche Lügen, die er ihr auftischte, zu schlucken.

Die Dinge fallen auseinander. Das Zentrum hält nicht mehr.

Nachdem er den Hörer aufgelegt hatte, ging Eric von seinem Büro ins Behandlungszimmer, wo er sich wieder die Hände wusch. Er wusch sich jedoch nicht die Schuld von den Händen, dachte er. Es waren die Bakterien, die Flora und Fauna, die im Unsichtbaren lebenden Mikroorganismen. Er schrubbte seine rötliche Haut und benutzte dazu nur warmes Wasser, Wasser, das jeder andere als kochend heiß empfunden hätte. »Pilot«, hatte er gesagt, »warum sollte er so etwas tun?« Er hatte versucht anzudeuten – einfach indem er die Frage stellte –, dass der Selbstmord meines Vaters mit einem Schuldbewusstsein zusammenhing, dass es etwas mit Fiona zu tun hatte, dass unser Vater ihr etwas angetan hatte.

Ich hatte es ihm jedoch nicht abgekauft. Ich würde es ihm auch in Zukunft nicht abkaufen. Und das wusste er. Unser Vater war ein eitler, arroganter und ichbezogener Mensch gewesen. Aber er hatte seine Mitmenschen nicht misshandelt. Er hatte uns nie geschlagen. Er hatte Fiona nie grob angefasst. Und an jenem Abend, dem Abend der Party, war er der Gastgeber. Eric wusste das, er wusste das alles.

Mein Gott, er musste nachdenken.

»Nimmst du deine Medikamente?«, hatte er gefragt.

»Ja.« Es war eine Lüge.

»Gut.«

Eric blickte aus seinem Fenster. Es war mittlerweile Winter, tiefster Dezember, bewölkt und grau, und alles war von einem feuchten Film bedeckt. Das Fenster sah auf einen Parkplatz und ein kleines vorstädtisches Bürozentrum hinaus. Es gab dort Zahnärzte, Anwälte, eine Designfirma, Glas und Stahl,

Beton und Asphalt. Solange ich meine Medikamente nahm, dachte Eric, würde alles glatt gehen. Falls ich sie jedoch absetzte, falls mir klar wurde, dass ich gesund war, dass ich nicht verrückt war, würde es mir unter Umständen gelingen, alles selbst herauszufinden. Das war der Schlüssel zu allem, meine geistige Gesundheit, mein Verstand. Und er wusste, dass es bald so weit sein würde.

Er kehrte zu seinem Schreibtisch zurück. Sollte er Katherine anrufen? Er stellte sich vor, dass ich gerade mit Hannah telefonierte. Er hatte Recht. Er stellte sich vor, dass Katherine bald die Beweise haben würde. Auch da hatte er Recht. Er musste die Sache sorgfältig planen. Er musste einen Weg finden, vor ihr an die Beweise zu kommen.

Eric fragte sich, wo Pilot – wo ich – die Beweise all die Jahre aufbewahrt hatte.

Wo?

Er betrachtete wieder seine Hände und merkte, wie Zorn in ihm aufstieg. Er lachte über sich. Er hatte sie gründlich gewaschen, nicht wahr? Er hatte nur seinen Bruder beschützen wollen, würde er später sagen. Er hatte nur getan, was er für richtig gehalten hatte. Scheiße. Er musste Katherine anrufen. Er musste die Beweise vor ihr in die Hände bekommen. Eric erinnerte sich, wie er die Sachen – die Schuhe und das blutverschmierte Messer – in die Wonderbread-Plastiktüte gesteckt und sie unter seinen Schreibtisch gelegt hatte. Das war dumm gewesen. So unglaublich dumm. Er erinnerte sich, wie er ins Zimmer zurückgekehrt war, und er hatte feststellen müssen, dass die Sachen verschwunden waren. Und zu dem Zeitpunkt war ich bereits ebenfalls verschwunden.

»Was hast du damit angestellt?«, hatte Eric mich vor all diesen Jahren gefragt.

»Mit was?«, fragte ich zurück.

»Hast du ein Jagdmesser gewollt?« Er hatte mich am Hemd gepackt. »Ist das alles?«

»Besorgst du mir eines?«

SPÄTER, AM NACHMITTAG, hatte ich behauptet, den roten Schuh im Wald gefunden zu haben, und die Polizei machte sich auf die Suche nach dem anderen und durchkämmte den Wald nach irgendwelchen Spuren.

Eric und ich saßen mit unseren Eltern im Wohnzimmer, die Hände im Schoß, und warteten darauf, dass das Telefon klingelte, um uns irgendeine Nachricht mitzuteilen – irgendetwas. Es muss ihm schwer gefallen sein, alles zu wissen und nichts sagen zu können.

In seinem Büro erinnerte sich Eric jetzt gerade an unseren Vater. Hatte er unseren Vater geliebt?

Er hatte an diesem Tag noch eine Reihe Patienten. Darunter befanden sich Menschen, von denen Eric wusste, dass in ihren Gehirnen Krebsgeschwüre wie Unkraut wucherten, Arabesken des Todes, die sich um die Gewebeschichten rankten, sich wanden und sich immer tiefer ins Nervensystem gruben. Er stellte sich vor, selbst Krebs zu haben und wie die Wellen der Radiotherapie wie eine sich entrollende Decke über ihn hinwegschwebten.

Warum hatte unser Vater das getan? Er hatte nie gewusst, was passiert war. Nur wir beide wussten Bescheid, und ich nur durch den Schleier einer Geisteskrankheit, die immer noch nicht ganz überstanden war. Oder hatte er doch alles gewusst?

Ja, ich glaube, dass Eric seinen Vater liebte, und zwar sehr.

»MOM«, SAGTE ERIC.

Sie konnte ihn nicht sehen und streckte die Hand nach ihm aus.

Er trat einen Schritt vor und sagte: »Es tut mir Leid.«

Sie zog seine Hand an ihr aufgedunsenes Gesicht. »Ich sehe schrecklich aus«, sagte sie. »Ich sehe bestimmt ganz furchtbar aus.«

»Nein.« Eric strich ihr Haar glatt. Es war inzwischen aschgrau, und ihr Gesicht wirkte alt.

»Pilot ist immer noch dort«, sagte sie. »Er muss noch einige Tage bleiben, um ein paar Dinge zu regeln.«

»Ich weiß. Ich muss ebenfalls dorthin. Möchtest du vielleicht –«

»Ich möchte nicht mitkommen.« Sie schüttelte den Kopf. »Ich kann sowieso nichts mehr sehen. Es wäre sinnlos. Und Patricia. Patricia ist ja da.«

Meine Mutter hatte sie nie kennen gelernt.

»Er soll die Vergangenheit ruhen lassen.«

Eric zog seine Hand zurück. »Ich werde dafür sorgen.«

»Wie ist der Garten?«, fragte Hannah.

»Der Garten?«, fragte er ein wenig verwirrt. Dann: »Mom, es ist kalt draußen. Was kümmert dich da der Garten?« Das Herbstunkraut wucherte überall, und das Gemüse, das Hannah angepflanzt hatte, war abgestorben und lag erfroren in der Erde, mit der Hannah den Swimmingpool zugeschüttet hatte. Es war ein einziges Gewirr des Zerfalls. »Der Garten ist okay«, sagte er nach einer Weile. »Man müsste ein bisschen Arbeit reinstecken, aber das mache ich schon. Wenn es wärmer wird, werde ich –«

»Was wirst du nun tun?« Sie hielt ihre Augen geschlossen, wie er bemerkte, und machte sich gar nicht mehr die Mühe, zu sehen. Das Zimmer war grell erleuchtet. Sämtliche Lampen waren eingeschaltet.

»Ich werde mit Katherine reden«, sagte er mit einem Kopfschütteln. »Es ist verrückt.«

»Hat sie mit –«

»Ob sie mit Pilot gesprochen hat?«, fragte mein Bruder. »Ja, ich glaube schon. Sie hilft ihm.«

»Aber sie weiß nichts«, sagte Hannah.

»Nicht wirklich.« Eric seufzte. »Sie glaubt, dass sie etwas weiß, aber in Wirklichkeit … in Wirklichkeit weiß sie …« Seine Stimme erstarb. Ihm fehlte in jenem Moment die Kraft, den Satz zu beenden. »Weil Pilot, glaube ich, eigentlich auch nichts weiß.«

»Pilot weiß es«, sagte Hannah. »Es ist alles ein Gewirr, aber tief in seinem Inneren weiß er es.«

Unsere Mutter öffnete die Augen, die Eric ganz klar und völlig normal erschienen.

»Mom, mach dir keine Sorgen«, sagte er seufzend. »Ich habe doch immer gesagt, mach dir keine Sorgen, habe ich das nicht –«

»Ich mache mir Sorgen.«

»Ich weiß –«

»– und ich glaube, ich werde –«

»– Mom, tut mir Leid –«

»– allmählich ebenfalls verrückt, wie Pilot«, sagte sie. »Ich glaube, dass mit mir irgendetwas nicht stimmt, irgendetwas ist –«

»– es wird alles wieder –«

»– ganz und gar nicht so, wie es sein sollte, verstehst du?«, sagte sie schließlich. »Immer wieder sehe ich sie ... ich sehe sie, deine Schwester. Sie kommt zu mir. Fiona ... sie kommt zu mir.« Hannah war plötzlich außer Atem und rang nach Luft.

»Fiona kommt zu dir?«

»Ja.«

Er saß auf dem Sofa und rieb sich die Augen. »Fiona ist weg, Mom, sie ist seit vielen, vielen Jahren nicht mehr unter uns.«

»Ich weiß, und ich weiß auch, dass ich verrückt bin, es ist verrückt, aber ich sehe sie immer wieder und höre immer wieder ihr noch so junges Stimmchen. Erinnerst du dich noch an ihre Stimme?«

Sie hatte die Stimme eines kleinen Mädchens, nichts Ungewöhnliches – irgendwie süß, sehr hoch und manchmal schrill. Er rührte sich und stand auf, und Hannahs Augen öffneten sich und suchten ihn im Zimmer. Es bedeutete, dass sie nur noch Schatten wahrnahm.

»Du siehst nichts mehr«, sagte Eric. »Wie willst du da ein Gespenst gesehen haben? Wie ist es möglich, dass –«

»So etwas gibt es gar nicht, ich weiß, aber was, wenn ...

wenn die Erinnerung zu stark wird? Gibt es dafür nicht irgendeine neurologische –«

»Da gibt es gar nichts«, sagte er frustriert. »Nichts. Es ist nicht neurologisch. Du fantasierst, das ist alles, es existiert alles nur in deiner Fantasie.«

»Aber ich sehe sie.« Sie streckte die Arme aus. Meine Mutter sah in genau diesem Augenblick Fiona, wie sie am Fuß des Bettes stand und an einer der Troddeln drehte, die von dem Sofa herunterhingen. Den einen Fuß auf den anderen gestellt, stand sie wankend da. »Ich sehe sie jetzt gerade.« Ihre Stimme war ein Flehen.

Mein Bruder schüttelte den Kopf. »Du siehst sie jetzt gerade.«

Über Hannahs Gesicht rann eine Träne, die sich in tausend kleine Rinnsale auflöste. »Es tut mir so Leid«, sagte sie. »Ich war ein so entsetzlicher Mensch, eine so dumme –«

Eric ging zu ihr und legte erneut seine Hand auf ihr Haar.

Sie blickte auf. Ihr Gesicht war schrecklich anzusehen. »Dein Vater ist tot.«

Eric setzte sich und drückte ihren Kopf an seine Brust.

»Er starb genauso, wie ich es immer geahnt hatte, in diesem blöden Flugzeug, auf die gleiche Art, in der er immer –« Und dann entfuhr ihr ein Laut, den Eric von ihr noch nie gehört hatte, ein Quieken, wie der Laut eines Tieres. »Ich hasse dich«, sagte sie. »Ich hasse dich so, wie ich ihn immer gehasst habe.«

»Mom.«

»Du bist auch nicht anders.«

SIE HATTE DAS Radio auf volle Lautstärke gedreht und lag in ihrem *Käfig* mit dem Gesicht nach unten auf der Matratze. Die Schuhe hatte sie von den Füßen geschleudert. Ihre Kleider hatte sie jedoch noch an, abgesehen von dem Mantel, den sie gleich, nachdem sie eingetreten war, abgestreift und zu Boden hatte fallen lassen. Die Pizza war zum Glück bereits unterwegs – zusätzliche Oliven und eine nicht zu scharfe Soße.

Katherine dachte an den Tunnelmann. Was würde er wohl an diesem Abend essen? Ob er betrunken war? Was konnte in seinem Leben passiert sein, dass er nun in einem Tunnel unter einem Highway hauste? Das Klopfen an der Tür war nicht der Pizza-Mensch, da war sie sich diesmal sicher. Es war mein Bruder. Es war an der Zeit, dachte sie, Eric zu bitten, nicht mehr vorbeizukommen. Katherine ließ ihn zweimal klopfen, bevor sie öffnete.

»Ich komme«, rief sie in Richtung Tür.

Als sie aufmachte, marschierte Eric ins Zimmer, ohne ein Wort zu sagen. Er wirkte angeschlagen, mit aufgewühlten Gesichtszügen.

»Was ist passiert?«, fragte sie. »Geht es um Pilot?«

»Es geht um meinen Vater.«

Sie schloss die Tür hinter ihm, ging zum Radio und machte es aus.

Eric ließ sich im Mantel auf dem Rand der Matratze nieder. Wie eine Fliege rieb er sich die Hände. »Ich hätte nie gedacht –«, begann er, und dann hielt er inne.

Irgendetwas war an ihm anders. »Sag es mir«, meinte Katherine. »Sag es mir einfach.«

»Er ist weggeflogen.« Es klang beinahe wie ein Lachen, obwohl sein Tonfall nicht wirklich einzuordnen war.

Katherine strich sich die Haare aus dem Gesicht und kniete sich neben ihn.

»Er war mit Pilot und ... und Patricia zusammen. Und dann ist er offensichtlich einfach irgendwohin geflogen. Sie haben sein Flugzeug noch nicht gefunden.«

»Irgendwohin geflogen –«

»Übers Meer. Ins Blaue hinein, Scheiße noch mal.«

»Absichtlich?«, frage Katherine forschend.

»Er hat es gewusst.« Eric blickte sie mit weit aufgerissenen Augen an. »Er wusste, was Pilot vorhatte, dass er alles wieder ausgraben wollte, diesen ganzen *Scheiß*.«

»Eric, komm schon.«

Katherine wollte ihn fragen, wollte herausfinden, ob er jemals seinen Vater verdächtigt hatte, aber sie brachte es nicht übers Herz. Nicht jetzt. »Glaubst du, dass es ihn in Aufregung versetzt hat?«

»Das ist die Untertreibung des Jahrhunderts, Scheiße noch mal.« Erics Kopf zitterte. »Er hat sich umgebracht, oder etwa nicht?«

»Wie geht es Pilot?«

»Weiß ich nicht genau«, sagte Eric. »Ich werde hinfliegen müssen. Der Gedenkgottesdienst wird in Florida abgehalten. So hat er's gewollt.«

»Hat er einen Brief hinterlassen?«

»Gefunden hat man bisher nichts.«

Katherine setzte sich neben ihn auf die Matratze und legte den Arm um seine Schulter. »Es tut mir Leid«, sagte sie. Sie wusste, dass sie aufrichtig klang, genauso wie sie wusste, dass sie nicht fühlte, was sie sagte. »Wirklich.«

Er schmiegte sich an sie. »Ich bin wie er«, sagte Eric. »Er und ich, wir sind vom gleichen Schlag.«

»Ich weiß«, sagte Katherine. »Ich weiß.«

»Was soll ich jetzt nur tun? Wie soll –« Er brach ab.

»Keine Ahnung.« Katherine versuchte so verständnisvoll wie möglich zu klingen.

Immer wenn sie sich dazu gezwungen sah, wurde die Welt um sie herum härter. Immer wenn dies passierte, hatte sie das Gefühl, dass sie zynischer und distanzierter wurde. Warum konnte sie nicht so viel Mitgefühl empfinden, wie sie wollte? Stimmte irgendetwas nicht mit ihr? »Am besten, ich erzähle dir jetzt«, sagte sie, »was ich in der Zwischenzeit herausgefunden habe.«

»Herausgefunden?«

»Als Pilot sich im ... im Wald verirrt hat –«

»Ja.«

»– hat er jemanden getroffen.«

»Wovon redest du da?«

»Es gibt dort einen Mann, einen obdachlosen Alkoholiker, der in dem Entwässerungstunnel unter dem Highway lebt.«

»Du nimmst mich auf den Arm.«

»Er kennt Pilot.«

Eric schüttelte verwirrt den Kopf. »Und?«

»Und er weiß – zumindest glaube ich, dass er es weiß –, wo Pilot die Beweisstücke versteckt hat oder was auch immer Pilot dort hinterlegt hat und für Beweise hält.«

Eric blickte Katherine an. Seine Augen waren rot und seine Züge ausgezehrt. »Glaubst du, dass ich irgendwas mit Fionas Verschwinden –«

Katherine sagte nichts.

»– zu tun gehabt habe?«

Katherine erwiderte seinen Blick, und erst nach einer Weile sagte sie: »Nein, Eric, das glaube ich nicht.«

Eric seufzte. »Ich dachte allmählich, dass die ganze Welt sich gegen mich verschworen hat.«

»Ich werde noch einmal hingehen und mit ihm reden«, sagte sie matt. »Er hat mir gesagt –«

»Wer?«

»Der Mann in dem Tunnel. Er hat mir gesagt, dass ich in drei Tagen wiederkommen soll.«

»Du bist verrückt. Du wirst doch wohl nicht dort rausgehen, um –«

»Ich kann nicht anders. Ich glaube, dass das, was Pilot dort versteckt hat – was immer es sein mag –, ihm helfen wird, die Sache ein für allemal aufzuklären.«

»Katherine«, sagte Eric, »sieh doch, was diese ganze Sache bereits aus meiner Familie gemacht hat. Mein Vater hat –«

Katherine konnte ihm darauf nicht antworten. Sie sagte nur: »Wir müssen es finden. Was auch immer es ist.«

»Warum? Welchen psychologischen Grund hast du –«

»Es ist einfach so«, sagte sie.

»Das reicht, Katherine.« Mein Bruder erhob sich von der Matratze. »Jetzt ist langsam Schluss mit diesem ganzen Spuk.«

AM TAG DARAUF fuhr Katherine auf das Gelände von Better-Than-New Auto World und fragte den an sie herantretenden Verkäufer – ein sorgfältig gekämmter junger Mann in einem billigen Anzug –, wo sie Jerry Cleveland finden konnte. »Er hat gerade einen anderen Kunden, Ma'am«, sagte der junge Verkäufer förmlich und strich über seine Ponyfrisur. »Aber vielleicht kann ich Ihnen weiterhelfen?«

Katherine lächelte ihn kühl an. »Ich kaufe heute nichts.« Sie stieg aus, knallte die Tür zu und ging in das Verkaufsbüro.

Cleveland hatte die Füße auf einen Stuhl gelegt und rauchte eine Zigarette, mit der er wie mit einem Dirigentenstab herumwedelte. »– hellgrüner Mercury Monarch«, sagte er, »ein äußerst attraktives Automobil, bestens in Schuss. Wir erledigen sämtliche Reparaturarbeiten selbst, und bevor der Wagen aufs Verkaufsgelände kommt, stellen wir sicher, dass er sich in einem tadellosen Zustand befindet.« Er nickte Katherine zu, um ihr zu bedeuten, sich noch einen Moment zu gedulden. Das Paar mittleren Alters fixierte wie gebannt den Vertrag, der vor ihnen auf dem grauen Stahltisch lag, und sah sich schließlich mit sorgenvoller Miene an. Sämtliche im Raum Anwesenden schienen die Last einer weitreichenden Entscheidung zu tragen.

Kommt schon, dachte Katherine. Nun kauft endlich diesen verdammten hellgrünen Mercury Monarch, und haltet nicht weiter den Betrieb auf.

»Wir müssen es uns noch überlegen«, sagte der Mann in bedauerndem Tonfall.

Die Frau blickte mit feuchten Augen auf. »Ist es möglich, dass wir uns noch einmal bei Ihnen melden?«

Katherine strich sich die Haare aus dem Gesicht. Sie knabberte an einer Fingerspitze und erwischte schließlich einen Fetzen Haut.

»Dieses besondere Modell hat bereits reges Interesse hervorgerufen«, sagte Cleveland. »Ich weiß nicht, ob –«

»Aber wir können nicht einfach –«

»Ach was soll's, nehmen Sie sich ruhig die nötige Zeit.« Jerry Cleveland setzte ein breites generöses Lächeln auf. »Sie überlegen sich das Ganze in Ruhe, und wenn Sie damit fertig sind und der Wagen noch da ist, werde ich Ihnen ein Angebot machen, mit dem Sie höchst zufrieden sein werden.« Dann zeigte er auf Katherine. »Hätten Sie was dagegen, wenn ich kurz mit meiner Tochter spreche?«

»Oh«, sagte die Frau mit aufleuchtenden Augen, »ganz und gar nicht.«

»Machen Sie nur«, stimmte ihr Mann zu.

Cleveland ging mit grimmig entschlossener Miene auf Katherine zu. Seine Gesichtszüge waren so grau wie die Asche seiner Zigaretten.

»Ihre Tochter?«, flüsterte sie.

»Damit wirke ich freundlicher.« Wie bereits zuvor führte er sie in das Büro des Managers.

»Nur für den Fall, dass Sie es noch nicht bemerkt haben«, sagte Katherine, als die Tür sich geschlossen hatte, »aber ich bin weiß.«

»Sie sind ein Adoptivkind.« Er zwinkerte ihr zu. »Was kann ich also heute für Sie tun, Katherine DeQuincey-Joy mit Bindestrich?«

Katherine setzte sich auf den Stahlklappstuhl und legte die Hände in den Schoß. »Ich wollte Sie nur … Sie nur um Ihre Meinung bitten.«

»In Bezug auf was?«

»James Airie.« Sie redete ohne innezuhalten weiter: »Er hat sich letzte Woche umgebracht.«

»Oh.« Cleveland nahm ebenfalls Platz. »Heilige Scheiße.«

Katherine betrachtete sein Gesicht, die tiefen Furchen, die schlaffen müden Züge, die Blässe. »Sie müssen mir sagen, warum Sie damals gedacht haben, dass er es war. Gab es irgendetwas, irgendeinen Beweis –«

»Dass der Vater es war? Einen Beweis gab es sicherlich nicht.« Cleveland seufzte. »Und wie ich Ihnen bereits gesagt habe – es war mehr Bryce Tellimans Theorie als meine. Er hat einfach immer wieder gesagt, dass wir das Zuhause des Kindes unter die Lupe nehmen sollten, so als wüsste er irgendwas über Airie, das er uns nicht verraten wollte.«

»Das Zuhause unter die Lupe nehmen«, wiederholte Katherine. »Was genau?«

Er zuckte mit den Achseln. »Keine Ahnung. Mein Gott, es waren die Siebziger. Es hätte alles Mögliche sein können … Drogen, Pornos, einfach alles, was –«

»Aber Sie haben niemals irgendwas Belastendes gefunden?«

Cleveland betrachtete seine Hände. Er schnippte die Asche seiner Zigarette in ein kleines Bohnensäckchen, das auf dem alten Schreibtisch stand und ihm als Aschenbecher diente. »Nein. Haben wir nicht.«

»Telliman wurde nie angeklagt?«

»Wir hatten nur Indizien. Er war ein Verdächtiger, mehr nicht.«

»Scheint ganz so, als hätte man gut und gern zwei Dutzend der Partygäste Indizien zur Last legen können.«

»Er ist den ganzen Abend mit ihr zusammen gewesen. Alle haben ihn gesehen, und im Wald haben wir seine Fußspuren gefunden.«

»Aber den Vater haben Sie sich nie vorgeknöpft?«

»Es gab nichts, was in seine Richtung gewiesen hätte – nichts außer Telliman.«

»Und wie denken Sie jetzt darüber?«

Cleveland drückte seine Zigarette aus und zündete sich gleich die nächste an. Dann begann er mit: »Ich glaube –«, und brach sofort ab, um zu fragen: »Hat er einen Abschiedsbrief hinterlassen?«

»Nein.«

»Hat er es gewusst?«, fragte er. »Hat er gewusst, dass Sie in der Angelegenheit ermitteln?«

»Ich ermittle doch nicht, ich bin –«

»Junge Lady, Sie ermitteln.«

Katherine gab nach. »Er war mit Pilot zusammen, und Pilot redet gern. Er hat's ihm wahrscheinlich gesagt.«

Sie lernte mich allmählich kennen. Katherine lernte mich mit jedem Tag besser kennen.

»Hat Pilot inzwischen diese Beweisstücke gefunden? Den Schuh oder das Messer? Oder haben Sie die Sachen vielleicht aufstöbern können?«

Sie schüttelte den Kopf, und ihre Ringellöckchen wippten auf und ab. »Noch nicht.«

Er lehnte sich zurück. »Wie hat er's getan?«

»Was?«

»Na, der Vater. Hat er sich erschossen? Waren es Tabletten?«

»Er ist allem Anschein nach aufs Meer hinausgeflogen«, sagte Katherine. »Er hatte ein Flugzeug, ein kleines.«

»Stimmt«, sagte Cleveland. »Er war Pilot. Deshalb hat er den Jungen –«

»Pilot genannt, ja.«

»Ist also weggeflogen, hm?«

»Das Flugzeug ist immer noch nicht gefunden worden.«

»Und die Leiche?«

»Die Leiche ebenfalls nicht.«

»Ich wette, dass sie den Vater belasten«, sagte Cleveland. »Die Beweise, meine ich.«

Katherine seufzte. Sie griff nach ihrem Haar, versuchte irgendeine Strähne zu fassen zu bekommen, aber sie glitt ihr aus der Hand. »Es würde bedeuten, dass ich mich in dieser … dieser ganzen Angelegenheit sehr getäuscht hätte.«

»Dieser Junge hat psychische Probleme.«

»Nun …«

»Stimmt's?«

»Ja.«

»Wenn so was mit im Spiel ist, sollte man sich immer die Eltern anschauen.«

Katherine lachte. »Dann sind Sie also auch Freudianer? Scheint ganz so, als ob das heutzutage alle wären.«

»Ich weiß nur eines – wenn man einen verkorksten Jungen hat, hat man 'ne verkorkste Familie.«

»In den meisten Fällen haben Sie Recht.« Katherine nickte. »In den meisten.«

»Hat die Polizei bereits die Akte aus Albany?«

»Der Detective hat noch nicht angerufen«, sagte Katherine. »Ich habe mir gedacht, dass ich ihm noch ein paar Tage Zeit lasse.«

»Schauen Sie sie sich an. Lesen Sie sie. Bestimmt stolpern Sie darin über irgendetwas, an das Sie überhaupt noch nicht gedacht haben.«

»Aber warum sollte er so etwas tun?«

»Der Vater? Er war'n Trinker.« Cleveland rieb sich das Gesicht.

An so etwas hatte Katherine nie gedacht. »Woher wissen Sie das?«

»Ich war selber einer.« Cleveland lächelte. »Wir erkennen uns, wir Trinker. Die Leute tun die seltsamsten Dinge, wenn sie sternhagelvoll sind. Airie hat sich vielleicht an das, was er getan hat, nicht einmal erinnern können. Durchaus möglich, dass er die Beweise versteckt und dann alles vergessen hat.«

»Aber er würde doch nicht versuchen, die Sache seinem eigenen Sohn in die Schuhe zu schieben, oder?«

»Nachdem er seine Tochter ermordet hat?«

»Mein Gott.« Katherine hob die Hand an den Mund.

»Und ob.«

Es klopfte an der Tür. Es war der junge Mann, den Katherine draußen auf dem Parkplatz getroffen hatte. »Jerry«, sagte er und steckte den Kopf zur Tür herein, »ich glaube, sie sind bereit, zu unterschreiben.«

Cleveland zwinkerte Katherine erneut zu. »Es war die Tochter-Masche«, sagte er. »Ich schulde Ihnen was.«

KATHERINE GING MIT der Vorstellung auf Testfahrt: *Der Vater war's.*

James Airie tötete in einem rauschhaften Wahn seine Tochter und versteckte die Beweise in der Hoffnung, dass niemand sie finden würde. Als er am nächsten Morgen nach einem alkoholgetränkten Albtraum aufwachte, hatte er alles vergessen. War so etwas möglich? Sie erinnerte sich an eine Geschichte über einen Mann in einem Rehabilitationszentrum, der geträumt hatte, seine Eltern ermordet zu haben. Er war sich absolut sicher, dass er es getan hatte. Er konnte sich an viel zu viele Details erinnern, als dass es ein Traum hätte sein können. Seine Eltern erfreuten sich jedoch bester Gesundheit. Später fand man heraus, dass er im Alkoholrausch in das falsche Haus gegangen war und ein anderes Paar getötet hatte, während er die ganze Zeit dachte, dass es seine Eltern waren. Er hatte sich nicht daran erinnern können, bis sich der Schleier von seinem Gedächtnis hob.

Hatte James Airie sich plötzlich daran erinnert, dass er seine eigene Tochter umgebracht hatte?

Katherine fragte sich, wie ich auf diese Nachricht reagieren würde. Sie wusste nicht, dass ich über diese Möglichkeit bereits eine Million Mal nachgedacht hatte. Würde ich es überhaupt glauben?, fragte sie sich. Glaubte sie es? Hätte es nicht irgendjemand bemerkt? In jener Nacht, der Nacht der Party, hätte da nicht irgendjemand aus der Familie – meine Mutter zum Beispiel – irgendetwas gehört? Katherine fragte sich, was für ein Cop Cleveland gewesen war. Er hatte eingeräumt, dass er ein besserer Gebrauchtwagenhändler war. Ferner hatte er zugegeben, ein Trinker gewesen zu sein. Sie stellte sich Fiona vor, sieben Jahre alt. Was hatte er alles mit ihr angestellt? Ob er sie vergewaltigt hatte? Wo war die Leiche?

Der Vater war's. Es machte die Dinge einfacher.

Und es machte Eric um einiges attraktiver.

Die einfachste Erklärung, sagte sich Katherine, ist normalerweise die richtige. Ist doch so, oder?

Sie wollte sich Rat holen. Sie brauchte eine zweite Meinung. Es war schließlich nur Bryce Tellimans Theorie gewesen.

Cleveland hatte dies ebenfalls gesagt. Natürlich war Telliman der Beschuldigte. Er würde alles sagen, jeden bezichtigen. In seiner Lage würde das jeder tun, es sei denn, er war tatsächlich unschuldig. Die Unschuldigen halten sich gezwungenermaßen an die Wahrheit – oder zumindest an ihre Version davon.

Sie bemerkte plötzlich, dass sie wieder an ihren Nägeln kaute, und aus zwei Fingern rann bereits Blut. Sie fuhr vom Sky Highway auf den Parkplatz des Krankenhauses und bog in den für das Personal reservierten Bereich ab. Sie stieg aus dem Golf aus und begab sich zu der Glastür. Sie ging an der Rezeption vorbei, schlenderte durch den Korridor und stand schließlich vor der Tür ihres Büros.

Der Vater war's.

Was war aus Bryce Telliman geworden? Sie durchquerte den Raum zu ihrem voll gepackten Schreibtisch, nahm einen Zettel aus ihrer Handtasche und wählte eine Nummer. »Better-Than-New Auto World«, ertönte fröhlich eine Stimme.

»Jerry Cleveland, bitte.« Als er an den Apparat kam, sagte Katherine: »Was ist aus ihm geworden?«

»Aus wem?«

Ihr wurde plötzlich klar, dass sie viel zu lange vor sich hin gebrütet hatte. »Bryce Telliman.«

»Er ist weggezogen, nehme ich an. Ich meine, wo gehen solche Leute schon hin?«

»Solche Leute?«

»Sie wissen schon.«

»Was?«

»Homosexuelle.«

Katherine lachte.

»Als wir die Ermittlungen schließlich an den Nagel gehängt haben«, sagte Cleveland, »hatte er eine Adresse in der Stadt.«

»Danke«, sagte Katherine.

Elizabeth stand in der Tür. »Oh, da sind Sie ja«, sagte sie. »Es wartet bereits jemand.«

»Einen kurzen Moment noch.« Katherine wählte die Nummer der Auskunft von Manhattan. »Bryce Telliman, bitte«, sagte sie der Auskunft, »ein Privatanschluss.«

»B. Telliman?«, fragte die Telefonistin.

»Das wird er wohl sein.«

Katherine notierte sich die Nummer. Das elektronische Band der Auskunft sagte ihr, dass sie die Nummer automatisch wählen konnte, indem sie die Eins drückte. Sie drückte die Eins. Nachdem sie es ein paar Mal hatte klingeln lassen, meldete sich ein Anrufbeantworter. »Dies ist der Anschluss von Bryce Telliman«, sagte das Band. »Sie können gern eine Nachricht hinterlassen. Danke.«

»Mr. Telliman«, sagte Katherine ins Telefon, »ich bin Katherine DeQuincey-Joy, und ich müsste dringend mit Ihnen sprechen.« Sie hinterließ sowohl ihre Büronummer als auch ihre Privatnummer. »Wenn es Ihnen nichts ausmacht, rufen Sie mich bitte so bald wie möglich an.«

Gleich nachdem sie aufgelegt hatte, summte ihre Gegensprechanlage. Sie ging ran. »Hallo?«

»Katherine.« Es war Greg. »Ich bin froh, dass Sie da sind.«

»Hi, Greg.«

»Ich hab's vorher schon einmal versucht, aber Elizabeth sagte, dass Sie ausgegangen sind, und sie wusste nicht wohin –«

»Kann ich Sie etwas fragen, Greg?«

»Sicher.«

»Kannten Sie James Airie?«

»Ob ich ihn –«

»Er ist tot.«

Schweigen. Dann: »Nein. Hab ihn nie kennen gelernt.«

»Mist.«

»Was ist passiert?«

»Er ist mit seinem kleinen Flugzeug aufs Meer hinausgeflogen.«

»O mein Gott.«

»Ich verliere langsam den Überblick«, gestand sie. »Ich frage mich, ob –«

»Kate«, sagte Greg, »warum lassen Sie sich so sehr in die Probleme dieser Familie hineinziehen? Ist es wegen Eric?«

»Nein, wegen Pilot«, sagte sie, »er ist mein –«

»Ich weiß, dass er Ihr Patient ist, Kate, aber um Himmels willen –«

»Ich muss es wissen.« Sie blickte in ihrem Büro umher. Es war ein einziges Durcheinander, dachte sie, ein entsetzliches nerviges Durcheinander.

»Haben Sie mit ihm darüber gesprochen – mit Pilot?«

»Wir haben morgen einen Termin, eine telefonische Sitzung, aber jetzt bin ich mir nicht mehr so sicher.«

»Glauben Sie, dass sein Vater damit so eine Art Geständnis abgelegt hat?«

»Das hoffe ich«, sagte Katherine, »ich hoffe, dass es das war.«

»Warum?«

»Weil es sich lohnt, Gewissheit zu haben, finden Sie nicht auch?«

Greg antwortete nicht. Er sagte nur: »Kate.«

»Ich habe einen Patienten, und ich muss jetzt los. Wollten Sie mich irgendetwas fragen?«

»Vergessen Sie es«, sagte er. »Es kann warten.«

AM TELEFON FRAGTE Katherine sofort: »Der Mann, der in dem Tunnel unter dem Highway lebt – erinnern Sie sich an ihn?«

»In dem Tunnel?« Als Kind war ich dort eine Million Mal gewesen und zu der Verkehrsinsel auf der anderen Seite gerannt. Irgendetwas daran kam mir bekannt vor. Ich erinnerte mich an das Gefühl, vom Wald verschlungen zu werden, daran, wie der Wald mit einer riesigen Zunge nach mir schnappte. Der Tunnel war ein Schlund.

Es gab jedoch einen Mann, der darin lebte.

»Ich erinnere mich –« Ich blickte mich in Patricias Küche um, so als würde ich die Antwort auf einer der Wände geschrieben finden. »Ich weiß nicht«, sagte ich. »Ich bin mir nicht sicher.« Ich erinnerte mich daran, wie die Betonwände des Tunnels in die Höhe schnellten, über mich hinwegrollten und mich einschlossen. Ich erinnerte mich an das Licht, das am anderen Ende des Tunnels erschien, wie das Licht des Himmels Menschen herbeilockte, die gestorben waren und wieder auferstanden.

»In dem Tunnel lebt ein Mann«, sagte Katherine, »die Kids nennen ihn den Tunnelmann. Er ist ein Obdachloser, ein Alkoholiker – harmlos, wie es scheint. Er kennt Sie jedoch, Pilot. Er kennt Ihren Namen.«

»Mein Gott«, sagte ich und legte die Hand auf die Stirn. »Ich war dermaßen durcheinander. Wie soll ich da –«

»Er weiß, was Sie mit den Beweisstücken gemacht haben, Pilot.«

Ich versuchte ihn mir vorzustellen, den Tunnelmann, aber es wollte sich kein Bild einstellen. »Woher weiß er das?«

»Er sagt, dass er mir das Versteck zeigen kann. Ich werde heute Nachmittag zu ihm gehen.«

Ich war nach wie vor in Florida und wartete darauf, dass die Suche nach meinem Vater für beendet erklärt wurde, dass die Küstenwache die Suche einstellte und wir den Gedenkgottesdienst abhalten konnten. »Ich weiß es nicht«, sagte ich. »Ich bin mir nicht sicher, ob ich mich an den Tunnelmann erinnere.« Als ich diese Worte sagte, kamen sie mir plötzlich vertraut vor, wie Worte, die ich bereits zuvor einmal ausgesprochen hatte. Ich versuchte es erneut. »Der Tunnel unter dem Highway«, sagte ich. »Im Tunnel unter dem Highway lebt ein Mann.«

»Wie dem auch sei«, sagte Katherine mit einem Seufzen, »wie geht's Ihnen überhaupt?«

»Mir geht's gut«, erwiderte ich. »Ich … ich warte nur.«

»Das Flugzeug konnte noch nicht gefunden werden?«

»Nein.«

Patricia war auf ihr Zimmer gegangen und hatte angefangen zu weinen. Eigentlich hatte sie damit nie aufgehört. Manchmal kam sie heraus, legte ihren Arm um mich und sagte mir, wie Leid ihr alles tat. Ich sagte ihr, dass ihr nichts Leid zu tun brauche und dass sie sich keine Vorwürfe zu machen habe. Die Schlafsäcke, sagte sie. Sie hatte sie vergessen. Nein, sagte ich zu ihr, er war es, er hat es absichtlich getan, er hat es so gewollt. Bei diesen Worten fing sie wieder zu weinen an, und sie kehrte in ihr Zimmer zurück, um noch mehr Tränen zu vergießen.

»Die Situation ist recht angespannt«, sagte ich zu Katherine. »Patricia ist vollkommen aufgewühlt.«

»Wie sieht es mit Ihren Medikamenten aus?«

»Ich nehme sie nicht mehr.« Ich hatte seit unserer Rückkehr nichts mehr eingenommen. Mein Kopf war so klar wie der Himmel über Florida nach einem Hurrikan.

»Und wissen Sie bereits, wann Sie nach New York zurückkehren?«

»Bald ist der Gedenkgottesdienst«, erwiderte ich. »Sobald sie die Suche eingestellt haben. Und direkt im Anschluss daran fliege ich zurück.«

»Ich muss mich mit Ihnen über ein paar Dinge unterhalten«, sagte Katherine.

»Gut.«

»Ich bin, was Ihre Erinnerungen betrifft, zu bestimmten Schlussfolgerungen gekommen, über das, was –«

»Hervorragend«, sagte ich. »Und zu welchen?«

Katherine seufzte. »Pilot«, begann sie, »ich kann nicht –«

»Ich will es wissen.«

»Haben Sie es Ihrem Vater gesagt?«

»Was?«

»Dass Sie glauben, dass Eric –«

»Ich hab's ihm gesagt«, erwiderte ich, »ja, ich habe ihm alles gesagt.«

»Dass Sie im Besitz der Beweise sind.«

»Er hat mir nicht geglaubt.«

»Sie haben ihm genau gesagt, um was es sich dabei handelt?«

»Dass es sich dabei um den Schuh und das Messer handelt, ja.«

»Pilot«, sagte Katherine sanft, »ich möchte Sie nicht beunruhigen, aber Sie sollten sich einmal fragen, inwiefern es möglich ist, dass Ihr Vater ... dass es vielleicht Ihr Vater war, der –«

»Fiona umgebracht hat?«

Sie schwieg einen kurzen Moment. »Es wurde damals als Theorie in Erwägung gezogen«, sagte Katherine. »Jerry Cleveland zufolge wurde ... wurde die Theorie aufgestellt, dass es Ihr Vater war, damals, verstehen Sie. Die Polizei –«

»Oh«, sagte ich.

»– war der Ansicht, dass er möglicherweise ... Jedenfalls sollten Sie da mal drüber nachdenken und sich noch einmal zu erinnern versuchen, ob Ihnen an dem Verhalten Ihres Vaters ... ob Ihnen daran irgendetwas Seltsames aufgefallen ist. Ob da –«

»Er war ein ganz anderer Mensch.«

Katherine sagte: »Ich werde Bryce Telliman aufsuchen. Ist das für Sie okay?«

»Wirklich?«

»Falls sich aus der Sache mit dem Tunnelmann nichts Neues ergibt –«

»O Scheiße«, sagte ich. Es war wie eine Tür, die plötzlich zu meinem Innern aufgestoßen wurde, und hinter ihr sah ich ein Gesicht, und dann die glasigen Augen unter dieser zerzausten Haarmähne. Ich hatte mit ihm im Tunnel gesessen und ihm mein ganzes Geld gegeben, das ich in denTaschen hatte.

»Was?«, fragte Katherine.

»Ich weiß noch, wie ich mich mit ihm unterhalten habe. Ich weiß noch, wie ich auf ihn eingeredet und unbedingt gewollt habe, dass er mich versteht.«

»Sie haben gewollt, dass er Sie –«

»Es war einfach nur ein Mittel, mir meine eigenen Worte aus der Nase zu ziehen«, sagte ich. »Er heißt Billy.«

ICH HATTE MICH in einem beinahe katatonischen Zustand befunden, wie ein Beutetier, kurz bevor es sich einem Raubtier ergibt, mit schutzlos dargebotenem Leib, die Gedanken wie gelähmt.

UND DANN FANDEN sie ihn. Sie fanden alles – das Flugzeug, seine Leiche.

UNSERE MUTTER WOLLTE nicht kommen. Sie könne unseren Vater ja ohnehin nicht sehen, sagte sie, welchen Unterschied würde es da schon machen? Und sie sagte, dass Patricia seine große Liebe gewesen sei. Und da ich darauf keine Antwort parat hatte, ließ ich es dabei bewenden.

Bei der Beerdigung stand ich zwischen Eric und Patricia und musste mir die ganze Zeit vorstellen, wie mein Vater Fiona ermordete. Ich stellte mir vor, wie seine Hände sich um ihren Hals legten und ihr die Luft abschnürten.

Die Messe wurde in einer presbyterianischen Kirche abgehalten. Zu Ostern und Weihnachten hatte Patricia meinen Vater stets dazu gedrängt, diese Kirche aufzusuchen. Seine Freunde, von denen die meisten ältere Piloten, Flugzeugmechaniker oder Besitzer von Angelzubehörläden waren, traten einer nach dem anderen auf das Podium und sagten, dass er gegangen war, wie er von uns gehen wollte, und sie betonten, wie sehr der alte Jim die Fliegerei geliebt hatte. Sie redeten alle davon, dass er immer noch irgendwo dort draußen in den Lüften unterwegs war. Sie waren fest davon überzeugt. In meiner Vorstellung sah ich unseren Vater nicht in den Lüften, sondern im Wasser treibend, mit einem bis zur Unkenntlichkeit aufgeschwemmten Leib, die Augen starr auf den Meeresgrund gerichtet. Patricias Freundinnen waren ebenfalls gekommen. Es waren die Frauen von Piloten und passionierten Jägern. Es waren Frauen, die sich in Blue Jeans wohler fühlten als in schwarzem Nylon. Ihr Mitgefühl war echt, und der Ausdruck in ihren Augen bei weitem nicht so gefühlsduselig. Sie schienen sich der Tatsache weitaus bewusster zu sein, dass hier ein Mensch für immer aus dem Leben geschieden war, und zwar mit Absicht.

Patricia weinte in einem fort, und auch ich stellte überrascht fest, dass mir einige Tränen die Wangen hinabrannen. Eric stand ungerührt neben mir. Ich erinnerte mich, dass er auf der Beerdigung von Fiona ebenfalls nicht geweint hatte. Ich sah die Dinge nun mit einer solchen Klarheit, dass ich das Gefühl hatte, den trüben, vernebelnden Schleier zu durchdringen, ja praktisch mit ansah, wie das bizarre Drama meines Lebens seinen verhängnisvollen Lauf nahm:

Ein Mädchen verschwindet, der eine Bruder beschuldigt den anderen, der Vater – der das Verbrechen entweder begangen oder sich schuldig gemacht hat, weil er nichts unternommen hatte – folgt dem Mädchen in die Leere. Das Ganze wies eine gewisse Symmetrie auf. Warum würde er sich sonst umbringen?

Während der Beerdigung war natürlich mit keinem Wort davon die Rede, dass er Selbstmord begangen hatte, dass er auch nur mit dem Gedanken gespielt hatte, sich das Leben zu nehmen. Und der offizielle polizeiliche Befund lautete Tod durch Unfall.

Ich würde Patricia also hier in Florida in dem Haus zurücklassen, in dem die beiden miteinander gelebt hatten. Aller Wahrscheinlichkeit nach würde ich sie nie wieder sehen. Und sie würde mir zu sämtlichen Feiertagen eine Grußkarte schicken, und ich würde sie an seinem Todestag anrufen, nur um sicherzugehen, dass mit ihr alles in Ordnung war. Alte Soldaten sterben nicht, wie es so treffend heißt. Das Gleiche gilt für Piloten. Sie sterben nicht, sie verschwinden nur spurlos. So lange ich mich erinnern kann, war der Blick meiner Mutter sehnsuchtsvoll umwölkt. Vielleicht war es das, was er in ihr gesehen hat, vor all diesen Jahren.

Aber jetzt tappe ich bereits in die gleiche Falle wie all diese alten Veteranen.

Eric stand anschließend draußen mit den Händen in den Taschen da und verglich das Wetter mit New York. »Wir hatten noch keinen Frost«, sagte er. »Es ist jedoch kälter dort oben.«

Es war bereits die Weihnachtszeit. Ich hatte inzwischen jedes Zeitgefühl verloren. Ich trug nur ein schwarzes Sakko und alte schwarze Kordhosen. Die Sachen gehörten meinem Vater, alles ein wenig zu groß.

»Ich habe mir Sorgen gemacht, wie du das alles verkraftest«, sagte Eric. »Aber wie ich sehe, geht's dir ganz gut.«

»Ich habe sehr viel geweint«, gestand ich.

»Du hast schon immer viel geweint.«

»Ich habe mit Katherine gesprochen.«

»Katherine DeQuincey-Joy.« Seltsam, wie er das sagte, wie er einfach ihren Namen wiederholte.

»Seid ihr noch zusammen?«

Er blickte zum Himmel auf, der unhöflicherweise strahlend blau war. »Ich weiß es nicht. Ich glaube nicht.«

Ich sagte: »Sie versucht der Sache auf den Grund zu gehen.«

»Ja.«

»Sie hat eine Theorie.« Ich wollte mich nicht zu weit vorwagen, aber gleichzeitig wollte ich einen Verbündeten, und ich wollte seine Meinung hören. »Sie glaubt, dass Dad ... glaubt, dass er Fiona –«, ich flüsterte,« – dass er ihr etwas angetan hat.«

»Wovon redest du da?«

»Sie glaubt, dass er sich deshalb –«

»Hast du ihm etwas gesagt?«

»Ich habe ihm die Wahrheit gesagt.« Ich wandte den Blick ab. Ich konnte nicht anders.

»Du würdest die verdammte Wahrheit nicht einmal kennen«, sagte Eric, »wenn sie dir von oben auf den Kopf fällt.«

»Eric«, sagte ich kopfschüttelnd und mit zitternden Händen, »ich bin mittlerweile gesund.«

»Pilot –«

»Ich muss wissen, was du davon hältst.«

Mein Bruder wandte sich mit einem Ausdruck von Selbstgefälligkeit in den Augen zu mir um. Ich kannte diese Miene noch aus unserer Kindheit, und wenn sie mich einerseits einschüchterte, so tröstete sie mich andererseits auch. »Das haben doch alle die ganze Zeit gedacht, du Trottel.«

Ich schüttelte den Kopf.

Er lachte. »Pilot, du bist so was von verrückt. Du hast ja gar keine Ahnung, wie verrückt du bist.«

»Katherine glaubt mir.«

»Katherine versucht den Grund herauszufinden, warum du verrückt bist. Katherine ist ein Umweltfaktor. Ich bin reine Erbmasse. Verstehst du das?«

»Es gibt so etwas wie Verrücktsein gar nicht«, sagte ich. »Du bist doch hier der Scheiß-Gehirnchirurg, du solltest das –«

»Dann gibt es dich nicht, kleiner Bruder.«

»Dann gibt es auch kein altes rostiges Messer mit getrocknetem Blut und auch keinen roten Turnschuh.«

»Du hast diese Sachen nicht.«

Ich hatte an der Tür gestanden und die Hände all dieser alten Piloten und Mechaniker geschüttelt. Aber jetzt lächelte ich Eric nur an. Ich hatte so lange geweint, und jetzt lächelte ich. Eigentlich hatte ich mein ganzes Leben lang geweint, dachte ich. »Und ob ich sie habe.«

»Wo?«

»An welchem Ort würdest du zuletzt suchen, Eric?«

»Willst du das Gedenken unseres Vaters beschmutzen? Was soll das noch bringen, Pilot?«

»Aber was, wenn er –«

»Er hat sich das Leben genommen, um Himmels willen. Meinst du nicht, dass das Beweis genug ist?«

Ich war mir nicht mehr so sicher, was wahr war. Aber ich wusste genau, was ich mit den Beweisen gemacht hatte. »Eric«, sagte ich, »an welchem Ort würdest du zuletzt suchen?«

»Wovon zum Teufel redest du da überhaupt, Pilot?«

Ich sagte: »Das weißt du besser als ich.«

AM SELBEN TAG, jedoch in kälteren Gefilden, einem Samstagnachmittag, rauschte der Wald in dem heftigen Nordwind, der vom Highway herüberwehte. Die dünnen Zweige hoben sich so schwarz wie chinesische Kalligraphie von dem tiefblauen Winterhimmel ab. Katherine, die eine leichte Jacke und eine Jeans trug, verschränkte die Arme, damit ihr warm wurde. Noch vor drei Tagen war das Wetter ganz anders gewesen. In New York hatte sie den Winter immer genossen. Aber hier draußen in der Vorstadt war es eine trostlose Angelegenheit. Sie ging geradewegs den Pfad hinunter, der am Highway entlang zu der Betonröhre führte, in der der Tunnelmann lebte. Ob er sich überhaupt an sie erinnerte? Sie hielt ihn für weniger verrückt, als er sich gab. Er erinnerte sich bestimmt noch an sie. Die einzig wichtige Frage war jedoch, ob er die Beweise hatte: einen roten, in einem Drugstore erworbenen Turnschuh eines siebenjährigen Mädchens und ein Jagdmesser. Beide Dinge waren seit zwanzig Jahren in der Erinnerung verschütt gegangen. Die Fingerabdrücke müssten noch vorhanden sein.

Katherine hoffte inständig, dass die Abdrücke vom Vater stammten.

Ein Stück weiter vorn erblickte sie den Tunnel, ein dunkler Schlund, aus dem Wasser wie triefender Speichel in eine Pfütze sickerte, die größer als noch vor drei Tagen war. Es hatte an jenem Tag geregnet. Ob er sie erwartete? Hörte er ihre Schritte auf dem Pfad? Als sie um die Ecke bog und vor dem kalten fauligen Wasser stand, sah sie durch den Tunnel das Licht der Verkehrsinsel auf der anderen Seite. Dort, wo einmal der Unterschlupf des Tunnelmannes gewesen war, lagen jetzt nur noch vereinzelte Trümmer, Holzstücke und ein paar durchnässte Decken. Aus dem vorbeiströmenden Wasser ragte eine große blaue Plastikplane heraus.

»Hallo?«, sagte Katherine. Es war dumm, auch nur nach ihm zu rufen, dachte sie. Es war eindeutig niemand da.

Der Tunnelmann war eindeutig verschwunden.

Sie trat um die Pfütze herum und schaffte es diesmal, mit trockenen Füßen in den Tunnel zu gelangen. Das Echo ihrer Schritte kündete von der Verlassenheit des Tunnels. Sie stieß auf die Plastikplane und zog sie beiseite. Unter der Plane kam ein alter Einkaufswagen zum Vorschein, ferner ein feuchter Haufen Lumpen und ein paar Transportdecken. Den Lumpen entströmte ein süßlicher Geruch, der an verfaulende Äpfel in einem Obstgarten erinnerte. Es waren noch mehrere andere Dinge zurückgelassen worden. Ein paar Bücher, eine Bibel, ein paar Stephen-King-Romane und eine Ausgabe der *Metropolitan Home*. Er hatte sich zweifellos aus dem Staub gemacht, dachte Katherine. Er war weg. Ob er die Beweise vielleicht zurückgelassen hatte? Nein, wahrscheinlich benutzte er das Messer, um von Autos überfahrene Waschbären auszunehmen und sie über einem Feuer zu rösten. Katherine zog an einem Zipfel der klitschnassen Transportdecke, und plötzlich schaute sie in das Gesicht des Tunnelmanns. Seine Augen waren geschlossen, so als würde er schlafen. Seine Haut war durch das über ihn hinwegströmende Wasser weißer und sauberer. Der Anblick des Toten war Katherine mit der gleichen Banalität präsentiert worden wie all die anderen leblosen Gegenstände im Tunnel. Als sie die Decke ein weiteres Stück zurückzog, sah sie, dass der Mann vollkommen bekleidet war. Um ihn herum lagen leere Flaschen. Er hatte sich zu Tode getrunken, dachte Katherine. Sie fragte sich, ob sie die Polizei benachrichtigen sollte. Welchen Sinn hätte das? Dann stellte sie sich vor, wie die Mädchen von der High School die Leiche entdeckten. Sie konnte sie förmlich schreien hören. Nein, sie würde es melden. Sie würde diesen Vettorello-Typ anrufen. Er würde die Sache in die Hand nehmen.

Katherine ging gedankenversunken zu ihrem Wagen zurück, den sie auf dem Parkplatz der High School abgestellt hatte. Sie stieg ein und wählte die Nummer der Polizei.

»Detective Vettorello«, sagte sie.

Das Empfangsmädchen bat sie zu warten.

»Vettorello.«

»Detective Vettorello«, sagte Katherine. »Hier spricht Katherine DeQuincey-Joy.«

»Ich wollte Sie bereits anrufen«, sagte er. »Die Akte ist gerade aus Albany angekommen. Wir können loslegen. Ich habe auch mit Cleveland gesprochen. Freut mich, dass er Ihnen weiterhelfen konnte. Ich war mir nicht sicher, ob –«

Katherine unterbrach ihn: »Ich brauche Ihre Hilfe in einer ganz anderen Angelegenheit, und zwar jetzt sofort –«

»Was kann ich für Sie tun?«

»Ich habe eine ... eine Leiche entdeckt«, stammelte sie, »und ich wollte nicht einfach die Polizei anrufen, ich meine, ich habe mir gedacht, dass ich am besten Sie anrufe –«

»Wo ist sie?« In Vettorellos Stimme klang eine Art Gelassenheit durch, die über eine beinahe unmerkliche plötzliche Erregung hinwegtäuschen sollte.

Sie sagte: »Sie liegt in einem Betontunnel unter dem Sky Highway. Gleich hinter der Ausfahrt Neun.«

Vettorello rief irgendetwas quer durchs Büro. »Bleiben Sie am Apparat«, sagte er zu ihr. »Wo sind Sie in diesem Moment?«

»In meinem Wagen«, antwortete Katherine. »Ich habe ein Autotelefon, aber –«

»Haben Sie die Position des Leichnams verändert? Haben Sie ihn irgendwie berührt?«

»Nein«, sagte sie, »ich glaube nicht.« Hatte sie die Leiche berührt? Sie wusste es nicht mehr.

»Gut. Und jetzt möchte ich, dass Sie mir genau sagen, wie Sie sie gefunden haben.« Er lachte. »Was zum Teufel hat Sie in eine Betonröhre unter dem Sky Highway geführt?«

»Das ist kompliziert«, sagte Katherine. Sie warf einen Blick auf ihre Hand. Sie hatte gerade einen größeren Hautfetzen von ihrem Ringfinger abgekaut, und ein dicker Blutstropfen trat heraus. Ein köstliches Gefühl, bei dem sie genüsslich die Augen schloss und den Finger in den Mund steckte.

»Ich höre.«

»Ich bin neulich in den Wald gegangen, in dem man Pilot Airie, meinen Patienten, gefunden hatte, weil ich – tja, weil ich versuchen wollte, seine Erfahrungen nachzuempfinden, verstehen Sie, und dann habe ich diese Mädchen getroffen, diese Kids von der High School.« Sie saß mit dem schwarzen Autotelefon am Ohr in ihrem saphirblauen Golf und sah, wie ein ungefähr zehnjähriger Junge über das Football-Feld der Schule in den Wald ging. Das hätte ich vor zwanzig Jahren sein können. Es hätte auch Eric sein können. »Und ich habe sie gefragt, ob sie irgendetwas über Pilot wüssten, ob sie ihn gesehen hätten, und die beiden hatten tatsächlich von einem Mann gehört, der dort im Wahn gefunden worden war, und dann haben sie mir von dem Tunnelmann erzählt.«

»Dem Tunnelmann.«

»Ich war neugierig geworden«, sagte Katherine. »Also bin ich zu dem Tunnel gegangen. Und dort war dieser Mann, ein Alkoholiker, hoffnungslos verstört.« Sie übertrieb, wie ihr nun klar wurde. »Nein«, sagte sie. »Ganz so verstört war er wohl nicht. Einfach nur betrunken.«

»Okay.«

»Er sagte, dass er Pilot kannte. Ich glaube, dass er ihm vielleicht geholfen hat. Ich glaube, dass sie sich irgendwie untereinander ausgetauscht haben ... sich Dinge erzählt haben, unwichtige Dinge wahrscheinlich, obwohl –«

»Kommen Sie zu dem Teil der Geschichte, der mit seinem Tod zu tun hat«, sagte Vettorello.

»Er sagte mir, dass er weiß, wo Pilot die Beweise versteckt hat.«

»Den Schuh?«

»Und das Messer.«

»Hervorragend. Erzählen Sie weiter.«

»Er sagte mir, dass ich in drei Tagen zurückkommen soll, und das war –«

»Heute. Und Sie sind zurückgekommen und haben ihn –«

»Und es sieht ganz danach aus, dass er zu viel getrunken hat und dass er mit dem Kopf ins Wasser gefallen ist«, sagte Katherine. »Dass er ertrunken ist. So sieht es zumindest –«

»Das herauszufinden können Sie getrost uns überlassen«,

sagte Vettorello. Er lächelte – sie konnte es förmlich sehen. »Ich werde ebenfalls kommen«, sagte er nun. »Es ist bereits ein Team zu Ihnen unterwegs.«

»Ich bin auf dem Parkplatz der Schule«, sagte Katherine. »Soll ich zu dem Tunnel zurückgehen?«

»Nein, bleiben Sie, wo Sie sind«, sagte Vettorello. »Rühren Sie sich nicht von der Stelle.«

Katherine musste ebenfalls lächeln. Es war ziemlich daneben, dass sie über die Sache lächelte, dachte sie, über einen Toten – ja, es war sogar schrecklich. Aber sie konnte nicht anders. Ein Mann war gestorben, und sie lächelte, eine Frau, deren Beruf es war, Menschen psychologisch zu beraten, und sie konnte sich nicht einmal ein Lächeln verkneifen.

ANSTATT MICH ZUM Flughafen zu bringen, gab Patricia mir die Schlüssel zu dem Auto meines Vaters, dem schweren Geländewagen mit Allradantrieb, in dem er mich vor ein paar Wochen abgeholt hatte. Sie könne seinen Anblick in der Auffahrt nicht ertragen, sagte sie. Ich legte den weiten Weg nach New York also im Wagen zurück, in einem Schwall von Erinnerungen, und hielt allenfalls, um zu tanken und mir eine Pepsi zu kaufen. Ich ließ alles vor mir Revue passieren – mein ganzes Leben. Ich dachte an Fiona, meine kleine Schwester, und erinnerte mich in kinoähnlichen Bildern daran, wie ich sie an klitschnassen Gliedern aus dem Pool zog. Gleißende Wassertropfen flogen von ihren Haaren. Ich erinnerte mich an ihr Lachen, als ich sie herauszog, an ihr schrilles Kleinmädchenkichern. Diesmal war es kein Foto, an das ich mich erinnerte, kein Bild aus einem Katalog, sondern ein Mensch aus Fleisch und Blut. Ferner erinnerte ich mich daran, wie Eric mich drangsalierte, an die Todesdrohungen und die sich ankündigende Gewalt. Während ich also die Ostküste hinauffuhr und links und rechts die dreizehn Gründerstaaten vorbeiflogen, erinnerte ich mich an mein ganzes Leben, und mir wurde klar, dass mein Bruder sie nie in die Tat umgesetzt hatte, dass seine Drohungen nur Drohungen waren und dass seine Gewalttätigkeit sich im Allgemeinen nur in Worten äußerte.

Vielleicht hatte sich unser Vater in ähnlicher Weise an sein Leben erinnert, mit den Händen auf dem Steuerknüppel des Wasserflugzeugs. Als ich daran dachte, stieg in mir plötzlich der Drang auf, mit durchgetretenem Gaspedal vom Highway herunter gegen einen Baum zu rasen, die Zähne zusammengebissen, die Augen geschlossen. Ich hab's mir dann aber doch anders überlegt. Stattdessen hörte ich Radio, stellte Country-Music-Sender ein, die ihm bestimmt gefallen hätten, und zwang mich dazu, mit seinen Ohren dem jaulenden Gitarrensound zu lauschen. Junggesellen in schnittigen schwarzen Sportwagen tauchten vor mir auf. Ich überholte ältere Leute in schweren Luxuslimousinen und Studenten, die in ihren Sparmobilen aus den Ferien nach Hause zurückkehrten. Ich warf einen prüfenden Blick zu den Bäumen hinüber, die mit siebzig Meilen pro Stunde vorbeirauschten, und sah nun, wie unbedeutend und harmlos sie waren, ein vorbeiwischender Fleck, mehr nicht. Wenn ich zurückkehrte, würde ich die Beweise finden und sie von der Polizei auf Fingerabdrücke und DNS-Spuren untersuchen lassen, und dann hätte ich endlich Gewissheit. Ich fragte mich jedoch, ob Fingerabdrücke sowie Blut- und DNS-Spuren nach zwanzig Jahren überhaupt noch existierten. Gab es noch irgendwelche nachweisbaren Spuren? Vielleicht nicht. Es spielte keine Rolle. Falls sich daraus keine neuen Erkenntnisse ergaben, würde sich nichts ändern. Und falls sich herausstellen sollte, dass es mein Vater gewesen war, der in einem rauschhaften, alkoholinduzierten Wahn meine kleine Schwester getötet hatte, dann würde ich alles wissen, was ich wissen musste.

Als ich zu Hause eintraf, war ich erschöpft, aber nicht benommen, traurig, aber nicht verbittert –

Bald war alles vorbei, dachte ich.

– und vor allem fühlte ich mich gesund.

Es war später Nachmittag, aber oben brannte ihr Licht. Sie wusste, dass ich kam, und ich wusste, dass sie mich erwartete.

Im selben Moment, als ich die Tür öffnete, hörte ich ihre Stimme. »Pilot?«

»Ich komme gleich«, rief ich. »Ich muss nur noch den Wagen ausladen.« Ich brachte mein Gepäck und auch die Schachteln mit Fotografien ins Haus, die Patricia mir gegeben hatte – Aufnahmen, die mein Vater vom Wasserflugzeug aus gemacht hatte, von entlegenen Gegenden Floridas, die er so liebte, von der kleinen Insel und den an die Küste brandenden Wellen. Als ich fertig war, ging ich zu ihr ins Zimmer. »Hier bin ich«, sagte ich. »Ich bin angekommen.«

Sie saß vor dem Fenster, eine alte Frau in einem Sessel. Das Radio dudelte leise vor sich hin, und die Luft war so stickig wie in einem Schrank. »Pilot«, sagte sie. Sie hatte natürlich geweint. Sie streckte den Arm nach mir aus, und ich nahm ihre Hand. »Ich bin ja so froh, dass du zurück bist.«

»Wie geht's dir?« Ich hatte sie das jeden Tag am Telefon gefragt, aber das war ein anderes Wie-geht's-dir gewesen, ein Telefon-Wie geht's-dir. Dies hier war ein echtes.

»Ich bin stockblind«, sagte sie mit einem leisen Lachen in der Stimme.

»Aber du siehst –«

»Ich sehe deine Schwester«, sagte sie. »Sie kommt im Lauf des Tages oder manchmal auch nachts zu mir und setzt sich neben mich.« Sie musste selbst darüber lachen, dass sie so etwas sagte. Sie wusste, dass sie unter Halluzinationen litt. Sie wusste, dass sie im Begriff war, den Verstand zu verlieren. »Ich habe Angst, anderen davon zu erzählen, weil man mich dann wahrscheinlich mit starken Medikamenten voll pumpt, und Fiona wird dann bestimmt nicht mehr wiederkommen, und ich werde sie jahrelang nicht sehen, und das würde ich nicht –«

»Es sind nur deine Erinnerungen, Mom.«

»Ich weiß, aber sie sind wieder erwacht.«

»Du kannst Fiona sehen, wann immer du willst. Du brauchst sie dir nur vorzustellen, und dann kannst du –«

»Nein«, sagte sie. »So ist das nicht.«

»Ist sie glücklich?«, fragte ich.

»Sie ist ein kleines Mädchen. Sie ist so glücklich, wie kleine Mädchen es eben sind.«

»Ich muss dich was fragen«, sagte ich.

»Pilot, bitte –«

»Ich muss«, sagte ich.

»– ich will jetzt nicht –«

»Es ist sehr wichtig.«

Sie wusste, um was es ging.

»– darüber sprechen.«

»Hast du jemals gedacht –«

»Nein.«

»– dass Dad irgendetwas damit zu tun hatte –«

»Dein Vater?«

»– mit Fionas Verschwinden?«

Hannah hatte die ganze Zeit meine Hand gehalten. Jetzt ließ sie sie los. »Glaubst du das etwa?«, fragte sie. »Hast du es also aufgegeben, deinen Bruder zu beschuldigen? Und was ist mit Katherine DeQuincey-Joy?«

»Hast du ihn jemals verdächtigt?«

Hannah wandte sich zum Fenster um, die Augen weit geöffnet und leer. »Dein Vater hat gewusst, dass du dabei warst, all dies wieder auszugraben, und er wusste, dass du gewisse *Dinge* gefunden hast«, sagte sie nun, »nicht wahr?«

»Ich hab's ihm gesagt.«

»Entweder er wollte die Antwort nicht wissen«, sagte Hannah, »wie ich übrigens auch nicht, oder er kannte sie bereits und wollte nicht mit ansehen müssen, wie du herausfindest, wie sie lautet.«

»Ich weiß.« Ich ging zum Bett und setzte mich. »Ich weiß, dass dies die beiden Möglichkeiten sind. Ich bin mir nur nicht sicher, was sie bedeuten.«

»Stellt dich denn keine von beiden zufrieden?«

»Es geht hier um mein Leben.«

»Und was ist mit deiner geistigen Gesundheit?«

»Keine Ahnung«, sagte ich. »Ich zweifle ständig an ihr. Es gibt keinen Moment, in dem ich nicht an ihr zweifle.«

»Ich bin erblindet«, sagte meine Mutter. »Und jetzt ist auch mein Mann von mir gegangen.«

»Ich werde den Schuh der Polizei übergeben.«

»Pilot«, sagte sie.

»Mom, ich muss es tun.«

»Pilot.«

»Und das Messer ebenfalls.«

»Pilot –« Aber sie sprach den Satz nicht zu Ende. Sie hob die Hand an den Mund, und es schien, als würden ihr einfach die Worte fehlen.

KATHERINE SASS, VOR Kälte bibbernd, in ihrem Wagen und kaute an ihren wunden, schorfigen Fingern. Als die Polizei eintraf, öffnete sie die Tür und stieg aus. Zumindest hatte sie das Lächeln aus ihrem Gesicht vertrieben – dieses Grinsen über einen Toten. Die Cops gingen mit gebotenem Ernst, jedoch ohne übertriebene Hektik zu Werke. Für sie war es eine Routinesache. Katherine stellte sich mit ausgestreckter Hand vor, wie ein Gast auf einer Cocktailparty. Anschließend führte sie die beiden jungen Beamten über den Pfad, den sie erst vor einer halben Stunde hinuntergegangen war, in den Wald.

Im Tunnel angekommen, zog einer der Beamten den Tunnelmann aus dem Wasser und lehnte die Leiche mit dem Kopf an die gekrümmte Seitenwand. »Da hat der alte Billy also schließlich den Löffel abgegeben«, sagte er mit einem grimmigen Lächeln.

»Billy«, wiederholte Katherine.

»Den gibt's schon seit Jahren hier in der Gegend«, sagte der Cop traurig. Der junge Beamte hatte sich gerade erst vorgestellt, aber Katherine hatte seinen Namen bereits wieder vergessen. Er hatte einen dünnen Oberlippenbart, eine dunkle Hautfarbe und große feminine Augen.

»Sie kannten ihn?«

»Er hat vor ein paar Jahren auf der Mülldeponie hinter der Grand Union gehaust«, sagte der Cop und nickte in Richtung Highway. »Dann ist er in den Tunnel umgezogen.«

»Miss DeQuincey-Jcy?«, rief jemand hinter ihr.

»Detective Vettorello?«

Er streckte ihr in der von hinten beleuchteten Dunkelheit die Hand entgegen. »Wie geht's Ihnen?«

»Mir geht's ... ich weiß nicht«, sagte sie. »Ist eine recht seltsame Angelegenheit.«

Vettorello trug eine blaue Windjacke zu einem gelben Hemd und grauen Polyesterhosen. Er hatte sich große schwarze Gummistiefel übergezogen und schritt platschend durch das Tunnelwasser. »Wir brauchen von Ihnen einen formalen Bericht darüber, wie es zu dem Leichenfund gekommen ist, und – und ich werde Ihnen dabei helfen, machen Sie sich also keine Sorgen.« Er lächelte. »Wird nicht lange dauern.«

»Danke.«

»Warum gehen wir nicht kurz nach draußen zu meinem Wagen?«

Als Katherine ihm folgte, bekam sie wieder nasse Füsse. Ihre Socken saugten sich mit dem fauligen Wasser voll. Sie konnte es nicht vermeiden. Neulich abends hatte sie ihre Sachen geradewegs in den Wäschekorb geworfen, und der chemische Gestank wollte einfach nicht vergehen.

Vettorello öffnete die Tür eines alten roten, kastenartigen Volvos. »Steigen Sie ein«, sagte er. »Bitte.«

Katherine setzte sich auf den Beifahrersitz, während Vettorello um den Wagen herum zur Fahrerseite ging. Auch er stieg ein und schloss mit einem kräftigen Ruck die Tür. Er wandte sich zu ihr um und sagte beinahe stichelnd: »Können Sie mir bitte noch mal erklären, was zum Teufel Sie hier draußen getrieben haben?«

Katherine strich ihr Haar aus dem Gesicht. »Ich weiß, dass es irgendwie merkwürdig ist«, sagte sie, »aber die Beweise, von denen ich Ihnen erzählt habe, die ich gesucht habe –«

»Der Schuh.«

»Und das Messer.«

»Ja.«

»Dieser alte Verrückte hat gesagt, dass er weiß, wo die Sachen sind. Aber das habe ich Ihnen ja bereits am Telefon erzählt.« Katherine seufzte.

Vettorello sah sie eindringlich an.

»Lassen Sie mich noch mal erklären, wie es dazu kam«, sagte sie. »Pilot Airie – er wurde vor ein paar Monaten mit einem psychotischen Schub hier im Wald gefunden, okay? Vor ein paar Tagen bin ich also hier ein bisschen spazieren gegangen, einfach um das Ganze besser zu verstehen, vielleicht mehr von seiner Warte aus, keine Ahnung, und dann kamen da diese Mädchen durch den Wald geschlendert, und sie haben mir von dem Tunnelmann erzählt.«

»Hat irgendjemand gewusst, dass Sie vorhatten, sich mit dem Tunnelmann zu treffen?«

Katherine schüttelte den Kopf. »Wieso sollte –« Sie hielt inne. Sie hielt in dem vollen Bewusstsein dessen inne, was sie drauf und dran war, zu sagen. »Eric«, sagte sie.

»Eric Airie?«

Und als sie es aussprach, wusste sie, was passiert war. Sie wusste, dass er hier gewesen war.

»Eric Airie«, sagte Vettorello. »Der Bruder Ihres Patienten.«

»Eric Airie.«

»Hatten Sie nicht gesagt, dass er von Pilot beschuldigt wird ... dass er ihn beschuldigt, vor all den Jahren seine Schwester ermordet zu haben?«

Katherine nickte. »Das stimmt.«

Vettorello hob die Hand ans Gesicht. »Das ist die verrückteste Geschichte, die ich je gehört habe«, sagte er. »Ein Obdachloser stirbt. Ein Mann, von dem mir immer klar war, dass er eines Tages so enden würde, wird tot aufgefunden, mit dem Kopf im Wasser und einem rekordverdächtigen Alkoholspiegel, kein Zweifel, und jetzt muss ich einen Gehirnchirurgen danach fragen, wo er sich in den letzten Tagen aufgehalten hat.« Er schüttelte den Kopf. »Es ist lächerlich.«

»Es wird noch schlimmer«, sagte Katherine. »Der Vater der beiden, nun, er ist verschwunden, vielleicht Selbstmord.«

»Verschwunden.«

»Ist aufs Meer hinausgeflogen.«

»Allein?«

»Ganz allein.«

»Es ist zum Verrücktwerden, verdammt noch mal.«

»Wem sagen Sie das«, meinte Katherine. »Ich glaube allmählich, dass er es war – der Vater, verstehen Sie, der dem Mädchen was angetan hat. Pilot hat sich irgendwie getäuscht und fälschlicherweise Eric beschuldigt.«

»Sie haben mit Cleveland gesprochen?«

»Es war damals eine der Theorien«, sagte Katherine. »Es war eine Theorie der Polizei.«

»Die Akten scheinen dies anzudeuten. Diese Theorie stammt von – wie war noch gleich sein Name –«

»Bryce Telliman.«

»Vom ihm. Sie hatten den Vater im Visier. Einen Airline-Piloten.« Vettorello dachte einen Moment nach. »Ich frage mich, wo die Leiche der Kleinen abgeblieben ist. Ich meine, er hätte sie in einem kleinen Koffer in ein Flugzeug verfrachten und sich ihrer irgendwo auf der Welt entledigen können, irgendwo, wo niemand sie jemals finden würde.«

»Möglich ist es.«

»Ist es wahrscheinlich?«, fragte er jetzt. »Ich meine, vergessen Sie das mit dem Flugzeug und dem Verstecken der Leiche – ist es wahrscheinlich, psychologisch betrachtet, dass der Vater der Täter ist und dass es ihm gelungen ist, sein Verbrechen jahrelang vor allen anderen zu verbergen?«

»Diese Familie ist tief –«, wie lautete das treffende Wort?, fragte sie sich, »– verstört.« Was Besseres fiel ihr im Moment nicht ein. »Und inzwischen glaube ich, dass nichts unmöglich ist, was diese Leute betrifft.«

»Sie sind angekommen«, sagte Vettorello. »Die Akten aus Albany sind angekommen.«

»Kann ich sie sehen?«

»Sie müssen sowieso aufs Revier.« Vettorello hielt einen Moment inne und strich mit der Hand über das Armaturenbrett. »Der Schnürsenkel ist ebenfalls getestet worden, darauf, ob er das richtige Alter hat und so weiter.«

»Und?«

Er blickte sie regungslos an.

»Was?«

»Er ist aus einem Nylonfaden hergestellt, den es erst seit den Achtzigern gibt.«

»Sie wollen mich auf den Arm nehmen.«

»Was bedeutet das?«

»Es bedeutet, dass ich ein Trottel bin«, sagte Katherine lachend. »Was die Beweislage betrifft, stehen wir mit leeren Händen da.«

»Was ist mit dem Tunnelmann?«, fragte Vettorello. »Hat er wirklich gewusst, wo die Beweise sind?«

»Welche Beweise?«, fragte Katherine immer noch lachend. »Ich bin auf eine Straße ins Nirgendwo geschickt worden.«

SIE WAR NICHT so dick, wie sie erwartet hatte, nur ein dünner Stapel Unterlagen in einem einfachen Ordner: größtenteils getippte Zeugenaussagen, einige ausgefüllte Formulare und ein paar Seiten handschriftliche Notizen. »Tut mir Leid, dass Sie sie nicht mit nach Hause nehmen können«, sagte Vettorello. »Aber Sie können sie hier lesen. Ich dürfte es Ihnen eigentlich nicht erlauben, aber –«

»Danke.« Katherine blätterte durch die Seiten, bis sie auf ein Blatt mit Bryce Tellimans Namen stieß. Und dann überflog sie das in einzeiligem Abstand getippte Protokoll und achtete auf Schlüsselwörter und -sätze.

»… habe Fiona auf dem Fest gesehen … süßes kleines Mädchen, sie saß auf seinem Schoß … mag Kinder … bin gegen zwei Uhr morgens gegangen – kannte die Familie nicht sehr gut, tut mir wirklich Leid, dies zu hören …«

Katherine blätterte weiter, bis sie auf James Airies Aussage stieß. Er war spät zu Bett gegangen, wie es dort hieß, erinnerte sich nicht mehr an die genaue Zeit, muss so gegen drei oder vier Uhr morgens gewesen sein, hatte recht viel getrunken. Er konnte sich an vieles nicht mehr erinnern.

Sie kaute an einem Finger, kostete ihr eigenes Blut.

Die Airie-Familie schien schon immer Probleme mit dem Gedächtnis gehabt zu haben, dachte sie.

Es gab noch andere Aussagen von Telliman. Und zahllose weitere Aussagen von den Partygästen. Es gab Aussagen der Tischmans von nebenan, der Johnsons, der Brookses und der Daniers. Ferner waren da die Joneses, die Browns, die Classens sowie die Haverstons und die Malnerres. Dann die vier Junggesellen – Paul Davidson, Karl Fuchs, Arnold Desmond und Howard Rice – sowie vier allein stehende Frauen – Celia Oblena, Sherry Meyerson, Tricia Caulder und Lacy Klugman – und natürlich Bryce Telliman. Schließlich fand sie, wonach sie gesucht hatte. Sie hielt ein Blatt Papier hoch, um es Vettorello zu zeigen. »Haben Sie das hier gelesen?«

»Was ist das?« Vettorello hatte sich mit einem Styroporbecher Kaffee in der Hand am anderen Ende des Raumes mit einem Kollegen unterhalten. Er kehrte in seinen Gummistiefeln zu Katherine zurück, die Augen auf das Blatt Papier gerichtet.

»Es ist ein Durchsuchungsbefehl.«

»Für was – Tellimans Haus?«

»Nein«, sagte Katherine. »Viel interessanter. Ich gehe davon aus, dass man Tellimans Haus durchsucht und nichts gefunden hat. Dies ist ein Durchsuchungsbefehl für das Haus der Airies, und er wurde abgelehnt.«

Vettorello nahm ihr das Blatt aus der Hand. Er lächelte dünn. »Sehr interessant.«

»Warum wollte der Richter ihn nicht unterschreiben?«

Er nippte an seinem Kaffee. »In manchen Fällen braucht

man jede Menge Indizien, bevor ein Richter einen Hausdurchsuchungsbefehl unterschreibt.« Er setzte sich. »Sie wollen jeden Irrtum vermeiden. Sonst bekommen Sie Ärger mit der Politik.«

»Gelegenheit«, sagte Katherine, mehr zu sich selbst als zu Vettorello. »Motiv.«

»Welches vernünftige Motiv gibt es dafür, dass jemand sein eigenes Kind tötet?«

»Für gewöhnlich passiert so etwas in einem Anfall von Raserei«, sagte Katherine. »Aus Wut oder Zorn.«

»Ein Unfall?«, sagte Vettorello.

»Unmöglich, nicht mit einem Messer.«

»Wir haben kein Messer«, rief Vettorello ihr ins Gedächtnis.

»Stimmt«, sagte sie. »Da haben Sie Recht.« Sie steckte ihre Hand in die Hosentasche.

»Wie dem auch sei«, sagte er, »die Polizei hätte sich damals mit einer Durchsuchung des Airie-Hauses höchst unbeliebt gemacht. Die Leute hatten gerade ihre Tochter verloren, und dann den Vater zu beschuldigen –« Vettorello zuckte mit den Schultern.

Katherine dachte einen Moment lang nach. »Cleveland hat gesagt, dass es Telliman war, der als Erster mit dem Finger auf James Airie gezeigt hat.«

»Woher kannten sich die beiden?«

»Hat Cleveland das jemals gefragt?«

»Ich bin sicher, dass er das Telliman gefragt hat.«

Katherine wusste nicht mehr weiter. »Ich werde einfach nicht schlau daraus.« Sie blickte Vettorello an. Dann schaute sie in dem kleinen Vorstadtrevier umher, sah die tristen Räumlichkeiten und die trostlose Weihnachtsdekoration. Im Moment war kaum etwas los. Die meisten Leute saßen mit zufriedenen Gesichtern an ihren Schreibtischen. Im Radio säuselte Popmusik. »Ich verstehe überhaupt nichts mehr. Wie ist es möglich, dass es kein einziges wirkliches Beweisstück gab?«

»Es gab den Turnschuh.«

»Der die Ermittlungen keinen Schritt weitergebracht hat.«

»Hören Sie zu.« Vettorello beugte sich zu Katherine vor. »Manchmal führen polizeiliche Ermittlungen zu keinen zufriedenstellenden Antworten. Manchmal findet man seinen Bösewicht nicht.« Er lehnte sich zurück. »Das ist zwar traurig, kommt aber vor. Kommt sogar recht häufig vor, ehrlich gesagt.«

»Und der Schnürsenkel ist aus den Achtzigern?« Katherine konnte es nicht fassen. Woher stammte das Teil nur?

Sie dachte über mich nach. Würde ich sie belügen? Um meinem eigenen Bruder am Zeug zu flicken? Es bedeutete, dass sie sich von einem schizophrenen Paranoiker eine haarsträubende Geschichte hatte weismachen lassen. Es bedeutete, dass sie nicht nur dabei versagt hatte, mir bei meinen psychischen Problemen zu helfen – tatsächlich hatte sie dazu beigetragen, sie zu verschlimmern.

»Ich gehe jetzt am besten«, sagte sie kopfschüttelnd. »Ich gehe jetzt am besten nach Hause.«

»Ich werde dies hier noch eine Weile dabehalten.« Vettorello zeigte auf die Akte. »Und wenn Sie herkommen und sie noch einmal lesen wollen, rufen Sie mich einfach an.«

Auf der Heimfahrt beschloss Katherine, mich an einen anderen Psychologen zu überweisen. Ferner überlegte sie sich während der weiten Fahrt zu ihrem *Käfig*, ihren Job zu schmeißen und nach New York zurückzukehren. Und als sie mit kalten Füßen und zitternden Händen – es war inzwischen eisiger rauer Winter eingekehrt – durch die Tür ging, war sie bereit, zu kündigen. Sie legte ihre Sachen ab und sah, dass die Leuchtanzeige ihres Anrufbeantworters blinkte: eine Nachricht. Es musste Michele sein, dachte sie. Oder Mark.

Ganz im Gegensatz zu ihrer Gewohnheit drückte sie den Knopf.

»Sie haben eine Nachricht«, ertönte der Anrufbeantworter. »Nachricht eins. 15 Uhr 57 ...«

»Äh« – eine Männerstimme – »ich, äh, ich habe kürzlich einen Anruf von Ihnen erhalten, und ich war nicht in der Stadt, deshalb habe ich die Nachricht erst heute Nachmittag gehört. Ich bin Bryce Telliman. Vielleicht können Sie mich ja zurückrufen und mir sagen, worum, tja, worum es sich handelt. Das wäre nett. Meine Nummer haben Sie ja. Also, bis dann.«

WEIHNACHTEN STAND VOR der Tür. Ich verbrachte einen Nachmittag im Bed, Bath, and Beyond auf der anderen Seite des Highways und kaufte Geschenke. Es fiel mir ungemein schwer, irgendetwas auszusuchen, aber schließlich entschied ich mich für beige-weiß gestreifte Handtücher für Hannah und ein Badezimmer-Radio für Eric. Normalerweise hätte ich auch etwas für Patricia und meinen Vater gekauft, aber es wäre mir seltsam vorgekommen, ihr irgendetwas zu schenken. Ich werde ihr eine Karte schicken, dachte ich. Ich schlenderte eine halbe Ewigkeit durch die Gänge und strich über die Betttücher und Decken und über die mit Seifen und Badesalzen voll gepackten Regale. In diesem Laden gab es alles, was das Herz begehrte. Ich blieb vor einer Dekoration mit einem künstlichen Kaminfeuer stehen und fragte mich, ob Hannah gern vor einem Feuer sitzen und ob sie die Flammen überhaupt sehen würde. Aber dann stellte ich mir vor, wie unser Haus abbrannte und wie die Asche unserer Kindheit über Foxwood Court in die Luft aufstieg. Und dieser Gedanke war alles andere als abwegig, sagte ich mir. Die Angst war begründet.

FIONA LIEBTE NACHRICHTENSENDUNGEN. Wie viele Mädchen ihres Alters schauen sich schon die Nachrichten an? Sie saß vor dem Fernseher und hörte den einzelnen Berichten aufmerksam zu – in jenen Tagen ging es um Kambodscha, die Carter-Wahl und die Energiekrise. Sie setzte sich auf den Boden und blickte wie gebannt zum Bildschirm hoch. Und manchmal wandte sie sich erstaunt, mit herunterhängender Unterlippe um. »Pilot«, sagte meine kleine Schwester dann, »schau dir das an.« Vielleicht sind andere Kinder genauso, aber das bezweifle ich. Ich glaube, sie war einzigartig.

Ich zuckte mit den Achseln. »Schauen wir uns doch Zeichentrickfilme an.«

Und dann sagte sie zu mir, dass ich ein Trottel sei.

Manchmal frage ich mich, was das über sie aussagt, was aus ihr geworden wäre. Sie war nur ein kleines Mädchen, und vielleicht hatte es nichts zu bedeuten. Alle diese Dinge müssen überhaupt nichts zu bedeuten haben.

Als wir einmal zur Bibliothek fuhren, beschloss sie, dass sie gern Französisch lernen würde, und als der Nachmittag vorbei war, konnte sie bereits bis zehn zählen: »Öh, döh, twa …« An jenem Tag sprang sie auf der Terrasse umher, wiederholte ständig die französischen Zahlen, und immer wenn sie an mir vorbeirauschte, tippte sie mir leicht an den Kopf. Ich saß auf den Schieferplatten, mit einer roten Rolle Zündplättchen, die ich mit einem Stein zum Knallen brachte.

Zuweilen versuchte ich, all diese Puzzleteilchen der Erinnerung in meinem Kopf zu sammeln und mir Fiona als Ganzes ins Gedächtnis zurückzurufen. Aber stets entglitt mir irgendein Detail, und mein Bild von ihr ist unvollständig. Ich würde alles dafür geben, herauszufinden, wo sich die Fotos von ihr befinden, wo Hannah sie aufbewahrt, nur um Fiona wiederzusehen.

GANZ ERSCHÖPFT VON der weiten Fahrt nach New York – warum nur war sie weggezogen? Was hatte sie sich dabei gedacht? – klopfte Katherine an die Tür im vierten Stock eines einfachen Mietshauses im West Village und wartete mit verschränkten Armen und unter der Jacke versteckten Händen. Sie hörte, wie im Inneren der Wohnung der Fernseher ausgeschaltet wurde, dann zur Tür eilende Schritte. »*Einen Moment noch.*« Es war die gleiche Stimme, die sie bereits vom Telefon her kannte, eine Männerstimme, aber feminin. Es war Bryce Tellimans Stimme. »*Einen Moment noch*«, rief er erneut. Katherine hörte, wie die Tür aufgeschlossen wurde, das vertraute New Yorker Geräusch von mehreren sich entriegelnden Schlössern. »Sind Sie Katherine?« Die Tür war jetzt offen.

Sie streckte die Hand aus. »Freut mich, Sie kennen zu lernen, Bryce. Danke, dass ich vorbeikommen darf.«

Er war spindeldürr, mit langem welligen Haar und einem grauen Drei-Tage-Bart. »Nun«, sagte er, »ist schon in Ordnung.« Die Haut an seinem Hals war wie in losen Falten herunterhängendes Textilgewebe.

»Ist wahrscheinlich nicht einfach für Sie, über diese Angelegenheit zu reden.« Als sie sein kleines Apartment betrat, bemerkte sie die vielen Ölgemälde, die an den Wänden hingen, kleine abstrakte Malereien mit dicken kräftigen Farbstrichen. Katherine blickte sich lächelnd um.

»Meine Bilder«, sagte Telliman. Dann zeigte er auf einen Stuhl. »Setzen Sie sich doch. Kann ich Ihnen etwas anbieten? Wasser? Tee? Ich habe Bier.«

»Ist nicht nötig«, sagte sie. »Danke.« Sie nahm auf dem Regiestuhl aus Leinen Platz, der in der Nähe der Tür stand. Er war mit Farbflecken übersät.

Telliman setzte sich ihr gegenüber hin. Einen Moment lang blickte er sie nur an und rutschte nervös auf seinem Stuhl herum. »Wo sollen wir anfangen?«

Katherine holte tief Luft. »Wie ich bereits am Telefon sagte, ich bin Psychologin, und Pilot Airie ist mein Patient. Er hat mich gebeten, herauszufinden, was vor zwanzig Jahren mit seiner kleinen Schwester passiert ist.« Katherine, die ihre Jacke nicht ausgezogen hatte, versteckte ihre Hände weiter in den Ärmeln. »Glauben Sie mir, ich bin mir bewusst, welch eine schmerzhafte Erfahrung das für Sie gewesen sein muss, und ich bin nicht hier, um alte Wunden aufzureißen, aber –«

»Ich verstehe«, sagte der Mann. »Sie wollen wissen, an was ich mich aus jener Nacht noch erinnere.«

»Ja.«

»Sie wollen wissen, ob ich es war.«

Katherine schüttelte den Kopf. »Pilot glaubt nicht, dass Sie es waren. Und ich ebenfalls nicht, wenn Ihnen das etwas bedeutet.«

»Er glaubt es nicht?«

»Er hat nie geglaubt, dass Sie es waren.«

»Aber er war damals noch ein Kind.«

Katherine zuckte mit den Achseln.

»Und Sie?«, fragte Telliman.

»Es ist sehr schwierig, da durchzublicken.« Katherine hörte in dem Apartment nebenan den zischenden Dampf eines Heizkörpers. »Ich habe weder eine feste Meinung noch irgendeine Theorie, über die ich zu diesem Zeitpunkt sprechen könnte.« Sie beugte sich ein Stück vor und fragte: »Aber warum waren Sie an jenem Abend überhaupt im Haus der Airies?«

»Ich war damals Physiotherapeut – ein Freund eines Freundes eines Freundes. Es waren die Siebziger. Die Leute sind einfach auf Partys gegangen. Es war egal.«

Katherine nickte. »War es eine nette Party? Ich meine, die späteren Ereignisse mal beiseite gelassen?«

»Es wurde sehr viel getrunken, das weiß ich noch. Ich weiß noch, dass ich selbst ziemlich gebechert hatte.«

»Sie haben mit ihr gespielt.«

»Die Kinder schienen sehr nett zu sein.«

»Ja«, sagte Katherine, »das waren sie wohl.«

»Ich habe Kinder schon immer gern gehabt. Ich wollte selbst welche haben, ich wollte Vater sein, verstehen Sie.«

»Aber –«

Er klang enttäuscht. »Aber ich bin schwul, und ich könnte nie ein derartiges Verhältnis mit einer Frau eingehen, also blieb mir nichts anderes übrig, als mich hier und da an Kindern zu erfreuen. Ich bin jedoch vorsichtiger geworden, seit –«

Katherine nickte. Sie wusste nicht, was sie sagen sollte.

»Das kleine Mädchen, Fiona, sie war sehr offen und kontaktfreudig. Sie hat auf meinem Schoß gesessen und geredet – Sie wissen, wie Kinder sein können – und mir ihre kleinen Geheimnisse erzählt.«

Katherine meinte, in seiner Stimme einen Südstaaten-Akzent herauszuhören, war sich aber nicht sicher. »Geheimnisse?«

»Dass sie an einem Drink genippt hatte. Dass sie bestimmte Leute beim Küssen beobachtet hatte. Und die Mutter hatte nichts dagegen einzuwenden.« Telliman hielt den Blick gesenkt. »Ich meine, sie hat mich und die Kleine gesehen und gewitzelt, dass Fiona offensichtlich mit mir flirten wolle. Aber der Vater –«

»James Airie –«

»James.« Telliman schüttelte den Kopf. »Er hat ihr immer wieder gesagt, dass sie mich in Ruhe lassen soll, verstehen Sie, und an seinem Tonfall merkte ich gleich, dass er meinte, *ich* solle *sie* in Ruhe lassen.«

»Und haben Sie sie in Ruhe gelassen?«

»Sie ist irgendwann nach oben gegangen.«

»Und was ist dann passiert?«

»Na ja, ich hab weiter Drinks in mich reingekippt. Und allmählich hatte ich das Gefühl, dass ich zu viel getrunken hatte, verstehen Sie, viel zu viel.« Er drückte sich genauso aus wie in dem Polizeibericht, und Katherine kam das Ganze wie auswendig gelernt vor, so als hätte er es bereits eine Million Mal gesagt. Seine Stimme klang zunehmend monotoner, so als würde er einen Klagegesang auf einer Beerdigung anstimmen. »Ich bin also auf die andere Seite des Schwimmbeckens gegangen«, fuhr er fort. »Fiona war nicht mehr da, verstehen Sie, keine Ahnung, wo sie abgeblieben war, und ich bin zu den Bäumen gegangen, die dort hinterm Haus standen.«

»Sie sind in den Wald hineingegangen.«

»Ich dachte, dass ich mich jeden Moment übergeben muss.«

»Warum sind Sie dazu nicht auf die Toilette gegangen?«

Er seufzte. »Es war mir peinlich. Ich dachte, dass ich im Wald ungestörter wäre. Und abgesehen davon, wenn Sie betrunken sind –«

»Okay, und deshalb waren dort draußen ihre Fußabdrücke.«

»Offensichtlich.«

Der alte Mann schwieg einen Moment, die Augen glasig und weit aufgerissen. »Es war noch jemand da.«

»James Airie?«

»Nein.« Er lächelte. »Es war ein Junge, ein Teenager.«

»Haben Sie das jemals der Polizei erzählt?«

»Ich hab's meinem Anwalt erzählt. Ich weiß nicht mehr, ob wir es –«

»Was hat der Junge dort getrieben?«

»Er hielt sich dort irgendwie versteckt, glaube ich. Lag auf der Lauer.« Telliman rollte mit den Augen. »Wie dem auch sei, ich bin aus dem Wald wieder raus, und ich glaube – ich meine, ich weiß, dass andere Gäste mich gesehen haben. Und ich schätze, dass die Kleine zu dem Zeitpunkt bereits verschwunden war oder so was, weil zwei Tage später die Polizei bei mir vor der Tür gestanden hat.«

»Jerry Cleveland.«

»Ein Volltrottel.«

»Er hat gesagt, Sie hätten den Vater für den Täter gehalten.«

Telliman lachte. »Ja, das stimmt.«

»Aus welchem Grund haben Sie das gesagt?«

»Weil er nie auf mich losgegangen ist.«

»Wie meinen Sie das?«

»Er hat mich nie bedroht, nie versucht mich umzubringen oder mich zusammenzuschlagen. Ich jedenfalls würde so reagieren, ich meine, wenn es meine Tochter wäre.«

»Was bedeutet –«

»Es bedeutet mehrere Dinge. Erstens, dass er wusste, dass ich nicht der Täter war. Und zweitens, dass er wusste, dass sie nie mehr zurückkommen würde. Stellen Sie sich doch einmal vor, wie die Leute reagieren, wenn ihre Kinder vermisst werden. Das ist etwas anderes, als wenn sie tot sind. Das sage ich Ihnen. Man sieht es ständig im Fernsehen, die Hoffnung in ihren Augen …«

Katherine nickte. »Jerry Cleveland war der gleichen Ansicht wie Sie.«

»Wirklich?«

»Und James Airie hat sich umgebracht.«

Bryce Telliman stieß einen Seufzer aus. Er schlug sich mit den Händen auf die Knie. »Sind Sie sicher, dass Sie nicht doch etwas trinken wollen, Katherine? Ich habe eine Menge verschiedener Teesorten.«

»Nein danke«, sagte Katherine.

»Wie hat er sich umgebracht?«

»Er ist mit seinem kleinen Flugzeug aufs Meer hinausgeflogen.«

»Mit seinem kleinen Flugzeug«, wiederholte Telliman.

Katherine fiel plötzlich auf, dass sie ihre Jacke nicht ausgezogen hatte. Ihr wurde langsam warm. »Haben Sie gesagt, Sie haben Bier?«, fragte sie.

ES KLINGELTE SO gut wie nie. Sie fuhr gerade in ihrem Golf aus New York zurück, als ihr Funktelefon klingelte. Es war Dr. Lennox. Er sagte: »Ich habe da etwas, Kate.«

Katherine fragte erwartungsvoll: »Was? Was ist es?«

»Ich habe gedacht, dass es verrückt ist«, sagte Greg, »ich habe gedacht, dass *ich* verrückt bin, aber dann habe ich mir den Bluttest, den wir mit Pilot durchgeführt haben, als er hier eingeliefert wurde, ein zweites Mal angeschaut.«

»Und?«

»Und natürlich testen wir es nur auf bestimmte Dinge.«

»Und?«

»Und ich habe das Labor gebeten, es sich noch einmal anzusehen, unter größtem Aufwand, wohlgemerkt, aber der Test hat's tatsächlich zum Vorschein gebracht. Es ist drin.«

»Im Ernst?«

»Das Zeug ist nur sehr schwer erhältlich. Es ist ein neues Produkt, und soweit ich weiß, befindet es sich immer noch in der Testphase.«

Katherine hielt sich mit der einen Hand den Hörer ans Ohr und umklammerte mit der anderen das Lenkrad. Sie hatte gewusst, dass es möglich war, ja sogar gewusst, dass es wahrscheinlich war. Aber jetzt, wo es eine unumstößliche Tatsache geworden war, wusste sie nicht, was sie davon halten sollte. Sie atmete tief durch. »Die Sache wird mit jeder Sekunde seltsamer«, sagte sie ins Telefon.

Sie hörte, wie Lennox an seinen Zähnen saugte. »Ich werde nachprüfen, ob irgendetwas von diesem Zeug an Eric Airie geliefert worden ist. Ich kenne einen Vertreter der Arzneimittelfirma, die es herstellt.« Dr. Lennox' Stimme klang düster. »Wir dürfen nicht vergessen, Katherine, es handelt sich nicht um ein Medikament, mit dem man jemanden umbringen könnte, selbst wenn man –«

»Es ist noch schlimmer«, sagte sie. »Es handelt sich um ein Medikament, das den Betreffenden psychotisch werden lässt.«

»Was werden Sie nun tun?«

»Abwarten.« Katherine hielt an einer Ampel an. »Erinnern Sie sich noch an den Schnürsenkel?«

Dr. Lennox schwieg.

»Der, von dem Pilot behauptet hat, dass er von dem Schuh stammt, den er gefunden hat, von dem Beweisstück?«

»Ja, ich glaube.«

»Er ist nicht echt.«

»Und?«

»Und jetzt weiß ich nicht, ob er tatsächlich irgendwelche echten Beweisstücke hat oder nicht. Mit anderen Worten, Eric hat Pilot vielleicht verrückter gemacht, als er es ursprünglich vorhatte. Möglicherweise hat er Pilot so verrückt gemacht, dass er nun den Wahnsinn erntet, den er gesät hat.«

Dr. Lennox fragte: »Werden Sie sich mit Eric treffen?«

»Ich werde ihm möglichst aus dem Weg gehen.«

»Sie brauchen sich keine Sorgen zu machen, Kate.« Dr. Lennox' Tonfall klang wenig überzeugend. »Haben Sie keine Angst. Dies ist eine Familienangelegenheit, und Eric würde nicht, da bin ich mir sicher – er würde auf gar keinen Fall irgendeinen Unsinn machen. Er ist Arzt.«

»Vielleicht gibt es überhaupt keine echten Beweisstücke«, sagte Katherine mehr zu sich selbst als zu Dr. Lennox. »Vielleicht benutzt Pilot dieses Gerücht nur, um seinen Bruder aus der Reserve zu locken, um ihn dazu zu verleiten –«

»Dann wäre er ziemlich –«

»Bei ziemlich klarem Verstand«, sagte Katherine. »Nicht wahr?«

»Ja«, erwiderte er. »Das könnte man wohl sagen.« Er hielt einen Moment inne und sagte schließlich: »Ich habe noch nie eine Familie gesehen, die sich dermaßen verstrickt hat.«

»Sie haben vor zwanzig Jahren angefangen, sich zu verstricken«, sagte Katherine. »Und jetzt sieht es so aus, als würden sich die verschiedenen Fäden allmählich entwirren.«

SCHON ERSTAUNLICH, ABER es war Heiligabend.

ICH LAG MIT weit geöffneten Augen im Bett. Durch die Jalousiestäbe drang ein feiner Streifen Licht herein. Die verdammte Bettwäsche war wohl noch zu neu, oder sie war einfach noch nicht oft genug gewaschen worden, jedenfalls kratzte sie wie Schmirgelpapier und war so borstig wie ein Topfreiniger. Ich lag wach da und lauschte dem irritierenden Brummen der Zentralheizung. Draußen herrschte inzwischen tiefster Winter, und eine schneidende Kälte war hereingebrochen, die selbst vor meinem Bett nicht Halt machte und sich wie Halley the Comet unter die Decke stahl, damals, als ich noch klein war. Ich hatte normalerweise einen ausgezeichneten Schlaf, den Schlaf der Gerechten, tief und traumlos. Für gewöhnlich legte ich meinen Kopf auf das weiche Daunenkissen, bettete mich auf das feine Leinengewebe und stellte am nächsten Morgen erstaunt fest, dass ich aufgewacht war: Im Radio waren klassische Violinklänge zu hören, und während ich mich selbstbewusst, mit dem Rasiermesser in der Hand, im Badezimmerspiegel betrachtete, füllte sich der Raum mit dem Dampf der Dusche. In jener Nacht lag ich jedoch im Bett und starrte die Decke an. Ich schaffte es einfach nicht, abzuschalten. Ob es nun an der Bettwäsche oder dem Brummen der Heizung lag, weiß ich nicht, aber ich fragte mich unentwegt, wo sie sein könnten, wo die Beweisstücke versteckt waren, diese Scheiß-Beweisstücke – eine alte Wonderbread-Plastiktüte, der Turnschuh eines kleinen Mädchens, ein Jagdmesser mit schwarzem Griff –, und dann sah ich sie plötzlich vor mir. Im Bruchteil einer Sekunde schossen Millionen von Neuronen durch mein Kleinhirn und verursachten diesen plötzlichen Erkenntnisschub, diese explosionsartige Elektrizität eines bewussten Gedankens, und da wusste ich, wo sie waren, wo sie sein mussten.

Ich sah sie förmlich vor mir.

Es war, als wäre plötzlich irgendein Knoten geplatzt. Bestimmte Nervenzellen hatten sich auf genau die richtige Art und Weise kurzgeschlossen oder sich getrennt. Die richtige Menge Serotonin und Dopamin war freigesetzt worden. Ich spürte förmlich, wie mir das Blut in den Schläfen pochte. Ich konnte die knisternde Elektrizität in den Nerven beinahe hören, den pausenlosen Informationsaustausch auf den biochemischen Verkehrsrouten im Zentrum meines Nervensystems. Und dann stand ich plötzlich mit den Füßen auf dem Holzboden. Meine Hände tasteten nach der Leselampe. Aus irgendeinem Grund schlüpfte ich in die Kleider, die ich für den nächsten Tag bereitgelegt hatte – Smokingschuhe, einen grauen Nadelstreifenanzug und ein rosafarbenes Hemd mit Monogramm. Aber es spielte sowieso keine Rolle, sagte ich mir. Der morgige Tag war hiermit gestrichen. Auf dem Weg zum Auto fuhr ich mir mit der Hand übers Gesicht und spürte den rauen, scharfen Stoppelbart. Ich warf in dem gelben Licht der Einfahrt einen Blick auf meine Philippe Patek – es war kurz vor drei Uhr morgens. Ich konnte mich nicht erinnern, die Uhr angezogen zu haben, diese Uhr, die mir plötzlich so fremd vorkam. Es war mir jedoch egal. Ich würde die Sache schnell hinter mich bringen. Jetzt, wo ich es wusste. Jetzt, wo ich genau wusste, wo sie sich befanden.

Und woher kannte ich das Versteck? Weil ich – für den Bruchteil einer Sekunde – mit den Augen meines Bruders *gesehen* hatte.

Im Bruchteil einer Sekunde hatte sich alles aufgeklärt.

Im Jaguar war es so kalt wie in einem Tiefkühlfach. Ich hielt die Hände vor den Mund, um sie an meinem Atem zu wärmen. Dann steckte ich den Schlüssel in die Zündung und ließ den Motor an. Die Temperaturen lagen unter dem Gefrierpunkt, und ich wartete einen Moment, um den Wagen ein wenig warm werden zu lassen. Die Stereoanlage schaltete sich automatisch mit einer CD der Brandenburgischen Konzerte ein, innige, gemessene Musik. Aber dies war eine Nacht, die keinen Soundtrack benötigte. Dies war der Teil meiner Lebensgeschichte, der besser undokumentiert blieb. Ich schaltete die Musik aus. In meinem Kopf spukte ein Bild von Fiona herum. Ich erinnerte mich an die Art, wie sie in der Nacht der Party in den Wald hineingespäht hatte, an die Leute, die sich mit Cocktails und Zigaretten um den Swimmingpool versammelt hatten, und an Bryce Telliman, der mit seinen blonden Haaren und seinem Schnauzer etwas abseits gestanden hatte, das Hemd weit geöffnet, mit abwesenden, jedoch in alle Richtungen huschenden Augen. Ich sah ihren zarten Kleinmädchenleib in ihrem roten Badeanzug mit dem Blumenmuster zwischen ihren noch unentwickelten Brüsten. Ich erinnerte mich an die Turnschuhe an ihren Füßen, rote knöchelhohe Sneakers, von denen der eine zugebunden war, während der andere lose an ihrem Fuß baumelte.

Ich fuhr die lang gezogene Auffahrt hinunter und fand mich plötzlich, ohne dass ich es bemerkt hätte, auf dem Sky Highway wieder, mit dem vertrauten Surren der Räder auf dem Asphalt und den gelben Markierungslinien, die wie Laser in einem Science-Fiction-Film vorbeiflogen. Ich wusste besser als jeder andere in unserer Familie, wie das menschliche Auge die gegenständliche Welt erfasste. Besser als jeder andere wusste ich, wie ein Bild, wenn es vom Hellen ins Dunkle wechselte, in einzelne Informationspartikel zerfiel, um anschließend wieder in eine Darstellung von etwas Erkennbarem umgewandelt zu werden. Ich wusste, was passieren konnte, wenn dieser gewöhnliche, alltägliche Prozess nicht mehr funktionierte. Ich kannte die Folgeerscheinungen, wusste von der verschwommenen Wahrnehmung und dem ganzen Rest: von dem Schock, dem Gefühl der Angst und der schleichenden psychischen Labilität. Ich hatte mein ganzes Leben doppelt gesehen: mit meinen eigenen Augen und mit den Augen meines Bruders.

Ich wusste, was meine Mutter durchmachte.

Ich kam auf dem Weg zur Thomas Edison Junior High School nur an drei Autos vorbei. Und als ich dort eintraf, sah ich wie immer den alten orangefarbenen BMW 2002, den burgunderroten Buick Skylark und den weißen Mustang, ein Modell aus den frühen Achtzigern. Es waren dieselben Wilddiebe wie immer, die auf dem hintersten Ende des Parkplatzes am Waldrand parkten, weil sie wussten, dass dieser Teil des Geländes so gut wie unbenutzt war, weit entfernt von den Schulgebäuden und weit hinter dem Football-Feld. Mir war inzwischen warm geworden, ja, ich schwitzte sogar und schaltete den Motor und die Scheinwerfer aus. Ich wusste, dass mein Bruder die Beweise nie finden würde, dass er sich eigentlich nie genau daran erinnert hatte, wo er sie versteckt hatte. Das Gedächtnis funktioniert so nicht. Einzelheiten verschwimmen, sie verkehren sich ins Gegenteil, und der Erinnernde verwechselt sie mit unendlich vielen anderen Details, die er am Ende unmöglich zu unterscheiden vermag. Sein Hirn war in Nebel gehüllt, dachte ich. Ohne die Hilfe eines Dritten würde er sein Gedächtnis nie entziffern, nie den Schnürsenkel der Wahrheit in der Schlangengrube der Erinnerungen finden. Ich stieg in die schneidende Kälte hinaus und schloss die Tür, ohne abzuschließen. Ich trat von dem asphaltierten Gehweg herunter und ging durch das Gras in den Wald meiner Kindheit, in dem das Experiment meines Lebens begonnen hatte.

Als ich noch klein war, stieß ich auf dem Dachboden auf die alten Tierfallen meines Vaters. In den Zeiten – mein Vater war damals noch ein Kind –, in denen gewöhnliche Leute Pelze an Sears and Roebuck verkauften, waren sie dazu benutzt worden, Nerze und Bisamratten zu fangen. Als ich ungefähr zwölf, dreizehn Jahre alt war, ging ich mit diesen Fallen in den Wald und stellte sie mit kleinen Fleisch-, Karotten- oder Käsestückchen auf. Meistens fing ich Eichhörnchen und Hasen. Morgens fand ich dann die Tiere, deren Beine von ihren vergeblichen Fluchtversuchen ganz verdreht und zerschunden waren. Die rostigen Stahlzähne hatten sie oft ganz irre werden lassen. Manchmal jedoch fand ich sie in einem katatonischen Zustand vor, mit weit aufgerissenen glasigen Augen und schlaffen Körpern. Vermutlich wollten sie sterben, oder, was oft genug vorkam, sie waren schon tot. Zuweilen hatte ein anderes Tier sie vor mir entdeckt, in den meisten Fällen wahrscheinlich unsere Katze, Halley the Comet, und dann waren ihre Eingeweide bereits herausgerissen, und sie waren halb zerfressen. Ich brachte die Tiere für gewöhnlich in die Garage und führte mit ihnen Experimente durch. Nachdem ich sie mit einem Satz Messer und anderen Küchenutensilien meiner Mutter seziert hatte, kategorisierte ich jeden Organismus anhand einer alten Ausgabe von *Gray's Anatomie* und verglich die Organe des Tieres mit denen des menschlichen Körpers. Ich darf wohl sagen, dass ich mich schon bald erstaunlich gut mit dem Organismus kleinerer Säugetiere auskannte. Wenn aber eines dieser Tiere noch lebte, nagelte ich es auf der Werkbank meines Vaters fest. Dann entfernte ich mit einem gezackten Brotmesser vorsichtig die hintere Schädeldecke. Wenn der Eingriff erfolgreich verlaufen war, lag das Gehirn des Tieres offen, während der Körper immer noch zuckte und bebte. Ich berührte dann die verschiedenen Bereiche des Nervensystems der Eichhörnchen, Hasen oder Murmeltiere, je nachdem. Ich wollte wissen, welche Teile ihres Körpers bei welcher Berührung zu zucken begannen. Dann schnitt ich einzelne Gehirnteile heraus, um zu sehen, wann die Tiere aufhörten zu atmen.

Jetzt gerade ging ich mit ein paar Schritten in den Wald und versuchte den Pfad zu finden, den ich vor so vielen Jahren täglich auf dem Heimweg von der Schule genommen hatte. Nachdem ich ihn gefunden hatte, ging ich zuversichtlich weiter, und mit jedem Schritt wuchs die Überzeugung, mich auf dem richtigen Weg zu befinden.

Die Tiere hielten ohne ihr Gehirn natürlich nicht allzu lange durch. Aber ab und zu hatte ich beispielsweise einen Hasen erwischt, der mich überraschte, indem er noch eine Weile – minutenlang, wie es schien – ohne ein zentrales Nervensystem überlebte.

Ich war ungefähr zehn, als mein Vater mir das Jagdmesser insgeheim schenkte. Es war das Messer, mit dem ich den kleinen Tieren, die in der Falle steckten, die Beine abschnitt. Es hatte eine gebogene Stahlklinge und einen Ebenholzgriff mit einem eingelegten silbernen Nashorn. Außerdem bekam ich eine schwarze Lederscheide, die sich an meinem Gürtel befestigen ließ, und einen kleinen Schleifstein. Als Dad es mir gab, musste ich ihm versprechen, niemals meiner Mutter zu sagen, dass ich es hatte; das sei eine Sache nur zwischen uns Männern. Ich nahm dieses Messer jeden Tag zum Überprüfen der Fallen in den Wald mit. Ein Sommer nach dem anderen verging, und ich wurde immer geschickter darin, die Beine der gefangenen Tiere abzuschneiden, indem ich genau den richtigen Punkt fand, um den Knochen und das Muskelfleisch drum herum sauber zu durchtrennen und nicht mit roher Gewalt abzureißen.

Für diesen Scheißkater hatte sich sowieso niemand interessiert.

Ich fand ihn eines Tages im Keller, als er auf einem Stapel alter Decken schlief. Ich hob ihn hoch, streichelte seinen orangefarbenen Körper und kraulte sein Nackenfell, um ihm keine Angst zu machen. Halley the Comet liebte uns alle wie verrückt, und er buhlte ständig um Zuneigung. Ich spürte seine sehnigen Katzenmuskeln unter seinem weichen orange-weiß gestreiften Fell. Seine Augen waren zwei Schlitze. Er schien mich sogar anzulächeln, und ich spürte das leise motorähnliche Brummen in seinem Innern, sein sanftes Katzenschnurren. Ich trug Halley the Comet also in die Garage und setzte ihn auf der Werkbank ab. Er geriet auf der Stelle in Panik und wollte herunter. Jetzt musste ich gegen ihn kämpfen, und er riss lange tiefe Kratzer in meine Arme. Er erwischte sogar mein Gesicht – als er versuchte sich an mir abzustoßen, gruben sich seine Hinterkrallen tief in meine Wange. Als ich mir übers Gesicht strich, sah ich das Blut an meiner Hand, das mehr braun als rot war. Jetzt musste ich irgendein Mittel finden, ihn auf der Werkbank zu halten, und das schaffte ich nur, indem ich ihn mit der Hand und dem Oberkörper auf der Werkbank niedergedrückt hielt, während ich mit der anderen Hand nach meinem Messer am Gürtel griff. Das Ganze war leichter, als es vielleicht klingt. Alles in allem war Halley eben nur eine Katze. Ich hörte, wie er würgte und keuchte. Es hörte sich an wie ein unter Wasser schreiendes Baby. Aber als ich es schließlich tat, als ich also das mikroskopisch scharf geschliffene Messer nahm und es in sein linkes Hinterbein jagte, gleich unter dem Gelenk – das Messer durchstieß sein Bein wie eine Karotte auf der Küchenanrichte –, da verstummte Halley the Comet plötzlich. Wie so viele Tiere, die ich gefangen hatte, verfiel sein Körper von einem Moment auf den anderen in Katatonie, und seine Muskeln erschlafften unter meinem zupackenden Griff. Er verlor sogar die Kontrolle über seine Blase und seinen Schließmuskel und pisste und schiss die ganze Werkbank voll. Darüber hinaus verlor er mehr Blut, als ich gedacht hätte. Es spritzte auf mein Hemd und den Boden. Ich brannte die Wunde also mit dem Lötkolben meines Vaters aus. Dann säuberte ich das umliegende Gewebe und verband die Wunde mit Mull und weißem Klebeband. Als Halley ein leises Jaulen von sich gab, das tief aus seiner Kehle kam, kraulte ich ihm wieder den Nacken. Darauf fing er wieder an zu miauen und stieß einen gedämpften Schrei nach dem anderen aus. Seine Augen waren glasig und wirkten verzweifelt. Ich war so darin vertieft, Halleys Bein abzuschneiden, dass ich die sich öffnende Küchentür nicht bemerkte. Ich blickte auf und sah meine Schwester, die kopfschüttelnd und mit weit aufgerissenen Augen dastand.

»Ist schon in Ordnung«, sagte ich. »Ist alles unter Kontrolle.«

Aber sie drehte sich um, rannte ins Haus zurück und ließ die Tür zur Küche halb offen.

Zwanzig Jahre später im Wald fühlte sich der Boden unter meinen Füßen hart an. Der Schlamm war gefroren und die Luft war trocken und eisig. Ich hatte das Gefühl, als würde ich Eiskristalle einatmen. Zum Glück war es windstill. Ein Halbmond leuchtete am glasklaren Himmel, und nadelkopfgroße Sternchen flackerten wie Kerzenlicht. Es war eine wunderschöne Nacht, so kalt sie auch war. Ich hätte mit geschlossenen Augen durch den Wald spazieren können.

Also schloss ich die Augen, stand einen Moment lang einfach nur da und atmete tief ein.

Die Dinge waren plötzlich so klar geworden.

Später kam meine Mutter nach Hause und brachte mich und Halley zu Dr. Herman, dem Veterinär, einem Mann mit sauberen, großen unbehaarten Händen – Arzthänden. Ich sagte ihm, dass ich den Kater im Wald in einem meiner Falleisen gefunden hätte und dass ich in der ganzen Aufregung die untere Hälfte seines Beins verloren hätte. Aber ich wurde beglückwünscht. Dr. Herman sagte, dass Halley wahrscheinlich an zu hohem Blutverlust gestorben wäre, wenn ich sein Bein nicht so sauber abgetrennt hätte. Er sagte weiter, dass mir eine große Zukunft als Arzt bevorstünde. Und er sagte, dass er sich nicht sicher sei, ob eine Katze ohne eines ihrer Hinterbeine das Leben noch genießen könne. Er empfahl, Halley einzuschläfern.

Ich erinnere mich noch an den tiefen Seufzer, den meine Mutter ausstieß.

Aber genau darum würde es doch gehen, sagte ich, Halley zu retten, und dann hatte ich eine Idee.

Ich öffnete die Augen und ging geradewegs auf die Lichtung zu, zu der Stelle, an der die Beweise versteckt waren.

Ich hatte eine Idee.

Der rote Turnschuh eines kleinen Mädchens, ein Jagdmesser.

Es war da, ich wusste einfach, dass es da war. In meinem eigenen, persönlichen Versteck. Ich erinnerte mich daran, wie oft ich als Teenager in die alte zerbrochene Betonröhre hineingelangt hatte, um meinen Marihuana- oder Speedvorrat herauszufischen. In der kleinen Röhre war gerade genug Platz, um eine Tupperware-Dose aufzubewahren, die ich mir damals aus der Küche meiner Mutter genommen hatte. Früher war ich hier jeden Morgen vorbeigegangen, um ein paar Speedtabletten zu holen, und am Nachmittag, nach dem Football-Training, kehrte ich zurück, um mir mit ein, zwei Joints den nötigen Appetit fürs Abendessen zu verschaffen. Und jetzt gerade tastete ich nach der Wonderbread-Tüte.

Da war sie.

Trotz der Dunkelheit erkannte ich sogleich den roten Turnschuh. Er war klein – viel, viel kleiner, als ich ihn in Erinnerung hatte. Nicht größer als meine Hand. Und das Jagdmesser steckte nach wie vor in seiner Lederscheide. Es war das Messer, das mein Vater mir geschenkt hatte und mit dem ich in diesem Wald herumgestreift war, auf der Suche nach Tieren und der nächsten Gelegenheit, meine Experimente fortzuführen. Einen Moment lang wusste ich nicht, was ich mit diesen Dingen nun anfangen sollte. Das Wissen um ihre Existenz hatte mir mein ganzes Leben lang Angst gemacht – die einzigen Objekte, die mir jemals entwischt sind, und jetzt waren sie in meinem Besitz. Ich stand auf der Lichtung, zog das Messer aus der Tüte und legte die Hand um den Ebenholzgriff. Es fühlte sich geschmeidig an und passte sich meiner Hand wie ein fein gearbeitetes chirurgisches Instrument an. Ich nahm es aus der Scheide und strich mit dem Finger über die Klinge. Ich konnte darauf weder verkrustetes Blut noch sonst irgendeine getrocknete Materie feststellen, also nichts, was irgendwie von ermittlungstechnischer Bedeutung gewesen wäre. Es war so sauber, als wäre es sterilisiert worden. Die Klinge war unverändert scharf und spitz. Vielleicht habe ich in jenem Moment sogar über mich lachen müssen. Vielleicht habe ich gelächelt, als die Kamera meines Bruders blitzte und er sagte: »Ich dachte, diese Sachen gibt's gar nicht, Eric. Ich dachte, es gibt keine Beweise.«

»Pilot?« Alles war in einen verschwommenen Nebel gehüllt. Der Kamerablitz hatte alles in ein milchiges, grelles Licht getaucht.

»Eric«, sagte er, »wie willst du das erklären?«

»Pilot?«, sagte ich erneut. Ich wollte Zeit gewinnen, bis ich wieder sehen konnte. Ich wollte ihn sehen.

»Wenn es doch gar keine Beweise gibt«, sagte er nervös, »warum suchst du dann nach ihnen? Wenn ich verrückt bin, warum glaubst du dann meinen Geschichten?« In seiner Stimme lag ein aufgeregtes Beben. »Weil ich gar nicht verrückt bin, oder? Ich bin geistig vollkommen gesund, Eric, total gesund, Scheiße noch mal, und das weißt du genau.«

»Du und geistig gesund – dass ich nicht lache!« Meine Augen hatten sich inzwischen wieder halbwegs an die Dunkelheit gewöhnt, und ich wusste, dass Pilot nur ein paar Meter von mir entfernt stand. »Dass ich nicht lache, Scheiße noch mal.« Ich hielt das Messer vor mir, mein Messer, das Jagdmesser, das ich all die Jahre hätte bei mir haben sollen, und dann trat ich in der Finsternis auf meinen Bruder zu.

Er sprang jedoch zur Seite, und zwar mit einer Geschmeidigkeit, die ich ihm nicht zugetraut hätte. »Vergiss es, Bruderherz«, sagte er. »So nicht.«

»Pilot«, sagte ich, »du verstehst nicht.« Ich trat wieder auf ihn zu.

»Nein.«

»Pilot, mein Gott, es ist doch nur zu deinem Besten.«

»Da bin ich leider anderer Meinung, Eric.«

»Pilot«, sagte ich, und dann rannte er los. Ich wusste, dass ich ihn jetzt jagen musste. Ich wusste, dass ich ihn fangen musste. Und ebenso wusste ich, dass er genau dies wollte – die Jagd. Ich gab ihm also einen großzügigen Vorsprung, so wie ich ihm unzählige Male einen Vorsprung gegeben hatte, als wir noch klein waren, und auch diesmal wusste ich, dass ich ihn einholen würde, dass alle Vorteile bei mir lagen. Und dann rannte auch ich los, mit dem Messer in der einen und der Wonderbread-Tüte in der anderen Hand. Meine Augen hatten sich inzwischen an das durch die pechschwarzen Baumwipfel einfallende Sternenlicht gewöhnt. Ich wusste genau, wohin er wollte. Ich folgte ihm. Die Zweige kratzten und peitschten über mein Gesicht. Mit meinen Smokingschuhen gelang es mir nicht, auf dem rutschigen, hart gefrorenen Boden zu ihm aufzuschließen. Es spielte natürlich keine Rolle. Ich wusste, wo wir enden würden. Ich wusste genau, wo diese ganze Sache enden würde. »Pilot!«, rief ich ihm hinterher. Ich hörte ihn vor mir, hörte, wie er durch den dunklen Wald preschte. »Pilot!«, rief ich wieder. Aber dann hatte ich eine bessere Idee.

»Du kriegst mich nie«, rief er zurück. »Du kriegst mich nie, du Scheißkerl.«

»Pilot«, sagte ich, »so lass mich doch erklären. Ich wusste, dass ihm bald die Puste ausgehen würde. Ich wusste, dass er noch nie in seinem Leben wirklich trainiert hatte. »Du verstehst nicht«, sagte ich. »Ich kann dir sagen, was passiert ist.« Wir näherten uns dem zum Highway führenden Pfad – hatte ich es doch gewusst! »Pilot«, bat ich inständig, »*bitte*«. So lass mich dir doch erzählen, was mit ihr passiert ist.« In dem Moment sah ich, wie er im Tunneleingang verschwand. Und als ich ihm folgte, spürte ich plötzlich, wie ich dabei war, den Verstand zu verlieren, wie mich Benommenheit überkam. Mein Körper schien mir nicht mehr zu gehorchen, und ich war nicht einmal in der Lage zu sprechen. Die Worte schienen sich durch meine Poren zu verflüchtigen, und die Sätze schienen mir durch die Talgdrüsen meiner Haare zu entwischen. *Pilot*, wollte ich sagen, aber es war, als wüsste ich den Namen meines eigenen Bruders nicht mehr.

MEIN BRUDER WAR im Tunnel. Das Wasser zu unseren Füßen war zu Eis gefroren, aus dem zahllose Gegenstände ragten:

Holzstücke, Müll, Aluminiumdosen, Pappkartons, eine alte Transportdecke – die Habseligkeiten des Tunnelmanns. Es war stockfinster, aber wir konnten uns sehen. Unsere Silhouetten hoben sich von dem grauen Sternenlicht der Tunneleingänge ab. Auch wenn ich längst die Kontrolle über mich verloren hatte, so war meine Wahrnehmungsfähigkeit doch extrem geschärft. Ich hörte seinen schweren, hechelnden Atem. Ich roch seinen Schweiß. War es Angstschweiß? Ich erspähte seine Augen, und ich sah, dass er meine Augen sah. Die Zeit schien stillzustehen, zu einem einzigen Moment gefroren, wie das Wasser, auf dem wir standen. Einer von uns beiden rief den Namen des anderen.

»WER GLAUBST DU eigentlich, wer du bist?«, sagte er. Aber es waren nur Laute, bedeutungslose Geräusche, die aus seiner Kehle kamen.

»WER GLAUBST DU eigentlich, wer du bist?«, fragte mein Bruder. Und ich wusste nicht, was er damit meinte.

»IN DIESEM MOMENT. Wer bist du? Wer zum Teufel –«

Ich reiße dir mit meinen Pfoten, wollte ich sagen, *die Halsschlagader raus*.

KANN MAN EINEN Menschen so sehr lieben, dass man alles mit seinen Augen sieht, dass man sich – nur einen Moment lang – in ihn verwandelt?

Kann die Liebe so weit gehen, dass sie das Leben an den Rändern verwischt?

ICH WUSSTE DARAUF keine Antwort. Ich wusste nicht, wer ich war.

SO HÖR MICH doch an«, sagte er. »Du bist mein Bruder, du musst mich anhören. *Bitte, bitte*, hör mich an.«

ICH STAND IN der Tunnelöffnung und sah, wie er plötzlich in sich zusammensank, wie seine Muskeln erschlafften, wie sein Kopf auf seine schwer atmende Brust fiel und wie er die kalte Luft in sich einsaugte. Ich wusste, er war mein Bruder, und ich war seiner. Das war alles, was ich wusste.

»WEISST DU NOCH, wie du so getan hast«, sagte er jetzt, »wie du so getan hast, als wärst du ein Wolf? Weißt du das noch?«

»Ich habe nicht nur so getan«, sagte ich. Ich hatte die Worte irgendwo gefunden, so als hätte ich sie aus einem Brunnen tief in meinem Inneren nach oben gezogen.

»Erinnerst du dich also noch daran, wie du ein Wolf *warst*?«

»Ja«, sagte ich. »Ich erinnere mich.« Ich schloss die Augen. Ich erinnerte mich daran, wie ich mit fletschenden Zähnen durchs Herbstlaub kroch, mit den Knien im Morast, und ich erinnerte mich an die Falleisen, an die Falleisen für das Wild –«

»Weißt du noch, wann das angefangen hat?«

»Nach Fiona. Es war –«

»Nein, es war vorher.«

Ich schüttelte den Kopf, die Augen weiter geschlossen. Ich roch meine eigene Haut unter den Kleidern. Ich *roch* angsterfüllt.

»Es war vor Fiona«, sagte er. »Es war von Anfang an, es war bereits in der Zeit der allerersten Erinnerungen, die man als Mensch hat.«

»Nein«, sagte ich, »es war nach Fiona. Es war eine sehr häufig vorkommende Reaktion eines Kindes auf –«

»Bruderherz, du musst mich –«

»– ein Trauma, kommt sehr häufig vor.«

»– anhören, bitte. *Bitte*.«

»Ich höre.«

»Pilot, mein Gott, Pilot, du warst es. Kapierst du das denn nicht?« Ich öffnete die Augen, schüttelte den Kopf – nicht um Nein zu sagen, sondern um mir irgendetwas vom Leib zu schütteln, so als wäre ich in einem Wald spazieren gegangen und hätte das Gefühl, dass mir eine Spinne auf den Kopf gefallen ist. Er schritt auf mich zu, tastete sich langsam über das Eis näher. »Du bist in jener Nacht ausgerastet, Pilot, du warst völlig abgedreht. Du warst damals nur ein kleiner Junge, ich weiß, und deshalb erinnerst du dich auch nicht, aber so hat es sich –«

»Unmöglich.«

»– zugetragen, du hast –«

»Nein«, sagte ich.

»– sie umgebracht. Du hast dir das –«

»Nein.«

»– Jagdmesser geholt und dann, mein kleiner Bruder –«

»Nie und nimmer«, sagte ich. »Weil ich mich nämlich –«

»– hast du ihr die Kehle durchgeschnitten.«

»– ganz genau an alles erinnere.« Ich hörte meinen eigenen, schweren Atem. Ich roch mein eigenes Blut unter meiner Haut. Ich spürte, wie es in meinen Adern pulsierte –

»Du *glaubst* nur, dass du gesund bist, Pilot.«

– wie das Blut in meinen Adern pulsierte. Ich spürte meine von Muskelfasern umwundenen Knochen. Ich lehnte mich gegen die gewölbte Tunnelwand und rutschte auf den vereisten Boden. Eric trat auf mich zu und strich zur Orientierung mit der Hand über die Wand.

»Ich habe sie gefunden«, sagte Eric. »Ich bin damals spät in der Nacht von der Party zurückgekehrt und habe ihre Leiche im Garten gefunden, bei den Bäumen, und …und … und … dann bin ich Mom holen gegangen, ich bin Hannah holen gegangen, und wir wollten dich schützen, Brüderchen. Wir wussten, dass du, falls die Leute herausfinden würden, was passiert war, falls die Polizei erfahren würde, was du getan hast, den Rest deines Lebens in der Irrenanstalt verbringen würdest, und Mom, und Hannah, sie wollte das unter allen Umständen verhindern. Ich war ja damals auch nur ein Kind, aber auch ich wollte das nicht, Pilot, ich wollte das ebenso wenig.« Er war jetzt ganz nah, stand praktisch vor mir. »Du musst wissen, dass ich dich geliebt habe, dass es deshalb war, weil ich –«

»Wo habt ihr sie hingetan?«

»– dich geliebt habe.« Er seufzte. »Wir haben sie in der Garage versteckt, eine Weile lang, die ersten Jahre jedenfalls, und dann –«

»Und sie ist nicht – ich meine, ist sie nicht –«

»Wir haben sie einbalsamiert. Ich habe das übernommen – mit Formaldehyd aus der Schule.«

»Wie hast du – was war mit dem ganzen Blut?«

»In jener Nacht musste alles sehr schnell gehen, und Mom war keine große Hilfe, weißt du. Ist alles im Waschkessel hinuntergespült worden. Dort habe ich ihre Leiche hineingelegt, und anschließend habe ich überall geputzt und Bleichmittel hinterhergegossen. Wir haben so viele Müllsäcke genommen, wie wir auftreiben konnten, und sie dann darin eingewickelt. Ich wollte den Gestank verhindern.«

»Und was ist mit dem Messer«, fragte ich, »und den Turnschuhen?«

»Die hatte ich vergessen.« Eric ließ sich neben mich auf den Boden gleiten. »Ich hatte sie in jener Nacht in der Nähe der Terrasse liegen lassen, auf den Schieferplatten. Später bin ich rausgegangen, um sie zu holen, und dann habe ich sie unter dem Schreibtisch verstaut. Und ich nehme an, dass du sie dort gefunden und dich nicht mehr an das, was geschehen war, erinnert hast. Du hast es verdrängt. Du hast gedacht, du wärst ein Hund.«

»Der Wolfsjunge.« Mir war plötzlich kalt. Ich war die ganze Nacht draußen gewesen, und erst jetzt spürte ich, wie kalt es war. Ich blickte zu Eric auf. »Sie hat dir geholfen?«

»Hannah hat mir geholfen.«

Er nannte sie Hannah. »Warum kann ich mich an all das nicht erinnern?«

»Wer würde sich an so etwas schon erinnern wollen? Das war reiner Selbsterhaltungstrieb.«

»Und was ist später passiert? Ist sie immer noch ... immer noch im Haus?«

»Pilot«, sagte Eric, und jetzt war er es, der den Kopf schüttelte, »Fiona wurde im Schwimmbecken begraben.«

ICH ERINNERTE MICH. Ich erinnerte mich daran, dass ich der Wolfsjunge war. Ich erinnerte mich an meine angsterfüllte Kindheit als Pilot Airie – Airie, die Märchenfee. Ich erinnerte mich daran, wie ich in der Schule immer in der letzten Reihe gesessen habe, wie ich stets den Blicken der anderen ausgewichen bin und mich an den Wänden entlanggeschlichen habe. Und dann erinnerte ich mich an die Uni und an meine Zeit in dem Buchladen, als ich traurige Drehbücher geschrieben habe und so weiter. Ich erinnerte mich ebenfalls daran, dass ich die Dinge eine Zeit lang mit Erics Augen betrachtet habe, und daran, wie schön die Welt mir dann vorgekommen war. Wie war das möglich? War es Liebe? Ich weiß noch, wie ich auf dem Rasen des Football-Feldes lag, die Arme weit ausgestreckt, so als wolle ich den Himmel an mich drücken, und mir vorgestellt habe, ich wäre Eric.

Ist das Liebe?

»Als ich es getan habe«, sagte ich nun, »als ich Fiona getötet habe, habe ich nicht gedacht, ich wäre der Wolfsjunge.«

»Nein?«

»Ich habe gedacht, ich wäre du.«

DIES IST DIE wahre Natur der Täuschung – die Dinge zu verdrehen und ein kompliziertes, undurchschaubares Netz zu spinnen. Mit einer einfachen Lüge, also zu sagen, dass man an diesem Ort war und nicht an jenem, oder indem man eine Kette von Ereignissen abstreitet, macht man es sich zu einfach. Die Wahrheit ist nämlich ein Gewirr, und um sie zu erkennen, ist es oft einfacher, an ihrem Gespinst weiterzuflechten, als zu versuchen, es zu entwirren. Ich saß also mit meinem Bruder zusammengesackt an der Tunnelwand und ließ mich von ihm überzeugen. Die Fäden der Wahrheiten und Unwahrheiten wickelten sich um unsere Leiber und fesselten uns in einem derart dichten Gewebe aus Jas, Neins und Vielleichts aneinander, dass die tatsächliche Wahrheit plötzlich unwichtig oder zumindest unmöglich geworden war. Und dann standen wir auf und gingen hinaus, und wie Brüder gingen wir auseinander – ich nach Hause, er zu seinem Jaguar –, ohne ein Wort zu sagen, ohne uns auch nur andeutungsweise voneinander zu verabschieden. Wir wussten, dass wir bald wieder zusammen sein würden und dass wir nie wirklich getrennt gewesen waren. Gleißendes, goldgelbes Sonnenlicht durchflutete das Gezweig, und die Luft war so kalt, dass zwischen Himmel und Erde nicht ein einziges Staubkörnchen sichtbar wurde. Meine Hände wurden ganz leicht. Meine Brust weitete sich, und ich saugte mehr Luft in mich hinein, als ich zum Atmen benötigte. Als ich den Garten meiner Kindheit betrat, war der Rasen mit Raureif bedeckt, der unter meinen Füßen leise knisterte. Die Schieferplatten waren mit einer dünnen Eisschicht überzogen, und als ich mir mit den Händen die Augen zudrückte, wurden die in wirbelnden Mustern verlaufenden Bruchstellen zu schimmernden Visionen meiner Jugend.

»Pilot«, hatte Katherine gesagt, »es gibt einen Ausweg.«

Ich hatte mich an alles erinnert.

Sie hatte sich vorgebeugt und versucht, mich mit dem fesselnden Blick ihrer grünen Augen – die wie Fionas Augen waren – zu überzeugen. »Es gibt einen Ausweg.«

»Was, wenn ich mich irre?«

»Glauben Sie das?«

In einem anderen Leben saß ich mit meinem Bruder auf der Lichtung im Wald, und er zeigte mir, wie man einen Joint zwischen Finger und Daumen hält, wie man den Rauch einsaugt, inhaliert und schließlich in den Lungen gefangen hält. Er saß ganz nah bei mir, und als ich husten musste, schlug er mir leicht auf den Rücken. Ich wollte gar nicht mehr aufhören zu husten, wenn dies bedeutete, dass mein Bruder mich berührte.

»Nein«, hatte ich zu Katherine gesagt, »das glaube ich nicht.«

Ich trat auf die vereisten Schieferplatten und betrachtete den Garten meiner Mutter, Fionas Grab, die gefrorenen Reste der Herbsternte, die aufgeplatzt und verschrumpelt auf der harten, von Rissen durchzogenen Erde lagen. Die Sonne stand nun in voller Größe am Himmel. Wenn ich mir Fiona im Swimmingpool vorstellte, dann nicht als zwei Meter unter der Erde liegende Leiche. In meiner Vorstellung schwamm sie wie ein quicklebendiger Frosch umher, und auf dem Wasser tanzte das Sonnenlicht. Ich sah den Garten und das Schwimmbecken zur gleichen Zeit. Es war eine Doppelvision, und ich wusste mit einer unzweideutigen Klarheit, was mit meiner Schwester geschehen war.

»Pilot, es gibt einen Ausweg.«

Ich wusste, dass ich sie nicht getötet hatte.

»Was, wenn ich mich irre?«

»Glauben Sie das?«

Ich wusste, dass er es gewesen war.

ALS MEINE MUTTER und ich an jenem Tag vom Tierarzt zurückkehrten, hatte Halley aufgehört ein Komet zu sein. Aber ich hatte in Gedanken bereits eine spezielle Katzenprothese aus geschmolzenem Modellflugzeugplastik und Gummibändern für das fehlende Bein entworfen. Jetzt galt es nur zu warten, bis die Wunde verheilt war. Als es dann so weit war, nahm ich in jenem Jahr Halley und sein neues Bein auf eine wissenschaftliche Veranstaltung für High-School-Schüler mit und fuhr mit ihm zu einem landesweiten Schülerwettbewerb.

Ich musste Dr. Herman um ein spezielles Katzen-Beruhigungsmittel bitten, um Halley daran zu hindern, wegzurennen. Er half mir gern.

Natürlich habe ich gewonnen. Die riesige Schale steht immer noch in meinem alten Schlafzimmer. Meine Mutter bewahrt sie im obersten Fach des Regals auf, oberhalb all meiner Football- und Schwimmpokale. Es handelt sich um eine breite Schüssel, auf der mein Name und das Jahr eingraviert sind, nichts Besonderes also. Es war jedoch der Gewinn dieses Wettbewerbs, der mir meine Berufung vor Augen führte. Ich hatte es bereits in mir gespürt, als ich Halleys Bein mit dem Jagdmesser durchbohrte, oder als ich einen Teil des Gehirns einer Spitzmaus entfernte und zusah, wie ihr grauer Leib auf der Werkbank meines Vaters zuckte. Dr. Herman war sogar zu dem Wettbewerb gekommen und hatte erklärt, dass er empfohlen hatte, Halley einzuschläfern, und dass ich es ihm ausgeredet hatte.

Am Ende hatte meine Konstruktion natürlich weniger gut funktioniert als erhofft. Um die Wahrheit zu sagen, hatte Halley die Gummibänder mit den Zähnen abgerissen und war in eine Ecke gehumpelt. Ein paar Jahre später starb er an einem vergrößerten Herzen – eine der häufigsten Todesursachen bei Katzen.

Als mein Sieg verkündet worden war, war ich mit Halley auf dem Arm zum Podium marschiert. Das Viech war dermaßen mit Schlafmitteln voll gepumpt, dass es kaum dazu in der Lage war, die Augen aufzuhalten. Der Applaus war größer, als ich es jemals auf dem Football-Feld erlebt hatte, größer als in meinen kühnsten Träumen. Einige Leute dankten mir sogar, ja umarmten mich dafür, dass ich Halley das Leben gerettet hatte. Mir wurde klar, dass ich nun zu größeren Taten schreiten musste, dass ich den Einsatz erhöhen musste.

Und dann Fiona.

Und dann unsere Eltern in getrennten Schlafzimmern, und schließlich in verschiedenen Bundesstaaten.

Und dann habe ich einfach nur studiert und mich Jahr für Jahr in einem Lehrbuch nach dem anderen vergraben. Auf der Uni hatte ich nur wenige Freunde und nur ein, zwei Freundinnen. Die meiste Zeit habe ich gebüffelt, Biologie und Vormedizin, um schließlich mit summa cum laude abzuschließen. Auf der medizinischen Fakultät galt es, noch mehr zu büffeln und mein Hirn mit riesigen Mengen von Informationen voll zu stopfen. Und dann kam der Neurologie-Lehrgang auf der Columbia, gefolgt von einem Praktikum und der Gründung meiner Praxis in East Meadow. Wie hatte Katherine doch so treffend gesagt?

Gepriesen sei der Sündenfall. Ich hatte diesen Ausspruch bereits im Englischunterricht gehört. Ich weiß jedoch nicht mehr, wann mein Sündenfall eingetreten war. Jedenfalls nicht, als Fiona verschwand. Es war lange Zeit davor. Mein Sündenfall kam, als mir klar wurde, dass ich fähig war, zu den Geschehnissen um mich herum eine gewisse Distanz zu bewahren und mein Mitgefühl in seine Einzelteile zu zerlegen. Auch heutzutage bin ich in der Lage, den OP-Saal zu betreten, die hintere Schädeldecke eines Menschen abzusägen und die kompliziertesten Gehirnoperationen durchzuführen, ohne auch nur einen Funken Mitgefühl für den Betreffenden zu empfinden.

Ich möchte dies als mentale Stärke bezeichnen, eine Eigenschaft, die mich zu mehr macht als nur zu einem guten Arzt. Sie befähigt mich zu Höchstleistungen.

Als Arzt sieht man sich der ständigen Herausforderung gegenüber, natürliches menschliches Mitgefühl zu verdrängen und auszuschalten. Es ist eine Sache, eine Heuschrecke zu zerlegen, und eine andere, einem Eichhörnchen-Jungen die Organe herauszuoperieren und sie zu untersuchen. Und der eigenen Hauskatze ein Bein abzuschneiden ist noch einmal eine ganz andere Sache. Jeder Schritt auf der großen Leiter Richtung Mensch verlangt eine größere emotionale Distanz. Im Unterschied zu den meisten Ärzten habe ich diese Erkenntnis bereits sehr früh in meinem Leben gemacht, und ich habe mich gefragt: Bin ich dazu in der Lage? Bin ich dazu fähig, in den menschlichen Körper hineinzuschneiden? Mein Vater hatte mich bereits in frühester Jugend dazu ermuntert, meine Kräfte zu erproben, um den echten Herausforderungen im späteren Leben gewachsen zu sein.

Ich hatte sie genauso lieb, wie Pilot sie lieb hatte. Wer würde auch nicht ein kleines blondes Mädchen in einem roten Badeanzug und roten Turnschuhen lieben? Wer würde dieses Lächeln nicht lieben? Ich weiß noch, als sie geboren wurde. Ich weiß noch, wie ich neben der Wiege stand und wie ihre tiefgrünen Augen mit unbefangener Freude zu mir aufblickten. Natürlich habe ich sie geliebt. Sie war meine Schwester.

An jenem Tag – dem ersten Weihnachtstag – bin ich einfach losgefahren, immer weiter, bis zum Strandhaus, und ich habe nur angehalten, um zu tanken. Ich fühlte mich besser, viel besser. Ich hatte sämtliche Beweise bei mir, und ich wusste, dass Pilot überzeugt war, wusste, dass ein sorgenfreier Tag – ein sorgenfreies Leben – vor mir lag. Ich hatte allerdings die Hoffnung, dass Pilot alles wieder vergessen würde, dass er es hinter sich lassen würde, so wie die Räder meines Jaguars die gelben Markierungsstreifen hinter sich ließen.

Als ich es ihm gesagt hatte, hatte sich Pilot gegen die Tunnelwand gelehnt und war zusammengesackt. Er hatte den Kopf in den Händen vergraben. Er erinnerte sich, glaube ich. Er sah alles so vor sich, wie ich es ihm beschrieben hatte. Seine Hand auf dem Messer. Das Messer an ihrem Hals. Er erinnerte sich daran, wie er der Wolfsjunge gewesen war. Entlang der Synapsen seines Gehirns bildeten sich völlig neue Informationsrouten heraus. Bilder verschwammen und Erinnerungen erstarrten. Und obwohl er mir schrecklich Leid tat, als ich es ihm erzählte, war es der einzige Ausweg. Er hatte mir keine Wahl gelassen. »Aber sie war meine Schwester«, sagte er immer wieder. »Fiona war meine Schwester.«

»*Unsere* Schwester«, erwiderte ich. »Ich weiß.« Ich steckte das Messer in die Plastiktüte zu dem Sneaker zurück und legte alles auf den Boden. Ich kauerte neben ihm, zitternd vor Kälte.

Die Sonne ging auf. Ein orangefarbener Lichtstrahl durchdrang den Tunnel. Der Tunnelmann hatte dieses Schauspiel jeden Morgen genossen, dachte ich. Es war ein wunderschöner Anblick.

»Warum hast du es mir nicht gesagt?«, fragte Pilot. »Warum hast du mir nicht geholfen, mich zu erinnern?«

Ich sagte das Folgende voller Scham: »Wir wollten nicht, dass du dich erinnerst.«

Er schluchzte in die Hände. Er trug einen schwarzen Mantel mit mehreren Pullovern darunter. Er hatte die ganze Nacht draußen in der Kälte auf mich gewartet. An seinem Hals baumelte die Kamera.

»Hast du regelmäßig deine Medikamente eingenommen?«, fragte ich.

Er schüttelte den Kopf. »Nicht mehr seit der Insel.«

»Kannst du mir einen Gefallen tun, Bruderherz? Kannst du bitte nach Hause gehen und deine verdammten Pillen einnehmen? Bitte?«

Er nickte.

Ich half ihm auf die Beine.

»Okay«, sagte er. »Okay.«

Ich ging mit meinem Bruder durch den Tunnel, meine Hand auf seiner Schulter, die Wonderbread-Tüte mit dem Messer und dem roten Turnschuh unterm Arm, und ließ ihn an dem Pfad zurück, der zu dem Haus unserer Mutter führte. Wir verabschiedeten uns nicht. Wir zögerten nicht einmal, sondern trennten uns einfach, und jeder ging seines Weges.

Anderthalb Stunden später bog ich auf die lang gezogene Einfahrt meines Strandhauses ein. Ich stieg mit der besagten Wonderbread-Tüte aus und ging schnurstracks, ohne die Tür zu schließen, zum Wasser hinunter. Es war weit und breit niemand zu sehen. Der Wind und die rauschenden Wellen drangen auf meine Ohren ein. War es hier immer so laut? Ich war ohne Jacke, nur in diesem dünnen rosafarbenen Hemd mit Monogramm. Die Schuhe waren rutschig und fanden auf dem Sand keinen Halt. Als ich ans Meeresufer trat, dort wo die Ausläufer der Wellen wie Zungen über den Strand schnellten, ging ich sogleich ein paar Schritte weit hinein. Das Wasser rauschte um meine Schienbeine. Meine Hose war sofort patschnass, und es war mir scheißegal, ob ich meine italienischen Lederschuhe ruinierte. Ich blickte mich zu allen Seiten um, um mich zu vergewissern, dass ich nicht beobachtet wurde. Ich griff in die Plastiktüte und nahm das Messer heraus.

Dies war also die Klinge, mit der ich Halleys Bein blitzsauber abgetrennt habe, dachte ich. Und so fühlte sie sich an.

Jetzt, am helllichten Tag, kam mir das Messer seltsam fremd vor. Ich hatte es natürlich eine halbe Ewigkeit nicht gesehen, aber ich hatte den Griff nicht so tiefschwarz und so glatt in Erinnerung, und die Klinge funkelte übertrieben stark. Ich nahm an, dass es einfach ein Gegenstand von erstklassiger Qualität war. Nach all diesen Jahren war nicht das kleinste Fleckchen Rost zu sehen. Ich wog das Messer in der Hand, warf es kurz hoch und schleuderte es schließlich so weit ich konnte ins Meer. Ich hörte nicht einmal das Platschen. Ich war immer noch ein guter Werfer, dachte ich. Ich nahm die Plastiktüte mit Fionas Schuh und füllte sie mit einer Hand voll feuchtem Sand. Ich wickelte die Tüte um den Schuh, schnürte sie zu und warf sie, wie bereits zuvor das Messer, ins Wasser. Ich war mir durchaus darüber im Klaren, dass die Tüte irgendwann einmal aufgehen und dass der Schuh sogar an den Strand zurückgespült werden konnte. Aber das machte nichts – ein einzelner, triefend nasser Schuh an irgendeinem Strand. Das Messer dagegen, da war ich mir sicher, würde nicht wieder auftauchen – jedenfalls nicht mehr in diesem Leben.

Dummerweise blieb ich noch ein paar Minuten bis zu den Knien in dem kalten Wasser stehen, und dann machte ich kehrt und ging mit vor Kälte schmerzenden Füßen zum Strandhaus zurück. Im Haus war es extrem kalt. Ich machte also ein Feuer, und nachdem sich der Ofen erhitzt hatte, nahm ich eine lange heiße Dusche. Ich duschte wahrscheinlich über eine Stunde, stand mit geschlossenen Augen unter dem Wasserstrahl und versuchte meine lebenslange Angst abzuspülen. Im Schlafzimmer zog ich mir frische Kleider an. Ich hatte noch ein paar Dosen Suppe im Küchenschrank. Ich werde hier übernachten, dachte ich. Ich werde mich ein wenig ausruhen.

ALS HANNAH AN jenem ersten Weihnachtstag die Augen öffnete, fiel golden leuchtendes Licht seitlich durch ihr Schlafzimmerfenster. Es war ein einzelner gebündelter Strahl, in dem sich zahlreiche funkelnde Staubpartikel fingen. Es war fast acht Uhr morgens, für Hannah bereits recht spät. Vom Bett aus sah sie, wie sich der Minutenzeiger der Zwölf näherte, während der Stundenzeiger regungslos auf der Acht verharrte und der Sekundenzeiger weiter sanft den Tag durchmaß. Sie blickte über die Bettdecke hinweg und sah, wie das braune Ahornholz der alten Bettpfosten im Morgenlicht schimmerte. Sie konnte mit den Augen jede Windung des Efeumusters auf ihrem Bettbezug verfolgen. Sie hielt die Hände hoch. Ihre Finger waren länger und schmaler, als sie sie in Erinnerung hatte, und das Fleisch war beinahe durchsichtig. Sie konnte die Knochen und Muskeln klar erkennen, die Mittelhandknochen mit ihren einzelnen Gliedern, die Gelenke und das Bindegewebe, die Arterien und Venen. Ihre Fingernägel waren stumpf und leicht gewellt.

Hannah warf ihre Füße auf den Boden und trat auf den Korridor hinaus. Ihre Knöchel gaben das gewohnte *Knacks-knacks-knacksen* von sich. Sie wanderte mit den Augen über den alten orientalischen Läufer und stellte erstaunt fest, wie verschmutzt er war, übersät mit getrocknetem Matsch und Teilen von Blättern. Sie betrachtete die Schwarzweißdrucke der Waldlandschaften an der Wand, erinnerte sich, wie sie sie vor vielen Jahren mit meinem Vater in einer Fotogalerie ausgesucht hatte – wo war das doch gleich gewesen? Martha's Vineyard –, und sah sie zum ersten Mal seit jenem Nachmittag wieder klar und deutlich vor sich. Sie hörte, wie unten irgendjemand zugange war. Es war Thalia, die von Eric angeheuerte Krankenschwester, die irgendetwas in der Küche herzurichten schien. Hannah ging ins Badezimmer und schloss leise die Tür. Sie wollte nicht, dass Thalia sie hörte.

In dem großen Spiegel blickte sie auf eine alte Frau in einem gelblich verschwitzten Nachthemd. Sie hob eine Hand ans Gesicht und strich sanft mit dem Finger über ihre Unterlippe. Sie war so blass. Sie fuhr mit dem Finger über die bläuliche Ader an ihrer Schläfe, die in ihrem Haaransatz verschwand. Sie schloss und rieb sich die Augen, und als sie sie wieder öffnete, stand dort immer noch jene alte Frau, grau, seltsam und ganz klein – wie klein sie doch geworden war, wie zerbrechlich.

Hatte sie überhaupt geatmet? Sie holte tief Luft.

Draußen war es windstill, wie sie bemerkte, nicht das leiseste Rascheln in den Baumwipfeln, lautlose Stille. Sie ging zu dem kleinen Badezimmer und blickte auf den Garten hinaus.

Sie sah die Terrasse mit den Schieferplatten und den Pool/Gemüsegarten mit den abgestorbenen Pflanzen. Sie hatte gewusst, dass Eric letztlich nicht die Zeit haben würde, sich darum zu kümmern. Das Stück Rasen dort drüben war immer noch grün, ging aber mit dem Winterzyklus allmählich ins Braune über, und dann waren da der Wald und die Bäume, die sich in einer einheitlichen, wuchtigen Linie vom Rasen abhoben. Ferner entdeckte sie zwei Mädchenfahrräder – das eine rosafarben, das andere dunkelrot, mit weißen Lenkradgriffen –, an denen Weihnachtsbänder baumelten. Hannah reckte sich und drückte das Gesicht ans Fenster, um in den Garten nebenan sehen zu können. Sie fragte sich, ob die beiden Mädchen an so einem kalten Tag draußen waren, konnte sie aber von ihrem Standort aus nicht entdecken. Ihre Stirn war gegen das Badezimmerfenster gedrückt, und sie roch den feuchten, muffigen Staub, der sich darauf angesammelt hatte. Sie war nie eine gute Hausfrau gewesen, dachte sie, hatte das Haus nie so sauber halten können, wie dies anderen Ehefrauen gelang. Aber Jim hatte sich nie beschwert. Diese Kritik kam von ihr selbst. Sie drehte sich um, und im gleichen Moment, während sie in Gedanken noch bei der Sauberkeit des Badezimmers verweilte, meinte sie irgendein Geräusch im Garten zu hören, eine Stimme, die genau aus der Richtung kam, in die sie gerade noch geschaut hatte. Dabei hatte sie doch so deutlich, mit einem einzigen klaren Blick, gesehen, dass dort niemand war. Sie dachte, dass sie ihre Tochter hörte. War es Fiona? Und als sie nachschaute, sah sie nicht nur eines, sondern beide Mädchen, die eine aschblond, die andere brünett, beide in ihren roten, wolligen Weihnachtsmänteln. Hannah sah nun sogar, dass die kleinen Wangen der Mädchen von dem kalten Wind gerötet waren. Sie sah, dass die Blonde auf einer Haarsträhne kaute. Sie sah, dass die eine kräftiger war als die andere. Die eine war ruhiger, während die andere lauter und forscher war, die eine war schöner, während die andere empfindsamer wirkte. Sie sah diese beiden Mädchen so klar und deutlich vor sich. Sie nahmen ihre Fahrräder und schoben sie schließlich davon, in ihren eigenen Garten, bis sie außer Sicht waren.

»Mrs. Airie ... Hannah, sind Sie da drin?« Es war die Krankenschwester, draußen im Korridor.

»Ich bin nur, ähm, ich werde mich nur duschen. Ich komme zum Frühstück nach unten, okay?«

»Finden Sie auch alles, was Sie brauchen? Kann ich Ihnen irgendwie behilflich sein?«

»Ich weiß, wo alles ist«, sagte Hannah. »Ich kenne mein Badezimmer in- und auswendig.«

»Ich wollte Ihnen nur helfen, das ist alles.« Thalia hielt einen Moment inne. »Und fröhliche Weihnachten.«

Hannah stand am Fenster und richtete ihren Blick auf die Bäume in der Ferne, auf die dunkelgrünen Nadeln der Fichten und Tannen. Und während sie sie betrachtete, verschwammen die Farben plötzlich wieder, und die Ränder und Konturen verschmolzen und liefen ineinander. Aber dann wischte sie mit einem Finger die Tränen weg, die sich in ihren Augen bildeten, und nachdem sie dies getan hatte, war alles wieder klar und deutlich zu erkennen. Sie hatte ihr Augenlicht wieder. Sie sah, dass Winter war und dass in dem Swimmingpool kein Wasser und dass im Garten kein kleines Mädchen war.

ICH HATTE THALIA gesagt, dass ich einfach allein sein wollte, und sie hatte entgegnet, dass ich genau wie meine Mutter sei, und dann hatte sie auch mir fröhliche Weihnachten gewünscht. Ich hatte auf dem blauen Sofa im Wohnzimmer gesessen, immer noch im Mantel und mit den Pullovern darunter. Ich litt aufgrund der im Freien verbrachten Nacht an einer leichten Erkältung, und ich trug noch immer die Kamera um den Hals. Ich hatte eine Weile gedankenversunken auf meine neuen Sneakers gestarrt, ein Paar silber-blaue Nikes. Ich hatte mir meinen Bruder vorgestellt, wie er bis zu den Knien in der winterlichen Meeresbrandung stand.

Hannah stand am Treppenabsatz, die Hand auf dem Geländer, und sagte: »Ich kann dich sehen.«

Ich hob den Kopf. »Du siehst mich?«

»Ich sehe alles. Ich sehe absolut –«

Ich stand auf. »Willst du mich auf den Arm nehmen, Mom?«

»– alles.« Sie trat ins Zimmer. »Ich glaube, ich sehe besser als je zuvor. Warum hast du eine Kamera?«

»Komm schon, Mom.«

Sie zeigte auf die Zeitung auf dem Beistelltisch. Sie las die Schlagzeilen laut vor. »Austritt von Chemikalien in Westchester County.« Sie lächelte. »Konflikt im Mittleren Osten verschärft sich.« Sie trat auf mich zu. »Bekannter Nachrichtensprecher in Erpressungsfall verwickelt. Dir scheint's ebenfalls besser zu gehen. Das sieht man dir an.«

»Was ist passiert?«

»Ich bin aufgewacht«, sagte sie.

»Du bist aufgewacht, und jetzt kannst du sehen?«

»Genauso war es.« Sie streckte den Arm aus und strich über mein Gesicht. Ihre Hand zitterte. »Du siehst hübsch aus.«

»Du hast die Augen geöffnet –«

»– und konnte sehen«, sagte sie. »Das Efeumuster auf dem Bettbezug, die Bäume im Garten und die kleinen Mädchen von nebenan.«

»Das ist ja fantastisch«, sagte ich.

»Ich werde dir jetzt dein Frühstück machen.« Sie machte Richtung Küche kehrt, aber ich packte ihren Arm, der sich wie ein dünner Zweig anfühlte.

»Einen Moment«, sagte ich. »Ich möchte, dass du dir etwas anschaust.«

»Was?«

»Komm mit nach oben.«

»Jetzt gleich?«

»Bitte«, sagte ich. »Es ist wichtig.« Ich war wie ein Astronaut. Ich trat auf den Mond hinaus, und meine Hände und Füße schwebten in Schwerelosigkeit. Ich ging zur Treppe, immer noch im Mantel. Hannah folgte mir. Ich hatte das Gefühl, dass sie ahnte, wohin ich sie führte. Ich hatte das Gefühl, dass die Schwerkraft immer geringer wurde. »Es ist in Erics Zimmer.«

»Pilot –«

»Es ist da drin.«

»– ich glaube nicht, dass ich das –«

Ich öffnete die Tür. Sie stand im Korridor.

»– jetzt sehen will.«

»Du musst ganz hereinkommen.«

Sie trat ins Zimmer. »Pilot«, sagte sie, »nein.«

Ich langte zu dem obersten Regalfach hoch, bis zu der großen Silberschale, dem New-York-State-Junior-Scientist-Pokal, den Eric für den Entwurf von Halleys Prothese gewonnen hatte.

»Pilot, bitte, ich habe dir gesagt, dass ich –«

Ich nahm die Schale herunter und zog die alte Wonderbread-Plastiktüte heraus. Ich legte die Silberschale aufs Bett und zeigte die Tüte meiner Mutter. »Das sind sie«, sagte ich. »Das sind die Beweise.«

Sie hielt sich entsetzt den Mund zu.

Ich spürte, wie sich meine Kleider von meinem Körper hoben. Ich spürte, wie meine Blutbahnen sich mit Helium füllten, spürte den schwerelosen Auftrieb. Die Wonderbread-Tüte sah unter den Staubschichten so neu aus wie an dem Tag, als ich sie dort hineingelegt hatte, vor all diesen Jahren, als ich mich auf den Captain's-Stuhl gestellt hatte, der jetzt unter den alten

Schreibtisch meines Bruders geschoben worden war. Die Farben waren vielleicht ein wenig verblichen. Das rot-blau-gelbe Wonderbread-Logo hatte sich inzwischen geändert und war heute stromlinienförmiger. Dennoch sah es so aus, als hätte ich die Tüte erst vor einer Minute in diese Silberschale gelegt. In der Tüte steckten ein einzelner roter Turnschuh, der klar zu erkennen war, ohne Schnürsenkel, und natürlich das Jagdmesser mit dem schwarzen Griff und der silbernen Nashorn-Gravur.

Hannah ließ sich auf Erics altem Bett nieder. Sie blickte sich um. Vor langer Zeit hatte sie dieses Zimmer mit Seefahrermotiven eingerichtet, und die Tapeten und Vorhänge waren mit Ankern und Segelbooten übersät. Ich glaube, dass sie – sogar in diesem seltsamen Moment – die Bilderwelt dieses Zimmers, die zahllosen Silber- und Goldpokale, die meerblauen Vorhänge und die ankerförmigen Messinggriffe der Kommode, voller Stolz bewunderte. Sie seufzte tief. »Was wirst du nun tun?«

Ich setzte mich neben sie und schob die alte New-York-State-Junior-Scientist-Trophäe beiseite. »Ich werde tun, was ich bereits hätte tun sollen, als ich neun war.« Ich hatte das Gefühl, schwerelos im Raum zu schweben.

»Oh.«

»Hast du es gewusst?«, sagte ich.

»*Pilot.*«

»Mom, hast du gewusst, was er getan hat?«

»KATHERINE«, SAGTE ICH. Ich stand im Wohnzimmer und hielt den Hörer des schwarzen Wählscheibentelefons in der Hand. »Ich würde mich gern mit Jerry Cleveland treffen. Ich meine, ich würde ihn gern wiedersehen.«

ICH SETZTE MICH in den blau funkelnden Geländewagen meines Vaters, der so blau war wie der Himmel an jenem späten Dezembertag, fuhr zum Sky Highway und rollte an den verschiedenen Einkaufscentern und Shopping Plazas, den Wohnanlagen und Bürozentren vorbei, Richtung Better-Than-New Auto World, wo der alte Detective Katherine zufolge arbeitete. Neben mir auf dem Beifahrersitz lag die Wonderbread-Tüte. Die vielen Jahre hatten der Tüte erstaunlicherweise nichts anhaben können. Ich fuhr auf den Parkplatz, parkte am Ende einer Reihe alter Buicks, Mercurys und Lincolns und winkte dem rotbackigen Verkäufer, der in einem grauen Anzug mit grell gemusterter Krawatte auf mich zukam. »Ich suche Jerry Cleveland«, sagte ich.

Der Mann wies mit dem Daumen auf das Verkaufsgelände, auf dem Autos über Autos in der strahlenden Wintersonne funkelten. »Er ist irgendwo da drüben«, sagte der Verkäufer, »Mit einem Kunden.« Er blinzelte mich an. »Sind Sie sicher, dass ich Ihnen nicht irgendetwas zeigen kann?«

»Danke«, sagte ich, »leider nicht.« Ich stieg aus meinem Geländewagen, schloss sanft die Tür und ging aufs Verkaufsgelände hinaus. Das Gelände war mit den neuesten Luxuslimousinen, Lincoln Continentals und ein, zwei Cadillacs, voll gestellt. Ihre schnittigen, verchromten Karosserien erinnerten an einen riesigen Schwarm Fische. Am Rand des Geländes standen die schlichteren Modelle – Nutzfahrzeuge, Minivans und Geländewagen wie meiner, sogar ein paar Kombis mit Holzverkleidung. Und dann sah ich ihn, einen älteren Mann, der auf einen Wagen nach dem anderen zeigte und ein junges Paar über das Gelände führte, ihnen Auto um Auto vorstellte, die ehemaligen Besitzer beschrieb, die Eigenschaften und Extras, den Kilometerstand und die bereits verrichteten Pflege- und Reparaturarbeiten. Der Mann wusste, wie man die Zügel in der Hand hielt, das musste man ihm lassen. Seine Stimme dröhnte über sämtliche Wagendächer hinweg bis zu mir. Als ich schließlich bei ihnen ankam, hatte Cleveland die Tür eines Ford Taurus geöffnet, und das Paar – recht unscheinbar eigentlich, die Frau war blond und schwanger, der Mann klein und dunkelhaarig – saß im Wageninneren. Der kleine dunkelhaarige Mann hielt das Steuer umfasst und tat so, als würde er fahren.

»So ist's recht.« Cleveland lachte. »Schauen Sie nur, was für ein Feeling das ist.« Ich hatte beinahe das Gefühl, dass er sie auslachte. »Die Farbe steht Ihnen prima, Ma'am. Sie haben tatsächlich Recht gehabt, was den roten Wagen betrifft. Grün steht Ihnen besser.«

Die Frau war geschmeichelt und lächelte Cleveland dankbar an. Ihr Mann hielt das Steuer umfasst, in seiner Vorstellung eine Autobahnkurve vor sich.

»Mr. Cleveland.«

Er wandte sich zu mir um. Seine Augen huschten über mein Gesicht und dann zu der Wonderbread-Tüte hinunter. »Einen Moment«, sagte er.

Ich wusste, das er mich erkannt hatte. Ich wusste, dass er sich an mich erinnerte.

»Übernehmen Sie hier auch die gesamte Finanzierung?«, fragte ihn der Mann.

»Aber sicher«, sagte Cleveland. Er stand mit der Hand auf dem Wagendach da. »Ja, Sir, sicher.«

»Und die monatliche Rate ist Ihrer Meinung nach wie hoch?« Der Mann stellte sich vor, eine scharfe Linkskurve zu nehmen. Dann ging's rechts herum.

»Die Monatsrate. Kann ich Ihnen jetzt nicht so aus dem Stegreif sagen«, meinte Cleveland und kratzte sich am Kinn. »Aber ich schätze so um die hundertsechzig. Könnte mich aber irren.«

Die Frau legte ihre Hand auf die ihres Ehemanns, der immer noch das Lenkrad umfasst hielt. »Das ist nicht übel«, sagte sie wie zur Ermutigung. »Schatz, das ist gar nicht mal so –«

»Das ist überhaupt nicht übel«, erklärte Cleveland. »Und ich fordere jeden anderen Händler heraus, mich zu unterbieten.«

»Mr. Cleveland«, sagte ich wieder. »Entschuldigen Sie bitte, aber –«

»Mr. und Mrs. Kennedy«, sagte Cleveland, »hätten Sie was dagegen, wenn ich mich einen Moment mit meinem Sohn unterhalte?«

Das Ehepaar drehte sich um und sah mich mit großen Augen an. Die beiden schienen mich erst jetzt zu bemerken. »Oh, natürlich nicht.« Die Frau lächelte herzlich. Mir fiel auf, dass sie eigentlich recht hübsch war, von rundlicher, üppiger Gestalt.

»Wir bleiben hier.« Der Mann nickte, die Hände weiter auf dem Lenkrad, die Augen auf irgendeinen imaginären Punkt in der Ferne fixiert.

»Komm.« Cleveland legte seinen Arm um meine Schulter und führte mich ungefähr fünfzehn Autos weiter. Er trug einen weinroten Blazer und roch nach Zigaretten.

»Ihr Sohn?«, fragte ich.

Er zwinkerte. »Ich will nicht, dass sie Sie für einen weiteren Kunden halten.«

»Sie wissen, wer ich bin.«

»Sie sind sehr viel älter«, sagte Cleveland. »Aber ich ebenfalls.« Er lachte leise. »Und ich habe Sie erwartet.«

»Wirklich?«

Er streckte die Hand aus. »Kann ich das mal sehen?«

Ich gab ihm die Tüte. »Vorsichtig«, sagte ich. »Da ist ein Messer drin, und es ist immer noch scharf.«

Er sah hinein, nickte und blickte schließlich wieder auf. »Haben Sie diese Sachen jemals berührt?«

»Nein«, sagte ich. »Niemand hat sie berührt. Nicht seit –«

»– sie in die Tüte gesteckt wurden.« Er runzelte die Stirn. »Hervorragend. Aber ich bin inzwischen kein Detective mehr. Das ist Ihnen doch klar, oder?«

»Aber Sie wissen, was man damit tut.«

Cleveland rollte seinen Kopf nach links und rechts und rieb sich den Nacken. Er schnitt eine Grimasse, so als hätte er Schmerzen. »Ja«, sagte er. »Ja, das weiß ich.« Er hielt einen Moment inne und sah mich mit bohrendem Blick an. »Sie haben also gewusst, was passiert ist.«

»Ja.«

»Sie hätten es mir damals sagen können.«

»Ja.«

»Und dies beruht nicht auf irgendeiner seltsamen Gedächtnisauffrischung.«

»Es ist eine ganz normale Erinnerung«, sagte ich.

Cleveland nickte. »Gut.«

Die schwangere Frau trat von hinten an ihn heran. Sie strahlte übers ganze Gesicht. »Mr. Cleveland?«, sagte sie.

»Jerry.«

»Jerry«, sagte sie, »wir nehmen den Wagen.«

»Gut«, sagte er wieder, nur diesmal zu ihr, mit breitem Grinsen. »Hervorragend.«

DAWN COSTELLO RISS ihre Papierserviette in kleine Streifen. Auf der rot-weiß karierten Tischdecke hatte sich bereits ein kleiner Haufen Papierfetzen angesammelt. Ihre Unterlippe zitterte leicht. »Ich bin bisher niemals darauf angesprochen worden«, sagte sie, »jedenfalls nicht von der Polizei, niemals von, verstehen Sie, von *offizieller* Seite.«

Katherine rührte einen Löffel Zucker in ihren Kaffee. Das Restaurant war geschlossen. Aus der Küche drangen jedoch laute, scheppernde Geräusche und knoblauchgeschwängerte Düfte zu ihnen herüber – der Lärm von auf dem Herd abgestellten Pfannen und der Geruch von backendem Brot. Im Radio wurde ein Football-Spiel übertragen – jubelnde Menschenmassen und die Kommentatorenstimmen. »Nun«, fragte Katherine, »können Sie sich an jene Nacht überhaupt noch erinnern? Ich meine, ich weiß, es ist lange –«

»So als wäre es erst gestern geschehen.« Dawn seufzte. »Als wäre es gerade erst passiert.«

Katherine nahm ihre Tasse. »Gut. Dann erzählen Sie mir mal, was Sie noch wissen.« Sie nippte an ihrem Kaffee.

Dawn Costello hatte große dunkelbraune Rehaugen, eine samtige, olivfarbene Haut und gewelltes, aschblond gefärbtes Haar. Wenn sie sprach, dann mit einem Lächeln, das irgendwie schief war und einem ständigen Spiel ihrer Lippen entsprang. Sie hatte etwas von einem Tier an sich, das einmal zu oft geschlagen worden war. Katherine hielt sie von der ersten Sekunde an für einen warmherzigen Menschen, zweifellos eine liebende Mutter – sie hatte vier Kinder – und ein guter Freund. Dawn erinnerte Katherine an die misshandelten Frauen, mit denen sie im Verlauf ihrer Karriere so oft zu tun gehabt hatte. Alles, die ganze Geschichte, wartete nur darauf, ausgespuckt zu werden. »Er hat damals Speed genommen.«

Katherine beugte sich vor. »Wissen Sie noch, welche Art Speed?«

»White Cross. Das Zeug gab es damals an jeder Ecke. Ich meine, alle hatten es.«

»Haben Sie es ebenfalls genommen?«

»Nee, dazu war ich viel zu ängstlich, und es hat mich irgendwie nervös gemacht. Ich hab bloß ein bisschen Marihuana geraucht und Bier getrunken.«

»Sie waren Cheerleader?«

»Ja.« Dawn zuckte mit den Achseln und legte einen weiteren Fetzen ihrer Papierserviette auf den Haufen. »Ich hab zu den braven, anständigen Mädchen gehört.« Sie lächelte wieder auf ihre typische Art.

»Eric war also auf Speed, und –«

»Also, nein, lassen Sie mich von vorn anfangen.« Dawn nippte an ihrem Kaffee. »Zuerst waren wir bei ihm zu Hause, in seinem Schlafzimmer«, sagte sie. »Wir haben dort immer rumgeknutscht, wissen Sie, auf seinem Bett. Aber dann wurde die Party unten immer lauter, und ab und zu tauchte dort oben irgendjemand auf und suchte nach der Toilette. Sie wissen, wie es auf diesen Partys zugeht.«

Katherine nickte.

»Und *dann* hat Eric mit dem White Cross angefangen.«

»Hatte er irgendeinen besonderen Grund dafür, es in jener Nacht zu nehmen?«

»Ich schätze, er wollte einfach nur Spaß haben, und den hatte er dann auch.«

»Hat er viel davon genommen?«

»O ja, deshalb war er ja so gut in allem. Er hat die ganze Zeit gebüffelt, und schon in unserem ersten Jahr auf dem College war er der beste Running Back seit Ewigkeiten. Eric hat praktisch jeden Tag Speed genommen.«

Katherine nippte an ihrem Kaffee. Er war sehr heiß und so stark, dass er sie wahrscheinlich die ganze Nacht wach halten würde. »Haben Sie an jenem Tag mit ihm geschlafen?«

Dawn pustete in ihr kleines Häuflein Papierfetzen. »Ich weiß noch, dass ich ihm … ihm einen, Sie wissen schon …«

»Sie haben ihm einen –«

»Ich kann das nicht aussprechen.«

»– einen geblasen?«

Sie riss einen weiteren Streifen von der Serviette ab. »Ja.«

»Daran ist doch nichts Schlimmes.« Katherine lächelte. »Und dann sind Sie auf die Party gegangen.«

Dawn sagte: »Wir sind zu Brian Kesslers Haus gegangen.«

»Waren dort viele Leute?«

»Es waren alle da.«

»Sämtliche Szenekids«, sagte Katherine.

»Ja, ich glaube schon.«

»Was ist dann passiert?«

»Wir haben nur … Sie wissen doch, wie man in dem Alter so drauf ist. Wir haben Gras geraucht. Wir haben Bier getrunken. Wir haben Musik gehört. Und wir haben geknutscht.«

Es war ein anderes Leben. Katherine erinnerte sich an Partys im Apartment der Mutter einer Freundin auf der East Side, und daran, wie ihre Schwester in einer Nacht mit zwei verschiedenen Typen rumgemacht hatte. Sie erinnerte sich daran, wie irgendjemand an sämtliche Mädchen gelbe Valiumtabletten verteilt hatte. Sie erinnerte sich daran, wie sie eine Zigarette zwischen den Fingern hielt, an dieses unangenehme Gefühl, weil sie wusste, wie dämlich sie damit aussah. »Können Sie mir sagen, in welcher Stimmung Eric damals war? War er irgendwie anders? War er erregt? War er –«

»Er war … er war wie immer, nehme ich an. Er war wie immer, bis –«

»Bis was?«

»Es war nichts Ungewöhnliches.«

»Was?«

Dawn blickte sich in dem Restaurant um. Sie lächelte schief, mit zitternden Lippen. »Manchmal war er wie besessen von seiner Zukunft und hat einfach drauflos geredet, dass er einmal Arzt sein wird, dass er ein Allheilmittel gegen Krebs erfinden wird, dass er sich um das Präsidentenamt bewerben wird …«

»Interessant.«

»Er sagte dann immer, dass man sich … dass man sich beweisen muss, sich selbst beweisen, dass man den Mumm haben muss, etwas total Verrücktes zu tun.«

»Was total Verrücktes.« Dies war, wonach Katherine die ganze Zeit gesucht hatte. »Zum Beispiel? Hat er an jenem Abend was Verrücktes angestellt?«

»Nein, ich glaube nicht.«

»Was meinen Sie mit irgendwas total Verrücktes tun?« Katherine legte ihre Hand auf den Tisch, und ihre abgekauten Fingernägel waren deutlich sichtbar. »Können Sie mir ein Beispiel geben?«

Dawn strich sich die Haare aus den Augen. »Was ist mit ihren Fingern passiert?«

»Ich kaue auf meinen Fingernägeln.«

»So was habe ich ja noch nie gese –«

»Es ist ein Problem, ich weiß.« Katherine legte ihre Hände wieder in den Schoß. »Aber was meinten Sie, als Sie sagten, dass Eric –«

»Einmal hat er seine Hand über einen Gasherd gehalten, bis die Hand voller Blasen war, wie in diesem Film … Sie wissen schon, welchen ich meine.«

»O Gott.«

»Ja.«

»Sonst noch was?«

»Nun, später, als er seinen Führerschein hatte, ist er nachts rausgefahren, wenn es stockdunkel war, und dann hat er das Licht ausgeschaltet und Gas gegeben.«

»Er konnte nichts sehen?«

»Absolut nichts.«

»Sind Sie in jener Nacht mit Eric zusammen weggegangen?«

»Nein.«

»Was war passiert?«

»Ich konnte nicht mit ihm mithalten«, sagte Dawn. »Er war total aufgedreht, verstehen Sie, wegen dem vielen Speed, schätze ich, und weiß der Himmel, was sonst noch alles, und dann ist er gegangen.«

»Allein?«

»Ja.«

»Hat er gesagt, wo er hinwollte?«

»Nein, aber ich glaube, dass er nach Hause gegangen ist.«

»Wie spät war es?«

»Ich glaube, es war noch recht früh, so gegen halb zwölf.«

»Können Sie mir sonst noch was über Eric erzählen, irgendwas, das vielleicht –«

Dawn hob die Hand und unterbrach Katherine. »Okay«, sagte sie, »aber Sie müssen mir versprechen, es niemandem zu erzählen.«

Katherine nickte.

»Versprechen Sie's.«

»Ich verspreche es«, sagte Katherine.

»Ich hab es noch nie erzählt, niemandem.« Dawn blickte sich nach allen Seiten um, senkte die Stimme und flüsterte: »Ich war von ihm schwanger. Zwei Jahre nachdem seine Schwester, nachdem Fiona verschwunden war.«

Katherine hielt einen Moment inne, bevor sie sagte: »Sie hatten eine Abtreibung?«

»Ja.«

»Das ist nichts Schlimmes, Dawn.« Katherine langte über den Tisch und drückte Dawns Hand.

Dawn zuckte zusammen und zog ihre Hand zurück. »Ich weiß, aber –«

»Aber was?«

Sie riss das letzte Stück Papierserviette entzwei und betrachtete anschließend ihre leeren Hände. »Er wollte nicht, dass ich zum Arzt gehe.«

»Aber wie hat er dann –«

»Er wollte die Sache selbst übernehmen.«

»Haben Sie ihn gelassen?«

Sie schloss die Augen. »Ja.«

HEUTE WAR ES Pilzsuppe, ein Tunfisch-Sandwich mit grobem Schwarzbrot und eine Mandarine. Eric legte das Wachspapier, in das sein Sandwich eingewickelt gewesen war, auf den Schreibtisch und schenkte sich ein Glas Mineralwasser ein. »Dr. Airie«, tönte es aus der Gegensprechanlage. »Hier ist jemand, der Sie zu sprechen wünscht.«

Eric legte seinen Löffel aus der Hand. »Ich habe doch *jetzt* keinen Termin, oder etwa doch?«

»Nein«, sagte seine Sprechstundenhilfe, »ich glaube, es ist persönlich. Es ist Katherine DeQuincey ... DeQuincey-Joy.«

ICH JOGGTE. HATTE ich noch nie zuvor getan, aber ich hatte diese silber-blauen Nikes, und darin joggte ich – ich rannte immer wieder um die Laufbahn der Junior High. Es kümmerte mich nicht, dass auch ein paar Kids da waren. Es war mir absolut schnuppe, wer mich sah. Meine Beine schmerzten, und meine Brust fühlte sich an, als stünde sie in Flammen, aber ich lief weiter, manchmal über eine Stunde lang. Zuweilen hielt ich an und stützte mich mit den Händen auf den Knien ab, während mir die eiskalte Luft den Leib zerschnitt. Der Sauerstoff bildete einen Staudamm an frischen Blutzellen, und meine Lunge schien förmlich zu explodieren. Dann blickte ich auf und erspähte ein paar Mädchen der Junior High, die auf den Rängen saßen, die schmutzig blonden und brünetten Mädels von East Meadow, die in ihren Trainingsanzügen bibberten. Ich wusste, was in ihren Köpfen vorging. Ihre Eifersüchteleien, Ängste und Begierden schienen in der Luft geschrieben zu stehen. Ihre Leiber schienen Gefühlswellen auszusenden. Und mit jedem pochenden Herzschlag spürte ich auch meinen Bruder, der weit weg war. Jede seiner Bewegungen wurden in meinem Bewusstsein wie von einem Radarbildschirm aufgezeichnet. Wenn ich die Augen schloss, sah ich die Welt meiner Mutter vor mir – das trübe Flackern des Fernsehers, die grelle Sonne, die durch die Bäume hindurch in den rückwärtigen Teil des Hauses drang, und die Tasse mit der Untertasse zu ihren Füßen. Und meine Gedanken waren Katherines Gedanken – ihr Sinn für Logik und ihr Gefühl von Verlust, ihre Auffassungsgabe und ihr Misstrauen, mit einem blutenden Finger an den Lippen. Und dann rannte ich wieder los und versuchte meiner eigenen Allwissenheit zu entfliehen, dieser Überempfindlichkeit, die wie wunde Haut war. Ich lief noch eine Runde und versuchte den Kopf freizubekommen, versuchte meine Gedanken zu meinen eigenen zu machen. Aber allem Anschein nach rannte ich nicht schnell genug.

KATHERINE FAND DIE Räumlichkeiten zu geleckt, zu futuristisch und übertrieben männlich. Alles war schwarz oder chromglänzend. Sie sagte: »Ich rede, und du sagst mir einfach, wenn ich mich irre.« Sie saß gegenüber von Eric auf dem Patientenstuhl – klein, modern und unbequem, mit einer harten Sitzfläche aus Leder und silbernen, spindeldürren Armlehnen und Beinen. Sie wölbte erwartungsvoll die Augenbrauen.

Eric schob sein Sandwich beiseite und lehnte sich in seinem großen Leder-Drehstuhl zurück, süffisant lächelnd, so als würde ihn das Ganze amüsieren, als hätte er es nicht anders erwartet, wie der Schurke in einem James-Bond-Film. »Okay, Katherine«, sagte er. »Dann schieß los.«

Sie holte tief Luft. »Du wolltest unbedingt Arzt werden«, begann sie. »Dein ganzes Leben lang. Als du aufgewachsen bist, war dir klar, dass es das war, was du werden wolltest. Also hast du geübt. Du hast mit winzigen Käfern begonnen, mit kleinen Tieren weitergemacht, und dann hast du sogar eurer Hauskatze das Bein abgeschnitten –«

»Halley the Comet. Pilot hat ihn so getauft.«

»Halley the Comet«, sagte sie. »Damit du ihm eine hübsche neue Prothese maßgerecht anfertigen und den Wissenschaftspokal gewinnen konntest.«

»Abgesehen von der Tierquälerei«, sagte Eric, »derer sich vieler Kinder schuldig machen – insbesondere Jungen –, ist all dies völlig bedeutungslos.«

Katherine beachtete ihn nicht. »Du hast dich mit Amphetaminen voll gestopft, um die Schule, dein anstrengendes Sportprogramm und die vielen Partys zu überstehen, und an dem fraglichen Tag hattest du dich ein bisschen zu sehr aufgeputscht, nicht wahr? Du bist ein wenig ausgerastet.«

Eric verdrehte die Augen und lächelte.

»So etwas nennt man eine Amphetamin-Psychose, Eric, aber das weißt du ja selbst. Und wohlgemerkt, Dawn Costello hat gesehen, wie du White Cross geschluckt hast.« Sie räusperte sich. »Wie dem auch sei, in jener Nacht hast du beschlossen, ein paar chirurgische Eingriffe zu üben. Ich vermute, dass du Fiona mit dem alten Jagdmesser aufgeschlitzt und ein paar Organe untersucht hast und weiß der Himmel, was noch. Hast du ihren Schädel geöffnet, Eric? Und dann hast du sie irgendwo im Haus versteckt. Und als am nächsten Tag die Suche begann, hast du so getan, als wäre nichts geschehen. Und niemand hat dich jemals verdächtigt – warum auch? –, bis dein Bruder unter deinem Schreibtisch die Wonderbread-Tüte fand. Aber er war nur ein neunjähriges Kind, und dann hat er behauptet, er hätte den Schuh im Wald gefunden, und du hast gedacht, dass er dich schützen wollte, stimmt's? Dann war also alles in Ordnung, nicht wahr? Und zwar jahrelang«, sagte Katherine, »alles war in vollkommener Ordnung. Irgendetwas daran, an der Tatsache, die –«

»– die Prüfung bestanden zu haben«, sagte Eric.

»Wie bitte?«

»Na die Tatsache, die Prüfung bestanden zu haben. So etwas hilft einem, Dinge zu tun, zu denen andere nicht in der Lage sind«, sagte er. »Wenn man sich selbst anspornt und antreibt.«

Katherine nickte. »Und später schien es, als würde Pilot den Verstand verlieren – als er knurrend im Wald herumgekrochen ist und so getan hat, als wäre er ein Hund. Er hatte kaum Freunde und wusch sich so gut wie nie die Haare. Keine Freundinnen, schlechte Noten. Du brauchtest dir keine Sorgen mehr wegen ihm zu machen, es spielte keine Rolle, denn wer würde einem dermaßen ausgeflippten Jungen schon Gehör schenken? Und außerdem konnte er sich wahrscheinlich sowieso nicht mehr an die Geschehnisse erinnern, oder zumindest war er viel zu verrückt, um sich auszurechnen, was wirklich passiert war.«

Eric kratzte sich am Kopf. »Find ich echt interessant«, sagte er. »Weiter im Text.«

»Aber dann – aus irgendeinem seltsamen Grund – konnte sich Pilot doch an alles erinnern. Oder vielleicht hatte er es nie wirklich vergessen. Wie dem auch sei, du bist dazu übergegangen, ihn nach und nach zu vergiften, Eric, jeden Morgen mit seinem Frühstück, bis er schließlich vollkommen abdrehte. Hast du das gewollt? Ich bin mir nicht sicher. Vielleicht ist Pilot verrückter geworden, als es deine Absicht war, aber egal, er ist jedenfalls in der Klinik gelandet, buchstäblich geistesgestört, mit der Behauptung, dass du vor zwanzig Jahren seine kleine Schwester getötet hast. Aber wer würde ihm glauben, einem paranoiden Schizophrenen? Das Ganze ist wie ein alter vergessener Film. Wer würde diesen paranoiden, an Wahnvorstellungen leidenden Außenseiter ernst nehmen?«

»Du, offensichtlich.«

»Also hast du mich verführt.«

»Das war nicht besonders schwer.«

Katherine rieb sich das Gesicht. Sie seufzte. »Aber dann

musstest du irgendwie der Beweise habhaft werden. Du kennst dich in gerichtsmedizinischen Fragen aus, und du wolltest kein Risiko eingehen. Und heutzutage, mit den DNS-Tests ... Also hast du dich ins Zeug gelegt, mächtig ins Zeug gelegt, Eric, du hast sogar den armen Kerl im Tunnel ermordet.«

Eric verdrehte erneut die Augen. »Das ist doch lächerlich.«

»Und dann hat dein Vater Selbstmord begangen. Nachdem er all die Jahre an dem Verlust seiner Tochter und dem Zerfall seiner Familie zu tragen hatte, hat er sich wahrscheinlich selbst die Schuld für –«

»Wir wissen nicht, ob es Absicht war, was mein Vater –«

»Nein«, sagte Katherine, »ich schätze, wir werden es nie wissen.«

Eric schüttelte den Kopf. »Und ich war an einem ganz anderen Ort, als es passiert ist.«

»Aber aus irgendeinem Grund hast du dich an das alte zerbrochene Betonrohr erinnert. Warum ist es dir wieder eingefallen, Eric?«

»Wovon redest du da überhaupt?«

»Du bist in den Wald gegangen – oder etwa nicht? – und hast nach den Beweisen gesucht. Und da waren sie. Eine Plastiktüte mit einem kleinen roten Mädchen-Sneaker und einem alten Jagdmesser. Wie bist du darauf gekommen, dass sie da drin sind?«

Eric gab einen kaum hörbaren Laut von sich, der eigentlich mehr ein Ausatmen als irgendetwas anderes war. Zweifellos war dieser Laut als eine Art genervter, ungläubiger Stoßseufzer gedacht gewesen.

Katherine griff in ihre Handtasche und legte das Foto auf Erics Schreibtisch. Es war von ihm, im Wald. Seine Augen leuchteten in dem Blitzlicht rot auf, und er hielt die Wonderbread-Tüte.

Er schloss einen Moment lang die Augen. »Hat Pilot dir das gegeben?«

Katherine griff erneut in ihre Handtasche und zog einen

Umschlag heraus. »Und hier ist das, was ich Pilot gegeben habe.« Sie holte einen Stapel Fotos aus dem Umschlag heraus und legte sie nacheinander auf den Schreibtisch. Auf der ersten Aufnahme stand Eric bis zu den Knien in der grau-grünen Brandung. Auf den folgenden Bildern warf er den Schuh und das Messer ins Wasser. Er trug eine dunkelblaue Hose zu einem rosafarbenen Hemd. »Das sind Video-Aufnahmen, Standbilder von einem Videofilm.«

»Du bist mir gefolgt.«

»Ich war schon da.« Katherine lächelte. »Wir haben gewusst, dass du dorthin fahren würdest. Jedenfalls waren wir uns ziemlich sicher.«

»Die Tatsache, dass ich die Beweise ins Meer geworfen habe, heißt noch lange nicht –«

»Ach ja, stimmt«, sagte Katherine, »du hast es Pilot ja bereits erklärt. Dass du ihn nur beschützen wolltest. Dass du die Beweise vor all den Jahren versteckt hast, weil er es getan hatte, ohne es auch nur zu ahnen, und du wolltest ihn aus dem ganzen Ärger raushalten. Aber das ist totaler Blödsinn, Eric.«

»Aber wir werden nie herausfinden, ob es Blödsinn ist«, sagte Eric. »Denn selbst wenn ihr den Schuh und das Messer finden würdet, werden sich darauf keine Spuren oder Rückstände befinden, die für einen Test ausreichen. Die Sachen werden völlig –«

»Eric«, erwiderte Katherine lachend, »du bist vielleicht ein Gehirnchirurg, aber besonders intelligent bist du nicht.«

»Wie meinst du das?«

»Wie kommst du darauf, dass es sich bei den Sachen, die du ins Meer geworfen hast, um die echten Beweise handelt?«

ALS ER ZU mir kam, wusste ich, dass er es war. Als er zu mir kam, lag ich im Bett, die Flanelldecke bis zum Kinn hochgezogen, obwohl es recht warm war. Ich hatte die Augen geschlossen, schlief aber nicht. Ich hatte den Erwachsenen unten gelauscht, den Geräuschen der im Glas klirrenden Eiswürfel, den

Streitgesprächen zwischen den Männern und den geflüsterten Geheimnissen, die die Frauen untereinander austauschten. Was sagten sie da nur? Das Partygetöse ebbte nach und nach ab, bis nur noch der Wind in den Baumwipfeln und die auf dem Highway vorbeifahrenden Autos zu hören waren, das Zischen der Räder auf dem Asphalt. Er sagte meinen Namen. Er sagte, dass es Zeit war, aufzustehen, und als ich die Augen öffnete, sah ich ihn, sah sein Gesicht, seine kräftigen, kantigen Züge. Ich wusste, dass es noch nicht Zeit war, aufzustehen, und ich sagte, dass es reiner Blödsinn war, was er da sagte. Also sagte er, dass er eine Überraschung für mich hätte und dass es deshalb Zeit wurde. Ich nahm seine Hand, und er sagte mir, dass ich meinen Badeanzug wieder anziehen sollte. Ich sagte ihm, dass ich nicht schon wieder schwimmen gehen wollte. Aber er sagte, dass ich ihn trotzdem anziehen sollte. Der Badeanzug hing am Fuß des Bettes am Bettpfosten, und ich hatte ihn mir die ganze Zeit als eine rote Flagge vorgestellt, und mein Bett war ein auf dem Meer treibendes, vom Kurs abgekommenes Schiff. Und dann habe ich meinen gelb-rosafarbenen Schlafanzug ausgezogen und ihm gesagt, dass er sich umdrehen soll, um nichts zu sehen, und dann habe ich den Badeanzug angezogen. Er war noch ganz feucht und kalt vom Schwimmen. Ich zog meine roten Sneakers an, die ich beim Ausziehen unters Bett geschleudert hatte. Ich fragte ihn, was wir jetzt tun würden, ob wir schwimmen gehen würden. Und er sagte, dass wir nach unten in die Garage gehen würden. Und ich fragte: Warum? Und er antwortete, dass es eine Überraschung ist und dass er es mir nicht verraten kann. Wichtig ist jedoch, dass ich absolut still bin, sagte er, und niemanden aufwecke. Es sei sehr wichtig. Wenn ich nicht absolut still sein würde, gäb's keine Überraschung mehr, sagte er. Also war ich so still wie möglich, so still, dass ich bei meinen eigenen Atemgeräuschen erschreckte und dass ich sogar Angst hatte, den Fuß auf den Teppich zu setzen. Das Haus war so dunkel, wir konnten nichts sehen. Und im Flur, auf dem Weg zur Treppe, sind wir über irgendwelche Sachen gestolpert. Wir sind nach unten ins Wohnzimmer gegangen, dann weiter ins Esszimmer, und als wir das Familienzimmer durchquert haben, habe ich meinen Bruder auf der Couch schlafen sehen, die Hand über dem Gesicht. Seine Brust hob und senkte sich ganz stark, und das nur, um Luft zu bekommen. Er schlief wie ein Murmeltier, wie Halley the Comet. Dann sind wir durch die Küche gegangen – die ganze Zeit hat er meine Hand fest in seiner gehalten, fester als je zuvor, hab ich gedacht, so als hätte er Angst – und weiter bis zur Garage. Hier war Licht, nur ein kleiner Schimmer, der von einer Taschenlampe herrührte, die auf der Werkbank lag. Mein Bruder sagte, dass ich die Augen schließen sollte, und das habe ich dann auch getan, und ich spürte, dass er hinter mir mit irgendetwas zugange war. Und dann hat er ganz schnell irgendetwas auf meinen Mund getan. Es war Klebeband. Er hat es um meinen ganzen Kopf gewickelt, mehrmals herum, und mein Haar war ebenfalls festgeklebt. Ich versuchte zu schreien – *ich schrie* –, aber aus meinem Mund drang kein einziger Laut, und dann habe ich angefangen zu husten und zu keuchen, und deshalb habe ich aufgehört zu schreien und mich darauf konzentriert, durch die Nase zu atmen. Zu dem Zeitpunkt habe ich noch nicht geweint, aber ich war drauf und dran. Ich spürte, wie Flüssigkeit zu meinen Augen vorstieß, wie sie in mir aufstieg. Ich hab dann versucht, die Tür zu erreichen, aber er hat mich am Arm gepackt und mich mit einem harten Ruck zurückgehalten und mich an sich gepresst. Dann hat er gewartet, bis ich ganz regungslos dagestanden bin, und mein Kopf war zwischen seinem Bein und der Werkbank eingeklemmt, und gleichzeitig hat er mich mit dem Klebeband an den Handgelenken gefesselt, hat es immer wieder herumgewickelt, bis ich meine Arme nicht mehr bewegen konnte. Und dann hat er mich hochgehoben und auf die Werkbank gelegt. Ich hab versucht ihn zu treten, hab mit den Beinen gestrampelt, aber er war zu stark, und dann hat er meine Beine niedergedrückt und sie mit dem Klebeband gefesselt. Er hat das Band immer wieder um meine Knöchel gewickelt. Jetzt konnte ich ihn nur noch ansehen. In dem Schein der Taschenlampe konnte ich nur noch seine Augen verfolgen und hoffen, dass meine Blicke ihm ein schlechtes Gewissen machen und er mich gehen lässt. Aber er sah mich nicht an. Wenn er mich freigelassen hätte, wäre ich sofort nach oben gerannt und hätte alles meiner Mutter erzählt, aber wie gesagt, er hat mich einfach nicht angesehen. Er hat mir nicht in die Augen gesehen. Er ist vor der Werkbank auf und ab geschritten und hat gesagt: *Du packst es*, immer wieder, *du kannst es schaffen, du kannst es schaffen, das kannst du schaffen, das ist etwas, das du schaffen kannst, du kannst es, du kannst es, du kannst es. Du kannst es, du kannst es, es, es*. Und dann ist er schließlich stehen geblieben und hat sich neben mich gestellt, und ich habe versucht, irgendeinen Laut von mir zu geben. Er hat mich umgedreht, und jetzt lag ich mit dem Kinn auf der Werkbank. Ich spürte, wie er mir von hinten die Schuhe auszog, und ich hörte, wie sie auf den Boden plumpsten. Er sagte immer noch: *Du kannst es, du kannst es, du kannst es*. Seine Hände blitzten vor meinem Gesicht auf, und dann spürte ich die Schnur, den Schnürsenkel, der sich um meinen Hals zog. Ich spürte, wie er sich tiefer und tiefer in mein Fleisch grub. Ich spürte, wie er mir die Luft abschnitt, spürte den Druck in meinen Adern am Hals, wie sie beinahe explodierten. Ich versuchte zu atmen. Ich öffnete einen Spaltbreit meinen Mund unter dem Klebeband und versuchte, meine Nasenflügel aufzublähen, aber es kam nichts. Und mein Herz hämmerte in rasendem Galopp. Das Blut schoss mir in die Ohren, so als würde ich sie an den Highway-Asphalt drücken und dem Zischen der Reifen lauschen. Und meine Lungen fühlten sich ganz leer an. Und mein Körper war plötzlich ganz entspannt. Ich war im Schwimmbecken, mitten im Sommer. Nur ich war da, und Mom war im Haus. Ich tat so, als wäre ich ertrunken. Meine Glieder waren ganz entspannt, und ich trieb immer weiter nach oben. Ich hab nur so getan und die Luft angehalten und mich nach oben treiben lassen. *Fiona*, rief meine Mutter. *Lass das*. Sie rief mir diese Worte von der Küchentür aus zu. In der Küche lief das Radio. Es kamen gerade die Nachrichten, und der Nachrichtensprecher redete und redete und redete, ohne jemals etwas zu sagen, wie mir schien. Ich tat so, als wäre ich tot, hab mich mit schlaffem Leib einfach treiben lassen, um meine Mutter an der Nase herumzuführen. Meine Arme stiegen an die Oberfläche, und ich drehte mich im Wasser. *Fiona*, sagte sie. Ich hörte sie, diesen weit entfernten, echoartigen Ton, in den sich eine Stimme verwandelt, wenn man sie unter Wasser hört. Ich hörte, wie sie immer wieder sagte: *Fiona, Fiona*. Und ich wollte unten bleiben, schaffte es aber nicht mehr, weiter die Luft anzuhalten. Und als ich aufblickte, spürte ich, wie mir der Hinterkopf geöffnet wurde, spürte das Sägeblatt auf meinem Knochen. *Fiona*, sagte sie. Ich blickte auf. Sie stand in der Küchentür und sagte: *Hör auf, mir solche Angst einzujagen, Liebes*. Er langte mit seinen Fingern in meinen Körper hinein, richtig hinein. Sie kam heraus und stand am Rand des Schwimmbeckens. Ich schwamm an den Rand, stützte mich mit den Händen auf den Schieferplatten ab und zog mich aus dem Wasser. Seine Hände langten in mich hinein, ganz, ganz weit. *Möchtest du vielleicht jetzt schon etwas essen?*, fragte sie. Ich hab keinen Hunger, sagte ich zu ihr. In der Sonne war es warm, und ich stand nun. Sie wickelte das Handtuch um meine Schultern, mein Lieblingshandtuch, das mit den großen weißen und gelben Gänseblümchen, die in einem ganz verrückten Muster aufgemalt waren, wie in einer Comiczeichnung. *Zieh deine Sneakers an*, sagte sie. *Ich möchte, dass du deine Sneakers anhast, wenn du im Garten herumspringst*. Ich stand nun in meinen Sneakers da, bei dem einen waren die Schnürsenkel zugebunden, der andere war weg, und aus meinem Badeanzug tröpfelte Wasser, und seine Finger langten in mich hinein und zogen mir die Haut vom Leib, zogen mir die Muskeln von den Knochen und die Organe aus meinem Inneren. Die Sonne strahlte gelb am Himmel. Während ich im Garten spielte, sah ich, wie meine Mutter in der Küche auf und ab ging. Ich sah, wie sich ihr Kopf immer wieder am Küchenfenster vorbeischob, und in voller Größe sah ich sie, wenn sie an der Tür vorbeikam. Sie ging im Waschraum ein und aus, die Arme voller warmer sauberer Wäsche. Manchmal bin ich kurz nach oben gerannt, und dann fand ich sie in dem Sessel neben dem Radio, mit den sanften Stimmen, die immerzu redeten und redeten. Ich hab mich dann hinter sie gestellt, mein Kinn auf ihre Schulter gelegt und ihr erzählt, was ich heute so alles gemacht hatte, und dass ich so große Angst vor dem Wald hätte, davor, dass die Bäume nach mir ausschlagen und mich wegschleppen, aber dass ich mich deshalb von ihnen fern halte, dass ich im Garten in Sicherheit bin und dass ich sie nie mehr verlassen würde. Sie sagte nur: *Fiona, ach Fiona, wie Recht du hast, lass mich nie, nie mehr allein.* Ich spürte, wie mir der Schuh vom Fuß glitt, wie er auf den Boden fiel. Ich spielte draußen im Garten und hab darauf geachtet, nicht ins Gras zu fallen, oder ich war gerade schwimmen oder stand auf den Schieferplatten, während das Wasser an mir heruntertröpfelte, und ich war in dem Handtuch mit dem Gänseblümchenmuster eingewickelt. *Zieh deine Schuhe an, Liebes*, sagte meine Mutter. *Ich will nicht, dass du ohne Schuhe im Garten spielst.* Ich sah, wie sie in der Küche auf und ab ging, wie ihr Kopf sich am Fenster vorbeischob, wie sie an der Tür vorbeikam und wie sie mit der sauberen Wäsche im Arm ein und aus ging. Ich flüsterte ihr etwas ins Ohr. Ich hörte unter Wasser, wie sie mich rief. *Fiona*, sagte sie. *Mach mir nicht solche Angst. Mach mir keine Angst.* Aber als ich aufblickte, spürte ich, wie der Schnürsenkel von meinem Hals glitt, wie mir der Hinterkopf geöffnet und die Haut abgezogen wurde, und ich sah, wie das Sägeblatt durch meine Knochen fuhr und wie seine Finger in mich hineinlangten, einfach in mich hinein. Ich hielt mich am Schwimmbeckenrand fest und hatte Angst, loszulassen. Daddy, sagte ich. *Daddy schläft gerade*, sagte er. Er trug seine Pilotenbrille, und ich konnte seine Augen nicht sehen. Auf seiner Brust lag eine aufgeschlagene Zeitung. Neben ihm auf den Schieferplatten stand ein Glas Eistee. Daddy, sagte ich wieder. *Ja?*, fragte er. *Worum geht's?* Ich wusste es nicht mehr. Zu der Party, sagte ich, um mir schnell was einfallen zu lassen – irgendetwas, das ich ihn fragen konnte, einfach nur um zu reden – zu der Party, kommen da viele Leute? *Wir haben alle eingeladen*, sagte er. Darf ich dann lange aufbleiben? *Du darfst ein bisschen länger aufbleiben*, sagte er. Wie viel ist ein bisschen? Ich sah, wie sich die Wolken in seiner Brille spiegelten. Er griff nach seinem Eistee und entfernte die Zitronenscheibe, die sich um den Glasrand wand. Ich hielt mich weiter am Schwimmbeckenrand fest. *Das sehen wir dann schon*, sagte er. Und im Fenster sah ich meine Mutter, wie sich ihr Kopf daran vorbeischob, und dann, wie sie an der Tür vorbeikam. Manchmal blickte sie hinaus, um nachzusehen, ob mit uns alles okay war – ob wir vielleicht noch irgendetwas wollten. Und die Bäume umzingelten uns, und obwohl ich Angst hatte, dass sie uns zu nah kommen und uns verschlingen würden, habe ich in ihre Richtung geschaut, weil ich wusste, dass jeden Moment meine Brüder dort auftauchen würden, den Rasen und die Schieferplatten überqueren und ans Schwimmbecken treten würden, wie Astronauten, wenn sie den Mond betreten. Wie viel, Daddy, sagte ich, während ich darauf wartete, dass meine Brüder aus dem Wald auftauchten, wie viel ist ein bisschen länger? Er lächelte mit breitem Mund, und er sah so toll aus, wie ein Filmstar. Seine Sonnenbrille war voller Wolken und blauem Himmel, und er sagte: *Das sehen wir dann schon, Liebes. Das sehen wir dann schon.*

ES WAR EIN feuchter warmer Tag, so als wäre im Januar der Frühling eingekehrt. Der Boden war ganz weich, und die Grabarbeiten gingen rasch und mühelos voran. Hannah hatte Nathan Tabor angerufen, einen Steuerberater, den sie bereits seit Jahren kannte und der darüber hinaus ein guter Freund meines Vaters gewesen war. Detective Vettorello stand mit verschränkten Armen da und sah seinem Team aus Beamten und

Gerichtsmedizinern dabei zu, wie sie den Swimmingpool aushoben. Die Erde lag in großen gleichmäßigen Stücken neben den verdorrten Rhabarberstauden, die sie herausgerissen hatten. Nathan Tabor schritt Zigarre rauchend auf den Schieferplatten auf und ab. Ich war in meinem Schlafzimmer und beobachtete alles vom Fenster aus. Eric hatte vermutlich gestanden – erst gegenüber Katherine und dann der Polizei –, dass er Fionas Leiche ein paar Jahre lang in dem alten Taucheranzug meines Vaters aufbewahrt hatte, der in der Garage vor dem Fenster gehangen hatte, und dass er, als Hannah schließlich beschloss, den Pool mit Erde zuzuschütten, ihre sterblichen Überreste ebenfalls hineingelegt und sie Schicht um Schicht mit brauner moosbewachsener Erde bedeckt hatte. Und dann kam das Gemüse, das meine Mutter angepflanzt hatte. Ob die Wurzeln bis zu ihr hinuntergewachsen waren?, fragte ich mich. Hatte meine Schwester stillen Trost darin gefunden, dass meine Mutter den Gemüsegarten pflegte? Die Polizei ging wie ein Archäologenteam vor und hob die Erde Meter für Meter aus, bis jemand rief, dass er was gefunden hatte, und dann gingen alle zu ihm hinüber, um zu sehen, ob es sich um das Skelett eines Kindes handelte.

Zumindest war es ein schöner Tag. Der Himmel war strahlend blau, die Luft so warm wie seit Monaten nicht mehr – schwüles, laues Wetter. Als ich mich vom Fenster abwandte, sah ich Katherine Jane DeQuincey-Joy im Korridor stehen.

»Ich war so frei und bin einfach hereingekommen«, sagte sie. Sie fasste sich ans Revers.

Ich nickte. Ich hatte sie längere Zeit nicht gesehen.

»Ich dachte, dass Sie momentan vielleicht gern ein wenig Gesellschaft hätten.«

»Danke.«

Sie ging ins Schlafzimmer und sah sich die vielen Rennwägen auf der Tapete an. Sie sah die Zeitschriften und die Science-Fiction-Romane, die sich um mein Bett herum auftürmten. Ich spürte, wie mein Gesicht plötzlich ganz heiß wurde.

Aus irgendeinem Grund war es mir peinlich, dass sie mich hier drin sah. »Pilot«, sagt sie mit sanfter Stimme, »Sie haben Recht gehabt. Sie haben in allem Recht gehabt.«

Ich bekam keinen Ton heraus. Ich setzte mich und blickte den rostbraunen abgewetzten Teppich an. Ich trug ein Paar alter Converse All Stars, und einer der Schuhe war ohne Schnürsenkel. Ich spürte, wie meine Hände sich mit Helium füllten. Ich sah Fiona, ihren tropfnassen Leib, ihre schimmernde Haut, das Handtuch mit dem Gänseblümchenmuster um ihre Schultern geschlungen, und ganz weit hinter ihr strahlte die Sonne. »Ich fühl mich nicht gut«, sagte ich schließlich. »Ich fühle mich nicht normal.« Ich hätte auch meine Nikes anziehen können, hatte mich aber heute anders entschieden. »Katherine Jane DeQuincey-Joy, ich bin heute irgendwie nicht ganz bei mir.«

»Sie sind nicht verrückt, Pilot«, sagte Katherine, und beinahe hätte sie die Hand auf meine Schulter gelegt. »Niemand würde sich an so einem Tag normal fühlen. Ich fühle mich nicht normal.« Sie setzte sich neben mich. »Wie dem auch sei«, sagte sie, »ich wollte mich bei Ihnen dafür entschuldigen, dass ich an Ihnen gezweifelt habe.«

»Ich habe an mir selbst gezweifelt. Warum dann nicht Sie?« Ich zuckte mit den Achseln. »Außerdem war der Schnürsenkel nicht einmal echt. Und ich habe mich in vielen Dingen geirrt.«

»Und was meinen Namen angeht, haben Sie sich ebenfalls geirrt.« Sie lächelte.

»Ihren Namen?«

»Mein mittlerer Name ist Marjorie, nach meiner Großmutter.«

»Also nicht Jane?«

»Wo haben Sie das nur her?« Sie lachte beinahe.

»Wo habe ich überhaupt irgendwas her?«

»Haben Sie sich nur geirrt, was den Schnürsenkel betrifft?«

»Kennen Sie das, dass manche Leute sich eine Schnur um ihren Finger wickeln, um sich an bestimmte Dinge zu erinnern?«, fragte ich. »Mehr gibt's dazu nicht zu sagen. Und dann habe ich angefangen, es selbst zu glauben.«

»Sie sagten einmal, dass Sie allwissend wären.«

»Ich war verrückt, mehr nicht.«

»Glauben Sie immer noch, dass Sie –«

Ich nickte. »Ich versuche, mich dagegen zu wehren, und ich glaube, dass es allmählich vorbeigeht.«

Im Garten wurden Stimmen laut. Irgendjemand rief: «Ich hab was gefunden. Hier drüben. Ich hab was –«

»Sollen wir vielleicht irgendwohin fahren?«, fragte Katherine. »Dass Sie hier mal rauskommen? Wollen Sie jetzt woanders –«

»Ich will sie sehen.« Ich erhob mich von dem Bett und blickte Katherine an. »Wollen Sie Fiona sehen?«

Sie trug heute eine verwaschene Jeans und einen einfachen schwarzen Blazer über einem weißen T-Shirt. Um ihren Hals hing die silberne Kette mit dem keltischen Symbol als Anhänger. Sie blickte mich einen Moment lang mit fragenden Augen an und sagte dann: »Okay.« Wir gingen gemeinsam nach unten. Die Kette klimperte ein wenig. Als ich Katherine ansah, fasste sie sich an den Hals. »Tut mir Leid«, sagte sie. »Ich werde sie abnehmen.«

Wir waren jetzt im Wohnzimmer. »Sie ist mir nur gerade aufgefallen«, sagte ich. »Ich finde sie hübsch, das ist alles.« Wir durchquerten das Esszimmer und traten durch die Schiebetüren auf die mit Erdbrocken übersäten Schieferplatten hinaus. Detective Vettorello stand mit über seiner Windjacke verschränkten Armen da. »Haben Sie sie gefunden?«, fragte ich.

Er nickte.

Nathan Tabor schritt vor dem Pool auf und ab und zog an seiner Zigarre.

»Kann ich's mir ansehen?«

Vettorello zeigte auf eine Gruppe schmutzbedeckter Beamter, die gerade das Skelett meiner Schwester bargen, Stück für Stück, Knochen für Knochen. Irgendjemand hatte einen Teil ihres Schädels auf einem weißen Stück Papier auf den Rand des Schwimmbeckens gelegt. Ein Polizeifotograf machte Aufnahmen. Katherine stand neben mir, und als ich mich zu ihr umwandte, wischte sie sich Tränen von den Wangen. Ein Beamter legte einen weiteren Knochen neben den Schädel, und dann noch einen und noch einen. Es würde den ganzen Tag dauern, das wurde mir nun klar. Es würde stundenlang so weitergehen. Die Polizei würde Knochenteile meiner Schwester finden, sie säubern und auf weißen Papierstücken auf den Schieferplatten ablegen.

Vettorello schaute mich an. »Wie geht es Ihrer Mutter?«

»Keine Ahnung.« Ich blickte zum Haus zurück. »Sie war den ganzen Tag in ihrem Zimmer.«

Katherine und Vettorello tauschten Blicke aus.

»Wann kann ich meinen Bruder sehen?«

»Dagegen gibt's eigentlich nichts einzuwenden«, sagte Vettorello. »Es sei denn, sein Anwalt –« Er hielt einen Moment inne. »Nun, dagegen ist nichts einzuwenden.«

Ich nickte und stand einen Moment lang wortlos da. Dann verließ ich Katherine und Vettorello und ging wieder nach oben. Anstatt in mein Zimmer zu gehen, ging ich in Erics. Ich setzte mich auf sein altes Bett und betrachtete eine Weile das Regalfach mit den Pokalen, den blauen Siegesbändern und den Silberschalen. Sie steckte immer noch in einem davon, Halleys Prothese. Ich sah sie aus einem alten Schwimmpokal herausragen – ein Stück graues, geschmolzenes Plastik, das wie das hintere Bein einer Katze geformt und mit einem langen Gummiband versehen war. Halley hatte noch ein paar Jahre gelebt und gelernt, auf drei Beinen zu gehen, aber das Haus hatte er nie mehr verlassen. Er starb im Schrank meiner Mutter, wie zu einer Kugel zusammengerollt.

HANNAH STRICH SICH übers Gesicht. Sie spürte ein Klopfen in ihrer Stirn. Irgendein Schmerz stieg in ihr auf, der sich wie bei einer Migräne in Druckwellen äußerte. Die Zellen teilten und vervielfachten sich, und die potenzierte Masse an krankem Gewebe schlang sich wie Efeu um ihren Sehnerv. Sie saß in ihrem Zimmer und lauschte den Stimmen der Männer, die ihre Tochter aus dem Pool hoben. Sie hatte es selbst so oft getan – Fiona am Handgelenk gepackt und ihren tropfnassen Leib auf die Schieferplatten gehoben. In jenem Moment wusste ich, wie viele Jahre und Monate und Tage ihr noch blieben. In jenem Moment – und glücklicherweise vergaß ich dies später wieder – sah ich den Augenblick ihres Ablebens voraus, mit einem Schlauch in ihrem Arm, das Haar schlohweiß und ganz dünn. Jetzt gerade hatte Hannah jedoch die Augen geschlossen. Sie wollte Fiona so nicht sehen.

AUF IHREM ANRUFBEANTWORTER blinkte eine glühend rote Zwei. Katherine löschte die Nachrichten, ohne sie abzuhören. Sie schleuderte ihre Sneakers von den Füßen und legte sich mit ausgestreckten Armen auf die Matratze. An der Decke prangte unverändert der braune Fleck. Aber zumindest war es hier warm. Zumindest war es nicht mehr frostig kalt. Ihr fiel ein, dass sie die Miete für diesen Monat noch nicht bezahlt hatte, und auch die Stromrechnung stand noch aus. Sie hatte so lange nicht mehr ihre Wäsche erledigt, dass sie ihre Unterwäsche bereits je nach Bedarf im Waschbecken gewaschen hatte. Ihr Kühlschrank war leer. Abgesehen von dieser Matratze stand in dem Apartment kein einziges Möbelstück, nur diese Pappkartons, die sich an der Wand stapelten. Es wurde allmählich Zeit, sich zusammenzureißen, sagte sie sich. Als Erstes musste sie sich eine bessere Wohnung besorgen, ein paar neue Kleider und ein paar Möbel. Vielleicht sollte sie wieder nach New York zurückziehen, dachte sie. Warum sollte sie auch bleiben? Weiterhin auf der Matratze wand sie sich aus ihrem schwarzen Blazer. Sie wollte sich gerade die Jeans ausziehen, als sie ein Klopfen an der Tür hörte. Sie hatte keine Pizza bestellt, und Eric konnte es nun wahrlich nicht sein.

»Ja«, rief sie, »einen Moment.«

»Nur keine Eile.« Es war die Stimme eines älteren Mannes, rau und freundlich.

Katherine öffnete lächelnd die Tür. Cleveland stand mit den Händen in den Taschen da. Er trug eine Krawatte, die weder zu seiner karierten Hose noch zu dem viel zu dicken Mantel passte. »Kommen Sie rein«, sagte sie. »Bitte, immer hereinspaziert. Sie blickte sich um. »Tut mir Leid, dass ich Ihnen keinen Stuhl anbieten kann. Ich bin inzwischen beinahe ein halbes Jahr hier und habe immer noch nicht –«

»Ist schon in Ordnung«, sagte Cleveland. »Ich muss mich nicht setzen. Ich bleibe sowieso nicht lang.«

»Möchten Sie vielleicht ein Glas Wasser?«

»Nein«, sagte er mit einem Lächeln. »Nein, nein. Ich wollte nur ... ich wollte nur vorbeikommen, um Ihnen persönlich meinen Dank auszusprechen, mehr nicht.«

»*Mir* danken? Wirklich –«

Er räusperte sich. »Dieser Fall hat mir viele Jahre auf der Seele gelegen. War wahrscheinlich der schlimmste Fall, den ich in all den Jahren bei der Polizei gehabt habe.«

»Dann müssten Sie sich eigentlich bei Pilot Airie bedanken.«

Er nickte. »Er hat all die Jahre mit diesen Erinnerungen im Kopf gelebt. Das war entscheidend.« Cleveland zeigte auf einen ungeöffneten Pappkarton, der in der Ecke stand. »Haben Sie vor, hier wegzuziehen?«

Katherine lachte. »Ich bin nicht einmal dazu gekommen, auszupacken.«

»Sie sind sich also nicht sicher, ob Sie bleiben wollen?«

»So ähnlich.«

»East Meadow ist eigentlich ganz okay«, sagte Cleveland. »Aber Sie kommen aus New York, stimmt's?«

»Ja.«

»Nun, wie New York ist es nicht.«

Katherine seufzte. »Nein«, sagte sie.

»Warum hat er das Ihrer Meinung nach getan? Ich meine, Pilot hat zwanzig Jahre lang geschwiegen.«

»Die beiden sind Brüder«, sagte sie. »Und irgendwie sind sie sich sehr nah. Ich bin mir nicht sicher, ob ich meine Schwester der Polizei ausliefern könnte, weil sie –« Sie unterbrach sich. »Nun, vielleicht schon. Keine Ahnung.« Sie warf einen Blick zu dem Anrufbeantworter, auf dem nun eine Null zu sehen war.

»Glauben Sie, dass er sich einfach nicht mehr erinnert hat, dass er es alles verdrängt hat?«

»Nein«, sagte Katherine. »Pilot hat es immer gewusst. Man könnte fast sagen, dass er sich an mehr erinnert hat, als er in Wirklichkeit erlebt hat.«

»Ich schätze, so was kann man gar nicht vergessen.«

»Glaube ich auch nicht.«

Cleveland blickte sich erneut im Zimmer um und sagte dann: »Nun, nochmals vielen Dank, Miss Katherine DeQuincey-Joy mit Bindestrich. Und ich glaube trotzdem, dass man *Ihnen* zu danken hat, was auch immer Sie sagen.«

Sie lächelte.

Cleveland wandte sich zur Tür um. Er öffnete sie. »Also, bis dann.«

»Auf Wiedersehen.«

Als die Tür geschlossen war und sie wieder allein war, fuhr sie sich mit der Hand durchs Haar und stieß sogleich auf ein Knäuel verfilzter Strähnen. Sie betrachtete das Telefon, das auf der Küchenanrichte stand. Sie fragte sich, wer angerufen und die beiden Nachrichten hinterlassen hatte. Sie blickte das Telefon ziemlich lange an.

UND ICH JOGGTE. Ich joggte in meinen silber-blauen Nikes und legte auf der Junior High Bahn um Bahn zurück. Es war Nachmittag, und gerade fand das Fußball-Training statt. Kids mit Schienbeinschonern und grün-weiß gestreiften Stutzen traten einen schwarz-weißen Ball übers Feld. Ich blieb einen Moment stehen, die Hände auf die Knie gestützt, keuchte wie ein Hund – wie ein Wolfsjunge – und versuchte, den Sinn des

Spiels zu erkennen. Ich hob den Kopf und sah diesen Jungen zu, wie sie strikt ihre Mannschaftsposition einhielten.

»Ist mit Ihnen alles in Ordnung?«

Ich lag plötzlich auf dem Boden und blickte in die Gesichter zweier Jungen, im Hintergrund der weiße Himmel.

»Hol den Trainer«, sagte der eine.

»Mit mir ist alles in Ordnung.«

»Sie sind gerade umgekippt. Ich war auf der anderen Seite vom Feld.« Er zeigte aufgeregt in die Richtung, aus der er gekommen war. »Und Sie sind umgekippt, einfach so umgekippt.«

Einer der Jungen rannte in Richtung Schule los.

Ich stützte mich auf meine Ellbogen. »Mir geht's gut«, sagte ich. »Ich bin nur ein bisschen zu viel gerannt.«

Er hatte krauses braunes Haar, dieser Junge, und schiefe Zähne. Ich versuchte mir die Panik vorzustellen, in die mein Anblick ihn gestürzt haben musste, als er mich beobachtet hatte, einen Fremden, der plötzlich zu Boden fiel – diese Aufregung, beinahe ein Nervenkitzel. Ich versuchte in ihn hineinzusehen. Er hatte jetzt eine Art Lächeln auf den Lippen, so als wolle er mir Mut machen. Aber ich konnte es mir nur vorstellen –

»Sind Sie auch sicher, dass Ihnen nichts fehlt?«

– und dies war das Erstaunliche –

– was er dachte, und ich konnte mir die Welt außerhalb dieses kreisrunden Rasenplatzes nur vorstellen, das Fußballfeld und die Bäume weiter hinten, denn in mir war nur ich selbst, einfach ich, *nur* ich – weder mein Bruder noch Hannah noch Katherine noch Fiona, niemand, denn ich war nun allein. Ich lächelte den Jungen an. Ich stand auf. »Es geht schon«, sagte ich. Ich war jetzt allein, und niemand brauchte mich mehr zu retten – ein fantastisches Gefühl.

Danksagung

DEN FOLGENDEN MENSCHEN möchte ich recht herzlich danken: Mary Ann Naples, meiner erstaunlichen, wundervollen, unglaublichen Agentin bei Creative Culture, Inc., und ihrer fantastischen Partnerin, Debra Goldstein; ferner Tim Perell und Bart Freundlich, die mich mit Mary Ann zusammengebracht haben. Michael Pietsch, dem coolsten Lektor des Universums – genau der Mann, den ich mir von Anfang an gewünscht hatte; des Weiteren Sarah Crichton, Lauren Acampora, Heather Rizzo, Maja Thomas, Pamela Marschall und allen anderen bei Little, Brown, die mir mit ihrer Begeisterung so viel Mut gemacht haben; Paul Sidey, meinem Londoner Lektor, und sämtlichen Leuten bei Hutchinson, die mich unterstützt haben; Matthew Snyder bei der CAA, von Anfang an ein echter Champion; dann dem Creative Management bei der BBDO New York und allen meinen dortigen Freunden, den ehemaligen und den derzeitigen; meiner wunderschönen Frau, Brigette Roth Smith, der dieses Buch gewidmet ist; und schließlich ganz besonders meinem Vater Peter Moore Smith sowie meiner Mutter Anne Love Smith und meinen Schwestern, Valerie Smith und Julianne Moore, dafür, dass sie mir ihr ganzes Leben lang ihre Liebe geschenkt und mich inspiriert haben.